中共湖北省委宣传部
中南财经政法大学　共建 新闻与文化传播学院项目成果

普通高等学校"十四五"规划文学与新闻传播类专业数字化精品教材

· 中南财经政法大学2023年度教材出版资助项目成果

财经媒体与新闻报道案例

Financial Media and News Reports Cases

主　编　吴玉兰
副主编　何　强　曾怡然

华中科技大学出版社
http://press.hust.edu.cn
中国·武汉

内 容 提 要

本教材选定国内知名财经媒体及该媒体的相关报道作为案例进行分析,使学生能够通晓我国财经媒体发展现状及财经新闻报道的相关背景,评价其优劣,反映财经国内媒体、财经新闻报道最基本、最必需和最重要的内容;结构科学,内容新颖,尽可能反映经济新闻报道研究的最新成果,为"财经新闻报道""财经媒体研究"等相关课程学习提供良好的实践对接,为论文撰写提供相关选题,为学生毕业后从事新闻报道尤其是入职财经媒体开展财经新闻采写提供良好的准备。

图书在版编目(CIP)数据

财经媒体与新闻报道案例/吴玉兰主编.—武汉:华中科技大学出版社,2023.10
ISBN 978-7-5680-8818-3

Ⅰ.①财… Ⅱ.①吴… Ⅲ.①新闻报道-作品集-中国-当代 Ⅳ.①I253

中国版本图书馆 CIP 数据核字(2022)第 222212 号

财经媒体与新闻报道案例 吴玉兰 主编
Caijing Meiti yu Xinwen Baodao Anli

策划编辑:周晓方　杨　玲
责任编辑:苏克超
封面设计:原色设计
责任校对:张汇娟
责任监印:周治超
出版发行:华中科技大学出版社(中国·武汉)　　电话:(027)81321913
　　　　　武汉市东湖新技术开发区华工科技园　　邮编:430223
录　　排:华中科技大学出版社美编室
印　　刷:武汉市籍缘印刷厂
开　　本:787mm×1092mm　1/16
印　　张:22
字　　数:512 千字
版　　次:2023 年 10 月第 1 版第 1 次印刷
定　　价:59.90 元

本书若有印装质量问题,请向出版社营销中心调换
全国免费服务热线:400-6679-118　竭诚为您服务
版权所有　侵权必究

普通高等学校"十四五"规划文学与新闻传播类专业数字化精品教材

编委会

主　任　罗晓静

副主任　余秀才　张　雯

委　员（以姓氏拼音为序）

陈国和　胡德才　李　晓　石永军
王大丽　吴玉兰　徐　锐　阎　伟
张红蕾　朱　浩　朱　恒　朱云飞

作者简介

吴玉兰　女，江西省宜丰县人。毕业于武汉大学新闻与传播学院，文学博士。现为中南财经政法大学新闻与文化传播学院教授，硕士研究生导师。主要从事新闻传播实务和媒介发展研究。出版《经济新闻报道》（获校级优秀教学成果三等奖）《中国财经类媒体发展研究——以媒介生态学为视角》《新闻报道专题研究》《财经媒体传播影响力研究》等专著4部，入选马克思主义理论研究和建设工程重点教材《新闻采访与写作》编写组成员，主编《新闻采访》《媒介素养十四讲》《财经知识与财经新闻报道》等教材3部；在《新闻大学》《现代传播》等专业期刊发表论文80余篇。主持完成国家社会科学基金项目、教育部人文社会科学研究项目等6项。

总序
FOREWORD

　　教育经历了"传统"与"现代"的断裂,"大学"也发生了从中世纪到现代的转变。一般认为,1810年德国柏林大学的创立标志着现代大学的诞生。现代大学不仅是教育机构,也是研究机构,推崇"学术自由"和"教学与研究的统一"。这种研究型大学的理念对世界高等教育影响深远,既为现代大学的形成奠定了基础,也在很长时间内规范着大学的评价体系。20世纪以来,大学则被赋予越来越多的功能,包括人才培养、科学研究和社会服务等,但无论大学怎样转变和多功能化,尤其是到了当下,有一个共识逐渐形成并被强化,即人才培养始终是大学最核心的功能。习近平总书记在2016年全国高校思想政治工作会议上明确指出:"高校立身之本在于立德树人。只有培养出一流人才的高校,才能够成为世界一流大学。办好我国高校,办出世界一流大学,必须牢牢抓住全面提高人才培养能力这个核心点,并以此来带动高校其他工作。"

　　人才培养涉及面很广,几乎贯穿高等教育的各个环节。教材,是育人育才的重要依托,是课堂教学的关键载体,在落实立德树人和人才强国战略中具有基础性地位和作用。高校教师是教材建设的主体,但高校教师在教材建设中的积极性并不高。究其原因,很大程度上是高校绩效考核中科研成果所占比重远远高于教学成果,教材建设的激励机制严重不足。随着《深化新时代教育评价改革总体方案》(以下简称《总体方案》)的出台,如何改革教师评价方式成为高等教育领域最受关注的问题之一。《总体方案》强调"坚持破立结合","破"的是重科研轻教学、重教书轻育人等行为,"立"的是潜心教学、全心育人的制度要求。教育评价是引导教育发展方向的"指挥棒",在《总体方案》出台前后,国家还出台了若干教材建设规划和教材管理办法,目的在于提高教材建设工作的科学化和规范化。提高教师参与教材建设的积极性,开创教材建设的新局面,已成为新时代背景下高等教育发展的必然趋向。

　　学术著作的撰写和出版具有很强的个人色彩,教材的编写和建设则往往需要组织领导和机制保障。从宏观层面来看,自改革开放以来,高校教材建设经历了实践与探索、发展与创新的不同阶段,并作为"国家事权"纳入我国高等教育的"顶层设计"之中,成为高校教育教学改革与人才培养模式变革的重要结合点。具体到我们学院组织编写这套"普通高等学校'十四五'规划文学与新闻传播类专业数字化精品教材",既是为了接续学院在新闻、文学和艺术教育方面的优良传统,也是学院在学科专业建设、教学质量提升和人才培养目标实现方面立足当下、展望未来的努力和尝试。

　　中南财经政法大学新闻与文化传播学院成立于2004年9月,其实学院的新闻、文学、艺术等专业的开办与学校的历史一样长久,源头是1948年学校前身中原大学创建之初设立的新闻系和文艺学院。1948年,随着解放战争节节胜利,新解放区迅速扩大,党的政治宣传任务需要一定数量高素质的新闻宣传人才。同年8月26日,中原大学新闻系在河南宝丰县成立,时任中原大学副校长并全面主持学校工作的正是新华日报社第一任社长潘梓年。中原大学新闻系举办了两期培训班,共招收学员130余人,教学任务分别由中原局宣传部和新华社中原总分社的负责干部来承担,主要讲授时事政治和新闻业务知识两类课程,其中新闻业务知识课包括新闻记者的修养(陈克寒)、新闻的评论和编辑工作(熊复)、农村采访工作(张轶夫)、军事采访经验(李普、陈笑雨)、新闻摄影(李普)、新闻工作的编辑排版校对等工作(刘国明)等。在战火纷飞的年代,中原大学新闻系为革命事业及时输送了一批急需的新闻宣传人才,他们大多终身奋战于党的新闻事业中,成为著名的编辑、记者和在新闻战线担任一定职务的领导干部和业务骨干。新闻系随中原大学南迁武汉后,也曾筹备过招收第三期学员的事宜,因种种原因未能继续办下去。但可以自豪地说,中原大学新闻系为我国的新闻教育和宣传事业做出了应有的贡献。

文艺学院和文艺系,是中原大学最早设立的院系之一。1948年9月中原大学招生广告显示,当时学校设有文艺、财经、教育、行政、新闻、医务六个系。同年10月,中共中央任命范文澜为校长,潘梓年为副校长。首任校长和副校长均在文学理论领域颇有建树,范文澜的《文心雕龙注》是龙学最有影响的著作之一,潘梓年于1926年出版的《文学概论》是较早参照西方的文学理论研究文学的著作。同年12月,中原大学组建了文艺研究室,著名电影导演、表演艺术家崔嵬为主任。文艺研究室下设戏剧组、音乐组、创作组,另有1名美术干部。1949年六七月间,以文艺研究室为基础,文艺学院成立,崔嵬任院长,作家俞林任副院长,在专业设置上包含戏剧系、音乐系、美术系、创作组、文工团。在两年多的时间里,文艺学院共培养了音乐、戏剧、美术、文学等专业毕业生及各种短训、代培生1136人,他们分布在中南地区和全国宣传、文艺、教育战线上,为我国文化艺术教育事业的发展做出了显著贡献。1951年8月,中原大学文艺学院划归中南军政委员会文化部领导。

因为20世纪50年代全国范围内的高等教育院系调整,学校的新闻、文学和艺术教育曾中断多年。1997年,学校重新开办新闻学专业,创建新闻系,相关学科专业建设步入新的发展阶段。2004年,新闻与文化传播学院正式成立。2007年和2008年,学院先后成立中文系和艺术系,使建校之初就有的新闻、文学和艺术教育得以薪火相传。经过二十多年的快速发展,学院已经具备了较为完整的人才培养体系,现下设新闻传播学系、中国语言文学系和艺术系,开设了新闻学、广播电视学、汉语言文学、数字媒体艺术、网络与新媒体五个本科专业及网络与新媒体+法学双学位实验班,其中网络与新媒体、汉语言文学专业入选省级一流本科专业建设点,拥有新闻传播学及中国语言文学一级学科硕士学位授予权和新闻与传播、汉语国际教育专业硕士学位点,新闻传播学为湖北省重点学科、中国语言文学为学校重点学科。

2019年7月,学校与湖北省委宣传部、省教育厅正式签订"共建中南财经政法大学新闻与文化传播学院协议",学院发展进入新阶段,也迎来了改革和发展的"十四五"规划。学院在"十四五"规划期间的发展目标是,专业建设进一步优化和发展,学科建设逐步增强,人才培养进一步彰显特色,国际合作办学逐步拓展,科学研究再获新的突破,师资队伍结构合理优化。本学院的教学研究与改革工程作为重大行动之一,其具体措施就包括了组织编写出版新闻、中文和艺术专业的系列教材。目前我们推出的系列教材，既有彰显学院在经济新闻、创意写作、文化产业、数字影像等方向人才培养特色的《财经媒体与新闻报道案例》（吴玉兰主编）、《创意写作课》（罗晓静、张玉敏主编）、《儿童文学理论与案例分析》（蔡俊、李纲主编）、《文化产业创意与案例》（王维主编）、《数字雕塑基础》（卢盛文主编），也有展示教师将研究专长与课堂教学有机融合成果的《视听节目策划实务》（石永军、黄进编著）、《汉字溯源》（谭飞著）、《应用语言艺术》（李军湘主编）、《中国当代小说选讲》（陈国和主编）、《欧美新闻传播理论教程》（王大丽主编）、《唐诗美学精神选讲》（程韬光主编）、《实用汉语史知识教程》（甘勇主编）、《整合品牌传播概论》（袁满主编）等。

我们深知教材编写之不易，并对编写教材始终保持敬畏之心！系列教材的出版，凝聚了每一位编写者多年潜心教学的思考和付出，也得到了华中科技大学出版社人文分社周晓方分社社长、策划编辑杨玲老师等的大力帮助，在此一并表示由衷的感谢！

我们希望以此为契机，深入贯彻习近平总书记在全国教育大会上的讲话精神，认真落实教育部"以本为本"的指导思想，以高水平教材建设为契机，以培养富有创新意识和开拓精神的复合型人才为目标，与时俱进、深化改革、开拓创新，进一步推动学院在教学质量、课程建设和教学改革等方面取得突破性进展。

中南财经政法大学新闻与文化传播学院院长、教授

2021 年 8 月 5 日于武汉南湖畔

目 录
CONTENT

第一章 《经济日报》/1

第一节 《经济日报》定位与发展/1
第二节 《经济日报》的经营策略与盈利模式/7
第三节 《经济日报》知名栏目/11
第四节 《经济日报》经典报道案例点评/18

第二章 《21世纪经济报道》/29

第一节 《21世纪经济报道》的定位与发展/29
第二节 《21世纪经济报道》的经营策略与盈利模式/36
第三节 《21世纪经济报道》知名栏目/38
第四节 《21世纪经济报道》经典报道案例点评/42

第三章 《中国经营报》/54

第一节 《中国经营报》定位与发展/54
第二节 《中国经营报》盈利模式/60
第三节 《中国经营报》知名栏目/61
第四节 《中国经营报》经典报道案例点评/66

第四章 《经济观察报》/72

第一节 《经济观察报》定位与发展/72
第二节 《经济观察报》的经营策略与盈利模式/76
第三节 《经济观察报》知名专栏/84
第四节 《经济观察报》经典报道案例点评/87

第五章 《财经》/90

第一节 《财经》定位与发展/90
第二节 《财经》的经营策略与盈利模式/94
第三节 《财经》知名栏目/105
第四节 《财经》经典报道案例点评/115

第六章 《每日经济新闻》/121

第一节 《每日经济新闻》的定位与发展/121
第二节 《每日经济新闻》的盈利模式/126
第三节 《每日经济新闻》的知名栏目/131
第四节 《每日经济新闻》经典报道案例点评/135

第七章 财新传媒/145

第一节 财新传媒定位与发展/145
第二节 财新传媒运营策略与盈利模式/149
第三节 财新传媒知名栏目/153
第四节 财新传媒经典报道案例点评/155

第八章 第一财经/159

第一节 第一财经的定位与发展/159
第二节 第一财经旗下业务/161
第三节 第一财经的运营策略与盈利模式/167
第四节 第一财经经典报道案例点评/170

第九章 《中国证券报》/176

第一节 《中国证券报》的定位与发展/176
第二节 《中国证券报》的盈利模式/184
第三节 《中国证券报》知名栏目与作品/186
第四节 《中国证券报》经典报道案例点评/192

第十章 《证券日报》/196

第一节 《证券日报》定位与发展/196
第二节 《证券日报》运营与盈利模式/201
第三节 《证券日报》的知名栏目/203
第四节 《证券日报》经典报道案例点评/213

第十一章 《证券时报》/218

第一节 《证券时报》定位与发展/218
第二节 《证券时报》的运营策略与盈利模式/223
第三节 《证券时报》知名版面及栏目/226
第四节 《证券时报》经典报道案例点评/235

第十二章 界面新闻/239

第一节 界面新闻创办背景、定位与发展/239

第二节　界面新闻的盈利模式/253
第三节　界面新闻的栏目划分与知名栏目/260
第四节　界面新闻经典报道案例点评/265

第十三章　和讯网/270

第一节　和讯网的定位与发展/270
第二节　和讯网的盈利模式/276
第三节　和讯网知名栏目/279
第四节　和讯网经典报道案例点评/292

第十四章　中央电视台财经频道/295

第一节　中央电视台财经频道的定位与发展历程/295
第二节　中央电视台财经频道的经营特点与盈利模式/301
第三节　中央电视台财经频道的知名节目/306
第四节　中央电视台财经频道经典报道案例点评/309

第十五章　《吴晓波频道》/315

第一节　《吴晓波频道》的定位与发展/315
第二节　《吴晓波频道》的盈利模式/319
第三节　《吴晓波频道》栏目构成与重点栏目/324
第四节　《吴晓波频道》经典报道案例点评/327

主要参考文献/331

后记/332

第一章 《经济日报》

> 《经济日报》是国务院主办的中央直属党报,由经济日报社于 1984 年出版。报纸创立之初便致力于推动社会主义经济建设,近 40 年来,《经济日报》已经逐步发展成为中国经济舆论工作的主阵地,是国内外了解中国经济动态、解读国家经济政策、获取经济走向的重要窗口。

第一节 《经济日报》定位与发展

《经济日报》以海内外关心中国经济发展的读者为对象,以及时传播经济信息、指导各方经济工作为己任,上接中央机关与国务院部委,下设省、自治区、直辖市等 60 个记者站,外联 20 多个国家及海外地区的新闻媒体机构,是国内政企联通和中国经济外交的重要桥梁。

一、《经济日报》定位

"主流、权威、公信力"是《经济日报》长期坚持的理念。自 1983 年创刊以来,《经济日报》锐意改革创新,不断提高自身新闻传播能力,为社会主义经济建设营造良好的舆论氛围。

作为伴随改革开放一路浮沉的财经类报纸,《经济日报》始终屹立于时代潮头,勇于改革、勇于创新,确立了主流地位。从最初的纸质四版到八版,再到如今多媒体数字报刊的十二版,《经济日报》的报道领域不断拓展细分,小到经济现象,大到经济政策,均能在《经济日报》中得以体现。此外,《经济日报》的报道形式与报道内容不断创新,除金融证券行业信息披露、产业市场动态及时报道外,《经济日报》就国家重大政策、社会热点事件,以专稿、专题、评论等形式为读者提供了解事件的窗口和理解事件的视角。如 2008 年金融危机之时,《经济日报》适时发表题为《国际金融危机暴露美式经济弊端》(2008 年 10 月 17 日,记者刘江)的经济评论,鞭辟入里地指出美国金融危机暴露了美国经济的三大弊端:"一是过分依赖消费刺激经济,二是虚拟经济泡沫化,三是政府监管不力。"该评论荣获第十九届中国新闻奖一等奖,引发读者对于发展方式的思考与探讨。关于近年来的"脱贫攻坚"政策,《经济日报》推出相关专题,刊发产业兴县、政策指南、社会扶贫、国际扶贫等一系列报道,读者得以"窥一斑而知全豹",通过一个网页便可知晓脱贫攻坚的方方面面。

"所谓大学者,非谓有大楼之谓也,有大师之谓也",在报刊领域同样如此。创刊以来,《经济日报》始终坚持以"术业有专攻"树立业内权威,将专业领域的事情交由专家学者负责。无论是国际金融危机过后的扩大居民消费需求、转变经济发展方式的问题,还是减税政策对于民众、企业、国家的意义,以及近年来"修例风波"背景下我国香港地区金融中心地位的探讨,《经济日报》都一一予以解答,以业内权威人士的分析向市场和受众释放积极信号。此外,《经济日报》以业内经验丰富的记者为基石,构建了一支专业记者队伍,并创办了涵盖汽车、房地产、国际经济、市场监管、科创、食品、国际经济等多个经济领域的记者专栏,为人民群众和企业参与经济生活、获取经济信息提供了重要渠道。专栏以质量至上为准则,不断追逐优质的报道内容,其中《竹子让生活更美好》(2010年7月8日,记者崔书文、刘惠兰、亢舒)、《正本清源理性看·中美经贸摩擦》(2018年8月10—14日,记者连俊)系列报道和《恒大"盖楼式"造车靠谱吗》(2020年9月11日,记者杨忠阳)分别荣获第二十一届中国新闻奖三等奖、第二十九届中国新闻奖二等奖和第三十一届中国新闻奖三等奖。

作为改革开放后第一家以"经济"命名的中央级党报,《经济日报》时刻牢记自身的党报地位,尊重新闻传播规律,通过新闻报道及时反映政府经济工作方向,推动受众的思想转变,树立自身作为财经媒体的公信力。所谓公信力,即新闻媒体在长期新闻传播实践过程中所形成并累计的、赢得社会和广大受众普遍信任的程度或能力。① 自2016年党的新闻舆论工作座谈会召开以来,公信力就与"传播力、影响力、引导力"一同作为现代传播体系的重要组成部分。有学者指出,公信力和影响力是传播力与引导力共同作用的结果。② 在新媒体时代,传统媒体公信力的维持与提升有赖于媒体融合发展和坚持内容为王。《经济日报》无疑走在传统媒体向新媒体转变融合的前列。早在1998年,《经济日报》就已成立报业集团;2012年,中国经济传媒集团正式组建,这是具备相当规模和国际竞争力的中央级大型传媒集团,《经济日报》媒体融合发展的进程由此进入快车道。此外,在坚持内容为王刊发优质内容层面,《经济日报》也始终位于同类媒体前列。"公款消费"在中国曾是较为常见的问题,公家报销导致预算支出者追求极致的个人利益最大化,同时也导致政府单位财政税陷入被随意挪用的困境。针对"公款消费"的现象,《限制"公款消费"本质是制约权力寻租》(2013年11月15日,评论员子房先生(年巍))获得第二十四届中国新闻奖特别奖,评论援引经济学家弗里德曼的"花钱矩阵"理论,揭示出限制"公款消费"背后的经济学语义,深刻阐释遏制"倚公""傍官"行为的实质是国家经济质量与政府运作模式的更新与提升。

"为'中国梦'的实现而践行中央党报、财经大报的应有担当,是《经济日报》的历史使命,是经济报人的神圣职责。经济报人的发展梦,国际知名财经大报的崛起梦,也是'中国梦'的一部分。"③未来,《经济日报》将继续以建成"主流、权威、公信力"的国内一流国际知名的财经大报为目标,为实现中华民族伟大复兴的"中国梦"做出更大贡献。

---

① 沈正赋.新媒体时代新闻舆论传播力、引导力、影响力和公信力的重构[J].现代传播(中国传媒大学学报),2016,38(5):1-7.
② 沈正赋.新媒体时代新闻舆论传播力、引导力、影响力和公信力的重构[J].现代传播(中国传媒大学学报),2016,38(5):1-7.
③ 王晋.挺立时代潮头 书写激情华章 经济日报创刊30周年座谈会举行[N].经济日报,2013-03-27(1).

二、《经济日报》发展历程

作为见证我国经济腾飞的报刊,《经济日报》伴随国家经济发展的脚步不断探索和壮大,现已成为传达政府经济工作方针政策、展示我国改革成果的权威刊物。总体而言,《经济日报》的发展历程可概括为以下四个阶段。

(一)1983—1991年:推动中国经济报道步入正轨

1978年12月,中共十一届三中全会在北京召开,会议提出改革开放的新决策,全党工作由阶级斗争转向"四个现代化"建设,一系列经济体制管理、经营方法管理等经济改革举措就此提出,标志着社会主义在东方重新焕发出生机与活力。自改革开放政策确立后,不仅社会经济生活发生翻天覆地的变化,与世界初步接轨的百姓对于经济领域的关注也逐步增多。

1983年1月1日,为顺应改革开放发展、满足市场多方需求,《经济日报》在原有《中国财贸报》的基础上成立,由国务院主办。报刊创立之初便有"中央级党报"和"以经济为中心"的鲜明特征。

改革开放政策的实施带来一系列新的经济现象,许多新的社会热点由此引发,作为官方经济类报刊,《经济日报》予以敏锐的关注,并通过报道解读、评论,促进新经济观念深入人心。1984年3月15日,《经济日报》刊发《王府井大部分商店晚间关门过早 广大顾客希望适当延长营业时间》(1984年3月15日,记者张颂甲)的新闻报道,提出了商店以往的营业时长已与日益发展的经济环境不相适应的问题,当天的报纸还配以《让王府井大街亮起来》(1984年3月15日,记者张颂甲)的评论员文章,目的是呼吁王府井商业街区延长营业时长以此促进北京的商业、经济繁荣。两篇报道引发了广大消费者的热烈反响。此后,《经济日报》连续发表评论员文章,介绍开放夜市的经验与误区,为王府井街区的商店延长营业时长提供了指导性意见。

争议同样属于社会热点的一部分,特别是在"摸着石头过河"的经济发展初期,改革开放的春风还未惠及全国,"一个中心,两个基本点"的社会主义初级阶段基本任务尚未明确,个人和企业关于承包经营责任制姓"资"还是姓"社"的问题不仅有疑惑,而且争议不断。改革开放,开放的不仅是国界,更是要启发、开化民众的思想,从本质上促进国家经济的大力发展与变革。在改革开放推行的新政策中,1985年,本溪市一位名为关广梅的市民以个人名义租赁下一家国有商店,一改往日国有商店的管理办法与经营方式,在短期时间内实现了利润的大幅增长。在本溪市1986年底召开的思想政治工作会议上,有人提出这种以追求门店利润至上的经营方式"不要党的监督""贬低思想政治工作""带有剥削的性质"[①]。新的经济浪潮下,关广梅这种突破传统经济观念的经营方式不仅成为本溪市争议的焦点,更成为《经济日报》这一传统媒体的代表关注的重点。1987年6月,《经济日报》刊发通讯报道《关广梅现象》(1987年6月13日,记者庞廷福、杨洁、谢镇江)和《本溪市委、市政府的一封吁请信》(1987年6月13日,记者庞廷福),报道没有采取是非对错的二元对立方式,而是积极回应经济改革中的难点与痛点,指出现象背后的实质是商业体制改革的问题,诠释了关广梅现象的成因。

---

① https://epaper.gmw.cn/wzb/html/2018-05/12/nw.D110000wzb_20180512_1-08.htm.

报道刊发后,引发社会各界人士的广泛探讨,对于经济改革领域的这一重大问题,《经济日报》不仅呼吁读者踊跃来信,对于这些意见也予以展示和发表。据统计,自1987年6月报道刊发以来至报道结束的1987年7月23日止,经济日报社共收到来信1000余件,来源包含农民、工人、军人、企业员工、企业厂长等社会各阶层的读者。其间,《经济日报》共发表评论员文章5篇、通讯4篇、消息7篇、关广梅本人来信1篇、小言论4篇、综述报道1篇、读者讨论稿信件56篇,后来又发表跟踪抽样调查报告4篇,合计82篇。①《经济日报》广开言路的做法不仅为广大受众辨明了事件性质,也推动了落后的旧有经济观念的转变,为有力化解矛盾以及未来的经济体制改革营造了良好的舆论氛围。

这一阶段,不同于改革开放之前的农业经济报道中"春生夏长,秋收冬藏"的单一主题,跳出工业经济报道中"钢铁产量赶英超美"的不实框架,创刊于改革开放新时期的《经济日报》依托于市场并服务于市场,通过经济现象阐释经济规律、传播经济观念,一改往日经济报道的"官样定式",推动中国经济报道在市场经济条件下步入正轨。

(二)1992—2000年:开拓多元的报道领域

1992年1月,改革开放的总设计师邓小平发表著名的南方谈话,进一步明确了解放生产力、发展生产力的社会主义市场经济发展方向;同年10月,党的十四大正式提出建立社会主义市场化经济体制,改革开放的进一步深入催生经济报道的进一步成熟。

相较于20世纪80年代初期家庭联产承包责任制实施背景下的经济报道侧重于农村,90年代改革开放的中心则由农村转向城市,且经过10余年的发展,百姓的思想观念、思维方式、知识素养等都获得长足进步,这也对媒体的报道题材、报道视角、话语方式等提出更高要求。特别是对于财经报刊而言,其报道内容与国内的市场环境和市场行为密切挂钩,媒体应敏锐关注市场环境变动,及时调整报道内容。

1990年末,上海证券交易所与深圳证券交易所先后成立;1994年,我国完成国家专业银行向国家商业银行的转变②,国内的证券市场、股票市场、银行业、上市公司等概念出现且形成一定规模以后,真正的财经报纸才有可能出现。③ 经济生态环境的剧烈变动标志着我国各经济行业的进一步细分,也表明证券、银行、股票等经济领域信息需求的进一步扩大。

1993年,《经济日报》的报道版面由四版扩大至八版,报道的内容量逐渐增加,报道关注的领域由20世纪80年代的经济、政治拓展至经济、政治、科技、法律、教育、金融等多个领域。除了原创内容,《经济日报》还从全国其他财经类报纸上转载报道、整合市场动态信息,为读者搭建全方位了解市场的平台。另外,增设"专栏"详细介绍包含金融在内的经济领域中的重要现象或事件,为读者直接获取专业领域的信息和政策解读提供窗口。报纸栏目的变化是社会主义市场经济进入更高层次的映射,多领

---

① 石瑛.《经济日报》早期版面变化与新闻报道的启示[J].赤峰学院学报(汉文哲学社会科学版),2009,30(11):76-79.

② 赵俐威,许清林.中国银行业发展历程研究——基于金融发展理论的视角[J].商,2016(25):181.

③ 李胜.从《经济日报》到《经济观察报》——对中国财经类报纸产生及发展问题的社会学探讨[J].报刊之友,2003(4):38-40.

域信息的同时刊登也表明经济行业的发展愈发精细复杂,需要多学科的知识和信息的交叉予以解答。

这一阶段,《经济日报》报纸版面变化带来的是报道主题的多元化,有对经济发展的宏观探讨,如第二届中国新闻奖二等奖文字言论作品《少数企业"死"不了,多数企业"活"不好》(1991年8月15日,记者詹国枢),探讨了经济结构与经济活力的关系,得出商品经济体制下应通过竞争机制实现企业的优胜劣汰进而释放市场活力的结论;也有中观视角下对企业运行机制的审视与思考,如第八届中国新闻奖二等奖文字消息作品《南京四"鹤"难齐飞》(1997年1月29日,记者杨国民、牛文文),揭露南京石化四强企业虽然生产流程可相互衔接但因隶属关系不同而另起炉灶的现状,直指同行业竞争导致的规模不经济问题本质①,由此引发的资产重组话题和企业体制改革话题受到中央领导重视,推动了问题的解决;还有对个体价值的聚焦,如第九届中国新闻奖二等奖文字言论作品《树立新的择业观》(1998年,记者冯并、张曙红)指出下岗企业员工应做到转变思想,树立新的择业观念,积极寻找新出路,实现再就业。

总体来看,随着20世纪90年代改革开放的逐步深入,《经济日报》顺应趋势扩大报道版面,拓宽报道领域,依托自身党媒的特殊属性和经济数据资源优势,得以凭借权威和专业的姿态在新兴的经济领域传播信息、解读政策,不仅为广大百姓提供了深入学习多元经济知识的平台,也为党和政府的经济建设工作营造了良好的舆论氛围。

(三)2001—2016年:国际化探索初见成效

2001年,中国正式加入世界贸易组织,与世界上其他经济体的联系愈发紧密,"中国制造"由此流往全球各地,中国经济翻开崭新一页。与此同时,互联网在中国快速发展,成为高效、便捷获取信息的工具。2003年7月,经济日报社响应国家关于筹办权威经济网站的号召,正式组建中国经济网,成为各市场主体获取经济信息、知晓经济政策、了解市场动态的重要门户网站。

2005年至2007年,中国经济网的宏观经济、财经、国际经济频道先后获得荣誉称号,此后,网站页面布局不断优化、报道容量不断丰富,汽车、IT、外汇、房产、旅游、医药等新兴经济领域相继上线,中国经济网成为国内报道经济新闻、传播经济资讯、服务社会经济生活、指导经济发展的综合性财经门户网站。

自"入世"以后,中国经济的腾飞引发其他国家的关注与探讨,中国的经济政策、经济成就、经济现状等需要通过窗口向外界展现,以此提升中国的国际影响力。2013年,中国经济网先后举办中国国际食品安全与创新技术博览会、金砖国家媒体座谈会,召开中国道路交通安全论坛以及金砖国家财经论坛,为国内与国际交流搭建重要平台。

2014年,中国经济网制作的电视节目"中韩财经连线"在韩国经济电视台播出,节目中关于中国沪港通标的股及上市公司的介绍,引发韩国民众对于中国经济的热议与赞叹。2015年5月,中国经济网与韩国经济电视台同步播出"亚投行特别报道"及"WOW,深港通特别报道"。同年10月,中国经济网承办在北京举行的"第三届中意食品安全对话",制作的电视节目"习近平访英特别报道"在英国同步播出。2016年,中经网韩国株式会社于韩国首尔注册成立,这是中国经济网第一个中外合资的股份制公司。

---

① 兼并风潮迭起 企业重组成势[J].中国经济信息,1997(24):6.

依托于自身权威、专业的资源优势,中国经济网举办的论坛和制作的节目不仅在国内拥有较高热度,在国外也获得强烈关注,向外界展现出中国潜力,释放出中国力量。

这一阶段,《经济日报》不断拓宽专业领域,坚持以主流、权威、专业为建设方向,并且逐步将报道的视角由国内延伸至国外,从更为全面与宏观的角度审视中国经济与世界经济间的关系,进而成长为具备国际视野的财经类报刊。例如第十四届中国新闻奖二等奖国际通讯作品《人民币升值不能挽救美制造业》(2003年9月5日,记者李正信)一针见血地指出美国试图通过外交手段逼迫人民币升值的做法不能改变本国失业率居高不下的实质,报道中"保护主义难敌市场规律"的观点不仅是对美国反动政客的警醒,同时也表明了中方立场,为维护中国在国际贸易中的合法权益打下基础。

经过不断的发展,中国经济网的报道版图不断扩张,除以《经济日报》为核心报刊外,还另外开设产经、财经、国际、评论等版面,逐步成为一个综合性的财经门户网站。此外,中国经济网与世界各国的媒体开展广泛交流,以8种外语对外发布、制作的节目、视频在俄罗斯、南非、巴基斯坦等多个国家落地。

在中国与世界交流日益频繁的背景下,《经济日报》积极探索国际化发展的新模式,为讲好中国故事打下坚实基础。

(四)2017年至今:全媒体发展战略深入推进

随着互联网技术的迭代更新,传播技术、传播渠道发生巨大变革,传播内容与传播方式也随之发生转变,新型媒体成为网络世界的主流,"短平快"的报道和作品成为吸引受众注意力的有效形式,传统媒体也因此需要通过媒介融合实现向新媒体的转型以保持自身的影响力。

2017年,《经济日报》全媒体中心正式启动运行,"中央厨房"式的业务平台实现直属报刊、门户网站、移动端口的数据联通和实时共享。相较于《人民日报》、新华社等主流媒体,虽然代表着媒体融合深入发展标志的"中央厨房"上线时间相对较晚,但《经济日报》的全媒体发展战略早在多年前就开始布局。2013年,经济日报法人微博正式上线;2018年8月,经济日报抖音号正式开通。

如图1-1所示,经济日报社新媒体矩阵主要分为《经济日报》与中国经济网两个主体。《经济日报》除同名微信公众号外,还下设"经济日报服务""经济日报论苑""经济日报县域金融"公众号。中国经济网微信公众号为微信500强头部账号,位居新榜财富类前三名。①除同名微信公众号外,中国经济网下设有"中国经济网汽车"公众号。截至目前,《经济日报》微博粉丝数达500多万,中国经济网微博粉丝数达400多万。

在短视频领域,《经济日报》与中国经济网均开设官方账号。截至2022年1月26日,《经济日报》抖音号共发布作品2473条,拥有粉丝1318.9万;快手号共发布作品3325条,拥有粉丝484.2万。中国经济网抖音号现共发布作品7655条,拥有粉丝2177.4万;快手号发布作品7305条,拥有粉丝358万。

随着"中央厨房"的启用,《经济日报》的全媒体矩阵协同效应显著提升。2020年的新冠肺炎(我国于2022年12月26日将其更名为"新型冠状病毒感染")疫情使得"云"在线成为常态。两会期间,《经济日报》以全景直播、短视频等多种方式全方位打造多维

---

① http://www.ce.cn/about/jjw/one/202109/22/t20210922_36934521.shtml. 2021年9月24日。

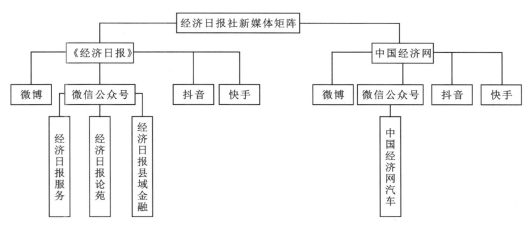

图 1-1 经济日报社新媒体矩阵示意图

立体的传播效果,通过 5G、AI、AR、VR 等新兴技术创新新闻报道形式,引发广大网民对两会的热烈探讨。据统计,《经济日报》的各类新媒体平台用户总量共计超过 6000 万人次,日均传播覆盖面突破 1 亿人次,党报融合传播力综合排名位列第二,仅次于《人民日报》。① 第三十届中国新闻奖融合创新类一等奖获奖作品《"数说 70 年"数据新闻可视化系列短视频》(2019 年 9 月 23 日,作者张小影、陈发宝、张益勇、朱文娟、王琳、吉亚矫、雷雨田、赵田格格)以移动终端为投放主体,以短视频的生动形式全面展现了我国在消费、饮食、大国工程、数字经济、生态、外贸六个方面发生的巨大转变。作品将数据与图像紧密结合,化单调枯燥为喜闻乐见,全网播放量破亿次,是对我国经济发展宣传工作的创新性表达。

这表明,在全媒体发展战略的支撑下,《经济日报》的传播力、影响力、公信力、引导力得到整体提升,"以自建客户端为主体、社交媒体为两翼、入驻账号为补充"的传播战略取得显著成效。

第二节 《经济日报》的经营策略与盈利模式

在国家体制由计划经济向市场经济转型的巨大变革中,报业同样发生深刻变化,报社不再以单一的报刊为基底,而是朝着多种类、多领域的目标发展,报业集团由此而生。1998 年 6 月 8 日,以《经济日报》为主体的经济日报报业集团正式成立。作为我国较早以集团化方式经营的中央级报社,《经济日报》始终秉持"政治家办报"的方针,坚持走"四个两"的道路,即遵循"两个规律"——新闻规律和市场经济规律;实现"两个转变"——管理体制由计划经济向市场经济转变,经济增长方式由粗放型向集约型转变;达到"两个增强"——增强社会影响力、增强集团竞争力;力求"两个效益"——社会效益和经济效益的统一。② 随着市场经济的蓬勃发展,都市报、政法报、休闲报、科技报等报

---

① 陈发明.传统媒体从融合到云发展研究——以《经济日报》近三年的全国两会报道为例[J].新闻研究导刊,2020,11(20):146-147.
② 李洪波.探索中国报业集团发展之路[J].新闻战线,2000(2):17-20.

刊相继出现,报业的竞争日趋激烈,经济日报报业集团形成以《经济日报》为核心,以子报子刊、出版社等单位为群体,涉足广告、发行、印刷等多产业的经营策略,以报纸订阅、广告刊发、创建品牌活动为主的盈利模式。

一、以多个子报子刊形成媒体矩阵

随着改革开放的不断深入,我国的经济实力获得显著提升,人民的生活水平不断提高,对于经济领域方方面面的信息需求相应产生。一方面,市场的需求呼唤报刊内容的丰富和拓展;另一方面,集团急需扩大规模的现实背景提出发展路径的转型突破要求。经过长时间的探索,经济日报报业集团不断调整和优化自身的媒体结构,构建出"七报、三刊、两社(出版社)、一厂(印刷厂)、一校(函授学院)、一网(中国经济网)"的媒体布局,涵盖了财经、证券、金融、纺织、建材、花卉、书画等多个行业。

以下为经济日报报业集团旗下主要子报子刊的简要介绍。

(一)《证券日报》

《证券日报》创刊于 2000 年 10 月,是由经济日报报业集团主管主办的证券专业报纸,是中国证监会公布的 7 家具备证券市场信息披露条件的权威媒体之一。《证券日报》以"创新、责任、服务"为办报理念,以"投资者关心和急于了解什么,我们就回答和快速解答什么"为目标,通过全球视野和专业视角报道国内外的经济金融事件,以此推动资本市场的改革开放和稳定发展。《证券日报》每日出版,报道内容涵盖财经、公司、金融、股票、科创板、投资者服务等领域,对宏观经济、中观经济和微观经济均有涉及。

(二)《中国企业家》杂志

《中国企业家》创刊于 1985 年,是关注企业家群体且第一本以企业家命名的杂志。杂志聚焦中国财富阶层的生意与生活方式,在"公司改变中国"理念的加持下,通过讲好企业家故事,以期弘扬企业家精神、凝聚企业家力量,最终实现使企业家阶层成为中国社会受尊重的主流人群的目标。创刊三十余年来,《中国企业家》始终以企业家阶层为聚焦对象,推出以"研究失败""财富命运""调查排行"为代表的系列专题,被誉为中国的《财富》。

(三)《经济》杂志

《经济》是与《经济日报》配套出版的中央级政经类新闻杂志,是发布政府经济政策信息的权威渠道,也是党和国家指导经济工作的重要舆论阵地。杂志以政治界、金融界、产业界、学术界的主流人群为核心受众,致力于通过为中国较有影响力的阶层人士提供解读经济政策、前瞻经济趋势等服务,以达到"高端、权威、主流"的时政经济刊物第一品牌的目标。

(四)《中国服饰报》

《中国服饰报》创刊于 1994 年 7 月,核心受众为服装生产商、经销商和加盟商,每周五出版,面向海内外发行。报刊通过报道业内新闻、工艺技术、流行趋势,提供服装设计师创意观点、服装展会动态,以及产品面料、服装缝制等聚合服装产业上游、中游、下游的服务,成为传递服装业信息、解析服务业发展、传播流行风尚的权威专业媒体。

(五)《中国县域经济报》

《中国县域经济报》的前身为《经济日报(农村版)》,是我国唯一一家专注于县域经济社会新闻报道的权威主流媒体。报纸于每周一、周四分别出版8版和12版的对开大报,通过专业视角报道县域范围内的经济发展成就、介绍区域内的先进经验,以期为地市一级的领导阶层提供管理和决策的参考。

在全面实施乡村振兴战略背景下,《中国县域经济报》推出"乡村振兴"专栏,介绍全国各县市在发展产业走向致富道路上所做的工作,通过互联网的便捷实现先进经验的共享,并通过这种"以点带面"的方式,最终推动乡村振兴战略的全面开花结果。

(六)《中国纺织报》

与《中国服饰报》类似,创刊于1986年的《中国纺织报》通过及时报道纺织行业动态、刊登政府发布的行业发展政策法规、提供市场信息等服务,成为纺织行业的综合性大报。

(七)《中国建材报》

《中国建材报》创刊于1986年8月,是我国建筑材料领域内唯一的中央级党报,也是最具权威性、发行量最大的商务性报纸。报纸聚焦建材行业及产业的管理层,通过及时刊登党和政府关于建材行业发展的方针政策和法律法规,传递行业内生产、设计、建筑施工等多个领域的经济活动信息,为广大消费者和建材行业的从业人员提供全方位了解建材行业、知晓行业发展趋势的重要窗口。

随着"绿水青山就是金山银山"生态理念的提出,节能减排、保护环境成为建材行业的追求目标。《中国建材报》中的"新材料"专栏积极响应环保理念,海内外低碳无污染材料制作工艺的新闻报道、全国各地新材料发展的学术报告会和规划等活动先后于专栏发表,为新材料行业内致力于推动并践行环保观念的相关人士提供了极为丰富的参考依据。如《哥拜耳无机矿物涂料 市场占有率稳居榜首》(《中国建材报》2019年11月9日 记者李安琪)介绍了哥拜耳公司在推行无毒无害涂料产品方面的做法和展望;《国外新材料产业技术创新的五大模式及启示》(《中国建材报》2019年11月26日 记者康萌越、谢振忠、程楠)在对国外新材料产业发展研究的基础之上,总结出适合我国国情的"产学研合作型""企业联盟型""政府主导型""军民结合型""平台共享型"的新材料产业五大发展模式,以期突破技术瓶颈、形成具有中国特色的新材料产业技术范式。

二、订阅与广告成为主要盈利来源

作为指导全国经济工作的中央直属党报,《经济日报》的报道内容以国家经济政策、经济改革、行业发展的新经验、社会进步的新成就等硬新闻居多,受众群体除政府机关人员外,还包括金融业、食品业、医药业、信息业等各经济领域具备影响力和决策能力的中高层管理者。与都市报、休闲报不同,《经济日报》的报道内容更具政策性与指导性,文风庄重,逻辑缜密,因而成为行政机关、政府部门及众多关心中国经济发展的人士的首选。目前,《经济日报》及其子刊物的订阅是集团的主要盈利来源,随着新媒体矩阵的形成,线上广告也成为《经济日报》的重要盈利渠道。

据统计,《经济日报》的单价为1元/份,年度订购价格为365元。2020年,报纸全年发行量超过105万份。① 新媒体领域的多渠道传播也为《经济日报》拓宽了影响力,报纸广告的刊发方式也随之获得更新。目前,《经济日报》的新闻客户端下载量达4000万,微博粉丝达560万,微信粉丝达200万②,其广告刊例价目如图1-2所示。依据广告规格、广告类型及刊发版次、刊发平台的不同,广告刊发费用也相应变动。

―― 《经济日报》报纸广告刊例 ――
（2021年1月1日起执行）

广告规格	第一单元 （1-4版）	第二、三单元 （5-12版）
整版黑白		22万元
整版彩色	35万元	30万元
半版黑白		11万元
半版彩色	17.5万元	15万元
1/3版黑白		7.3万元
1/3版彩色	11.6万元	10万元
1/4版黑白		5.5万元
1/4版彩色	8.75万元	7.5万元
1/8版		2.75万元
1/16版		1.5万元

注：广告素材应提前至少3个工作日提交,加急或指定版面刊登广告,可视情况收取刊例价30%的加急费。

―― 《经济日报》新媒体广告刊例 ――
（2021年1月1日起执行）

平台	广告类型	
客户端	启动页	12万元
	首页焦点图	6万元
	首页信息流	6万元
	文尾硬广	2万元
微信	单条专门推送	40万元
	公众号头条	20万元
	公众号二条	12万元
	公众号三条	8万元
	文尾硬广（财经早餐）	6万元
	文尾硬广（非头条）	2万元
微博	单条图文视频	6万元

图1-2 《经济日报》报纸与新媒体广告刊例价目

三、以创建活动打造媒体品牌

媒体品牌是指媒体名称、标识、风格、特色、声誉、受众认同等有形无形内容的总和,体现的是一种竞争力、吸引力、亲和力、影响力和信任度。③ 简单而言,媒体品牌是受众对媒体的认知程度。一个良好媒体品牌的打造离不开推出的高质量报道和栏目以及举办的高水平节目和活动,这一切均与媒体的自身定位密切相关。"主流、权威、公信力"是《经济日报》自创刊以来始终坚持的办报理念和媒体定位,经过传媒领域的长期实践,"主流、权威、公信力"也成为受众对于《经济日报》的认知。随着新媒体时代的到来,组建传媒集团、打造媒体品牌的方式成为媒体扩大影响力、增强竞争力的长远战略举措。《经济日报》在经济日报报业集团的支持下,以中国经济网为依托,通过一系列活动的举办扩大了自身在经济领域的媒体品牌影响力。

在国际层面,中国经济网与中国驻巴基斯坦大使馆合作,推动中巴经济走廊媒体论坛活动的开展。每届论坛中,中巴两国使节、巴方官员、中巴两国媒体、智库及高校等各界人士均在受邀之列,从媒体传播的角度探讨中巴经济走廊及中巴命运共同体的建设问题,迄今为止活动已成功举办六届。在2020年举办的第六届中巴经济走廊媒体论坛上,双方与会代表在深入的交流与讨论中达成了疫情背景下两国媒体人应继续发挥桥梁纽带作用以推动经济走廊向高质量发展的一致意见。

---

① http://www.ce.cn/xwzx/gnsz/gdxw/202106/16/t20210616_36646440.shtml.
② http://www.ce.cn/xwzx/gnsz/gdxw/202106/16/t20210616_36646440.shtml.
③ 陈晓华.媒体品牌发展及其新战略[J].社会科学研究,2008(3):188-192.

在国内每年的全国两会期间,"两会议食厅"成为中国经济网和中国食品科技学会联合举办的固定节目,会议邀请国家食品药品监管局、工信部及食品企业代表等政商界人士,围绕食品安全、食品行业发展等话题建言献策,进而推动我国食品安全状况的全面改善。

此外,中国经济网还成功举办了以"中国时间"年度经济新闻盘点、中国经济趋势年会、海峡两岸暨港澳互联网发展论坛为代表的重要活动,真正做到了政企联通、四海联结,发挥了中央党报的组织与引领作用,塑造了自身"主流、权威、公信力"的媒体品牌。

第三节 《经济日报》知名栏目

作为中国最大、最权威的财经报刊,《经济日报》依托丰富的政治资源,报道的内容已由报刊成立之初的国家宏观经济政策方针、部门的生产管理经验、行业的先进人物模范、社会建设成就报道,延伸至包含IT、股票、航空、医药等垂直细分领域,《经济日报》现已成为我国最有代表性的综合性财经报刊。作为改革开放进程不断深入、市场经济不断繁荣的亲历者与见证者,《经济日报》以文字书写变革与进步,以图片与视频印证发展的轨迹,中国新闻奖是中国新闻界的最高奖项,自1991年第一届中国新闻奖评选以来,《经济日报》始终保持"每届参评、届届获奖"的佳绩,除消息、评论、通讯等文字类报道获得嘉奖,"视点""基层发现"等报刊栏目也荣获"新闻名专栏"的美誉。

目前,《经济日报》每周七刊,每刊十二版,逢特殊节日和活动时则增添版面。每日刊发版面不一,固定版面有要闻、综合、时评,常驻版面有世界经济、产经、财金、企业、地方、调查等。此外,《经济日报》不断推进媒体融合,创新平台内容,推出"经济日报财经早餐""企业家""记者专栏"等一系列有影响力的栏目。

一、"视点"专栏

自21世纪初中国加入世界贸易组织以来,经济全球化成为中国经济工作的代名词,世界各地的资本以更为活跃的方式涌入中国,经济成为影响政治、文化以及社会生活的重要因素。与此同时,大众的投资与理财理念逐步明晰,对于经济方面的信息需求逐渐增多,以往国内经济类报刊消息、通讯、评论的报道文体"老三样"以及典型报道居多的传统已经渐渐与时代脱节。

这一时期,以《21世纪经济报》《每日经济新闻》《经济观察报》等为代表的新财经类报纸异军突起。相比于传统报刊,这些报纸的报道内容覆盖政经、财经、产经的方方面面,对于投资、理财、资本的报道尤为注重,成为服务和指导大众经济决策和经济行为的重要报刊。新财经类报纸的崛起加剧了财经领域报刊的竞争,也在不断挤压传统财经类报纸的市场份额。在这样的背景下,以《经济日报》为代表的传统财经类报纸主动求变,不断变革版面实现突破,"视点"专栏便诞生于这一过程中。

"视点"专栏创办于2014年1月2日,栏目坚守传统媒体专业的内容生产机制,以严谨、客观、公正、专业的眼光审视经济领域新近发生的重大事件,聚焦经济发展过程中改革与现存问题之间的矛盾,以多元的报道体裁和图文并茂的报道方式解读经济改革中的重点和难点,为关注中国经济的各界人士解疑释惑,为全面深化改革营造良好的舆论氛围。2016年11月,"视点"专栏荣获第二十六届中国新闻奖一等奖,在短短两年内实现了从初创到登顶的"跳跃式"发展。

如《为期一个月的出租车改革与专车管理办法征求意见虽已结束,但争论与探索仍将继续——各方利益有待调和 政策抉择尚存变数》(2015年11月10日05版关注 记者齐慧),该报道是"视点"专栏获第二十六届中国新闻奖的参评代表作。网约车自2012年上线以来便引发汽车租赁经营领域的传统巡游式出行与信息化服务方式之间的冲突。2015年6月,交通运输部门召开专题研讨会,就出租车行业改革及网约车市场的规范运营等问题进行探讨。作为共享经济的衍生物,网约车具备一定的新颖性,关于其能否合法经营、出租车行业应该何去何从的问题受到广大司机与乘客的广泛关注。"视点"专栏记者紧扣这一热点话题,援引道路运输协会、信息通信研究院政策经济所、经济学家、交通规划专家以及滴滴平台、出租车司机和网约车司机等多领域、多层级人物的话语,指出加强传统巡游出租车信息化建设和针对网约车进行立法监管的必要性。值得注意的是,该报道后紧跟一篇专栏评论《有一种分歧叫契机》,呼吁以客观、理性、平和的方式对待"互联网+"与传统行业的融合,结合本报道中"对新业态要有新思路"的标题,整组报道以冷静和理性的态度表达出"搁置争议,共谋出路"的观点,不仅广开言路展示多方意见,主动回应了广大消费者关切,也为监管部门提供进一步改革的路径与思路,为推动出租车行业的健康良性发展和深化改革营造了良好的舆论氛围。

二、"基层发现"专栏

2003年3月28日,中共中央政治局召开会议,会议下发了文件《关于进一步改进会议和领导同志活动新闻报道的意见》,关于新闻报道的"贴近实际""贴近生活""贴近群众"的"三贴近"原则就此提出,并成为十六大以后党的新闻工作指导的核心思想。"三贴近"原则是我国党报理论的又一次延伸与发展,也是市场经济条件下,党报理论对新闻规律、市场规律的一种遵从与调适①,因而成为一部分党报新一轮改版与改革的标尺。

作为我国经济领域的中央级党报,《经济日报》走在勇于变革的前列。21世纪初,《经济日报》便已开设"县域经济""地方新闻"等版面,用以介绍地方发展的先进经验,探讨促进农业繁荣、增加农民收入的措施。2009年1月12日,"地方新闻"版面创新性地开设"基层发现"专栏,专栏的选题均来自基层,新闻材料从生活中来,报道内容真实鲜活,是对"三贴近"原则的进一步贯彻。专栏鼓励本社记者深入农村、深入社区、深入企业,从多角度、多方位展示各地的生产和发展实践,受到社会、受众的一致好评。2010年10月,"基层发现"专栏荣获第二十届中国新闻奖一等奖"新闻名专栏"奖项。

如《小地瓜长成亿元大产业》(2009年11月4日05版地区新闻 记者刘成),这是"基层发现"专栏较为典型的文字报道作品。报道聚焦山东省农民王玉堂种地瓜致富一

---

① 方晓红.从"党性原则"到"三贴近原则"——论中国党报理论的发展与党报改革[J].南京师大学报(社会科学版),2004(5):90-93.

事,详细介绍了在漏水漏肥的贫瘠土壤上如何实现产量丰收的方法措施和先进经验。报道的文风质朴,语言平实,如同讲故事一般将王玉堂个人带动集体致富的事实表达出来,不仅新闻材料贴近生活,报道中诸如"咱""老把式"等词语的运用同样生动易懂,符合专栏贴近群众、服务群众的特色。

三、要闻

"要闻"是《财经日报》的头版栏目,栏目与《财经日报》中央级党报的定位保持高度一致,主要刊登国家领导人重要讲话、最新经济政策、时事评论、产业动态、市场发展等信息,对读者了解中国经济建设成就、指导消费者与投资者的经济行为发挥重要作用。

(一)宏观:国家经济发展报道

自改革开放以来,中国已跃居成为世界第二大经济体,世界各地的资本在这里流通,全球的经济运行以此为枢纽。在这四十多年间,"中国奇迹"不断发生,"中国制造""中国速度"更是成为国家形象的代名词,这些业已取得的成就,是中国对外展示中国力量、讲好中国故事的重要素材,也是向内展现国家经济大势、阐明国家经济发展重大方向的关键线索。对于以"主流、权威、公信力"为定位的《经济日报》而言,搭建宏观展现中国经济发展蓝图的窗口和平台是应有之义。

如《高铁"巨龙"过处崛起条条产业走廊》(2015年2月14日01版要闻 记者黄鑫),这是第二十六届中国新闻奖文字系列报道的获奖作品。1978年,邓小平同志访问日本并乘坐新干线高速列车,高速铁路与高速列车由此进入国人视野。中国是总人口数量达14亿的人口大国,庞大的货物周转量与旅客周转量对客货运输能力与成熟的高速铁路体系提出高额标准,也对高铁技术和铁路规划提出严格要求。建设初期,中国的高铁技术远远落后于西方发达国家,现如今,中国高铁已经领跑全球,在打通国内南北经济区的同时走向世界。《经济日报》的记者牢牢抓住中国高铁辉煌的发展历程,将"四纵四横"高速铁路网体系之下中国高铁拉动上下游产业链升级、创造新的经济增长点的事实通过翔实的数据展现出来,全面、准确、生动地向读者呈现了我国高铁发展的巨大成就[1],也反映出我国坚持走创新型国家战略与区域发展战略道路的合理性与正确性。报道的选题重大,语言凝练,不仅向国内读者证明了经济转型的必要性,也向国外读者展现了中国强大的综合实力。

(二)中观:区域、城市和产业经济报道

与具有庞大体量的国家不同,各地区和城市的经济发展受历史、文化、地理等因素影响而有先后之分,不同产业也由于国家政策、国内生产力水平、国际大环境等原因存在一定差异。对于经济发展取得一定成就的区域、城市和产业而言,其成功之道与先进经验是展示其经济建设业绩的重要窗口。对于经济处于相对落后的地方而言,这些经验则是学习、追赶乃至超越的重要途径。因此,中观层面的区域、城市和产业经济报道是财经媒体的另一重要报道领域。

---

[1] http://www.xinhuanet.com//zgjx/2016-08/30/c_135645301.htm.

如《北京打响空气质量"攻坚战"》(2012年3月17日01版要闻 记者苏民、金晶),是获得第二十三届中国新闻奖的文字消息作品。党的十六大召开以来,经济发展与人口、资源、环境相协调,人与自然和谐共生的可持续发展战略成为国家经济发展的核心战略,绿色经济成为各地经济建设的关键一环。报道聚焦首都北京开展20万亩平原造林工程的事例,介绍了此次造林活动相对集中连片、成带联网的植树原则以及适地适树和保护生物多样性的植树要求,展示出了北京依据自身气候条件和土壤环境发展绿色经济、推行环保战略的先进举措。报道的选题重大,向读者传达了北京建设"绿都"的进步信息,同时也为其他地区提供了平衡生态环境、自然资源与经济发展的经验与模板。

(三)微观:消费行为与企业生产决策

社会主义市场经济体制中最重要的元素便是市场,它是一切消费行为与投资活动的场所,市场的繁盛一方面得益于政府的整体调控政策,另一方面则是基于广大消费者与企业的广泛参与。"人"是构成经济活动的根本元素,经济的发展促使市场的体量愈加庞大,也使得各类经济信息纷繁复杂,人们的经济决策也因此越来越受到多方面影响,获取有效经济信息的需求由此产生。满足受众需求是媒体在行业立足的基础,对于权威的财经媒体而言,为消费者和企业提供市场信息服务、注重信息对消费和投资行为的导向作用,是媒体建立公信力与影响力的必要条件,也是搭建生产与消费的桥梁,并为市场经济发展构建良好舆论氛围的职责体现。

如《一个月连开6家新店——从盒马鲜生"加速"看新零售"进阶"》(2020年4月27日01版要闻 记者王轶辰),对于绝大部分企业而言,疫情切断了企业与消费者的线下经济往来,也导致部分企业面临业绩大幅下滑濒临倒闭的窘境,"东方不亮西方亮",线下经济活动的减少为线上消费点燃了火种。该篇报道以盒马鲜生在特殊时期采取的线下多次补货、线上"共享员工"、线上线下互补短板的举措,展示了零售企业与数字化紧密结合共克时艰的先进决策,为其他希望摆脱经济困境寻找新出路的企业提供了崭新经验。

四、企业家

随着改革开放的不断深入与社会主义市场经济体制的正式确立,市场的主体愈加多元,民营经济从崭露头角到如雨后春笋般不断发展,逐步成为社会主义市场经济的重要组成部分。企业的发展壮大除了受经济环境、政治环境、技术环境等外部因素影响外,还与人才质量、资金周转、创新、管理等内部因素挂钩。企业如同一艘航行于海洋上的帆船,需要一名优秀的掌舵人合理地平衡各种影响因子,而企业家便是一家企业的舵手。企业家的创业经历如何,是怎样管理好企业,又是怎样从一系列竞争对手中脱颖而出,等等,企业家的个人形象也是企业形象的重要组成部分。了解企业家成为越来越多读者的兴趣点与需求点,为此,《经济日报》开设"企业家"栏目,为受众讲述企业家与政策、企业家与经营管理以及企业家精神等方面的故事。

(一)企业家与政策

作为国务院直属党报,《经济日报》承担着宣扬经济政策、巩固经济舆论阵地的重要职责,除了直接报道与解读政策外,通过企业家个人的故事宣扬党性或顺应经济政策所采取的一系列举措,同样是吸引受众、展现社会主义制度的有效报道方式。

如《刘爱力:全力打造现代化邮政服务体系》(2021年6月15日09版特别报道 记者吉蕾蕾),作为邮政行业的"国家队",中国邮政承担着为人民群众便捷高效邮政服务的义务,特别是在一些交通不便、邮递行业不发达的偏远地区,中国邮政也秉持"凡有人居处,必有邮政人"的普遍服务理念,为人民的美好生活打下坚实基础。报道通过采访中国邮政集团董事长刘爱力,既将中国邮政十八大以来"四梁八柱"等创新改革举措、助力"双循环"发展格局以及疫情特殊时期履行的社会职责一一呈现给读者,也将国有企业顺应"十四五"规划、推动中国产品走向世界、全面推进乡村振兴战略的党性原则予以展示,充分体现出刘爱力作为国有企业掌舵人在执行党和政府的政策时所拥有的"为人民服务"以及心怀"国之大者"的初心使命。

(二)企业家与经营管理

一家企业的成功离不开对于商机和社会经济文化大环境的把握,更离不开其先进的经营理念与管理方式。企业家是如何一步步积累这些成功经验,又是如何不断开拓商业版图的,这些都是值得行业和后来者学习的地方。

如《甘肃中天羊业股份有限公司董事长陈耀祥:办一家受人尊敬的企业》(2021年7月24日06版人物 记者李琛奇),报道以农民出身的农企董事长陈耀祥为采访对象,以其创业过程中所经历的地理环境与经济条件受制约为背景,穿插受访者不断转变创业理念克服困难的心路历程,得出畜牧业做大做强需借助现代化科技和高质量人才的力量。报道通过直接引语展现了甘肃中天羊业股份有限公司由地方企业转变为全国企业未来将走向国际的企业愿景,向读者和同行传递出企业发展不仅需要先进的生产经营管理理念,更要有矢志不渝的创业定力和坚持不懈的创业毅力。

(三)企业家精神

随着社会主义市场经济的逐步深入,市场的体量不断扩张,竞争也在不断加剧,各企业的目标也由原来单纯地追逐经济效益而向注重人的价值、关注环境和社会公益、承担社会责任等方面转变,企业形象成为企业经营战略和提升企业知名度与竞争力的重要一环。企业形象是公众对企业整体印象的综合评价,而企业家形象则是企业整体形象的缩影,企业家的一举一动都会对企业形象产生影响,良好的企业家形象将会为企业"赋魅",使得整个企业形象、企业品牌充满独特气质。在构成企业家形象的诸多维度中,企业家精神是重要组成部分,企业家创业经历中所展现的锐意进取、团结合作、创新超越精神是企业得以扎根生长的土壤。报道这些企业家精神,不仅能够展现出企业家的独特思想和个性,也是对追求品质、追求卓越的标杆文化的宣扬与推崇。

如《其疾如风,其徐如林》(2020年9月27日12版人物 记者温济聪),2020年9月8日,随着农夫山泉的成功上市,企业的最大股东创始人钟睒睒一跃成为中国新首富的新闻进入大众视野,这也让自称"大自然的搬运工"的饮用水品牌农夫山泉和其背后略显神秘的董事长成为讨论的焦点。一家企业的成功离不开优秀的管理者,本篇报道以钟睒睒相对低调的处事风格着手,引出农夫山泉公司上市之路背后"任他风吹雨打,我自岿然不动"的故事。报道巧妙地将农夫山泉的发展史与钟睒睒的管理决策融合在一起,"其疾如风,其徐如林"是钟睒睒性格特点的描写,也是农夫山泉作为一家企业平日里稳中求进、机遇出现时敢于争夺先机的"胸有激雷而面如平湖"企业文化的体现。在阅读引进无菌生产线、东方树叶茶饮料诞生、让位园区1号楼的故事时,读者得以明显感知,是钟睒睒敢于冒险、以人为本、重视创新的企业家精神赋予农夫山泉这家企业独特的企业气质。通过企业家精神讲述故事,不仅使得报道更具生动感,也使得公众对于企业的了解更为全面立体。

五、记者个人专栏

"记者个人专栏"是经济日报社推进媒体融合发展进程的最新成果体现。在"人人都有麦克风"的传播背景下,信息的碎片化、"后真相"化成为传播新态势,新闻事实反转屡见不鲜,新闻的真实性遭到各类媒体不同程度的忽视。为在新媒体时代继续践行"主流、权威、公信力"的报刊理念,《经济日报》以培育专家型记者、传递真实信息、提供专业信息服务为目标,开设"记者个人专栏",栏目领域包括金融证券、产业市场、时政、农业等。

（一）财金视野

随着中国经济的不断发展,人均可支配收入得到较大提升,物质生活得到极大丰富,人们参与经济活动的热情愈发高涨,基金、股票、证券成为日常经济生活的一部分,金融领域的信息披露、政策解读、市场动态、专家话语等也成为相关投资者关注、了解、学习之处。秉持着权威主流的财经媒体理念,《经济日报》开辟"财金视野"专栏,通过对金融证券行业有丰富经验与见解的记者的评论与解读,为读者提供审视金融市场的全新视角,帮助读者做出理性的投资行为。

如《警惕兜底式增持背后风险》(2021年5月24日05版时评 记者周琳),炒股是一种零和博弈,不会出现只赚不亏的行为,作者以近期股票市场上出现的"兜底概念股"为着眼点,相继剖析出这类企业兜底式增持倡议背后暗藏的"钓鱼""忽悠"风险,并对投资者发出注意企业决策是否经过法定程序、兜底承诺是否存在变动可能的警示,促使"天下没有免费的午餐"的观念深入人心。通过对这些风险的揭示,也有助于政府出台相关监管政策、更新监管手段。

（二）房地产周评

随着改革开放的不断深入,我国的房地产市场不断发展,房地产业已经成为国民经济的支柱性产业,人们对于房地产的关注度不断提升,房地产新闻不仅成为财经媒体的重要报道方向,也是其他各类媒体获取流量的重要途径。作为综合性财经媒体,《经济日报》开设"房地产周评"专栏对当前的房地产业务、房地产政策等予以解读,为广大购房者以及房产持有者提供专业的信息服务。

如《以教育资源均衡破解学区房之困》(2021年5月12日07版产经 记者亢舒),学区房是关注度较高的房产类型之一,事关学生能否接受良好的教育及能否拥有光明的"学途",近年来受到学生家长的广泛追捧。实际上,"学区房"的出现即是教育资源不平衡的体现,作者在开头直指问题症结所在,分析出经营贷违规入市以及疫情影响下出国留学受阻等原因导致学区房价格不断上涨,作者随后给出推进教育集团化、教师轮岗、"校额到区""校额到校"等平衡教育资源的方式,为各地教育部门制定合理的招生政策提供帮助。此外,记者详细阐释了各地教育政策不断改革背景下"击鼓传花"式购买学区房存在的风险,促进学生家长理性看待和对待学区房,一定程度上为学区房"降温"发挥出财经媒体记者的职责作用。

(三)市场监管

社会主义市场经济是依据我国国情发展而来的经济体制,市场监管机制与经济发展的其他方面一样,都需要"摸着石头过河"。随着我国市场的不断扩张,市场监管的外延同样得到扩展,市场监管的难度由此提升,针对新出现的经济现象而推出的市场监管新举措需要得到市场检验,这不仅需要政府监管部门相关人士的集思广益,更需要媒体引导正确的舆论导向,没有良好的舆论氛围,市场监管政策将难以施行。作为指导经济工作的中央直属报刊,《经济日报》开设"市场监管"专栏,以时评的方式分析市场现象,为监管部门提供参考意见,为消费者构筑理性思考空间,为市场健康运转建立良好舆论氛围。

如《鸿星尔克怎样才能活到2140年》(2021年7月28日05版时评 记者余颖),2021年7月以来的河南洪灾让"野性"捐款的鸿星尔克走入大众视野,虽然以往在国产运动品牌中难以靠前,但不顾企业资金周转困境驰援灾区的行为,让鸿星尔克成为国产品牌的代表,结合之前外国品牌抵制新疆棉的BCI事件,买国货、穿国货成为当下的潮流。针对此次消费者疯狂追捧鸿星尔克产品的行为,作者理性地指出国货崛起虽然需要国内广大消费者的认同与喜爱,但更需要企业重视产品质量、产品服务和创新能力,正视与外国品牌之间的差距,尽早补齐自身短板,为"国产百年老店"的树立提供了建设性意见。此外,作者的声音看似为消费者热烈追捧国货的行为"降温",实则是为大众构建理性看待国货的视角,也为国货"自强"预留了空间。对于构建国货的文化认同、价值认同,止住当下市场盲目追求外国品牌的风气,发挥出了媒体应有的作用。

(四)忠阳车评

随着21世纪初中国加入WTO(世界贸易组织),包括汽车产业在内的各行各业都加入到国际市场发展的浪潮中,我国的汽车产业由此按下快进键,实现从无到有、从弱到强的转变,汽车逐渐"飞入寻常百姓家",成为交通出行中必不可少的一环,需求的不断壮大使得中国一跃成为全球最大的汽车市场。此外,普通民众关于汽车相关知识的了解不断加深,对于汽车产业信息的披露、政策的解读和行业发展趋势的分析等方面的需求日益显现。为此,《经济日报》开设"忠阳车评"记者专栏,以长期观察汽车业并具备丰富经验的记者杨忠阳为主稿人,通过以专业视角观测和评论汽车行业的方式帮助读者全方位构建起对于汽车行业的认知。

如《恒大"盖楼式"造车靠谱吗》(2020年9月11日10版企业 记者杨忠阳),这是获得第三十一届中国新闻奖三等奖的文字评论作品。全球环境污染的严峻形势使得绿色生态成为迫切需求,也使得环保无污染成为汽车厂家拓展商业版图、增加营收的有力途径。在此背景下,新能源汽车应运而生,并受到各国政府优惠政策的对待,不仅原有的汽车厂家积极创新,甚至一些商业巨头同样在积极寻求入局,恒大便是其中一员。制作汽车并非一蹴而就,背后需要资金、技术和经营管理人员的高度协同,跨界造车对于此前从未涉足汽车产业的企业而言更是难上加难。作者就恒大集团2021年上半年试产"恒驰"新能源汽车,力争于下半年实现量产并实现盈利平衡的"豪言壮志"做出评论。首先通过指出汽车投入市场不仅需要研发、制造、量产环节的铺垫,更是企业长期规划、基础架构开发的体现,来表明恒大跨界造车不应持乐观态度。紧接着举出特斯拉"折腾"历时16年才实现盈利、华夏幸福黯然退场、宝能入局鲜有建树的实例佐证汽车业运营和成长的艰难,不仅对于恒大企业本身有着极为强力的建设性意义,也使得读者对于跨界造车有了更为全面的了解。

第四节 《经济日报》经典报道案例点评

"正本清源理性看·中美经贸摩擦"系列报道

中美贸易战会给我们带来多大影响?

为什么说我们应对贸易战有充足的底气?

一、报道概述

《"正本清源理性看·中美经贸摩擦"》是《经济日报》于2018年8月10日至14日发表在经济要闻3版的文字系列报道,由《为什么我们一直强调"不得不打"?》(2018年8月10日)、《中美贸易战会给我们带来多大影响?》(2018年8月12日)、《为什么说我们应对贸易战有充足的底气?》(2018年8月14日)三篇报道组成。该系列报道的成稿时间正是中美经贸摩擦斗争最为激烈的时候,双方加征关税的举措不断升级,形势十分紧张,社会舆情关注度较高。一方面,贸易战的打响引发公众的广泛讨论,但在看待经贸摩擦的实质及影响方面存在较大的分歧和疑虑;另一方面,国内各大媒体关于中美经贸摩擦事件的动态性报道做得很好,而在引导公众如何对待此事、如何认清其中的利害关系方面仍有较大的探索空间。基于上述两方面的问题,《经济日报》记者连俊在报纸上分篇推出报道,就此番贸易战的核心热点问题——为什么贸易战"不得不打"、为什么说美国的行为是霸凌主义、中美贸易战的影响有多大、为什么说"贸易战没有赢家"、为什么说我们应对贸易战有充足的底气,一一予以解答,及时回应了社会关切。报道的主题重大、立意深远、逻辑缜密,帮助读者提升了对于中美经贸摩擦事件的认知程度,因而获得第二十九届中国新闻奖二等奖。

二、报道背景

(一)事件背景

此次贸易战最早可追溯至2017年8月,时任美国总统特朗普签署行政备忘录,指示美国经贸代表办公室发起对华的"301调查"。2018年3月22日,基于"301调查"报告,美国宣布将对600亿美元的中国进口商品加征关税,并限制中国企业对美投资并购。随后,美国分别在6月和7月宣布将对中国500亿美元商品加征25%关税和2000亿美元中国进口商品征收10%关税。除最初的钢铁和铝制产品,医药产品、化合物、橡胶制品等商品相继进入美方的加征关税名单,涉及航空航天、信息通信技术、机械等十余个部门。

中国政府对此事的态度由强烈不满与抗议,逐步转化为推行反制措施。2018年3月,中国拟对价值30亿美元的美国产水果、猪肉、无缝钢管等100多种商品加征关税;4月,原产于美国的大豆、汽车、化工品等14类106项商品进入加征关税名单;6月,中国国务院关税税则委员会决定对659项约500亿美元的美国进口商品加征25%的关税。两国之间的贸易摩擦愈演愈烈。

(二)经济背景

中美贸易争端由来已久,早在20世纪90年代,美国就曾三次发起针对中国的"特别301调查",调查主要集中于知识产权和市场准入问题,结果也以双方的妥协与和解告终。[1] 21世纪以来,美国对华贸易逆差呈现不断扩大的趋势,中国是美国累计贸易逆差总额最多的贸易伙伴国[2]。2009年至2018年间,美国先后针对乘用车胎、大型洗衣机、光伏产品等多种中国进口商品加征反倾销和反补贴关税,并限制包括三一重工、华为、中兴等中国企业在美的投资。美国的这些行为以"公平贸易"为幌子,动用强硬政策强化对国内产业的保护,旨在打击贸易顺差国的经济和产业发展,进而维持自身的国际贸易地位。[3]

三、报道特色分析

贸易产生于人类的商品交换活动,贯穿于整个社会的发展脉络,对于贸易活动信息的报道则构成了贸易新闻的主体。随着生产力技术的不断发展,贸易的维度、范围和规模不断扩展,人与人、区域与区域之间的商品交换流通变成了国与国之间的经济往来,也即国际贸易[4],揭示贸易关系和经济内涵的国际贸易新闻由此成为一类重要的经济新闻报道[5]。既然包含"国际"二字,国际贸易新闻报道便需要包含全球化视野。这里的全球化视野不仅包含国际贸易信息传递的新闻基本功能,也指涉在纷繁复杂的国际环境中代表国家表明态度和立场,维护国家的形象和利益。

《经济日报》是中国经济领域的权威党报,为中国的经济发展指明方向,其关于重大经济事件的报道可视作官方意见。2018年爆发的中美经贸摩擦事件涉及中美两个大国,事件影响深刻,受到国内外从经济专家到普通民众的热切关注,国际舆论错综复杂,国内意见分化严重,急需官方媒体的回应。在此情形下,《经济日报》通过翔实丰富的资料、多方信源的采访以及理性冷静说理的报道方式,直面国际贸易争端中的热点问题,不仅消除了社会各界关于中美贸易摩擦的疑虑,也旗帜鲜明地阐释了中方关于贸易战

---

[1] https://finance.ifeng.com/a/20180404/16058530_0.shtml.
[2] 孔庆峰,李奥.双层博弈视角下的美国对华贸易战[J].当代世界社会主义问题,2020(3):147-157.
[3] 马天月,丁雪辰.中美贸易摩擦与中国企业创新路径分析[J].科学学与科学技术管理,2020,41(11):3-15.
[4] 潘高.全球化视野下国际贸易新闻报道的价值取向分析——以经济日报"中美贸易战"报道为例[J].视听,2019(6):188-190.
[5] 曾怡然."一带一路"背景下国际贸易新闻报道价值取向研究——以近五年中国新闻奖为例[J].新闻爱好者,2019(9):38-41.

"不愿打,不怕打,必要时不得不打"的立场与原则。由此出发,报道的特色之处主要体现在以下几个方面。

(一)主题重大,立意鲜明

系列报道写作必须围绕同一个主题,并多角度、多侧面地突出深化报道主题。系列报道中的单篇报道,视角和篇幅可以有所不同,但内容之间一定要具有关联性,做到形散而神不散。① 2018年8月正是中美经贸摩擦形势最为严峻的时刻,双方互相加征关税的举措不断演进,社会各方对于事件的关注度愈发高涨,本组系列报道根据社会对此事件的关注点梳理出关于贸易战"不得不打""带来的影响""应对的充足底气"的热点问题,并指出"不得不打"的原因在于美方的出尔反尔与施压讹诈而导致此次贸易战并不以中国的意志为转移;概括出贸易战将对外向型企业造成成本提高和订单下降的冲击、对民众影响微乎其微的"有影响,可控制,需应对"九字箴言;应对底气源于党中央的统一领导、强大的经济韧性以及高效的社会动员体系。报道通过鞭辟入里的分析,解释了中方实施反制手段的合理性与正当性,为中国树立维护多边贸易体制与国际多方利益的负责任的大国形象打下坚实基础,也展现出主流媒体在应对重大国际问题和社会舆情时的担当。

(二)信源多元,剖析透彻

对于权威信源的采访将极大拓展新闻报道的深度,多信源信息的交叉使用则有助于增强报道的可靠性,为读者提供审视、思考问题的多元视角。如表1-1所示,本组系列报道中,作者先后采访中央党校原副校长、中国国际经济交流中心首席研究员与总经济师、商务部研究院研究员,受访人员跨越学界、政界、商界,通过各界代表人士不同视角的解答,为读者全面了解中美经贸摩擦的原因和本质打下坚实基础,也突出了报道的权威性,增强了报道的可读性。

表1-1 《"正本清源理性看·中美经贸摩擦"》系列报道人物采访表

标题	采访对象
《为什么我们一直强调"不得不打"?》	中央党校原副校长 赵长茂
	世界贸易组织总干事 阿泽维多
《中美贸易战会给我们带来多大影响?》	中国国际经济交流中心首席研究员 张燕生
	中国国际经济交流中心总经济师 陈文玲
《为什么说我们应对贸易战有充足的底气?》	中国国际经济交流中心首席研究员 张燕生
	商务部研究院研究员 梅新育

(三)主动策划,应时而动

新闻策划是新闻工作者遵循事物发展和新闻传播的基本规律,对已占有的信息进行科学分析和研究,制定和实施相应的政策和策略,对新闻传播活动进行有创意的谋划

---

① 《新闻采访与写作》编写组罗以澄.新闻采访与写作[M].北京:高等教育出版社,2019.

与设计,并根据反馈信息不断调整、修改,更好地配置与运用新闻资源,取得最佳社会效益的一种创造性的活动过程,①因而是新闻报道过程中的重要一环。对于新闻工作者而言,优质的新闻策划是报道质量的保障;对于新闻媒体而言,新闻策划也是凸显自身特色、增强竞争力和影响力的关键。具体而言,事实前提和价值前提是新闻策划运作的基础,即新闻策划应以基本事实为前提、以正确的社会舆论导向为基础。②在中美经贸摩擦斗争最为激烈之时,《经济日报》直面国内社会存在的共同疑惑,主动及时地推出贸易摩擦系列报道,以中央权威党报的姿态分别就中国为什么要打贸易战、贸易战对企业和民众的影响以及如何应对贸易战等关键问题予以阐述。为什么—有什么影响—怎么办的逻辑链条严谨清晰,不仅帮助广大读者解疑释惑,发挥了官方媒体的服务性作用,也稳定了国内情绪,同时为中国有担当、敢作为的大国形象的树立定下基调,发挥了官方媒体的舆论引导作用。

(四)语言平实,化繁为简

贸易摩擦是国际贸易问题的一个分支,内容横跨微观经济学、宏观经济学、政治经济学、世界经济学等多个经济学领域,是高度复杂抽象的专业性问题。在本组系列报道中,作者并未使用深奥难懂的专有名词,而是以通俗易懂的文字详尽阐释自身观点。如说明中美经贸摩擦对于国内消费而言影响可控的问题时,"加征关税猪肉价格上涨会带来一定影响,但牛羊肉、鸡肉、鱼肉等都可以替代"。说明应对贸易战底气充足的原因时,"在世界500多种主要工业品中,我国有220个产品产量位居世界第一"。诸如此类简单平实的文字在整组系列报道中屡见不鲜,报道的鲜活性跃然纸上,有助于加深读者对中美经贸摩擦问题的理解,也有助于加强报道对读者积极理性地看待中方举措的引导作用。

四、报道的启示

(一)以切中热点事件作为贸易新闻报道的策划方向

新闻报道的选题策划是决定报道成败的关键因素,涉及重大公共利益的新闻题材往往能够受到社会各界的广泛关注。随着互联网技术的迭代更新,信息的传播速度获得极大增长,大众的信息诉求日益趋向多元化,受众不仅希望能及时知晓重大新闻热点事件,也希望通过媒介传递的权威信息解读新闻现象。对于媒体而言,精心策划、切中热点事件、创新报道角度是吸引受众注意力进而引发社会讨论乃至共鸣的有效手段,也是新媒体时代树立媒体影响力与公信力的重要途径。

因此,新闻工作者在从事贸易新闻报道时,应切中受众关心的社会热点,为受众提供完整而真实的信息,以此作为建立受欢迎、受信赖的媒体平台的前提。

---

① 王熙华.加强新闻策划 营造良好的宣传舆论环境[J].新闻界,2011(2):95-97.
② 赵振宇.新闻策划的定义、作用及实施前提[J].现代传播,2001(4):70-75.

(二)采访多方信源以增强贸易新闻报道的权威性

新闻报道中的现象剖析与事件解读,并不是记者在有限资料内所做的主观臆断,而是在对不同领域、不同层级的受访人士进行深入采访的基础上,根据已掌握的丰富素材进行选择与综合的结果。提供多方信源,一方面有助于避免偏听偏信现象的发生,保证观点的平衡性,帮助读者塑造"全知"视角下的系统性思维,另一方面则是媒体注重新闻报道真实全面的有力体现。

由此而言,新闻工作者应以采访多方主体、提供多方信息为报道原则,从不同层面为受众构筑真实的新闻,进而增强报道的权威性与受众对于媒体的信任度。

(三)以全球视野大局意识作为贸易新闻报道的价值取向

经济全球化是世界发展的必然趋势,地区与地区、国家与国家之间的贸易往来日益密切,除促进地区和国家经济的快速增长,也带来更为错综复杂的经济形势。国际贸易的背后是国家利益、产业供给、市场政策等多方面内容的相互交织。就一定程度而言,贸易过程也是双方博弈的过程,由此角度出发,为维护本国产业的单边主义与贸易保护主义行为依然存在。因此,贸易新闻报道在保证全球视野的前提下应注重大局意识,即坚持正确的舆论导向,为我国经济的迅速发展和国际地位的日益提高鼓与呼[1],在涉及国家利益的根本问题上坚定立场,通过冷静思考与理性分析向国际社会传达我方态度,真正做到维护国家和人民的核心利益。回到本组系列报道中来,《经济日报》的叙述方式理性淡定,客观公正地摆事实、讲道理,清晰地阐明了中国关于贸易战的原则和立场,提振了国内社会对于贸易战的信心,也向国际社会表明了中方的鲜明态度,有理有据,展现了权威党报的担当。

(四)以语言生动简练作为贸易新闻报道的写作理念

语言之于记者,如兵刃之于武士,羽翼之于飞鸟。[2] 语言的生动活泼与否,是决定新闻报道是否出彩的重要因素。由于新闻报道体裁和主题的差异,报道的整体风格存在庄重严肃与活泼轻快之分,但二者并不与语言的简练生动相悖。主题宏大的新闻报道可以凭借简练的语言增添可读性,题材细微的新闻报道也可依据生动的语句引发读者的广泛关注。由于贸易新闻报道常常与经济问题相关联,因而不可避免地涉及经济领域的专业术语,此时的语言简练生动意味着贸易新闻记者应做好术语"翻译师",降低报道的阅读门槛,将复杂晦涩的概念和问题以简单易懂的方式传达给读者。

因此,贸易新闻工作者应以语言的简练生动作为报道的写作理念,力求报道通俗易懂,帮助读者深刻理解文中的观点,深化其对于整篇报道的印象。

---

[1] 吴玉兰.经济新闻报道[M].武汉大学出版社,2009.
[2] 刘保全.第二十七届中国新闻奖精品赏析[J].当代传播,2018(2):99-102.

附录 《经济日报》中国新闻奖历届获奖作品目录(1990—2020年)

届别	作品名称	作者	编辑	奖项	体裁
第一届	《行的变迁》	王若竹	/	二等奖	文字通讯
	《怎样把"蛋糕"做大?》	阎卡林	/	三等奖	文字言论
第二届	《真正的"秘密武器"》	范敬宜	/	二等奖	文字通讯
	《少数企业"死"不了,多数企业"活"不好》	詹国枢	/	二等奖	文字言论
	《经济日报》1991年6月26日一版	/	李东东、张丹青	三等奖	报纸版面
第三届	《市政府的新顾问》	王昭栋、李天斌	/	二等奖	文字消息
第四届	《为什么要整顿金融秩序》	孙勇	/	一等奖	文字言论
	《"小机"斗"大机"》	李天斌、詹国枢	/	二等奖	文字通讯
第五届	《开封缘何不"开封"》	詹国枢、庹震、刘海法	/	二等奖	文字通讯
	《长虹人笑问何为"债务链"》	王来	李洪波	三等奖	文字消息
第六届	《这发票该不该企业报销》	庹震、李本军	詹国枢	二等奖	文字消息
	《深圳特区还能"特"下去吗?》	詹国枢、庹震、邹大虎	钟滨	二等奖	文字通讯
第七届	《降价之后是重组》	牛文文	/	二等奖	文字通讯
第八届	《资本运营系列报道》	艾丰、张杰、魏劲松、牛文文	/	一等奖	文字系列
	《南京四"鹤"难齐飞》	杨国民、牛文文	王若竹	二等奖	文字消息
	《回归赋》	张曙红	艾丰	二等奖	文字言论
	《中国彩电业遇到了什么挑战》	王玉玲	詹国枢	三等奖	文字通讯
第九届	《树立新的择业观》	冯并、张曙红	/	二等奖	文字言论
	《"政府采购"向我们走来》	钱凤元	詹国枢	二等奖	文字通讯
	《黄河断流万里探源》	徐文营、钟劲、彭路明	钟滨	二等奖	文字系列
第十届	《一场严肃的政治斗争》	冯并、张曙红、郑庆东、张杰、高路	徐心华、武春河	一等奖	文字言论
第十一届	《谨防重复建设又抬头》	何振红	/	三等奖	文字言论

续表

届别	作品名称	作者	编辑	奖项	体裁
第十二届	《纪念建党80周年革命圣地踏访》	罗开富	武春河、冯并	一等奖	文字系列
第十三届	《在延安的山村里——下乡采访笔记》	马秀莲	姜波	二等奖	文字通讯
第十三届	《沈阳重新打"装备制造牌"》	张小国、武力、孙潜彤	丁式	三等奖	文字系列
第十四届	《人民币升值不能挽救美制造业》	李正信	马海亮、冯林	二等奖	国际通讯
第十四届	《振兴老工业基地——东北行》	张曙红、李天斌、王大为、李巍、李已平、倪伟龄	李洪波、陈小力	二等奖	文字系列
第十四届	《陕西农民买断两千公里渠路绿化权》	刘晓辰、吴永国	钟滨	三等奖	文字消息
第十四届	《雷锋生前惟一报告录音是这样发现的》	梅绍华、王志多	冯并、姜波	三等奖	文字通讯
第十五届	《国有企业改制一定要规范》	阎卡林、齐东向	李洪波	一等奖	文字评论
第十五届	《别样的循环经济》	梁晓亮	姜波	二等奖	文字通讯
第十五届	《浙江东阳开发区探索土地集约化经营 不征新地照样招商》	聂伟	武家奉、崔军	三等奖	文字消息
第十五届	《告诉你一个真实的背景——关于废止收容遣送制度的采访札记》	徐立京	姜波	三等奖	文字通讯
第十六届	《提高自主创新能力推进经济结构调整》	李洪波、阎卡林、齐东向	/	特别奖	文字评论
第十六届	新闻专栏·记者亲历	王若竹、郑波	/	一等奖	新闻专栏
第十六届	《中国人不能老乘飞机吃大豆》	陈建辉	张曙红	二等奖	文字通讯
第十六届	《经济日报》2005年3月2日一版	/	张丹青、贺浪莎	二等奖	报纸版面
第十六届	《"这两个字不能加"》	周晓骏、童政	钟劲、韩叙	三等奖	文字消息
第十六届	《关注着你的关注》	许红洲	詹国枢、何振红	三等奖	文字评论

续表

届别	作品名称	作者	编辑	奖项	体裁
第十七届	《"城市河流,让我们重新认识你"系列报道》	集体	集体	一等奖	文字系列
	《爆炸、矿难,山西为何黑色新闻不断?》	张冉	李鹏	二等奖	网络评论
	《大连工业投资立项需过"能评"关》	李天斌	郑波	三等奖	文字消息
	《对中国皮鞋反倾销将没有赢家》	何振红	庹震、李洪波	三等奖	文字评论
	《经济日报》2006年12月9日摄影报道版	/	邓维、许滔	三等奖	版面
第十八届	《长三角市场一体化工程正式启动》	黄平、叶建华	陈燕、李会	二等奖	报纸消息
	《科学发展看治沙》	集体	集体	二等奖	报纸系列
	《同是造纸厂 盛衰两重天》	任意	武力、代明	三等奖	报纸通讯
第十九届	《九峰村里那两排木板房》	夏先清	郑波	二等奖	报纸通讯
	《"成长中的产业集群"系列报道》	万建民、黄平、鲍晓倩、张建军、陈莹莹、张玫	姜波、万建民	二等奖	报纸系列
第二十届	《跨越1000万辆:新的台阶 新的起点》	李铁铮、童娜	张雅	一等奖	报纸消息
	基层发现	王晓雄、何振红、齐平、陈艳、游晓玮	/	一等奖	新闻名专栏
第二十一届	《谱写自主创新的辉煌篇章》	/	李洪波	一等奖	报纸评论
	《我国铁路经营业里程跃居世界第二》	苏民	崔书文	三等奖	报纸消息
	《竹子让生活更美好》	崔书文、刘惠兰、亢舒	陈学慧	三等奖	报纸通讯
第二十二届	《青藏铁路:世界屋脊上的钢铁大通道》	集体	武力	二等奖	报纸通讯
	《今年我国农业农村经济全线飘红》	瞿长福、李力	闫静	三等奖	报纸消息
	《经济日报》2011年11月25日05版	集体	/	三等奖	报纸版面

续表

届别	作品名称	作者	编辑	奖项	体裁
第二十三届	《崛起的中国势不可当》	钟经文、阎卡林、齐东向、马志刚	李洪波	一等奖	文字评论
	《粮食生产的中国纪录是如何创造的》	孙世芳、李力、乔金亮	郑波	二等奖	文字通讯
	《20万亩平原造林工程启动 北京打响空气质量"攻坚战"》	苏民、金晶	武力	三等奖	文字消息
	《美国政治封杀中企是把双刃剑》	张伟	连俊	三等奖	国际传播
第二十四届	《如何看待当前经济形势》	集体	/	二等奖	文字系列
	《幸福乡村看林城》	徐如俊、隋明梅、雷汉发	陈小力、刘志奇	三等奖	文字通讯
	《经济日报》2013年1月27日01版	武力、刘志奇	/	三等奖	报纸版面
第二十五届	《"李保国又来了!"——记一位扎根太行山的科技工作者》	董碧娟	陈建辉	二等奖	新闻特写
	《石家庄破解水泥产能过剩难题调查》	崔书文、顾阳、林火灿、王轶辰	/	二等奖	文字组合
	《评论家"赶场子"为哪般》	三三、徐文耀、万绿	姜范、梁婧	二等奖	报纸副刊
	《文化,小心资本"绑架"》	赵凤兰	梁婧	三等奖	文字评论
第二十六届	视点	王薇薇、胡文鹏、刘亮、郭存举、李瞳	/	一等奖	新闻名专栏
	《不"唯GDP"并非"去GDP"》	马志刚	张小影	二等奖	文字评论
	《中国高铁一线调查系列组合报道》	栾笑语、齐慧、熊丽、黄鑫	/	三等奖	文字系列
	《亚马逊向下,诚品向外,我们向哪》	姜范	梁婧	三等奖	报纸副刊
第二十七届	《走向经济治理现代化的中国探索》	齐东向	张小影	一等奖	文字评论
	《环境执法"牙齿"越来越硬》	曹红艳	陈建辉、胡文鹏	二等奖	文字消息
	《我国资本市场开放迈上新台阶》	温济聪、杨阳腾	郭存举、李瞳	二等奖	文字通讯
	《经济日报》2016年9月16日要闻01版	刘志奇、代明	/	三等奖	报纸版面

续表

届别	作品名称	作者	编辑	奖项	体裁
第二十八届	《"中国经济如何影响世界经济"系列报道》	陈学慧、连俊、徐惠喜、袁勇、周明阳、李春霞、朱琳	/	三等奖	文字系列
	《咱村尽是文化人》	高兴贵	刘亮、翟天雪	三等奖	新闻摄影
	《下一位改变世界的中国人，或许就在这里！》	集体	/	三等奖	网络访谈
	《经济日报》财经早餐	陈发宝、乔申颖、王玥、王琳、李盛丹歌、万政、丁鑫	/	三等奖	融媒栏目
第二十九届	《对"私营经济离场论"这类蛊惑人心的奇谈怪论应高度警惕——"两个毫不动摇"任何时候都不能偏废》	吕立勤	张小影、张曙红、齐东向	一等奖	文字评论
	"正本清源理性看·中美经贸摩擦"系列报道	连俊	郑庆东、陈学慧	二等奖	文字系列报道
	《经济日报》2018年1月19日要闻01版	代明	代明、吴迪	三等奖	报纸版面
第三十届	《沙特巨额投资巴基斯坦有益各方》	徐惠喜	陈学慧	一等奖	国际传播
	《"数说70年"数据新闻可视化系列短视频》	张小影、陈发宝、张益勇、朱文娟、王琳、吉亚矫、雷雨田、赵天格格	杜秀萍、万政、王子萱	一等奖	融合创新
	《香港经济不堪"乱"负 止暴制乱方是正途》	廉丹	张小影、郑庆东、陈学慧	二等奖	文字通讯与深度报道
	《百年首钢的两次奥运奇缘》	赵晶	翟天雪、刘亮	三等奖	新闻摄影

续表

届别	作品名称	作者	编辑	奖项	体裁
第三十一届	《"半条被子的故事"有新篇》	刘亮	郑庆东、王智、朱磊	一等奖	文字通讯与深度报道
	《恒大"盖楼式"造车靠谱吗》	杨忠阳	郑庆东、徐涵	三等奖	文字评论
	《"韩寒井柏然都为她加油！一个武汉90后女孩的'方舱日记'"系列短视频》	李红光、覃皓珺	王玥、杜秀萍	三等奖	短视频专题报道

第二章 《21世纪经济报道》

《21世纪经济报道》创刊于2001年1月1日,面向全国发行,由南方财经全媒体集团主管、主办。致力于服务较优秀的人群,不仅是中国商业报纸的领导者,也是在世界经济界较受关注的中国经济类日报,以分析国际形势、透视中国经济、观察行业动态、引导良性发展为目的,及时有效地反映世界经济格局及变化,跟踪报道中国企业界的动态与发展。

第一节 《21世纪经济报道》的定位与发展

《21世纪经济报道》创刊伊始,便以享誉全球的《华尔街日报》为标杆,力图为读者提供全面的中国经济动态和世界经济局势信息。在20多年的发展历程中,《21世纪经济报道》经历了创刊筹备阶段、诞生—高速发展阶段、日报化阶段和多媒体运营:"21世纪报系"阶段,成为当今涵盖全媒体、拥有多元媒体产品矩阵的经济大报。

一、《21世纪经济报道》的定位

以经济报道为内容核心的《21世纪经济报道》,覆盖领域全面广泛、视角独特。其以活跃于经济领域的中产阶层为核心受众群,希冀通过为他们提供经济信息,改善现有经济状态,促进中国经济发展。

(一)内容定位:全方位、全视角的经济报道

目前,《21世纪经济报道》一周五期,每期常规出版12版,以各色经济领域划分板块,如"政经""金融""私人银行""科创板""产业·公司"等,为读者描绘了一幅面面俱到的中国经济图景。

《21世纪经济报道》还将目光投向国外,其板块"全球市场"通过报道北美洲、欧洲、亚洲等重大经济事件,不仅拓宽了报道视角、丰富了报道内容,还为读者呈现了纷繁多样、变幻莫测的全球经济现状。

《21世纪经济报道》以务实、开放、求证的心态观察经济形势,忠实地记录开放经济环境的各种变化,传播21世纪经济新思想。

(二)读者定位:坚持服务"中产阶层"

《21世纪经济报道》的读者主要包括机构投资者、企业管理者、政府决策者等中产阶层人群,这些人是经济社会里最为活跃的阶层群体,他们关注经济,并希望通过经济行为来改善现有境况。

"我们报纸的定位的读者群是企业主、投资商、政府管理人员、企业经理人、商务人士、专业人士、研究机构人士等。"①2003年,时任《21世纪经济报道》的总编刘洲伟在做客新浪聊天时如是说道。

"报道一种向上生长的力量"——刘洲伟认为这一说法直接体现了《21世纪经济报道》的核心读者定位。这种"向上生长的力量"指的是"会成为未来社会的主流阶层,正处于壮大和发展阶段的力量"。这个阶层代表着整个社会的走向,它发展得越快、实力越大,中国未来的发展就越有希望。它不仅是经济意义上的一个范畴,同时代表着中国未来的社会价值,是推动中国发展的内在动力。②

刘洲伟介绍,2001年10月,美国盖洛普咨询有限公司调查了包括《21世纪经济报道》、《中国经营报》、《经济观察报》、《财经》杂志、《商业周刊》中文版、《IT经理世界》在内的6家财经媒体,范围集中在北京、上海、广州、深圳、武汉等9个城市。调查显示,《21世纪经济报道》的读者月收入最高、受教育程度最高、阅读时间最长。在刘洲伟看来,这个结果比较准确地反映了《21世纪经济报道》的读者状况。③

二、《21世纪经济报道》的发展历程

1995年7月1日,WTO决定接纳中国为该组织的观察员;1996年3月20日,中国加入WTO的非正式多边磋商在瑞士日内瓦举行;1999年11月15日,中美就中国加入WTO达成协议;2001年11月11日,中国正式加入WTO,成为WTO的第143位成员。

在新的经济形势背景下,复杂的经济环境推动大众对经济信息的需求快速增长,媒体须以国际经济为背景进行经济报道,《21世纪经济报道》应运而生。

此外,因技术条件的限制,当时主打全国市场的财经类期刊多以月刊、半月刊为主,只有《中国经营报》以周报发行,该报注重权威消息与人物访谈,强调相关信息对经营实务的指导意义,具有较大的影响力,但缺少新闻性与深度分析。《21世纪经济报道》瞄准这一差异,希冀能在经济市场中发挥自身优势、开辟独特领域。④

(一)创刊筹备阶段(2000—2001年)

2000年,见证了《南方周末》鼎盛时期的沈颢和刘洲伟准备创办一份新的财经报纸,集团领导根据当时"谁出主意,谁来干"的用人理念,把这个担子交到了两人身上。

---

① http://finance.sina.com.cn/roll/20030114/1933302419.shtml.
② 李宁.分众化时代报纸如何定位[J].记者摇篮,2005(8):20.
③ 宋豫."五年内应该没有问题"——访《21世纪经济报道》副总编刘洲伟[J].中国报业,2002(5):17-19,4.
④ 幸培瑜,周燕群.一张经济类报纸的诞生——《21世纪经济报道》模式探寻[J].中国记者,2001(7):43-44.

最初筹办《21世纪经济报道》时,南方报业传媒集团缺少足够的资金支持。经过慎重研究,集团决定在确保对采编工作拥有绝对控制权的前提下,与复星集团开展合作。最终南方报业传媒集团投资1000万元,复星集团投入1500万元参股资金,获得报纸30%的股份。

在筹备期间,《21世纪经济报道》以70万元的价格购买了AC尼尔森公司的调查数据①,确定了报纸的市场定位和市场空间,并结合调查结果,确立了报纸最初的版面构成和销售价格,为日后的成功奠定了基础。

2000年11月23日,《21世纪经济报道》开始试刊,一连四周,逢周四出刊。试刊期间随《南方周末》在北京、上海、广州、深圳、成都、武汉等大中城市的零售报摊上免费附送。这让读者在它正式上市之前,得以有充裕的时间在毫无负担的情况下与之有了第一次接触。试刊的反响非常好,不仅在读者群中形成了较好的口碑,也让它从读者群中获得了信息,从而确定了以后的方向。

(二)诞生—高速发展阶段(2001—2003年)

2001年1月1日,《21世纪经济报道》正式推出,面向全国发行,每周一出版,定价2元/份。

凭借着专业权威的新闻稿件、丰富多元的报道内容、精准的读者定位,《21世纪经济报道》一经问世便吸引了众多读者的目光,发行量以每期20%~25%的速度递增,在创刊5个月后便打破了《中国经营报》一枝独秀的局面,创造了中国报业的奇迹——用不到100天的时间建立了一个品牌。

《21世纪经济报道》增加了受众了解财经资讯的渠道,繁荣了财经媒体的市场,也为中国经济类报纸开辟了一条全新的道路。在深入调查、深度报道的基础上,不断加快新闻节奏,加强点面结合,推出大型报道,以客观深入、讲求事实的报道风格享誉行业内外,在同行和读者中荣获"中国《华尔街日报》"的美誉,仅仅一年发行量就突破40万份,比预定的目标20万份翻了一番。

随着经济的发展,媒体行业的竞争愈加激烈,《21世纪经济报道》坚持"新闻就是新闻,经营就是经营"的原则。为生产第一手商业新闻,《21世纪经济报道》不仅在北京、上海、广州、香港等全国15个重点城市设立记者站,还在纽约、开普敦、华盛顿、硅谷、巴黎、莫斯科、东京等金融中心派驻记者,实现新闻采集网络全球化,以全球视野关注中国经济。

2002年,《21世纪经济报道》实现当年盈利,创下中国报业的另一个奇迹——新办报纸第二年就盈利。同时,制作精良、特色鲜明的100版年终特刊《中国向上》发行量超百万份。《21世纪经济报道》在读者中的影响力不断提升,进入了高速发展的快车道。

(三)日报化阶段(2003—2008年)

2003年1月,《21世纪经济报道》由每周一期改为每周两期,逢周一、周四出版,成为打破新兴财经报纸周刊局面的第一份报纸。为满足读者的深层需要,连续推出政经、

---

① 施爱春.与世界顶级媒体"接轨"——《二十一世纪经济报道》主编沈颢问答[J].传媒观察,2002(8):8-10.

评论、研究、产经和商业等板块，以专业独立的新闻精神、权威独到的新闻品质，引领中国财经媒体的发展。连续四年推出的年终特刊，开创了财经媒体年度特刊神话。

2004年4月，《21世纪经济报道》发行人沈颢入选"中国未来最具影响50人物风云榜"暨"亚洲/中国企业变革50人物风云榜"，是中国传媒界唯一获此殊荣者。6月，《21世纪经济报道》入选"2004中国最具价值500品牌"，成为唯一上榜的财经报纸。

2005年5月4日，《21世纪经济报道》发行人沈颢被《南方人物周刊》评选为"我们时代的青年领袖"。8月，《21世纪经济报道》以5.8亿元的品牌价值荣登"中国500最具价值品牌"排行榜477位，是首家上榜的财经报纸媒体。①

在一系列成就的催动下，《21世纪经济报道》于2006年迈出了日报之路上坚实的第二步：提出"道生一，一生二，二生三，三生万物，生生不息"的口号，确立了"一周三期"的发行策略。报纸每周一、三、五出版，且将价格调整为周一2元/份，周三、周五1元/份，以此逐步过渡到日报。同年，《21世纪经济报道》获得"最受青睐的报纸"称号，并获"2006中国品牌媒体专业报10强"称号。

在随后两年中，《21世纪经济报道》陆续推出了较多的经典报道。如2007年的独家报道"汉芯造假案"系列报道获"青年新闻奖"最佳调查报道大奖、广东省新闻奖二等奖，并获得了由央视经济频道主办的大型活动《封面2006》九大年度作品殊荣，是唯一获得年度作品奖项的财经类媒体，极大提升了报纸的知名度、权威性和专业性，为正式改版为日报奠定了基础。

在对读者的关注方面，《21世纪经济报道》从生活习惯、消费习惯、阅读习惯等多方面把握读者的属性。每年9月，报社相关研究机构通过对读者属性分析，出具读者数据库，确定品牌建设方向。在改版为日报的过程中，《21世纪经济报道》联合市调公司开展资讯调查，获得相关有价值的信息，了解中国主流人群对商业日报的需求。此外，广告商也是报社发展的重要支撑。随着IPO扩容加速，中国企业资产规模迅速提升，广告预算也有了较大增长。

在中国经济持续增长、金融市场深刻变革、公司治理与创新提高的背景下，中国经济从制造的单一驱动转向制造和投资的双重驱动，公众投资意识持续高涨，理财类金融活动不断增加，2007年进入史无前例的全民理财年，对财经信息的需求也不断增长。《21世纪经济报道》秉持着"中国道路，全球价值"的理念，于2008年1月1日正式改版为日报，在每个工作日为读者提供新鲜的专业报道，完成了自创刊起的梦想。

改版为日报后，《21世纪经济报道》的发展突飞猛进，发行遍及内地和香港地区，与《经济观察报》和《中国经营报》并称为全国三大经济类报纸。2008年的发行量已达76万余份，广告营业额近5亿元，占有财经媒体近24%的市场份额，成为广告收入最多的财经报纸。

2008年1月18日，《21世纪经济报道》获得了中国最具创新财经媒体奖。11月，在第二届中国品牌媒体高峰论坛获中国品牌媒体十强。12月，荣获第四届中国传媒改革三十年论坛十大专业报品牌。

---

① 遇莹.财经类报纸品牌竞争战略初探——以《21世纪经济报道》为例[J].青年记者，2009(6)：54-55.

(四)多媒体运营:"21世纪报系"阶段(2008年至今)

2016年,中央批准的全国第一家全媒体集团南方财经全媒体集团(简称"南财集团")成立。经过数年的发展,南财集团于2021年已初步完成"媒体、智库、数据、交易"四大板块的核心业务布局,覆盖总用户数达1.5亿,成为国内媒体介质最全、高影响力媒体最多的财经媒体集团。①

南财集团自成立起便紧随媒介进步的步伐,站在最先进媒介技术的前沿,逐步打造了以旗舰报《21世纪经济报道》为核心,《21世纪商业评论》杂志、《快公司》杂志、21财经App、21经济网等为环带的"21世纪报系",形成报、刊、网、新媒体产品的多元媒体产品群。

1.《21世纪商业评论》

《21世纪商业评论》2004年9月1日创刊,半月刊,是《21世纪经济报道》的姊妹媒体。设有"研究报告""文献综述""简报""专题研究"等栏目,旨在通过大量悉心、细腻的企业案例研究,为商业精英展现当今世界先进的商业思维和切实有效的商业方法。

创刊当月,《21世纪商业评论》便联手奥迪汽车和长江商学院,举办21世纪商业思想沙龙等一系列活动,并在当年11月联手广州4A执委会举办"中国广告业如何实现基因转变"主题论坛,扩大了知名度。

2005年,《21世纪商业评论》荣获艾菲奖铜奖,于8月获得BPA杂志发行量认证,接连举办中国商业思想论坛"企业的公民身份和企业家的德商""新兴市场如何成就世界级企业"和"中国企业——下一个30年";至2008年,《21世纪商业评论》BPA杂志发行量认证已达单期155872份。

2.21经济网

21经济网于2008年成立,是"21世纪报系"旗下的专业财经新闻网站。成立之初,依托《21世纪经济报道》《理财周报》《21世纪商业评论》《商务旅行》等媒体的雄厚采编资源,聚焦资本市场,以专业视角有机整合即时资讯、深度报道、权威观点,树立了"商业新闻首页"的形象。根据艾瑞网络用户行为监测2010年10月份报告,21经济网的排名已超越国内外众多的竞争对手,居于中文财经新媒体类网站的首位。②

2011年6月,21经济网全新改版,提出"中国财经新闻原点,网络速度、平媒深度"的口号③,并通过"原创、直播、策划"三步骤来实现这一目标,进一步加强了原创报道和专题策划,首创国内互联网媒体图文直播,制作有力度、有深度的财经专题,拓展信息传播渠道,开发产品序列,有效地探索了传统媒体转型新媒体的路径。④

2012年初,21经济网完成北京站、上海站、深圳站新闻中心布局,并进行了一系列独家策划,如温州高利贷危机等报道,在自己最擅长的领域不断拓展疆土,吸引读者。

---

① https://www.360kuai.com/pc/93f4853220fad? cota=4&kuai_so=1&tj_url=so_rec&sign=360_57c3bd.
② http://tech.sina.com.cn/i/2011-07-23/03135824725_3.shtml.
③ http://tech.sina.com.cn/i/2011-07-23/03135824725_3.shtml.
④ 支维墉.财经媒体模糊消息源使用研究——以《21世纪经济报道》为例[J].新闻爱好者,2008(3):26-27.

2013年,21经济网再次启动改版。21产经频道全新改版:关注科技、消费等领域。21房产频道全新改版:荟萃最热资讯、图解最新数据。①

2014年,21经济网提出新的定位"原创财经第一门户,第一手财经资讯、资本市场深度内幕、金融市场动荡内情",为中国较优秀人群提供优质、实用的原创新闻与评论。②

3.21 财经 App

21财经App于2017年3月上线,是南方财经全媒体集团的官方客户端,其内容紧紧围绕集团"媒体、智库、数据、交易"四大核心业务,充分融合集团旗下《21世纪经济报道》《经济科教》《股市广播》等优质财经媒体资源,实现文字、图片、直播、视频、音频等内容形式的全覆盖,7×24小时不间断提供各类经济资讯,并第一时间推送给用户。

21财经App深入挖掘证券、金融、地产、科创板等经济领域,为用户提供丰富、详细、新鲜的经济信息。如《一周前瞻|4700亿最大单周解禁来袭,券商高喊A股将创年内新高》,通过分析沪深两市新股申购等关键事件,预测十大券商投资策略,为用户提供一定的投资建议。

此外,21财经App还关注生活领域,开辟了生活家、文旅、新健康、21大学等栏目,聚焦用户的日常生活,全方位打造信息矩阵,体现了以用户为本的服务理念。

如《【精彩回放】21理财私房课|波动行情,哪种理财更适合你?》(2021年4月8日,记者方海平),以2021年新年以后A股的持续波动为背景,联合上海浦东发展银行,邀请浦发银行总行资产管理部产品经理吕易博,分析基金和银行理财的差异,解读2021年的市场表现并预测下半年的市场走势;《落"沪"画廊新势力 蓝骑士上海艺术空间开幕》(2021年5月29日,记者梁信)则通过介绍蓝骑士上海艺术空间的创立背景、风格特点、经营理念,为喜好画展的读者提供了极佳的选择。

"南财号"是21财经App的特色专栏,于2019年12月7日正式亮相,共设置"财经""产业""证券""金融""宏观""科技""全球市场"7个分类,邀请著名经济学家、权威首席分析师、资深记者、知名自媒体入驻,为用户提供个性化的订阅选择、全方位的财经资讯、深度解读商业形式。

21财经App界面设计简洁高效,具备自定义订阅关键词、报纸查阅、统计数据查询等模块,且能将内容快速分享到微信、微博等平台,整体使用简单、直观、扁平化,是能快速吸引大量用户的原因之一。

截至2021年5月,21财经App下载量已突破8295万,总用户数超过9970万,且在《互联网周刊》评选的"财经App榜单中"排名第一;2021年6月3日,在国家新闻出版署举办的2021年中国报业创新发展大会上,21财经App作为"网络内容建设类"案例入选"2020年中国报业深度融合发展创新案例"名单,目前已成为综合传播力居全国传统主流媒体客户端前列的新媒体平台。③

---

① http://tech.sina.com.cn/i/2011-07-23/03135824725_3.shtml.
② http://www.21cbh.com/corp/aboutus/.
③ https://m.21jingji.com/article/20210603/herald/892d93aa6ab0aa0c72050c1b20545635.html.

20多年的筚路蓝缕,20多年的风雨兼程,《21世纪经济报道》已成为中国商业报纸卓越的领导者。坚守着"新闻创造价值"的理想,《21世纪经济报道》不仅在宏观上关注中国经济的发展脉络,亦在微观处聚焦民众的经济生活,不断推出经典报道,深受读者的喜爱,在社会上引起广泛反响。

2012年7月17日,《21世纪经济报道》推出系列报道"角落里的中国",该报道立足于中国基层社会的变迁,以经济学、社会学的视角深入剖析一直被忽略的三、四线城市、县城及小城镇、乡村,接触和再现不同社会阶层的真实生活,从细节处观察底层中国的政治、经济、社会、文化生态是如何被裹挟进30年工业化和城市化进程的,从而解剖中国在从农业文明走向工业文明、后工业文明的过程中,政府、企业与社会的认知,以体察中国未来的走向。

"角落里的中国"一经推出,便被凤凰网、新浪网、搜狐网以及各地方重点新闻门户网站转发,在天涯、豆瓣等社交网络和论坛也引起高度关注,传播影响力不断提升。通过不断打造富有特色的品牌栏目、突破现有的报道模式、创新写作方式,《21世纪经济报道》得以在与众多经济类报纸的竞争中处于不败地位。

《边城丹东》(2012年7月17日,记者叶一剑)以中朝合作为切入点,将读者的目光导向丹东这座东北的"边城",叙述了丹东经济发展面临的机遇和挑战。报道不仅以白描的手法描绘了丹东的景色,还通过采访见证丹东70年变迁的张干宽,"实体经济没有了,这在将来可能也会给这个城市带来麻烦",为丹东的经济前景敲响了警钟,做到了情景交融,体现了《21世纪经济报道》以国民经济为本位、体恤民情的人文情怀。

三、《21世纪经济报道》版面设置

《21世纪经济报道》在版面设置方面大费功夫,通过在头版和非头版运用不同的色调,既提升了经济类报纸的专业性、可信性,又增添了报纸的现代性、活跃性,两相结合,为读者提供极佳的视觉体验。

(一)头版:多种冷色调混合运用,富有活力

报名"21世纪经济报道"为墨绿色,字体为扁宋,端庄沉稳中略见圆润,奠定了报纸严肃、冷静的基调,又配合靛蓝、青绿等不同层次的冷色调的运用,不仅富有现代气息与活力,能在第一时间吸引读者的目光,也给读者一种专业、高雅的整体印象,增强了报纸的可信度。

字体上,《21世纪经济报道》黑体、楷体混合运用,整体统一又流畅自然,版面恰到好处的留白和分割线的恰当使用,使版面秀气大方、整齐划一、工整精细。

(二)非头条板块:以暗色调为主,沉稳庄重

非头条板块以灰色、黑色两大暗色调为主,显得版面沉稳、庄重、务实,某些广告运用湖蓝色等亮色调,令人耳目一新。

《21世纪经济报道》按照具体经济领域划分板块,标题设计简洁严整,图片不加过分的渲染,字体大小、粗细以及留白的完美配合,使得版面即便由大块报道构成,也显得主次分明,富有层次感,毫无拥挤拖沓之感,较宽的模块不仅适合详尽的报道,也展现出一种宁静舒缓的节奏。

第二节 《21世纪经济报道》的经营策略与盈利模式

创办二十余载便取得如今的辉煌成就,《21世纪经济报道》的经营策略功不可没。《21世纪经济报道》有着一套独特的经营策略,在运营上坚持采编和经营分离,保证了硬新闻的客观、真实、专业,并通过打造一系列品牌活动,大大提升了报纸的知名度,取得了良好的品牌效果。盈利模式方面,《21世纪经济报道》以广告为主,其广告投放坚持少而精的准则,广告产品大多是高端产品,且设计华丽唯美,符合报纸以中产阶层为受众的精英定位,避免了广告给读者阅读体验带来的消极因素。

一、发行渠道：依托集团优势，快速入驻市场

《21世纪经济报道》依靠南方报业传媒集团的先天资源优势,借助《南方周末》在全国的分印点,在北京、广州、上海、成都、西安、沈阳、武汉、济南八个城市进行卫星传版,同步印刷;并在全国建立强大的零售批销代理网络,保证在第一时间将报纸送到各发行点。

《21世纪经济报道》还注意开辟特殊的发行渠道。现在,在国内及国外主要航空公司的主要航线,如中国南方航空公司、东方航空公司、上海航空公司、海南航空公司、英国维珍航空公司、德国汉莎航空公司、美国西北航空公司等,以及城市地铁、银行、写字楼、酒店、高级会所、餐厅等重要场所均可以阅读到《21世纪经济报道》,该报通过终端覆盖的方式迅速占领了这些市场。

利用集团的渠道优势,《21世纪经济报道》得以在最快的时间打入市场,既节省了宣传成本,也为自身的品牌建立打下了坚实的基础。

二、运营模式：采编和经营完全分离

《21世纪经济报道》从创办之初就严格实行采编、经营分离的管理模式。广东21世纪出版有限公司与《21世纪经济报道》同时成立,前者专门负责《21世纪经济报道》的广告、发行等一切经营事务,从制度上保证采编工作独立性,采编人员完全不用考虑经营指标和创收任务,从而保证新闻内容的客观独立。①

《21世纪经济报道》的主要采访编辑基地设在北京,一方面可以从北京招揽人才,就地利用,降低成本;另一方面可直接利用北京的信息、人才等优势,这也是《21世纪经济报道》能迅速成功的原因之一。② 现在上海、武汉等大型城市均设有采编基地和记者站。

三、品牌运作：建立多个论坛品牌，提升报纸知名度

《21世纪经济报道》尤为重视自身品牌建设,利用自身的媒体优势、社会关系和各

---

① 庞春燕.彻底新闻 彻底领先——访《21世纪经济报道》总编辑刘洲伟[J].传媒,2005(11):26-28.
② 幸培瑜,周燕群.一张经济类报纸的诞生——《21世纪经济报道》模式探寻[J].中国记者,2001(7):43-44.

种资源,打造多个知名论坛品牌,不断提升品牌的美誉度。

2004年,《21世纪经济报道》联合国内顶尖学术机构、品牌战略机构、主流媒体、资深品牌专家、商业领军者共同发起"中国品牌价值管理论坛",致力于成为引领中国品牌价值管理和实践的推动力量。论坛从多维度盘点年度热点,对话风云人物,推广优秀案例,探讨在品牌建设过程中的新趋势、新思维、新方法,至2020年已成功举办十五届,成为中国品牌管理界的年度顶级盛事。[①]

此外,为洞察品牌发展趋势、检阅企业品牌建设成效,论坛同期还举办中国品牌"金象奖"评选活动,遴选出在市场上表现突出的、具有指导意义的品牌建设实践案例。自创立以来,中国品牌"金象奖"已收到来自数十个行业的2000多个案例报名参选,积累了丰富的优秀品牌管理实践案例以供业界学习和借鉴,为中国品牌的发展做出了突出贡献。[②]

2006年12月,《21世纪经济报道》《21世纪商业评论》与国家发展和改革委员会中国宏观经济学会,联合主办"21世纪中国经济年会",打造中国顶尖经济人物对话平台,邀请政府官员、著名学者、金融界专家、著名企业家等代表作为嘉宾,共同探讨中国经济的应变之道,成为2006年度中国经济事件运行中的璀璨星光。[③]

2008年,《21世纪经济报道》主办"中国资产管理年会",吸引了金融监管机构、行业协会以及银行、证券、保险、信托等各方参与,至2021年已连续举办十四届,是国内资产管理界最具影响力的盛事之一。

四、广告

广告是《21世纪经济报道》最主要的盈利方式。据统计,《21世纪经济报道》2001年广告收入为2000万元,2004年已达2亿元,2008年改版为日报后更是达到了惊人的4.7亿元。

《21世纪经济报道》组建优质广告销售网络,放弃成本较高的广告低端市场,从重点行业突破,建立与报纸形象吻合的高档市场,坚决不低价倾销和赠送报纸广告版面。

对《21世纪经济报道》2021年6月7—11日一周的广告进行统计,共有17则,广告类型和数量见表2-1。

表2-1　2021年6月7—11日《21世纪经济报道》广告统计　　　　　　单位:则

活动宣传	媒体宣传	旅游	银行	高端用品	环保
8	3	3	1	1	1

可见,作为一份精英报纸,《21世纪经济报道》的广告坚持少而精的准则,平均每期广告3~4则,多为重要活动的宣传推广,如"触摸智造——2021中国制造业价值发展之旅""中国资本市场高质量发展系列——走进高质量发展上市公司系列活动"等,也涉及银行、证券等金融产品。高端广告与报纸主流基调相吻合,实现"读者群"与"广告商

---

① http://www.21jingji.com/zhuanti/topic/2020_jxj/.
② http://www.21jingji.com/zhuanti/topic/2020_jxj/.
③ http://finance.sina.com.cn/focus/21CBHConference2006/index.shtml.

目标消费群"的高度重合。①

在新媒体"21财经App"上,广告价格更为不菲,21财经App首页焦点图的广告价格达到了250000元/天,启动画面的视频广告展示价格高达350000元/天,报道位第6条的首页视频广告更是达到了450000元/天。② 高额的广告费能保证21财经App不断优化自身设置,为用户提供更全面优质的服务,形成良性发展。

第三节 《21世纪经济报道》知名栏目

历经二十余年的发展,《21世纪经济报道》已经确立了自身别具特色的产品群。其作为当下广受好评的新兴财经日报,依据前一天重大经济事件灵活改变栏目,在覆盖各个经济领域的同时为读者提供了广泛全面的经济信息。目前"21硬核投研""深视监管""全球市场"等是《21世纪经济报道》的知名栏目。

一、21硬核投研

"21硬核投研"栏目自2021年2月26日推出,是《21世纪经济报道》打造媒体智库过程中的重要一环,栏目以"领先一步为你捕捉市场潜在机会"为宗旨,以具备专业素养的研究型财经记者为内容原创者,紧跟最新产业变动,并背靠南方财经集团等相关机构的数据资源,打造逻辑清晰、内容翔实、专业前瞻的投资研究报告,栏目报道广受业界认可。

(一)产业聚焦:坚持问题导向

"21硬核投研"并不专注于某一家或几家公司的报道与研究,其每篇报道将视域放至行业、产业,通过分析产业链的变动逻辑,结合不同公司的应对策略及公司基本面,探究行业发展的趋势、重要拐点等。在《医药板块大跌20%,葛兰也不能幸免,一季度财报季会出现转机吗?》(2021年3月25日,记者冯展鹏、彭卓)中,记者聚焦医药行业,先整体描述近期行业指数变动情况,并结合几家有代表性的上市公司补充叙述,给读者提供更加形象的医药行业下行景象。在有了基本的认知后,报道开始进一步分析引起变动的原因,从宏观、中观层面讨论医药板块的转机。

报道的产业聚焦是在坚持问题导向的总体思路下展开的。在《好雨知时节:谁能唤醒低迷的"苹果产业链"?》(2021年3月11日,记者张赛男)中,除了报道题目以问题形式呈现外,报道开篇便醒目地为读者呈现出此篇文章研究的六个问题,即"苹果产业链龙头公司为什么熄火了?""业绩爆红背后的隐忧逻辑是什么?""市场怎么看苹果新品即将发布?""产能若从中国转移到印度,负面影响几何?""苹果产业链未来机会在哪里?""产业端存在哪些变量因素?"

以问题的形式展开研究,除具备基本新闻专业主义态度外,更是与读者建立更紧密

---

① 陈洁娜.解读《21世纪经济报道》——谈新财经类报纸的营销策略[J].当代传播,2002(6):70-71.
② https://fuwu.11467.com/info/6979364.htm.

的联系,是将读者的疑问进行了更加清晰的表达,也是将读者的困惑作为自己的研究课题。同时,问题之间是存在逻辑关联的,首先,从苹果龙头企业虽销售上行但板块走势依然低迷这一新闻热点入手,分析其中的原因并推导出隐患。随后,报道再结合苹果新品发售这一新闻点,梳理市场层面的相关反应,再将视角拉至产能转移,从更加宏观的维度探讨苹果产业链的机遇与挑战。

(二)媒体转型:"短频快"向"专精长"

在媒介技术不断发展与技术普及的当下,传播渠道、内容已不再为传统媒体组织垄断,传播主体的多元化、内容的碎片化,致使新闻篇幅逐渐缩短、新闻发布频率逐渐加快、新闻热点的间隔时间逐渐收缩。"短频快"的新闻成为争夺受众注意力的工具,而非营造公共讨论、提高公众认知的手段。由于经济新闻报道的专业性,财经媒体的报道内容与生俱来形成了一定的阅读门槛,若秉持"短频快"的报道风格,则难以为读者展示更加详细的问题阐释、逻辑分析等过程,经济新闻将受制于精英化的读者群,难以为更广阔且有意愿的读者群体提供信息服务。

"21硬核投研"专栏结合时下热点,为读者提供了"专精长"的报道。

"专"指专业的内容。这不仅是相关财会知识的灵活运用,还包括深入具体的产业、行业后,对相关领域的技术、产品及术语的准确运用。在《2022医药行业投资前瞻:创新药出海潮来临 "卖水人"CXO高景气值得期待》(2021年12月31日,记者朱艺艺)中,记者除了要对医疗行业的个股进行市场层面、业绩层面的表述与分析之外,还需要对CXO、CDMO、"License-out"模式、FIC类企业等医疗行业的相关专业概念有较好的把握。

"精"指详细的分析。该栏目的报道善于从宏观、中观层面展开,这既不会导致不切中产业、仅放眼全国乃至全球的泛泛叙述,又不会致使只报道某一家公司后的趋势判断缺失。从产业、行业着手,本质是从趋势、规律入手,为具体的企业寻求定位,为宏观的表述找寻根本。在《2022光伏行业投资前瞻:硅料进入价格博弈阶段 光伏将迎"需求大年"》(2022年1月1日,记者韩讯)中,记者在描述硅料价格下跌之后,从光伏产业链维度出发,分析下游光伏电站的快速扩张对上游硅料、硅片等原材料价格的影响,再由上游原材料价格过高,解释下游的需求被动压缩,随后分析博弈之后的产能释放时点。可见,记者的研究基于对产业链的整体把握,把握程度又取决于对产业的相关概念的逻辑串联。

"长"指报道篇幅较长。与简短的经济新闻不同的是,由于要突出"硬核",报道中需引用重要的数据,运用严密的逻辑,在这样的前提下,报道字数一般明显多于普通的产经新闻、财经新闻,字数集中在3000至6000之间。这自然是一种专业严谨的表现,但篇幅较长也成了对读者的又一次筛选。在某种意义上,"21硬核投研"栏目也是对喧嚣的碎片化内容时代的"反叛"。

(三)专业坚守:独立与审慎客观

长期以来,受多方市场主体的利益约束,投资研究报告成了金融机构与企业之间建立联系的"桥梁",甚至成为前者对后者提供的服务,其独立性遭到投资者的质疑。"21硬核投研"栏目推出之后,其在报道内容中多次表示,栏目旨在通过追踪部分重点周期行业产品价格及景气度变化,通过捕捉行业、企业盈利拐点的思路,尽力解答如"哪些细分行业景气度上行?""哪些公司有望出现盈利拐点?""未来演变趋势如何?"等问题。

与金融机构相比,《21世纪经济报道》在独立程度方面具备优势。首先,"21硬核投研"栏目从产业、行业逻辑而非具体的公司着手。其次,媒体与企业也并未结成关联紧密的利益共同体,彼此之间仍存在较大差异。因而,该栏目能够秉持专业主义精神与原则,从产业、行业的长期发展出发,审慎客观地进行研究与判断。

二、深视监管

市场监管对我国资本市场的有序健康发展起着重要作用。近年来,我国监管层力求"让监管更有温度、更受欢迎",坚持"少管"与"管好"的监管平衡。对交易所一线监管而言,面对更深层次的市场化改革任务、更多数量的上市公司和更趋复杂的违法违规情形,如何用好监管机制、用足监管手段精准锁定等都是复杂的问题,更富含监管经验、专业技术、担当精神的综合运用,充满监管智慧。

2020年1月22日,《21世纪经济报道》正式设立"深视监管"专栏,栏目主要聚焦深市公司热点事件,探寻事实,及时还原监管"温度",传递理性建设之声。正如中国证监会主席易会满所言,"提高上市公司质量离不开良好的舆论生态"。随着资本市场全面深化改革渐次铺开,资本市场正迎来难得的历史发展机遇,服务实体经济发展、提升上市公司质量,是资本市场各方主体的愿景,亦是最迫切的需求。截至2022年4月底,"深视监管"专栏已刊发近100期。

(一)呈现监管的改革逻辑

在愈加复杂的资本市场监管环境中,"深视监管"栏目注重站在监管视角,呈现监管的改革逻辑。在30多年的时间里,我国资本市场的发展取得大量成果——多层次资本市场体系逐步建立,基础制度日益夯实,交易品种不断丰富,对外开放纵深推进。其中,监管的动向成为市场焦点,这既是源于特殊的国情,也是应对诸多挑战的需要。"深视监管"栏目正是建立在这一认知基础上,梳理每一个监管改革措施的发力要点,并将其放置于长期的改革趋势之中,使受众更加清晰地了解其中内涵,继而实现媒体的舆论引导。

在《深视监管第二十期丨深市自律监管规则优化:规则"加减法"与监管"分寸感"》(2020年6月23日,记者杨坪)中,记者从监管改革的新闻点出发,梳理改革的要点,结合改革趋势,分析改革的"变"与"不变"的底层逻辑。报道在导语部分首先引出新闻事件,即"深交所批量发布了23件业务办理指南,历时一年多的深市上市公司自律监管规则体系优化工作基本到位"。随后指出,围绕市场化、法治化方向改革进程中,其动态优化调整进程受到市场各方的广泛关注。在引出聚焦的问题后,报道分为两个部分进行梳理,即监管之书的"薄"与"厚"、监管与服务并重。前者分析监管部门"少干预"是必然的趋势,监管者持续不断对规则体系进行优化,便是其中的重要体现。同时,阐述监管该如何"放手",为上市公司"减负"。后者分析有些规则越"减"越多,实则为监管跟随市场发展不断补足短板、履行职责的应有之义。

(二)关注企业的健康发展

"深视监管"栏目站在监管视角,但立足企业的健康发展。监管改革的动力源头在资本市场的发展,监管的指导思想终究需要适配资本市场的发展规律。在《深视监管第十五期丨市场化退市启示录:当退市新常态映入眼帘,我们该记住些什么?》(2020年5月20日,记者杨坪)中,报道虽以深化创业板改革并试点注册制工作正式启动为新闻背景,但落脚点在2020年以来,深市已有多家公司即将市场化退市,并将退市常态化下市场与公司应该关注的问题作为报道的重点。

从财务报表到公司治理,栏目深入分析关乎企业健康发展的多项指标。在《深视监管第二十四期丨透视深市公司年报审核新动向》(2020年7月29日,记者杨坪)中,记者关注到2020年"交易所的审核有了一些不同以往的变化,即更加聚焦重点公司和重点问题,更加注重问询的针对性和有效性"这一新闻点,从三个监管目的维度展开,对相关公司的年报情况进行分析报道。

在《深视监管第七十八期丨公司治理专题之审计委员会:不是一团和气的务"虚"会》(2021年10月27日,记者杨坪)中,报道以专题形式展开,将新《证券法》实施的背景下,如何提升审计委员会的履职效率成为备受关注的话题作为新闻点,在梳理了中国证监会关于上市公司治理准则相关规定的发展逻辑后,对部分上市公司审计委员会的履责情况进行问题报道。

三、全球市场

"全球市场"专栏一般每期一版,分布于"全球市场"版面,秉持着《21世纪经济报道》"全球性视野"的宗旨,关注全球经济脉络,多角度剖析经济事件对多方的影响。

(一)经济视角与国家视角融合

在全球经济一体化的当下,任何国家的经济形势变化都会牵一发而动全身,影响我国乃至全球的经济状况,该栏目在报道国外经济事件的同时,尤其注重事件对我国经济的影响,形成了经济视角与国家视角融合的特点。

如在《59款中国App折戟印度?印度封杀59款中国App背后:印度初创企业融资放缓 投资者观望情绪加剧》(2020年7月1日,记者周智宇)中,报道分析印度封杀中国App对中印两国经济的影响。报道开门见山,在首段点明了新闻事件,即印度电子和信息技术部决定禁用包括Tik Tok(抖音)、微博、微信、UC浏览器等在内的59款应用。随后叙述此举对印度居民的影响,并强调中国App已与印度居民的生活密不可分,为下文中资深度投资印度初创企业埋下伏笔。最后,通过采访中国人民大学重阳金融研究院研究员刘英等专业人士得出结论,即虽然"此前没有接触过印度的新的中国投资者可能会对印度稍加观望",但"对一些看好长期印度市场的中企来说,短期变化不会对他们投资印度的策略产生根本性的改变"。

(二)满足读者多元的信息需求

"全球市场"展望全球各个领域的重大事件,如疫情、体育、环保、教育等,力图为读者提供更丰富的全球性事件,激发读者对全球问题的关注。

如在《独家专访联合国环境规划署驻华代表涂瑞和：后疫情时代应推动绿色复苏 中国成为应对全球气候变化的"引领者"》(2021年1月5日,记者施诗)中,便是定位于后疫情时代经济复苏的大背景,中国主动响应联合国"致力于绿色复苏和'更美好的重建'"的呼吁,通过积极履行《联合国气候变化框架公约》规定的义务、调整经济结构、开发光伏发电和其他可再生能源、大规模植树造林等有效的政策和措施,为减缓气候变化做出了显著贡献,并承诺要实现"2030年前二氧化碳排放达到峰值,2060年前实现碳中和"的宏伟目标,体现了我国的大国风范。

在《东京奥运会箭在弦上 日本疫情再度告急》(2021年5月11日,记者刘影)中,报道将目光放到了即将到来的东京奥运会上。随着开幕式的不断临近,东道主日本的疫情形势却接连恶化,如连续三天单日新增病例超过6000例、第三次紧急事态宣言扩大至六个地区、只有2.2%人口接种疫苗。报道通过引用多方对立的观点,如已有超过24万人在网上签名呼吁政府停办奥运会、日本首相菅义伟一再表示将继续举办奥运会等,描绘了东京奥运会扑朔迷离的前景。

第四节 《21世纪经济报道》经典报道案例点评

新财经媒体处理新闻与信息的方式更加财经化[①],更注重其中涵盖的利益、机会、趋势、方法;在注重故事、背景、观点三要素的同时,更敢于描述、提供自己的判断、分析和预测,其运作方式更加专业化、市场化。

《21世纪经济报道》最为业界称道的是专业且深刻的专题报道,其采访对象之权威、内容呈现之详尽、逻辑分析之犀利,往往一经发布便引得相关各界广泛关注。本节选择《21世纪经济报道》"中国资本市场30年30人"专题报道,力求进行细致剖析。[②]

一、报道概述

2020年6月12日,"中国资本市场30年30人"系列访谈第一期在报纸、手机客户端、微信公众号、微博等上线。该专题系列报道专访32人,共计41篇新闻稿件,新浪微博[③]阅读次数破千万。该系列专访共分为"监管篇""企业篇""学者篇""机构篇"四部分,主要报道如表2-2所示。

"监管篇"的采访对象主要是监管负责人,报道内容多是对中国资本市场意义重大的改革,如市场化、注册制改革。在这些至关重要的改革中,中国资本市场不可避免地会出现一些波动,监管负责人则要在这些变革浪潮中努力推进改革的实现,剔除不利于改革的各种负面因素,为读者描绘了一幅中国资本市场改革的图景。

"企业篇"的采访对象是企业家,他们在资本市场改革的浪潮中带领企业走出了一

---

① 沈颢.运作模式的突破——新财经类媒体的发展策略[J].中国记者,2001(9):19-20.
② https://m.21jingji.com/jujiao/getList? ztid=1209.
③ http://s.weibo.com/weibo? q=%23%E4%B8%AD%E5%9B%BD%E8%B5%.

条卓越的发展之路。通过采访他们,可以了解企业如何在经济大变革的情况下稳步前行,为现有的企业提供参考。

"学者篇"的采访对象是各类专家学者,报道内容是对中国资本市场改革大事记的剖析。专家学者以其丰富的理论联系实际,来解读中国资本市场的种种变革,有利于读者更好地了解新近发布的政策,并将之付诸实践,共同促进中国经济发展。

"机构篇"的采访对象多是机构从业者,他们相较于普通人更容易接触资本市场的前沿,了解资本市场的最新动态。通过采访他们,既能洞悉中国资本市场行情和现状,也能一窥中国经济未来的发展趋势。

表2-2 专访报道分类情况一览

监管篇	1.《肖钢访谈:"T+0"是交易制度未来改革的一个方向》①(2020年8月19日,记者李新江、谷枫) 2.《独家专访屠光绍:市场化是中国资本市场改革发展的核心主线》②(2020年6月12日,记者郑世凤、王媛媛、沈奥凌) 3.《对话宋志平:中国资本市场将进入一个支持创新的新时代》③(2020年11月27日,记者孙煜) 4.《专访深交所主要筹建者之一、原副总经理禹国刚:揭秘深交所"诞生日记",操刀"绝密救市"拯救"稚子"》④(2020年7月22日,记者杨坪、王涵西) 5.《专访上海证监局原局长张宁:沪市筹备故事里改革开放初心与投资者保护初心》⑤(2020年10月20日,记者张赛男) 6.《专访深圳证监局前局长张云东:金融对外开放须做到可察可控可防范 注册制是在质量与效率之间做平衡》⑥(2020年9月28日,记者杨坪) 7.《独家专访张慎峰:一场以注册制改革为推动力的注册制牛市已经呈现》⑦(2020年7月7日,记者李新江、姜诗蔷)
企业篇	1.《对话秦其斌:新中国第一家股份制企业飞乐音响诞生的台前幕后》⑧(2020年11月23日,记者张赛男、杜薇) 2.《专访A股首批董秘胡之奎:注册制对董秘信息披露提出了更高要求》⑨(2020年8月26日,记者张赛男) 3.《专访福耀玻璃董事长曹德旺:分红是股东的利益》⑩(2020年7月15日,记者张望)

① https://m.21jingji.com/article/20200819/fe874de6a8102a4401d5fa101dd20413.html.
② https://m.21jingji.com/article/20200612/9959b54f85bab4cc70240d8108f5bf16.html.
③ https://m.21jingji.com/article/20201127/898a9e18d246f138840f57c3cd921ded.html.
④ https://m.21jingji.com/article/20200722/ddb114ff8c29186a3473b9e0a5e4cd80.html.
⑤ https://m.21jingji.com/article/20201020/c4994a87de7336315c62bf147f04540c.html.
⑥ https://m.21jingji.com/article/20200926/ae0168327a0d766810305f0139ae3443.html.
⑦ https://m.21jingji.com/article/20200707/c4a48ba536b382c494dcbfe0a3e3cd04.html.
⑧ https://m.21jingji.com/article/20201121/99d3c7b9102096d05ffc39cb2fb7a64b.html.
⑨ https://m.21jingji.com/article/20200826/186cf42163a606f1b391aeb77fd21e7b.html.
⑩ https://m.21jingji.com/article/20200715/19ebcc08c6ad9d674799b9bedc561d4.html.

学者篇	1.《中国政法大学研究生院院长李曙光：《证券法》修订最主要的目的是投资者保护》①（2020年12月21日，记者满乐） 2.《对话中国人民大学中国资本市场研究院院长吴晓求教授：推进中国资本市场国际化是下一个30年的目标》②（2020年11月26日，记者满乐） 3.《尹中立：注册制成功的关键在于退市制度能否有效运行》③（2020年11月9日，记者满乐） 4.《复旦大学泛海国际金融学院金融学教授施东辉：中国资本市场需破除指数崇拜症》④（2020年11月4日，记者张赛男） 5.《专访中国资本市场研究院联席院长赵锡军：深圳资本市场改革与制度安排仍有广阔空间》⑤（2020年10月16日03版聚焦，记者林芯芯） 6.《专访华生：独立董事要发挥什么作用？》⑥（2020年8月11日，记者谷枫）
机构篇	1.《专访爱建集团党委书记、副董事长范永进：中国资本市场在交易所成立前已破冰起航》⑦（2020年11月18日，记者张赛男） 2.《专访普华永道首席合伙人李丹：注册制下会计师需要始终保持"本领恐慌"》⑧（2020年12月17日，记者孙煜） 3.《阚治东：我与资本市场的故事是摸着石头过河开始的》⑨（2020年11月30日，记者王媛媛） 4.《专访立信会计师事务所首席合伙人、董事长朱建弟：注册制下保持独立性是注册会计师的护身符》⑩（2020年11月24日，记者张赛男、郑世凤） 5.《对话王庆：A股"价值投资"的新信号与新逻辑》⑪（2020年11月16日，记者王媛媛） 6.《专访盛希泰：资本市场是国之重器、是大国的基础设施》⑫（2020年9月25日，记者姜诗薇） 7.《独家专访纳斯达克前亚洲区董事总经理兼中国首代徐光勋：中概股从美回流不会形成趋势》⑬（2020年7月31日，记者李新江）

① https://m.21jingji.com/article/20201218/herald/bb5d3965a56717092ecf74cb3d4ca8f9.html.
② https://m.21jingji.com/article/20201126/8bf0b4592118db67864958b84c43cc11.html.
③ https://m.21jingji.com/article/20201107/5a90ccb4ce3363b6cac415a0d645bdb8.html.
④ https://m.21jingji.com/article/20201104/7da8474b33a975a22f50a4168c846097.html.
⑤ https://m.21jingji.com/article/20201016/155612d8fa78bc7f548425e9ab4cf68f.html.
⑥ https://m.21jingji.com/article/20200811/1e5388faf980327ef2451c731b2b2292.html.
⑦ https://m.21jingji.com/article/20201118/0a65ecf31fda6e771729761d5097b2be.html.
⑧ https://m.21jingji.com/article/20201216/herald/e99c56104d34c5e40b13176a4d104126.html.
⑨ https://m.21jingji.com/article/20201130/herald/c68572675925e6db6240fc131b9e3785.html.
⑩ https://m.21jingji.com/article/20201124/ed26843e7e24e0aa40d6c1d23ebbb30c.html.
⑪ https://m.21jingji.com/article/20201114/3808a01fd805e40e599dd2379ba48303.html.
⑫ https://m.21jingji.com/article/20200925/6df304f4bae10ee2af4d96616e297eff.html.
⑬ https://m.21jingji.com/article/20200731/689e49c051c22291135d6db7cfb1f4db.html.

二、报道背景

1990年至1991年,上海证券交易所、深圳证券交易所的相继成立标志着我国主板市场的诞生和发展。在30年的时间里,我国多层次资本市场体系逐步建立,基础制度日益夯实,交易品种不断丰富,对外开放纵深推进。

2019年7月,科创板正式开放市场,标志着中国资本市场进入一个新阶段。科创板和注册制度的引入,将推动股票市场从上市条件的差异化和上市门槛的降低两个方面为科技企业提供更好的融资服务,进一步满足科技企业的融资需求。2020年3月1日,新修订的《证券法》开始施行。《证券法》从证券发行制度、股票发行登记制度改革、大幅增加证券违法成本、加强投资者保护、加强信息披露、完善多层次资产体系等方面进行了全面修订和完善。

2020年以来,新冠肺炎疫情对国际经济格局产生了重要影响,贸易保护主义和民族主义抬头,很多经济体制定了"堡垒化"和单边主义政策,加剧了国际经济动荡和不稳定。国际经济格局的变化,对中国经济发展带来机遇和挑战:一方面,积极培育国内市场,畅通国内大循环;另一方面,积极拓展国际市场,加大对外开放力度,在重构国际经济格局新均衡中发挥建设性作用,以更快速度推动我国经济高质量发展,为构建人类命运共同体做出新贡献。

深圳证券交易所数据显示,截至2020年10月底,在注册制下已有41家新上市公司登陆创业板。2020年第三季度,这41家公司净利润为1.44亿元人民币,同比增长76.17%,远超市场平均水平。

经历30年发展的中国资本市场,如今正在经历一系列核心制度变革,目的是更充分地激发市场活力,完善我国经济发展体制,迎接新时代的挑战。在此关键历史节点,《21世纪经济报道》、21财经App开辟专题报道——"中国资本市场30年30人"系列访谈,邀请30年来较重要的亲历者、见证者,回顾过去,立足现在,展望未来。

三、报道特色内容分析

(一)报道主题:改革、公司治理与全球化

检索"中国资本市场30年30人"专题系列报道记者的提问关键词,可以汇总整理出表2-3。

表2-3 报道主题表

改革	公司治理	投资生态	全球化	监管	会计审计	法制	总计
73	53	39	24	23	21	10	243
(30.04)	(21.81)	(16.05)	(9.88)	(9.47)	(8.64)	(4.12)	(100)

注:以73(30.04)为例,73是频次,30.04是百分比,下同。

表2-3反映了专题系列报道主题,其中讨论最多的是"改革"与"公司治理"问题,可见在中国资本市场发展30年之际,在市场主体探讨方面,《21世纪经济报道》关注的核心要素是我国的企业。作为市场活跃的关键因素,企业是监管层、投资者等多方密切关注的对象。虽然,我国A股市场往往被称为"政策市",但此次系列报道选择将公司作

为讨论的核心,展现了注册制背景下上市公司及其他公司的主体地位,这对受众理解发展了30年的中国资本市场具有重要意义。需要注意的是,在我国资本市场发展的过程中,上市与退市制度一直以来为一些利益主体诟病,此次媒体也直面该问题,探讨注册制背景下问题的解决出路,体现了媒体与采访对象对于问题的极度重视,这对于回应公众关切有着积极作用。

"投资生态""监管""会计审计"问题也得到了充分关注。对这三大问题的共同关注,展现了中国资本市场中多方主体的制衡与合作,在展现各方主体30年的发展之外,也反映出了媒体对资本市场全面改革发展的认可与期待。同时,此次系列报道邀请的采访对象都是见证中国资本市场发展30年的行业精英,报道中通过让他们讲述对系列改革的个人印象,为受众提供了多维的改革视角。

"全球化"问题也位居《21世纪经济报道》关注问题的前列。中国资本市场作为世界市场的重要一环,伴随改革开放的国家政策,即使面临席卷全国的疫情,我国市场的全球化步伐也从未停止。媒体多次询问"全球化"的相关问题既符合我国国情,也反映了市场改革的大方向、大趋势。

(二)报道人物:主流叙事下的专业碰撞

"中国资本市场30年30人"专题系列报道共采访32人,汇总每位采访对象的个人信息,可整理出表2-4。

表2-4 报道人物

企业家	学者	董事会秘书	境内投资机构管理者	会计师事务所管理者	监管层负责人	境外投资机构管理者	境外交易所管理者	总计
5 (12.20)	2 (4.88)	1 (2.44)	8 (19.51)	5 (12.20)	18 (43.90)	1 (2.44)	1 (2.44)	41 (100)

表2-4反映了专题系列报道的采访对象的职业以及数量,其中监管负责人位居首位,是《21世纪经济报道》重点采访的对象。中国资本市场的改革始终坚持党的全面领导,伴随改革开放的步伐,资本市场的改革同样也是"摸着石头过河",股份制改革、股权分置、注册制改革等,都牵动着国家经济形式的变动,因此统一全面的领导显得尤为重要。媒体对于监管层面的关注,是对主要矛盾的准确把握,基于此向受众展示的资本市场30年的发展才能符合主流叙事。

其次,学者也占据了采访对象的较大比重,这反映出《21世纪经济报道》对国内一流学者言论的重视程度。学者作为知识分子,其密切关注行业发展的最新动态,并领导学术讨论的前沿,他们对资本市场的洞见来自实践,也能够转换成理论,对推动资本市场改革具有重要意义。本质上,媒体对其的关注展示的是对知识的尊重,对科学研究的重视。

此外,企业家、境内外投资机构管理者等也都出现在系列报道的采访对象名单之中,主体的多元有利于回避单一叙事逻辑,让报道的视角更为全面,同时也反映出改革进入"深水区",面对的问题会更为复杂,对各行各业专业性的要求也会愈来愈高。

(三)报道篇幅与体裁:深度访谈与高频报道

汇总"中国资本市场30年30人"专题系列报道每篇稿件的篇幅及发布时间,根据连续两篇稿件的发表间隔天数,可整理出表2-5,同时根据稿件的篇幅整理出表2-6,汇总每篇稿件的报道体裁后,可整理出表2-7。

表2-5反映了该专题系列报道的稿件发布的频度,从中可知,连续两篇稿件在3天以内发表的占总发稿数量的60.00%,一周以内发表的稿件占总稿件数量的72.50%。持续约半年的专题系列报道,实现60.00%的稿件连续在一周之内发表的频度,体现了编辑与记者在总体上对发稿节奏的良好把握,对该专题系列报道保持在受众群中的热度具有重要作用。

表2-5 连续两篇报道发稿间隔

0～3天	4～7天	8～14天	15天以上	总计
24(60.00)	5(12.50)	5(12.50)	6(15)	40(100)

表2-6反映了该专题系列报道的稿件发布的篇幅,从中可知,5000字以上的稿件占总稿件数量的58.54%,1000字以上的稿件占比则达78.05%。可见,该专题系列报道以中长篇稿件为核心,运用篇幅较小的消息来吸引读者关注,并为受众提供信息量较大的深度报道,突显报道专业性。

表2-6 该专题系列报道的稿件发布的篇幅统计

0～1000字	1000～5000字	5000～10000字	总计
9(21.95)	8(19.51)	24(58.54)	41(100)

表2-7反映了该专题系列报道的体裁,从中可知,该专题系列报道中32篇稿件的体裁为对话报道,占总稿件数量的78.05%。此外,统计得出,每篇稿件的记者会提约10个专业问题。对话报道可以清晰地展现出记者的问题,以及保留采访对象的语言特点。该专题系列报道本身彰显的就是以"人"为本的核心理念,因而绝大多数稿件运用对话体裁并无不妥,相反是将记者提问的专业性与采访对象的个人特点相结合的一次有意义的实践。

表2-7 报道体裁

消息	深度访谈	总计
9(21.95)	32(78.05)	41(100)

(四)报道地域:聚焦"北上广深"

"中国资本市场30年30人"专题系列报道从不同地域采集新闻素材、发布稿件,汇总每篇稿件的报道地域,可整理出表2-8。由表2-8可知,有19篇稿件由上海报道,占比46.34%;16篇稿件由北京报道,占比39.02%。上海与北京的稿件基本占据了此次系列报道的绝大多数,只有少量稿件来自广州、深圳、福州,除福州外,稿件均来自一线城市。从中反映出《21世纪经济报道》关注处在前沿位置的意见领袖,而这也符合其致力于服务较优秀的人群的媒体定位。

表 2-8　报道地域

北京	上海	广州	深圳	福州	总计
16(39.02)	19(46.34)	1(2.44)	4(9.76)	1(2.44)	41(100)

(五)报道倾向:引导舆论、坚持中立

汇总该专题系列报道每篇稿件的报道倾向,可整理出表 2-9。由表 2-9 可知,该专题系列报道中 32 篇稿件持中立态度,占比 78.05%。正面报道的文章中常出现的词语有"稳定""利好""增长""显效"等。中立报道中往往会论述一个事物的正反两个方面,既看到利好,又表明隐患。常见有很多转折连词,如"但是""不过""即使"等。媒体在此次系列报道中,保持客观中立,并没有因中国资本市场的周年大事件而大肆鼓吹,更没有因问题而极力唱衰,其旨在通过对成果和问题的如实展示,实现理性讨论与引导舆论的职能。

表 2-9　报道倾向

正面	中立	负面	总计
9(21.95)	32(78.05)	0(0)	41(100)

(六)报道形式:短视频与长文字的融合

整理该专题系列报道每篇稿件的报道形式,可整理出表 2-10。从表 2-10 可以看出,有 31 篇稿件采用"互联网文字+短视频"的形式进行报道,占总数的 75.61%。随着移动互联网的普及,短视频从补充型功能呈现,逐渐成为不可或缺的媒介产品,其"短频快"的大流量传播内容已经获得各大平台、粉丝和资本的青睐。根据第 49 次《中国互联网络发展状况统计报告》,截至 2021 年 12 月,中国短视频用户规模达 9.34 亿,用户使用率为 90.5%。可见,该专题系列报道,媒体考虑到深度稿件可能会因其体量丧失部分读者,从而在文稿中加入短视频,将采访对象的重要观点以图像影音呈现,既保证了专业性,也顺应了潮流发展。

表 2-10　报道形式

互联网文字报道	短视频报道	互联网文字+短视频报道	总计
10(20.39)	0(0)	31(75.61)	41(100)

四、报道采写特点

"中国资本市场 30 年 30 人"专题系列报道有诸多相似选题,通过对同一主题("改革路线"主题)、不同采访对象(中国证监会原副主席屠光绍、中国社会科学院金融研究所研究员尹中立)的两篇典型报道的具体分析,有助于更加清晰地把握专题系列报道的采写特点。

(一)标题与导语:身份、观点与内容的平衡

表 2-11 为报道标题、导语一览。

表 2-11　报道标题、导语一览

报道时间	2020.6.12	2020.11.7
标题	《中国资本市场 30 年 30 人系列访谈|独家专访屠光绍：市场化是中国资本市场改革发展的核心主线》①	《中国资本市场 30 年 30 人系列访谈|尹中立：注册制成功的关键在于退市制度能否有效运行》②
导语	如果每年股票上市的数量远远大于退市的数量，那就意味着新兴产业、科创公司越来越难以通过上市获得流动性支持，因为市场流动性不足以支持更多的企业	当时科创板出来大家来问我的感受，我就说其实我并不关注谁上了科创板，我更关注将来谁退市。因为你一个板块要建立起来，如果没有制度变革，你这个板块又会回到原来的历史的惯性。所以公司有问题了你能不能退？这是我……

标题方面，两篇报道均为复合式标题，其都包含相同的引题"中国资本市场 30 年 30 人系列访谈"，从标题中给读者明确的"系列报道"信号。第一篇稿件的主题为"独家专访屠光绍：市场化是中国资本市场改革发展的核心主线"，第二篇稿件的主题为"尹中立：注册制成功的关键在于退市制度能否有效运行"，均为"人名＋意见"的表现形式。从标题可以看出，虽然报道主题相同，但两篇稿件在标题选取上各有侧重。

第一篇稿件的受访者为中国证监会原副主席屠光绍，他的稿件也强调其对"退市制度"的看法，意见与第二篇稿件采访对象的相近，第二篇稿件的采访对象为中国社会科学院金融研究所研究员尹中立，然而相同的意见却并未都成为稿件的标题。

两篇文章的导语都与标题关系密切，也都引用自采访对象的表述。第一篇稿件的导语在描述事实，属于概述型导语，通过分析"上市的数量远远大于退市的数量"的实际情况，推导出市场流动性不足的问题，问题的矛头乍一看似乎是对准了"退市"制度，但仅仅一小段的引用内容又不能得出肯定答案，带动读者对答案的思考。第二篇稿件的导语是采访对象表达的个人意见，属于议论型导语，段落中有个人色彩浓厚的反问、假设，再加之末尾的省略号，能够激起读者的阅读兴趣。

（二）主体内容：不同视角下的逻辑呈现

表 2-12 为报道正文概括一览。

表 2-12　报道正文概括一览

报道时间	2020.6.12	2020.11.7
主要事件	1.A 股市场为全球第二大证券市场 2.注册制在科创板、创业板试点落地	
先前事件	股权分置改革、政策市	810 风波、股权分置改革

---

① https://m.21jingji.com/article/20200612/9959b54f85bab4cc70240d8108f5bf16.html.
② https://m.21jingji.com/article/20201107/5a90ccb4ce3363b6cac415a0d645bdb8.html.

续表

报道时间	2020.6.12	2020.11.7
消息来源	屠光绍	尹中立
结果(影响)	改变政策市就是改变博弈关系	起因是人为干预,结局也离不开人为干预。只要掌握政策走势,就能够悟出开始与结束
归因	"相比谁上科创板,我更关注谁会退市""提高直接融资要在体制机制上下功夫"	注册制核心是减少行政干预
评价	"注册制虽好,还需其他配套跟上"	退市制度比发行制度建设更重要,没有做空力量的市场是不健全的

主要事件方面,两篇稿件都站在中国资本市场发展30年的时间点上,提出相同的观点。在记者的问题框架下,两篇报道的采访对象由对"股改""政策市"的回忆,逐步分析当前国家资本市场面临的问题及改革的方向。

第一篇稿件从监管层角度出发,将监管层置于博弈关系之中,受访者认为经济主体需要与政府博弈,同时投资人应该更关注市场,虽然政策对市场仍有重要影响,但最基础的还是上市公司,因此要更多关注行业和上市公司的基本盘。上市公司需要解决的核心问题是融资。为助力其融资,我国着力打造多层次资本市场,但仍需要面对多层次不同的对象、法规、交易方式、投资群体以及解决差异化的监管问题,这其中的退市问题同样牵扯政府、投资人的利益,需要综合考量。对于以上问题,受访对象认为应当从体制机制着手,逐渐推动市场的成熟。

第二篇稿件从投资角度出发,分析了A股政策市的缘由,并肯定当前监管层提出的资本市场九字方针,但其并不否认减少行政干预的难度。在注册制背景下,其指出关心的两个制度,一个是新股发行制度,另一个是退市制度,并在最后强调投资生态的营造也十分有价值。

两篇稿件均以对话形式呈现给读者,因为采访对象均属于其专业的领军人物,所以信息源的单一并不影响稿件较为全面地认识中国资本市场的诸多问题。

(三)采访问题:尺度与技巧的适配

表2-13、表2-14为报道提问技巧一览。

表2-13 2020.6.12报道提问技巧一览

2020.6.12报道	提问技巧
提问一	迂回法,从侧面切入并指出这次采访的背景,用聊天的形式稍微迂回,逐渐把谈话引向核心问题。这种技巧并不具有时间要求,谈话也不受具体场合和报道方式的限制

续表

2020.6.12 报道	提问技巧
提问二	诱导法,对灵感进行归纳,使访谈更有针对性,可以引导对方的思维,并唤起彼此的情感
提问三	正提法,即从正面直接提问,直截了当地询问"发展成绩",开门见山
提问四	迂回法,从侧面入手,从全局视角先邀请采访对象对事物进行评价,了解其专业意见,并寻找追问时机
提问五	借问法,采访者通过他人之口提出想问的问题。这种提问方式不仅可以在第三方的帮助下,提出一些不适合直接表达的问题,还可以体现提问的客观价值,增强问题的针对性。被采访者则不得不表达自己的态度或提供相关事实,以澄清事实,厘清真相
提问六	借问法,从市场上流行的一个概念入手,通过社会舆论的"共识"提出问题,直击问题,回应受众关切但提问并不尖锐
提问七	借问法,记者抛出监管层的行动事实与困局,并结合受访者身份提出问题
提问八	正提法,结合当下实际情况,直击相关亟待解决的问题,回应受众关切
提问九	正提法,点出当下发展趋势,询问具体方法,并追问重点、难点
提问十	借问法,通过背景提要,将问题进行适当缩小,避免空泛,并由此引出公众的普遍意见,据此提出解决路径的问题
提问十一	借问法,通过公众讨论,将较为尖锐的法治问题抛出,并运用比喻的修辞,让"硬"问题"软着陆"
提问十二	追踪法,记者在了解事物发展逻辑的基础上抓住重要转折点,循着事物前进的正常趋势,将其与事实比对,提出问题
提问十三	追踪法,记者将采访对象过去的意见类比至相似的事物之中,保证逻辑顺畅的情况下,提出问题,等待受访者补充
提问十四	追踪法,把握发展大趋势及节奏,顺理成章提出疑问
提问十五	追踪法,紧跟时事,根据当前行业发生的重大变化,运用开放式提问,征求受访者看法
提问十六	设问法,采访者借助专业眼光,在假设前提下提出相关问题,作为一种"试探而进"的提问,邀请受访者发表意见
提问十七	追踪法,根据历次改革引发的乱象,思考当下新改革下可能出现的问题,询问受访者意见,并追问解决问题的途径
提问十八	借问法,借助公众的合理担心提出问题,引起受访者关注,回应受众关切

表 2-14 2020.11.7 报道提问技巧一览

2020.11.7 报道	提问技巧
提问一	迂回法,通过让受访者表达感受,以求更好地进入采访状态,寻找提出问题的时机,同时也点明报道主题
提问二	正提法,通过形容词的程度来缩小问题范围,邀请受访者进行正面回答
提问三	正提法,直接点出受访者与他人不同之处,以此追问受访者原因
提问四	借问法,借助他人共识,询问受访者的成就与此共识的关联
提问五	追踪法,紧接上一个问题,追问改革的影响
提问六	借问法,以领导层面的指示为问题背景,缩小回答范围,邀请受访者谈论意见观点
提问七	正提法,针对当下改革的新提法,征求受访者观点
提问八	追踪法,在前一个问题的基础上,前半句限制回答的范围,后半句继续追问受访者的意见
提问九	正提法,前半句点明受访者在业界得到的认可,后半句直击问题,在此基础上期待其以意见领袖身份回答
提问十	追踪法,该问题的提出源于受访者的一些具有价值的公开言论,再一次将其提出反映了媒体对受访者的关注,并追问受访者的思考是否迭代升级

总的来看,两篇稿件的提问都综合运用正提法、追踪法、借问法、迂回法等新闻采访常用技巧,每一个问题都与主题以及前后问题建立了一定逻辑关系。但两篇稿件在问题尺度的把握上仍有差异,鉴于受访者身份的不同,第一篇稿件以监管层的视角,讨论较为宏观的制度层次的问题,在问题的安排上围绕粗线条的改革叙事展开,稿件收尾较为开放。第二篇收缩了问题视角,从投资角度入手,更加细致地探讨改革对于不同投资方的利益影响,稿件从"大"处着手,"小"处收尾。

五、报道启示

在传媒竞争空前激烈的时代,占有优质新闻资源的重要性正日益凸显。但不可否认的是,这种优势地位正受到越来越多的挑战。如何从激烈的竞争中突围,确保资源优势,并把这种优势转化为传播的胜势,就要注重新闻报道策划。

"中国资本市场 30 年 30 人"专题系列报道是《21 世纪经济报道》在特定日的报道策划。节日、假日、纪念日等特定日是人们生活中不可缺少的组成部分,从时间上来说,特定日的报道每年都有;从空间上来看,每个媒体都会对特定日进行报道,这两个前提限制了对特定日报道必须在策划选题、报道形式上出新。

(一)报道角度全面,关注时代发展

该人物专访系列报道聚焦"改革""公司治理""投资生态""监管""会计审计""法制"等诸多重要议题,从不同行业领军人物的叙述中展现中国资本市场 30 年的总体发展脉络,细数改革的关键节点,在此基础上展望未来。其为读者带来了较为全面的资本市场发展图景,使读者了解并认识到改革所取得的成就,同时其并不回避发展中存在的问题,直面问题且呈现意见领袖对于问题解决出路之思考。此外,报道坚持全球眼光,紧跟我国的发展方向,将"全球化"同样作为重要议题,为推动中国对外传播的脚步贡献力量。

(二)引导主流舆论,聚焦意见领袖

《21世纪经济报道》作为国内主流财经媒体,多年来积累了大量采访资源,此次人物访谈系列报道,顺利邀请到处于中国资本市场改革前沿的重要人物,他们在监管层、学界、业界均属于意见领袖,对其自身的行业及资本市场均有独到且深刻的认识,并做出卓越贡献。媒体通过对他们的采访,能够为读者带来更加权威的专业解读和分析,从而提高媒体的传播力、公信力,进而推动影响力、引导力的建设。

(三)创新话语体系,打造专业且通俗的表达

此次人物专访系列报道,媒体紧跟时代潮流,在不失专业性的前提下,融入短视频元素,并运用微博、微信、客户端进行积极推送。其在内容上的融合表达、渠道上的联合发布,为其提升报道的公众曝光度带来可能。值得注意的是,其文字报道仍以深度稿件为主体,在保证每篇报道专业价值的同时,积极开拓大众追逐的多元呈现形式,既满足受众需求,又不失财经媒体的独立性、专业性。

(四)立足客观事实,构建均衡中性的报道

在分析中可以发现,该人物专访系列报道的倾向以中立为主,且并无负面报道,坚持积极引导舆论的方针。当前,我国面临对外传播受阻以及国内传受格局变化的双重考验,对中国资本市场的中立报道,有助于推动国内风清气正的舆论环境建设,也有助于推动国外舆论场的打造和发展。主流媒体应当坚持全面客观的问题对待原则,推出符合国情的专题报道。

(五)独特创意设计,搭建拼贴模式的结构

在运用"21财经"客户端浏览报道时发现,该系列人物专访报道有着独特的界面设计。其将报道分为"监管篇""企业篇""学者篇""机构篇""精彩短视频""系列访谈抢鲜报"六大模块,使读者能够快速知悉报道结构,并根据需求进行稿件或者短视频的阅读和观看。其搭建的拼贴式结构,为读者带来良好阅读体验的同时,也展现了媒体在报道上的专业性,力求通过视角的多元以及呈现的多样来盘活流量资源,吸引读者进行阅读。

第三章 《中国经营报》

> 在《21世纪经济报道》和《经济观察报》发行之前,《中国经营报》一直稳居中国媒体市场上发行量最大、广告经营额涨幅最快和最受读者欢迎的经济类报纸首位。《中国经营报》自创刊以来,以其权威性、实用性、可读性皆备的鲜明特色,受到读者及工商界广大经营者的关注。其始终秉承"终身学习、智慧经营、达善社会"的理念,洞察商业现象,解读商业规律,是国内领先的综合财经资讯供应商。

第一节 《中国经营报》定位与发展

2010年前后,《21世纪经济报道》《经济观察报》和《中国经营报》一起并称为中国三大经济类报纸[①],它们的成功皆因有清晰的定位。

一、《中国经营报》的定位

(一)受众定位:从经营者扩展至关注经济发展的受众群体

早在2000年之前,《中国经营报》是主要深耕于全国的、以企业读者为主的报纸,其"标准读者"是年龄约为33岁、具有大专学历、居住在城市的男性读者,属于收入较高、比较成熟、关心工商资讯的企业管理人员,他们的消费能力、精神视野都极其开阔、理性思维能力较强,在生活形态上用于自我学习和发展的费用较高,具有很强的沟通能力和欲望,有一定的经营文化意识。

随着中国经济的快速发展,2000年以后,中国的国内生产总值与人均收入逐渐进入新时代,在这个过程中,财经新闻的平民化倾向越来越明显,同时中国的中产阶层也呈几何级数增加,《中国经营报》的读者受众群结构也相应发生改变。这一改变主要可以总结为,读者群从过去单一的企业管理者扩散至企业普通员工以及对经营感兴趣或希望能与其发生利益联结的人,这部分群体期望寻求社会的上升通道,熟悉大环境及与自己利益相关的事件。除此以外,更重要的是,其在《中国经营报》中不仅

---

① 张家齐.中国经济新闻发展史和相关重要的报纸[J].媒体时代,2011(6):26-29.

可以获取新闻资讯,因阅读门槛相对较低,还能以学习者的身份了解、熟悉经济领域的知识。

(二)内容定位:相对通俗易懂的经济全景报道

作为报社的核心产品,《中国经营报》是面向企业经营者、投资者为核心商务管理阶层的财经报纸。经过多次改版后,目前每周出版一期,每期常规出版48版,用"经""营""智""慧"划分版面。"经济大势"板块,以报道重大新闻、宏观新闻和报纸拳头栏目"封面故事"为主;"营商环境"板块,以报道金融市场、区域经济、资本市场、房地产及能源市场为主;"智在公司"板块,重点报道公司新闻,以展示和解读TMT、家电、文体娱乐、医药健康、消费领域的"公司技术"为特色;"慧及人生"板块,以人文思想性文章和评论为主要内容,目标是体现报纸的思想性和人文关怀。

由上述板块分类可见,《中国经营报》以企业报道为核心,报道基本涵盖了从宏观经济到微观经济的各个部门,为读者进行中国经济的全景式报道。除此以外,值得注意的是,阅读《中国经营报》的门槛并不高,在其报道中,作者会对相关概念进行解释,方便读者理解吸收。

(三)风格定位:理性分析投射人文关怀

《中国经营报》关注中国企业的发展,特别是在我国的企业格局之下,报纸对民营企业的关注更是可见一斑。从某种意义上说,其代表了在竞争中处于较为劣势地位的民营企业家、管理者、参与者,这点从其报道的着眼点及内容中不难看出。这背后,除了犀利的问题直击、理性的思考分析之外,还有不可忽视的人文关怀,但这种关怀也绝非没有限制的自由。事实上,从上述内容定位的通俗化不难看出,《中国经营报》的人文关怀从报道对象到读者的一致性、连贯性。

二、《中国经营报》发展历程

(一)初创阶段(1985—1989年)

1979年以前,我国能够称得上经济类报纸的媒体总计不超过5家。改革开放后,社会主义市场经济的确立、经济工作重心的转移、国际国内所提供的良好经济建设和舆论氛围、经济体制改革的逐步深化和完善,都不断推动着意识形态相关领域配套上层建筑制度的建立、建设,因此,经济类报纸一时间在我国得到了极大的发展。

《中国经营报》的创办得益于中国报业的第一次改革。随着产业报创办热潮的兴起,诸多部门、协会为沟通本领域信息、配合本部门工作,创办了各自的产业报。与机关报的办报机制不同的是,上述产业报多为自主办报,且报纸专注于服务本行业的读者,这也成为当时乃至很长一段时间内中国报业的特征之一。

依托时代背景,《中国经营报》得以创刊,以《专业户经营报》命名,最初的报道焦点在我国农村。由于当时中国的改革尚聚焦于农村地区,因而报纸旨在服务从事养殖、手工业、轻工业的农民专业户及农村集体所有制企业,报道注重实用与服务,机制灵活。

伴随中国经济社会的不断发展,中国的农村改革特别是农村经济体制改革有了重大进展,由承包制等逐步过渡到体制、机制的改革。为适应新形势的发展,根据当时的改革特点和要求,于1986年8月改名为《中国农村经营报》。

1988年以后,中国的改革重点逐渐从农村经济体制转向城市经济体制,形成了较为全面的改革开放形势。于1989年1月改为周二刊,改名为《中国经营报》[①],不仅由原来的周报改为每周二期,发行也由农村发展到农村与城市全覆盖。但作为一份依靠民间力量创办又缺少政府背景和政策支持的财经报纸,在报道上面临诸多资源限制。为适应社会进步与市场变化,报社制定了"让出大道走两厢"的报道战略,即不以政府、官员为报道重点,而是聚焦于市场变化、企业动态。

(二)探索阶段(1989—1996年)

这个时期由于中国报业的发展处于起步阶段,对外开放不涉及媒体领域,媒体的市场化和专业化程度普遍较低,可供借鉴的先进、成熟经验并不多。因此,理解和把握市场发展规律的能力是报纸竞争的重要因素。

《中国经营报》由于定位具体,报纸在细分领域不断发展壮大,形成了稳定的读者群体。然而,在城市改革的背景下,如何定位读者、如何为读者服务,已经成为报纸面临的一个难题。发展壮大仍是这一时期的主旋律,由于报纸也面临着组织机构的变化等情况,处于探索阶段的《中国经营报》,对报纸版面的探索付出了较大的努力。

1994年1月,《中国经营报》改为8对开本,于每周二出版。

(三)快速发展期(1996—2001年)

真正推动《中国经营报》走向快速发展道路的,要属于1996年1月的改版,《中国经营报》改为对开16版彩色周报。当时,中国经济发展提速,报业整体面临转型,许多同时期创办的报纸还在固有的市场体制与竞争环境中踟蹰,危机感深重的报社总编辑李佩钰毫不犹豫地带领《中国经营报》成为报业转型的领头羊[②]:"在继续坚持并且强化报纸服务性、贴近性、实用性的基础上,将《中国经营报》改为对开十六版彩色印刷,在当时报界纷纷'加密'(改日报)的情况下,为突出特色、提高内容的丰富性,选择'加厚'(扩版)的方向,在版面配置上,开辟专门面向经营者的'经营指南'、'投资指南'两个专刊。同时,在发行方面,改变过去完全依赖邮发的状况,以北京为试点,开始尝试以零售的方式占领市场。"

在总编辑李佩钰的领导下,《中国经营报》在明确报业市场化发展方向的基础上进行改革,利用各种资源开展广告宣传,这在当时是经济类报纸的首创。报纸厚度的增加和彩色印刷,使过去正式而乏味的经济类报纸有了适合零售和贴近读者的面孔。零售价降到1元,进行亏损分销,通过增加分销吸引更多广告。更好地满足读者在报纸形象和报道内容方面的需求,并开始每年进行受众调查。这些改革措施很快取得了显著成效,该报在北京、上海、广州等地的发行量在经济类报纸中处于领先地位。《中国经营

---

① 本刊记者.财经媒体的人才理念——访《中国经营报》总编辑李佩钰[J].中国记者,2005(1):26-27.
② 李佩钰.关于新时期经济类报纸发展的思考——从《中国经营报》的发展谈起[J].中国报业,2001(5):15-18.

报》的发展成为当时报业的一种现象。①

《中国经营报》按照市场经济规律,触及社会改革和发展道路上经济问题的实质,组织结构、编排版面,用通俗易懂的语言制作新闻,广泛吸收社会经济生活领域的实用信息,关注商业运营。1996 年,《中国经营报》的改版取得了重大成功,这得益于该报领导的正确判断和员工的努力。②《中国经营报》的主办方迅速将其推向市场,建立了广告信息网络和分销渠道网络。

此外,成功还与外部环境的变化密切相关。一方面,中国报业的改革发展已进入了"黄金 20 年"。都市报如《南方都市报》《成都商报》等取得了显著的市场效应,它们的市场化探索给当时的《中国经营报》带来了很多启示。另一方面,当时中国经济从短缺经济转向过剩经济。过剩经济有两个显著特征:一是商品供应增加,导致市场竞争加剧,消费者对营销提出了更高的要求;二是在完全竞争的市场中实现快速增长的企业开始聚集资源,促进市场集中,大型企业开始走向规模化。但是企业的快速发展也带来了企业管理水平与企业成长速度之间的矛盾,因此经营者对营销和管理的知识和技能的需求已成为他们阅读和学习的主要需求。经过多年的探索,《中国经营报》将真实性、实用性作为报道的核心内容,推动报纸快速发展。

1996 年改版的重大成功,成为《中国经营报》发展的重要里程碑。与此同时,《中国经营报》在实体运营平台、资本运营平台等领域的开创性实践,为其他新兴财经报纸提供借鉴。作为研究和模仿的对象,财经类周报逐渐成为传统报纸市场中的一个新类别,被读者和广告商所接受、认可和重视。《中国经营报》的发行不仅在北京、上海、广州、深圳取得领先地位,而且在企业中树立较好的品牌形象,在实体企业中赢得良好的口碑和广泛的认可。

同时,由于报道内容的新鲜、超前、实用,《中国经营报》的稿件成为许多高校商务、经济和管理类课程的案例教材,逐渐在大学生中培养了许多粉丝,这也保证了《中国经营报》的可持续发展。随着市场竞争的加剧,广告营销已成为当时的一大时代特色。电信业的兴起、电子商务的发展及其对纸媒的认可使这两个行业成为当时《中国经营报》的重要广告来源。另一个重要广告来源是中国开始兴起的创业热潮。当时,创业主要是连锁和特许经营,招商广告成为一个重要的广告类别。《中国经营报》由于读者针对性强、招商引资效果明显、发行量大,成为当时名副其实的"中国第一家招商引资报纸"。

1998 年 1 月,《中国经营报》改为 24 版。

(四)成熟挑战期(2001—2015 年)

如果说,1997 年、1998 年是《中国经营报》的发行年,那么 1999 年、2000 年则是《中国经营报》的广告年。根据央视调查中心的统计,从 1997 年到 2000 年,《中国经营报》的广告收入由 700 万~2000 万元发展到 4300 万~9000 万元;已经扩展到 40 个版面,价格仅为 1 元/份,发行量突破 30 万份,广告额过亿元,成为国内较赚钱的周报之一。

---

① http://www.s1979.com/young/renshi/201401/05111241005_5.shtml.
② 赵莹.《中国经营报》的经营之道——兼论财经类报纸的现状与走向[J].新闻传播,2002(3):36-40.

2001—2003年,《中国经营报》广告收入连续3年居综合类经济报纸第一名。①

2001年1月,《中国经营报》改为周二刊,其中周一对开40版,周二对开24版。2003年1月,由此前的周二刊恢复为周一刊,对开48版。李佩钰根据当时的市场环境和《中国经营报》自身的优劣势,提出"品牌年"这一概念,以打造《中国经营报》这一传播品牌为目标来工作。在"跨媒体、多方位、聚合力"的运作思路导向下,李佩钰亲自参与创办了中国经营报社旗下的《商学院》《职场》杂志以及中国第一本全英文经济学双月刊《中国经济学人》。与此同时,为了更真实反映中国竞争力的实际情况,有效解决中国企业在市场发展过程中遇到的问题,中国经营报社还与中国社会科学院工业经济研究所深入开展"企业竞争力监测"项目的合作,为中国企业家判断市场、参与竞争、调整战略战术创造一个各个方面共同认可的对话平台。2004年1月,《中国经营报》实施改版,将报纸结构调整为新闻、新知、服务三大板块。

从外部环境来看,这一时期可分为两个时期。

第一个时期,即报业进入"黄金20年"后期,报业市场处于快速发展阶段,报纸的发行和广告仍在快速增长,但随着大量资金开始进入,报业竞争日趋激烈,报业分化形态已初现端倪。在经济媒体方面,《经济观察报》《21世纪经济报道》《第一财经日报》《每日经济新闻》等相继创办,内容、商业理念、分销渠道和广告商的相似,显著提升了报纸的市场竞争。以北京为例,当时每周一的报摊上,加上三大证券报纸,财经媒体的数量远远超过当地的都市报纸。与此同时,报业在产权结构和内部治理方面也呈现出资本化和市场化的趋势。

第二个时期的主要特征是移动互联网的迅速崛起,以及对传统传播环境和阅读习惯的全面影响。清华大学新闻与传播学院发布的《媒体蓝皮书:中国传媒产业发展报告(2015)》显示,报纸的发行量已经下降近三成,报业正在经历"悬崖式"下滑。同时,报业所依赖的广告市场已连续四年出现负增长。

虽然受到行业内外媒介生态变化的影响,但《中国经营报》在这一时期仍处于稳定发展状态,与许多同时创办的传统行业报纸、更多新创办的财经媒体、一些互联网媒体相比,生存状况更好。总体而言,这得益于《中国经营报》选择了正确的发展策略:首先,当大量资金进入行业,新兴竞争对手纷纷出现时,管理层迅速调整定位,从"让开大路走两厢"转向"我们走在大路上"战略,坚持以内容为核心;其次,报纸坚持自身特色、优势,形成竞争差异,稳定市场份额,坚决杜绝方向不明确的商业模式,并为确立未来转型战略积累了宝贵的经验。

在上述原因的影响下,《中国经营报》出现了很多质量较高的报道。例如,在2001年的《外汇黑市如何利用倒卖黄牛的隐私》(2001年7月20日,记者周建利、刘颖)中,描述非法外汇交易的现象,分析其运作模式,并采访相关责任部门,探讨解决方案。

在2007年的年终特刊《南方周末》中,《年度经济报告》被授予《中国经营报》出版的关于达能与娃哈哈股权竞争的系列报道。在致敬理由中有这一段表述:"2007年4月,法国达能与娃哈哈集团关于合资公司的股权争夺公开以后,《中国经营报》率先以深入调查,揭示出'品牌之争'背后,作为娃哈哈创始人的宗庆后与外资控股方达能集团在合

---

① 李佩钰,李飞,刘茜.经济类报纸双重定位战略的选择——基于《中国经营报》的实例研究[J].国际新闻界,2005(1):31-36.

资协议和体外公司中的一系列矛盾与冲突……在随后报道中,《中国经营报》不断突破表象,并逐渐接近事件的核心……对事件进行了至今为止最全面的调查,展示出'达娃之争'背后复杂的时代背景与多元的价值内涵。正是由于有《中国经营报》为代表的媒体的深入报道与讨论,才使得'达娃之争'超越了简单的商业范畴,成为中国转型中一个值得反思的案例。"[1]这个报道案例为财经报纸的企业报道树立了很好的榜样,企业报道只有从表面逐渐走向纵深,才能实现高层次的影响。尤其是国际化视角,成为企业报道的一种标准和趋势,对财经媒体企业报道的整体发展带来较大的影响。

这一阶段领导《中国经营报》成长的李佩钰,于1986年进入中国经营报社工作,1994年被任命为中国经营报社总编辑,2004年被新闻出版总署授予全国新闻出版行业有突出贡献的中青年专家。面对传媒业的巨变,作为《中国经营报》的掌舵手,一向具有强烈危机意识的中国经营报社长李佩钰同样要对《中国经营报》进行革命性调整:"明年(2014年),这个报社没有基于传统官媒的各层干部了,广告部门没有了,取而代之的是像互联网公司一样的形形色色的项目团队。请不要怀疑,这就是我们的未来,是我们无可回避的改变。"[2]

(五)融合产品探索期(2015年至今)

整体来看,中国经营报在报纸端的发展自2016年初将发行56版调整为48版后,并无较大变动,但从2015年开始,报社加强了其新媒体产品的迭代升级,这方面的转型升级主要是为适应互联网冲击。[3]

首先是继续推动其网页端的升级优化。中国经营网由《中国经营报》电子版发展而来,定位是为网民提供更全面、更快的财经信息服务。除了定期播放《中国经营报》优质媒体发布的内容外,它还发布一些财经新闻报道,负责一些报纸和读者交流互动的平台功能。中国经营网和《中国经营报》相对独立,由自媒体中心运营。

此外,自媒体中心还负责运营报社的官方微博、微信、抖音等新媒体产品。截至2022年4月,《中国经营报》抖音号拥有超100万粉丝,共发布5000余条短视频,获赞近1500万;《中国经营报》官方微博粉丝数超2500万,转评赞近2600万[4];《中国经营报》官方微信公众号发布近4100篇原创内容。2016年1月,微信授予《中国经营报》微信年度优秀媒体公众号奖项。

目前,《中国经营报》官方微信公众号已推出多篇阅读量突破十万的原创新闻报道,如《今天,我们不说新年快乐》(2015年1月1日,记者于东辉)、《范冰冰们的"避税天堂"》(2018年6月7日,记者黄玉璐)等,这些报道均以不同于报纸版面的形式发布于微信公众号,较好地适应了微信用户特点,借助新媒体传播力展现自身价值。

2019年12月7日,《中国经营报》入选"新媒体影响力指数"TOP10、"微信原创传播力指数"TOP10。

---

[1] http://www.infzm.com/contents/9141.
[2] http://www.s1979.com/young/renshi/201401/05111241005_5.shtml.
[3] 查国伟.一张报纸与一个时代——中国经营报20年市场搏击之路[J].传媒,2005(2):18-22.
[4] https://weibo.com/u/1650111241.

第二节 《中国经营报》盈利模式

作为一份以市场为导向的经济类报纸，《中国经营报》自诞生以来，与早期面向党政机关、经济主管部门和企业发行的经济类报纸不同，其面向农村地区分散的专业户和经营者，没有稳定的公众订阅收入，更难获得稳定的发行量。自创办以来，《中国经营报》从未获得过外部资金和内部资金的支持，仅凭借有限的资金不断锐意探索，在 30 多年的发展历程中探索出了成熟的市场化运作模式。

一、完善的发行体系

改革开放以来，传媒的市场化、产业化程度越来越高，做好发行工作是《中国经营报》走向市场的关键一步，也是保证收入、赢得竞争的重要途径。1997 年，《中国经营报》开始全面市场化改革，为增加发行量，一改通过邮政系统在全国发行的模式，成为第一家进入报摊的经济类报纸。为确保报摊发行效果，《中国经营报》通过全国 19 个记者站对当地代理公司进行考察，选择最好的代理发行公司，参与当地的发行工作；当地记者站也有权对当地发行公司进行监督，确保报社能及时了解各地的发行情况。1999 年，《中国经营报》的发行量稳定在 10 万份以上，比通过邮政系统的全国发行量增加了一倍。

得益于定位等诸多原因，《中国经营报》最初的服务对象为农村地区的专业户和经营者，由于这些受众分布在三、四线城市，《中国经营报》一创办发行就深入三、四线城市，并建立了完善的邮政投递体系。《中国经营报》发行模式改革后，经过深思熟虑没有放弃三、四线城市的忠实读者，2012 年《中国经营报》三、四线城市订阅量仍然达到 4 万份左右。正是由于建立了完善的发行体系，并在三四线城市广泛发行，《中国经营报》成为市场上发行量最大、覆盖面最广的经济类报纸，2000 年发行量达 20 万份以上，现在年发行量达 90 万份左右。

二、以服务吸引广告客户

对于企业化运作和经营的报纸来说，广告是维持和扩大报纸再生产的重要资金来源。作为国内第一家引入和提出"二次销售"理论的媒体，《中国经营报》非常重视广告销售。

自 2000 年以来，《21 世纪经济报道》《经济观察报》等经济类报纸以内容特色鲜明横空出世，创刊 5 个月后发行量也颇为可观，打破了《中国经营报》发行上一枝独秀的局面。因此在如何稳定市场份额已成为财经媒体发展难以克服的问题的同时，除了提高报纸内容的质量，扩大报纸的影响力和覆盖面外，还须不断提高服务质量，在竞争日益剧烈的广告市场，为客户提供更好的服务，最大限度地提高客户满意度，以服务吸引广告客户。

《中国经营报》广告部设立了独立的广告设计部门，为客户设计优质高效的广告，为广告商提供有针对性的服务。首先，《中国经营报》要求广告部员工深刻理解媒体文化理念,熟悉自身优势,以便在与客户沟通时,能在对方面前充分展示《中国经营报》的优势,以赢得对方的青睐,最终赢得广告客户。其次,作为客户,广告主有理由获得细致耐心的服务,因此《中国经营报》注重树立服务意识,把一切便利留给顾客,不断与广告主就合作方式、合作内容和广告细节进行沟通。2011年,《中国经营报》广告收入突破1亿元。①

三、用品牌推广驱动盈利

随着互联网的兴起和快速发展,为适应互联网推动的产品创新,报社不断更新商业模式。就盈利模式而言,过去,中国媒体运营有"三驾马车"的比喻,即内容、广告和分销。② 然而,在新的市场形势下,媒体管理开始采用"四轮驱动"的汽车模式,四轮分别是内容、发行、广告、品牌推广。作为一家以市场为导向的经济类报纸,生存和盈利是《中国经营报》的终极目标。《中国经营报》重视"品牌推广"的第四轮盈利,以各种活动塑造媒体形象、提高媒体的知名度和美誉度,获得公众认可;同时各种品牌活动也是媒体获取收入的重要渠道。

《中国经营报》有影响力的品牌活动主要有每年举办的"《中国经营报》企业竞争力年会"。年会发布中国科学院工业经济研究所和中国经营报社的联合研究成果——中国上市公司竞争力年度报告。报告通过对中国上市公司年报中相关数据的分析计算和全国范围的问卷调查,获得中国上市公司竞争力评价的结果,并在中国社会上公布。选择当年最热门的经济话题,邀请国内外知名企业家、经济学家和政府官员参与深入讨论和交流,搭建高质量的思想交流平台,年会在连接企业方面发挥着重要作用。2020年,《中国经营报》邀请到诸多商业领军者和顶级经济学者,一同探索中国经济发展的新态势、企业经营的新思考,解码商业危机与机遇,把握新蓝海。

与此同时,《中国经营报》还与国内多所顶尖大学合作,通过整合自身资源,聚焦社会热点,策划各种创意活动,不仅扩大自身影响力,还吸引广告,获得额外收入。

此外,中国经营者俱乐部 & 经理人社区拥有企业中高管高端会员近2000人/企业,每周一次邀请行业专家、企业高管、商学院教授对于管理、市场内容进行高端线上分享。目前,社区俱乐部仍在运作。

第三节 《中国经营报》知名栏目

作为报社的核心产品,《中国经营报》是面向企业经营者、投资者为核心商务管理阶层的财经报纸,目前每周出版一期,每期常规出版48版,用"经营智慧"划分版面("经济大势"板块、"营商环境"板块、"智在公司"板块、"慧及人生"板块),每个板块均有其特定内容和特色,知名栏目也分布在各个板块之中。

---

① 李卓钧,吴清桦.经济类报纸内容与品牌营销——《中国经营报》和《21世纪经济报道》的启示[J].新闻知识,2005(7):14-16.
② 王华.论我国媒介企业的多元化经营策略[J].企业经济,2009(11):86-88.

一、封面故事

"封面故事"是《中国经营报》每期的重要栏目,该栏目一般位于报纸的 A5 至 A6 版,以一篇内容丰富的通讯稿件为主,主要刊登上一周国内外信息,对帮助上市公司、广大投资者及时了解市场动态有着重要作用。综合来看,"封面故事"具有审视热点、实地调查、人文关怀等主要特点。

(一)审视热点

报纸的周报性质使得记者并不能在第一时间出稿。在此情况下,对热点的反思、揭露本质、推动读者的思维深化、解析事件背后值得探讨的问题,变得格外重要。如《苦承兑汇票久矣:大宗商品涨价,中小企业现金流账期之忧》(2021 年 6 月 21 日,记者杜丽娟),为记者在报道大宗商品涨价背景下,关注中小企业的一线调查报道。对比行业内其他媒体基于同一事件的报道,《中国经营报》秉持了其在现象中发现经营者困境的媒体定位,将视线聚焦在原材料上涨所带来的中小企业承兑汇票问题之中,形成一篇与众不同的、审视热点背后问题的报道。

具体来看,作者在第一段先交代相关背景,"2021 年 4 月开始的大宗商品涨价潮,在此后的一个多月中,随着中央部委的出手干预,终于有所改观。这场源于'输入性'因素导致的上游原材料涨价,让中国企业尤其是中小企业的现金流和资金链,经历了一场不大不小的考验。"随即笔锋一转,直击问题,"不过,这场考验暂时还没有结束,而是悄然向下游传导,影响之一便是承兑汇票——这一中国商业交易中普遍使用的付款方式体现出来。"随后,为不让读者产生阅读障碍,作者对"承兑汇票"进行了概念解释,并开始从报道背景、背景带来的问题、问题关系到的主体、主体间谋求解决问题的途径几个方面展开,采访对象围绕中小企业主的利益诉求,以平实亲和的语言风格对问题进行以小见大的呈现,十分具有张力,从而引发外界的关注。

(二)实地调查

《中国经营报》在"封面故事"专栏中,有选择地对近期重大事件进行实地调查,由于周报的特点,其能够运用相对充足的时间进行相关报道策划,联合多地记者进行协同报道。如海南自由贸易港的报道,该报道协同海口、北京等地的记者,前线记者负责实地调查,后方记者负责统筹组稿,共推出《到海南去》(2021 年 6 月 14 日,记者裴昱、万笑天、张锦、杜丽娟)、《洋浦保税港区试验:"一线放开、二线管住"预演》(2021 年 6 月 14 日,记者张锦、万笑天)两篇质量上乘的深度报道稿件。

在《到海南去》中,记者通过对当地典型人物的报道,以小见大,展现海南近年来的发展趋势,虽然属于第二手调查资料,但以具体人物为落脚点,内容可信,能够唤起读者共鸣和理解。

同时,记者也进入当地进行走访,获取第一手调查资料。在《洋浦保税港区试验:"一线放开、二线管住"预演》中,记者跟随网约车进入洋浦保税港区卡口,走访观察当地施工场景、玉石商品售价、国药饮品等,并采访洋浦工委自贸办副主任,详细了解港区内的消费业态。

(三)人文关怀

封面故事板块的内容并不高深,因为这一板块以"讲故事"为目的,重要的是能够吸引受众、打动受众。如2021年8月2日的"封面故事"栏目报道为"豫北抗汛",新闻则是豫北一带连续多天的暴雨致使郑州面临一系列前所未有的困难,"很多人的人生和命运就此改写,更多人的生活也迎来了不可避免的改变。"编者按为该"封面故事"打下基调,以报道"人"的命运变化展开。

在具体的报道中,两篇报道《夺命逃亡两百米:郑州京广隧道改变的人生》(2021年7月26日,记者郑丹)和《豫北水城尚未结束的救赎》(2021年7月28日,记者倪兆中、卫辉)均为记者在一线的采访。第一篇报道聚焦的是2021年7月20日最终造成6人遇难、200多辆车受损的京广北路隧道被洪水倒灌。彼时,其他媒体多关注的是郑州地铁5号线的具体情况,对其他地区的报道,特别是京广北路的险情较少涉及。《中国经营报》的聚焦,为该次灾难报道填充了一块重要的版图,且记者的文章节奏把握较好,以紧凑的时间铺排开来,给读者带来极强的现场感,从而搭建起共情、理解的通道。另一篇报道中,记者将镜头对准了河南卫辉的抢险救灾,这篇报道与第一篇的最大区别在于,其展示的是一幅全景画面,灾民群众、抢救人员等主体均在报道中以第一人称视角出现,且人物都很典型,更能唤起读者的共鸣,关注前线救灾群众。

关于海南自由贸易港的报道《搞定自贸港》(2021年6月12日,记者郝成),有两个小标题分别是"人流与人口"和"个人的选择",标题下的内容则从海南常住人口的稳定增长助推其本地发展,以及关注个人所得税的优惠税率方面展开。以"人"为核心进行的调查报道,更能拉近报纸和读者的距离,关心人的当下利益、想法,从而形成更具亲和力的传播风格。

二、商业案例

根据市场上权威机构发布的数据,《中国经营报》以当前业绩较为出色的企业为案例,分析其成长为行业巨头的原因和成功经验,这一栏目的内容通常位于报纸的C7版,并占据整版。

如2021年6月21日的商业案例栏目选取了vivo为分析对象,选取由头是"近日,研究机构Strategy Analytics最新发布的报告显示,2021年第一季度,全球手机市场苹果和三星在收入方面仍然领先,vivo则凭借8%的份额(高于去年同期的5%)首次占据第三位。其次是OPPO和小米(各7%)。同时,我国内地智能手机市场出货量排名前五的厂商分别是vivo、OPPO、华为、小米和苹果,vivo逆袭位居榜首。"

在此基础上,记者结合当前的相关新闻——"在中国和亚洲市场站稳脚跟后,近期vivo成为2020欧洲杯开闭幕式冠名合作伙伴,开始向欧美市场发起进攻",并提出疑问——vivo如何在10年内,快速成长为全球手机业的重要竞争者。从整篇报道来看,报道分为"定位""渠道""营销"三个小标题,通过梳理公司和行业的发展历史,以及相关采访,清晰地展现出公司不断成长的关键原因,并在最后的"观察"小标题中,记者以述评的形式,总结公司值得借鉴的经验。

（一）行业与产业的视角融合

"商业案例"一般会分为4个板块，前3个板块以记者的采写稿件形式呈现，分三个小标题，最后1个板块为"观察"板块，是记者根据对企业的研究所撰写的评论。第一个板块一般是从企业自身出发，采访侧重其组织模式、经营理念、行业理解，并辅以行业内其他公司的情况。如第一板块在对vivo的报道中，通过介绍当时的手机市场竞争情形，列举诺基亚、摩托罗拉等知名品牌，以及崛起中的联想、酷派等品牌，表现市场的竞争激烈，引发读者对于vivo如何进入市场的思考。之后，为突出vivo经营理念中的"本分"二字，报道第一部分将vivo手机与小米等手机品牌进行对比，并引用相关负责人的采访内容进行定论。

打开行业视角可以帮助读者在横向对比中，给予企业一个合理的定位，但同样也需要运用产业视角将企业置于产业链中进行考察。报道的第二部分主要是在产业的维度展开，关注企业如何对接上下游，形成良性发展。由于报道的第一部分涉及vivo对上游芯片研发、手机功能设计的内容，因而报道的第二部分对准企业在下游的渠道拓展这一亮点，描述企业如何在线下渠道建设方面进行布局。此外，还叙述其如何践行国家化战略，并通过数据以印度市场的开辟作为典型进行描写。

（二）聚焦企业的市场策略

"商业案例"栏目的第三板块，聚焦企业的市场策略，如何实现企业产品在市场中的相当份额，以及在保证份额的基础上，实现企业增长。第四部分的"观察"板块以记者述评的形式展开，展现记者对于企业市场策略的再思考。

这两部分内容关注企业进入市场、拓展市场的一系列"动作"，并凝练背后的核心策略，这是《中国经营报》所开设的这一专栏的亮点所在，也是体现报社注重实际策略的体现。如在《vivo做对了什么？》（2021年6月21日，记者吴清）中，报道聚焦企业营销策略的"简单粗暴"，描述企业的具体实施方案，并思考"vivo做对了什么"，点明营销的成功，回到做好产品的本质，使得报道与第一部分相呼应，形成闭环。

三、与老板对话

1996年，《中国经营报》创办"与老板对话"栏目，原名为"与100名老板对话"，主要记录国内外知名企业家的管理经验、企业商业模式，并进行探讨。"与老板对话"栏目在创办之初就采用人物对话式的形式，以与财经人物的对话交锋，作为打造栏目品牌竞争力的核心资源，以财经人士作为载体，还原财经生活的生动内涵，回归栏目传授经营之道的基本追求，使媒体在新闻专业主义的基础上，兼具人文主义的本色。

栏目创办自1996年，距今已有26年，是《中国经营报》开设时间最长的一个品牌栏目，已经积累了较为固定的栏目受众群体。26年间，"与老板对话"通过与国内外著名企业家的交流，见证了企业家群体在中国的出现、勃兴、沉浮和主流化。从某种意义上说，"与老板对话"栏目通过对企业家群体和企业家精神的聚焦，是近30年来中国商业史的缩影。

正因如此，《中国经营报》的"与老板对话"栏目一直受到广大读者的喜爱，该栏目的文章结集出版的图书受到广泛而热烈的欢迎。"与老板对话"栏目通过邀请知名和优秀的企业家谈管理思想、说运筹经验、评成败得失、论经营方略的方式,将企业家们在构造企业核心能力和核心理念中所获得的最有价值的思想成果展现出来,交流碰撞,总结升华,奉献给社会,成为全社会共享的财富。

该栏目报道的人物涉及国内外知名企业家,内容涵盖企业运作、组织沟通、个人目标等,为读者树立起相关认知框架。目前,该栏目根据报纸排版需求进行相应调整,一般位于报纸的 D4 版,并占据一个版面。与老板对话栏目创建以来,通过对企业界如麦肯锡公司董事长顾磊杰、亚洲网通公司董事长兼总裁田溯宁、娃哈哈集团有限公司董事长宗庆后、正泰集团董事长南存辉等名人的专访,对广大经营管理者产生了深远的影响。

事实上,专访社会认可的企业家往往难度较大,并不是因为获得采访机会困难,而是因为企业家作为社会高行动能力个体,总结其经营之道,可能会陷入千篇一律的窘境,使读者陷入道理都懂却难以落实的境地。如对步长资产管理中心总裁姒亭佑的经营之道的报道《在生态地图里贯穿技术布局》(2018 年 8 月 6 日,记者屈丽丽),做投资虽然是人人皆可为之,上至坐拥千亿元资产的合伙人,下至普通的大爷大妈,但为何收益大相径庭,谁都可以总结出道理,甚至借用巴菲特的"价值投资"聊以自慰。因而,能够提供知名投资人的思维方法就显得尤为宝贵。

(一)提取经营之道

目前,"与老板对话"栏目一般占据报纸一个版面,分为"声音""老板秘籍""深度"三个部分,"声音"以记者和采访对象一问一答的文稿形式呈现,展示与采访对象进行实时访谈的过程;"老板秘籍"是对上述对话进行抽象提取,对比同行业的从业者去发现采访对象思考里的独到之处;"深度"主要以评论的形式展开,由记者采写,类似于"记者札记",在事实基础上体现记者或者媒体对采访对象经营之道的认识和理解。

相比较而言,其他媒体对知名企业家的报道其实往往局限于呈现对采访对象的访谈原文,以此展现记者对采访对象的经营之道逐步询问的过程,展示记者提问功底的同时也形成稿件,仅以这样的形式完成报道有时属于没有很好地用读者视角思考问题。读者在意的是从企业家身上学习到其思考问题的方法,并不是学习如何成为记者,也并不是为了学习企业家的谈吐。认识到这一点,就可以看出《中国经营报》在进行相关知名企业家报道上的独到之处。

事实上,《中国经营报》在提取企业家的经营之道时,不仅在对话的基础上进行提炼,还在提炼的基础上,由记者主笔,写下自己对企业家思考方式的认识和理解。如对步长资产管理中心总裁姒亭佑,记者已经很好地将采访内容提炼出了"步长资产管理中心的投资逻辑"和"如何选择 GP 进行合作"两块精简的内容。随后在"深度"板块里,进一步深化思考,并认为姒亭佑的投资之道在于拥有"战略地图",是一套系统的方法。记者在这篇文章中对这一方法进行了体察与描述,这才是真正意义上提炼思维的过程。

(二)关注"企业家精神"

当下,我国的财经媒体环境发生了深刻的变化,其中最重要的是媒介融合趋势带来的资讯繁荣正渗透和改变着受众的生活方式和阅读习惯。随着资讯获取渠道的丰富和市场经济的发展,越来越多的企业进入同质化经营竞争阶段。因此,《中国经营报》及其长久以来最具品牌优势的栏目"与老板对话"亦面临着挑战和机遇。

作为《中国经营报》经营了20余年的传统栏目,"与老板对话"或许已经可以作为专门的案例,进行"经营之道"的考察。企业家是资本市场极为重要的主体,企业家精神是无数社会人士呼唤的经营"食粮",它深藏在无数企业家的心中,在市场角逐中显现。《中国经营报》开设这一专栏,或许就是为了探求这一终极的经营"命门",它可以很简单,也可以很复杂,但值得用千万的文字去记录、去传播。

四、核心话题

"核心话题"专栏一般放置在报纸的E4版上,一般选取上一周国内舆论聚焦的事件,由财经评论员、专家学者供稿。这一专栏的主题因事而定,但基本与财经领域的话题相关,涉及社会生活的方方面面。如《如何提升竞技体育的市场化之路》(2020年10月26日,财经评论员范欣),评论以当时热播的电影《夺冠》为由头,文章前半部分以介绍基本情况为主,当然这是有选择地为自己寻找分析依据,在说明我国体育事业目前仍然局限于小众运动之后,开始探讨我国体育进行市场化转型的可能路径,其从群众基础、科学训练、高效管理、市场运作展开分析,最后回归到大众体育路线的战略层面,深入浅出、清晰明了。

"核心话题"专栏的独到之处在于,在纷繁的社会话题之中,瞄准一个话题,并给予其符合时代价值判断的讨论。值得一提的是,《中国经营报》在专题的选择上往往颇具眼光,如专栏评论《"流浪大师"沈巍能改变命运吗?》(2019年4月1日,媒体人士陶苇),评论表达了观点:"沈巍走红的最大价值在于让人们看到了另一种生活方式,尽管这个选择显得有些极端。"

但同时,在选取与财经新闻息息相关的事件方面,所选取的讨论话题也延续了《中国经营报》一贯的犀利思索与对问题的直视,让读者读完为之一快后,进一步展开思考和交流。如《科创板能成为中国的纳斯达克吗?》(2019年4月8日,央视财经评论员刘戈),评论的前几段,先提观点,再辅以事实,紧接着拿出原因,简单的开头几段文字,足以振聋发聩。随后,作者以纳斯达克历史为基础,论述中国与美国共同拥有的"天时""地利",但中国目前尚缺少"人和",找到问题的关键,则顺逻辑而下,对问题的解决提出期待。

第四节 《中国经营报》经典报道案例点评

"深房理"风波背后:代持购房常陷纠纷

一、报道概述

《"深房理"风波背后:代持购房常陷纠纷》是一篇对深圳"深房理"事件的深度报道,2021年4月8日,深圳市住建局等七部门发布关于对涉及"深房理"的举报事项进行调查处理的通告。通告显示,"深房理"涉嫌多种违法行为。

本报道以通告为新闻由头,对"深房理"的经营模式和炒房者的纠纷进行了报道,报道体量不大,从宏观法律政策,落实到具体的当事人,并结合相关专家的专业看法,形成了一篇较为出色的深度报道。

二、报道背景

近几年,深圳市坚持国家提出的"房住不炒"定位,坚决打击各类投机炒房行为,不断优化房地产市场调控措施,着力解决好大城市住房突出问题,并以"深房理"查处为契机,不断完善相关监管细则,促进房地产市场和金融市场平稳健康发展,维护群众合法权益。

从"深房理"事件后续影响来看,深圳市银保监局组织银行开展全面排查和监管核查,已查明"深房理"相关人员涉嫌伪造国家机关公文、提供虚假资料套取贷款,以多次转账、化整为零、提现等方式规避资金流向监控等扰乱金融市场秩序的行为,共涉及住房按揭贷款、经营贷和消费贷等不同类别,问题贷款金额合计10.64亿元,其中,涉及经营贷3.80亿元。对于已查实的问题贷款,深圳市银保监局已责成相关银行提前收回。对于涉嫌违规的银行和责任人员,已依法启动行政处罚程序。通过定期滚动排查和监督检查,进一步压实银行涉房贷款实质审查责任,严防信贷资金违规流入房地产领域。

三、报道价值取向与原则体现

(一)报道内容与范围的平衡,坚持报道的实用价值

该篇报道以"深房理"事件为由头,呈现代持房产引发的炒房纠纷。报道不仅就具体的"深房理"事件的炒房纠纷进行关注,探讨其经营模式所带来纠纷的必然性,还将镜头拉远,从更大的时间跨度上观察近几年出现在社会中的炒房纠纷,以此让报道不局限于一点。案例的多样性,不仅可以让读者了解"深房理"事件本身,还可以加深对这一类型事件的理解,从而能够在总体的结构中获得知识。当然,受制于文章的篇幅,在报道内容与范围之间需要做出适当平衡,可以推动报道的传播效果实现峰值。

从上述意义来说,报道的内容与范围的平衡,可以在一定程度上实现经济新闻体现实用性的价值取向。实际上,实用性是受众对经济新闻报道的最基本诉求,相比其他类型的新闻报道而言,读者对经济报道的诉求和期望都在于"实用",即帮助受众透视政策、法规等环境,对具体的经济行为进行决策。因此,在众多新闻价值要素中,了解外部环境的变化并相应调整经济决策以利于生存和发展,已成为体现经济新闻报道竞争力的关键。

(二)理性建构引导读者选择,坚持舆论的正确引导

仅从该篇报道的题目来看,作者并不是有意制造爆点、夺人眼球,而是意在梳理事件背后长期存在的事实。从全篇内容来看,也的确如此,报道引用了较多翔实的内容,记者也以其专业知识为基础,进行相关法律判例的梳理,引导读者对代持房产一事有一个较为全面的认知。截至发稿,"深房理"事件官方尚未出具调查结果,因而以事件为新闻由头,检索并采写有依据的内容,不进行媒介审判,是媒体的重要原则。

舆论可以渗透到社会的各个方面和角落，新闻媒介所传播的新闻信息是社会舆论的重要组成部分。伴随公众素养的提高，新闻媒体坚持正确的舆论引导，运用理性的逻辑推导建构正确的思维方式，而不是强加宣传话语，在当今社会显得尤为重要。

（三）专业观点与当事人的视角互换，确保报道的公平公正

从相关部门的意见来看，炒房行为具有明确的倾向性界定，但并不应该以此来直接将炒房行为与炒房者画上等号。作为处于事件中的重要主体，炒房者的信息提供与决策历程也值得被关注。这并不是要对其施以同情的人文关怀，而是在理解的基础上对此引以为戒，了解事情的原委，进而判断是非。相反，忽视人性且直接进行盖棺定论是不可取的行为，这是不经思考的认知绑架。该篇报道很好地采访了代持房产的当事人，对其经历进行了合理的报道。

与之互为补充的，则是专业人士出具的意见。专业意见是在经过理性思考后审慎提出的，有专家的专业素养为背书，具备可信性，能够对公民行为进行合理的指导。事件是复杂的，人性是复杂的，媒体从业者对各个信源的判断、对社会的理解，是解剖新闻事件的一把钥匙，是确保报道公平公正的一剂良方。

四、报道采写特点

（一）导语：新闻由头、事件解释、专家观点的精准提炼

导语部分，作者先将新闻由头进行交代，再将舆论关注的消息来源进行补充说明，随后在第三段中加入《中国经营报》记者梳理出的"合伙买房、借名购房即代持的方式早已存在"的事实，并引出采访对象对该事件的相关看法。可以看出，导语较好地将报道全文的事实、解释、意见进行提炼，能够精准地反映出报道的核心内容。

（二）标题和小标题：逻辑先后的合理呈现

本文的标题为《"深房理"风波背后：代持购房常陷纠纷》，可以提取的关键词为"深房理""风波背后""纠纷"。根据标题信息可以推断，作者行文的重点将落到代持购房的"纠纷"二字之上，报道的第二个小标题"炒房者的纠纷"也反映出了这个推断的正确性。

但值得注意的是，"炒房者的纠纷"虽然是文章采写的重点，但并非第一个小标题"'深房理'模式"下设的内容毫无价值，相反其起到了重要的解释说明作用。正是"深房理"的复杂运作模式，才会使房屋炒作者陷入纠纷的局面，这样的因果逻辑体现出了文章的谋篇布局，使得报道前后衔接紧密，逻辑顺畅。

在上述理解的基础上再次分析报道的标题，就可以发现无论是对两个小标题的再凝练，还是对全文核心内容的提取，标题的拟定都是较为合理的。关注"深房理"背后的"人"是报道的核心，突出"人"就需要厘清"人与人"的关系。若想理解关系，就需要先深剖"深房理"的运营模式以及其和法律政策之间的界限碰撞。

(三)采访:心理描摹与专业意见的穿梭

整体来看,报道分别选取了四位采访对象,可以把他们分为两类,分别代表法律专业人士和代持房产的当事人。法律人士分别为北京市立方(深圳)律师事务所律师和北京大成(深圳)律师事务所律师,他们在报道中进行了政策法律的解读以及对相关主体行为意见的提出。如前者解释了代持房产操作所具备的部分合理性,并解释了其中存在的法律和经济风险。后者进一步界定代持房产这一操作的真实意图,并指出其中的司法观点。

就代持房产当事人一方主要采访了曾经的"深房理"摇篮会员和之前陷入炒房诉讼的杨某琪。前者的采访内容主要是提供"深房理"的具体操作细节,能够提供便于读者理解的内容。后者则是展示其逐渐陷入炒房纠纷的过程,具体的呈现可以让读者更好地体会当事人的所思所想,并对读者起到一定的警示作用。

对于炒房行为,我国政府及法律部门对其态度较为明确,《中国经营报》在此对后一类采访对象的内容呈现的主要目的也绝不是实现平衡报道,而是为读者提供沉浸式的阅读体验,使之能够了解当事人做出选择的心理状态,以及事情的始末,提升内容的传播效果。对专业人士的采访则是给出专业性的解释与指导意见,既体现报道的专业精神,也能够为其读者筛除冗余意见,体现精华言论。

(四)叙述:宏观、微观里的时间线

用3000余字构建一个涉及法律、政策的新闻事件其实并不简单,其需要在进行大量信息检索的基础上进行加工提取,并且需要让讲述具备层次性。这篇报道以时间为线索,但并不是顺时地进行排列报道,而是在宏观的政策法律与微观的当事人和事件中进行合理切换,让读者既能身临其境,也可以知悉政策法律的要义。

从文字的主体部分来看,报道先从2021年4月8日的新闻事件讲起,提取通告的关键信息,再将时间向前拨至4月4日,展示引起舆论关注的信息由头,紧接着点明这样的消息爆料其实并不是第一次,而是已经多次出现在公众视野中,且对之前几次的爆料内容进行部分呈现。在对上述信息进行说明后,作者开始将镜头进一步拉近,对准涉事主体,并将涉事主体所做出的违规行为进行了更加具体的时间列举,给读者提供了一定的时间折叠后的纵深感,并自然引出了涉事主体的经营手段。

经营手段的难以瞒天过海,又过渡出了曾是会员的当事者陷入的炒房纠纷,以小见大,报道进入了第二个小标题的内容,也就是文字的重点部分。在这一部分中,文章进行了时间的回溯,从宏观层面展现了炒房纠纷案例的体量,并且通过一个例子继续推动着事件由过去走到现在,呈现出当事人的经历,为读者提供借鉴案例。在此基础上,报道再次以2021年的最高人民法院判例将故事定格到现在,并引出专家学者进行讨论。

由此可见,文章依靠时间线索展开的叙事,搭建出了宏观与微观相互嵌套的精巧结构,为读者的阅读体验打下了基础,更重要的是立足事件本身,解读专业门槛较高的法律法规。

五、报道启示

(一)以问题导向意识切入报道

新闻是应人的需求而生的,不管是民生新闻还是财经新闻,新闻都是依傍于人的需要及取舍而存在的信息。因此,在进行新闻信息资源的采集及保存的过程中,新闻工作者应当心怀问题导向意识,为读者和报道对象提供解决问题的信息支持。

一方面,新闻工作者需从读者群体出发,敏锐地捕捉读者在日常的经济生活中遭遇了哪些问题,新闻调查报道可以为其提供哪些解决途径。另一方面,新闻工作者在收集信息的同时要留心信息提供者的情感需求及反馈,尽可能帮助信息提供者解决问题。所谓的信息提供者,除了普通的民众外,还可以是政府职能部门、企业、协会组织等。新闻媒体通过与多元主体建立沟通渠道,了解、掌握不同主体的各种需求,再以专业的媒体队伍提供信息全面的调查报道,既是打造媒体公信力的有效途径,也是推动媒体型智库建设的必要途径。

(二)以大局观意识把握行业发展趋势

房地产新闻早已成为各大媒体的重要新闻板块,包括房展新闻、楼盘新闻、房地产政策新闻、房地产金融新闻,从这一点来看,房地产新闻涵盖的报道范围非常广,是媒体需要面对的机遇和挑战。[1] 目前,在社会与政策背景的决定性影响下,房地产行业遭遇重大挫折——许多房企面临经营困难,不少地区房价下跌,二手房交易市场低迷。"房住不炒"政策终于靴子落地。

房地产行业的发展逻辑转变势必推动房地产新闻报道的话语转型,新闻媒体需要把握这一行业发展趋势的变化,实现报道的与时俱进。伴随房地产行业从金融属性回归到民生属性,以及共同富裕的政策推动,相关报道开始以关注居民生活水平切实提高为根本导向,并针对资金有效进入实体企业、房企服务能力提升、政府保障性住房比重提高等相关问题,继续发挥调查性报道、深度报道优势,促使新闻媒体在这一轮房地产报道话语转型中有效引导舆论。

(三)以建设性意识开阔报道视野

建设性新闻吸纳了公众的新闻理念,避免主流媒体与商业利益捆绑,要求新闻业吸纳公众广泛参与和协同合作,以实现对公共领域和社会共识的维护。作为近年来"羽翼渐丰"的新闻理念和实践形式,建设性新闻与传统的突发新闻和深度调查报道,在报道目标、报道风格、内容聚焦、记者角色上都有所不同。

相较而言,建设性新闻最主要的特点在于它具有面向未来的视野,以及开掘可能的解决路径。财经深度报道的建设性新闻理念的现实应用,更多是处于突发新闻引发爆点后,调查新闻与建设性新闻同时作用于受众。诚然,批判性的调查新闻更易吸引流量,但回溯调查新闻的历史源流,这种以"揭丑曝光"为目标的报道蕴含的是与生俱来的怀疑主义,无法摆脱"施害者—受害者"的角色设定。从传播效果来看,批判性价值、"悲

---

[1] 吴玉兰.经济新闻报道[M].武汉:武汉大学出版社,2009.

情"意识和反社会建制心态所主导的调查报道充斥媒体,会使得受众产生一定的消沉和沮丧情绪,引发社群和族群的对立甚至冲突。①

作为深度嵌入社会的功能性主体,主流财经媒体的报道影响着公众对经济社会的认识与了解,并在某种程度上经营着公众的信息环境,具备建设性意识的媒体则能为社会提供更加积极、正面的报道。在此过程中,财经媒体既能直面问题,又能获得更广泛的社会信任,重塑自身形象。

---

① 史安斌,王沛楠.建设性新闻:历史溯源、理念演进与全球实践[J].新闻记者,2019(9):32-39,82.

第四章 《经济观察报》

> 《经济观察报》于 2001 年 4 月 1 日由山东省新闻出版局、山东省委宣传部主办,山东三联集团投资联合创办,是国内第一家由商业企业控股、民营企业全额投资的经济类报纸。作为经济媒体,《经济观察报》一直致力于推进中国与世界的融合,为中国社会主流阶层提供更丰富的信息服务与富有前瞻性的思想见识。

第一节 《经济观察报》定位与发展

《经济观察报》以"理性、建设性"为媒介定位,作为国内领先的财经媒体,以中国社会拥有财富、拥有权力、拥有思想、拥有未来的实力阶层为读者对象。其刊载的报道充分表现新兴的、行动能力强的价值观和生活态度。

一、《经济观察报》定位

《经济观察报》于 2001 年 4 月创刊。"1999 年 11 月,中美双方就中国加入世界贸易组织达成协议,这意味着中国入世的最大障碍已经消除,2001 年底中国正式成为世贸组织成员国,在这个宏大的背景之下,财经媒体提出'与加入 WTO 后的中国一起成长'的响亮口号。"[1]在此背景下,《经济观察报》秉承"独立性、建设性"的理念,记录中国市场经济的点滴进程,与中国经济一同成长。

《经济观察报》要求从业人员秉持理解、尊重、未来导向和相互承认的报道职业理念。要求从业人员以积极的心态看待事物,以发展的眼光看待过程,以可持续性看待经济社会的发展,在客观公正的前提下,凸显《经济观察报》作为经济类报纸的特色和职能。

作为经济类报刊,《经济观察报》区别于其他如《中国经营报》《21 世纪经济报道》等同类财经媒体,力求保持自身的独特性。在受众定位上,《经济观察报》将眼光投入到"四有青年"群体中。"四有青年"即有财富、有权力、有理想、有未来的青年男性工商企

---

[1] 王晓乐.双重力量作用下的财经媒体激变——兼谈中国财经媒体发展的四个历史阶段[J].中国出版,2010(6):29-32.

业人士。这类人群的年龄通常在25岁至40岁之间,85%左右为男性,受过较高水平的文化教育,对新生事物保持着敏感度和关注度。这就与《中国经营报》《21世纪经济报道》的"标准读者群"拉开了距离。"从这层意义上说,《经济观察报》是具有前瞻性、预见性的。正如《中国经营报》对三家报纸的评估,《中国经营报》是一个塔基,《21世纪经济报道》在塔腰,而《经济观察报》在塔尖。"①

《经济观察报》首次在国内的报刊设计上采用了国际流行的橙色、环保、可循环使用的高级新闻纸,迅速吸引了读者的眼球。加之简约、时尚化的版面风格,使《经济观察报》自诞生起就彰显出高雅的审美取向。在中国的财经类报纸市场里刮起了一阵"橙色风暴"。

二、《经济观察报》发展历程

作为我国加入WTO以后出现的财经类报刊,《经济观察报》的发展伴随着我国经济改革的不断发展,见证了时代奇迹,现已成为与《中国经营报》《21世纪经济新闻报道》《每日经济新闻》具有同等影响力的财经报纸。《经济观察报》的发展历程可大致分为纸媒端和新媒体端两个阶段。

(一)《经济观察报》纸媒端的发展

1. 2001—2004年:立足经济,挖掘市场

加入WTO后,我国的经济发展趋势和走向也呈现出新的格局。随着中国经济全球化步伐的不断加快,一系列国际经济规则和经济准则也被逐步引进,越来越多的人成为经济生活的主体,个人利益牵扯更为复杂,面对纷繁复杂的市场经济和国际贸易,人们需要通过媒体了解更多的经济信息和产业动态,需要专业化的媒体从宏观、中观、微观三个层面进行经济消息和经济政策的解读,从而为个人决策提供依据。中国从未像现在这般拥有如此多的发展机遇。经济社会的繁荣昌盛为经济新闻的创新发展提供了肥沃的土壤。

自2001年创刊,《经济观察报》经历了20余年的市场考验,20余年的风雨洗礼,成为我国较具代表性的财经类媒体之一。创刊初期,《经济观察报》以"四有"的社会实力阶层为读者对象,打出"理性、建设性"的办报理念,在办报策略上喊出"以工业标准建设商业"的口号。对此,主编何力解释道:"我们以务实、开放、求证的心态冷静观察经济走势,以全新的视角报道经济新闻"。《经济观察报》能够在同类型报纸竞争中获得优势地位,主要依赖于它的营销策划能力。创刊初期,《经济观察报》通过"复制移栽"英国《金融时报》的橙色设计及内容设置理念赢得了广泛的关注,获得了原始核心读者群。

创刊初期版面分布:新闻、商业、言论、生活等共24个版面,后又在此基础上增加财经和观察家两个版面。2001年,许知远任《经济观察报》主笔。当时,许知远对《经济观察报》的目标是当"911"这样的历史性事件出现的时候,"人们会像关注《纽约时报》《金融时报》一样去关注《经济观察报》的声音,即使这两个目标很难达到,至少我们应该成

---

① 汤莉萍,周啸天.《经济观察报》经营模式分析[J].成都大学学报(社会科学版),2003(2):37-39.

为一家在亚洲地区具有较大影响力的报纸,像《海峡时报》《读卖新闻》那样的区域性领导报纸。"①

2004年2月,《经济观察报》下设经济观察研究院,这是中国第一家由财经媒体设立的独立研究机构,开创了经济研究机构的先河,是《经济观察报》的创新之举。

2004年,由《经济观察报》主编何力等人策划的"观察家年会"举办,该年会邀请中国顶尖的商业、学术领袖与高级政府官员,共同探讨2004年中国的经济走向,并做出某种或许过分大胆的预测。该年会由于是以当年的经济热点为主题,加之邀请专业人员对未来经济发展走向做出预测,使得《经济观察报》的影响力不断攀升。

2. 2005—2012年:全方位稳健发展

首先,为了培养未来新闻人才,2005年,《经济观察报》启动了"大学生训练营"公益活动,活动秉承《经济观察报》理性、建设性的价值观,面向国内外对财经新闻采编有兴趣的在校大学生,邀请业界、学界、经济领域的业务大咖、知名专家、企业高管等一众导师,协助青年一代深入媒体行业,学习财经新闻业务、经济知识、新媒体技能等,同时近距离了解各行业知名企业,帮助在校大学生以全球化视野关注国家经济社会发展,培养其实践能力和创新精神,在全方位学习提高的同时,开展经济新闻作品的奖项评选。

其次,在报道板块上进行改版。2006年,《经济观察报》改版,评论版由一版扩至多版,内容广泛,由短论、读者来信、国际视点等部分组成。创刊初期版面包括新闻、商业、言论、生活共24个,在此基础上增加财经和观察家两个版面。

最后,进一步发展数字化媒介。《经济观察报》还以增刊的方式不断推出新的印刷物,如《生活方式》《书评》《研究院》等,2006年初又推出新增刊《CEO》《中国电子商务》等。自2006年1月起,《经济观察报》每期评论版都开始配漫画,弥补文字传播的单一性。同时创办了经济观察专业网站,较早实现了新闻内容的数字化。

3. 2013年至今:提升内容力,栏目多样化

为提升内容影响力和内容质量,《经济观察报》做出不懈的探索。在结合自身优势的基础上逐步探索出提升自身报道栏目特色和报刊的专业性的诸多做法。

2014年,《经济观察报》直面政府,刊登了一篇名为《公务员分类改革启幕 重点提升基层待遇》(2014年2月14日)的报道。我国的公务员待遇是一个相对敏感的话题,报道既要切中实际要害,又不能越过经济报道的范畴。如何在报道中既提出问题又不会引起社会大众的不满,就取决于报道框架和报道策略。该报道以深圳为例,主要针对全国公务员录用、考核的人事管理制度改革展开分析,分析了综合管理类、专业技术类和行政执法类等公务员改革的现状与思路。针对近些年来,县以下基层公务员队伍大量出现年龄老化、队伍结构不合理的问题,强调"完善基层公务员录用制度"的意义所在和提高基层公务员薪酬待遇改革的具体举措。

2016年1月,《经济观察报》第34~37版刊登专题"2015:我的阅读",以整整4个版面报道著名经济学家和相关领域专家的阅读体会与思考。如著名经济学家薛兆丰的《理性、自由、想象力、科技与人类进步》,日本《现代周刊》副主编近藤大介的《历史、现实与未来》。

---

① http://media.news.sohu.com/75/61/news213186175.shtml.

2017年1月,《经济观察报》第2～36版刊登专题"2016年度商业人物榜",报道聚焦2016年度中的关键商业人物和商业行为,以小见大,通过对不同经济领域商业人物的报道,反映中国各行业经济现状,绘制生动形象的"众生相"。

2018年1月,《经济观察报》第2～10版、12～18版、20～35版刊登专题"新青年",通过不同领域、不同国家、不同人物的经历来反映"新青年"一代的成长蜕变之路,从经济领域到文娱圈,从中国到日本,以故事说发展,以人物进步说时代风气,围绕经济这个中心线,全面客观地反映各行各业的生存状况。

2019年1月,《经济观察报》第2～6版刊登专题"请回答2019",针对在经济发展过程中读者感兴趣的问题进行提问,如以"5G手机会火吗""房价无上涨空间""创业还有风口吗"等问句开头,通过记者对相关专业领域人员的采访,为读者提供经济决策的相关信息参考,反映了经济新闻的前瞻性和为经济生活提供决策依据的基本功能。在同期报道中,《经济观察报》发挥自身平台优势,在第41～44版刊登"2017—2018年度第四届新金融年会特刊",会议重点突出的《2018年科技金融年度案例报告》也由《经济观察报》联合中国金融出版社联合打造出炉。同年,《经济观察报》申报的《你好,科创板》系列评论获得"2019年中国资本市场新闻报道优秀作品"一等奖。

2021年1月,《经济观察报》第5～6版刊登专题"特别策划·十问中国经济",针对社会热点话题进行专题系列报道,进行了"油价会回升吗""集体诉讼第一案何时启动"等问题式标题的报道设计。

2022年,《经济观察报》调整了业务规范和好稿评选标准。主编陈哲认为,一个好的报道选题应该是能回应时代需求的选题,这要求媒体做到习总书记提出的"胸怀大局、把握大势、着眼大事"。一篇好新闻必须做到:采访翔实可靠,文字精致优美,逻辑完整严密,具备深度、广度、悦度、锐度,在商界或社会群体中形成重大影响。

《经济观察报》启动了"内容力提升"计划,围绕该计划推出了《经观讲堂》,邀请在社会思想、媒体业务、经济前沿、财务法律等方面有着广泛影响力的名家来做讲座。

同年,《经济观察报》三件作品获第33届中国经济新闻奖。其中宋笛的《科学家走了,科学精神不能走》(2021年05月28日)获得新闻评论类一等奖;《大国命题,山东求解——山东动能焕新这三年》(专题)获得融合报道类一等奖;钟鸣、姜鑫的《退保理财陷阱》获得监督报道类三等奖。

(二)《经济观察报》新媒体端的发展

新媒体时代到来,在为传统媒体带来了挑战的同时,也带来了机遇。传统媒体借助平台优势,加入新媒体阵营。2009年,新浪微博诞生,微博以自身资讯的快捷性、平台的交互性迅速成为传统纸媒转型的话语必争之地。

1. 微博

《经济观察报》为自身及旗下四个子品牌设立了官方微博,包括"经济观察报""经济观察报EEO视频""经济观察报-书评""经济观察报品牌活动""经济观察报生活方式"在内共5个官方平台。

除此之外,《经济观察报》研究院院长"新望"账号,"朱冲""程九龙"等资深记者的账号设立,也为扩大报刊的影响力起到了进一步的推动作用。

2. 微信公众平台

2012年问世的微信公众平台自诞生之处就聚拢起了巨大流量。与微博、抖音这类软件不同,微信公众平台的产品调性与微信作为私密社交软件空间相同,它注重深度报道,注重深度思想。

《经济观察报》的微信公众号包括文字与视频两大板块。文字部分细分为"新闻特辑""品牌合作""EEO TV"三个部分,视频部分则得力于微信推出的"视频号"这一功能。《经济观察报》利用平台资源优势,每日推文阅读总量大体上保持在3万~7万字的水平,对于一份传统报刊的浏览量而言,这已是一个非常不错的成绩。

3. 经济观察网

经济观察网是《经济观察报》打造的商业资讯平台,注重财经内容的快速更新;经济观察网在内容服务上提供只对网络注册用户开放的经济观察研究院的各项研究产品和研究成果,包括每周商业情报、行业分析和专题研究报告等等;除此之外,注册后的会员可精确搜索往期内容、图片新闻。

为了更好地融入数字经济时代,拓宽受众市场,经济观察网提供多种多样的移动平台资讯产品,包括电子报、iPad版、iPhone版、Android版、手机报、欢乐财经音频、邮件新闻、经济观察网官方微信与微博,随时随地为用户提供有价值的财经资讯。

4. 经济观察报抖音号

截至目前,经济观察报抖音号"经济观察报EEO"视频已有粉丝218万,作品获赞1062.7万,正式入驻成为抖音百万粉丝账号。"专业财经、不止财经、用视频带来新思考"口号的喊出,表明《经济观察报》将自身特性与抖音视频平台的特点相融合,挖掘新的受众市场。

《经济观察报》充分利用抖音流量池,以系统专题视频制作作为呈现方式,总结平台受众调性。其中播放量前三位的专题分别是:"一语",共1.1亿次播放;"SHOW场",共4077.3万次播放;"吾国吾民",共1448.8万次播放。"经济观察报EEO"视频未来还将以此种形式,继续制作高质量、高内涵的专题视频,在巨大的信息流中,展现专业媒体的高素质与高水准。

第二节 《经济观察报》的经营策略与盈利模式

"20世纪80年代末期,中国的传媒产业在经历了20多年以数量的规模化发展为特征的高速成长后,特别是综合性报纸"厚报化"趋势的出现,以及以因特网为代表的新媒体的崛起,中国的传媒产业已经进入了'资讯相对过剩'的传播时代。"[1]在经过科学系统的分析之后,《经济观察报》的主管人员意识到此时的中国财经市场需要打造一份高品质的经济类媒介。帮助新兴中产阶层观察和分析充满不确定性的经济世界,是一件很有前途且十分重要的事。因而,在对市场情况做出基本衡量后,《经济观察报》的经营策略准确切入竞争激烈的财经媒介市场,并开始拓展生产和发展空间。

---

[1] 喻国明.财经杂志的春天——解读美国财经传媒《福布斯》.财经界,2001(5):30-31.

"《经济观察报》以理性、建设性为基本价值观,服务于中国主流商业人群,目前是中国较具影响力的财经商业信息提供者和媒体平台之一。"①

一、《经济观察报》的经营策略

(一)"四马齐驱"的管理模式

"在报业经营与管理结构上,传统的模式是编辑、广告和发行相互独立的'三架马车'模式。《经济观察报》借鉴西方发达国家的媒介经营与管理经验,建立了以发行人为主导的媒介组织管理形式,形成了编辑、广告、发行、经营'四马齐驱'的新格局。"②"总经理及其领导的经营团队是研究市场、研究消费者、提供消费者所需信息的组织,经营团队知道读者想读什么,知道培育和发展市场应从何处着力。"③采编和经营分离带来的"四马齐驱",使各个阵营明确了各自的分工和责任,实现了专业化。最为关键的是,两个阵营实现了对接与互动。采编团队为经营团队提供信息产品,经营团队通过一系列的市场运作为采编团队创造财富,提供经济支持,实现信息产品的保值、增值。

《经济观察报》创刊之初便意识到,市场经济条件下,做媒体就是做品牌,因而形成了"编辑、广告、发行、经营"四马齐驱的经营策略。过去,媒体经营有一个著名的"三轮车"比喻,认为采编是三轮车的前轮,掌握方向;广告、发行是两个后轮,驱动整车向前。但是,在《经济观察报》看来,一辆三轮车无论设计得多么精巧,都有其局限性,无法在市场经济条件下跑得又快又好。相反,一辆四轮车才能适应形式,而这第四个轮子,就是品牌经营。《经济观察报》将品牌经营这一概念单独拉出来,以此作为自己的核心竞争因素,提出"理性、建设性"发展理念。在定下报刊发展的基本理念后,从内容采写到版式安排,从采编到销售终端各个环节都紧紧围绕这一理念。差异化的品牌定位和独特的品牌理念,使得《经济观察报》终于在激烈的竞争中开辟出一片属于自己的新闻市场领土。

《经济观察报》创刊初期的领导团队来自老牌经济类报纸《中国工商时报》《中国经营报》,具备丰富的办报经验。内行之间的紧密合作,既保证了新兴财经报纸的质量,又充分发挥了"四马齐驱"管理格局的优势。

(二)重视内容力提升

新媒体时代,媒介技术带来的行业冲击和变革力度不言而喻。万人皆媒、万物皆媒时代已经到来,传统媒体对新闻发布的垄断被打破,传播格局从一个中心逐步发展成为多个中心。在这样的生态下,如何发挥传统媒体优势,应对新媒体冲击带来的考验,便成为如《经济观察报》般纸媒所必须考虑的问题。

新媒体借助互联网渠道资源优势,在内容分发与传播速度上有着天然的优势,这一点传统媒体无法超越。在这样的时代背景下,发挥人才优势,做高质量内容,培养核心竞争力,成为传统媒体发展的立足点与增长点。

---

① http://www.china10.org/xwpd/cppc_1910_3801.html.
② 周鸿铎.媒介产业案例分析[M].北京:中国纺织出版社,2005.
③ 汤莉萍,周啸天.《经济观察报》经营模式分析[J].成都大学学报(社会科学版),2003(2):37-39.

"2022年,《经济观察报》启动了'内容力提升'计划,邀请在社会思想、媒体业务、经济前沿、财务法律等方面有着广泛影响力的名家来到经观讲座,汇作'经观讲堂'。"①"经观讲堂"分为传媒课、专业课、通识课三大特色板块。提升"经观风格",培育"经观味道",成为《经济观察报》内容力提升的着眼点。"传媒课"的定位即是如何做好"媒体内容",如何培养"媒体特色",它的内容与新闻本身相连,为传媒行业的从业者指明方向,为"外行"展现新闻加工过程与技巧。如《经观讲堂》传媒课第9期《从"头痛住院"说起:好标题这样出炉》展现了在上海疫情的大背景之下,上海市卫健委主任病倒这样的一个特殊性事件,如何通过起标题,展现媒体人功底与实力。相较于"传媒课","专业课"的定位更加宽泛,《经观讲堂》邀请了各行各业的专业人士对该行业进行介绍,从娱乐圈的"汪海林:我眼中的内娱流量时代"到医药区的"清华大学药学院院长丁胜:我们需要什么样的新冠疫苗和药物",从"航空航天领域专家张聚恩:谈谈航空世界格局和中国航空发展"到"如是金融研究院院长管清友:如何看待金融委会议、扩大内需及乌克兰危机",专业课的内容几乎无所不包,既有社会现象,也有现实议题,内涵深刻,发言权威,具有很强的前瞻性和参考价值。"通识课"则具有较广泛意义上对于人的文化思想的培养,《经观讲堂》第2期"人民大学教授李义平:为什么应当读经济学经典"中介绍了经济学的相关概念,并提出了"区域经济的发展本质上是个政治经济学问题""亚当·斯密倡导了市场经济,但市场经济并非只有一种模式"等具有现实意义的问题。

　　"经观味道"的底层是一以贯之的价值观。无论是"理性、建设性",还是"不冲动、不媚俗、不虚伪、不破坏"的"四不"原则,都是《经济观察报》的核心理念,是《经济观察报》看待世界、报道世界的独特方式。如果说推动中国和世界的商业文明和进步是最宏观的目标,那么具体而言可划分为提供有助于正确决策的资讯、信息和分析。由此,经济信息的价值性和前瞻性成为报刊的核心内容力所在。

　　目前,《经济观察报》传媒课已经做到第10期,专业课已经做到第13期,通识课已经做到第2期。不同的内容定位,不同的经济角度,多位专家,多种行业,多重角色身份,为《经济观察报》的发展提供了不同的力量源泉,为报刊的内容力提升做出了不同程度的贡献。

(三) 个性化的形象呈现

　　新闻版面设计是一个梳理、提炼、阐述、升华、引人注目、传达信息的过程,在当代报纸、杂志、新媒体等版面设计中,由"阅读"到"悦读"早已是业界共识。严格说起来,也不只是为了"悦读"而设计。"设计不仅仅是设计",设计是为了更好地向读者传达信息,是内容的另一种更直观、更快速的表达方式,设计能赋予文字更大的价值和意义,是内容的延展和补充,和文字报道相得益彰。《经济观察报》的视觉设计团队,在这样一个信息碎片化、视觉化的时代,一直坚守媒体设计师的最初的信念,遵循着报道中"不冲动、不媚俗、不虚伪、不破坏""理性、建设性"的价值理念,用视觉语言对内容进行赋能和延展,创造出一个个精美的版面,让信息传达更有力量。②

　　吸引读者、提高发行量,是所有媒体经营生存的着力点。《经济观察报》为塑造大报气

---

① https://www.sohu.com/a/533429662_118622.
② https://www.sohu.com/a/537850824_118622.

质,追求理性、大方、沉稳的报刊理念,选择坚持使用高价的橙色新闻纸,不惜成本,以强调视觉冲击力,向读者提供赏心悦目、非同一般的阅读感受,这是《经济观察报》最为醒目的特点。自创刊以来,《经济观察报》将报刊当作艺术品来打造,希望得到受众的喜爱与认可。

在第43届世界新闻设计大赛中,《经济观察报》获得两个单项奖、四个设计作品奖(见图4-1至图4-4)。世界新闻设计大赛被誉为全球新闻设计界的奥斯卡,作为最具权威的新闻设计领域全球性赛事,在国际新闻界与普利策新闻奖、世界摄影新闻奖齐名,可谓含金量十足。①

(2021年8月23日29版 设计师:李刚 最佳报纸商业类封面设计卓越奖)
图4-1 设计作品奖(一)

---

① https://www.sohu.com/a/537850824_118622.

(2021年4月12日33版 设计师:赵刘)

图4-2 设计作品奖(二)

(2021年6月7日29版 设计师:李刚 最佳报纸言论类封面设计卓越奖)

图 4-3 设计作品奖(三)

(2021年10月11日17版 设计师:赵刈)

图 4-4　设计作品奖（四）

二、《经济观察报》的盈利模式

发行是一份报刊经营的重点,只有做好发行工作,一份报刊才能顺利地生存下去。随着媒体竞争的激烈化趋势和报刊市场的成熟,报刊经营人逐步将对发行的"量"的关注转移到发行的"质"上,目标受众的消费能力、知识水平和社会层次越高,报纸的受众含金量也越高。《经济观察报》创刊之初,就将发行的"质"和"量"放在同等重要的地位,发行不等同于销售,还应彰显推广的理念,以此实现"准确到达"和"有效到达"。

(一)借用代理商打开市场

在盈利上,《经济观察报》巧妙借用发行代理商打开市场。《经济观察报》借用了《21世纪经济报道》的发行代理商,提供更优惠的条件和更多的让利,总代理每卖一份《经济观察报》比《21世纪经济报道》多赚0.1元,利润提高33%;零售商多赚0.3元,利润提高60%。以每年发行15万份计,每年《经济观察报》在发行上需要多投入300万,但这换来整个发行网络对《经济观察报》的支持。以这种特殊手段迅速进入当时几乎是全国最大的销售网络,在此基础之上,《经济观察报》得以迅速打开市场。

(二)策划多种品牌活动

《经济观察报》善于通过策划活动树立品牌理念、拓展市场份额。《经济观察报》筹划了各种论坛及研讨会活动,包括"科龙华商名人论坛""中国最受尊敬企业的评选""中国杰出营销奖的评选""中国蓝筹地产的评选""观察家年会""观察家论坛""2005演说中国——与读者同行",以及2015与雷克萨斯联手发起的"领读中国"项目等。活动的举办收获颇丰,首先使报刊获得了新闻来源,其次可以对资料进行收集、加工,另外,活动成果可以转变为图书再度销售。这些专业化、高品质的学术活动的举办有效地展示了报纸的专业化、高品质的品牌形象。

(三)与出版社合作

《经济观察报》积极主动与出版社合作,实现联合销售。2001年,中信出版社出版了《谁动了我的奶酪》等畅销书,《经济观察报》的经营团队经过细致考察和周密策划,认为中信出版社的受众与该报的读者定位重合度较高,因此主动联系中信出版社签订合作协议,成立读书会,借助中信出版社的销售平台,拓展销售渠道,扩张盈利路径。无独有偶,《2018年科技金融年度案例报告》将由《经济观察报》联合中国金融出版社联合打造出炉。

(四)特殊渠道赠阅

向社会知名人士、研究院、研究机构提供阶段性或者长期性赠阅,有助于提高《经济观察报》的知名度。另外,赠阅对象还包括,全国重点城市的房地产开发公司、销售公司和旅游公司;中心城市的高档休闲、娱乐场所,以及高档写字楼或俱乐部等。免费赠阅看似免费,实则是有价值的宣传,是世界上成功的媒介经营者经常使用的方式,能够发挥长期效益,是一种成功的盈利模式。

（五）网络征订

面对当前不断崛起的新兴网络媒体，《经济观察报》主动与当当网、卓越网、搜狐商场合作，开展大规模的网上征订。除了网络征订折扣促销优惠活动外，《经济观察报》还与当当网联合开展买书送报促销活动，借助于当当网的平台优势获得了宝贵的客户资源，为报纸的后续发展带来无限商机。

（六）广告营收

《经济观察报》的所有广告由其广告公司——北京经观信诚广告有限公司运作，考虑到《经济观察报》独特的受众定位和内容取向，将其广告市场定位于国内外高端产品和企业，因而广告价格比较高昂。《经济观察报》的目标读者具有较高的生活品位，其中刊登的广告对于他们的消费也是一种潮流导向。《经济观察报》选择刊登高端广告，不仅保证了广告商的价值变现，还体现了报刊自身的品牌价值，也满足了读者对于高端产品的需求。

第三节 《经济观察报》知名专栏

《经济观察报》擅长经济深度报道，知名专栏数量较多，其中社会版是属于"中国"板块中的一个固定版面。《经济观察报》按照社会框架来划分，从国际、国内、财经行业、社会时评、生活方式的角度设置版面，报刊设置上带有鲜明的"社会化"特征。它摒弃了过去办报中单纯的"经济意味"，带有很强的"社会温度"。

《经济观察报》将视野放得很开阔，它跳出了经济类报纸的框架，站在宏观的高度来观察经济事件和经济现象，关注社会的总体走向。例如"战略"专栏，栏目以专业化的经济分析为特色，报道侧重于行业发展现状及发展困局，探讨以企业为代表的某个行业的发展策略，聚焦企业发展的战略转型，以分析性报道为主。再如"观察家"专栏，主要是经济评论，立足于世界视角，分析当前政治经济领域的热点现象和事件，以"观察家"身份对时事热点进行深入、详尽的剖析。题材选择上没有明显的界线，涉及政治经济和社会的方方面面。以分析性深度报道和评论为主。文章内涵较为深刻，视角宏大，观点新颖独特，具有较强的可读性。

2015年，《经济观察报》联合雷克萨斯一同创办"领读中国"系列活动，开创"阅读"专栏，目的在于为读者寻找精神境界的高品位，使其获得高质量生活。在倡导阅读、营造高品质生活的旅程中，"领读中国"将继续探索生活之美，成就"兼融之道"，继续见证有温度的高水平生活方式品牌的健康成长。

一、"汽车"专栏

作为一份经济类周报，《经济观察报》多以深度报道、解释性报道为主。主要展示汽车业发展情况和总体态势，对其进行解释和说明，做出比较、预测、分析。"深刻解剖汽车行业现象，提供发展理性建议"是汽车栏目的创办理念。

(一)预测行业前景

经济新闻不仅应告诉读者发生了什么经济事件或者经济现象,还要让读者知道将要发生某些经济现象和变化,对经济事件或经济现象进行科学的预测,提出前瞻性建议,从而更好地引导经济活动。[①]

《经济观察报》在汽车领域的报道,以专业人士的视角,记录、比较、分析影响行业发展的政策措施和经济风向。

结合时代背景进行解读性报道是《经济观察报》的一大报道特色,及时反映国家政策的颁布、执行,企业相应状态,把握行业发展命脉,为受众的决策提供相应参考。

(二)聚焦行业现状

《经济观察报》汽车报道主题中,现状分析占据很大比例,这类报道以新闻事件为由头,深入分析背后的行业原因。

现状是现实,是连接行业过去背景以及将来趋势的关键。《经济观察报》将产销数据、企业生存状态、困境及面临的局面等多方面的现状信息加以分析,并全面客观地提供给读者,也就是说,《经济观察报》致力于解释性报道。为人们的决策提供依据,是《经济观察报》"致力于为商业人群决策提供最有价值的帮助"的体现。通过探讨汽车行业换购比的增加,分析中国车市现状。报道以二手车交易量为切入点,以小见大,分析行业动态走向。为读者提供一定的借鉴意义,助力现实决策。

二、"观察家"专栏

"厚重思想见解"是《经济观察报》"观察家"版面的报道理念。主要针对经济事件的观察和评论进行深入报道。包括观察家、专栏、能源之道、车展特刊、商业评论、当代英雄、领导者、商家之思。

"观察家"版面由总编何力亲自主管,定期举办"观察家"论坛,邀请社会各界专业人士担任该报刊"观察家"等一系列的活动,使得观察家版面视角灵敏、富有活力。文章视角新颖,观点较为犀利。

(一)观察·思想

"观察"是《经济观察报》的核心,"观察家"是《经济观察报》的核心人物。文学气息与现实情况相结合,为报刊的报道提升了思想深度。

自 2013 年起,《经济观察报》会在每年年末邀请知名作者回顾自己本年度的阅读书目,择其中佳著进行年度推荐,并在新一年初,由编辑把这些内容汇集起来,以"年度特刊"的形式呈现给读者。2020 年 1 月 20 日,在开年第一个月的报道中,《经济观察报》以特刊形式将第 33~40 版全版面用于刊登专栏"观察家·书评年度特刊"。栏目内容涉及文学、历史、宗教、价值等各个方面。从《文学是历史、社会或内心的证词》到《教皇的银行家和永远的伊斯坦布尔》,从《古代欧洲的帝国与族群》到《基因、疾病以及时空深处的地球命运》,古今相贯,学科交错,充分体现了《经济观察报》的内容质量和编辑水平。

新能源车市场驱动元年:四大政策风向影响产业链

二手车市场火爆,车辆保值率重要性快速提升

---

① 吴玉兰.经济新闻报道[M].武汉:武汉大学出版社,2009.

激进与传统继续纠缠：在五四的延长线上

英法美宪法比较：经验高于逻辑

顺风车事件之后，如何治理平台

曼昆交棒

（二）观察·政治

2019年4月29日，《经济观察报》以书评的方式，在"观察家"板块中，报道从文学角度切入，论述了中外政治历史发展的名家观点。如《激进与传统继续纠缠：在五四的延长线上》（2019年4月29日第34版，记者维舟）。

《经济观察报》的创办方式中有一条这样的特别理念：向中国介绍世界，向世界介绍中国。在同期的"观察家"栏目中，《经济观察报》以相同的方式谈论了英法美等国的政治制度。一篇题为《英法美宪法比较：经验高于逻辑》（2019年4月29日第35版，记者萧瀚）进入读者视野。

（三）观察·经济

经济是财经类媒体的关注重点。自2001年中国加入WTO开始，经济全球化成为中国社会的核心概念，世界各地的金融资本以各种方式涌入中国，经济逐渐成为影响政治、文化以及社会生活的重要因素。毋庸置疑，在诸多"观察家"评论中，经济必然是最活跃的讨论因素。

如《顺风车事件之后，如何治理平台》（2018年9月3日第33版，记者陈永伟）。2018年由滴滴顺风车一系列恶性伤人案件引发了全社会舆论的广泛关注，滴滴股价下跌，市场震荡，平台信用度骤降，引发了广泛的信任危机。在这样的背景下，《经济观察报》推出对经济社会的治理对策，充分体现了媒体思考和媒体责任感。

在经济现象之外，《经济观察报》还关注主流经济学科的发展。曼昆是经济学泰斗级人物。2019年，曼昆宣布自己将在本学期结束之后不再教授本科生的"经济学原理"课程。《经济观察报》以此为依据，报道了一篇名为《曼昆交棒》（2019年4月15日第33版，记者陈永伟）的评论文章。

三、"阅读"专栏

2015年，雷克萨斯与《经济观察报》联手发起"领读中国"项目，旨在将"阅读"融入生活方式，通过"阅读"与更多消费者建立起情感纽带，启发他们对生活的感悟以及对阅读的思考。2022年是"领读中国"项目八周年。正如经济观察社副总编辑孟雷所说："很多人问我，《经济观察报》为什么会对阅读情有独钟？如果说，我们提供的新闻产品，是帮助读者理解经济世界的现实，帮助他们更有效地做出商业判断和决策，那么阅读就是我们和读者对话的另一种方式。"

一切建设，从阅读开始。读好书可以拓展我们的思想边界，对人类社会和文明的演进有更清晰的认知。好书可以让我们回归常识，真正拥有独立之精神、自由之思想，让我们成为一个大写的人。这符合《经济观察报》创刊之初所打出的"报刊理念"：理性、建设性。

阅读内容从科学到文学，从现象到本质，从西方到中国。涵盖范围极为广泛，领读经典，思考当下。正如阿根廷作家博尔赫斯所说："如果有天堂，天堂应该是图书馆的模样。"

四、"公司"专栏

为树立品牌形象,展现《经济观察报》的特性,"公司"专栏改版后放在第17~21版,并具体划分为公司、商家之思、专题这几个固定版面,主要关注上市公司的运作态势,展示现代化企业风采。"向世界展现中国,向中国介绍世界"是《经济观察报》内容设定上的一个基本理念,这既是为了迎合高品位的受众特质,也是为了区别于其他同类型的财经媒体,为自身在激烈的市场竞争中赢得立足之地。

(一)掌握海外公司信息

莱绅作为比利时的珠宝品牌,有"王室珠宝"之称。2016年11月23日,莱绅通灵(603900)成功登陆沪市A股主板,成为沪市首家IPO珠宝企业。截至目前,莱绅通灵已在北京、上海、江苏等20多个省(区、市)拥有700多家专营店,形成了覆盖全国的珠宝销售网络。2022年《经济观察报》公司版面刊登了一篇名为《莱绅通灵内斗局》(2022年2月21日第19版,记者李华清)的报道。报道以莱绅通灵的背后实际股份持有人为线索,展现了公司的内斗局,并公布了莱绅通灵财务上的预计业绩亏损。

莱绅通灵内斗局

(二)介绍国内市场行情

市场主体是企业,企业活跃是市场健康的重要保障。疫情之下,如何让企业复工复产,激发市场主体的活力,成为重振经济的重要目标,也是展现中国公司应对压力不轻易放弃的良好风貌。如2022年《经济观察报》公司版刊登的一篇名为《中远海运复工记:长三角驳船货量增幅20%》的报道(2022年5月2日第17版,记者王雅洁)。

中远海运复工记:长三角驳船货量增幅20%

第四节 《经济观察报》经典报道案例点评

一、报道概述

《聚光灯外的市场主体:市井摊贩们的自救与求生》是《经济观察报》于2020年4月17日发表在"经观头条"栏目上的文字报道,报道以细腻的手法、独特的微观视角,荣获第32届中国经济新闻大赛新闻报道类一等奖。报道呈现了在新冠肺炎疫情下诸多小人物的生活现状和生存压力,以小见大,鲜活的"众生相"引发全社会更为深入的思考:如何在疫情之下保障底层人民的生活来源?"聚光灯"外的他们又该何去何从?

聚光灯外的市场主体:市井摊贩们的自救与求生

二、报道背景分析

2020年,新冠肺炎疫情蔓延全国。一时之间,受疫情影响,诸多行业停工停产,无数人失去工作,失去收入来源。除了数据可反映出来的这些失业"主力军",还有许多无法被统计的、"聚光灯"外的普通民众,他们既面对疫情带来的困境,又没有相应的政策对其进行保护和扶持,生活困难。如何保障这些个体经营户的生存环境,缓解生活压力,是经济社会需要考虑的重点,也是社会治理者需要认真对待的现实问题。报道从这个角度切入,以点带面,深入剖析了疫情之下普通人的生存困境,具有重要的现实意义。

三、报道特点分析

与其他经济类报纸通常采用的按经济行业划分具体板块的方法不同,《经济观察报》按照社会框架来划分,从国际、国内、财经行业、社会时评、生活方式的角度设置版面,报刊设置上带有鲜明的"社会化"特征。它摒弃了过去办报中单纯的"经济意味",带有很强的"社会温度"。《经济观察报》将视野放得很开阔,它跳出了经济类报纸的框架,站在宏观的高度来观察经济事件和经济现象,关注社会的总体走向。

(一)关注民生,立意深远

《经济观察报》是一份典型的经济类报刊,同时也将社会新闻作为反映经济活动的一个重要侧面进行关注。经济新闻说到底还是人的新闻,是人的活动。从几个个体户身上出发,找到他们身上的新闻要素,再以此来解读相关的经济现象。疫情之下,如何解决这群人的生存就业问题,失业保障如何落实到每一个人身上,这是社会问题,也是市场经济领域的一个重要话题。

(二)数据直观,凸显专业

数据是增强新闻可信度和专业性的重要方法和途径,数据带来的冲击力和直观性是文字描述无法比拟的。作为经济新闻报道,在数据使用方面,本篇报道所采用的数据都是能够直观表明产业行情的。例如:"根据北京大学数字金融研究中心、蚂蚁金融服务集团研究院联合课题组的推算,全国 2018 年个体经营户总数量约为 9776.4 万户,比第四次全国经济普查得到的官方口径高出一半多,比市场监管总局该年统计的个体工商户数量高出 40%。"[①]报道力求将最有用的数据呈现在报道中,避免数据堆砌带来的阅读障碍,同时以数据来表现个体户的现状。这样既不会因为数据过多流失受众,也能直观引导报道逻辑,做到最大程度上的平衡报道。

(三)语言朴实,打动人心

长久以来,经济新闻的可读性一直是报道的难点。由于无法像社会新闻一样,将重点放在人和人之间的交往关系中,经济新闻的关注重点一直都是社会经济活动和经济现象,专业性更强,可读性相对较弱。报道中大量使用采访对象原本的语言和对话不仅可以突出现场感和临场感,更能够体现出语言的朴素和真实。如"前几日,李军刚刚被执法部门抓住罚款一千元,李军懊恼地说:'好多天都白干了。'"这些细微之处都极度考验记者对文本的运用处理能力和语言组织能力。

---

① http://www.eeo.com.cn/2020/0417/381423.shtml.

四、报道启示

(一)以人为本,关注社会

一份有社会责任感的经济报纸,一定要有心系天下、关怀社会、关注民生的胸怀。所以,经济类报纸必须要培养关注社会的意识,担负起媒体人的社会责任。《经济观察报》一直践行其"理性、建设性"的品牌理念。媒体的建设性在于通过新闻报道、评论及其他呈现形式,对整个社会的和谐发展起到促进作用。

(二)采用"经济新闻社会化"的报道手法

经济活动也是人的活动,经济现象在本质上体现的是人的精神,如何处理好经济新闻与社会生活的关系,是经济新闻报道需要着重应对的现实问题。

尤其在报道手法上,运用场景描绘和细节描写提高新闻的可读性和人情味。如本篇报道中写到的:"李军特意把麻布袋的角做长了一些,那是为了城管来时,方便提起菜就跑。摊位上没有秤,芦笋和蒜薹按把出售,支付码的牌子用绳子串起挂在他脖子上,塑料袋装在他灰色运动装的口袋里。""疫情之前,还能多进几种蔬菜,现在路上人流少,两种菜一天勉强能卖100多块。""在李军的简陋菜摊旁,他的爱人正在卖菠萝,给客人削好皮,价格还比菜场便宜,这是他们的竞争力。"

(三)提高记者业务素质

记者不仅要有关注社会、为人民服务的崇高意识和心理准备,还要有与之相适应的业务水平。首先是记者对文字的应用处理,在客观真实的基础之上还要有一定的组织编写能力,力求通过报道展现现实。其次,记者不仅要有经济领域的相关知识背景,"还必须要全方位地增加社会、文化、历史、科技等方面的知识,这样才能将各个领域与经济报道融合起来,透析新闻背后的东西,并为读者进行深入浅出的社会经济解读"[1]。揭示经济规律,挖掘经济信息,并通过经济侧面反映整个社会中人的生存状态,肩负报道使命,做真正优质的经济新闻。

---

① 付敬,王蓉.论经济类报纸的社会化视角——以《经济观察报》"社会版"为例[J].新闻世界,2012(8):97-98.

第五章 《财经》

> 《财经》杂志创刊于1998年4月,创立单位为中国证券市场研究设计中心(前身是"证券交易所研究设计联合办公室",简称"联办")①,隶属于财讯传媒集团。2015年后,中国证券市场研究设计中心及其所属《财经》杂志由中国中信集团有限公司主管。②《财经》杂志是一家以批评性报道著称,极具全球影响力和品牌价值的财经媒体。

第一节 《财经》定位与发展

《财经》对中国经济制度变革与现代市场经济发展进程密切关注,观察追踪中国经济改革的重大举措、政府高层的重要动向,分析评论市场建设的重点事件,特别是中国资本市场的成长变化。③

一、《财经》的定位

《财经》作为财经类杂志,从创刊号《编辑的话》中可以看到其媒体定位:"当经济列车隆隆向前的时候,我们将关注在车头里的人们,我们深知,他们的思想、策略和手法,将深刻地影响到前进的速度和方向;我们将关注车厢里的人们,不管他们坐的是软卧还是硬座,哪怕只是手持一张站票,我们知道,经济成就的意义,就在于绝大多数人的福祉的进步;我们将眺望前进的方向,也将审视向远方逝去的轨道,我们相信,反省过去是通向未来的桥梁;我们为诚实的成功者鼓掌,也将向经济生活中被损害和被侮辱者伸出手掌,我们认为,转型的欢乐与痛苦应由公正的规则来衡量。"④

(一)理念定位:"独立、独到、独家"引领深度报道

根据杂志的创刊号卷首语可知,《财经》的理念在于影响"决策者",坚持"维护社会

---

① https://baike.baidu.com/item/%E8%B4%A2%E7%BB%8F/2980530.
② https://finance.qq.com/a/20150926/022176.htm.
③ https://baike.baidu.com/item/%E8%B4%A2%E7%BB%8F/2980530.
④ 周潇潇,单厚真.《财经》杂志的接受美学探析[J].新闻世界,2009(8):77-78.

经济发展变革的规则公平",增进"绝大多数人的福祉"。同时,坚持"独立、独到、独家"的报道原则,以调查性报道为主,追求调查深度和思想深度。

(二)读者定位:影响"决策者"

《财经》杂志的受众定位和主要读者为中国的中高级投资者、政府管理层和经济学界。

《财经》副主编王烁曾在采访中表示:"我们从来没有做过详细的读者调查。所以,我无法告诉你我们的读者是什么样的人,只能说我们希望吸引到这样的读者'Decision maker'。我们希望对这样一些人发生影响,他们对所处的环境能够有影响。"①

2003年,《财经》杂志的一次读者调查显示,《财经》的读者定位在各行业的企业主管、职业经理人、政府官员和经济领域学者。在机构内有最终决策权及市场判断力和影响力的人群为《财经》主要目标受众。男性占读者总数的82.4%;大学以上教育程度的占65.3%;年收入超10万元的占48.5%;职位较高的占71.4%。如今,《财经》杂志的读者群体仍然集中于对专业财经资讯有较大需求的人群,并且通过新媒体平台,进一步扩大自身的影响力和读者群。

二、《财经》发展历程

1998年,世界金融风暴波及中国。中央实施积极的财政政策以应对通货紧缩,开始按照社会主义市场经济的要求进行经济体制改革。政府职能转变,初步实现政企分开。国有企业兼并破产、减人增效、下岗分流的风潮大起,"下海"成为时代名词。中国经济问题受到越来越多的关注,中国证券市场也在不断成熟完善。在这一背景下,《财经》应时而生。

《财经》的发展历程大致可分为以下几个时期。

(一)1998年至2000年:创刊与发展

《财经》杂志由中国证券市场研究设计中心创办于1998年4月,从1998年4月到2000年10月以《证券市场周刊月末版·财经Money》命名,每月月末出版一期。

《财经》创刊号以《谁为琼民源负责》对1996年的股市"黑马"琼民源的停牌事件进行深入的调查分析,披露了琼民源公司虚报巨额利润的作假内幕,奠定了《财经》揭黑批判的主基调。创刊号即卖了5万册,杂志被人形容为"刚出生就成熟得长着胡子"。

(二)2000年至2008年:高潮迭起

2000年10月,《证券市场周刊月末版·财经Money》更改刊名为《财经》,以月刊发行。2002年1月,改为半月刊,每月5日、15日发刊。从2004年第20期开始,《财经》杂志改为双周刊,隔周一出版杂志至今,每至年末刊发一本年刊。

这一时期,胡舒立担任主编,确立了"独立、独家、独到"的办刊方针,组织了以凌华薇、李箐为代表的众多优秀记者,形成了庞大的采编队伍。《财经》团队坚守新闻理想,

---

① 张志安.我们在"以我为主"地做杂志——访《财经》杂志常务副主编王烁[J].传媒观察,2005(6):25-27.

恪守职业道德,具有扎实的财经背景知识,为我们呈现出众多鞭辟入里的调查性报道,引发了中国证券市场的"大地震",推动了中国市场规范化转型和经济的健康发展。

《基金黑幕》(2000年10月,记者平湖、李箐)是《财经》发展史上的分水岭。该报道调查分析了国内22只证券投资基金的大宗股票交易行为,披露出其中大量违规操作和腐败的内幕。报道几乎点出了当时中国所有的基金管理公司,在社会上引起轩然大波。《财经》作为证券市场的监管者身份也自此确立。

2001年,《财经》报道选题围绕证券市场展开,如《庄家吕梁》(2001年第2期)、《谁在操纵亿安科技》(2001年第6期)、《银广夏陷阱》(2001年第9期)等。尤其在《银广夏陷阱》(2001年8月15日,记者凌华薇、王烁)刊出后,直接导致在沪深市场上流通市值排名第二的上市公司银广夏停牌,报道将《财经》杂志的影响力推到顶峰。可以说,揭黑打假式封面文章已成为《财经》杂志的内容特色和制胜绝招。

从2003年开始,《财经》的视野进一步扩大,对中国乃至世界经济、政治、社会发展趋势做出专业预测和战略分析的报道开始增多,关注对象涉及电信、交通、能源等多个垄断行业及中国的环境、科技与公共安全问题。其中,有关非典病毒的多篇报道堪称典型,如《危险来自何方》《中国腹地遭遇"非典"SARS西侵》《调查:疫区山西》《全局:忧患中西部》《甘肃遇袭》《有气无力的四川乡镇卫生院》《分析:农民工在SARS阴影中》《背景:SARS全国传播链》《评论:重建中国公共卫生医疗系统》《背景:公共危机处理:美国经验与中国现实》《经济:不再乐观》《特写:广交会意兴阑珊》等。报道从中国非典病毒暴发背景、传播过程、现实状态和事件影响等方面进行全过程探究,从医疗卫生、公共危机处理、对经济的影响等维度把握新闻事件,既有宏观视角关注全国疫情,又有微观视角关切地方乡镇,有国际视野进行中外对比,有人文关怀关切农民工生存现状。调动消息、通讯、调查性报道、特写、新闻评论等多种体裁,全方位展示非典蔓延中国这一新闻事件。这些报道也让相关杂志成为《财经》发展历史上的经典。

基于SARS疫情报道的优异表现,《财经》杂志获得了国际调查报道学会颁发的"2003年度杰出国际调查新闻奖荣誉提名奖"和由哥伦比亚大学新闻学院颁发的"2004年古柯索国际新闻奖荣誉提名奖"。[1]

正是凭借这一时期的诸多报道,时任主编胡舒立被誉为"中国最强有力的财经编辑"(《纽约时报》)以及中国证券界"最危险的女人"(《商业周刊》)。同年,《财经》还位列2005年度校园先锋财经类媒体榜首。《财经》杂志在这一时期奠定了其中国财经类媒体领头羊的地位,赢得国内外媒体的赞誉。

(三)2009年至今:胡舒立时代的终结

2009年下半年,《财经》经历了一场巨大的人事变动,经营管理团队经历大洗牌,何力接替主编一职。虽然人才流失严重,但《财经》凭借十余年的发展积累以及"联办"这个优势平台,吸引了许多来自南方报业、《新闻周刊》、《经济观察报》和《第一财经》等媒体的专业人才,这一时期的知名记者有罗昌平等人,报道手法基本承袭以前的风格,以批判性、调查性报道见长。

---

[1] 周圆.《财经》杂志舆论监督报道研究[D].广州:暨南大学,2011.

(四)多媒体平台协同发展

《财经》杂志与时俱进,在网络平台开辟了众多新媒体账号,形成了以《财经》杂志为基础、以品牌效益为依托的全媒体矩阵,进一步扩大和巩固了自身的传播影响力。

1. 财经网

2007年3月,《财经》推出网络版,时名《财经》网;2008年1月改版升级,更名为"财经网",是依托《财经》强势品牌打造的,从杂志电子版扩充为一个每日实时更新的、以原创内容和事实评论为主要内容的、高品质、可信赖的财经新闻网站。其内容定位为:提供全方位的财经、商业及投资信息;提供中国政治经济发展进程的权威信息资讯、观点解读、趋势分析;提供大量原创新闻和调查性报道;充分体现《财经》的观点导向和报道视角。"财经网的受众定位主要面向中国金融及资本市场的从业者;国家政策的制定者;企业高层和决策管理者;投资、理财的关注者;产业与商业事件的参与者;政治经济领域的研究者;新闻领域的传播者。"[1]

财经网希望依托其强大的采编、分析和专家团队,为我国网民提供更多、更快、更广的财经新闻服务[2],向希望一览海内外重大财经新闻的读者提供"一站式"服务;24小时×365天向希望寻求真相的读者提供可信赖的信息源,以客观、专业的视角提供精心策划的热点新闻专题和周末特刊,用以弥补《财经》杂志的时效性缺失。

《财经》杂志开辟了"财经网"板块,用于刊登财经网上的优秀博客文章;财经网在首页中开辟了"财经杂志"板块,两者形成了互动融合的模式。[3] 财经网设立宏观、证券、金融、产经、科技微社区、高端采访等近20个板块,整合了《财经》杂志与财讯传媒旗下20余家媒体资源,并融汇国内外优质财经资讯和一批强大的专家阵容开设专栏。2008年5月,财经网英文频道再次改版,推出"听财经"栏目,主打双语新闻和新闻英语播报,方便了外籍人士了解中国经济金融状况;6月,推出视频频道,标志着网站全面进军多媒体领域。

2.《财经》新媒体

《财经》移动端,包含智能手机客户端和平板电脑客户端。《财经》新媒体部门基于iOS、Android、Windows等多种移动终端操作系统,发布不同版本的移动应用程序,有财经杂志iPhone版、iPad版与Android版,财经杂志Windows版,财经网iPhone版与Android版,财经网手机Wap版。[4]

《财经》新媒体矩阵包括"财经"官方微博系账号、"财经"微信公众号系账号、抖音账号和头条号。

"财经"官方微博系账号如图5-1所示。其中,《财经》杂志官方微博"财经杂志"拥有粉丝604万,财经网官方微博"财经网"拥有粉丝4006万,《财经》杂志新媒体官方微博"财经新媒体"拥有粉丝207万。

---

[1] https://baike.baidu.com/item/%E8%B4%A2%E7%BB%8F%E7%BD%91/5684650aidu.com.

[2] 《财经》网升级重新定义财经新闻网站[J].青年记者,2008(8):15.

[3] 王秦,刘国良.《财经》和"财经网"是怎样互动融合的——纸媒融合转型的路径分析[J].中国记者,2009(6):74-75.

[4] 周倩.本土财经期刊的融合发展道路探索[D].武汉:华中师范大学,2016.

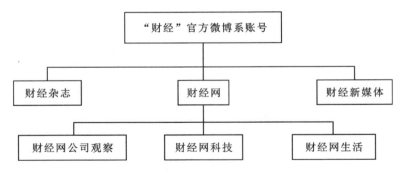

图 5-1 "财经"官方微博系账号

"财经"微信公众号系账号如图 5-2 所示。其中,"财经"微信公众号上线时间为 2017 年 10 月 10 日。

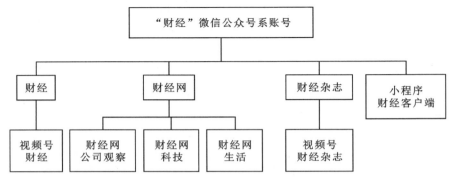

图 5-2 "财经"微信公众号系账号

《财经》杂志官方抖音账号为"财经杂志",拥有粉丝 183 万。截至 2021 年 7 月 25 日,"财经杂志"抖音号已发布 553 条作品。财经网官方抖音账号为"财经网精选",现已发布作品 613 条,拥有粉丝 45.7 万。"财经网科技"是财经网科技频道官方抖音账号,其"关注科技生活,聚焦数码新品",现已发布作品 567 条,拥有粉丝 17.5 万。

《财经》杂志官方头条账号为"财经杂志",截至 2021 年 7 月 25 日,"财经杂志"官方头条号共发布了 1.5 万条头条信息,拥有粉丝 156 万。头条账号"财经新媒体"是经过官方认证的《财经》杂志旗下账号,截至 2021 年 7 月 25 日,"财经新媒体"官方头条号共发布了 53 万条头条信息,拥有粉丝 33 万。

第二节 《财经》的经营策略与盈利模式

在世界品牌价值实验室举办的"2008 世界品牌价值实验室年度大奖"评选活动中,《财经》获得"中国最具竞争力品牌"的称号。[①] 其良好的品牌形象和品牌影响力,离不开《财经》杂志巧妙的经营策略和多元的盈利模式。

---

① https://baike.baidu.com/item/%E8%B4%A2%E7%BB%8F/2980530.

一、《财经》的经营策略

《财经》在经营管理方面获得过多项国内外重量级奖项。曾获得 2009 年度财经管理类期刊最佳销售奖,2009 年中国广告协会颁发的"中国期刊 2007—2008 广告投放价值百强全国期刊 30 强",由 2008 年国新出版物发行数据调查中心、中国广告主协会、中国期刊协会、中国报业协会联合颁发的"2008 广告主、广告商青睐的中国报刊"等。《财经》通过深度调查性报道保持自身的核心竞争力,同时通过以下内容逐步建设其媒体公信力。

(一) 出版多种期刊

1.《财经》子刊

1)《金融实务》

《金融实务》创刊于 2005 年 5 月,是《财经》杂志的一本增刊,以"刊中刊"的形式发行,自 2006 年 7 月起每月独立成刊,随《财经》杂志发行。《金融实务》由《财经》杂志的精英编辑团队打造,面向高端的《财经》杂志读者,关注中国资本市场的政府官员、企业决策者、投资机构、银行和证券公司的从业人员、专业人士和中介机构。该刊专注金融及投资行业的实务层面,着重剖析金融市场最前沿问题、热点资讯和新兴技术,具有权威性、前瞻性和操作性。[①]

2)《Lens》

《Lens》杂志创刊于 2005 年 1 月,以季刊形式随《财经》杂志附赠,是一本以影像为阅读方式的出版物,汇集国内外一流的摄影师及编辑记者团队,透过高品质的图片和文字,传递视觉与心灵的震撼。该杂志以图文结合的叙述方式,关注不断变化的事实、永恒不变的人性、人文艺术和生活美学,主题是营造极具影像冲击力的品质生活。《Lens》报道商业、文化、社会、生活,关注高端艺术领域,站在当代的角度回顾中国与世界较重要的历史时刻,内容贴近城市生活,充分满足读者的阅读欲望。由法满担任主编。自 2008 年起,《Lens》双月出刊。

2016 年 4 月,《Lens》全新改版,改为《目客》和《视觉》两套系列 Mook 读物。《目客》首次发行于 2016 年 4 月。"目"是指《Lens》十年来专注和打磨的图文结合、如镜如窗的叙述方式,它将得到深化,并提供更契合、更具沉淀价值的阅读体验,以及全新的视觉设计;"客"则是对所有读者的敬意,他们充满好奇心、追求品质、优雅自知。《目客》每册聚焦单一主题,在《Lens》"发现创造与美、探求生活价值、传递人性温暖"的定位基础上,更专注于人文艺术和生活美学,以营造极具影像冲击力的品质生活主题读物。《视觉》首次发行于 2016 年 7 月。《目客》以完整的专题形式进行聚焦,《视觉》则延续《Lens》原来多元的内容架构,同时以具有国际品质的人文影像和多元视角,来切入现实与人性,继续记录那些永不过期的故事。

3)《时间线》

《时间线》是《财经》杂志的副刊,随《财经》主刊赠阅给高端读者,同时提供单独订

---

① http://allchina.cn/Magazine/PMM0-8106.html.

阅。平均每期发行量约为25.2万册。《时间线》定位于具有国际化视野、对商业有独到见解,并希望不断提升洞察力的新一代读者,为他们提供稀缺的深度商业报道,以宽泛视野挖掘不同领域、不同层面的商业新闻,根据极具洞见的主题整合为专题报道。①

2.《财经》年刊

2003年,《财经》年刊首次出版,年刊主要通过数据和图片回顾过去一年的政经要事,覆盖新一年全球值得关注的走势和焦点。2008年,《财经》年刊英文版首次刊出。

《财经》年刊由《财经》杂志自行组稿、采访和编辑,以特邀撰稿、独家专访、图片集萃等形式,邀请中外著名政务活动家、经济学家、企业家和新闻记者纵论环球风云,回顾过往一年重要的政治和经济事件,同时预测新年全球值得关注的走势和焦点,并据此制定发展战略,为读者考察世界、把握潮流提供睿智选择。② 年刊内包含"年度话题""经济全局""资本金融""公司产业""影像""公共治理""浮世绘"七大栏目。其中,"年度话题"栏目选取四个当年对中国政治、经济和社会影响较大的话题,提问包含现状、内涵、影响几个维度。例如,《财经年刊:2021预测与战略》(《财经》2020年特刊)的"年度话题"为"中美关系能回到正轨吗?""中国经济运行分析与前瞻""详解'双循环'新格局""'双循环'开启投资新机遇",话题与内容紧跟发展形势,以采访手记、专家撰稿、外媒转载等形式,深度解析"中国话题"。

《财经》年刊坚持"独立、独家、独到"的编辑理念,内容贴近读者,新闻价值与珍藏价值并重,与《财经》年会同步登场,作者、嘉宾以及海内外各界精英云集,共览天下。③《财经》年刊已经成为展示《财经》综合实力的重要品牌。

3.《财经》特刊、会刊与其他合作刊物

《财经》特刊首次刊发于2011年,此后每年《财经》都会推出一期年度特刊。《财经》特刊聚焦当前中国发展的重大事件,全面梳理当下中国现象,以纵深报道全景式地展示新闻事件的演进和走向,为读者展示震撼的现实,并成为历史的见证。例如,自北京奥运会倒计时一周年起至2008年9月,《财经》每月出版一期《奥运特刊》。

《财经》会刊聚焦重大时政会议,以纵深报道全景式展现新闻事件的演进和走向,如《APEC论坛会刊》《博鳌亚洲论坛会刊》《夏季达沃斯会刊》。

《财经》杂志还广泛与证券机构或广告商合作,推出一系列增刊,例如,与宜信财富合作的《财富管理》《金融创新》,与ThinkPad合作的《思行志》等。这些合作刊物充分发挥了《财经》杂志的资源优势,为订阅用户提供更为丰富的信息资讯的同时,也增加了广告收入。

(二)主办《财经》年会与论坛等品牌活动

《财经》会议以中国向市场经济转型过程中的重大体制改革、重要政策变化、重大经济事件和重要决策人物为基础,以透彻分析和纵深解读为理念,辅以《财经》独具的权威性、专业化、公信力的视角,邀请政商学界人士共同探讨财经界的核心思想和热点话题。

---

① https://baike.baidu.com/item/%E6%97%B6%E9%97%B4%E7%BA%BF/9273103.
② http://10.ip138.com/qikan/caijing/.
③ http://10.ip138.com/qikan/caijing/.

每年,《财经》都会主办或承办十几场论坛、圆桌会议、年会等不同形式的大型财经会议。①

《财经》年会最早创办于 2004 年,是中国金融和经济界极具权威性和前瞻性的盛会,②吸引大批政经高级官员、国际组织委员、企业领袖以及中外知名经济学家积极参与。各界精英汇聚,探讨国内外重大财经事件,覆盖中国经济各个领域,树立权威言论标杆。

《财经》论坛,已在国内外财经界形成广泛的影响。《财经》论坛以权威性、专业性、公信力的视角,持续关注中国向市场经济转型过程中的重大体制改革、重要政策变化、重大经济事件、重要经济与商业趋势和重要决策人物,为政商学界精英人士提供一个高端的、互动的国际思想交流平台。③

(三)举办多种《财经》公益活动

《财经》自诞生之日起,在致力于向读者提供真实、权威的财经新闻的同时,更凭借自身的影响力和传播平台,发起、主办系列公益项目,关注民生、恪尽媒体责任,以期发挥最大力量推动社会进步。④

《财经》杂志奖学金项目启动于 1998 年,每年一届,其宣传语为"守护新闻理想、传承新闻理念",现已成为中国媒体业界最受尊敬、代表媒体人最高荣誉的公益项目,此项目旨在为一线的优秀青年财经新闻工作者提供机会,使其系统地重温经济学理论,从而为中国新闻界培养出一批通晓现代经济学理论的优秀青年新闻工作者,推动其实现新闻理想,传承新闻理念。⑤ 实践表明,从该项目走出的一批通晓现代经济学理论的优秀财经新闻人才,正日益成为业界的中坚力量。

《财经》环保公益项目旨在以一份高度的社会责任感,通过长期的环保公益活动,参与和见证中国社会、商业的绿色改变,传播环保意识和最佳实践,让更多人士关注、推动中国环保事业的健康发展。2008 年起,《财经》相继发起"寻找民间环保人物"活动、环保志愿者系列行动,以及与环保领先型公司携手绿色传播系列行动。⑥

二、《财经》的盈利模式

《财经》从创立开始就是一个完全市场化的媒体,"联办"具有独特的媒体运作模式,它类似于西方媒体采编和经营分离的管理模式,提供资金直接运行发行、广告、财务及人事等环节,而对媒体的采编业务并不加干预。《财经》杂志在创刊后的十年间迅速发展,其广告收入和品牌影响力长期保持在国内新财经期刊首位,曾被称为国内最好的财经期刊。

---

① http://corp.caijing.com.cn/ads/.
② https://new.qq.com/omn/20191106/20191106A0MEDK00.html.
③ http://corp.caijing.com.cn/ads/.
④ http://www.mycaijing.com/about.
⑤ http://corp.caijing.com.cn/fellowshipintro/index.html.
⑥ http://corp.caijing.com.cn/environment/.

(一)销售发行与订阅

从创立开始,杂志提供纸质版有偿订阅。从1999年6月起,杂志封面上标明"零售价人民币10元"。2002年第13期起,杂志销售范围拓展,开拓了香港地区和台湾地区零售市场。2005年,《财经》杂志进一步将市场开拓到澳门地区。

2007年年中,杂志经历第一次价格上涨,"零售价人民币15元,港币30元"。2017年7月,杂志第二次涨价,每期杂志零售价上涨为"人民币20元,港币50元"。如今,杂志依然提供有偿订阅,提供纸质版和数字版供读者选择,纸质版杂志订阅一年期499元。《财经》杂志数字版在"财经杂志"客户端上线后,一年期188元、两年期288元、包月28元,订阅数字版杂志后拥有网页、iPad、iPhone、和安卓手机端的阅读权限,iPad客户端可查看2012年第14期至当期最新的杂志正刊和增刊。

《财经》杂志在初创时期发行方式就另辟蹊径,它并未依靠邮局,而是采取自办发行的方式,打通了较为成熟的发行渠道,布局了广阔的零售市场。《财经》设立了北京、上海、深圳3个分印中心,分别作为华北、华东、华南的发行网络中枢,三地同步发行并兼顾省会城市和一些经济发展水平较高的二、三线城市,确保每期杂志的及时、新鲜面市。《财经》以快速、高效、精确的发行终端、分布全国的零售渠道构建起全国发行网络。国内订阅《财经》杂志可通过多种渠道,主要渠道为中国邮政系统、银行、酒店及会所、书店、机场贵宾候机楼及报刊亭多种零售终端。据2013年初订户统计,订阅读者的比例达66%,高端集团订户占30%。

在创刊之初,《财经》采取赠阅方式争取读者。对一些知名经济学家及政府官员进行长期赠阅,培养起很多忠实的高端读者。

除了在零售市场上销售杂志,《财经》同样提供订阅服务,并通过制定定价折扣和赠送礼品等优惠政策争取读者。读者的付款方式也多种多样,有邮局汇款、银行转账、网上支付和北京地区上门受订等选择。

目前,《财经》杂志提供纸质版杂志与数字版杂志的订阅服务。2020年《财经》杂志每期发行数量达到426685份。[①]

(二)广告刊例

经过20余年的发展,《财经》杂志已经形成了明确的广告定位,有一批长期合作的高端广告商,其广告客户包括高档车制造商、计算机通信设备提供商以及地产商等。广告经营收入已构成《财经》的主要收入来源。[②] 2004年11月,《成功营销》杂志发布了"最具广告价值的报纸期刊25强"榜单,《财经》杂志位列第19名,发行量达133800册/每期,2004年上半年广告收入总额达3202.94元。2009年,据慧聪传媒资讯调查研究,《财经》当年7月的广告状况排名财经类媒体第一,市场份额占13.43%,远远领先于排在第二位的《财富》。《财经》在财经类杂志广告市场上具有无可比拟的竞争力。

至2012年12月,《财经》在所有杂志广告投放排名中位居第10(见表5-1),也是进入前十的唯一一家财经类媒体。

---

① https://max.book118.com/html/2020/1015/5324334113003011.shtm.
② 姜慧珺.《财经》杂志的编辑出版特色研究[D].保定:河北大学,2015.

表 5-1　2012 年 12 月杂志广告投放 TOP10[①]

排名	媒体名称
1	世界时装之苑
2	服饰与美容
3	时尚—伊人
4	时尚—芭莎
5	瑞丽服饰美容
6	嘉人
7	瑞丽伊人风尚
8	悦己
9	智族 GQ
10	财经

除此之外,广告版面的费用在逐年上升(见表 5-2),同时广告在杂志中所占比例也越来越高。以 2000 年第 11 期、2008 年第 18 期和 2011 年第 25 期为例(见表 5-3),可见,广告总页数在不断增加,广告占版率也在不断增加。

表 5-2　《财经》广告价格(部分)

版位	刊例价(元)		
	2011 年	2012 年	2013 年
封面外折页	426000	468000	518000
封面内封拉(4 页)	750000	826000	918000
第一跨页	426000	468000	516000
第二跨页	362000	398000	436000
第三跨页	315000	350000	378000
第四跨页	300000	326000	350000
第五跨页	295000	316000	330000
中跨页	308000	338000	360000
封三	205000	208000	226000
封底	415000	456000	506000

表 5-3　《财经》2000 年第 11 期、2008 年第 18 期和 2011 年第 25 期广告数据

	总页数	广告总页数	广告占版率(%)
2000 年第 11 期	116	29	25.00

[①] http://www.media.hcr.com.cn/.

续表

	总页数	广告总页数	广告占版率(%)
2008年第18期	160	49	30.63
2011年第25期	176	59	33.52

《财经》杂志的受众定位于高端市场，因此其所刊登的广告类型品牌特色均十分明显。慧聪报刊资讯网曾做了《财经》杂志2000年11月和2001年11月的广告行业分析（见表5-4、表5-5），尽管两个月的广告额差距明显，但都是计算机、房地产、通讯行业广告所占比例较高，这是因为《财经》杂志的受众具有一定的投资意识和经济能力，也属于其产品的市场受众。时至今日，《财经》杂志相当一部分广告与奢侈品品牌相关，这些广告设计精美有品位，符合受众需求。

表5-4 《财经》2000年11月的广告行业分析[①]

排名	行业名称	推算费用(万元)
1	计算机	63.12
2	房地产	24.00
3	通讯	23.00
4	机动车	5.00
5	家电	5.00
6	食品	5.00
7	能源矿产	5.00
8	金融保险	5.00
9	交通运输	5.00
10	教育	5.00
11	其他	5.00
12	旅游餐饮	2.50

表5-5 《财经》2001年11月的广告行业分析[②]

排名	行业名称	推算费用(万元)
1	房地产	119.89
2	计算机	97.40
3	通讯	50.10
4	商务服务	31.00
5	交通运输	30.00

---

① http://www.media.hcr.com.cn/.
② http://www.media.hcr.com.cn/.

续表

排名	行业名称	推算费用(万元)
6	机动车	28.50
7	金融保险	20.00
8	生活服务	10.70
9	广告媒体	10.70
10	旅游餐饮	10.00
11	教育	8.50
12	家电	5.70

根据《财经》杂志刊例营销会相关资料，2020 年《财经》杂志联合《财经》全媒体，面向社会寻求广告招商合作。[①] 其中，《财经》可刊发广告的媒体平台有 27 本常规期刊以及若干本垂直领域专题刊；4 场重大的主题活动，包括财经年会、三亚·财经国际论坛；多场《财经》主题活动，包括《财经》可持续发展年会暨长青奖颁奖典礼、《财经》研究今榜年度优秀分析师颁奖典礼、智能商业及数字化转型峰会；超过 100 万粉丝的微信公众号，包括"财经十一人""晚点""读数一帜""财经五月花""出行一客""活粒"等；20 余个重大选题策划；20 场客户定制论坛；6 个垂直领域的微信专题号；1 个视频直播平台；超过 260 万粉丝的微博账号。相关刊例价格见图 5-3 至图 5-9。

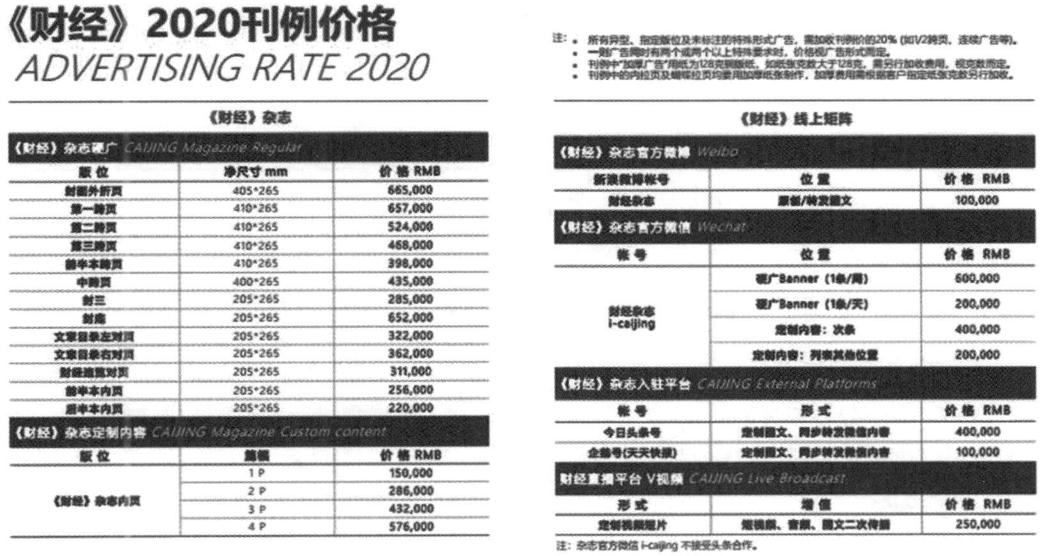

《财经》2020刊例价格

ADVERTISING RATE 2020

注：
- 所有异型、指定版位及未标注的特殊形式广告，需加收刊例价的20%（如1/2跨页、连续广告等）。
- 一则广告同时有两个或两个以上特殊要求时，价格视广告形式而定。
- 刊例中"加厚广告"用纸为128克铜版纸，如纸张克数大于128克，需另行加收费用，视克数而定。
- 刊例中的内拉页及蝴蝶拉页均要用加厚纸张制作，加厚费用需根据客户指定纸张克数另行加收。

《财经》杂志

《财经》杂志硬广 CAIJING Magazine Regular

版位	净尺寸 mm	价格 RMB
封面外折页	405*265	665,000
第一跨页	410*265	657,000
第二跨页	410*265	524,000
第三跨页	410*265	468,000
前半本跨页	410*265	398,000
中跨页	400*265	435,000
封三	205*265	285,000
封底	205*265	652,000
文章目录左对页	205*265	322,000
文章目录右对页	205*265	362,000
财经追踪对页	205*265	311,000
前半本内页	205*265	256,000
后半本内页	205*265	220,000

《财经》杂志定制内容 CAIJING Magazine Custom content

版位	篇幅	价格 RMB
《财经》杂志内页	1 P	150,000
	2 P	286,000
	3 P	432,000
	4 P	576,000

《财经》线上矩阵

《财经》杂志官方微博 Weibo

新浪微博帐号	位置	价格 RMB
财经杂志	原创/转发图文	100,000

《财经》杂志官方微信 Wechat

帐号	位置	价格 RMB
财经杂志 i-caijing	硬广Banner（1条/周）	600,000
	硬广Banner（1条/天）	200,000
	定制内容：次条	400,000
	定制内容：列表其他位置	200,000

《财经》杂志入驻平台 CAIJING External Platforms

帐号	形式	价格 RMB
今日头条号	定制图文、同步转发微信内容	400,000
企鹅号(天天快报)	定制图文、同步转发微信内容	100,000

财经直播平台 V视频 CAIJING Live Broadcast

形式	增值	价格 RMB
定制视频短片	短视频、音频、图文二次传播	250,000

注：杂志官方微信 i-caijing 不接受头条合作。

图 5-3 《财经》2020 刊例价格

① https://max.book118.com/html/2020/1015/5324334113003011.shtm.

图 5-4　《财经》专题微信号"财经十一人"2020 刊例价格

图 5-5　《财经》专题微信号"晚点"2020 刊例价格

图 5-6 《财经》专题微信号"读数一帜"2020 刊例价格

图 5-7 《财经》专题微信号"财经五月花"2020 刊例价格

图 5-8 《财经》专题微信号"出行一客"2020 刊例价格

图 5-9 《财经》专题微信号"活粒"2020 刊例价格

第三节 《财经》知名栏目

《财经》杂志二十余年的发展史中涌现了众多的知名栏目,以下将从杂志的版面设计与栏目构成、知名栏目与报道展开分析。

一、《财经》的版面设计与栏目构成

《财经》杂志的版面设计主要配合其高质量的财经报道内容,呈现出庄重沉稳、深邃宁静的界面风格。栏目构成在兼具广度与深度的同时,与时俱进,为读者呈现最新最热的财经动态。

(一)版面设计

《财经》对图片的运用相当普遍,几乎每篇文章都有配图,有时一幅图片占据一个版面,有时占据一小版位置。在版面线条的运用上,《财经》大多采用正线即细线来划分版面。在色彩搭配上,《财经》运用彩色印刷,增强了版面的表现力和新闻图片的临场感。《财经》的标题均用黑体字、大标题、正方形,而图片的色彩多采用冷色调,这就与其严肃庄重的整体风格相吻合,透出一种淡雅的智慧美。

(二)栏目构成

2000年1月至2001年12月,《财经》作为月刊出版期间,其目录设计与栏目内容基本保持稳定,没有较大的变动。目录页侧边会呈现封面文章的相关图片和文字介绍。重要栏目在目录中显示为红色加大加粗字体,主要栏目包括"编辑的话""封面文章""观点述评""产业纵深""资本市场""公司经理"(后改为"公司经理月度调查")"公司透视""特别报道""财经观察""经济全局"。次要栏目在目录中显示为红色加粗字体,包括"宏观经济月评""财经速览""Money人物""Money话题""Money讲座""Money随笔""Money读书""市场基本面",后又加入"国际视点(海外视点)"和"e论坛"等栏目。

2002年,《财经》杂志改为半月刊后,内容容量上由最初的月刊60余页拓展到100余页。其版式设计也做了较大的变动,在目录页中插入了分割线,排版更为紧密,内容分类更细化,同时在目录中间加入与报道内容相关的插图和报道重点内容摘录,起到了吸引读者眼球、激发阅读兴趣的作用,也让读者通过标题迅速捕捉到本期杂志的重点要点。目录中的主要栏目并未用红色加大加粗字体列示,主要栏目之间运用分隔符进行划分(2010年取消横线分隔,改用纵向线条分隔)。主要栏目保留了之前的"封面文章""财经观察""经济全局""观点评述""资本市场""Money话题""Money人物",加入了"财经专栏"等。2004年第20期,杂志改为双周刊,随着出版周期的变动,杂志的内容增量,报道范围不断扩大,开始关注时政等领域。2004年到2010年间,在之前栏目的基础上,杂志陆续增加和改进"财经人物""市场与法治""时事报道""资本与金融""经济学家""财经论衡""公司与产业""财经双周""边缘""环境与科技""社评""公共政策""财经网""财经特稿"等栏目。至此,《财经》的主要栏目与版面基本稳定下来,并延续至2015年1月。

从2015年第4期(总第420期,2015年2月2日)起,《财经》杂志不断开辟新的栏目,杂志版面与栏目设置与前面十余年相比呈现出较大的变化。自2015年2月2日(总第420期)杂志至当前2021年7月19日(总第618期)杂志,加入的新栏目有"观念""核心议题""策论""稀享者""圆桌""观察家""深度调查""趋势""论坛""天下""人文""财经速览""特别策划""财经数评""酷技术""连续创业者""大商业""智库""观点""前沿""海外与投资""法治与公共治理""文化""国际纵横""科技与健康""互联网与新商业""研究报告""CEO访谈""财经领航之路""汽车与出行""一线监督""视点""特别报道""资管纵横""市场前瞻""行业聚焦""风云对话""财富传承""财经影像",等等。

由此可见,杂志在保留历来重要栏目的同时,也根据时代发展和受众需求,不断进行栏目创新。下面,将在各个时期中选取具有代表性的一期杂志进行对比,以2000年第3期(总第24期,2000年3月号)、2007年第26期(总第201期,2007年12月24日)和2021年第10期(总第613期,2021年5月24日)杂志,来探讨《财经》杂志的栏目构成与发展。

选取2000年第3期是因为这一期杂志已经过两年多的发展,杂志栏目基本稳定下来,且本期所含栏目基本涵盖《财经》杂志的知名经典栏目。选取2007年第26期的原因在于,这是《财经》杂志创办即将第十个年头,在十年间,经历了2002年的月刊改半月刊,同时经历了改版之后新栏目的补充,整体的栏目构成已经比较完善和稳定;同时,《财经》杂志从2000年至2007年间发表的报道广受好评、屡次获奖,2007年算是《财经》发展的巅峰期;此外,此时的在任主编仍是参与创刊的胡舒立;再者,2007年的栏目设置一直延续到后来的2015年,具有很强的代表性和典型性。选取2021年第10期杂志的原因在于这是近期的杂志。

通过表5-6可以发现,《财经》杂志二十余年的发展中,有"封面文章""财经观察""公司透视""资本市场""经济全局"等经典栏目。

表5-6 《财经》杂志栏目对比表

2000年第3期,总第24期	2007年第26期,总第201期	2021年第10期,总第613期
主要栏目① 1. 编辑的话 2. 封面文章 3. 财经观察 4. 观点评述 5. 特别报道 6. 公司透视 7. 资本市场 8. 经济全局 9. 特稿	1. 封面文章 2. 财经观察 3. 经济学家 4. 观点评述 5. 资本与金融 6. 时事报道 7. 经济全局 8. 环境与科技 9. 公司与产业	1. 封面文章 2. 社评 3. 特别报道 4. 经济全局 5. 特别策划 6. 资本与金融 7. 公司与产业 8. 汽车与出行 9. 互联网与新商业

① 期刊主要栏目与次级栏目的划分依据为目录标题的字体大小与是否标红。

续表

2000 年第 3 期,总第 24 期	2007 年第 26 期,总第 201 期	2021 年第 10 期,总第 613 期
次级栏目 10. 宏观经济月评 11. 财经速览 12. Money 人物 13. Money 话题 14. Money 随笔 15. Money 读书 16. 市场基本面	10. 市场与法治 11. 边缘 12. 财经双周 13. 财经速览 14. 财经专栏	10. 科技与健康 11. 法治与公共治理 12. 财经特稿 13. 文化 14. 财经网 15. 财经速览 16. 研究报告

二、知名栏目与报道

通过展开分析《财经》的经典栏目"封面文章""财经观察""资本与金融""公司与产业""经济全局"与其刊发的知名报道,能够让我们对《财经》杂志的了解更为直观和透彻。

(一)封面文章

"封面文章"栏目伴随着杂志的创刊号一同见刊,每期揽括全刊的重磅报道(见表5-7)。一般情况下,该栏目每期为1篇主要报道,有时也会根据特定选题进行策划,设置多篇封面报道。该栏目是《财经》杂志的领衔栏目,其"关注改革全局与制度变迁,关注经济生活的复杂性",在杂志创刊的十几年间占领了中国财经媒体的话语高地,因深度报道堪称具有史实记录价值。①

表 5-7 《财经》"封面文章"知名报道一览表

报道标题	刊发时间	记者
《谁为琼民源负责》	1998 年 4 月 1 日	朱军、谷一海
《君安震荡》	1998 年 8 月 11 日	胡舒立
《基金黑幕》	2000 年 10 月 8 日	平湖、李箐
《批评权、知情权和新基金使命》	2000 年 11 月 5 日	胡舒立
《股市忧思录》	2001 年 1 月 5 日	张志雄
《庄家吕梁》	2001 年 2 月 15 日	胡舒立、李巧宁、李箐
《谁在操纵亿安科技》	2001 年 6 月 5 日	李箐
《银广夏陷阱》	2001 年 8 月 3 日	凌华薇、王烁
《蓝田神话凋零》	2001 年 12 月 5 日	康伟平

---

① 杜晓.《财经》杂志封面文章的内涵及报道特色研究[D].北京:中国传媒大学,2007.

续表

报道标题	刊发时间	记者
《贷款黑洞》	2002年6月5日	马寿成
《谁来接管银行》	—	—
《开平之劫》	2002年5月5日	张继伟
《贷款黑洞》	2002年6月5日	马寿成
《接管深发展》	2002年10月20日	王烁 李树锋 凌华薇
《东亚:银行涅槃》	2002年5月20日	许思涛、王晓冰、李树锋、官青、朱晓超
SARS系列调查报道	2003年5月	—
《周正毅兴衰》	2003年6月20日	凌华薇、于宁
《卢万里案真相》	2003年8月20日	楼夷、吴小亮
《马招德卖官链》	2003年9月20日	王晓冰
《谁控制了冯明昌?》	2004年7月5日	陈翔、陈慧颖、潘晓虹
《成败陈久霖》	2004年12月13日	张帆、王晓冰、李箐、傅凯文
《张恩照美国被诉》	2005年3月21日	王丰、凌华薇、吴小亮
《拆解黑龙江卖官链》	2005年5月2日	陆磊、段宏庆、吴小亮
《顾雏军全调查》	2005年9月5日	龙雪晴、袁凌、程喆、卢彦铮、黄山
《药价之谜》	2005年12月26日	张映光、戴维
《郑筱萸罪与罚》	2007年4月16日	罗昌平、张映光
《谁来监管监管者》	2007年4月16日	罗昌平、张映光
《谁的鲁能?》	2007年1月8日	李其谚、王晓冰
《内部人关国亮》	2007年9月28日	于宁、苏丹丹、季敏华
《再问央视大火》	2010年3月1日	欧阳洪亮、罗昌平、饶智
《公共裙带》	2011年2月14日	罗昌平
《百度的冬天》	2016年6月28日	宋玮、刘一鸣
《三问中国新能源汽车》	2019年12月9日	王斌斌、李皙寅
《监管蚂蚁》	2020年11月23日	张威、唐郡、张颖馨、张欣培
《前所未有的煤炭保供》	2021年12月1日	江帆、韩舒淋、李廷祯

该栏目下的报道具有以下几方面的特色。

1. 坚持"大财经"全局视野

《财经》的封面报道选题主要涵盖以下四个方面:政经、产经、财经和其他。以《财经》2013年第36期封面报道选题为例,具体的比例分布如图5-10所示。

报道主题的多元化一方面体现了第一任主编胡舒立倡导的"大财经"思想,关注的视角拓展至经济生活的各个层面,上至国家的宏观经济政策,下至北京的空气质量,体

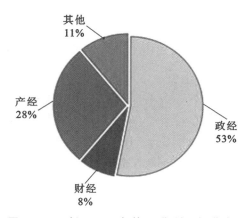

图 5-10 《财经》2013 年第 36 期封面报道选题

现了《财经》的全局视角和海纳百川的报道理念。《财经》的选题超越了传统的专业财经领域,从更广泛的层面上影响读者。同时,报道的选题注重个案的选取,精心选择的案例,不管是典型人物还是重点行业,都能够达到以点带面的效果。同时,《财经》具备国际化的视角,借助对他国经济发展经验的分析、归纳、总结,对日渐融入世界经济体系的我国经济建设和制度改革有启示意义和借鉴价值。

2. 选题视角敏锐,善于抓热点促改革

《财经》的新闻嗅觉非常灵敏,不少独家报道曾掀起过轩然大波,也有报道通过典型案例对体制进行思考、对制度进行剖析,彰显报道的深度和服务价值。报道选题紧扣时下的热点,表现出对行业发展的迅速反应和洞察。例如《3D 打印挑战中国》(2013 年 1 月 7 日),3D 打印是 2012 年全球热门名词,而《财经》是首家对 3D 打印进行专题报道的财经期刊,一时成为业界热议的话题。此外,证券、金融、资本运作、政策制定等一系列经济热点都被纳入了《财经》封面故事的报道范畴,如《"新体改"启航》(2013 年 11 月 18 日)、《电改试金石》(2013 年 3 月 25 日)、《金改市场化攻坚》(2013 年 12 月 16 日)等文章,从具体案例入手分析改革的理念、改革的决心、改革的进程。《财经》的封面故事堪称中国改革的一面镜子,从历史背景写到当前时局,层层剖析问题所在,使得《财经》赢得了政界的信任。

3. 以全球视野审视中国经济现状

《财经》的"封面文章"在经济全球化的浪潮中,为适应国际舆论环境顺时而动,以一种全新的思维和视角,运用国际上通行的经济规则、尺度衡量我国的发展现状,帮助受众理解和判断错综复杂的国际局势,有助于提升《财经》在国际传媒环境中的影响力。

《财经》的封面故事以专题形式呈现,众多专题是国内事例报道与国际经验报道的组合,介绍国际方面应对相关问题的做法与经验。例如《霾国求治》专题中,《美国:法律清洁空气》(2013 年 2 月 11 日)介绍了美国治理空气污染的经验——建构完善的法律规范体系,并将市场手段与政府行政手段相结合,美国清洁空气的卓有成效可为我国的雾霾治理提供参考借鉴。再如《中国粮食安全报告》(2013 年 12 月 9 日)全方位地报道了巴西、阿根廷、乌克兰、俄罗斯、美国、日本等国在粮食生产方面的土地资源优势、农产品进口策略以及海外农业的拓展等,从多个视角、多个领域为我国维护自身粮食安全提供丰富的启示,体现报道的实用价值和社会意义。

《财经》的封面报道将中国纳入了国际分工体系，随时进行国际比较，积极借鉴国际经验，有效地增加了报道的厚重感，更重要的是借助"他山之石"，拓展了报道的传播效果和社会价值。

4. 独家深度报道彰显责任意识

《财经》敢于通过"封面文章"独家而深入地报道敏感话题，起到反腐揭黑的效果。例如《反腐蹚雷区》(2013年1月28日)、《法官腐败报告》(2013年5月27日)、《刘志军"合伙人"》(2013年6月17日)、《王立军"遗产"》(2013年3月18日)、《"双开"刘铁男》(2013年8月12日)等，体现《财经》直面社会问题的气魄和胆识，严肃的揭黑报道深得业界和学界的尊重。《法官腐败报告》(2013年5月27日)、《任增禄名单》(2013年8月19日)等报道也曾引起社会轰动效应。《法官腐败报告》汇集了200多个法官腐败的案例，既有历史价值也有现实意义，系统勾勒出法官腐败的社会、经济、制度因素及呈现出的特点，图文并茂，用统计数据说明问题。《任增禄名单》篇幅之长、力度之深前所未有，其也是反腐揭黑的典范，报道具体列出了向任增禄行贿的人员名单和行贿金额，以及行贿时间、行贿目的、行贿官员的地区分布等详细信息，可见采访调查的深入透彻，行文的缜密令人折服，直击主题："在县级政权中，县委书记容易被异化成吸金者，带来集体性的腐败。"类似的报道还有很多，《财经》以鞭辟入里的文字揭露中国经济发展中的问题，推动制度完善与变革，体现了强烈的社会责任感。

(二)财经观察

"财经观察"是《财经》杂志第一任主编胡舒立的署名专栏，创办于1998年8月，到2009年11月胡舒立离职才撤销，每期皆会有这一专栏。创办之初该栏目改名为"财经评论"，后在1999年6月该栏目改名为"财经观察"。它是一种个人署名文章形式的准社评，开始只由胡舒立来写，但在《财经》变成双周刊后，随着出版节奏的加快和涉及问题的广泛，也会有经济学家、记者等的参与。栏目一般以纵向两栏划分，会有一段简短的引导语点明文章主旨，在文章最后会署上胡舒立的签名。

胡舒立将"财经观察"中的文章称为自己担任《财经》主编11年职业生涯的一个侧面记录，贯穿这些文章的思想就是为改革鼓与呼，文章选题"与每期《财经》杂志都有相辅相成的作用，有时候会以《财经》的主体报道作为评论的对象，但更多时候与重点报道无关，有时甚至有意与其错开。……我们的选择无一不是紧扣经济社会热点问题"①。

"财经观察"作为《财经》杂志的品牌栏目，有很多评论文章曾引起社会轰动。根据事件归属可将报道分为"政经评论""社会评论""经济评论""国际评论"四个方面。下面对栏目内容进行简要分析。

1. 政经评论：顺应经济发展，重视制度改革

"财经观察"关于政经事件的文章"既是对十余年来政治经济改革的真挚呐喊和助威，也表达了对进一步推进改革的热切企盼……始终不渝地呼吁改革不停步，提示全方位改革的紧迫，揭示经济体制与政治体制、社会体制改革的不配套造成的严重后果，为

---

① 胡舒立. 舒立观察：中国十年之真问题[M]. 广州：中山大学出版社，2010.

'好的市场经济'鼓与呼,告诉人们不改革的成本远大于改革的成本,呼吁建立可问责的政府,推进政府信息公开透明"①。

关于政经事件的评论文章有一大部分是关于报道改革大潮的,并且观察视角都颇为独特。例如,在关于党的十六大的《行政体制、机构设置和政治体制改革》(2003年第5期)中,除了细致分析会议方案的三大共识——"党政分开、党资分开","建设行为规范、运转协调、公正透明、廉洁高效的政府","权力制衡与有效监督"之外,更在文后用犀利的文字表达了期许:"这场改革其实是一场长征,我们不应忽视始于足下的每一步努力,又该看到可能的前进定会包含巨大艰辛,甚至难遂初衷。在昭明既有目标之后,重要的不是说多少,而是把事情尽快做起来。"②这种评论在2003年具有强烈的议政意味。在2008年,中国改革开放30年之际,"财经观察"以一篇《勿忘改革之由》(2008年第1期)表明"忘记过去就意味着背叛",通过回顾改革开放历史,反思现在其实并不容易的新局势,正如文末所谈:"温故知新本身就需要战略勇气和智慧,接下来当是策马前行。"在2008年的北京奥运会成功落下帷幕之际,"财经观察"以一篇《"举国体制"淡出正当时》(2008年第18期)冷静指出"举国体制"的弊端,深入分析了国有体育格局改革的必要性,并提出相应对策。"财经观察"既冷静地分析、总结以往的经验教训,又探讨应对未来之策,使文章具有深刻的时代价值。

在对经济事件的报道上,"财经观察"延续了《财经》一直以来对经济事件的深刻解读。例如,2002年9月18日,在香港地区上市的欧亚农业遭证监会停牌时,香港市场对内地民营企业各种猜疑与怨怼,"财经观察"以《实事求是地对待民营企业》(2002年第18期)为内地民营企业的利益进行呼吁。并且,"财经观察"在一定程度上为中国经济的发展历程做了记录。一些报道还体现出连续性的特征,如2002年第23期刊登的《民间金融、政府信用和道德风险》与2003年第6期刊登的《政府信用、企业信用和银行信用》,两篇文章从标题上便体现出一致性。前者是在民营商业银行开放面临重重困难之际,出于对金融风险的担忧,研究了已有的经验和教训。而《政府信用、企业信用和银行信用》一文是在"城市商业银行初步度过最困难时期后,新一轮增资扩股普遍展开,民营资本面临进入银行业的重大机会"之时,进一步对民营银行在银行业成长的途径进行分析。两篇文章在时间上有一定顺承关系,对应了《财经》"全面观察并追踪中国经济改革的重大举措"的定位。

"财经观察"还密切关注并尽可能细致地评析经济增长过程中的制度性因素,如《检讨增值税》(1998年第9期)、《行政性调控须淡出,市场化调控当跟进》(2004年第14期)、《统计数据误差的制度反思》(2004年第15期)等,真正做到了站在一个"观察者"的角度对中国经济改革进行思考和呼吁。

"财经观察"还高度关注公共事件和反腐报道。面对SARS的蔓延发表了《抗击SARS以防为主,不搞"内紧外松"》(2003年第9期),一方面直指控制疾患的成本必然大幅提高的现实,另一方面鼓舞公众抗击SARS的信心。面对H5N1禽流感的扩散,"财经观察"以《疫情消息不宜"出口转内销"》剖析了各部门的防疫工作。在中国经历了SARS、禽流感、雪灾及汶川大地震等一系列灾难后,"财经观察"以《多难兴邦与制度建

---

① 胡舒立. 舒立观察:中国十年之真问题[M]. 广州:中山大学出版社,2010.
② 胡舒立. 舒立观察:中国十年之真问题[M]. 广州:中山大学出版社,2010.

设》(2008年第11期)一文，呼吁"中国需要一个建立在法治基础之上的、权利与责任明晰的、落实到专门机构、中央与地方分工明确的巨灾风险管理体系"。此外，"财经观察"创造性地从经济学角度去分析腐败问题，发表了《对腐败现象要有经济学思考》(2003年第18期)和《从马招德到马德："卖官链"经济分析》(2004年第16期)，并把反腐上升到全球角度，如《反腐全球化》(2006年第22期)。

2. 社会评论：坚守社会责任，关注法治民生

法律体系的逐步健全和法治意识的植根，是除了经济发展外，中国改革开放的一大成就。而越来越突出的民生问题，既是当代中国亟待解决的问题，又是历史赋予当代改革者的重大机遇。法治事件和民生事件一直是"财经观察"的关注所在。

"财经观察"关注法律的修订，尤其是在法律制定或存在之时的挑战，例如，"如何制定出充分反映民意的'善法'而非'恶法'？在强大的公权力干预下，私权如何得到保障？执法如何跟上立法步伐？比较紧迫而现实的问题是，如何保障公民的知情权，如何提高政府的公信度，如何建立一个可问责的政府。""财经观察"紧跟热点，从1999年的"修宪"，到2002年"反垄断"的法治建设，再到2003年的"周正毅案"，2005年的"大姚审计"改革，以及2008年的"毒奶粉事件"等，都发表了相关的建设性意见。

"财经观察"对医疗改革和住房改革的关注尤甚。仅关于医疗改革，就有《医改需要"人和"》(2007年第25期)和《务实看医改》(2009年第8期)等评论，密切关注医疗体制改革从仅是一份关于中国医疗体制改革的课题报告，到正式实施时面临的问题，再到"新医改方案"施行的进程。关于住房改革，有关注城镇住房体制改革的《勿忘"住的呼唤"》(2003年第23期)，有将中国近30年改革的全部内容归纳为"减少政府直接干预，扩张市场调节范围"的《也看"房地产新政"》(2005年第11期)，以及分析新政危害的《"房地产新政"方略需调整》(2006年第23期)，甚至在关于民众关注的房价上涨问题上，直接以《房价猛涨与政府缺位、错位及越位》(2006年第10期)对政府提出了具体建言。

3. 经济评论：问题意识突出，主动引导舆论

作为专业财经类杂志的一个栏目，"财经观察"始终秉持高度的专业性和责任感，在《财经》杂志以《基金黑幕》《银广夏陷阱》等享誉中外后，"财经观察"从另一个角度忠实记录了杂志在坚持"独立、独家、独到"报道方针时承受的压力和误解，还对中国企业的现状与出路进行了深入思考。

金融是现代经济的核心，对经济运行有重要影响。"财经观察"从金融制度、金融监管、股市、公司金融和汇率等多个方面对中国金融市场进行分析，记录了中国金融改革的进程：国有银行改组上市、金融开放、人民币汇改等，还揭露了金融界股市操纵、监管缺位越位、官员贪污等现象。除此之外，"财经观察"还为《财经》一些有影响力的报道做了后续分析，如针对《君安震荡》(1998年第5期)和《国泰君安联姻幕后》(1999年第9期)的《勿忘君安教训》(1999年第9期)；针对《银广夏陷阱》(2001年第8期)，为消除公众对上市公司造假事件不能彻底查处的担心而特意刊出的《银广夏停牌的下一步当是彻底查处》(2001年第10期)等。

"财经观察"对产业的发展也具有敏锐的洞察力和预见性。《3G选择：技术最优还是制度最优？》(2000年第8期)在3G技术还未普及的2000年便预测了3G未来发展中

所采用的技术标准,还指出:"未来的 3G 运营牌照发放,也应通过拍卖或其他竞争方式进行。"而到了 2008 年,《面向 4G 的 3G 反思》(2008 年第 4 期)又提倡"遵循商业原则,坚持标准的开放性,让市场拥有选择标准的权力"。这是"财经观察"思想与时俱进的具体体现。《问责中石油》(2004 年第 1 期),《中航油:重组还是破产》(2004 年第 24 期),《电力改革的推进、渐进及其引申义》(2005 年第 17 期)等,都对国企的运营制度进行了反思,甚至批判。

4. 国际评论:理性看待全球化大潮,助力中国融入世界经济

"财经观察"对全球化事件也做了许多思考,尤其是非常关注有中国参与其中的国际性政治、经济事件。从 1998 年到 2009 年,在这方面的评论基本可分为关于 WTO,中国的对外关系两大类,其中,以对 WTO 事件的评论为最多。

加入 WTO 是 21 世纪初中国的一个重要抉择,融入 WTO 的过程充斥着许多矛盾冲突和机遇,"财经观察"针对这一事件发表了许多自己的观点和评价。例如,《"WTO 冲刺"的含义》(1999 年第 4 期)充分肯定了中国加入 WTO 的意义;《开放须双向》(1999 年第 5 期)创造性地在无数次提及的"对外开放"的基础上提出了"对内开放";《雪拥蓝关》之时》(1999 年第 10 期),《理解"入世"承诺不可刻舟求剑》(2001 年第 17 期),《证券业开放与 WTO 承诺底线》(2002 年第 12 期)等,都从不同侧面对中国加入 WTO 后的一系列事件进行分析。

对对外关系的报道其实是在"反思中国在国际产业链中的地位及其深层次的经济逻辑"。如《对中美关系不必太过悲观》(2001 年第 5 期)剖析了一直备受瞩目的中美关系。而《日本货、全球化和中国对外开放》(2005 年第 8 期)在"抵制日货"这一敏感话题上表达出"如何在对日或其他同类问题上,能够真正做到冷静理智、合法有序地表达自身诉求,正在考验我们的国民风范和公民素养"。除了这些常被提及的国际关系,《走出国际关系的"资源陷阱"》(2009 年第 18 期)还分析了中澳关系倒退的原因。此外,《中国如何应对国际油价飙升》(2004 年第 20 期),《国际定价权不可争而得》(2006 年第 13 期)等报道也给中国在国际关系上遇到问题的应对之道给予了良好的建议。

(三)资本与金融

该栏目经历了一个整合的过程。"资本市场"栏目于 1998 年随创刊号首发,早期,该栏目每期只刊发 1～2 篇报道。随着中国股市的蓬勃发展,栏目下的内容不断丰富和细化,报道数量增加,同时下设"沪深股市""香港股市""债券市场"栏目。2003 年第 15 期,栏目更名为"资本与金融",后逐步下设"海外股市""股事""市场与监管""理性投资"等栏目。

该栏目主要对近期发生在资本和金融市场领域的财经事件进行调查报道。如 2003 年第 15 期《房贷之癌》(2003 年 8 月 5 日,记者王以超),记者由广州市建行虚假按揭事件开始,深入调查整个广州市虚假按揭泛滥的社会现状,进而揭露出新兴的个贷政策存在的巨大风险,对整个资本和金融市场产生了警醒的作用,对房地产商起到了舆论监督的作用,促进了银行业放贷前审查的规范化。2022 年第 4 期《财商教育迷途》(2022 年 2 月 28 日,记者张颖馨、严沁雯)指出了财商教育行业的复杂性在于呈现教育和金融双重属性,运行方式具有线上和线下相结合的特点,教培目标兼顾私人和公益性质,深入调查了财商教育行业监管归属模糊、监管主题不明的问题。

"沪深股市"和"香港股市"等小栏目主要提供证券市场最新信息与动向。如当期的"沪深股市"《A股中期仍可谨慎乐观》（2003年8月5日），"香港股市"《中报整体向好》（2003年8月5日）。此外，还利用评论针对市场上的声音进行回应，如2005年第4期"沪深股市"《中国股市"边缘化"了吗？》（2005年2月21日）就"救市"问题发表评论"不断希望救市的做法只是阻止了市场的正常调整，令中国股市进入'慢死'状态，这对股市的伤害性是最大的"，从专业、客观、理性的角度引导了社会舆论。

（四）公司与产业

"公司与产业"栏目由早期的"公司透视"和"产业纵深"两个栏目合并发展而来，也属于《财经》杂志每期重要栏目。"公司透视"首发于2000年第12期，每期设置1~3篇报道，当设置多篇报道时，所涉及的企业处于同行业，如2002年第21期中的《李经纬之谜》《健力宝兴衰》《谁掌控青啤》（2002年11月5日），起到了对比的作用。"产业纵深"首发于创刊号，每期设置1~3篇报道，针对近期热点产业和行业进行深度报道。

2004年第25期栏目整合为"公司与产业"，整合后的栏目每期设置数篇报道，并不局限于一家公司或一个产业，内容更加丰富，涉及的面更广，视野更加开阔。报道针对近期公司和产业新闻热点进行调查分析、深度解读；报道对象包括国内企业、国外企业、跨国企业等，基本都是大型上市公司；既关注企业内部存在的问题与改革，也关注市场对行业的前景预期、相关的行业政策，还关注有关产业的国际贸易政策等。如2022年第6期《零碳工业园区虚实》（2022年3月28日，记者徐沛宇）关注的就是高碳工业园区的低碳转型问题。

（五）经济全局

"经济全局"栏目首发于1999年第4期，第一篇报道为《信托业：最后一次整顿》（1999年4月），一直延续至今。该栏目主要关注宏观经济和全球经济走势，例如1999年第11期《适度从紧：迟到的告别》（1999年11月）报道了适度扩大货币供应的经济政策；2000年第1期《叶利钦时代的终结与启示》《俄金融寡头是怎样崛起的》《俄罗斯转轨大事记》（2000年1月）报道了俄罗斯的经济背景和现状，旨在启示中国市场；2019年第20期《正视中美贸易摩擦四大关键问题》（2019年9月2日），聚焦于中美贸易摩擦，通过"特朗普的'反复无常'导致谈判失败吗？""美国朝野一致遏制中国崛起，谈判没有可能？""谈判中拖延策略是否奏效？""中美金融战是否已经爆发？"四个问题探讨中美贸易摩擦发生的实质与缓和的可能，进而表明中国参与国际贸易的立场在于"以冷静的态度通过磋商合作解决问题，坚决反对贸易战升级"。

栏目还刊登学者和研究者对某些时事和经济事件的评点，体现杂志的知识广度。例如1999年第7期《公务员涨薪：两难之下的选择》《中国公务员挣多少工资》（1999年7月），关注了中国公务员薪资调整问题。2011年第13期《江汉非常大旱》（2011年6月），探讨了旱情背后的部门管理问题和农村基层水利设施建设问题。《中国农村土地制度的创新路径》（2022年2月）则关注了中国土地经营由于规模不经济导致的效率损失问题，并提出了建设性的破解之道。

第四节 《财经》经典报道案例点评

一、报道概述

2001年8月15日,记者凌华薇、王烁在《财经》2001年8月号上发表了《银广夏陷阱》一文。该篇报道共分为六个部分,分别是"引子""天津广夏'独撑大局'""不可能的产量、不可能的价格、不可能的产品""嘉德的另一种命运""德国客户之谜""天津海关一锤定音"。六个部分分别从银广夏的传奇事迹,银广夏的子公司业务,银广夏的产量、价格和产品,银广夏的竞争对手企业,银广夏的最大客户以及银广夏在天津海关的相关单据入手展开报道,相互印证,直至打破了"中国第一蓝筹股"的神话,揭露了银广夏股价过去两年暴涨是"一场彻头彻尾的骗局",并由此引发了中国证券市场长达数年的整肃风暴。

银广夏陷阱

该篇报道也被业内人士誉为"中国财经报道史上的珠峰式经典",成为《财经》杂志历史上的里程碑式报道,也是女强人胡舒立带领财经编辑团队的代表作,记者凌华薇也因为这篇报道获得了2002年美国古索科国际新闻奖荣誉提名奖。如今,《银广夏陷阱》仍然是一篇值得媒体人学习的报道。

二、报道背景分析

广夏(银川)实业股份有限公司,简称"银广夏",1994年6月17日在深圳证券交易所上市,是宁夏回族自治区首家上市公司。该企业的业务繁杂,包括软盘、牙膏、水泥、海洋特产、白酒、牛黄、活性炭、文化产业、房地产、葡萄酒和麻黄草等等,主要的业务板块在农业。2000年,银广夏全年涨幅高居深沪两市第一,骄人的业绩和诱人的前景使其在当时被称为"中国第一蓝筹股"。

在银广夏业绩的背后,其经营利润率、税务、资金款项、贸易伙伴、生产技术与过程、财务报表资料均存在诸多疑点。主要包括:银广夏2000年的利润率高达46%,而深沪两市农业类、中草药类和葡萄酿酒类上市公司的利润率鲜有超过20%的;天津广夏披露的出口业务与其年报中的出口退税项目不相符;公司的销售及回款情况不理想;公司声称的境外贸易伙伴背景与实际不符;公司原材料购买量与库房体量不相称,且公司的库房和工艺一律禁止外人查看;公司专利技术的应用与水电消耗不相符;公司1998年及之前的财务资料全部神秘"消失"。

这些疑点以及外界的种种猜测引起了《财经》记者的关注,凌华薇极具商业敏感性和新闻敏感性,很早就开始关注银广夏。据凌华薇自己表述报道银广夏的起因:"我最初关注银广夏是在陈川去世的时候(陈川,银广夏创始人,2000年去世)。凭借着对萃取业务描绘的美好前景,银广夏股价当时已呈现出大幅上涨态势。而在陈川去世后,银广夏业绩增势在日后能否持续,则成为我调查银广夏的起始动机。后来通过参观治沙工程及参加股东大会,我就公司未来发展问题与银广夏高管经过了多次访谈,从中愈发感觉他们高管对银广夏前景的描述是在'讲故事',于是便展开了针对性调查。"此后的一年间,凌华薇多次赶赴银川、西安、芜湖、天津等地采访取证,细致探询银广夏巨额利润的秘密,冷静发掘银广夏造假的事实,并最终确切证实"陷阱"存在。①

三、报道特色分析

《银广夏陷阱》从过去两年间创造的令人瞠目的业绩和股价神话切入,开篇直接点出了银广夏神话是一场"相当少见的特大造假骗局"。报道的引子部分简要介绍了银广夏的上市过程以及其股东的组成与背景。该篇报道之下共分为5个小标题,分别是"天津广夏'独撑大局'""不可能的产量、不可能的价格、不可能的产品""嘉德的另一种命运""德国客户之谜""天津海关一锤定音"。

(一)采访准备充分,专业积淀深厚

采访准备是记者为更好地采集新闻材料而进行的前期活动,是新闻采访活动的一个基础环节。要顺利有效地推进采访工作,就必然要求记者在采访之前做好充分采访准备,即在采访前做好相关新闻背景材料的收集工作。② 采访准备一般可以分为平时准备和临时准备。

就《银广夏陷阱》而言,记者在采写之前就做了大量的背景收集工作,做了充分的平时准备。记者广泛收集有关银广夏公司内部、农产品加工行业、银广夏产品加工技术等方面的材料。在调查银广夏高额利润时,记者引证了全国农业产业化龙头企业研讨会上的董事长讲话和企业内部内容的表述。在报道超临界技术应用时,记者回顾了中国超临界流体协会全国年会上会议纪要的补充内容:"希望企业界对超临界萃取项目不要盲目上马、低水平重复。"这种静态的知识背景补充,充分体现了记者的客观与细致,也体现了记者对于超临界流体专业的熟悉,既端正了受众对于超临界技术的认识,也从专业角度对银广夏过度吹嘘其技术进行回应。

此外,记者的平时准备还充分体现为拥有扎实的财务会计知识。记者敏锐地意识到银广夏进行出口贸易必然会向税务机关办理出口退税,但是在查阅银广夏2000年年报后并未发现其进行过出口退税。同时,记者了解注册会计师事务所对上市公司的审计业务和外贸实务,要求查阅银广夏的银行对账单和海关报关单,并在此过程中发现了海关报关单的漏洞,这也成为天津海关"一锤定音"银广夏骗局的重要线索。

(二)权威信源交叉印证,保证调查结论客观合理

记者获得信息的来源被称为信息源。③ "在涉及专业领域或需要评价和判断的新闻中,被采访者的身份是否权威直接关系到采访的效果和稿件的质量。"④在调查性新闻报道中,信息源的专业性、权威性与客观性是极端重要的,往往能够决定一篇调查性报道的成败。记者常常会从采访对象处获得一些信息,但这些信息是否核心?是否准确、全面、客观?被采访者有没有隐藏什么?被采访者站在谁的立场?背后深层次的利

---

① https://www.sohu.com/a/385411743_99970452.
② 《新闻采访与写作》编写组. 新闻采访与写作[M]. 北京:高等教育出版社,2019.
③ 李希光.如何挖掘与用好"新闻信源"[J].新闻与写作,2012(11):82-85.
④ 《新闻采访与写作》编写组. 新闻采访与写作[M]. 北京:高等教育出版社,2019.

益关系是什么？这些都需要记者在调查中时刻注意和提醒自己。同一事件和相同信息，至少需要多个信息源来核实。① 财经新闻报道还理应保证行文上每句话都要有依据，不应该出现任何主观臆测的语句，也需要翔实的数据和多方信源的交叉印证，以保证财经报道的真实、客观和独立。

在对银广夏二氧化碳超临界萃取技术进行调查时，记者采访了清华大学化学工程系教授朱慎林和北京星龙生物技术有限公司总经理戴志诚，通过他们对于银广夏神话的反应，来侧面印证银广夏致力于宣传的技术可能存在故意"利用"和"炒作"之嫌。针对李有强所表述的"'二氧化碳在任何条件下的临界状态'的绝密图纸"进行核实时，记者找到了清华大学化学工程系杨基础教授，为了显示报道的权威性，记者在报道中对杨教授做了以下背景内容的补充："清华大学研究超临界萃取技术的三位主要专家之一，从 1978 年开始研究超临界技术，与企业界有着广泛的合作，被称为业内的'活字典'。"此外，记者同时向天津大学李淑芬教授和西北大学陈开勋教授求证，最终得出结论："仅从技术上而言，天津广夏不可能在预定时间内生产出满足合同数量的产品。"

面对银广夏宣称的高昂姜精油价格，记者与国际、国内市场价格进行比对，具体调研的价格有伦敦市场姜精油 CIF 价、西安嘉德公司和北京星龙生物技术有限公司提供的价格，印证了价格之不可能。面对银广夏合同中提到的某些产品用二氧化碳超临界萃取技术根本提不出来的问题，记者除了参考清华大学杨基础教授、中国化工大学余安平教授、西北大学陈开勋教授的观点之外，还利用河南南阳的项目作为例证，相互印证了产品之不可能。

（三）立体式调查法层层深入，侧面探寻真相内核

在深度调查中，记者需要不断逼近新闻事实，但是对于一个新闻事件来说，事件真相和相关人物通常构成一种"同心圆"的关系，有时候，记者调查可能会受阻于某一层，这就要求记者善于采用立体式调查法。立体式调查法指的是，记者从当事人、参与者、目击者、知情人 4 个层面，根据重要程度的不同，按由内向外的先后顺序采集信息。如果内层信息由于特定原因难以获得，记者就跳过内层转向次内层，在一个事件相关人物构成的立体空间中，并行不悖地获取信息。②

在调查银广夏的德国客户时，记者采用的就是立体式调查法，层层深入，探寻银广夏德国客户的真相。由于在本篇报道中，银广夏作为记者的调查对象和怀疑对象，记者无法也不应向银广夏询问核实，但是记者多次询问了事件的参与者和知情人，从陈川原来的秘书处获得的回答是"去问李有强"，从西·伊利斯公司获得的回答也如出一辙。然后，"记者曾多次向德国西·伊力斯驻华机构捷高公司核实此事，但该公司接待人员的态度十分含混，一时说诚信是德国公司，一时说诚信和西·伊利斯有关系，一时说诚信是其子公司。最后竟然是一再要求记者去问银广夏！"在采用以上方式试图从正面查实银广夏的德国客户均未果后，记者还通过德国当地查询查号台和中国工商银行海外分行进行调查，也曾试图等待各国代表来华。侧面查证未果后，记者做出"德国客户成谜"的结论，这一结论暗示了银广夏客户造假的事实。

---

① 周新军.上市公司信息披露与媒体监督[J].中国记者,2002(12):46-47.
② 曾华国. 中国式调查报道[M]. 广州:南方日报出版社,2006.

报道内容环环相扣,从报道的小标题就能够看出,记者遵循着逻辑链条层层剖析银广夏的骗局。"天津广夏'独撑大局'"报道了银广夏的主要利润贡献者"天津广夏",它有着超高的生产能力、超凡的盈利能力以及价值巨大的订单带来的利润前景,这些共同构成了银广夏传奇的顶峰。"不可能的产量、不可能的价格、不可能的产品"分别从天津广夏的产量、价格和产品三个方面进行深入调查,通过多方求证,论证了银广夏传奇的"不可能"。"嘉德的另一种命运"报道了与银广夏有同样设备的西安嘉德公司却举步维艰的事实,从反向证实了设备的产量和市场的开拓远没有银广夏所述的那么神奇。"德国客户之谜"报道了为银广夏贡献了主要利润的德国客户诚信公司身份造假的事实。"天津海关一锤定音"报道了银广夏捏造暴利产品出口的事实。至此,《银广夏陷阱》抽丝剥茧般地从技术、产品、客户、出口交易各个方面揭示了银广夏的弥天大谎。

(四)频用反问引导舆论监督

在《财经》披露"银广夏陷阱"之前,大多数的媒体对上市公司的报道一向坚持以正面报道为主,以积极的态度,热情地宣传那些在生产经营、企业管理等方面做得比较好、取得一定成绩的上市公司,甚至不惜笔墨打造"绩优股"形象。可以说,在缔造"中国第一蓝筹股"银广夏上,媒体的宣传也起到了一定的作用。

银广夏作为上市公司在证券交易市场上公开发行募集资金,其牵涉的利益主体范围更加广阔,如果这一骗局始终不予揭露,必将造成严重的社会动荡。一方面,其以企业管理层带头的欺诈行为导致天津广夏"已经很久开不了工了",严重影响了企业无辜员工的生产生活。另一方面,投资者与公司之间存在着严重的信息不对称,若投资了通过财务造假营造商业神话的公司,则会直接损害投资者的利益。此外,银广夏的商业骗局会造成对同行业企业的不公平竞争,扰乱市场经济秩序。还会波及为造假上市公司提供审计业务的注册会计师事务所和注册会计师,其要对公司披露的相关信息负责。再者,中国证券市场方兴未艾,如此重大的上市公司骗局会损害社会对证券业的信心。

报道写作在揭露的过程中注重方式方法,并非用负面的语言一味地攻击和批判,而是在报道中坚守独立性原则,通过全面展示调查全过程,循序渐进地引导受众理解和认清银广夏骗局。例如,在全面展示银广夏疑点时,列举了"如此将整个企业的利润维系在单一国外客户上,蕴藏风险是否过大?""中央电视台'经济半小时'栏目曾对银广夏做过采访,相关节目由于种种原因至今尚未播出,但对银广夏的疑虑早有存在。""新华社宁夏分社已经就发现的银广夏诸多问题,向有关部门作过汇报。""就连银广夏总部也对天津广夏有了不满:实施2000年分配方案需派现1.5亿元,但创造了4亿多元'利润'的天津广夏却没有转来一分钱……"此外,还引导受众理性反思,例如"诚信和西·伊利斯的关系怎么能由银广夏来证实呢?"

《财经》杂志记者不惧艰险,客观、公正、冷静地观察和分析银广夏的动态,细致深入地进行调查,挖掘出了巨大的商业骗局,揭露了经济社会中的黑暗面,起到了社会预警和舆论监督的作用,是记者和媒体具有强烈的社会责任感的体现,最大限度地维护了公众利益,也助推了证券市场的规范化。

(五)专业性与通俗性完美融合

《银广夏陷阱》是一篇调查性报道,同时也是证券新闻和公司新闻,涉及众多公司上市、公司经营和财会知识,具有一定的专业性门槛。而该报道的受众面向全社会,既包括有较高学历和文化背景的证券监管、公司经营管理人员,也包括众多的小股民投资者和利益相关者。这就要求报道具有一定的通俗性,多使用简洁明了的语言和易于让投资者理解的术语,以求得好的新闻传播效果。

该报道善于将复杂晦涩的专业公式转化为通俗易懂的文字表述,例如:"随后,银广夏公告,将再从德国进口两条800立升萃取生产线,后又将计划升级为两条1500立升×3和一条3500立升×3的生产线。计划中的生产能力是天津广夏现有生产能力的13倍之多!"又如,在讨论"超临界萃取技术提取蛋黄卵磷脂"时,考虑到受众对于化工专业的术语理解困难,记者表述道:"简而言之,仅从技术上而言,天津广夏不可能在预定时间内生产出满足合同数量的产品。"

除此之外,报道结尾寥寥几句却极富深意:"整个事情——从大宗萃取产品出口到银广夏利润猛增到股价离谱上涨——是一场彻头彻尾的骗局。""记者仍然记得最后得到天津海关证实的那一天。7月的阳光相当刺眼,朗朗乾坤之下,似听到泡沫扑哧一下破裂的清脆声音。""我们终于知道了真相,它是如此简单而残酷。"通过一个隐喻,将银广夏传奇的破灭表现得淋漓尽致,极富震撼力,让读者回味无穷。

四、报道启示

《银广夏陷阱》作为中国财经新闻报道的经典案例,其对公司新闻报道和调查性报道有着重要的示范作用。

(一)以专业经管知识捕捉调查突破口

"外行看热闹,内行看门道。"企业采用的是商业化运营手段,为在竞争中赢取更多的优势和利益,必然在一定程度上修饰企业的形象、产品、服务,进而对外宣传。但是罔顾企业实际经营情况、恶意隐瞒欺骗消费者和投资者的行为会严重扰乱市场,带来难以估量的负面影响。

财经记者在采写公司新闻报道和调查性报道时,要充分利用自身经济管理学科专业背景,并且以细致入微的眼光审视公司披露的财务报表和有关单据文件,特别对于所谓的"商业神话",更是要抽丝剥茧直视其本质,寻找报道调查的突破口。

本篇报道针对银广夏公司外显的股价、产品、国内外市场价格、财务报表,到企业内部的股权构成、生产设备、生产技术、产量、贸易客户、出口流程、税务问题,进行了全方位的调查,甚至对该公司的竞争对手进行考察和比对,充分展现了新闻调查的深度。记者以缜密的逻辑思维在丰富繁杂的信息中理顺关系、找到规律、理性判断、合理推理,从而透过现象看清本质,发现公司问题所在。例如,报道中呈现的一个细节是,记者在查阅银广夏海关报关单时,发现"出口商品编号"均为空白,便记下海关编号和内容,后求证得出单据造假。面对已有海关认证盖章的单据,正是记者重视细节,用专业判断其中的不合理之处,才最终获得"一锤定音"的调查结果。

(二)打通公司内外信源,力避信息不对称

任何公司都是产业链条的一环,承担着相应的社会分工。对单个公司的报道必然不能忽视其所处的社会环境、产业背景、行业状况、贸易链条,只有将单个公司放在宏观

和中观的维度去观照，从不同的视角、不同立场的信源处收集信息，才能准确定位，甚至能够挖掘出公司微观行为的动因，让公司新闻报道更加客观、准确、全面，更具专业性。

因此，财经记者要紧紧围绕报道对象做充分的采访准备，既关注外围相关者对企业的评价，也重视企业内部员工的体会和感想，从多个维度解构公司的自塑话语，最大限度地避免信息不对称性。

《银广夏陷阱》中多次出现记者从全国学术研讨会、行业技术交流学会和年会、企业内部会议甚至企业试车典礼上获取的信息，大量侧面信息的获取绝非一日之功，善于从多个角度靠近企业、了解企业，从外围旁观者处取得侧面反映企业状况的信息，是财经记者的必备能力。此外，记者还通过众多高校的相关专家学者处了解银广夏公司所鼓吹的萃取技术，从新华社驻德国记者、中国工商银行海外分行查询银广夏德国的贸易对象，均可见记者在打通信源、调动资源变相积累关键信息上所作的努力。

（三）以社会责任维护大局利益

企业是市场中的重要经济主体，市场由众多的企业共同构成，企业之间彼此关联，相互竞争。市场中创造高质量的产品或服务和高投资回报率的新兴企业必然是多多益善，体现出国家科技创新实力的崛起，经济水平的进一步跃升。但是这种"商业榜样"应该是建立在扎实的技术研发、科学的公司运营管理之上，而非投机取巧的财务数据造假和商业欺诈。这样的"陷阱"，于消费者和投资者是个人财物损失；于行业和市场，打破了竞争规则，扰乱了市场秩序；于国家经济安全，可能引发重大的金融风险。

发现问题很重要，促进问题解决更关键。公司新闻报道的职责和意义不仅在于满足受众对于公司信息的需求，更应该主动承担社会责任，勇于揭露经济领域的黑暗面，建设性促进相关法律法规的完善，进而维护社会公平与稳定，维护大局利益。

第六章 《每日经济新闻》

> 《每日经济新闻》创刊于2004年12月9日,是国内综合类财经日报之一。《每日经济新闻》坚持专业、权威、实用、好看的办报理念,致力于为"企业人"提供可读性强、实用性高的财经资讯。在信息技术蓬勃发展的21世纪,《每日经济新闻》抓住时代机遇,昂立技术潮头,攻坚克难,顺势转型,现已形成集报纸、网站、移动终端App、微信、微博、抖音等于一体,联动发展、齐力共生的全媒体生态布局,在国内财经媒体行列中树立了专业、权威的媒体形象。

第一节 《每日经济新闻》的定位与发展

财经媒体是中国经济的"瞭望塔",在信息披露、舆论引导、市场监督方面起着重要的作用,见证了新中国经济发展的每一个阶段。21世纪初,中国加入世界贸易组织,财经媒体在信息化、市场化的浪潮中迎来了新的发展机遇,一大批专业财经媒体不断涌现。随着市场经济体制的日趋完善与我国经济的飞速发展,普通受众普遍意识到财经信息的重要性,越来越多的普通受众迫切需要专业经济知识的指导,迫切需要完成从"消费者"向"投资者"的转变。此外,市场经济的红海催生了一批包括公司管理人员、从业于金融投资业的专业人士、经济管理人员等在内的市场精英人士,他们的职业属性决定了他们需要了解更即时的经济风向、需要洞悉更精准的经济信息。《每日经济新闻》顺势而生,自创刊伊始即致力于为"企业人"提供专业、权威、实用的财经资讯,经过近二十年的发展,《每日经济新闻》已成为国内财经媒体中的领头羊。

在社会需求之下,专业财经媒体迅速崛起并引领了社会经济的发展。伴随着经济环境的急剧变化、受众对经济信息的旺盛需求,经济新闻报道逐渐成为提升媒体竞争力、引领媒体发展的新蓝海。

一、《每日经济新闻》的定位

《每日经济新闻》秉承"新闻决定影响力"的办报理念,致力于为"企业人"提供内容广泛、视角多维、解读深刻的财经信息,致力于以专业力、责任心守望中国经济环境,助力中国经济社会成长。

（一）受众定位

媒体的受众定位解决向谁传播的问题。《每日经济新闻》自创刊伊始即确立为第一份服务"企业人"为主的财经类日报。

《每日经济新闻》核心读者用户为金融证券人士、大中型企业管理层、经济政策制定者、经济管理人士、经济研究人士、相关专业投资者等高净值人群。[①]《每日经济新闻》的受众多为受教育水平高、购买力强的中青年群体。《每日经济新闻》的用户主要由金融投资业的专业人士、公司管理人员、政策制定者、经济管理者及研究者、经济部门，以及个人投资者构成。其中男性占比为68％，26～45岁的中青年人士占比为82％，专本以上学历占比为86％，企业中高层管理人士占比为42％。[②]

（二）内容定位

《每日经济新闻》专注于公司新闻和投资理财资讯，以重大独家财经新闻和深度调查、研究分析报告为主打新闻产品，报道范围深入金融、公司、证券、理财、影视、汽车、房产、TMT、国际等领域。《每日经济新闻》致力于推动中国经济制度的变革，规范公司产业运行，维护广大消费者和投资者的权益；以中国经济制度变革推动者和财经新秩序建设者的身份忠实记录中国财经社会的发展历程，立志成为中国资本市场的守望者和广大投资者的代言人。

（三）品牌定位

《每日经济新闻》秉承"新闻决定影响力"的办报理念，英文名为 National Business Daily，缩写为 NBD。N：National、New，National 体现《每日经济新闻》的全国视野，New 蕴含《每日经济新闻》的冲击和新锐。B：Business、Brand，Business 诠释了《每日经济新闻》对于公司产业、商业经济的重点关注，Brand 凸显了《每日经济新闻》的品牌张力。D：Daily、Development，Daily 代表了《每日经济新闻》财经类日报的属性，Development 蕴含了《每日经济新闻》期盼见证中国经济发展的理念。NBD 体现了《每日经济新闻》是一份在中国经济重大节点跃然而出的主流财经日报，是一份让新闻决定影响力的负责任的报纸，是一家为中国财经读者量身打造的主流媒体，一家维护读者利益的、创新、创造、进取的财经传播机构。[③] 图6-1 为《每日经济新闻》网站品牌图。

图6-1 《每日经济新闻》网站品牌图

二、《每日经济新闻》的发展历程

2004年创刊的《每日经济新闻》诞生于市场化的浪潮中，发展于网络技术兴盛之际，壮大于新媒体时代。随着网络技术的发展，《每日经济新闻》走上转型发展之路，在

---

① http://39572982.b2b.11467.com/about.asp.
② http://www.nbd.com.cn/articles/2019-01-24/1294493.html.
③ 黄波.每日经济新闻》的品牌定位研究[D].上海：上海交通大学，2012.

进一步优化"母报子网"发展模式的同时,着手新媒体渠道的建设;随着融媒体时代的到来,《每日经济新闻》迎立风口,"全面开花",迎来了发展的全盛时期。

(一) 2004—2008 年:初创

2004 年 12 月 9 日,由解放日报报业集团和成都日报报业集团联合投资、联合主办的《每日经济新闻》创刊,初期立足上海,后以上海为依托,逐步向长三角城市群辐射,是国内首份跨地区媒体集团合作的新型财经类日报。2005 年 5 月,《每日经济新闻》推出每日经济新闻电子报,形成了"母报子网"的联动格局。

2004—2008 年是中国加入世界贸易组织后经济腾飞、民营企业驶入发展快车道的黄金时期,其间,许多市场化财经媒体取得了长足的发展。然而,《每日经济新闻》在这一时期并未迎来属于它的黄金时代,它的影响力仅仅停留在长三角地区,面向长三角中小企业运营。

(二) 2008—2010 年:转型

直至 2008 年,《每日经济新闻》依然没有进入盈利阶段,成都日报报业集团收购上海解放日报报业集团在《每日经济新闻》的所有股份,《每日经济新闻》改由成都日报报业集团单独主办,总部由上海迁往成都。改革已成为事关《每日经济新闻》生死存亡的必要之举。2008 年 5 月,《成都商报》副主编雷萍临危受命,《每日经济新闻》开始走上"大刀阔斧"的改革之路。

1. 扩大新闻网络,实现全国发行

《每日经济新闻》在全新改版后,立足于成都和上海两个中心,并开始在北京、广州、深圳、无锡、杭州、西安等地成立新闻中心,将新闻影响力逐步由长三角城市群扩展至全国省会城市和经济强市。此外,《每日经济新闻》采用科学精准的"多轨制渠道分销法",将线下零售、网络征订、集团团订等多种销售方式相结合,并在全国经济中心城市的机场、重要航线、地铁、高档写字楼、五星级宾馆进行展示销售,对上千家上市公司、金融机构进行赠阅。至此,《每日经济新闻》实现了新闻发行网络的扩张。

2. 重塑品牌理念,打造财经品牌

《每日经济新闻》在全新改版后,确立了"新闻决定影响力"的办报宗旨。坚持专业、权威、实用、好看的办报理念,以金融投资专业人士、政治经济领域高级决策人群以及有投资能力的中高端消费群体等为主要受众,将报纸核心报道领域确定为宏观经济、区域经济、公司产业、资本市场及投资理财等方面。

3. 打造专业性强、影响力大的重大独家财经新闻

在全新改版后,《每日经济新闻》致力于打造专业化的新闻采编团队,以其专业性和前瞻性在推动政策改革、消费安全领域、舆论监督领域、投资领域、资本市场风险预警等方面发表了一批极具专业性和冲击性的重大新闻,推出了如《胜景山河 IPO 涉嫌"酿造"弥天大谎》(2010 年 12 月 16 日)、《立立电子 IPO 肥了金融业高管 江作良、王敏文、马骏暴赚数亿揭秘》系列报道(2008 年 6 月 24 日、6 月 25 日、6 月 26 日、6 月 27 日、6 月 28 日)等一批重大报道,提升了《每日经济新闻》的影响力。

4.排兵布阵,着手新媒体渠道建设

《每日经济新闻》开始率先走上"网络优先"的发展路径,并着手投入新媒体渠道建设。在这一时期,《每日经济新闻》建立新媒体团队,引进优秀网站编辑、年轻记者和网络技术人员,涵盖内容生产、技术支持和销售服务等方面。① 时任《每日经济新闻》总编辑雷萍认为:"虽然改版后报纸面临很大的生存和竞争压力,但《每日经济新闻》在新媒体渠道建设方面依旧加大投资力度。这种投入短期内基本不会有回报,但我们更看重未来的趋势。"②

(三)2010年至今:构建全媒体传播矩阵

从每日经济新闻网、每日经济新闻移动客户端,再到构建每日经济新闻微博、微信传播矩阵,再到入驻短视频平台,《每日经济新闻》在全媒体进阶之路上始终坚持单品牌发展战略,不断扩大传播声量与业界影响力。

1.每日经济新闻网

每日经济新闻网在创立初期主要是转载报纸版面的新闻,实现对报纸内容的二次传播,以求拓宽传播范围、提升传播效果。随着网站建设的深入,每日经济新闻网开始全天候即时发布网络报道,并配置当日电子报图文版,力求为网络用户提供更即时、更全面、更优质的信息,实现了每日经济新闻网传播内容的优化。每日经济新闻网在经过三次改版后,网站流量得到极大提升,其在国内财经报纸网站排名中稳居前列。

目前,每日经济新闻网的栏目内容涵盖宏观、公司、基金、IPO、金融、城市、房产、新文化等多个领域,不同栏目针对性强、覆盖范围广,实现了信息的精准投放。网站的版面设计简洁有力、重点突出,与报纸的财经属性一脉相承,极大提升了网站用户的阅读效率。

2.每日经济新闻移动终端App的发展

《每日经济新闻》从"网络优先"的发展思路中逐步演化出"移动优先"的发展战略。随着移动互联网的兴起,网络用户被冲散、媒体受众被再次分流,传统媒体的生存空间被再度挤压。生于忧患的《每日经济新闻》抓住了机遇,每日经济新闻App上线,再一次拓展了每日经济新闻的传播格局。

每日经济新闻App是一款以市场投资人、企业决策者、中高端消费者为目标受众的手机应用软件。与新闻网站相比,手机App以直观、迅捷、交互的传播方式实现了用户获取信息的突破。

每日经济新闻App设有"24h快讯"频道,用户可迅捷地获取一天内不同时段不断更新的信息,极大提升了用户获取信息的效率。"每经AI电视"推出视频快讯,对于愈来愈习惯于碎片化阅读的用户来说,信息量大而短小精悍的视频是获取信息的效率之选。据悉,"每经AI电视"是全球首个全流程由人工智能技术驱动的视频电视。此外,每日经济新闻App大力推进"量身定制"新闻,极大提高了信息分发效率。"PUGC"频道为用户推荐来自《每日经济新闻》旗下专业记者的生产内容,用户可根据自己的阅读

---

① 张莹.《每日经济新闻》全媒体转型研究[D].西安:西北大学,2016.
② 雷萍.《每日经济新闻》的全媒体之路[J].声屏世界·广告人,2012(11):139-140.

偏好一键关注感兴趣的记者。"私人定制"频道为用户的多样化需求提供精准解决方案。"基金"频道开设问答大厅,由专业记者团队在线解决基民疑问。基于用户兴趣与需求的问答大厅为用户创造了一个答疑解惑的社区,增强了用户黏性,提升了App的用户沉淀性能。这些频道的设计提升了App的交互性,体现了App对用户的关注。

每日经济新闻App还设有"电子报"板块,用户可自由选择图文阅读或纯文字阅读,点击页面右上方的日历图标,用户可跳转至此前的报纸页面,灵活的传播样态极大优化了用户的浏览体验。点击页面右上方的分享图标,用户即可分享图文,这一功能体现了App的社交属性,它也是每日经济新闻App潜在受众的流量入口。

2015年6月30日,《每日经济新闻》推出"添升宝"(原名"每经投资宝")App,它是一款服务于高端消费群体的付费App,致力于为用户提供具有前瞻性、指导性、实用性的投资理财资讯,被定位为投资者理想的权威投资理财顾问。付费App在增强移动用户黏性的同时也提升了《每日经济新闻》的经济效益。

3."两微一抖"的发展

新媒体的发展大大提升了传播速度,也极大改变了受众只能被动接受的传统传播格局。新媒体赋予了受众质询、选择的权利,受众的能动性被极大突显出来,从某种意义上说,受众能够与传播者分居两侧博弈。因此,传播者需要更精准地洞悉受众需求、提供实现传受双方良性互动的信息产品,同时需要重视媒体服务的社交属性。微博、微信的诞生为媒体的再一次全新开拓提供了阵地。在微博、微信刚刚开始兴起之际,《每日经济新闻》即以高度的前瞻性迅速入局,形成微博、微信两开花的传播局面。

2010年,《每日经济新闻》注册新浪微博,成为首批入驻新浪微博的企业。目前,每日经济新闻已形成包括每日经济新闻官方微博、NBD证券投资、NBD汽车等在内的微博传播矩阵,这些细分微博实现了信息的精准投放。微博点赞、评论、转发等功能强化了每日经济新闻在微博阵地传播的社交属性,形成了传受双方紧密连接的传播社区。此外,微博作为传播的公共社交空间,是一个巨大的流量入口。据每日经济新闻网统计,截至2021年12月,每日经济新闻官方微博粉丝量已近2000万,月均阅读量破11亿大关。①

2012年底,《每日经济新闻》注册微信公众号。截至目前,《每日经济新闻》已形成包括每日经济新闻官方微信号、每经头条、每经影视、每经牛眼、每经房产、每经极简投研究院等在内的立体微信传播矩阵。相对于具有更大流量的微博,微信更像是一个个细分小市场,满足用户需求的个性化信息不断增强用户黏性,提升用户忠诚度。《每日经济新闻》总编辑雷萍说:"一个微信公众号没有办法承担所有媒体转型的能量,微信矩阵以每日经济新闻为首,对内强强互推,对外抢占细分蓝海,就像一个大军舰带领一百艘小帆船。"②

随着短视频平台的火爆,《每日经济新闻》迅速入局,形成了以抖音为主阵地,并辐射到B站、快手等平台的发展思路。2018年7月,《每日经济新闻》注册官方抖音号,随后陆续推出"N小黑财经""每经小白基金"等内容创新、口碑扎实的财经垂类IP,力求紧跟用户画像趋势,实现"千人千面"的传播表达。

---

① http://www.nbd.com.cn/articles/2019-01-24/1294493.html.
② https://mp.weixin.qq.com/s/41a1_opqA2aIec9iGe5rqw.

第二节 《每日经济新闻》的盈利模式

随着媒体融合不断向纵深发展，媒介的内容生产、传播形态、经营管理等都在发生前所未有的变革，媒体的生态链正在重塑，盈利模式也在发生结构性调整。

《每日经济新闻》经过多年的发展，在立足于全媒体传播格局的基础上，开始在多元经营、产业延伸、跨界合作中探索新的盈利空间。图 6-2 为《每日经济新闻》传媒集群。

图 6-2 《每日经济新闻》传媒集群

一、以传播影响力提升广告价值

一家媒体的广告价值很大程度上源于它传播影响力的大小和品牌含金量的高低。《每日经济新闻》凭借优质的内容输出和多元的传播渠道，传播影响力正在不断扩大。据每日经济新闻网统计，截至 2021 年 12 月，《每日经济新闻》全媒体用户已超过 1 亿，全媒体年阅读总量逾 360 亿。据第三方【新榜】监测结果，每日经济新闻官方公众号传播力超过 99.99% 的运营者，是财经媒体头部账号；每日经济新闻官方微博月均阅读量超 11 亿，粉丝用户近 5000 万，是财经媒体第一"大 V"；第三方入驻平台累计用户近 2000 万，月均阅读总量累计超 10 亿；每经视频矩阵用户达 2400 万，月均观看总量累计超 7 亿。① 可以说，《每日经济新闻》已经形成了庞大的用户体量。

《每日经济新闻》的传播影响力不仅体现在数量上，其传播品质也有目共睹。据悉，《每日经济新闻》于 2014 年、2015 年、2016 年连续三年获得人民网发布的"中国报纸移

---

① http://www.nbd.com.cn/articles/2019-01-24/1294493.html.

动传播百强榜"财经类报纸第一名,于2017年、2018年连续两年获得人民网发布的"中国报纸融合传播百强榜"市场类财经媒体第一名。

二、以开展大型活动提升品牌含金量

《每日经济新闻》自创刊以来,积累建立起庞大的由中国财经领域专家学者、行业领袖、区域性商会、《每日经济新闻》合作院校,以及上市公司资源、众多合作伙伴高管组成的智囊团。正是依托这个庞大的智囊团和高端读者资源①,《每日经济新闻》发起并成功举办了多种口碑扎实、影响广泛的品牌活动,通过策划大型活动增加自身的品牌含金量,以期实现自身品牌形象和经济效益的跃升。

《每日经济新闻》通过与国内外高校、行业智库、数据机构、头部企业展开深度合作,对行业发展趋势进行多维度解读,持续输出专业权威的行业报告,为行业发展提供参考信息。《每日经济新闻》还凭借强大的传播影响力,发起一系列行业榜单,促进了企业的可持续健康发展。例如,中国上市公司品牌价值榜旨在评选年度优秀上市公司,是中国上市公司重要的展示和交流平台,也是投资者的重要话语权阵地;中国金鼎奖致力于为投资者提供一份公正权威的金融品牌和产品榜单;中国消费者品牌榜旨在用消费数据展现年度消费趋势,在为消费者带去消费参考的同时,成为洞悉行业发展的一个窗口。

除自己主办品牌活动外,《每日经济新闻》还跨界承办了一批商务、创意类活动。例如,在国家级活动成都熊猫亚洲美食节上,《每日经济新闻》承办"成都熊猫亚洲美食节·全球摄影大赛",聚焦"特色美食"和"美食文化"两大主题,推动亚洲各国文化交流。在城市营销活动中,《每日经济新闻》自2018年底发起第一届影像天府·短视频创摄大赛,现已成功举办3届。该比赛旨在贯彻落实成都世界文化名城建设大会的精神,目的是面向全球征集优秀创意及制作团队,用影像的方式定格世界文化名城之美,将成都"三城三都"建设具象化表达,以此提升城市文化沟通能力和传播能力。② 此外,《每日经济新闻》也积极参与到企业定制活动中。例如,2020年12月9日,平安集团和《每日经济新闻》联合举办平安大讲堂,活动邀请多名金融领域权威专家解读金融发展新态势,分析在新一轮科技革命和产业变革背景下"金融+科技"面临的机遇与挑战。

从国家级活动到城市营销活动再到企业定制,丰富多元的活动体现了《每日经济新闻》的跨界发展意识,扩大了《每日经济新闻》的市场圈层。

大型活动的开展不仅为《每日经济新闻》树立了先锋、专业、正能量的品牌形象,提升了《每日经济新闻》的知名度和美誉度,充盈的品牌属性还为《每日经济新闻》挖掘到了更多潜在的市场机会。

三、形成了自成一体的盈利网络

《每日经济新闻》自2009年起整合旗下强大团队及优质资源,秉承"以高端读者影响力创造商业价值"的经营原则,打造涵盖全媒体传播平台的优质传播内容以及实现多行业共振发展的品牌传播网络,以强大资源打通行业发展的壁垒,扩容产业盈利空间。

---

① 本刊编辑部.新闻决定影响力 差异决定竞争力[J].声屏世界·广告人,2012(11):141-143.
② http://www.nbd.com.cn/articles/2018-11-14/1272286.html.

(一)平面媒体分销

《每日经济新闻》集合线下＋线上优势，采用科学精准的多轨制分销法，在全国省会城市和经济强市建立"邮局订阅＋终端零售＋大客户团订＋定向渠道发行＋网络征订＋定点渠道展示"等组合深度分销展示体系，构筑了辐射全国的平面媒体发行网络。

(二)广告收入

广告依然是《每日经济新闻》主要的盈利入口。随着《每日经济新闻》全媒体传播格局的构建，《每日经济新闻》形成了"报纸＋新媒体"广告模式，为客户创造了更加多元化的广告投放场景，极大提升了广告效益。图6-3和图6-4分别为2022年《每日经济新闻》报纸广告刊例价和新媒体广告刊例价。

2022年每日经济新闻报纸广告刊例价

名称	规格(高×宽)	头版 彩色	A类版(2版3版4版) 彩色	A类版 黑白	B类版(5版8版) 彩色	B类版 黑白	C类版(6版7版及以版) 彩色	C类版 黑白
1/8横版	6×30.5	138,000	50,000	40,000	44,000	38,000	42,000	34,000
1/8竖版	12×15	160,000	54,000	44,000	50,000	40,000	44,000	38,000
1/6横版	8×30.5	190,000	66,000	52,000	60,000	48,000	54,000	44,000
1/6竖版	16×15	210,000	74,000	58,000	63,000	52,000	58,000	48,000
1/4横版	12×30.5	270,000	94,000	75,000	86,000	72,000	82,000	65,000
1/4竖版	24×15	300,000	102,000	86,000	92,000	75,000	86,000	72,000
1/3横版	16×30.5	360,000	120,000	100,000	112,000	92,000	106,000	86,000
1/3竖版	48×10	400,000	136,000	112,000	120,000	100,000	113,000	92,000
1/2横版	24×30.5	520,000	178,000	146,000	166,000	136,000	156,000	126,000
1/2竖版	48×15	600,000	200,000	166,000	176,000	146,000	166,000	136,000
小全版	30.5×24	600,000	200,000	166,000	176,000	146,000	166,000	136,000
整版	48×30.5	950,000	340,000	260,000	300,000	240,000	280,000	220,000
跨1/3版	16×65				220,000	178,000	210,000	166,000
跨半版	24×65				298,000	230,000	270,000	208,000
跨整版	48×65				520,000	420,000	500,000	400,000
头条报花或冠名报花	3×5	60,000	30,000	15,000	30,000	15,000	30,000	15,000
头版焦点图+导读栏	5.2×8.8	200,000						
报花	3×5	30,000	15,000	8,000	15,000	8,000	15,000	8,000
置顶通栏	3×30.5	210,000	78,000	58,000	68,000	50,000	58,000	44,000
1/4中间下沉竖版	24×15	320,000	125,000		115,000		104,000	
1/4中间悬浮竖版	24×15	370,000	156,000		136,000		115,000	
1/3中间悬浮横版	16×30.5	480,000	168,000		158,000		136,000	
1/3中间悬浮跨版	16×65				294,000		250,000	
1/2中间悬浮横版	24×30.5	740,000	240,000		220,000		200,000	
1/2中间悬浮跨版	24×65				400,000		340,000	
新闻纸外包报	4个版	1,000,000						
铜版纸外包报	2个版	1,000,000						
铜版纸外包报	4个版	1,600,000						
文字广告	限1000字以下：A类版60元/字；B类版50元/字；C类版40元/字							

注：素材格式：TIF，精度：300dpi，无图层，无压缩。广告素材由客户提供，如需制作素材，加收15%的制作费。

图6-3　2022年每日经济新闻报纸广告刊例价

广告形式	广告位	位置编号	频道	广告编号	规格	大小	刊例价格(万/天)
每经网硬广	网站封面	0	A类	A-0	<25K	1920*1080	10万/天
	顶部四分之三通栏	1	A类	A-1	<25K	790*100	5万/天
			B类	B-1	<25K	790*100	2.5万/天
			C类	C-1	<25K	790*100	1.5万/天
	顶部通栏	2-1	A类	A-2-1	<25K	1100*120	5万/天
	左通栏一	3-1	A类	A-3-1	<25K	764*120	2.5万/天
	左通栏二	3-2	A类	A-3-2	<25K	764*120	2万/天
	左通栏三	3-3	A类	A-3-3	<25K	764*120	1.5万/天
	右通栏一	4-1	B类	B-4-1	<25K	764*120	1.5万/天
	右通栏二	4-2	C类	C-4-2	<25K	764*120	1万/天
	左方块	5	B类	B-5	<25K	300*300	1.4万/天
			C类	C-5	<25K	300*300	1万/天
	右方块一	6-1	A类	A-6-1	<25K	300*400	2.5万/天
	右方块二	6-2	A类	A-6-2	<25K	300*300	2万/天
	右方块三	6-3	A类	A-6-3	<25K	300*300	1.5万/天
每经网展示	焦点图			首页第一屏	<15K	372*208	8.6万/天
	冠名			首页第一屏冠名	<15K	120*400	5万/天
				首页频道冠名	<15K	120*400	2万/天
	视频广告			首页展示	<15K	120*400	5万/天
每经网专题	企业专区专题	为企业长期宣传定制的、全方位体现企业形象、大量展现企业信息、产品、服务等内容的全年性、平台化服务产品。					14.3万/个
每经网文字链		每经首发新闻源 14.3万/条		首页第一屏 8.6万/条	A类频道 5.8万/条	B类频道 5.2万/条	C类频道 4.3万/条
每经手机客户端APP		首页开机banner			<100K	1080x1920	15万/天
		顶部焦点图			<100K	1080x540	12万/天
		首页列表广告（固定前四条）			文字不限	491x121	10万/天
		列表页广告（固定前四条）			文字不限	491x242 (二选一)	8万/天
		列表页广告（不固定位置）/快讯			3000字以内		3万/天
每经新浪微博		普通微博 5.8万/条	微融媒 7.2万/条	微融媒置顶微博 8.6万/条	普通置顶微博 7.2万/条	200字短文或3000字内文章，可配图和链接，可直发和转发	
每经视频/直播		微博直播出机位 14.3万/场	微博直播 8.6万/场	抖音 7.2万/场	微信视频号 5.8万/场	原创视频 14.3万/次	视频片头/冠名 4.3万/次	创意类视频 28万/次
N小黑财经		原生视频广告，时长180秒以内，包含脚本撰写、拍摄剪辑、发布					15.2万/期
		道具植入，在N小黑节目中自然植入服饰、杯子、场景布置道具等					3万/期
每经AI电视		独家冠名 14.3万/天	背景露出 4.3万/天	展台露出 3万/天	视频植入 5.8万/条	直播植入 23万/场	主播信息流口播 4.3万/条	底部突发信息/新闻通栏
专访董事长冠名		专访企业董事长\高管（栏目）撰稿					30万/期
		以栏目形式冠名推广					6万/期
每经融媒		头版		A类（02、03、04页）		B类（05、06、07、08页及以后）	
	整页	70万/期		14.5万/期		13万/期	
	图片页			11.5万/期		10万/期	
	文字页			6万/期		4.5万/期	
每经头条		每经头条 30万/条（原创）		每经头条二看 8.6万/条		每经头条冠名 3万/期（海报logo露出）	
每经官方微信	文字广告			混发头条		43万/条	
				混发次头条		19.8万/条	
				混发配稿		10万/条	
	页眉广告			头条页眉banner		6万/天	
				普通位置页眉banner		2万/天	

注：A类：网站首页、新闻阅读页。B类：左侧频道、券商纵横、金融频道、公司频道、未来商业频道。C类：网站商讯及其他频道。图示见表中其他分栏。广告素材由客户提供，如需制作素材，加收15%的制作费。

图 6-4　2022 年新媒体广告刊例价

(三)内容付费

内容付费是媒体在新传播格局下实现可持续发展的重要模式之一。近年来,伴随着技术的革新与受众对于优质内容的旺盛需求,专业媒体运用大数据分析用户画像,打造细分领域下差异化的内容产品。《每日经济新闻》深耕专业领域,依托移动社交媒体平台推出个性化的理财产品及课程,在实现内容纵深的同时提升经济效益。

《每日经济新闻》旗下的《添升宝·天天赢家》App是一款专业证券资讯产品,专注于为投资者提供具有前瞻性、实用性和有效性的股票信息,其费用为800.0元/半年、1360.0元/全年。《每日经济新闻》旗下的《每经极简投研院》在微信公众号推出付费课程服务,旨在为用户打造短时、高效的实操知识体系。

(四)品牌活动

媒体的品牌活动虽非直接的盈利端口,却是巨大的流量入口,具有让流量变现的巨大潜力。《每日经济新闻》依托优质资源,通过策划、开展、承办一系列大型活动扩大影响力,挖掘市场机会。

1. 发布行业报告

《每日经济新闻》专注于产业报道分析,每年发布多份行业报告,旨在成为观察产业规律的一个窗口,为行业发展摸索出更完整的指标体系。如《每日经济新闻》于3·15国际消费者权益日推出《3·15》特刊,发布《3·15消费趋势报告》,并于2019年起开始评选"美好生活中国消费者品牌榜",切实反映当前消费趋势,为消费者选择、行业发展提供更为透明的信息环境。又如《每日经济新闻》一年一度发布的《强影之路》白皮书,立足于中国电影行业发展坐标,瞭望、记录、思考中国电影行业的变化,见证中国电影由大做强的发展之路。

2. 中国上市公司口碑榜评选活动

《每日经济新闻》于2011年发起中国上市公司口碑榜评选活动,该活动旨在依托主流媒体平台、借助专业投资力量,对A股上市公司进行年度价值评选。中国上市公司口碑榜评选活动在为优秀上市公司树立市场口碑、创造更多价值的同时,也让一些问题公司曝光于投资者视线之下。目前,中国上市公司口碑榜评选活动已成为投资者重要的话语权阵地和上市公司重要的展示和交流平台,是投资者和上市公司交流的重要渠道。

3. 中国价值地产总评榜活动

《每日经济新闻》本着关注社会、关注民生,致力于传扬健康稳定的房地产市场发展态势的宗旨,于2011年开始发起中国价值地产总评榜活动。中国价值地产总评榜活动以发现价值为评选的最终标准,通过对高端项目、企业品牌展开全方位梳理,评选年度优秀房地产项目和最佳表现房地产企业。同时《每日经济新闻》还以评选活动为依托,举办一年一度的价值地产论坛,是中国房地产行业规格最高、参与度最广、影响最广泛的专业论坛。

4. 金鼎奖评选活动

金鼎奖是由《每日经济新闻》联合权威学术单位,运用科学的模型和研究方法,为中国高端投资者提供的一份专业、权威的金融理财产品、品牌和团队机构的榜单。① 金鼎奖评选活动主要针对国内所有金融行业、产品、人物,展开全方面、多维度的系列评选,经过多年成长,已经成为这一领域较权威、较受认可的大奖之一。

5.猎车榜评选活动

猎车榜评选活动由《每日经济新闻》联合国内权威市场调查机构,对优秀汽车企业、汽车产品和汽车人物做出权威、全面的盘点和奖项肯定,向消费者提供一份客观、公正、权威和具有指引意义的汽车消费指南。经过十余年的发展,"中国猎车榜"已成长为汽车行业较具权威和影响力的专业评选之一。

第三节 《每日经济新闻》的知名栏目

《每日经济新闻》经多次改版后,常规设 8 版,版面内容灵活变动,现已形成一众专业、深度的细分版面。其中,《焦点新闻》触达民生热点;《每经热评》以有深度、有厚度的评论探究经济态势;《每经人物》对话经济学家、企业高层等专业人士,提供财经洞见;《深度调查》助力市场改革;《投资密码》提供实用、及时的财经资讯;《公司新闻》集合公司事件、公司人物、公司调查等内容,客观记录微观经济生态;《镁刻地产》《汽车商业》《IPO 观察》《每经房产》等版面触及行业脉搏,忠实记录行业变动。以下是《每日经济新闻》的知名栏目。

一、《投资密码》

《投资密码》是《每日经济新闻》的常设版面,旨在为读者提供最新股市资讯,是集专业性、权威性、可读性于一身的投资攻略。

(一)《郑眼看盘》

《郑眼看盘》(见图 6-5)是《投资密码》版面的知名栏目之一,由《每日经济新闻》首席投资策略师郑步春执笔,洞悉市场一线资讯,提供权威实用的理财资讯,是投资的实战参考指南。《郑眼看盘》注重对影响股市的具体因素进行分析,对股市走势进行推理、解读,报道力求做到对股市进行全方位的渗透性解读,形成具体且有效可信的股市信息。

《市场表现平淡 个股已现安全边际》(2022 年 4 月 8 日,记者郑步春)一文,记者紧密结合社会背景,对当下市场行情做出研判:当下市场行情更大程度上与国

图 6-5 《郑眼看盘》栏目

---

① http://www.nbd.com.cn/articles/2010-09-28/386823.html.

内疫情发展息息相关,疫情不甚明朗的态势导致更多的投资者处于观望状态。对此,记者一锤定音:"投资者目前仍可持一定比例的仓位",并从疫情好转、疫情形势发展继续不利两个相反的情况展开推理分析,点明绝大多数个股就绝对估值来看已具有安全边际。在报道最后,作者列举了教育股、旅游股、航空股等近年来处于极度困难的个股的例子,不仅强化了自身的观点,还为读者提供了具体的投资参考。

《郑眼看盘》的报道语言平实、口语味儿强;分析简洁有力、娓娓道来,读来犹如与人坐而论道;报道往往将市场行情、政策变动等硬信息与作者个人的观点杂糅在一起,从政策层面、市场层面、技术层面等深入剖析市场境况并发表个人预判。多年来,《郑眼看盘》及时把握市场风向,以指导性、实用性、服务性成为备受读者信任的市场投资指南。

（二）《道达投资手记》

《道达投资手记》(见图6-6)最初名为《老法师看盘》,栏目主笔张道达,原名严为民,是具有证券投资咨询资格的从业人员。《道达投资手记》每日推送股市资讯,以评论大盘走势、盘点资金流向和解码股池操作相关报道为主。栏目报道涉及股市行情、政策动态、经济形势、行业状况、公司及个股信息等证券市场的各个方面,信息掌控有张有弛,有效助力了证券市场的良性发展。如《又有大消息 节前行情不冷清》(2021年2月8日,记者张道达)报道,以记者本人与"牛博士"的对话展开,问题紧扣上周股市消息面的重大变化,从如何看待上证指数的周K线止跌反弹,而小盘股不断创新低,再到如何看待深交所主板和中小板合并,最后回落在对于本周行情的预判上,问题涵盖全面。一问一答的形式有效提高了报道的信息效率,体现了报道的实用性和服务性。

图6-6 《道达投资手记》栏目

二、《深度调查》

《每日经济新闻》的《深度调查》版面以刊载经济性调查报道为主,在提示经济风险、促进社会改革、维护社会公众利益、指导经济工作等方面发挥了良好的作用。

（一）守望经济环境

《深度报道》刊载的经济性调查报道坚持问题导向,常常以重大经济新闻事件为锚,通过贯穿性的调查活动针砭时弊,揭露经济活动中的不法现象,助推资本市场改革,守望经济环境。

《胜景山河 IPO 涉嫌"酿造"弥天大谎》(2010 年 12 月 16 日,记者赵笛、张昊、王炯业、李智),面对众多业内人士对胜景山河"销售量大幅注水、收入利润虚增、高端产品勾兑、虚构行业地位"的质疑,《每日经济新闻》派出 4 位记者,分别前往胜景山河披露的优势地区——岳阳、长沙,黄酒主要消费地区——上海、苏州,潜力优势地区——成都,实地调查胜景山河的真实销售情况。通过十天的地毯式调查,记者发布了三份数据翔实、采访全面的调查报告,揭露了胜景山河巨额销量存疑、涉嫌虚增收入的不法现象,保障了消费者和广大投资者的知情权,为守卫市场秩序、维护广大消费者权益做出了贡献。随着真相的披露,胜景山河在上市前一天被紧急叫停,这一事件被评为"2010 年经济界十大标志性事件之一",推动了 IPO 审核制度的大改革。①

(二)展现人文关怀

在经济性调查报道中,"人"从经济活动的幕后走向台前,赋予经济性调查报道以人情味,展现了经济性调查报道的人文关怀。《深度调查》版面刊载的一部分经济型调查报道紧密结合社会热点,紧紧连接"人"的因素,展现了对"人"的关注与关怀。

在《"程序猿"考公务员:互联网大厂忙于"瘦身""挤泡沫"》(2022 年 2 月 16 日,记者丁舟洋、毕媛媛、温梦华)报道中,记者以知乎裁员、B 站员工猝死的时事热点为引子,把互联网大厂人放置于互联网世界迅速生长、急速枯荣的宏观背景下,面对互联网行业"降本增效""去肥增瘦"的大势,记者把焦点放在身处其中的个人,通过大量生动翔实的采访,将互联网公司的宏观发展与裹挟于其中的小人物的微观命运结合起来,描摹了一幅互联网大厂众生相,展现了记者对人的关注与关怀。在报道最后,记者指出"互联网行业转型升级正当时",以建设性新闻的意识敦促互联网行业良性发展机制的建立。

三、《每经热评》

《每经热评》是《每日经济新闻》的评论专栏,评论内容丰富灵活,涵盖经济政策解读、经济事件及热点新闻评述、深耕行业发展等。《每经热评》的评论一般有比较具体、新鲜的新闻源,时效性强;评论更多上升到"怎么做"的层面,指导性强。

(一)紧密连接热点

《每经热评》紧密连接时事热点,以专业的冲击力打破热点之下的纷繁乱象,解锁其背后的经济密码。如《想赢春晚红包大战 企业还得下"苦功夫"》(2022 年 2 月 15 日,每经评论员王郁彪),评论紧密连接刚刚过去的"春晚红包大战",春晚巨大的观众规模使得各大平台纷纷借力春晚以期实现业务的弯道超车。对于这种现象,作者首先从反面列举了百度 App、快手在春晚效应过后用户留存量少的例子,并由此提出论题:巨大的春晚效应背后存在诸多不平衡问题,如春晚引流的留存效能与成本之间如何把控,用户与平台之间的互动是否有效等。在提出论题后,紧接着评论员给出了自己的答案,即"一时间倾泻而入的流量只有变成'留量',才能称得上是一个有性价比的'红包'"。随

---

① http://www.nbd.com.cn/articles/2017-06-01/1112625.html.

后,评论员从正面列举了虎年春晚的大赢家"京东App"的例子,指出京东App通过派发整体需要叠加电商消费场景的红包,与消费者产生紧密消费互动,从而更大程度上实现将巨额流量转变为"留量",为其他平台借力春晚提供启示。

《每经热评》的评论不仅挖掘热点下隐藏的商机,还发现热点下潜伏的危机,在透视经济现象的基础上提出问题并为解决问题提供良性对策,发挥经济新闻报道预警、提示的社会功能。如《抗疫不应成营销噱头 上市公司要踏实做科研》(2021年11月10日,每经评论员赵李南),本篇评论由点铺开,作者从香雪制药公司将抗疫作为营销噱头这个个例扩展至一些企业将食品批文、消字号批文的产品在营销宣传上冠以药品疗效的普遍现象,从原因、危害到如何解决层层阐发议论。本篇评论紧密结合"抗疫"这个时事热点,对"抗疫成为营销噱头"的现象及时预警、提示,起到了服务社会的作用。

(二)提振行业发展

《每经热评》紧密连接行业发展动向,通过精选微观发展案例,深刻解读优秀企业发展命门,为相关行业发展提供镜鉴,是观察市场动态与行业风向的窗口。如《解锁周黑鸭逆势增长密码:社区探索初显成效 O&O业务成业绩增长新引擎》(2022年4月8日,每经评论员陈大晴),以2021年伴随着疫情持续反复、行业增长乏力、线下消费面临巨大冲击的压力,周黑鸭业绩却实现逆风增长的新闻由头,聚焦实现逆势增长的周黑鸭,从优化门店结构、多元化策略更精准触达消费者、持续"焕新"产品和营销三方面深刻剖析周黑鸭实现盈利增长的深层次原因,多维度透露了线下消费面临的新转变和新的机会点。

《每经热评》深耕行业的上升机会,积极挖掘行业发展的积极因素,为行业发展注入信心与活力。如《中国电影的2019好片已经开往春天》(2020年1月6日,每经评论员王珊),通过国家电影局最新发布的市场数据,透露了中国电影市场发展背后的积极因素。作者并没有讨论当下影视市场是遭遇"寒冬"还是再度迎来"黄金时代",正如作者所言:"争论影视'寒冬'还是'黄金'的意义不大,挖掘这背后的转变显然更有价值。"作者从作品呈现、作品创作、市场反馈三方面总结2019年中国电影,从正面肯定2019年是中国电影讲述中国优质故事的元年,"从2019年电影市场的成绩单可以看出,优质影片终会迎来春天,烂片自然会沉溺在寒冬",为中国电影行业的良性发展注入信心,提振行业发展。

(三)多维解读政策变动

及时准确传达政策变动是经济新闻评论的主要功能之一。《每经热评》对经济政策的解读往往具有比较开阔的视野,将经济政策变动与国际环境、社会、政治、文化、科技等深度结合,这些框架性背景对经济政策的多方位立体传达形成了有力支撑。

如《中央政治局会议罕见点名学区房意味着什么》(2021年5月7日,特约评论员马光远)评论,作者及时传达日前召开的中央政治局会议主要精神,着重点明学区房问题已引起高层关注。随后,作者将评论焦点聚焦于学区房,面对这早已不罕见的经济现象,作者将其放在教育资源不均等、入学资格与房子捆绑等多重复杂的社会坐标中考量,指出当教育与房子挂钩的时候,学区房就不是普通的房子,也难以用房地产的规律来解释学区房,体现了对政策解读的开阔视野。在评论最后,作者上升到"怎么做"的层面,结合"十四五"规划中提到的"逐步使租购住房在享受公共服务上具有同等权利",指出"租售同权是解决学区房问题的最好办法"。

四、《3·15特刊》

《3·15特刊》是《每日经济新闻》一年一度在3·15国际消费者权益日推出的特色版面,该版面推出的一系列消费监督类调查报道为行业自省、消费者选择提供了更为透明的信息环境。近年来,《3·15特刊》紧追消费大环境,通过提前策划推出相关专题报道,展现消费趋势,洞悉行业变化。自2019年起,《每日经济新闻》发起3·15消费者权益日主题活动——"美好生活中国消费者品牌榜",旨在用消费数据说话,从专业视角探索消费浪潮下那些"看得见"和"看不到"的量变与质变。由此,《3·15特刊》形成了一个专题、一份报告、一份榜单的策划模式,这为3·15赋予了更多新的含义:3·15不仅维护消费者的权益,同时也为消费者提供更多优秀品牌的选择,为企业提供观察未来消费趋势的市场行情。

《后浪"新主张"·2022十大消费趋势报告》从新数智、新茶饮、新旅游、新奢品、新演出、新能源、新租房、新理财、新基金九个方面全面描摹了Z世代群体在不同领域的消费画像,多维度展现了Z世代群体的消费理念及消费趋势,为观察消费市场、助力行业发展提供了窗口。

第四节 《每日经济新闻》经典报道案例点评

一、报道概述

《ofo迷途》发布于2018年12月6日,并获得第29届中国新闻奖融合创新类一等奖。2018年以来,共享单车进入深度调整期,领军企业ofo屡传资金链断裂。面对公众关切与行业热点,《每日经济新闻》派出记者团队深入北京、上海、广州、深圳、重庆、杭州、成都、武汉、南京、西安、济南等11个共享单车的主要竞争城市开展全方位的深入调查。11城记者通力合作,实地走访了高峰时期主要商圈及地铁站周边的共享单车使用情况,并实地探访当地监管机构及ofo办公地点,最终形成了集动画、视频、文字深度报道、可视化数据于一体的H5产品。

ofo迷途

《ofo迷途》呈现了小黄车在各城市的真实运营状况,保障了消费者的知情权;揭露了共享单车明星企业ofo的一线运营状况,督促ofo企业在大规模的退押金潮下积极保障消费者权益,同时这篇报道也起到了向投资机构和供应链企业提示风险、为共享经济行业和创业公司提供镜鉴的良性社会功能,取得了积极良好的社会效果。该报道直击凛冬之下的ofo现状,对ofo经济生态网络中的11个主要竞争城市开展实地调查,通过与ofo用户、ofo公司运营人员、市监局等多方主体对话,以短视频、动画、可视化数据、文字深度报道等多种形式客观真实地报道困局之下ofo的困顿与收缩,揭示ofo押金难退背后的真实境况,以专业的经济视角、高度的人文关怀,为ofo用户、投资机构和供应链企业提示风险,为共享经济提供镜鉴。

二、报道背景

ofo 公司在共享单车行业发展的风口期创立,在政策、市场环境的推动下一度引跑共享单车行业。然而,随着共享单车行业由蓝海变成红海,共享单车行业的问题和发展瓶颈随之暴露,ofo 公司发展迎来挑战。

(一)政策

共享单车的出现,大大带动了居民向绿色出行方式的转变,我国政府出台了一系列正面积极的政策来鼓励共享单车行业的发展。然而,伴随着共享单车行业的迅疾发展,一些问题接踵而来,国家交通运输部发布共享单车管理征求意见,建立共享单车国家标准,完善准入门槛。

2017 年 8 月 2 日,经国务院同意,交通运输部、中央宣传部、中央网信办、国家发展改革委、工业和信息化部、住房城乡建设部、中国人民银行、质检总局、国家旅游局等部门联合出台了《关于鼓励和规范互联网租赁自行车发展的指导意见》(简称《指导意见》)。

《指导意见》肯定了互联网租赁自行车(俗称"共享单车")发展对方便群众短距离出行、构建绿色低碳交通体系的积极作用,提出要按照"服务为本、改革创新、规范有序、属地管理、多方共治"的基本原则,鼓励和规范共享单车发展,进一步提升服务水平,更好地满足人民群众的出行需求。《指导意见》从实施鼓励发展政策、规范运营服务行为、保障用户资金和网络信息安全、营造良好发展环境四个方面,提出了相关具体措施。①

(二)共享单车行业发展

改革开放以来,随着生活水平的提升,人们的交通出行结构发生了较大变化,汽车在普通家庭得以普及,自行车使用率大大降低。然而,随着城市的发展,交通拥堵作为城市问题逐渐"浮出水面",城市人群面临短距离出行不方便的难题。共享单车的出现有针对性地为城市人群的"最后一公里"提供了解决方案。日趋成熟的移动互联网技术为共享单车的发展提供了良好的技术支撑,2016 年下半年开始,共享单车进入如火如荼的发展时期。大量资本涌入市场,使共享单车市场在短时间内由蓝海变为红海。截至 2017 年 2 月,市场上共有 24 个以上的共享单车品牌。其中摩拜和 ofo 的规模最大。摩拜成立于 2015 年 1 月 27 日,由胡玮炜创立。截至 2017 年 2 月,该公司已获得超过 66.17 亿元收入,公司估值 30 亿美元。以下选取巅峰时期的摩拜和 ofo 做竞品分析。

1. 竞品信息

ofo、摩拜竞品分析见表 6-1。

---

① https://cjhy.mot.gov.cn/ztzl/lszt/2018/xyzh/gzdt/201708/t20170804_23516.shtml.

表 6-1　ofo、摩拜竞品分析

	ofo 小黄车	摩拜单车
产品定位	ofo 共享单车是全新的城市代步工具,为您解决"最后一公里"的难题	用人人可以负担的价格使人们更便利地完成城市内的短途出行
产品功能	刚开始使用机械锁,现在是智能锁,能实现 GPS 定位	扫码开锁,GPS 定位
用户群体	开始:老师、学生。现在:不限	上班族等
车辆成本	300 元左右	3000 元左右
使用价格	0.5 元/0.5 小时(老师、学生),1 元/0.5 小时(社会人士)	0.5 元/1 小时(1 代),1 元/1 小时(2 代)
押金	199 元	299 元
可否预约	不可以	可以

2. 用户分析

根据猎豹全球智库发布的数据分析,摩拜单车的用户大部分为男性,这正对应了摩拜"科技感"的特性。而选择 ofo 的女性用户,可能比较看重 ofo 小黄车的"时尚感"。共享单车的用户大部分为 20~39 岁。摩拜单车和 ofo 单车都遵循了交通部 14 岁以下不得骑车的规定。年轻人是共享单车的主力消费人群。

从企鹅智库的调查数据来看,用户偏向于在地铁站/车站选择骑行共享单车到达目的地,毕竟很多时候目的地就在车站附近,这也和共享单车的产品定位是一样的,解决城市"最后一公里"的出行问题。也正是由于这个原因,所有的共享单车都具有普遍适用性,即都能满足客户的出行需求。因此如何让自己公司的产品在用户最为需要的时候出现显得尤为重要。

3. 功能分析

摩拜单车有"重资产"的特征。摩拜公司生产的 Mobike 和 Mobike Lite 都安装有 GPS,可以实时在手机地图上查看。而 ofo 公司的小黄车成本低、出货量大,能迅速布局二线城市,抢占市场先机。但与此同时,ofo 单车密码锁易撬、车体易损等情况也使得成本增加。

4. 盈利模式

两大单车公司都通过租车费用、押金池投资、大数据广告投放等形式获得盈利。

(三)ofo 公司

1. 简介

ofo 小黄车是无桩共享单车出行平台,它缔造了"无桩单车共享"模式,致力于解决城市出行问题。用户只需在微信公众号或App扫一扫车上的二维码或直接输入对应车牌号,即可获得解锁密码,解锁骑行,随取随用,随时随地。①

ofo的愿景是,"让世界没有陌生的角落"。在未来,ofo希望不生产自行车,只连接自行车,让人们在全世界的每一个角落都可以通过ofo解锁自行车,满足短途代步的需求。②

2. 公司的成立与发展

2014年,ofo由戴维和其他四位合伙人在北大校园创立,初衷是为了解决校园师生短距离出行的问题。2015年6月,ofo共享计划推出,在北大成功获得2000辆共享单车。2016年11月17日,ofo宣布正式开启城市服务。自2015年6月启动以来,ofo已在全球连接了超过1000万辆共享单车,日订单超3200万,为全球20个国家250座城市2亿用户提供了超40亿次高效便捷、绿色低碳的出行服务,共计减少碳排放超216万吨,相当于为社会节约了61515万升汽油、减少了103.5万吨PM2.5排放。③ ofo一度成为领跑共享单车行业的明星企业。

2018年,ofo公司的发展出现了一系列问题。2018年9月,因拖欠货款,ofo小黄车被凤凰自行车起诉。④ 2018年10月至11月,ofo被北京市第一中级人民法院、北京市海淀区人民法院等多个法院的多个案件中列入被执行人名单,涉及执行超标的5360万元。⑤ 从2018年12月10日开始,位于北京的ofo总部大楼外,近百名用户要求退还押金,退费风波愈演愈烈。而此时很多城市的ofo小黄车无人管理、无人维护,ofo的运营已基本处于瘫痪状态。

三、报道采访分析

《ofo迷途》记者团队走入事件现场,通过扎实、深入的实地采访走进并还原事件本身,其采访特点如下。

从采访问题来看,记者团队深入北京、上海、广州、深圳、重庆、杭州、成都、武汉、南京、西安、济南等11个共享单车的主要竞争城市展开实地采访(见表6-2),采访地区比较广泛,采访范围涵盖祖国南北各地,较为全面地表现出了ofo小黄车在中国的经营状况。

表6-2 《ofo迷途》采访分析

采访地区	采访对象	采访问题
北京	ofo公关总监	ofo在北京的投放量及市场占有率
		ofo单车使用情况
	街头用户	对ofo小黄车的印象

---

① https://baike.so.com/doc/24059091-24643943.html.
② https://www.ofo.com/#/.
③ https://www.ofo.com/#/about.
④ http://finance.ce.cn/stock/gsgdbd/201809/03/t20180903_30190049.shtml.
⑤ https://tech.sina.com.cn/i/2018-11-15/doc-ihmutuec0393825.shtml.

续表

采访地区	采访对象	采访问题
上海	区域负责人	公司员工减少问题
		公司"负面传闻"
	街头用户	对 ofo 小黄车的印象
广州	区域负责人	公司搬迁传闻
	街头用户	对 ofo 小黄车的印象
深圳	华南地区公关负责人	ofo"跑路传闻"
		"退押金难"现象
成都	公司相关人士	投放数量
		"退押金难"现象
	街头用户	对 ofo 小黄车的印象
	工商部门	退押金问题
西安	区域公关工作人员	运营情况
		"退押金难"现象
重庆	城管和工商管理部门	ofo 小黄车数量
		ofo 相关投诉
武汉	品牌人员	运营情况
	政府各部门	ofo 相关投诉
	ofo 用户	对 ofo 小黄车的印象
杭州	物业	物业通知单（关于 ofo 公司违约退租一事）的问询
		ofo 拖欠物业费一事
济南	招运中心工作人员	员工撤离一事
	交警部门	怎么看待 ofo 的现状
	济南 ofo 负责人	运营情况
		裁员状况
	街头路人	对小黄车的印象
南京	工作人员	公司搬迁
		搬迁后公司办公状况
	街头路人	对小黄车的印象

从采访对象来看，记者团队主要选取了 ofo 公司员工、政府工作人员、群众、物业四类人群，采访对象比较单一（见表 6-3）。虽然报道范围涵盖 11 个地区，也在各个地区进行了相关采访，但采访对象身份较为单一，覆盖面不广，不能够代表社会各方对此事的看法。

表 6-3 《ofo迷途》采访对象分析

公司	群众	政府	其他
公关人员	街头用户	工商部门	物业
区域负责人	街头路人	城管	
品牌人员		交警部门	

从采访问题来看,《ofo迷途》的采访问题比较集中,主要可归纳为6个方面(见表6-4)。其中记者关于公司"负面传闻"所提出的问题最多,其次是不同人群对ofo小黄车的印象、看法,关于公司经营状况的问题各地也几乎都有涉及,包括办公场地搬迁、员工减少等方面。采访问题紧扣ofo公司经营状况、投诉状况以及公众态度,较为全面地反映了事件的发展态势。

表 6-4 《ofo迷途》采访问题分析

问题	频次
投放量及市场占有率	3
单车使用情况	1
公司"负面传闻"	10
对ofo小黄车的印象、看法	7
ofo相关投诉	1
公司经营状况(包括公司员工)	7

四、报道特点分析

《ofo迷途》在策划中坚持问题导向,抓住行业与公众关切热点,在调查过程中遵循调查性报道的要求,在传播形式上注重传播的趣味性、交互性,以下是其报道特点。

(一)贯彻经济生活中的"问题意识"

发现问题的经济新闻报道是媒体发挥舆论监督作用的具体体现。经济新闻有必要对经济领域中直接影响经济改革进程、与人民群众利益密切相关的种种问题进行报道。可以说,经济新闻报道是经济社会的预警员和鸣笛器,经济新闻记者要根植于经济生活的土壤,牢牢树立"问题意识",见微知著,以高度的前瞻性和敏锐性发掘经济生活中的风险,对经济发展起预警作用。正如普利策所说:"倘若国家是一条航行在大海上的船,新闻记者就是船头的守望者,他要在一望无际的海面上观察一切,审视海上的不测风云和浅滩暗礁,及时发出警告。"经济新闻记者同样需要如此。

2018年底,ofo问题频发,押金难退、消费者投诉量激增、资金链断裂、公司跑路等负面信息层出不穷。遭受巨大舆论质疑的ofo真实运营状况究竟如何?《每日经济新闻》的记者以高度的新闻敏感捕捉到这一公众关切的经济现象,以高度的问题意识解密ofo押金难退背后所隐含的经济信息,从而保障与ofo经济生态密切相关的广大消费者、投资者及供应商的知情权。

该报道以"每经记者11城直击小黄车寒冬"切入,平行追踪ofo在北京、上海、广州、深圳、成都、西安、重庆、武汉、杭州、济南、南京共计 11 座主要竞争城市的真实运营状况，由点到面，构建了一个 ofo 在全国的商业运营网络，报道范围广泛全面，体现了《每日经济新闻》的全国视野；在报道内容上，《ofo 迷途》通过采访 ofo 消费者、ofo 工作人员、ofo 债权方等多方主体，从 ofo 各地运营数据、ofo 与供应商的纠纷、涉及 ofo 押金投诉等多方位印证 ofo 的经济问题。该报道共计推出 11 组视频作品、13 组深度文字报道，并辅以可视化数据，以 H5 动画形式呈现。可以说，这组报道时效性与真实性并进，在恰当的时机，以客观的报道回答了广大公众的关切，既保障了与 ofo 经济生态密切相关的广大消费者及投资者、供应商的知情权，同时也为方兴未艾的共享经济提供镜鉴。

树立问题意识应是新闻工作者的自觉，经济新闻报道亦是如此。把问题抛给公众是新闻工作者的任务，让隐藏的问题浮出水面，让潜伏的危机公开化，让潜在的风险透明化，从而最大限度削弱问题所带来的危机。社会预警是指记者通过对关系国计民生的问题的调查和揭示，提前发现问题，发出信号给决策者和社会全体成员提供决策依据，从而促进社会进步和经济发展。《ofo 迷途》显然在报道策划上起到了社会预警的作用。

（二）遵循经济调查性报道的要求

《ofo 迷途》遵循经济调查性报道的要求，其特点如下。

1. 该报道体现了记者高超的调查取证技巧

首先，《ofo 迷途》体现了记者高度的现场意识。在经济调查性报道的调查采访过程中，记者要深入被调查事件现场，才能不断地逼近新闻事实。《ofo 迷途》记者深入到 ofo 的 11 座主要运营城市，深入到 ofo 各地的分公司办公场所，与公司运营人员面对面；深入 ofo 的运维场地，直击 ofo 的运维管理情况；深入城市街头，直击 ofo 的投放现状。

其次，《ofo 迷途》采用了"立体式调查法"。对于一个新闻事件来说，事件真相和相关人物通常构成一种"同心圆"的关系，要了解真相，最逼近圆心的当然是事件当事人，其次是事件参与者，再外层则是事件目击者，然后是知情人。[1]"立体调查法"要求记者根据重要程度的不同，按由内而外的先后顺序采集信息。记者在对 ofo 各地运营情况展开调查的过程中，首先采访公司运营人员，可以说，他们是对 ofo 真实状况最了解的第一批当事人。随后，记者依次采访 ofo 运维人员、城管部门、市监局、用户等。在对 ofo 各地运营数据大起底的时候，记者分了"入驻时间和投放数量""运维人员眼中的投放数量变化""城管部门眼里的投放数量变化""过去和现在员工数量对比""近期是否搬迁办公场所"等五个方面去采访、调查取证。可以说，记者构建了一个由内而外层层深入到新闻事实的立体调查网络，同时也体现了记者多方获取线索的调查技巧。

2. 采访中注意调查路径的设计

调查路径是调查性报道的重要构成要素。对于调查涉及的当事各方，如何安排采访顺序是经济调查性报道在调查路径设计中的重点工作。在对公众最关心的押金问题进行调研的过程中，记者首先采访了当事人，也就是 ofo 的用户，在不同的城市就押金

---

[1] 吴玉兰. 经济新闻报道[M]. 武汉：武汉大学出版社，2009.

返还申请了多少天和是否到账等问题对用户进行调查(还有记者选择体验式调查)。接着记者又采访了消保部门,对消保部门收到的涉 ofo 投诉案例数量进行整理汇总。此外,记者在 21CN 聚投诉平台上对不同时段内涉 ofo 投诉数量进行可视化呈现,最后记者还分析了投诉人所在省区市 TOP 10。记者的调查路径设计从当事人开始层层递进,较为周全。

3. 以短视频和可视化数据展示记者调查的全过程

调查性报道的优势在于过程(事实是如何发生的),而受众的快感恰恰来自过程。通过对过程的延宕(也就是持续),可以让受众不断处于兴奋和期待的状态。本篇报道采用 H5 的形式,在第一页就以简短的话语加实地调查的短视频吸引读者眼球,点进去进入第二页是全国 11 个重点城市的采访地图,点击每一个城市都会直接进入该城市采访情况的页面,有实地采访的视频、照片和采访谈话记录,比较详细地展现了记者的调查过程。

4. 注重策划,使传播效果最大化

经济调查性报道注重策划是为了更好地配置和运用新闻资源,以从平淡中掘出精彩,从静止中演变出运动,从孤立中衍生出联系。这组报道调动前后方十余人的力量,技术、视频、视觉等多工种专业人员与 11 个城市的记者通力合作,新闻内核够硬,后续的传播手段则够软,将报道推向了更大的传播范围。

(三)融媒样态撬动传播活力

H5 新闻主要以移动终端为传播载体,将新闻的真实性、时新性、重要性、新鲜性等价值要素与 H5 技术的直观、形象、动感、艺术的特色结合,立体化、可视化地表现新闻、解读新闻,从而让用户趣味性地欣赏和参与性地分享。[①]

《ofo 迷途》是集动画、短视频、图片、微信场景模拟、可视化数据、深度文字报道于一体的交互性 H5 作品。多样态的融媒传播在传播内容、传播形式、传播效果方面取得了良好的传播声量和社会效益。

1. 巧用 H5 瘦身——传播内容化整为零,打造 ofo 城市运营专题矩阵

在 PC 时代,专题报道曾以其新闻报道视野广阔而深受受众喜爱。随着移动互联网时代的到来,海量的信息环境(数量多、质量良莠不齐)、碎片化的阅读习惯让受众不再满足于阅读以文字、图片等单一媒介为主体的传统新闻。高效、优质成为移动互联网时代受众获取信息的核心需求。巨型专题报道、专题报道网站已渐渐走出移动用户的视线,用极少的时间成本高效获取信息成为当下传播语境的要求。H5 技术以其高度的整合性、浓缩性将新闻报道的核心内容汇聚到一个"短小精悍"的 H5 新闻产品中,大大优化了用户的阅读体验。

该组新闻报道运用专题报道的思维,将报道内容化整为零,其以城市分类,将 ofo 运营情况报道拆解为不同城市的微专题报道,从而打造出一个 ofo 城市运营专题矩阵。每个城市标签下都有这座城市的相关运营情况报道。从某一方面来说,《ofo 迷途》是"旧饭新炒",是新技术应用在传统专题报道上的创新发展。H5 技术的加持让专题报

---

① 周灿璧. H5 产品的基本样式及其在新闻领域的应用[J]. 新闻研究导刊,2021,12(11):129-131.

道瘦身,1个新闻产品通过用户的点击、滑动等交互方式可以实现多层次新闻内容的总览。由此观之,H5技术加持下的专题报道免除了冗余的传播形式,用户通过一个新闻产品即可获得以往可能需要在一个专题报道网站上才能获得的多层次信息,优化了新闻产品的质量,提升了用户阅读的效率,实现了新闻的便捷化、效率化发展。此外,打造一目了然的城市专题矩阵,方便不同地区的用户"对号入座",更能突出新闻的接近性,提高新闻的针对性。

2. 图文＋视频＋交互＋模拟,多元传播撬动新闻活力

移动互联网时代下的碎片化阅读挤占着受众的阅读时间,网络空间中充斥着的海量信息分散着受众的注意力。可以说,在短时间内迅速捕获受众的注意力愈来愈成为新闻媒体竞争的焦点。相较于单一的文字新闻、图片新闻,新媒体时代的新闻面貌"花样百出",短视频、可视化数据报道、H5等极大地延展着受众的感官丰富度,成为备受受众青睐的新闻产品。

《ofo迷途》是集动画、图片、视频、微信场景模拟、深度文字报道、可视化数据于一体的H5新闻作品。该H5新闻作品的封面是大字"ofo迷途",配以小黄车的背景照和动态的雪花,未细言就让读者感知到ofo运营的严峻态势。不断闪动的"开启"按钮让人迫不及待点进去细看。当受众点击开启按钮后,就像开启了一段饶有趣味的路程。点进去的第一页是一行简洁有力的导语:"在这个寒冬,迷途中的ofo到底发生了什么?近日,《每日经济新闻》记者实地走访国内11座主要城市,直击ofo的收缩与困顿。"而页面背景则是飘雪的凛冬,象征着陷入困顿的ofo。接着配以各地实际调查快闪视频,非常引人入胜。继续点击,进入11座城市的动画式呈现,点击每个城市即可直接转入该城市的调查采访页面,观看记者采访过程。现场是新闻事实的一部分,还原新闻现场也就是还原新闻事实。生动形象的动画设计极大增加了新闻的趣味性,增加了新闻对受众的吸引力。而不同城市的排列呈现增强了受众新闻阅读的主观能动性,受众可以只点击自己感兴趣的城市进行相应阅读,大大节省了受众的时间成本,提高了不同受众的信息获取效率。在每个城市页面下,图片、视频、微信场景模拟、深度文字报道强强联手,极大增强了新闻的可读性。图片、视频给受众以直观的冲击力,深度文字报道客观公正、有条不紊地还原事件全貌。记者与多方主体的采访内容模拟微信对话框予以呈现,这种方式将受众拉回熟悉的生活场景中,增强了新闻的亲切感,赋予受众沉浸式体验。可以说,每一个城市下的相应报道即是一个小型融合新闻产品,《ofo迷途》构建了一个以ofo运营状况为新闻原点的坐标轴。

除此之外,《ofo迷途》设计了可视化数据专题页面,该页面整理了ofo各地运营数据、ofo与供应商的纠纷、涉及ofo押金的投诉共计三部分数据。通过直观的可视化数据,受众可以更直观地理解ofo的过去、现在与未来,从而迅速洞悉ofo的发展态势。该组数据报道虽然运用了大量的数据,但并没有陷入罗列数据的怪圈,而是通过丰富多彩的可视化数据多层次、故事化呈现,真正做到了"让数据在新闻中活起来",大大提升了新闻的直观性与生动性。

3.【参与网友吐槽】——互动仪式下的类社区效应

新媒体技术的发展实现了对受众的平等赋权和赋能,与传统媒体的单向传播截然不同,新媒体传播以其实时性、互动性、场景性、沉浸性的特点连接了传受双方,这种高

度连接为互动仪式提供了容器。美国当代社会学家兰德尔·柯林斯认为互动仪式的参与者拥有共同的关注点，在情感的连带中能够产生一种共享的情感体验。

《ofo迷途》中的【参与网友吐槽】即创建了一个小型吐槽社区，页面滚动播放着天南地北的网友吐槽，当受众点击【我有话讲】时，输入自己想说的话，他们的实时吐槽即可上墙。这种类似弹幕的互动仪式的建立使得不同受众的情感在这一小社区内得以快速且紧密地连接，这些类似弹幕的语言所释放出的情感能量相互碰撞、聚集，产生了巨大的多米诺骨牌效应，使得受众在短时间内迅速产生相似的情感反应，大大提高新闻的互动性，可以带动受众一起参与对于ofo境况的讨论，从而提高新闻的传播声量。

五、报道启示

《ofo迷途》作为一篇优秀的融合创新类新闻报道，在策划主题、报道形式方面有许多值得借鉴之处。

（一）增强传播趣味性，提升报道可读性

在策划一篇报道时，内容是核心，形式同样不容忽视。有趣的形式第一眼便能引人入胜。《ofo迷途》封面图不仅包含了这篇报道的核心新闻要素，起到了提示新闻内容的作用。同时，记者用动画的形式抓人眼球，大大提高了报道的点击率。这启示我们在内容为王的全媒体时代，传播形式是重要一环，兼顾新闻要素的形式创新很有必要。趣味性、新颖性、可读性是创新传播形式的主攻方向，《ofo迷途》以充满趣味性的H5形式将传播信息整合后又化整为零，集图片、可视化数据、深度报道于一体，大大降低了受众的信息获取成本。

（二）强传播互动性，提升受众参与感

在信息泛滥的当下，许多新闻都使得读者陷入表层阅读的怪圈，无法使读者深入报道情境。在《ofo迷途》中，【参与网友吐槽】环节大大提升了受众的参与感，这也为创新新闻报道提供了借鉴之处。在新闻报道中，记者可以收集读者的声音，为读者参与新闻事件留下一个切入点，从常见的评论留言再到读者弹幕墙等，更好地听到受众的声音，值得新闻工作者更多的发掘与探索。

（三）凸显问题意识，提升报道社会效应

回应民众关切、发挥舆论监督作用是经济新闻报道的一项重要社会责任，能够抓住问题、反映问题、回应问题的经济新闻报道才是受众喜闻乐见的。《ofo迷途》抓住小黄车押金难退这一社会民众普遍关切的问题展开深入调查，引起舆论反响。由此观之，经济新闻报道应该抓住现实问题，在报道中凸显问题、突出问题、回应问题，提升报道的社会效益，提高核心问题的社会声量，"为民解忧"，拒绝"无病呻吟"的矫饰之作。

第七章 财新传媒

> 财新传媒是由《财经》杂志原主编胡舒立创办的专业的财经媒体平台,是中国第一家全面实施新闻收费的媒体,也是2021年付费订阅用户位列全球第十的知名财经媒体。

第一节 财新传媒定位与发展

财新传媒集团成立十几年来,凭借"数据+新闻"的业务集群和独特的付费模式成为国内财经媒体中的佼佼者之一。

一、财新传媒定位

财新传媒目前的定位是专业的财经媒体,主要受众是财经方面的专业人士。根据财新网的介绍:"财新是提供财经新闻、高端金融数据和资讯的全媒体集团。依托专业的团队和强大的原创新闻优势,以"新闻+数据"为两翼的业务平台全面覆盖中文媒体、英文媒体、高端金融数据等多层次的产品,为中国最具影响力的受众群,提供准确、全面、深入的财经新闻和资讯服务。"[①]财新网与《财新周刊》《中国改革》一起,合称"一网两刊",它们同属于财新传媒,是财新传媒旗下最知名的产品。"财新网作为财新传媒的旗舰产品,定位于原创财经新媒体,整合资讯、观点、多媒体、互动等信息时代形态丰富的媒体产品,以客观、专业的视角,实时输出高品质原创内容,为中国政界、金融界、产业界、学界等社会精英提供每日必需的高品质财经新闻、资讯、评论,以及基础金融信息服务。"[②]《财新周刊》则面向政府、企业和投资领域的决策者与管理者,以提供经济、时政及其他各个社会领域的新闻资讯为核心。"《中国改革》是政经评论双月刊。紧贴时事,评述影响中国改革进程的重大事件和焦点人物;高屋建瓴,建构转型社会的公民认识框架;服务高端,为进步中国的设计者、决策者建言。"[③]此外,财新传媒还包括财新国际、财新视听、财新图书、财新会等内容不同、受众更加细分的产品。财新传媒众多的产品

---

① https://www.caixin.com.
② https://www.caixin.com.
③ https://www.caixin.com.

都主要承担提供深度资讯、专业分析财经数据、提供定制服务和资源整合这三大类功能。

(一)提供深度资讯

随着自媒体的蓬勃发展,财经媒体赛道上的参与者越来越多,但是囿于自身的团队实力和组织水平,深耕深度报道的财经媒体为数不多。财新传媒凭借着丰富的内容创作经验和合理的人员组织架构,能够安排记者去新闻现场开展深度调查,因此财新传媒以提供深度资讯作为内容生产的特点。

财新传媒旗下的网站、期刊、课程等原创内容,例如《财新周刊》、财新私房课等原创内容,都不仅仅满足于做简单的信息整合,不停留于做新闻的搬运工,更倾向于发掘独家的、有深度的选题,致力于提供深度分析。这在《财新周刊》的封面报道中体现得尤为突出,每一期的封面报道都有10000~20000字,甚至有的是组合报道,每篇都在万字以上,深度报道已成为财新传媒立足于财经报道领域的一张王牌。财新传媒的多篇深度报道荣获国家级奖项,例如2020年的报道《新冠疫情何以至此》(2020年2月1日,记者高昱、萧辉等)在全国引起了较大反响和讨论。

(二)专业分析财经数据

正如财新网官网上所说,财新不只是简单的财经资讯媒体,其更想要做的是将新闻和数据结合起来,无论是报道中大量运用数据分析,还是建立属于自己的财新数据库,均是财新传媒在"新闻+数据"方面做的尝试。

打开财新网首页就可以看见,在导航栏的第一个就是"数据"板块。这是2021年5月7日财新传媒单独为数据服务专门推出的一款的App,财新数据针对机构和个人提供不同的服务,针对个人提供数据浏览和数据查阅等功能,针对企业用户提供更专业、更独家的定制数字服务。根据财新数据库的介绍,财新数据库目前的数据来源主要是自研和与固定的数据库合作。财新数据新平台的正式上线,对财新数据业务板块的发展是重要一步,进一步丰富了财新"新闻+数据"的两翼业务。[①] 财新数据是将经济数据与资讯分析结合在一起的数据资讯平台,目前国内这样的媒体平台正在快速发展当中,财新也在不断探索新的发展模式。

(三)提供定制服务和资源整合

财新目前的发展是将标准化服务和定制化服务结合起来,在财新数据和财新会议中体现得尤为明显。并且在定制服务的过程中,财新不止充当服务提供者,也在努力向资源整合者的角色转变。

在财新数据中,财新团队向不同的企业客户提供不同的经济数据和行业研报,为资本市场的参与者和研究者提供准确深入的数据和分析。财新传媒单独为定制会议开辟了新的业务版图,目前的企业定制会议一共举办了二十次,财新会议充当学界和业界桥梁,将参会的机构组织起来,进行资源整合,这也是财新在经济行业内立足的一个新的支撑点。

---

① https://www.caixin.com/2021-05-07/101707753.html.

二、财新传媒发展历程

从2009年12月10日成立至今,财新传媒已经成为国内极具影响力的财经类媒体。根据不同阶段财新传媒的商业模式,基于之前学者的研究,我们可以将财新传媒的发展分为以下几个阶段。

(一)初创阶段(2010—2013年)

据相关报告披露,在2008年到2013年这五年间,新创办的泛财经类刊物就超过了20本。在这一轮财经媒体快速发展的浪潮中,财新传媒的表现不可谓不抢眼,在创办短短三年内流量就破亿,成为国内外极具影响力的财经媒体。[①]

财新传媒成立于2009年底,次年年初,财新网正式上线。与此同时,为了赶上当时的移动端用户快速发展的浪潮,财新传媒也推出了手机客户端App。同年,财新传媒CEO胡舒立对《新世纪周刊》进行全面整改,并更名为《财新周刊》;同时,将与中国经济体制改革杂志社共同经营的理论类月刊《中国改革》作为主要内容产品推出。2010年11月,财新官方网店在淘宝上线,2011年9月22日,财新网改版上线。标志着财新传媒正式建立起了"一网两刊"为主、各个栏目协同发展为辅的财新发展模式。

2012年7月,财新传媒有限公司获得数千万人民币的B轮融资,投资方为腾讯。2013年1月,财新数字版上线。2013年12月,财新传媒有限公司获得亿元及以上的C轮融资,投资方为华人文化产业基地。在这个阶段,财新的创始人胡舒立想走出不同于《财经》的路径,致力于打造一家专业的线上为主、线下为辅的财经传媒公司。但是在2013年纸媒的经营业绩普遍下滑30%以上的行业背景下,财新网的创新似乎并没有打动读者,即使是2012年、2013年两轮投资都没有在资本市场上赢回对财新接下来发展的信心。

但是凭借这三年来踏实的发展,财新传媒获得了一系列的荣誉和奖项,也积累了一些原始用户,在媒体行业形成了一定的核心竞争力,为以后的发展打下了比较好的基础。

(二)稳定发展阶段(2014—2017年)

2013年1月28日,财新数字版上线,同时开始对财新《新世纪》周刊和财新《中国改革》月刊的内容实行付费阅读。这标志着财新在内容付费上开始了探索的第一步。2013年6月,财新网流量破亿,这标志着初次的付费新闻探索取得了成功。这一举措不仅为财新网积淀了大量优质的用户,还积累了相关的用户数据和付费技术。

2015年财新网开发的电商平台——财新商城正式上线。目前主要售卖的是财新新闻产品、财新数据、财新课程、财新会议等。2015年年中,财新通过竞标获得了中国PMI(采购经理人指数)的冠名权。胡舒立表示:财新中国PMI的推出是财新转型、向数据领域进军的重大步骤。财新将两翼并举,在新闻业务之外,推出财新智库平台,发展高端金融资讯数据服务业务。这也是财新传媒借鉴国际财经媒体的成功经验做出的战略部署。

---

① 韩巍.财新传媒转型带来的媒体形态思考[J].中国记者,2014(3):71-72.

2016年被称为知识付费元年,各种知识付费平台和问答平台层出不穷。2016年8月,为助力"财新直营微店"售卖鲜花营销,财新网官方微信推送关于中秋送鲜花的推文。2016年9月4日,财新网推出了现任财新传媒总编辑王烁的"财新分享课"——"王烁学习报告"。12月,财新网推出了独立的知识付费产品"财新私房课"。随后王烁的付费课程与得到App合作,在得到App上开通该产品的付费订阅专栏,这是财新在新闻付费之外对内容付费进行的第二步探索。

在这一时间段内,财新从推出数字版、创建财新智库、推广付费阅读等方面大胆改革,在受众中建立了一定的传播力和影响力。

(三)快速发展阶段(2017年至今)

2017年7月3日,以"赤龙"为代表的财新小说界在财新网上线,连同之前的与"得到"合作、以"王烁学习报告"为代表的财新分享课,这可以算是财新网在内容付费模式上踏出的第三步,这也有效拓宽了财新的读者群,增强了财新读者的可选择性和获得感,这两个产品的成功亦为财新通的运营推广做出了有益的探索。①

2017年7月,财新App正式上线了集金融数据、权威资讯、品质服务于一体的金融数据资讯平台"财新数据+"。这标志着财新真正完成了"新闻+数据"的业务集群的建构。

2017年9月11日,财新网登录用户不再享有每月免费阅读《财新周刊》数字版五篇报道的优惠,已经或即将订阅《财新周刊》的用户,以特殊优惠方式升级为未来全网收费用户的首批用户。2017年10月,财新传媒公告:财新传媒宣布将于11月6日(周一)起,正式启动财经新闻全面收费。财新的全面收费方案是周刊的付费用户(298元/年,后调整为348元/年)在11月6日前均可获得免费升级财新通(498元/年)的优惠。这一举措既回馈了老用户,也激活了大量新用户。作为国内第一家实行付费订阅的新闻媒体,财新传媒社长胡舒立曾表示,启动全面收费是财新关于商业模式转型的一次实践,也是为寻求基业长青所做出的重要探索,目的在于聚焦精准用户,倾力提供高质量原创财经新闻内容。② 截至2021年2月,财新付费用户已经达到70万,国际最新排名稳居前十。这说明财新的付费新闻实践获得了巨大的成功。

在这一阶段,借鉴国内外优质媒体的收费经验,依托财新数据+(数据通)、财新英文(英文通)、财新私房课、周刊付费等的试水已经为全面收费奠定了基础,财新传媒开始着力打造自己的付费墙模式。虽然市场对于财新的大胆尝试存在争议,但毫无疑问的是,财新的尝试已经取得了成功,给传统纸媒在互联网时代的生存转型提供了一个很好的样本。

---

① 张继伟.付费阅读:财新网的思考与实践[J].新闻战线,2018(5):27-29.
② https://www.caixin.com/2019-11-30/101489221.html.

第二节 财新传媒运营策略与盈利模式

财新网作为我国第一个践行全面收费的财经新闻媒体,它的付费模式和盈利模式引起了许多讨论。财新不仅依靠新闻收费来保障自己的运营,还通过财新峰会、财新私房课、财新数据等衍生品来获取利润。由于财新数据的运营资料难以获得,它既在财新App中有链接入口,又有单独的App提供服务,因此难以确定其定位,所以在本书中对财新数据的运营不做详细讨论。财新传媒的运营策略与盈利模式主要有以下几种。

一、付费阅读

互联网时代的到来给传统媒体带来了前所未有的挑战,财新传媒迫切需要找到新的赖以发展的商业模式。自创办以来,财新始终秉持"新闻专业主义"的理念,以调查新闻和专业分析为主的原创作品赢得口碑。自2017年11月6日起,财新传媒全面启动财经新闻收费,基于不同用户需求,推出中文订阅产品"财新通",数据资讯产品"数据通",英文内容产品"英文通"。打破了以往新闻媒体以广告收入为主的局限,找到了更具持续性的收入来源。全面收费是财新成立以来的一次商业模式转型,也是财新借鉴国际同行经验,为寻求更好的盈利与发展做出的重要探索。截至2020年12月初,国际报刊联盟(FIPP)发布《2021全球数字订阅报告》最新数据,财新以70万付费订阅用户入围榜单,位列全球第10(见表7-1)。[①]

表7-1 全球新闻付费排行榜TOP10

国家	报刊名称	订阅人数
美国	New York Times	7600000
美国	Washington Post	3000000
美国	Wall Street Journal	2700000
美国	The Informer	2100000
英国	Financial Times	1300000
美国	The Athletic	1200000
英国	Guardian	961000
日本	Nikkei.com	816682
美国	Medium	725000
中国	Caixin	700000

(数据来源:《2021全球数字订阅报告》。)

---

① https://www.caixin.com/2021-12-07/101814824.html。

财新网总编辑张继伟表示,付费获得读者认可的基础,仍在于内容本身。高质量新闻是财新推出付费阅读的立足之本。① 此外,财新把数据交互性地融合于新闻报道中,实现财经新闻的深度解读,从而实现数据新闻的产品化,能够更好地提升用户的使用体验。复旦大学新闻学院教授张力奋认为,财新传媒在媒体数字转型上走在前列,付费订阅用户已超过70万,也是全球新闻付费排行榜TOP100上唯一的中国代表;中国财经类媒体公信力较高,更专业,是公共资源与国家竞争力的一部分,有助于培育与国际接轨的优良媒体生态。②

二、财新会议

财新会议是财新传媒以峰会、论坛、圆桌、对话等多种形式组成的高端系列会议活动品牌。借助财新传媒整体资源优势和多媒体平台优势,财新会议汇聚海内外政产学界精英,提供高端思想互动平台,为关注变革时代全球发展的商业人士传递各领域意见领袖的前沿观点。财新传媒每年举办各类高端系列活动30余场,拥有千余位顶尖发言嘉宾资源及数以万计的高端参会数据,成为中国高端商业领域知名的会议活动品牌之一。③

财新会议于2010年成立,现在还发展出了国际会议财新边会、财新中国PMI会客厅、定制会议这些更具特色的专属会议。国际会议财新边会是每年国际重大会议当中的系列分论坛,话题具有深度和延续性。迄今为止已在华盛顿、圣彼得堡、达沃斯、悉尼等地举办,成为国内外高层人士深度对话的平台。财新中国PMI会客厅是每月PMI指数公布后第一时间举办的发布会闭门圆桌,邀请约30位领先金融机构、研究机构首席经济学家和资深从业人士,针对本次数据进行详细解读及讨论。定制会议是根据客户的特定需求,提供从内容、形式、会外活动,到嘉宾、宣传及执行等服务的一体化活动方案。④

财新创始人胡舒立曾说过,优质媒体能够拥有成功的、有影响力的大型会议平台,是相当重要的。于媒体而言,举办高质量的会议活动能够满足媒体与用户之间的社交强需求,对媒体打造品牌活动具有重大意义。

据不完全数据统计(见图7-1),自财新会议2010年成立以来,每年举办各类高端系列活动30余场,活动主题包括经济、金融、银行、能源、科技、房地产等热点领域热点话题,累计邀请近千名各界意见领袖出席演讲,超过万人的参会嘉宾涵盖中国高端商业人群,成为中国高端商业领域较知名的会议活动品牌之一。在财新圆桌、财新论坛、财新海外专场等系列财新会议中,财新峰会是财新每年规格最高、规模最大的年度会议,广泛吸引政商学界人士参加,被认为是中国经济、金融领域极具思辨性、权威性和前瞻性的年度盛会之一,因此财新峰会具有特色和品牌价值。相较于第一届财新峰会,之后的每一届财新峰会吸引来了各种不同的企业参与,这其中既有学术机构,也有推广支持机构,实现了良好的品牌效应。

---

① https://www.sohu.com/a/226310341_351788.
② https://www.caixin.com/2021-12-07/101814824.html.
③ https://conferences.caixin.com.
④ https://conferences.caixin.com.

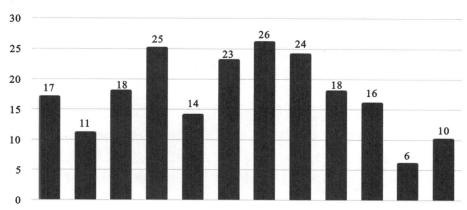

图 7-1 财新重大会议举办次数

2021年11月12—13日和12月15日,第十二届财新峰会在北京、新加坡和深圳跨时空举办,主题为"改革开放进行时"。从经营层面看,本届财新峰会在财新传媒主办的基础上,增加了中国外贸信托、飞书、卓越集团这三个合作伙伴,并且有了固定的媒体合作伙伴——趣看,也开始有了如长安信托、百度、龙湖、联想控股等知名企业参与的固定的财新峰会会员。

从内容层面看,第十二届财新峰会为期一共三天,以"主旨演讲＋对话＋主题讨论"的模式展开。本届财新峰会的主要议程达9个(见表7-2),发言嘉宾有几十人,包括第十二届全国政协副主席、国家电子政务专家委员会主任王钦敏,2021年诺贝尔经济学奖获得者、斯坦福大学商学院经济学教授吉多·因本斯等重量级嘉宾。这些嘉宾的到来不仅提升了会议的权威性,更引起了社会的广泛关注,嘉宾的发言也在社会上引起了广泛的讨论。

表 7-2 第十二届财新峰会主要议程一览表

编号	主要议程	类型	主讲人
1	开幕演讲	演讲	王钦敏
2	连线诺奖	连线	吉多·因本斯
3	构建新发展格局	演讲/对话	常启德、沈联涛、刘应彬
4	新发展格局下的粤港澳大湾区	全体大会	张军扩、潘绮瑞、鲁彦、何杰、傅成玉、张燕生、王永利
5	演讲对话	演讲/对话	王石、胡祖六、尹烨
6	财富管理:生态重塑与转型机遇	主题讨论	孙晓霞、沈明高、姚余栋、朱海斌、王大为、蒋明哲
7	打造国际科创中心:雄心与路径	主题讨论	屠光绍、蒋玉才、霍文逊、郑文先、林婵

续表

编号	主要议程	类型	主讲人
8	城市创新之道	对话	弗兰克·洛斯
9	星港钱潮：大湾区联动东南亚	对话	叶翔、黄醒彪、江竞竞、马原、连仲伦

（数据来源：https://topics.caixin.com/2021/4533/101814535/。）

从第九届财新峰会开始，财新峰会启动了会员制模式，不仅企业可以申请成为会员，个人也可购票参会。财新峰会向会员倾斜了更多权益，会员优先参与"温故知新：中国经济改革开放40年""新经济形势下的民营企业机会"等闭门会议。据统计，第九届财新峰会共有28个主要议程，其中有9项议程为会员优先级活动，占比超过30%。会员制模式的启动是品牌活动发展成熟的一大显著标志，推动、提升了峰会内容，抓住了高质量忠诚受众，有效扩展了价值链，实现了更大品牌价值。

财新峰会从第一届到第十二届，名声越来越响亮，邀请的演讲嘉宾数量和权威性都逐步提升，不仅峰会日程逐渐增加，嵌入了许多平行论坛并周期性开展，增设了专场活动、颁奖礼、发布会等财新"衍生品"，进一步推动了财新峰会的品牌活动系列化，进一步丰富了财新峰会的内容，扩大了行业覆盖面，吸引了社会不同领域的受众的参与，也保证和提升了会议质量，提升了峰会的品牌商业价值。

三、财新私房课

2016年底，财新传媒正式推出付费直播产品财新私房课。这一课程的形式是邀请各领域专家分享专业知识，用户通过微信公众号"财新私房课"和财新App在线观看课程，课程有免费的，也有付费的。

据统计，自2016年12月15日推出第一期财新私房课以来，截至2021年11月20日，财新私房课共推出了324期节目。从早期的以音频课、视频课为主，到目前的以订阅课、系列课为主的课程设置，可以看出财新传媒运营的不断转型与进步。在当前直播、短视频等新鲜事物的冲击下，财新传媒巧妙地以公开课直播的方式实现新产品的探索，以专家的系列课程吸引用户持续关注。

财新私房课的内容涉及范围很广，从宏观经济、金融投资、理财消费到心理健康、经营创业、职场技能、教育文化等，为用户提供了广阔的选择范围。例如，在金融投资方面有中国政法大学商法学博士、国浩律师事务所资深律师刘思开设的"公司法与公司治理"课程，在宏观经济方面有中国人民大学国际货币研究所副所长向松祚开设的"向松祚：宏观经济70讲"课程。课程的开课人的选择也独具匠心，财新私房课的开课人既有国际知名组织的总裁、基金货币主理人也有高校学者、教授，开课人的从业范围既有业界也有理论界，大大丰富了财新私房课的课程内容和提升了专业性。

第三节　财新传媒知名栏目

作为国内知名的财经媒体,财新传媒创造发展出了一大批优秀的财新子内容,包括但不限于财新网、《财新周刊》《中国改革》《比较》、财新会议、财新国际、财新视听、财新图书、财新整合营销等不同载体不同内容的子内容。其中,最具有知名度和影响力最为深远的莫过于财新网的"数字说"栏目和《财新周刊》封面报道。

一、数字说

随着大数据技术的发展,从 2013 年起,人民网、网易等媒体相继建立了自己的数据新闻团队,财新也不例外。2013 年 10 月 8 日,财新组建了国内第一支专业数据新闻团队——财新数据可视化实验室(现已更名为财新数据新闻中心),积极探索数据新闻的内容生产,标志着我国数据新闻向前迈进了一大步。

据财新传媒首席技术官、数据可视化实验室创始人黄志敏介绍,在财新数据可视化实验室中一共有十几名成员,分为四种角色:记者编辑、美术设计师、程序员、数据分析师。记者编辑负责内容的组织,美术设计师考虑数据用什么样的图形去表现更好看,程序员把图形用代码实现出来,还有数据分析师负责数据的分析。① 制作数据新闻往往有七个步骤,在一个选题确定之后,要选择合适的角度呈现它,然后要进行数据挖掘和数据清洗,再进行数据分析,选择合适的图形呈现这些数据,最后用代码来呈现这些图形。

由于缺乏核心数据,又缺少栏目特色,在一开始,"数字说"栏目的传播效果并不显著。随着团队对数据新闻认识的深入,从"服务数据"转向专业数据结合图标可视化,取得了不错的成绩。② "数字说"栏目的多篇作品获得了国内的多项新闻类奖项(见表 7-3)。

表 7-3　财新网"数字说"栏目获得的奖项

年份	标题	获得奖项
2014	《青岛中石化管道爆炸》	亚洲出版业协会卓越新闻奖
2014	《周永康的人与财》	亚洲出版业协会"2015 年度卓越新闻奖"之卓越网络新闻奖,"网易 2014 华语新媒体传播大奖""最佳调查报道"
2014	《星空彩绘诺贝尔》	英国凯度信息之美——数据可视化设计大奖
2020	《交互地图——健康中国无烟立法进行时》	中国烟草控制大众传播活动新媒体类作品三等奖

---

① https://developer.aliyun.com/article/80886.
② 张翅.财新网"数字说"栏目的特色与改进策略[J].青年记者,2018(33):53-54.

财新网"数字说"栏目下的第一个作品,是 2015 年 1 月 5 日发表的《央企高管薪酬改革启动》。截至 2022 年 4 月 24 日,"数字说"栏目已经成为独具特色的财新网知名栏目,共有数据新闻可视化作品 80 篇。财新网"数字说"新闻选题包括社会热点事件、灾难事故、金融、基建等多个方面。例如针对 2020 年美国大选推出的《2020 年美国大选民调实时动态》、针对 2022 年北京冬奥会制作的《冰雪运动何以风靡全球》,均体现了"数字说"栏目选题的前沿性。

2016 年全球编辑网络(GEN)揭晓了本年度全球数据新闻奖入围名单,财新网获得最佳数据新闻网站提名,成为唯一获得提名的中国内地媒体。同时获得该奖项提名的包括美国财经媒体 Quartz 和英国《卫报》等。财新网作为唯一的中国媒体参加由全球编辑网络发起的国际数字媒体创新大赛(Editors Lab)决赛。① 不仅如此,财新记者王和岩在"网易 2014 华语新媒体传播大奖"中荣获"年度记者",《周永康的红与黑》(2014 年 11 月 17 日,编辑:黄晨、黄志敏。设计:任远、丁辰。开发:任远。监制:高昱、黄志敏)荣获年度调查报告奖,财新网数据新闻与可视化实验室荣获年度数据新闻奖。财新网"数字说"在数据新闻的摸索与前进中,凭借专业的技术手段和团队建设,使新闻的报道形式和呈现方式得到丰富,在数据新闻报道方面独树一帜。不仅越来越多的受众浏览并关注该栏目,而且该栏目得到了许多业内人士的认可。

二、《财新周刊》封面报道

《财新周刊》原名《新世纪》周刊(旬刊),创刊于 1988 年,最初由新闻出版署批准成立,由中国(海南)改革发展研究院主办,以时事、政治综合性新闻为主要报道内容。《新世纪》周刊曾最先报道了"中国国内首例艾滋病"等重大新闻事件,在国内外引起广泛关注,发行量曾突破 20 万。②

2015 年,杂志正式更名为《财新周刊》,更名之后的《财新周刊》延续了《新世纪》周刊以专业、专注、真相、真知为核心的价值追求,以提供高质量的经济、时政及其他社会领域的新闻资讯为核心,提供客观及时的报道和深度专业的评论为办刊标准,在财经媒体行业形成了较强的品牌竞争力。2018 年,胡舒立卸任《财新周刊》总编辑改任社长,由王烁接任总编辑职位。

2020 年春天,突如其来的新冠肺炎疫情牵动了全国人民的心,就在这时,《财新周刊》发挥出了行业榜样的力量,《财新周刊》杂志连续五期推出封面"重磅"报道:《新冠病毒何以至此》(2020 年 2 月 1 日,记者高昱、萧辉等)、《抢救新冠病人》(2020 年 2 月 10 日,记者高昱、萧辉、包志明)、《保卫湖北》(2020 年 2 月 17 日,记者黄姝伦、宿慧娴、张子竹)、《复工预备起》(2020 年 2 月 24 日,记者原瑞阳、罗国平、曾凌轲等)、《新冠解毒》(2020 年 3 月 2 日,记者徐路易、杜偲偲等)。《新冠病毒何以至此》分别推出了"现场篇:武汉围城""病人篇:疑似者之殇""解毒篇:溯源新冠病毒""国际篇:全球共济"等四篇报道,详细记录并真实报道了疫情刚开始的时候所有人的反应;《保卫湖北》描绘了湖北十六个城市抗疫纪实;《复工预备起》详细报道了疫情对中国产业经济带来的影响。

---

① 梁捷琴.财新网"数字说"数据新闻报道研究[D].广州:华南理工大学,2018.
② 魏俊嘉.《财新周刊》封面报道研究[D].长春:吉林大学,2019.

在疫情期间,《财新周刊》所体现出来的专业性和人文关怀为其在纷繁复杂的舆论场中赢得了口碑。

在《财新周刊》创立的短短十年间,《财新周刊》凭借出色的调查性报道和独特的写作视角,获得了许多大大小小的荣誉。2016 年财新传媒主编王烁入选"2016 耶鲁世界学者"。同年财新传媒记者谢海涛获评 2016 腾讯传媒奖年度记者奖。新闻报道《陈光标:"首善"还是"首骗"?》(2016 年 9 月 20 日,记者周淇隽、谢海涛)获评 2016 腾讯传媒奖年度调查报告奖。2017 年,财新传媒报道《穿越安邦魔术》(2017 年 5 月 1 日,记者郭婷冰)及安邦报道系列(作者:财新金融报道团队)、海南填海运动系列报道(作者:周辰)分别荣获 2017 腾讯传媒奖年度解释性报道和年度公共服务报道。2020 年,财新传媒报道《瑞幸谜题:2020 造假第一股全调查》荣获中国经济新闻奖新闻报道类一等奖。2021 年,《财新周刊》获评年度新闻报道突出贡献媒体。凭借《新冠病毒何以至此》,财新周刊采编团队荣获第二届价值医疗泰山奖之"年度医疗报道奖"。①

从 2010 年财新传媒正式创立至 2021 年 10 月 22 日,《财新周刊》已经出版了共 593 期刊物。原创性与严肃性成为《财新周刊》在财新传媒中独树一帜、不可取代的最重要的原因,报道主要聚焦在宏观经济、房地产、社会民生、国际政治等方面,并且基本都采用了深度调查的方式。这些新闻报道真实记录了时代的发展,并且在一定程度上揭示了发展中存在的问题。

第四节 财新传媒经典报道案例点评

一、报道概述

《瑞幸谜题:2020 造假第一股全调查》2020 年 4 月 20 日刊发于《财新周刊》的特稿,也是这一期的封面报道,是一篇关于中国咖啡连锁品牌瑞幸咖啡财务造假事件的深度报道。作为中国较大的连锁咖啡品牌,瑞幸咖啡 IPO 的速度让人惊讶,但更让人惊讶的是,它几乎是上市以后最快爆出假账的公司。围绕着"瑞幸速度"背后的是一连串的问题,瑞幸为什么造假?融资得到的钱用在了什么地方?这一系列问题都值得深究。因而整篇深度报道通过采访、数据调查和多方求证,加之以时间线的梳理和数据的整合说明进行深度调查与分析,旨在分析瑞幸咖啡经营过程中的问题,从而推测出瑞幸为何财务造假。

瑞幸谜题:2020 造假第一股全调查

二、报道背景分析

该篇报道刊发日期是 2020 年 4 月 20 日。在此之前,2020 年 1 月 31 日,知名做空机构浑水声称,收到了一份长达 89 页的匿名做空报告,直指瑞幸数据造假。2 月 3 日,瑞幸否认浑水所有指控。4 月 2 日,瑞幸审计机构安永表示,在对公司 2019 年年度财

---

① https://corp.caixin.com/honor/.

务报告进行审计工作的过程中,安永发现公司部分管理人员在2019年第二季度至第四季度通过虚假交易虚增了公司相关期间的收入、成本及费用。同时,瑞幸承认虚假交易额22亿元,造成瑞幸咖啡盘前暴跌80%。2020年4月4日凌晨,瑞幸咖啡自曝造假22亿元事件持续发酵,周五收盘,瑞幸股价再次大跌15.94%,报5.38美元。中国证监会此前称,对该公司财务造假行为表示强烈的谴责。2020年4月7日,瑞幸咖啡宣布停牌,在完全满足纳斯达克要求的补充信息之前,交易将继续暂停。2020年4月19日,瑞幸陷入至少4起集体诉讼。①

从宏观的发展趋势,具体到咖啡行业的最新格局,在瑞幸崭露头角前,中国第二大连锁咖啡品牌的称号属于英国品牌Costa(咖世家),其通过与本土企业合资的方式进入中国市场,品牌定位与产品定价均与星巴克相似,但其店铺运营水平常被诟病,中国市场业绩表现平平,集团近九成收入来自英国本土。之后可口可乐、农夫山泉、连咖啡也瞄准了中国咖啡市场的巨大潜力,主打"新零售咖啡"的路子撬动了星巴克对外卖的态度,星巴克也加入了咖啡外卖行业。另外一个不可忽视的阵营是连锁便利店与快餐店,前者以7-ELEVEN、全家为代表,后者以麦当劳、肯德基为代表。7-ELEVEN与全家的绝大多数门店均有自有品牌的现磨咖啡销售。全家旗下的"湃客咖啡"加大投入建设自有外送平台,并寻求在一线城市开设独立咖啡馆的机会。紧随星巴克步伐,麦当劳于2018年上线了咖啡专送服务。咖啡也成为肯德基母公司百胜中国的重要板块,除了肯德基自有品牌K咖啡,百胜中国还开出了精品咖啡品牌COFFii&JOY,在华东地区试水。连锁便利店、快餐店入局咖啡的最大优势在于无须额外搭建线下销售网络,依托现有门店便可快速铺设咖啡产品,这意味着固定成本的大幅节省。7-ELEVEN和全家在中国均拥有2000家以上门店,麦当劳和肯德基则分别有约3000家和6000家门店。据全家透露,湃客咖啡2018年销量超过4000万杯。

咖啡市场已是红海,这也是瑞幸此时急于奔赴二级市场的重要背景。

三、报道特点分析

(一)多人协作与组合报道

一般意义上,报道应由单个记者独立完成,这样无论是在采访还是写作上都更具有连贯性。而一期封面报道,特别是深入全面的深度报道,涉及的问题往往错综复杂,单个记者的力量有限,不能在有限的时间内完成调查、采访、写作这么多的工作,得益于财新传媒的"编辑主导制",使团队合作的多人联动调查卓有成效。在确定选题之后,编辑会就采访和深度挖掘对记者做出指导,记者需要每天将采访到的内容进行整理,提交采访纪要给编辑,并随时接受编辑的调遣和指导。②

《财新周刊》封面报道通常以组合形式,由多篇幅共同组成。《瑞幸谜题:2020造假第一股全调查》全文共分为"冰山"融化、伙伴们的新生意、空头的"噩梦"、踩雷与套现、170亿元烧到哪里去了、造车才是新窟窿、"神州系"会崩吗等七个部分。从瑞幸造假所

---

① 芦涛涛,杨安蓓,陈永洒,等.以瑞幸咖啡事件为鉴探讨中国企业国际化之路[J].现代营销(下旬刊),2020(12):8-9.

② 崔滨,闫杰.深度报道 专业主义 媒立方[J].青年记者,2011(18):75-77.

为何来,融得的巨额资金又流向何方,到与"神州系"造车之间有何关联,层层递进,深入浅出地剖析了瑞幸咖啡财务造假的始末。封面报道作为《财新周刊》的最重要的栏目,是杂志的最高水平的完全体现和内容深度与广度的代表。组合报道不仅反映了问题的全面和深度,也使得报道在很大程度上避免了失实。

另外,多人协作和组合报道有一个好处就是,可以保证信息的交叉印证,在一处寻找到的信息可以同另一处寻找到的信息相互比对和分析,保证信息的准确性和有效性。在这篇报道中,多处可见记者多角度交叉印证消息来源的痕迹。在"冰山"融化这一节中,记者不仅向瑞幸的股东、高层了解情况,还向市场上的相关投资方了解情况,还潜入股民维权群里卧底了解事实。记者通过多方的消息来源展示了瑞幸咖啡爆雷始末,引出了瑞幸咖啡爆雷原因以及后续如何等疑问。在空头的"噩梦"这一节中,记者主要向各类资本市场投资者了解情况,有做空瑞幸的投资者,有对冲基金的投资人,也有咨询公司的内部人士,也有瑞幸咖啡的股东,几乎涵盖了各类瑞幸爆雷事件中的投资者,使得调查结果更有说服力,也更能够获得独家资讯。

(二)图文结合与数据可视化

用数据解释商品信息以及经济信息有一定的说服力,为此在公司新闻的报道中需要对数据进行仔细的筛选以及合理的运用。新闻记者在众多的数据之中要具有敏锐的感知,能够充分挖掘隐藏在数据背后的逻辑关系,同时又要具有数据的转化能力,用简单的语言使得数据关系得以展示,提升新闻报道的独家性,更好地树立媒体的品牌形象。①

在这篇报道中,作者整理出了从瑞幸咖啡成立到爆出财务造假这三年时间里,瑞幸所有在资本市场上的动作和所有的业务经营行为,并且整理出了"神州系"的营收和现金流状况,这就使得整篇报道的时间线非常清晰,也能够帮助读者从众多纷繁复杂的信息中迅速找到自己想要的线索。根据报道显示,呈现出来的数据和信息都是财新记者根据公开资料和采访整理出来的。这就需要记者有很强的数据挖掘和数据整理能力,这不仅考验记者的专业知识素养,也考验记者的综合素质。

四、报道启示

(一)深入调查公司内部运营状况与外部经营环境

一个企业的成长和发展与其内部运营方式和外部市场经营环境密不可分。从内部来说,企业的组织方式、股东构成、管理层的水平,甚至公司的主要决策者的性格和偏好都会影响企业发展的方向。从外部来说,企业始终在国家政策、行业发展的大背景下生存,同时也处于同行业竞争者的压力之下,要想对一家公司在同行中有客观精准的定位,必须将该企业与同行平均水平和领先水平进行对比,对比的内容可以涉及方方面面。

经济新闻报道者在报道调查性公司新闻时,不能将目光仅仅停留在公司自己的说辞上,而是应该进行充分的背景调查和信息调研,注重挖掘业已发生的新闻事件内在、

---

① 蔡逸.大数据时代财经新闻报道路径分析[J].中国报业,2020(15):96-97.

隐蔽的联系，并向受众解释这些内在联系的重大意义，揭示"新闻背后的新闻"。记者采写调查性公司新闻应当力图强调和展示其如何进行艰难深入、丰富细致的现场调查和逻辑推理，层层剥笋般接近并揭开被隐蔽或尘封的事实真相的调查过程。[①] 例如本篇报道中，记者随着调查的深入，一步步揭开瑞幸咖啡账目造假背后的原因。先是从公司报表发现瑞幸造假，然后分析瑞幸拉到大额投资之后为何要造假，一步步抽丝剥茧发现背后的资本"神州系"造车的事实，最后反问："神州系"会崩吗？调查不仅仅停留在瑞幸咖啡这一家公司，而是发散思维，挖掘背后的投资者，甚至是投资人背后的关系。不将公司视为孤立的个体，而是放在市场化的环境中来看待，才能发现其之间的联系。

（二）以专业知识解读专业问题，凸显专业性

经济新闻报道是一种专业性很强的报道。在对经济领域发生的事实进行报道时，往往要涉及一些专业性的经济知识。[②] 因此要求记者在报道这些事实时拥有一定的经济知识背景，才能将这些经济现象说得清楚明白。专业性不仅体现在最后的新闻报道中，也体现在采访前准备、采访时灵活应对，能高效收集信息并且准确找到新闻线索之中。

作为业内知名且权威的财经类媒体，《财新周刊》的这篇报道充分体现了财经媒体的专业性。在空头的"噩梦"这一节，记者详细分析了瑞幸咖啡门店迅速扩张背后的"秘密"——高额补贴。并且捋清了疯狂扩张融资上市的瑞幸咖啡背后的资本市场的表现。在170亿元烧到哪里去了这一节显得更为明显，记者根据瑞幸公开的三个季度财报数据分析出瑞幸目前的现金流来源，并且测算了瑞幸的开店成本，从资产、营销各个方面大致估算了瑞幸目前的情况："虽然入不敷出，但账面现金流充沛。"由此得出这篇报道的核心——造车和"神州系"。这些分析不仅需要会计方面的专业知识，更需要金融方面的专业知识。这不仅考验了一名记者的文字编辑能力，更考验了其专业水平。更重要的是，在解读这些经济现象时，能够写得既透彻又不晦涩，在极富专业性的同时，没有让读者感觉到阅读上的困难，这也是值得我们学习的地方。

严肃、专业的财经媒体，推出一篇经济新闻报道，不仅要注重事实的呈现，更重要的是理清事实之间的关系，在纷繁复杂的数据和事件之间找到联系和重点，才能找到好的切入点，以此为据，做出好的新闻报道。但是经济新闻报道不同于学术论文，更不同于公司研究报告，要考虑到受众的接受程度和文化水平，因此不能太晦涩难懂，也不能过于口语化，这就需要记者极高的专业素养，将复杂的问题讲清楚，这样才能提高经济新闻报道的可读性和专业性。

[①] 吴玉兰.经济新闻报道[M].武汉:武汉大学出版社,2009.
[②] 吴玉兰.经济新闻报道[M].武汉:武汉大学出版社,2009.

第八章 第一财经

> 第一财经隶属于上海文化广播影视集团有限公司(SMG),自成立伊始始终致力于成为中国最具公信力和全球影响力的新型数字化财经媒体和信息服务集团,现已成为我国深具影响力的财经全媒体集团。旗下机构和产品包括第一财经 App、第一财经网、第一财经电视、《第一财经日报》、《第一财经周刊》、第一财经研究院、第一财经商业数据中心和 Yicai Global。

第一节 第一财经的定位与发展

第一财经是中国领先的原创财经内容来源,每天发布数条与财经有关的资讯、数据报告、视频等,实时播报市场信息。

一、第一财经的定位

第一财经是原国家广电总局批准的中国第一个突破地域限制的频道、频率呼号,是第一个搭建起跨地域、跨媒体、专业化、市场化、品牌化、国际化平台的财经媒体,致力于发布原创财经内容。每天不间断播报中国与全球交易市场信息,并对重大财经事件进行现场直播,生产与发布的财经资讯、视频、数据报告与深度分析报道超过 2000 条。

第一财经定位于关心经济走势与投资的高端人群,将受过高等教育、年龄在 35～50 岁之间的商务男士作为目标群体,是我国唯一把投资者作为受众的专业财经媒体。第一财经的经营宗旨是:努力做国内财经媒体的领跑者,为投资人群和全球华人经济圈提供专业、丰富、权威的财经信息;把服务于国家经济发展和成为连接投资者与市场的纽带作为自己的使命。

中国证券投资基金业协会于 2021 年 3 月 9 日发布的《2019 年全国公募基金投资者情况调查报告》[1]显示:场内投资者中男性占比 51%,女性占比 49%;从年龄结构来看,30～45 岁的中青年投资者占比最高,达到 40%;从受教育程度来看,30%以上的投资者拥有本科以上学历。所以第一财经的 A 股、科创板等版面的设置很符合受众定位。

---

[1] https://www.amac.org.cn/researchstatistics/report/tzzbg/202103/P020210309641939409806.pdf.

二、第一财经的创立与发展

2003年6月,第一财经在上海成立,成立之后迅速跻身专业财经媒体行列。同年7月,上海电视台财经频道和东方广播电台财经频率将称号统一为"第一财经"。经过约20年的实践,第一财经得到了长足的发展。2004年11月《第一财经日报》正式创刊,在上海、北京、广州和深圳等地同步上市;2007年7月,第一财经研究院在上海成立;2008年2月,《第一财经周刊》创刊,成为国内第一份每周出版的商业新闻杂志;2009年8月,研究院、网站、新闻社、无线等业务部门合并,第一财经数字媒体中心成立;2011年10月,第一财经旗下"东方财经"频道上线。第一财经的发展可以分为三个阶段,分别是准备阶段、实践阶段、快速发展阶段。

2013—2014年是第一财经的准备阶段,即"数字+"的初始阶段,主要业务形式是简单地将业务打包销售给传统媒体,或采用"买赠"方式。经营团队在这个阶段将传统媒体部分经营人员抽调成立了网端营销部,开拓网站业务。第一财经的体量虽然没有大的突破,但是在内部普及了新媒体业务,积累了相关经验,在一定范围内宣传了第一财经的网站,广告环境初步形成。2014年,第一财经启动改革融合,第一财经报业有限公司与第一财经传媒有限公司实施一体化运作,打通各个平台、重构业务流程,提出"成为中国最具公信力和全球影响力的新型数字化财经媒体和信息服务集团"的战略愿景,坚定推进转型。同年年底,第一财经以项目制代替科层制,同时整合各媒体采编团队,打造统一的融合数字工作平台,①确定了三大突破口:"资讯+""视频+""数据+"。

2015—2017年是第一财经的实践阶段,随着第一财经新媒体的发展驶入快速通道,基本形成较为完整的新媒体矩阵。第一财经经营中心调整了组织架构、人才培养、奖励措施,首先整合了电视、杂志、报纸等销售团队,成立布局全国、全平台、可销售全产品的经营团队。接着还成立了数字营销部,培养熟悉新媒体业务的业务员,带动全员向新媒体转型,同时制定了一系列奖励措施来推动新媒体业务的发展。这一阶段的新媒体的合作类型仍以版面和软文为主,但是在市场初具影响力,新媒体业绩逐年提升,2017年首次突破亿元。②

2015年4月,为呈现一个能够体现国家战略、财经专业性、浦东元素的全新电视品牌,上海广播电视台与浦东新区政府联手打造了"东方财经·浦东频道"。2015年6月,阿里巴巴宣布与第一财经达成战略合作,在其旗下成立新媒体子公司——上海第一财经新媒体科技有限公司,开启"数据+媒体"的合作模式。2015年7月,第一财经成立实验室,目的是用人工智能和大数据与编辑部智慧相结合来处理大量的财经信息,生产相关性更强、实时性更好、覆盖面更广的财经内容产品。③ 2016年5月,Yicai Global进入测试阶段,第一财经与全球最大移动互联网工具厂、在全球拥有超过六亿月度活跃用户的猎豹移动合作,向用户推送新闻,打造中国领先财经媒体公司第一财经的旗舰英文资讯产品。

2018—2020年,是第一财经的快速发展阶段。第一财经的公司层面进一步明确聚

---

① 赵国华.从"第一财经"看新时期财经媒体之变[J].青年记者,2018(21):33-35.
② 赵国华.从"第一财经"看新时期财经媒体之变[J].青年记者,2018(21):33-35.
③ 赵国华.从"第一财经"看新时期财经媒体之变[J].青年记者,2018(21):33-35.

焦移动端、聚焦旗舰 App 平台的深化改革战略,在 2018 年成立整合营销部,进一步明确聚焦移动端、App 的战略,再造内容生产流程、重塑架构,不断壮大新媒体矩阵,坚持专业内容生产,通过原生内容、直播、短视频、线上论坛、数据报告等创新营销模式,丰富产品线,增强新媒体矩阵经营的规模效应。自 2019 年起,《第一财经周刊》改版升级为《第一财经》YiMagazine,以月刊频次出版,实现了由一本快速的周刊蜕变为一本深度的月刊,由一本杂志转型成为囊括纸刊、新媒体、垂直项目和落地活动等产品的转型,第一财经已然成为市场化财经媒体的标杆。

第二节　第一财经旗下业务

第一财经的全媒体矩阵包括电视、广播、报纸、杂志、新媒体,还拥有英文财经新媒体 Yicai Global、研究院、数据公司、公益基金等。

第一财经旗下机构和产品包括:第一财经 App、第一财经网、第一财经电视、《第一财经日报》、《第一财经周刊》、第一财经研究院、第一财经商业数据中心、Yicai Global。

一、第一财经 App、第一财经网

第一财经 App 和第一财经网是第一财经在互联网上的旗舰产品。第一财经 App 是中国影响力较大的财经类 App 之一,总下载量、日活、平均阅读时长都位居同类媒体前列。第一财经网是经过国家认可的有公信力的专业财经内容来源。其不仅聚合了第一财经电视和《第一财经日报》的原创精华,更有大量为互联网生产的专属内容。

这一组产品以"大投资"为主题,在宏观、股市、理财、房产等领域,提供对投资者决策而言至关重要的资讯。同时,第一财经 App 等产品也是第一财经互联网直播和视频内容的承载平台。2017 年推出了超级财经视频及资讯集成应用"正在",它从移动端用户出发,全天候服务于泛投资人群,完全打通移动、电视、PC 以及未来任何可能的联网设备。主打财经直播的"第一财经 LIVE"频道全天候直击全球财经大事件,让用户最快掌握最立体、最完整的事件进展和各方观点。主打短视频的"究竟视频"频道呈现最犀利的大咖言论、最酷炫的科技应用和最新鲜的理财知识。

图 8-1、图 8-2 分别为第一财经 App 页面和第一财经网页面,不管是电脑用户还是手机用户,都可以随时浏览第一财经相关内容。特别是第一财经网页面底端(见图 8-3)有第一财经旗下所有业务的链接,提供一站式链接搜索,方便用户使用第一财经的所有服务。

第一财经网设置的栏目具有专业性和针对性,结合当下时事和经济大环境,透过表面剖析本质,比如"专题"栏目中的报道:《制造业产业链一线大调研:后疫情时代,"世界工厂"的新机遇》,这是从 2020 年 8 月开始刊发于《财经夜行线》的系列报道,一共有五篇:《撤离中国? 外资布局逆势飘红 中国仍是投资热土》(2020 年 8 月 17 日)、《制造业跨国企业大规模撤离中国会成真吗?》(2020 年 8 月 18 日)、《变局下的中国制造:国产替代崛起 重构产业链应对冲击》(2020 年 8 月 20 日)、《中国制造的进击之路:"双循环"助力科技强国新格局》(2020 年 8 月 21 日)、《外贸回暖在路上 中国制造打造全球经济

图 8-1 第一财经 App 页面

图 8-2 第一财经网页面

"压舱石"》(2020 年 11 月 13 日)。疫情对全球经济造成了极大影响,国际形势复杂多变,关于"外资撤离中国"的说法动摇人心。事实是什么样的?外资是否真的从中国大规模撤离?中国制造业的未来何在?围绕这几个问题,第一财经记者在深入产业一线调研后提出:持续优化营商环境、开辟广阔市场前景、突破核心技术、坚持全球化,在全球产业链的重构下,中国制造业才能挺立潮头。

图 8-3　第一财经网页面底端

二、第一财经电视

第一财经电视包括第一财经、东方财经和第一财经广播。第一财经电视坚持财经电视节目原创力,致力于话题更领先、模式更创新、节目更接地气,精准服务用户"博闻、利器、新知"的需求。同时大力推进财经电视的互联网化,为移动互联世界提供稀缺、独特的财经视频产品。

第一财经旗下拥有第一财经电视频道和东方财经电视频道等两个电视频道。第一财经电视是中国优质的投资者信息平台,是领先的商业频道,是华语世界较大的财经视频生产商之一,拥有地面频道、数字频道与网络直播流,覆盖长三角地区超过 1.5 亿受众;通过我国香港地区 NOW TV 有线电视网络覆盖香港及珠三角地区 8 万多家订户;通过 YouTube 触达全球用户。第一财经电视聚合一财全媒体资源,在全球 10 个主要金融城市设立记者站,每天从纽交所等全球各证券交易所为用户发回及时、严谨、权威的财经信息。

2017 年,第一财经新闻资讯节目与一财网客户端打通,同步打造具有交易场景的互联网视频直播产品;证券节目与"有看投"客户端联动,实现一财证券资源在移动端的开发与运营;专题节目与一财自有及外部平台合作,衍生多种互联网视频产品群。新节目涉及财经社交服务类、商业模式测评类、城市商业文化发现类和新知识分享类等。2019 年,第一财经推出付费产品,为高端用户提供财智升级最强助力。

第一财经电视于 2003 年合并东方广播电台财经频道和上海电视台财经频道成立,成立之初即开始了专业化、市场化、国际化、品牌化、全媒体化的探索。因为时间成立较早,第一财经电视在第一财经传媒中占据重要地位。

如图 8-4 所示,用户可以通过电视、电脑、手机观看相关频道,页面设有相关电视栏目:今日股市、谈股论金、财经夜行线、头脑风暴等,以及新闻排行、视频排行、图集排行、大直播排行榜。种类丰富多样,可以根据需求自由选择。

三、《第一财经日报》

《第一财经日报》于 2004 年 11 月创刊,由上海广播电视台、广州日报报业集团、北京青年报社等三大传媒集团联合主办,是中国第一份市场化财经日报。

《第一财经日报》是国内第一份跨地区发行、多媒体运作的市场化专业财经日报,办报理念为"对时代负责""专业创造价值",坚持权威主流、专业负责、理性大气、贴近市场,是近年来较具影响力和较受信赖的财经报纸之一。

图 8-4 第一财经电视页面

《第一财经日报》为对开大报,每周一到周五出版,在全球主要金融中心设有分支机构,也密集覆盖中国主要经济带和重要商业城市,订户遍及全国所有省、自治区和直辖市。《第一财经日报》以中国的管理层、投资者等经济领域高端人群作为目标受众,在经济决策部门、金融机构和企业界、学界中拥有重要影响力。《第一财经日报》秉持前瞻性、洞察力、悦读感的理念,强化专业定位,以政策解析、新闻评论为特色,着力生产重磅独家新闻和深度调查性新闻,致力于打造财经新闻新读本。除了做强报纸,在新媒体时代,《第一财经日报》从传统媒体产业向多层次互联网+内容产业转变,从传统单元独立作战向全媒体整合运营发展,不断提升全媒体背景下的新闻传播力、舆论引导力和市场竞争力,致力于以独特的视角,为决策层和投资者提供更深度、更专业的极致内容,为读者创造更多价值。

《第一财经日报》得益于时代因素和准确的定位,创刊之后影响力迅速扩大,迅速占据国内财经领域的重要市场,以报网融合、"两微一端"移动平台建设、融媒体新型平台建设和智能化全媒体内容生产,充分利用手机客户端平台建设移动应用程序"第一财经"App,开启财经类报纸转型之路,现已成为在第一财经体系中最具影响力的媒体。

《第一财经日报》包括综合新闻、财经新闻、产业新闻和环球经济评论等四个主要的板块。综合新闻每日 8 版,重点报道国内外重大时事、政策和人物活动,主要涵盖政经新闻和国际新闻;财经新闻每日 8 版,报道对象主要是银行、保险、证券等行业,聚焦市场和金融系统的变化,聚焦金融系统的格局变迁;产经新闻每日 4 版,报道涉及房地产、快消行业、服饰百货、房地产等行业,关注龙头企业并对其进行评估和预判;环球经济评论每周 4 版,主要是对经济形势的战略与分析、辩论与声音和其他专题专栏,侧重于对中国、世界其他国家的热点话题和经济全局进行深入的探讨和分析。

四、《第一财经周刊》

《第一财经周刊》于 2008 年 2 月创刊,是国内第一份每周出版的商业新闻杂志,

2019年起改为《第一财经》YiMagazine月刊。《第一财经周刊》诞生于财经媒体开始进入品牌消长的时代背景之下,将公司人群作为目标受众,从创刊之时便把为公司人群提供有用、权威、轻松的商业资讯作为目标,在两年内实现盈亏平衡。2015年作为唯一的财经类期刊入选了全国"百强报刊";2018年,同样作为唯一的财经类期刊,入选"中国邮政发行百强报刊";同年也入选"2018期刊数字影响力100强"(大众类)和"中国最美期刊"。《第一财经周刊》一直稳占市场份额,是中国发行量最大的商业财经杂志,处在国家财经类期刊行业的领先地位。[1]

(一)杂志定位与运营思路

自创刊起,《第一财经周刊》以年轻的知识青年作为目标群体,以市场化的逻辑着眼于商业创新,立志成为21世纪中国知识青年的商业读本;将公司报道作为定位,提倡"轻松、好看、有用、时尚",不仅聚焦知名本土和跨国公司,致力于记录商业领域中的动人时刻、近距离接触商业巨头和明星、穿搭时尚达人的精神感悟;也报道有趣而深入的商业资讯,关注中小企业成长、个人投资与创业。定位尚属当时财经杂志尚未涉足的领域,为《第一财经周刊》抢占市场份额、获得忠实受众打下良好基础。

新闻时效性是周刊区别于旬刊和月刊的一大特点,通过"一周速递"等栏目报道全球政经大事、商业焦点事件、人物活动等资讯;"快公司"栏目挖掘具有趣味性和创新性的"潜力股"企业;"弦公司"栏目探讨当下最受欢迎的行业和最具创新性的商业逻辑。《第一财经周刊》无论是报道的节奏和口号,还是报道的题材和形式,都呼应"新一代知识青年"的受众定位,顺应年轻人的阅读兴趣。

《第一财经周刊》把打造跨媒体财经品牌作为运营核心,创刊时以"做中国发行量最大的商业和财经读物"为办刊目标,充分利用前期搭建的广播、电视、报纸和第一财经网站跨媒体平台,将品牌价值通过发行网络、收视人群、人力资源和产业价值链共享。《第一财经周刊》在强大的品牌领导和产业支撑下,用户覆盖国内中高端公司人群,同时也通过开发独立的财经产品探索多样化的盈利手段。

(二)特色内容:封面报道

"封面报道"也译为"封面文章",该说法源自美国《时代》杂志,是用醒目的标题、图片等方式将当期杂志中最重要的内容在封面上加以展示、介绍,常常是在杂志内页以组合式文章展开报道。封面报道作为杂志重要的内容生产,不仅能树立杂志形象,而且具有吸引阅读的功能。

由于《第一财经周刊》将年轻的公司人群作为受众定位,因此封面报道选题首先大多是与各大公司、行业的发展前景有关的报道,以跨国、合资和本土大型公司为主,选题几乎覆盖白领阶层和职场人士衣食住行的方方面面。其次,选题关注行业发展,选题覆盖互联网行业、电子产品、房地产、金融、零售业、汽车行业、文化产业等领域,并跟随社会的发展不断更新热点话题。再次,娱乐和体育也是封面报道选题重点,《第一财经周刊》从商业视角解读,关注娱乐节目对行业或群体生活带来的影响,或体育明星的职业

---

[1] 白思洁.《第一财经周刊》泛财经封面报道特征研究(2008年—2018年)[D].呼和浩特:内蒙古大学,2020.

生涯表现与其身价或代言之间的关系等。最后,群体生活也是封面文章选题的热点,比如公司人群的福利待遇、毕业生群体的就业情况、职场人士购车购房与否。总之,《第一财经周刊》封面的选题平衡了行业发展的前瞻性、报道的严肃性、专业领域的商业性和生活的接近性,既符合年轻的公司人群的受众定位,又符合"轻松、好看、有用、时尚"的口号。①

五、第一财经商业数据中心

第一财经商业数据中心,是基于大数据智能进行商业咨询与整合营销传播的数据平台,以阿里巴巴所拥有的全球消费者数据库和第一财经全媒体集群为基础,全景分析消费行业,进行面向消费者和企业的深度数据洞察;同时通过数据的构建进行整合营销与传播体系,拓展数据研究的业务边界,丰富数据商业化的应用场景。

DT财经是第一财经旗下的数据信息及社群平台,旨在"用数据洞察消费,让数据自由跨界"。

《第一财经周刊》在2013年依据商业魅力为中国城市重新分级时首次提出新一线城市概念,新一线城市研究所是《第一财经周刊》推出的聚焦城市数据的新闻项目,专注于整合互联网数据与城市商业数据,用另类视角探索城市未来的可能性,为城市的开拓者、领导者、居民提供权威、有趣、有用的数据内容和服务,每年4月,新一线城市研究所举办新一线城市峰会,并发布当年的新一线城市榜单。

金字招牌研究室是由《第一财经周刊》推出的一个洞察新中产和Z世代的消费者行为的项目,通过研究品牌偏好及生活方式的变化,观察和记录全球优质品牌背后的商业创新模式,助力中国市场诞生更多的金字招牌。2017年11月10日,金字招牌在上海举办了金字招牌颁奖活动,发布了当年的榜单,吸引了上百家品牌来现场参与。

六、第一财经研究院

第一财经研究院(见图8-5)以改善经济政策为宗旨,是第一财经旗下非营利性的独立智库研究机构。它基于数据和客观事实的独立分析,以全球化视野研究创新、切合实际的方案,致力于提高中国经济政策的质量和公开度,进而推动全球有效、公平的金融治理,每年推出年度旗舰报告、重大课题、主题系列研讨会,以及指数和排名系列产品。

七、Yicai Global

Yicai Global是由第一财经全力打造的英文新媒体品牌,也是第一财经国际化战略的重要载体。2016年2月正式向全球发声,正日益成为国际受众了解中国经济的第一入口。Yicai Global依托第一财经的中文内容资源,每天向全球读者提供原创的英文财经新闻,Yicai Global专注中国的宏观经济、金融政策,并力求成为中国TMT(Telecommunication,Media,Technology)行业在世界财经界的代言人。Yicai Global拥有一支专业、高效的中外编辑团队,依托第一财经10多年根植于财经垂直领域的积累,以及强大的本土采编力量,为国际受众提供权威、及时、全面的英文财经资讯。

---

① 白思洁.《第一财经周刊》泛财经封面报道特征研究(2008年—2018年)[D].呼和浩特:内蒙古大学,2020.

图 8-5　第一财经研究院页面

Yicai Global 发布渠道除了移动应用及网站外,还包括借助国际化移动互联网平台,以及与国际主流财经媒体合作。目前 Yicai Global 的付费资讯接入彭博金融终端、道琼斯等国际财经媒体,并与世界级的社交媒体平台 Twitter、Facebook 等全球社交媒体平台展开深入合作,拥有超过 200 万粉丝,遍布北美、欧洲、印度等国家和地区。同时还与在美国上市、拥有数亿海外用户的中国高科技公司猎豹移动开展合作,让英文财经信息流快速传播给全球用户。

第三节　第一财经的运营策略与盈利模式

第一财经自 2003 年成立以来就把新经济走势与投资的高端人群作为自己的定位,主要服务于投资人群和全球华人经济圈,旗下的电视、日报、广播、周刊、网站和研究院具备极高的专业性,为用户提供完备的高端服务。第一财经从整合化、跨界化、可视化和市场化四方面入手,为当前我国传媒集团的未来发展提供了很好的参考和借鉴。[①]

一、运营策略

我国各行业在"互联网+"战略的指引下积极转型升级,大批创业者和资本巨头涌入传统行业,与原来的传统企业之间展开激烈的商业竞争。"互联网+内容产业"不仅引发新旧思维、新旧组织之间的碰撞与融合,还包括品牌文化、价值体系的交互、创新发展,对于传统内容产业而言,转型代表着彻底打破行业原有格局重新分配产业链,是一个十分庞大的系统工程。财经类媒体尝试进入微信公众平台的过程,本质上是在互联

---

① 李文峰.第一财经媒体集团运营的四大特色[J].传媒,2017(15):56-58.

网浪潮中不断"试错"的过程,在多样生态环境下,需要调整方向盘和一切符合时代需求的多元形态和变现手段,获得话语权,从而得以制定行业标准。第一财经给受众的印象是全媒体,除了有报纸、电视、广播、杂志外,还有新媒体,但是当下的每一家媒体都做视频、全媒体,第一财经与其他媒体的边界变得模糊。第一财经的定位是为投资者提供财经资讯,所以要连接内容、用户与交易场,这是它的核心竞争力。①

(一)整合化:整合资源,强化联动

第一财经于2015年7月创建了媒体实验室,该实验室用人工智能和大数据与编辑部智慧相结合来处理大量的财经信息,通过专业数据分析得出权威结论,帮助新闻记者进行新闻采编,生产相关性更强、实时性更好、覆盖面更广的财经内容产品,为用户提供更为精准的服务,实现了旗下各大媒体的全媒体联动制播。

以第一财经App为例,它将旗下各个品牌的内容资源整合,向受众提供全面、权威的财经新闻,帮助用户节省多平台搜寻信息的时间,缩短时间成本,提升使用感。同时充分发挥资源和信息技术优势,为受众在进行市场行为时提供决策依据,提供理财相关服务,不断扩散自身影响力,在积累了大批忠实用户的同时也在不断拓展新用户。

第一财经在整合旗下各个品牌的内容资源的同时,也积极开发个性化内容板块,即常规板块与特色板块相结合。比如第一财经网,常规板块由金融市场、产经新闻、科技、商业人文、房地产、汽车行业等构成,主要负责报道常规资讯;特色板块包括一财号、视听、专题报道、图集等。其中,专题报道是从不同角度,针对当下社会热点话题展开分析,满足受众对于热点问题的好奇,并从商业角度提出观点以供参考;视听和图集是通过图文数据,将新闻可视化,直观解读文字报道,满足受众的多样化阅读需求。

第一财经打通了多平台之间的壁垒,记者可以通过移动终端、网站、微信、邮件等多渠道投稿,为记者和编辑构建了一个信息共享的平台,记者能够不受平台、时空限制地通过多种方式获得新闻素材或上传新闻资讯,第一财经旗下所有媒体都能通过该平台获取相关新闻素材,从而进行选题策划、稿件审核等工作。比如,《第一财经日报》记者的采访稿件通过新闻采编系统向第一财经网、电视台、广播等进行投稿,记者首先以便捷、高效的渠道将采访稿提供给通讯社,然后《第一财经日报》、周刊根据采访稿的内容,结合需求进行二次加工,生产出长篇图文新闻,最后第一财经网会节选内容在网页投放。②

(二)跨界化:开发衍生产品,完善产业链条

第一财经在构建跨界传统媒体平台和数字媒体平台后并没有止步,而是不断深入研究、开发跨界衍生产品,提升品牌附加值。衍生产品主要包括财经资讯和财经公关两种类型,关于财经公关类产品,第一财经通过举办财经论坛、会展、企业榜单等活动,将集团理念和价值主张融于其中,完善了集资讯源、发布方和服务供应商为一体的产业链,提升了品牌形象,增强了品牌权威。

第一财经旗下非营利性的独立智库第一财经研究院基于数据和客观事实的独立分析,根据经济的发展动向,研究经济领域的发展趋势,基于数据和客观事实的独立分析,

---

① 林春辉.财经类媒体微信公众号运营策略研究——以"第一财经"为例[D].广州:暨南大学,2018.
② 李文峰.第一财经媒体集团运营的四大特色[J].传媒,2017(15):56-58.

以全球化视野,研究创新、切合实际的方案,打造拥有自主知识产权的产品。经过多年的不断探索与优化升级,第一财经内容聚合平台已经囊括电视、日报、研究院、媒体实验室等子平台,并通过内部通讯社、台网融合、报网联动的整合模式,实现了财经新闻生产者、财经新闻传播者和财经服务提供者的角色融合,并由此带来了第一财经频道盈利模式的多元化,形成了以广告、新闻和服务共同支撑的盈利格局。①

(三)可视化:打造数据新闻实验室,体现内容可视化

数字新闻实验室是一种全新的生产机制和报道形式,依托大数据技术,生产可视化新闻,是媒体全面转型的新尝试。为了探索财经新闻生产机制中的数据化、现代化、智能化,2015年7月30日,第一财经正式成立媒体实验室,将新闻生产与人工智能完美结合,主要服务于金融市场,生产更具专业性的财经数据新闻。媒体实验室的算法工程师、数据分析师深入挖掘和分析大数据信息,帮助新闻记者、编辑生产出与市场有更深层次互动的财经新闻,同时第一财经与阿里巴巴共同成立上海第一财经新媒体科技有限公司,第一财经能够使用阿里巴巴的大数据与自身的金融数据相结合,为用户生产出更具价值、更权威的新闻资讯和产品。第一财经的媒体实验室与普通的财经新闻聚合服务有所区别,不仅仅是简单地将新闻汇集、统一展示,而是更注重原创性和专业化,内容涵盖市场、机场和个体投资者,把为用户提供精准、权威、及时、深入的信息与服务作为目标,为用户进行市场行为提供决策依据。

(四)市场化:拓展业务形式,创新收益模式

为了打破以线上和线下的广告收入为主要盈利来源的局面,第一财经不断对收益模式加以创新,拓展财经资讯和公关类型产品。2015年6月,第一财经和阿里巴巴联合推出一站式服务类移动终端金融产品"蚂蚁聚宝",第一财经不断探索和提供个性化财经资讯类产品,用自身对于财经产业高度的专业性帮助"蚂蚁聚宝"的用户分析市场行为,分析推动该产品的发展,在该产品发展的同时也为第一财经提升了用户忠实度、拓展了新用户。开发"蚂蚁聚宝"金融产品是第一财经为扩大收入来源的一次战略性布局,不仅成功拓展盈利模式,而且进一步巩固其领导地位,为我国财经传媒界其他媒体提供行业模板。

第一财经在与阿里巴巴合作之后,不但拓展业务,增加产品附加值,积极开展线下业务,如举办财经论坛、会展、企业榜单等,而且积极探索数字形式服务,利用自身优势提供权威财经研究报告、指数产品、行业资讯等,同时积极举办财经相关专业培训、公开课堂,不断拓展业务形式来增加集团的收益来源。

二、盈利模式

第一财经拥有众多媒体资源,通过专业优势,利用新闻产品的外部性着力创新产品、打造品牌,使得其具备盈利的基础与条件。第一财经集团主要收入来源包括广告盈利、播出平台收入、财经资讯和服务产品收入、公关收入等,以及第一财经研究院为用户量身定制的分析报告、一财网的知识付费栏目等。

---

① 李文峰.第一财经媒体集团运营的四大特色[J].传媒,2017(15):56-58.

第一财经的盈利得益于两个方面:外部环境优势和品牌化优势。

第一财经总部位于上海,上海于2010年建成国际金融中心。这意味着上海已经形成了比较健全的全国性金融市场体系,为第一财经提供实时、全面的信息源和内容,无须担心缺少刊发的内容;其次,国内外的金融会议、发布会、座谈会等基本都选择在上海举办,得天独厚的地域优势也为第一财经提供了信息获取优势;此外,上海的金融氛围浓厚,为第一财经积累了大量的受众资源和潜在用户。

品牌化战略的核心在于赢得受众持久、稳定的品牌偏好与忠诚。媒体品牌价值体现在媒体的受众市场占有率及媒体的影响力、冲击力、权威性、可信度等指标上。

首先,第一财经的收入主要是硬广,包括投放在传统媒体与新媒体的硬广。第一财经CEO周健工坦言:"作为以内容为主的媒体,硬广必须要守住。一是坚守,二是创新。尤其对用户服务的模式要创新,品牌硬广总体确实在减少,但不能也不应放弃。硬广客户一般都与一财有十几年的合作关系,他们信任一财,相信一财专业敬业,是品牌保证。对一财来说,客户与用户对新的产品服务的期待是考验,也是认可。而衡量这一切的标准是产品能否创新,流程与组织能否支持这些产品创新,是否能够灵活去服务这些用户。我觉得对于用户而言这是最重要的。"[1]其次,是以内容为核心开展的多元化业务,包括品牌活动、数据业务、版权业务、资讯服务、付费内容(包括订阅、发行等),这些构成了一财的收入来源,而且占比在逐年增加。

在一财传统媒体势头十足的时候,广告客户多数情况下对电视、报纸、杂志是选择其中一个单独投放;如今第一财经从传统单元独立作战向全媒体整合运营发展,仍然也存在大量客户继续向电视、报纸、杂志投放广告,同时越来越多的客户也在向一财新媒体投放广告,更多的客户是把一财作为全媒体平台去投放广告。周健工认为:"客户看重的是,一财能提供所有类型的内容和服务,比如视频、文字、数据、线下活动、国际传播、新的创意等等。我们拥有一个非常强大的线下活动产品线,很多专业投放广告客户的需求是绕不开一财的,因为这些资源一财都拥有,并且每一块都很强,尤其是这几年新媒体的影响力越来越大。"[2]

第四节　第一财经经典报道案例点评

一、报道概述

粮食安全系列报道分别于2020年8月16日、20日、23日刊发于第一财经网、第一财经App,获得了第三十届上海新闻奖一等奖。《中国粮食有危机?这些误读坑人不浅》从粮食危机误读、中国粮食进口真相和中国粮食安全两大"压舱石"三个方面澄

粮食安全系列报道

---

[1]　杨春雨.重新联接用户打造品牌矩阵——专访上海第一财经CEO周健工[J].南方电视学刊,2018(1):56-61.

[2]　杨春雨.重新联接用户打造品牌矩阵——专访上海第一财经CEO周健工[J].南方电视学刊,2018(1):56-61.

清谣言,科普中国农业现代化的进步;在澄清谣言、稳定人心之后,《一年产粮够全国人吃 7 天 中国小麦第一县为何还是"穷"》以产粮大县仍然贫困的视角,提出如何帮助这些产粮大县在成为"粮食大县"的同时,尽快成为"财政富县",提醒我们尚不可对粮食问题掉以轻心;《中国玉米增产潜力至少 1.8 亿吨 粮食三大瓶颈必须打破》提出中国农业还不到高枕无忧的时候,存在耕地抛荒、种地收入低、种业大而不强的问题。新冠肺炎疫情蔓延之际,部分国家和地区可能面临粮食危机问题,该系列报道针对部分耸人听闻的言论,借助直观数据和权威专家解读我国粮食问题,通过实地调查增加报道的可信度。

二、报道背景分析

民以食为天,食以粮为先,农业-食物系统对于乡村振兴而言极为重要,既保障产业兴旺,又稳固就业,促进国民经济发展。2020 年是全面建成小康社会和"十三五"规划收官之年,也是脱贫攻坚决战决胜之年,但在新冠肺炎疫情的影响下,当时国内外经济社会形势发生明显变化。根据联合国粮农组织发布的报告,全球蔓延的新冠肺炎疫情,造成全球劳动力短缺与粮食产业链断裂,部分国家和地区可能出现粮食危机问题。在这样的背景下,为了应对潜在的粮食危机,保证国内的粮食安全,不少国家收紧粮食出口政策,粮食贸易保护主义有所抬头,这进一步加剧全球粮食供应的紧张局势。习近平总书记强调,要统筹推进疫情防控和经济社会的发展,2020 年是决胜全面建成小康社会和脱贫攻坚的重要时间节点,要抓好与之相关的重点工作。在此背景下,守好"三农"战略后院是奋力夺取疫情防控和实现经济社会发展目标"双胜利",确保如期全面建成小康社会的坚实基础。

三、报道特色分析

自新中国成立以来,坚持把饭碗牢牢端在自己手里,不断发展粮食生产,努力完成从"吃不饱"向"吃得好"的转变。悠悠万事,吃饭最大,粮油类新闻报道是大多受众了解粮食问题的渠道和窗口,事关我国衣食住行等民生之事需要加以重视,粮油报道应当关注以下内容:与完善粮食安全保障体系、优化粮食供给结构相关的政策,提升粮食生产力的方针和行为。

(一)报道采访分析

该系列报道的采写数据来源可靠、信源丰富,需要记者掌握大量专业知识、收集大量数据,并且具备一定的与农业相关的专业知识储备和很强的经济分析能力,才能把粮食问题放在经济、政策、战略层面去研究,而不是单独从粮食层面来分析问题,写出视角广阔的专业粮油新闻报道。报道把突破口放在数字的运用上,用大数据说明变化。记者从农业、农机、统计局等部门找到数据,涉及财政支农、农业科研成果、机械化水平、土地流转、农业产业化等方面,坚持"用数据说话"。当某些数据不够明了时,记者引用专家的话来解释深层含义、揭示数据内涵,具体信源如表 8-1 至表 8-3 所示。

表 8-1　报道一信源

报道题目	信源
中国粮食有危机？这些误读坑人不浅	国家统计局数据
	《中国农业产业发展报告 2020》
	农业农村部、海关总署数据
	益海嘉里集团相关负责人
	农业农村部部长韩长赋发言
	中国国家统计局新闻发言人付凌晖发言

表 8-2　报道二信源

报道题目	信源
一年产粮够全国人吃 7 天 中国小麦第一县为何还是"穷"	村民张兴旺（化名）
	滑县万古镇杜庄村村民杜焕永
	时任财政局局长所著文章《走出"农业大县，财政穷县"怪圈的思考》
	滑县统计局数据

表 8-3　报道三信源

报道题目	信源
中国玉米增产潜力至少 1.8 亿吨 粮食三大瓶颈必须打破	湖北省黄冈市麻城市某村干部
	从巴东县山村里搬来恩施的田先生一家
	湖北省社科院一名研究员
	浙江大学环境与资源学院博导谷保静
	江苏省扬州市邗江区汊河镇徐集村的"80 后"种粮专业户封胜
	科迪华大中华区总裁郑子勤
	清华大学中国农村研究院副院长张红宇

只有手中有粮，才能心中不慌，我国的经济发展和人民美好生活有保障的前提是确保粮食安全，习近平总书记对于粮食问题始终高度重视。在习近平总书记的指引下，中国人依靠自身的力量让十四亿中国人不再挨饿，解决了全世界五分之一人口的粮食问题，走出了一条中国特色粮食之路。该系列报道刊发时正是疫情、洪涝灾害、粮食减产消息漫天飞的时间段，粮食安全一度成为当时讨论的热点，部分谣言称：中国粮食大部分依赖进口。而该报道引用权威数据，有力地驳斥了不实言论，对谣言予以回击。该系列报道关注粮食问题，从回答粮食危机问题到关心粮食产量、探究粮食技术瓶颈，从不同角度关注粮食问题。

(二)报道写作分析

1. 用数据说话,严谨直观

"凡事讲求证据",有数据的支撑才能做到有据可依,才更具说服力,报道才能让人信服并且一目了然。疫情不断蔓延,在全世界造成重大影响,越南宣布停止出口大米,许多人不顾事实高呼粮食危机即将到来,许多媒体也争相报道,引起民众的恐慌。"而事实是,今年4月,越南总理阮春福公开表示自2020年5月1日起,越南恢复大米出口,其可供出口的大米数量达到650万~670万吨,超过上一年的出口量。"2020年7月,湖北、安徽等国内主要水稻产区由于地处长江中下游地区遭受洪灾,社会上开始谣言四起,不少声音开始宣称水稻即将减产。"美国农业部的专家捧着卫星照片研究,得出的结论是,2020/2021市场年度,受洪灾影响,中国大米的产量预计为1.47亿吨,比此前的预测少了200万吨,不过1.47亿吨的大米产量仍然比上一个年度高,2019/2020年度,中国大米的产量是1.467亿吨。即便遇到了洪涝灾害,中国大米仍有少许增产。"这些数据的引用,直观地解释了当下情况,有力地反驳了不靠谱消息,谣言不攻自破。

2. 在政策与民生需求中挖掘报道的深层价值

该系列报道坚持辩证唯物主义,从正反两个方面来描述事物,既传达积极乐观的态度,又客观分析我国粮食产业仍存在的不足,在回应减产、进口依赖等误读之后,分析中国粮食生产的三大瓶颈。"第一财经记者调查发现,耕地抛荒、种地收入低、种业大而不强,正在侵蚀中国粮食自给自足的能力,中国农业还不到高枕无忧的时候。""导致农村土地抛荒的原因有很多,总结下来主要还是几个方面:一是农村空心化的同时务农人口老龄化,还能坚持种多久地存在极大不确定性,且老龄农民对新技术、新模式的接受度较低;二是务农收入相比外出打工和做生意低得多,种植收益的不确定性大且成本不断上升,农民缺乏积极性;三是很多地方依然缺乏完善的农业基础设施和系统管理,种植条件不太好的田地容易被放弃。此外,土地和灌溉水源被污染也是不容忽视的因素。"结合当下的政策、现实情况以及经济形势,具体问题具体分析,明确粮食生产中存在的问题,而不是泛泛而谈。

3. 抓住舆论热点,分析舆论形成的深层次原因

当一个话题成为社会热点,背后的原因往往值得深究,此时记者选择实地调研、走访,试图找到现象背后的原因,既让"三农"记者长期在基层耕耘的业务积累得到发挥,在热点形成后的极短时间内迅速形成有深度的系列报道,又让曾经相对冷门的粮食问题回到大众视野、引起社会广泛讨论,让舆论热点不仅仅停留在"短暂的讨论"层面,而是从背后揭示原因,提升问题高度。在粮食问题成为舆论关注热点时,第一财经记者提出:"如果中国能追上美国玉米的单产水平,现有的玉米种植面积4200万公顷保持稳定,还可以增产约1.8亿吨玉米。抛荒的耕地如能重新复用,加上现代化的农业科技和种业支持,全国粮食供应将进一步丰裕。"虽然我国粮食问题形势乐观,但是记者看到了粮食背后的问题:中国粮食生产仍有巨大的增产空间。"湖北省社科院一名研究员对第一财经记者透露,目前整体抛荒的比例并不高,其中就包括一些耕种难度大、产出效益低的田地。湖北的山区和丘陵占比不少,该研究员表示,对于易地扶贫搬迁的农民按规

定应该为其重新分配耕地,但实际上很多地方都没有做到,农民原来的地也因为搬迁后距离远放弃了,这也可能会对当地的耕地面积有一定影响。""湖北省黄冈市麻城市一位村干部对第一财经记者表示,当地背靠大别山,种粮的耕地不多,目前大部分是留在村里的老人在种,收获的口粮可以自给自足,但有不少原先种植板栗的地,因为板栗卖不上价被抛荒了。他反映,今年受疫情影响,一些人暂时没有外出打工,种的地比去年多一些,但少量不太好种的田依然处于抛荒状态。"通过对权威专家、基层干部的采访,从多角度论证前文提到的观点:我国粮食生产存在瓶颈,仍有巨大增产空间。

四、报道启示

从唱"四季歌"到打好农业报道主动仗,从报道手段传统单一到使用数据图表,从纯新闻语言到散文化手法,系列报道的联动反应、相互呼应,这种新颖的新闻表现方式,受到读者好评,也为媒体行业探索新常态下的农业报道、增强传统媒体活力带来深刻启示。[1]

(一)选题策划应时而动

在疫情、洪灾、减产背景下,当粮食安全问题成为社会讨论的中心,并且伴随着不真实的声音一起出现时,策划与粮食相关的报道是必要且急迫的。2021年,世界粮食计划署与其他四所联合国机构联合发布了《2020年世界粮食安全和营养状况报告》,报告指出,新冠肺炎疫情的蔓延使多数弱势群体的营养不良状况和粮食问题加剧,可能导致2020年新增8300万缺少食物的人口,总共将有1.32亿人口缺乏食物,而扭转这种局面需要数年的时间。新冠肺炎疫情暴露了世界粮食系统所存在的问题,这将在近期威胁到全世界人民。距离我们之前设立的2030年完全消灭饥饿、保障粮食安全、杜绝营养不良的目标依然遥远。

在疫情影响下,经济发展面临较大压力,粮食的稳定器作用至关重要,此时策划粮食安全系列报道能起到平定谣言、稳定民心、鼓舞人心、激起斗志的作用,此系列报道做到了应时而动,使得报道在特定的时间节点取得更大的社会效益。

(二)多角度分析社会热点,引导舆论

在新冠肺炎疫情持续不断、国际形势复杂多变的情况下,我国保持稳定发展的任务艰巨,众多问题交织,经济社会发展、脱贫攻坚中的突出问题使得社会舆论呈现一触即发、善变多变的特点,针对社会热点做好舆论引导十分重要。粮食是一国发展的根基命脉,一国的粮食安全关系着国家的各方面发展,因此我国仍需警惕粮食安全问题,从多角度进行分析引导。新闻媒体在对事关民生的社会热点问题进行回应时需要从多角度、全方位综合考虑,做到保持新闻敏感、实地调查、深究原因、主动回应、积极引导,积极回答百姓关注的问题,做国家、政府和百姓之间的沟通桥梁,引导社会舆论走向积极和正面。

---

[1] 顾玉杰.新常态下的农业报道:在融合中创新——周口报业传媒集团对粮食生产报道的探索与启示[J].中国记者,2015(10):45-46.

(三)力求政府议题、公众议题与媒体议题合一

中国共产党代表最广大人民的根本利益,党领导下的新闻事业也应当反映人民大众的思想、感情、愿望和利益,对于公众关注的议题,政府应当及时给予回应,媒体也应给予相应的报道与关注。互联网赋予了公众更多的话语权,众声喧哗的时代里伴随着许多不确定因素,舆论主体变得更加多元化,在发挥引导舆论作用和机制的构建方面有更大的话语权。因此,政府、媒体与意见领袖需要保持议题的统一,不仅要关注引发舆论的问题所在,更要从全局的角度,把百姓的诉求和社会的稳定与发展作为目标,三者协同形成良性互动机制,充分发挥舆论引导作用。

第九章 《中国证券报》

> 作为全国文化体制改革试点单位,《中国证券报》是一家专注于资本市场、权威高端的财经信息服务商,拥有由《中国证券报》《金牛理财周刊》、中证网、中国证券报 App 以及"中国证券报"微信公众号、官方微博、抖音等构成的全媒体矩阵以及被誉为"中国基金业奥斯卡"的中证报金牛奖品牌。[①]

第一节 《中国证券报》的定位与发展

《中国证券报》成立于 1993 年,是全国性证券专业日报,证券监督管理委员会在其成立之初便将其指定为披露上市公司信息报纸。[②]《中国证券报》伴随着中国投资市场的不断成熟而发展壮大,又先后成为中国保险监督管理委员会指定披露保险信息报纸、中国银行业监督管理委员会指定披露信托公司信息报纸。

一、《中国证券报》的品牌定位:做可信赖的投资顾问

《中国证券报》针对市场提出"可信赖的投资顾问"的报纸定位,这也是《中国证券报》的办报宗旨。[③] 其以报纸信息的权威性和准确性在读者群中已赢得良好口碑,日发行量达到 80 万～100 万份。在时代不断发展进步的同时,传播方式也在不断革新,《中国证券报》顺应时代发展,在坚守初心的基础上努力创新,向高端财经资讯服务商转型。[④]

(一)市场定位:突出个性特征,彰显报道权威

《中国证券报》在 1997 年前的发行宣传中缺乏清晰的市场定位和明确的目标受众,使用类似"一报在手,股市在握""股海无涯报作舟""帮你占领市场制高点,助您进入投资理财新天地"等直白的表述,很难从其他的证券类报刊中脱颖而出,无法令读者眼前

---

① https://www.cs.com.cn/aboutsite2020/gybs/.
② http://www.xinhuanet.com/politics/2017-01/16/c_1120317363.html.
③ https://www.cs.com.cn/aboutsite2020/gybs/.
④ http://www.cs.com.cn/xwzx/hg/202106/t20210604_6173350.html.

一亮。1997年以后,报刊市场上证券类报纸同质化倾向越来越明显,《中国证券报》决策者们发现该问题后,试图在《中国证券报》的发行与宣传推广上强调自身的独特性、个性化特征。"可信赖的投资顾问"顺势成为《中国证券报》进行品牌推广时的标志性口号,短短八个字鲜明地突出《中国证券报》自身的品牌定位。① 此后的数年间,发行宣传一直紧扣"可信赖"这一主题,衍生出一系列营造《中国证券报》独有品牌形象的广告创意。

对《中国证券报》而言,"可信赖的投资顾问"口号的提出,不仅是一种新的市场定位,更是一次足以影响《中国证券报》未来发展的品牌定位。口号提出后,《中国证券报》在发行工作中从不同层面和角度凸显"可信赖"一词。《中国证券报》由于具备深度的专业视角,在证券、金融行业具备越来越高的权威性和影响力,已经是国内阅读量较大的报纸之一。②《中国证券报》致力于为读者提供合适的信息,帮助读者了解国民经济、行业变动,以及上市公司、股票、证券市场的发展状况,便于投资者做出合理的投资决定。

《中国证券报》在引导舆论、监督市场、传递信息方面具有举足轻重的地位。得到读者的认可后,《中国证券报》致力于在报道中展现权威的观点,全力解读政策,全面、客观地展现市场走势;在报道中不断增加信息的有效性,帮助读者及时掌握国民经济、行业部委、上市公司和证券市场等各个层面的最新动态。除此之外,《中国证券报》十分注重市场报道的实用性,在报道中强调投资决策方案,便于投资者参考,给读者带来多重服务。与此同时,《中国证券报》也经常使用媒体对经济市场的监督功能,对行业内和企业机构存在的重大违法、违规等严重问题进行曝光和抨击,以保护广大投资者的合法权益,维持证券市场的稳定。

(二)读者定位:瞄准高端市场,追求有效发行

经过市场细分后发现,财经领域中居主导地位且最具影响力的白领阶层,无疑满足"高端"与"有效"两个条件。《中国证券报》围绕品牌经营,提出"瞄准高端市场,抓有效发行"的全新发展战略。《中国证券报》逐渐打造出属于自己的广告风格。在发行广告中,报社习惯选用充满亲和力和成就感的中年白领作为代言人。同时,在发行广告的投放上,《中国证券报》也刻意选择备受白领阶层关注的报刊和栏目作为自我宣传的平台。为满足高端市场的要求,《中国证券报》将高质量的印刷提升到展示品牌形象的高度。选择最好的印厂、最好的机器、最好的纸张,乃至最好的油墨,都成了为迎合受众而在印刷管理中必须考虑的因素。

培育自身的潜在市场、发展潜在读者群体,有时比开发现实市场更有意义。自1999年起,《中国证券报》开始对大学生这一潜在市场进行品牌推广,且力度不断增加。《中国证券报》在教师和大学生读者中推出八折订阅的优惠政策,收到较好反馈和效果,引起在校师生的极大关注。日积月累后,这类读者的比例已占到征订读者的一成以上。更重要的是,这一目的性极强的报纸推广活动,为发掘《中国证券报》潜在的读者群体埋下种子。很显然,大学生和教师群体是一个对社会和经济影响力强、消费和资源支配能

---

① 门耀超.现代市场营销理念下的报刊发行——兼谈《中国证券报》发行战略[J].中国记者,2004(10):34-35.

② 门耀超.现代市场营销理念下的报刊发行——兼谈《中国证券报》发行战略[J].中国记者,2004(10):34-35.

力强的读者群,任何一家报刊拥有这样的读者群都是令人羡慕的,因为谁能将这样一个市场占领,意味着谁就能拥有现在和未来。传媒营销学提出,如果报纸有足够的影响力,肯定会吸引一批同样具有影响力的读者;而读者自身的影响力也将带动报纸的传播力和影响力。① 这一理论与《中国证券报》通过抓有效发行来实现市场扩张的思路不谋而合。

基于高端定位的确定,《中国证券报》成立直属的全资性广告公关公司,讲求更高的专业水准和职业操守,做出高人一等的广告策划,为广告客户提供高人一等的服务;在广告经营中更追求档次和规范,如追求更强的品牌形象传播力、更高的受众群体鉴赏力和辨别力。在专业报纸中,《中国证券报》服务业广告面积刊出是最多的。

(三)内容定位:注重档次规范,维护高公信力

《中国证券报》致力于发展为高权威性、高影响力、高公信力的报刊,坚持把投资领域的重大新闻事件、热点新闻以及与读者日常生活紧密联系的事件抢先发表,形成高专业性、极具说服力的新闻,建立媒体公信力。

《中国证券报》一直强调以为投资者"提供有效信息"为特色,强调报纸信息的"权威性、准确性和及时性",报纸稿件短小精悍但信息量大。《中国证券报》在报纸内容上强调有所为和有所不为,努力从专业维度转向多维视角,讲求信息实用性和提高报道的"含金量",报道范畴涵盖所有证券投资类型,包含商品期货、保险、股票、基金、金融衍生品、货币债券等等。股市报道占据最主要的版面份额,也是本章所关注的重点。股市报道内容包含宏观经济政策报道、海外财经新闻报道、股市行情报道、上市公司报道、股市评论等,报道力图改变过于专业化、内容报道模式化、程式化等一系列问题。

信息流通对于股市投资决策来说异常重要,《中国证券报》使用七成以上的版面进行消息的传递,在市场信息的流通中发挥着比较重要的作用。《中国证券报》的消息传递型报道主要分为四类:政府政策动向、宏观经济消息,上市公司消息,机构消息,国际财经领域消息。这四类都比较集中地分布于各自的版面,如要闻版、公司新闻、机构版、海外财经版等。股市媒体肩负着"党的喉舌"的使命,需要时刻引导舆论走向正确的方向。《中国证券报》本身又隶属于新华社,承担舆论导向的要求更强,比如在股市行情处于低谷时,要稳定市场情绪、提振股市信心、打击谣言等。在股灾期间,舆论导向型报道频繁出现,包括社评、本报评论员文章、新华社电及记者署名文章等形式。

《中国证券报》在发行上追求有效、有度,突出强调报纸的服务性。《中国证券报》在1997年推出周末版成为名副其实的证券日报之后,虽然与从前相比,发行难度增加几倍,但报社通过自办发行和邮发相结合,仍能够保证报纸每天9点股市开盘前投递到读者手中,使投资者能够最快获得股市的第一手信息。

10年来,《中国证券报》始终以促进中国证券市场健康发展为己任,在传播财经信息、提供专业性与指导性相结合的资讯服务等方面做出许多有意义的探索,赢得广大读者的信任和良好的社会评价。

---

① 彭耕耘.求实效抓"三重"促有效发行[J].城市党报研究,2011(5):53-55.

二、《中国证券报》创立与发展

《中国证券报》自1992年6月开始创办,在发展中经历了拼出独立的生存空间、动荡变革中稳步前行、顺利进军新媒体平台三个阶段,其发展持续向好。

(一)1992—2002年:拼出独立的生存空间

1992年6月,《中国证券报》正式筹办,并确定办报宗旨为:宣传证券政策,传递证券信息,评析证券市场,普及证券知识。① 《中国证券报》主办单位是北京新华通讯社,《中国证券报》既不是内容狭窄的、单纯的股票报,也有别于一般性经济类报纸,它是中国证监会指定的披露上市公司信息的报纸,旨在办成有特色的大证券报。1992年10月报纸试刊两期后,于1993年1月3日正式创刊并出版发行,对开4版周二刊,发行量逐月上升。《中国证券报》在发展中不断成长壮大,版面和业务日渐丰富。

1. 1992—1996年:起步阶段

1992—1996年,是《中国证券报》创立初期的起步阶段。改革开放为中国证券报提供良好的机遇和机制,《中国证券报》在宣传报道上坚持党性原则,根据市场经济规律来经营管理,采用现代企业的管理和运行模式,更好地适应社会主义市场经济需要。② 1993年《中国证券报》每逢周三和周日出版,一般采用对开4版,公告信息丰富时采用对开8版。一般来说,《中国证券报》的头版是要闻版,包含证券行业内的重大变动;第2版是市场·企业版,包含上市公司的经营情况;第3版是副刊·行情版,为股民和投资者介绍业内行情;第4版是理论、国际、台港澳版,刊登专业性、理论性较高的文章和外埠证券市场新闻。从1994年1月1日开始,《中国证券报》采取日报发行,每周一至周五出版,采用对开8版。虽然版面设置并没有明显变更,但《中国证券报》影响力日渐扩大。1995年下半年起,"新世纪论坛""每周房产""每周产权""基金周刊"等专版刊登,基本形成《中国证券报》现行专版的轮廓。

《中国证券报》总编辑任正德说,《中国证券报》要随着社会主义事业的发展不断壮大,到2000年办成在国内外有影响的、权威的财经大报,像美国《华尔街日报》、英国《金融时报》那样有名气。1993年7月4日起,《中国证券报》通过中国图书进出口公司向国外发行,迈开走向世界的步伐。除与上海、深圳的证券交易所以及全国各地证券机构、各上市公司、股份制企业建立密切的业务联系和良好的合作关系外,同美国、日本、韩国、新加坡、澳大利亚等国际上的金融证券机构、证券界人士和新闻机构建立起广泛的联系和友好合作关系,积极报道世界经济形势、国际证券市场风云变幻和世界资金市场变化,以及与此相关的国内外政治、经济、社会、军事等重大问题。③

2. 1996—2002年:定好方针,找准重心

随后的几年发展过程中,《中国证券报》找到自己独特的生存空间和发展空间。居安思危的《中国证券报》制定出1996年至2000年的工作指导方针:解放思想,积极开拓,稳健发展,务求实效,以建成有报有刊有经济实体的报业集团为目标。1996年,《中

---

① https://www.cs.com.cn/aboutsite2020/gybs/.
② 周燕群.走出报业发展的新路子——访中国证券报总编辑任正德[J].中国记者,1995(12):31-32.
③ 周燕群.走出报业发展的新路子——访中国证券报总编辑任正德[J].中国记者,1995(12):31-32.

国证券报》电子版正式发布,全天候地提供金融、证券和各类实用的财经信息。为此,报社坚持"大证券大编辑部、大发行大经营、大发展"的战略思想,以办好报纸为中心,以经营为基础,以队伍建设为关键,以宣传报道、经营管理、行政财务等工作作为持续发展的新起点。①

1997年,《中国证券报》正式确定报刊的版面设置,虽然日后也对版面进行调整,但整体框架并没有太大变化,只是细微修补。自1997年1月始,《中国证券报》将版面正式扩至对开12版,为加强对上市公司的报道,《中国证券报》在第6版设置公司版面,开辟企业家、股东信箱、经营之道、公司传真、行业与公司等栏目。1月3日新闻综合版进行改版,弥补对证券业有关的新闻和海外市场报道的缺失,设置海外人士看中国、新闻焦点、行业投资参考、名家访谈、财经动态等栏目。随后,周六发行的报纸也做出改变,"现代生活"副刊、"新闻焦点"专版和"观图论势—周刊"接连问世。除此之外,《中国证券报》还为"邮币卡""基本面扫描""券商天地""产业政策动态""期货专题报道"设置专版,并顺应证券类报刊的周末版热潮,在1997年下半年发行周末版,为对开8版。

1998年,《中国证券报》更加追求创新,重点变革市场版,以体现证券类报刊的服务功能和实用性。《中国证券报》设置"庄股追踪""盘口分析""新股定位"等荐股专栏,1999年,《中国证券报》又开辟出一大批多样化的栏目,分别有"跟我学操作""技术解盘""沪深日评""股民日记""大势纵横""操盘道""热门股扫描""异动的心""风险提示""新股定位""考股研究所""中程赛马""热门话题""新股认购""黄金眼""公告点击""短线出击""潜力股推荐""市场瞭望"等栏目。不仅加强报刊栏目,《中国证券报》还一改以往缺少图表的报道风格,采取个股K线图、图表等形式进行报道,使得内容更加明晰,版面也更加美观。1999年11月27日,推出两年的周末版进行改版,重点加强证券信息和财经新闻之间的密切联系,提高《中国证券报》对投资者的指导功能,设置出个股大全、公司报道、个股精选、财经新闻、市场评述等专版。

2000年1月,《中国证券报》将市场版中曾经的"跟我学操作"栏目正式更名为"投资大观",并对作者队伍进行变更。2000年底,《中国证券报》官方网站将名字更改为"中国证券报·中证网"。2001年4月,原"三言两语话大势"更改为"牛熊对话",采取通俗易懂的表达方式呈现出市场趋向多角度的观点和一些观点多样化的文章。《中国证券报》的市场版在2001年3月29日又新添"个股导航"栏目,其下划分为"需警惕个股""可关注个股""宜持有个股"三个板块。②

(二)2002—2011年:动荡变革中稳步前行

2002年8月,《中国证券报》被列为首家中国保监会指定信息披露报纸。为向保险业推销自身品牌、扩大报纸影响力,《中国证券报》与中国保险业协会及上海保险业协会联手在上海举办发行推介会,推介会为上海市保险机构及保险从业人员带来积极影响,为《中国证券报》拓展保险业市场奠定基础。以此为模式,《中国证券报》又针对银行业举办一系列的推介活动,从而使《中国证券报》在银行保险业中的影响力逐步提升,银行保险业中的读者比例大幅增加。

---

① 周燕群.走出报业发展的新路子——访中国证券报总编辑任正德[J].中国记者,1995(12):31-32.
② 戴铭.中国证券报道研究[D].成都:四川大学,2002.

为了更加贴近读者、贴近市场,2002年底,《中国证券报》与中国人民大学舆论研究所展开全国范围内的读者意见调查,调查采用统一的封闭型问卷的形式,采取随报印发、邮寄回收的方法,不仅可以了解读者意见,还以此反馈内容来描绘读者结构、把握读者的需求和经济发展现状,便于后续探讨报纸特色和分析市场策略、廓清未来发展空间。本次调查共获得几十万个基础数据,研究人员总结出"读者结构与特征""阅读与选择""广告与发行""现实评价与理想模式"等相关问题,为《中国证券报》日后发展摸清方向。调查问卷于2002年12月17日在《中国证券报》刊出后,立即得到全国各省、自治区和直辖市众多读者的积极响应。不少读者在认真回复调查问卷的同时还专门写信或打电话祝贺《中国证券报》创办10年。① 10年来,《中国证券报》始终以促进中国证券市场健康发展为己任,在传播财经信息、提供专业性与指导性相结合的资讯服务等方面做出种种努力和许多有意义的探索,赢得广大读者的信任和良好的社会评价。

2003年,随着行业报改革的推进,《中国证券报》被指定为文化体制改革试点单位,此次试点单位中全国性的报社仅有4家。作为试点单位,《中国证券报》可以享受到一系列的政策优惠以及国家的税收支持,免交5年的所得税;还能够进行跨媒体、跨地区的经营活动等等。经历这场报业改革,对于较早步入市场的《中国证券报》报而言,是十分幸运的。② 报业改革使行业报进入优胜劣汰的时代,行业报的两极分化不断加剧,失去行政支持的一些行业报如果不及时转换发展思路就极有可能被淹没在市场的风浪中,《中国证券报》得益于政策带来的行业特许和垄断,主管部门的优待以及政策发布的特许授权,在市场竞争中发展壮大。

2003年6月,新闻出版总署、中宣部、国家邮政局联合发布《关于报刊出版单位暂停征订活动的通知》,决定除科技期刊外,其他报纸、期刊的出版单位自即日起至2003年9月底,暂停2004年度一切报刊征订活动。此后新闻出版总署又展开一系列的清理活动,力求杜绝报刊的行政摊派。③ 失去行政力量的支持,行业报在获取信息和报刊发行上也逐渐失去以往的优势,垄断程度被逐步削弱。《中国经营报》《21世纪经济观察报》都想从《中国证券报》等其他综合性财经报纸分得证券信息市场的一杯羹,《中国证券报》无法再借助行政力量获得可观的发行数量以及广告收入,生存空间由市场发展的变动和读者需求来决定。《中国证券报》较早就采取措施,应对以后可能遇到的困难和考验。在经费上,《中国证券报》早已实现自负盈亏;并且在内部管理上,采取现代企业化的模式;在用人制度上,从成立之初《中国证券报》就实行的是全员聘用的企业化管理制度,这在新华社系统内是极为罕见的。

《中国证券报》在创新和发展之路上继续稳步前行。2004年1月,新周末版《财富中国》正式创立。同年8月,主办的现已成为中国基金业最具公信力的权威奖项——"首届中国基金金牛奖"年度评选结果揭晓。同年9月,《中国证券报》成为中国银监会指定披露信托公司信息的报纸。④

---

① 《中国证券报》十周年读者调查综述[N]. 中国证券报,2003-04-17(10).
② 查国伟. 从《中国证券报》看报业改革中的行业报[J]. 传媒,2005(3):19-23.
③ 吴觉巧. 报刊整顿历史研究[J]. 新闻世界,2009(3):52-54.
④ https://www.cs.com.cn/aboutsite2020/gybs/.

2005年12月,《中国证券报》全面改版,并在重点城市实现彩版印刷,标题和重点文字均采用玫粉色进行突出显示,整个版面显得更加整洁、有亮点(见图9-1)。

图9-1 《中国证券报》2006年1月6日首页

2007年,《中国证券报》成为中央企业产权交易指定独家披露媒体。《中国证券报》周末版改版为《金牛理财周刊》,并连续创设《收藏投资导刊》《产权周刊》,年底营业额成功超过3亿元。

2008年,《中国证券报》在国内外权威媒体机构评选活动中,先后拿下"中国传媒业标杆品牌(金融证券类)""百度中国最具影响力产业类媒体状元奖""十大专业报品牌奖""金长城传媒奖""2008年中国财经媒体十强"等称号。2009年,《中国证券报》保住2009年度金融证券类媒体"中国标杆品牌"称号和"金长城传媒奖·2009中国十大专业媒体"称号。2009年5月,《中国证券报》官方网站中证网版面进行大改,并推出中证视频;9月,拿下"中国证监会指定创业板信息披露网站"资格后,推出中证网—创业板信息披露平台。①

2010年4月,在联通iPhone手机端推出《中国证券报》电子版。自2011年1月1日后,电子版需要用户付费才能继续阅读,同时注册一年及以上的用户最久可以浏览至2006年的电子版,未付费用户只能免费阅读当日报纸的前四版。

---

① https://www.cs.com.cn/aboutsite/paperbrief_dsj.htm.

(三)2011年至今:顺利进军新媒体平台

《中国证券报》借助新华社的官方背书和丰富的新闻资源,依托官方指定信息披露平台等优势,逐渐在证券新闻报道行业占据地位,加上新媒体技术的不断更新,《中国证券报》在2011年顺利进军新媒体平台。

2011年4月,中国证券报社改制为中国证券报有限责任公司。同年8月,创建《中国证券报》官方微博。2012年3月,资本市场信息披露平台正式上线。2012年11月,创建"中国证券报"官方微信。2013年8月,创建"中国证券报"客户端。

2014年8月,《中国证券报》推出"期货周刊"。2016年8月,形成中证公告快递App、中证报官方微信、中证报官方微博、新华社财经频道客户端和中证手机报等五大业务板块,基本实现移动端口主要发稿和互动渠道的全覆盖。2017年1月,中国财富传媒集团由国务院和中宣部批准成立,成为新华社重点打造的综合性、高技术、全媒体的现代传媒集团。中国证券报有限责任公司为其成员单位。2017年8月,承担新华社扶贫任务,组织"中国上市公司社会责任贵州行",为贫困地区捐赠资金和物品800余万元,并对接多个优质项目。

2018年9月,大后台、高颜值、巨贴心、有自己特点的中国证券报App全新上市,凭借着《中国证券报》20多年来建立起的信誉度,继续秉承做"可信赖的投资顾问"的报社宗旨,通过更专业的态度和更权威的视角,致力于提供够快、够准、够权威的财经资讯与服务。①

中国证券报App的栏目独具特点,"7×24"快讯栏目全天24小时滚动更新最新发生的财经新闻,内容简短、时效迅速、清晰明了,使投资者在第一时间了解到国内外的财经要闻。"推荐"栏目也具有亮点,栏目中呈现出经过记者精选的当日重要财经新闻。除此之外,App内还有市场、宏观、公司、机构、视频等精彩栏目,投资者可以通过浏览App的财经要闻,将财经动态全面掌握。

中国证券报App十分贴近读者实际需求,"行情"栏目中囊括基金、深沪、沪深港通、港股等内容,为投资者带来与行情相关的丰富数据;"信披"栏目中提供大量的披露信息,涵盖深市公告、基金公告、沪市公告,还有最新的、紧急的公告;"自选"栏目中提供与自选股票有关联的公告、新闻和股票行情等供投资者查阅。中国证券报App内设立了会员专区,用户根据不同的会员等级,可以在"我的"页面中享受到资本专报(会员可以一次性掌握公司最新的资本市场动态,包括公司的同行企业重要信息、重要舆情、监管信息、市场表现等)、公告样报(汇总《中国证券报》见报公告的样报,并将日期和版面位置调整得清晰明确)和中证快报(涵盖丰富的市场新闻资讯,每晚10点前更新)等会员权益。

2020年,中国经济传媒协会、"传媒茶话会"联手承办中国经济媒体融合发展高峰论坛,《中国证券报》顺利入选"新媒体影响力指数"TOP10。② 近几年,《中国证券报》的报道斩获不少奖项。《资本市场投资者保护系列报道》(2017年7月17日至10月12日)荣获2018年"中国资本市场新闻报道"优秀作品一等奖。2019年底,上海证券交易

---

① https://mp.weixin.qq.com/s/hoIyVmGnXQZQV_JUix9j-w.
② http://www.cs.com.cn/xwzx/hg/202012/t20201226_6124900.html.

所、深圳证券交易所和中国证券业协会等11家单位共同主办"中国资本市场新闻报道优秀作品奖（2019）"评选活动，充分体现出资本市场自改革开放以来保持稳定发展和取得的优异成绩，传播财经新闻的好声音。《中国证券报》在此次评选活动中硕果累累，《"说清注册制"系列报道》斩获特等奖，《"证券公司董事长谈证券业高质量发展"系列报道》（2019年3月4日至11月17日）拿下一等奖，"提高上市公司质量"系列报道（2019年11月7日至12月13日）获得二等奖。2020年中国经济新闻大赛一共设置五类奖项，分别为新闻报道、短视频现场新闻、监督报道、融合报道以及新闻评论。在这次比赛中，《中国证券报》的新闻评论《"黑天鹅"不会改变股市内在运行逻辑》（2020年2月4日，记者费杨生、昝秀丽）、新闻报道《不缺钱却借钱融到资做理财 部分企业吃"利差"致信贷资金空转》（2020年4月24日，记者高改芳）以及融合报道《中行原油宝"史诗级"穿仓细节，越挖越惊心！》（2020年4月25日，记者王朱莹）拿下一等奖。此外，中国证券报的监督报道《腾格里沙漠再现大面积污染 上市公司美利云或难脱干系》（2019年11月11日，记者欧阳春香、于蒙蒙）获评二等奖。

2021年，在国家新闻出版署主办的中国报业创新发展大会上，《中国证券报》"资本市场财经短视频发布与直播平台"和其他59个项目一同入选2020年中国报业深度融合发展创新案例。评审专家委员会指出，《中国证券报》"资本市场财经短视频发布与直播平台"项目紧抓各大短视频平台专业财经短视频内容稀缺的风口，创新理念，及时实现产品向文、图、短视频等多种形态的融合转变，以及传播渠道向移动端的主动迁移，并接连推出不少现象级传播产品，吸引到百万级受众关注，形成较明显的领域竞争优势。①

第二节 《中国证券报》的盈利模式

2003年6月，《中国证券报》被指定为全国文化体制改革试点单位，自此，《中国证券报》一直致力于创新、发展、开辟新市场，实现产业化发展。随着数字化革命浪潮席卷而来，股票市场、证券市场出现波动，形势严峻。《中国证券报》顺应时代浪潮，投入更多精力到报社向新媒体转型中去，探寻新的发展趋向和盈利模式。② 一般而言，报纸的发行、广告收益、服务领域是传统媒体的主要收入来源，随着传播模式的变化，其在盈利中的占比也将发生相应的调整。

一、网络发行

中国证券报社前社长、总编辑林晨表示，中国证券报社一直按照新华社总社战略转型的要求，全面推进新媒体转型以及全媒体构建。如今，《中国证券报》已不再局限于单一的报纸，还拥有网络发布、音视频、路演互动、手机报、特殊客户信息订制、微博客户端

---

① http://www.cs.com.cn/xwzx/hg/202106/t20210604_6173350.html.
② 闫城榛.构建新媒体平台打造新型营利模式——访中国证券报社社长、总编辑林晨[J].中国传媒科技，2013(1)：48-50.

等多种媒体形态和即时发布渠道的财经、证券资讯供应商，努力将报社打造成全媒体财经资讯服务商。因此，中国证券报社的收入来源不再是纸质版报刊的发行和其中的广告收入，还包括网络发行的收益。比如《中国证券报》与中国移动和中国联通联手发行的手机报、《中国证券报》的 iPad 版和 iPhone 版上线后的运营情况也十分平稳。

中证网是《中国证券报》全资打造的官方网站，上线后便发展为国内影响最显著的证券网站，兼具权威性和专业性。2009 年，中证网被中国证监会指定为创业板信息披露网站，顺利发展成为国内主要门户网站财经证券资讯的主要转载平台。2012 年，由于经济波动较大，形势非常严峻。面对种种不利因素，比如股票发行放缓等，《中国证券报》以中证网为主的网络经营顺利渡过难关，并保持盈利的稳定增长。①

二、广告收益

在互联网时代，报社的经营方式并不需要另建一个新的平台或者寻找一种新的经营方式。传统媒体在转型的过程当中并未改变已经构建的新闻生产的本质，也未改变用户获取信息的基本途径，发生转变的只是对内容的再处理和整合，以及信息到达用户的渠道，该渠道便是新闻传播途径和销售途径。这就意味着，在互联网时代，新媒体的盈利方式必然与传统的盈利方式有着密切的联系，从原有的盈利模式转向新媒体平台。因此，除了报刊的发行收益之外，广告仍然是报社最主要的收益来源。

《中国证券报》广告版面主要业务有招聘公告登报、股权转让公告登报、开业公告登报、催款公告登报、基金公告登报、上市公司公告登报、拍卖公告登报等。《中国证券报》广告价目表如图 9-2 所示，根据版面规格尺寸、版面位置、颜色等划分价格，以广告刊发增加报社收益，广告价格区间在 3500 元至 40000 元。

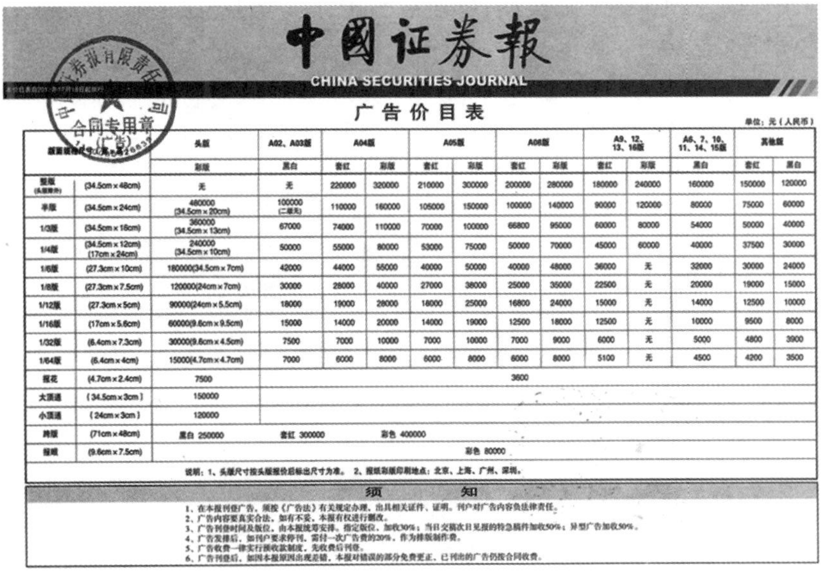
中國证券報

CHINA SECURITIES JOURNAL

广告价目表

单位：元（人民币）

版面规格尺寸		头版	A02、A03版	A04版		A05版		A08版		A9、12、13、16版		A6、7、10、11、14、15版	其他版	
		彩版	黑白	套红	彩版	套红	彩版	套红	彩版	套红	彩版	黑白	套红	黑白
整版（头版除外）	(34.5cm×48cm)	无	无	220000	320000	210000	300000	200000	280000	180000	240000	160000	150000	120000
半版	(34.5cm×24cm)	480000 (34.5cm×20cm)	100000 (二版无)	110000	160000	105000	150000	100000	140000	90000	120000	80000	75000	60000
1/3版	(34.5cm×16cm)	360000 (34.5cm×13cm)	67000	74000	110000	70000	100000	66800	95000	60000	80000	54000	50000	40000
1/4版	(34.5cm×12cm) (17cm×24cm)	240000 (34.5cm×10cm)	50000	55000	80000	53000	75000	50000	70000	45000	60000	40000	37500	30000
1/6版	(27.3cm×10cm)	180000(34.5cm×7cm)	42000	44000	55000	40000	50000	40000	48000	36000	无	32000	30000	24000
1/8版	(27.3cm×7.5cm)	120000(24cm×7cm)	30000	28000	40000	27000	38000	25000	35000	22500	无	20000	19000	15000
1/12版	(27.3cm×5cm)	90000(24cm×5.5cm)	18000	19000	28000	18000	25000	16800	24000	15000	无	14000	12500	10000
1/16版	(17cm×5.6cm)	60000(9.6cm×9.5cm)	15000	14000	20000	14000	19000	12500	18000	12500	无	10000	9500	8000
1/32版	(6.4cm×7.3cm)	30000(9.6cm×4.5cm)	7500	7000	10000	7000	10000	7000	9000	6000	无	5000	4800	3900
1/64版	(6.4cm×4cm)	15000(4.7cm×4.7cm)	7000	6000	8000	6000	8000	6000	8000	5100	无	4500	4200	3500
报花	(4.7cm×2.4cm)	7500	3600											
大通栏	(34.5cm×3cm)	150000												
小通栏	(24cm×3cm)	120000												
跨版	(71cm×48cm)	黑白 250000	套红 300000	彩色 400000										
报眼	(9.6cm×7.5cm)	彩色 80000												

说明：1、头版尺寸按头版报价后标出尺寸为准。 2、报纸彩版印刷地点：北京、上海、广州、深圳。

须知

1、在本报刊登广告，须按《广告法》有关规定办理，出具相关证件、证明。刊户对广告内容负法律责任。
2、广告内容要真实合法，如有不妥，本报有权进行删改。
3、广告刊登时间及版位，由本报统筹安排。指定版位，加收30%；当日交稿次日见报的特急稿件加收50%；异型广告加收50%。
4、广告发排后，如刊户要求停刊，需付一次广告费的20%，作为排版制作费。
5、广告收费一律实行预收款制度，先收费后刊登。
6、广告刊登后，如因本报原因出现差错，本报对错误的部分免费更正，已刊出的广告仍按合同收费。

图 9-2 《中国证券报》广告价目表

① 闫城榛．构建新媒体平台打造新型营利模式——访中国证券报社社长、总编辑林晨[J]．中国传媒科技，2013(1)：48-50．

三、资讯服务

上海新证财经信息咨询有限公司是由中国证券报社控股的子公司,成立后一直努力创办金融理财类新媒体,金牛理财网便是上海新证财经信息咨询有限公司的一次创新实验。金牛理财网在传统媒体《中国证券报》形成的影响力的基础上,充分吸取SBI在网络金融领域的运营经验,是中国证券报社全面转型过程中的关键一步。

上海新证财经信息咨询有限公司凭借在市场化平台上的影响力和资金实力,致力于把金牛理财网建设成为极具权威性的基金和银行理财产品评价平台、专业应用服务与技术支持平台。金牛理财网不仅有着传统金融资讯的传播能力,网页内还推出数据型、工具型应用,通过向投资者提供理财知识等方式展开投资顾问,以此来服务于广大投资者,不断扩大金牛理财网的知名度和影响力,并且可以此盈利。

新华社社长李从军强调:"《中国证券报》要以资讯为中心,积极探索打造直接面对投资者和金融机构的金融服务平台,完成从内容供应商向资讯集成服务商的转变。"①中国证券报社仍在努力向这个目标奋斗,继续强调内容的专业水准。

第三节 《中国证券报》知名栏目与作品

《中国证券报》的报道内容与版面可分为新闻、公司、市场和专版等四大板块。新闻板块由要闻、财经新闻和国际新闻组成,主要报道财经领域的重大政策、重大事件、重大变化,以及国际财经领域的重大新闻;公司板块主要报道上市公司运作中的新动向、新问题,深度分析行业发展中的新特点、新趋势;市场板块从基本面、资金面、技术面等多角度立体切入,将基金市场、A股市场、B股市场等投资市场趋势评析作为重点设置专版,专版板块由《财富中国》的特别报道、财经人物、财富管家、经营之道、妙手理财、房产天地等栏目组成。

在2021年的《中国证券报》中,以下几个栏目较为固定:公司纵横、资管时代、信息披露、财经要闻、机构天下。此外,报纸每周二更新"观点与观察"栏目,每周六更新"读书空间"栏目。近年来,《中国证券报》常设栏目中的公司纵横、财经要闻、机构天下等也收获了不少奖项。

一、公司纵横

公司纵横是《中国证券报》头版中的重要栏目,以通讯报道为主,主要对近期一些企业的变化、成效或存在的问题进行全面分析与深度解读,对帮助上市公司、广大投资者及时了解市场动态有着重要作用。其包括公司深度、公司纵横—地产、公司纵横—科创板、公司纵横—汽车等栏目。

---

① 闫城榛.构建新媒体平台打造新型营利模式——访中国证券报社社长、总编辑林晨[J].中国传媒科技,2013(1):48-50.

(一)公司深度

在公司深度栏目中,记者会针对所报道公司相关负责人进行专访,获取该公司的突出事迹或特色优势,展示出公司核心特点。此外,记者还会及时响应读者的需求,对行业内发生的重大事件展开调查,如第三十一届中国经济新闻奖事件报道类三等奖作品《前两大应收账款客户指向以晴集团 *ST康得百亿营收成疑》(2019年6月11日A06版,记者欧阳春香)中,记者关注到昔日千亿市值的白马股*ST康得122亿元货币资金去向不明的事件。《中国证券报》记者以前两大应收账款客户之谜为线索进行追踪,发现更多蹊跷之处,对公司相关负责人进行采访后收集资料,整理后创作出此篇兼具深度和真相的报道作品。

该报道针对昔日千亿市值的白马股*ST康得接连出现财务"爆雷"、诉讼缠身、工厂停产、122亿元货币资金去向等多个谜团一直未解开的问题,提出作为长期绩优、回报率高并具有较高投资价值的白马股,其有关信息应公开透明。*ST康得出现的谜团会对股市波动产生极大的影响,为股民挖掘真相、解除困惑迫在眉睫。《中国证券报》记者通过调查发现,*ST康得日前披露的前两大应收账款客户存在很多疑点,且早在2013年就受到过媒体质疑,其刻意将自身与海外大客户之间的关系掩盖,向美国出口的业务同样存在疑点。《中国证券报》记者便根据以上事情为调查背景,找寻线索展开后续的采访报道。

由于"*ST康得122亿元货币资金去向不明"这一事件涉及众多因素,《中国证券报》记者在采访前需要做好充分的准备工作,整理出重要的采访对象和采访问题,根据多方视角梳理出事实真相。《中国证券报》记者从对某大型会计师事务所的工作者李明向的采访中分析出,*ST康得的客户有问题,记者循着这一蛛丝马迹,在公司前五位顾客中发现更多的疑点。随后记者从*ST康得公司官方公告、会计师事务所李明向和客户公司业务人员等方面展开咨询,发现沣沅弘集团操盘*ST康得,*ST康得收益也存在问题。收集到详细的采访资料后,记者呈现出一篇详细报道。

该报道共分为四个小标题,以前两大应收账款客户之谜、两大客户与以晴集团的关联、营收规模的真实情况和与沣沅弘关系密切四大板块直接的逻辑关系展开论述,整篇文章逻辑紧密,层层递进地揭开*ST康得公司的神秘面纱。在报道中,记者充分引用专家、业内人员、事件相关负责人的分析和*ST康得公司的数据资料,保证内容的真实性与客观性,让读者对*ST康得公司的百亿资金去向和该公司的实际收益有直观的认识。在龙岩市连城县工业园区以晴生态园进行实地调查时,记者采取白描手法,简洁明确地概述出以晴集团当时的情况,以此来丰富报道内容,为读者展现出该公司的形象特征,增强报道的真实性。

兼有业绩优良、高成长、低危机特点的白马股往往能对股价有强烈刺激作用,受到投资者的追捧。而随着信息披露高峰期到来,一些昔日里业绩优良的白马股暗含的问题也会逐渐被投资者发现,证券类报刊需要及时展开调查。《中国证券报》公司深度栏目秉持客观、公正、真实的原则,为读者与股民解决困惑。

(二)公司纵横—地产

在公司纵横—地产栏目中,记者会针对近期的房价、租金、地价等地产信息的变动情况进行报道。随着房地产开发业务的经营难度不断加大,愈来愈多的企业通过多元化和业务转型,寻找新增长极,《中国证券报》记者以敏锐的眼光及时捕捉到这些波动,经过调查后为读者呈现需要关注的信息点。在《行业"驶离"高增速时代 房企多思路寻新增长极》(2021年9月8日 A07版,记者张军)中,《中国证券报》记者观察到,目前大部分房企选择走"地产＋"路线,但切入新赛道的房企也在增多,以专业的角度介绍换新赛道的企业和走"地产＋"企业的发展情况,分析出背后行业竞争加剧所带来的房地产企业现状。报道列举出多家企业房地产板块的收益变化以及负责人对房地产板块的前景分析,多方业内人士的观点使得报道内容更为丰富,专业程度更高。

房地产行业兼具商品性和投资性,能够控制房产价格的改变和其具备的投资属性,因为房产的价格变动是长期且逐利的。房地产行业内产生的变动会给国民经济带来深远影响,它是国民经济的基础产业,也是百姓消费的刚性产品。《中国证券报》公司纵横—地产栏目及时为读者呈现该行业的最新情况,满足读者的知识需求,有效地维护投资者的利益。

(三)公司纵横—科创板

2018年11月5日,习近平总书记在首届中国国际进口博览会开幕式上正式提出设置科创板,并在该板块内进行注册制试点。《中国证券报》推出"说清注册制"专栏,旨在深入了解科创板以及试点注册制的运行机理、基本原则和规则要求。《中国证券报》邀请业内专家、学者,从多个维度全面解析什么是注册制、注册制与核准制有什么区别、注册制试点如何体现以信息披露为中心、注册制是否会导致企业一窝蜂上市等多个热点问题。[1]"说清注册制"专栏中的系列报道荣获2019年中国资本市场新闻报道优秀作品特等奖。

《中国证券报》公司纵横—科创板栏目及时报道科创板相关的最新动态,满足读者获取信息的需求。在《科创板AI后备军团蓄势待发》(2021年9月24日 A07版,记者杨洁)中,记者重点介绍一批AI企业有望登陆科创板的原因,并对该事件进行深度分析。记者先以明确数据显示AI企业成长性较高,有很大的发展空间。随后又列举事实案例分析其存在的问题:"因为业务模式的多样,这些AI企业的毛利率水平也会存在一定差异。"最后展望AI企业未来仍将保持高额研发投入。报道共分为三个部分,分别以"成长性较高""业务模式存差异""保持高额研发投入"为小标题,清晰地展现出科创板AI后备军团的独特之处。

科创板注册制试点能够提高企业服务科技创新能力、增强市场功能、扩大市场包容性,是一种重要的资本市场变革措施。[2] 设立科创板并试行注册制使我国现行的资本市场制度得到进一步的完善,科创板试行注册制对于想上市的优质公司有强大吸引力,同时也有助于提高A股市场培育和支持科创型、创新型企业的能力。

(四)公司纵横—汽车

公司纵横—汽车栏目集中围绕汽车产业和企业的相关资讯展开报道。工信部部长

---

[1] https://www.cs.com.cn/xwzx/hg/201906/t20190619_5959540.html.
[2] 黄员员.浅析科创板推出对资本市场的影响[J].财讯,2019(27):180-181.

肖亚庆曾在"推进制造强国网络强国建设助力全面建成小康社会"发布会上表示,我国新能源汽车产业发展正处在加速期。《中国证券报》记者在《新能源车产业头部效应凸显 资源整合渐成趋势》(2021年9月16日A06版,记者金一丹)中对新能源汽车产业进行介绍,并表示充分发挥市场作用是将新能源汽车产业继续壮大的关键因素。报道主要采取列数据的方式,直观明确地反映新能源汽车产业市场行情,从新能源汽车产业销售量正高速增长、头部效应凸显、科技等资源整合趋势明显三方面来介绍当前新能源汽车产业的发展情况,从扩大产品推广和应用场景、跨界融合加强产品质量两个维度提供建设性意见。

二、资管时代

资管时代也是《中国证券报》的头版栏目,其中还包括资管时代—基金板块,大多以通讯报道的形式介绍股市、金融服务实体、信贷等方面的动态事件,深度分析中国金融市场和海内外的关联与变动。

《美联储"鹰"声难惊扰中国资产》(2021年9月24日A05版,记者张枕河、周璐璐)刊登时正处于美联储结束议息会议阶段,美联储主席鲍威尔释放出"偏鹰派"的信号,海外金融市场上"暗潮涌动",部分资金已准备撤离此前涨势过高的美股等风险资产。《中国证券报》记者从业内人士分析中得出"中国货币政策保持稳健,美联储货币政策收紧对中国资本市场影响有限"的结论,随后展开介绍"资金依然青睐中国资产",多角度安抚A股股民面对市场波动的担心,为维护资本市场稳定起到重要作用。

资管时代—基金板块介绍当前基金市场的波动情况。在《定增"淘金"收益颇丰 基金参与热情高涨》(2021年9月22日A03版,记者李岚君)中,《中国证券报》记者发现自2021年以来,公募基金对于参与上市公司定增项目十分热情。截至记者发稿时,获取的数据表明2021年以来公募基金定增投资总规模达到721亿元,同比增长250%。在报道中,记者多次使用明确的数据来介绍各企业的经营情况,直观且准确地展现基金市场的变动,增强报道的真实性和精准度,使结尾中提到"未来A股结构性行情延续,行业与个股机会不断涌现。基金机构将通过参与定增筛选具备行业竞争力和估值性价比的项目,以获得上市公司业绩成长带来的长期收益"这一论点更加明确。

三、信息披露

《中国证券报》自创办起就是证券监督管理委员会指定披露上市公司信息的报刊,一直保持以及时、准确的信息披露报道来满足读者需要,保障资本市场信息供需平衡发展。信息披露媒体,必须遵循相关的法律法规,严格履行职业职责,主动承担社会责任,加强自身的管理约束,尽量减少信息披露义务人的成本。国内媒体从事证券市场信息披露业务需要具备《关于证券市场信息披露媒体条件的规定》中的条件。目前,《中国证券报》《证券时报》《证券日报》《上海证券报》《金融时报》《中国日报》《经济参考报》以及其依法开办的互联网站符合条件。

《中国证券报》在信息披露时严格遵守内容真实、准确、完整的要求。在信息披露的过程中,首先坚持真实性原则,保证发行人所披露的内容都是符合客观实际的,与事实相统一,并且在披露重要事情以及财务会计资料时要保证有足够的依据。如节选部分

《上海联合产权交易所交易信息》(2021年10月15日A10版)中,所披露的信息和数据都符合真实、准确、完整的要求,且投资者可以根据披露信息的数量和性质形成合适的投资判断能力。

除此以外,在信息揭露中也要注意揭示风险,在信息披露期间,对披露内容进行简单概述,包括发行人及其所属行业、盈利状况、市场竞争等部分的现状和未来趋向,并对投资者简要说明潜在的风险。在披露公开之前,应当对某些不适宜公开的商业秘密和内部信息进行保护,且当事人不能违背相关法律法规去泄露信息或者以此谋利。

四、财经要闻

财经要闻栏目中的报道都紧跟时事热点,大多与民生相关。记者对当下一些重要的、与市场变化有关联的、引起读者广泛关注的经济现象进行解读和强调,帮助读者更好地理解相关资讯。

经济活动离不开媒体的监督,如《千余家医院被套 远程视界医疗租赁模式崩盘起底》(2018年8月24日A02版,记者欧阳春香、于露)中,《中国证券报》记者剖析医疗服务商北京远程视界科技集团有限公司制作的"馅饼"变成"陷阱"的事件,该报道荣获第三十一届中国新闻经济奖监督报道类二等奖。

由于乡镇卫生院和诊所医生的专业素养整体不高,常常以县级医疗机构的用药情况为参照,但与大城市医院相比较,县级医院在药品、医疗设施和运营方式上存在显著差异。从市场角度来看,县级医疗机构是一个新的层级。同时,县级医院也是企业发展中低端市场的重要战略部署。远程视界正是抓住县级公立医院"发展需求大,但欠缺的东西多"这个"痛点",将县级医院作为主要的客户开发群体。远程视界以"模式创新"为由,大力宣传为合作医院垫付设备租金的模式,从而吸引大批县级医院参与到该模式中。实际上,县级医院不仅没收到医疗设施,还将遭到保信租赁起诉。该合作涉及两千多家县级医院,远程视界资金链断裂后影响范围较大。为弄清事件的来龙去脉,《中国证券报》记者从县级医院院长入手了解信息,挖掘关键线索,揭示远程视界资金链断裂的原因,警示其他企业和合作者避免再出现类似问题。

在采访过程中,《中国证券报》记者从与远程视界建立合作关系的县级医院院长入手,从合作者的视角了解远程视界创新模式的流程,找到模式漏洞的关键所在:远程视界在签合同的当天就让医院签下已收到货品,而后来医院一直没有收到远程视界承诺的设备。在远程视界的资金链断裂后,医院却要作为租赁主体背上官司。而县级医院为何要与远程视界展开合作呢?记者对医院方展开深度调查后了解到县级医院与远程视界合作的初衷是医院求发展,但当地财政没钱,于是就想借鸡生蛋。随后,记者采访到远程视界的负责人以及代理商,了解该项目崩盘的原因和实际操作中出现的问题。收集到资料后,记者从合作方、远程视界和代理商三个视角来整理分析,将该模式运营的问题呈现在报道中。

从结构上来看,该报道并没有以总—分的结构展开。报道一开头,记者直接亮出远程视界项目宣传的优点:"免费使用医疗设备,只需提供场地,并享有知名医院的人才支持。"随后又提到远程视界资金链断裂的客观事实,为标题中"馅饼"变成"陷阱"做出解释,以此为开头设置一个悬念,引发读者对该项目的运作流程和崩盘原因的好奇,激起读者的求知欲。随后记者将报道分为三个部分,分别从合作方、远程视界和代理商三个方面展开叙述,还原整个事件的起因、经过与结果,向读者揭示两千余家县级医院乐于与远程视界合作的动机是什么以及远程视界最初设想与结果背道而驰的原因。最后,记者以代理商的观点为主,重点分析医院为什么愿意做冤大头以及远程视界崩盘的原因。

该报道逻辑清晰,段落之间衔接紧密,不断深入事件的出发点,直至发现问题所在。记者采取较多直接引语,且以不同人物的观点为依据进行分析,加强报道的客观性与真实性。很多看不起病的群众生活在乡镇、农村,而"看病难""看病贵"仍然是亟待解决的问题。县级医院的资源缺失使得负责人急于寻求出路,而考虑不周的项目将县级医院置于陷阱之中。《中国证券报》紧握线索,为公众揭示这一事件,同时可以引起相关部门的重视,及时解决县级医院的燃眉之急。

五、机构天下

机构天下栏目中多为银行和企业机构的相关报道,该栏目中的报道多以列数据的方式体现行业内的最新变动。如第三十二届中国经济新闻奖一等奖新闻报道类作品《部分企业吃"利差"致信贷资金空转不缺钱却借钱融到资做理财》(2020年4月24日A04版,记者高改芳)中,详细介绍企业利用贷款成本和理财利率的利差进行套利的手段,从而延伸至目前市场上出现的多种套利途径以及监管部门最新的解决措施。

空转套利是指金融机构凭借多种业务的同时进行,使资金在金融体系内流转,并非流向实体经济或通过拉长融资链条后再流向实体经济来获取收益的套利行为。这种循环空转没有立足于实际的贸易背景,不仅能够使得业务、票据承兑脱离实体经济呈现出超出常态增长趋势,也使得银行存款规模不断虚增。宽松的流动性令市场资金空转套利现象增多,《中国证券报》记者敏锐地捕捉到这一现象,以账上有1.06亿元现金、34.9亿元理财产品的亿联网络却向银行申请贷款为例,揭露除通过贷款成本和理财利率的利差进行套利之外,目前市场上出现的多种套利途径。企业通过理财利率和贷款(融资)成本的利差进行套利并非个例,在其他案例中,上市公司采取先发债融资再购买理财产品的方式进行套利,其中,结构性存款的理财方式最受欢迎。

报道以亿联网络事件为例,但记者在采访和收集资料时不局限于亿联网络,还从专业人士和分析人士中了解到更多信息。报道中引用较多数据来辅助观点,记者列举出确定时间段内收益的波动来反映企业的情况,得出结论:若流动性持续宽松,公司资金套利空间不可避免将缩小。在报道结尾,记者提到监管部门将有所行动,采取强硬措施来治理结构性存款中的不良现象,切实阻断银行以结构性存款为由的高利息揽储的途径。这个措施预计能够有效缓解银行负债成本,推动贷款定价下行,托底实体经济。整篇报道兼具专业性和真实性,以小见大,助力实体经济不断发展。

第四节 《中国证券报》经典报道案例点评

"黑天鹅"不会改变股市内在运行逻辑

一、报道概述

《"黑天鹅"不会改变股市内在运行逻辑》刊发在2020年的资本市场面临改革攻坚和疫情"黑天鹅"的双重挑战的背景下,当时上证指数和深证指数均呈现出下跌的趋势,股民都很担心A股变动,十分焦虑。记者根据自身对股票市场的了解以及与专业人士的沟通,以经济规律、专业视角解读股市变动的现象,从多维角度向读者证明A股市场将长期向好的态势。经过记者的合理分析以及有理有据的论证,股民对股市局势有着更进一步的了解,有效缓解股民的焦虑与不安。

二、报道背景分析

2020年初,新冠肺炎疫情暴发,资本市场和经济市场都受到影响,产生明显波动。在资本市场中,会采用"黑天鹅事件"来表示市场趋势由平稳到突然转变的情况,"黑天鹅事件"具有强烈的意外性,会带来重大影响,能够终结原有的市场趋向,出现强烈反转的单边市。

2020年资本市场面临改革攻坚和疫情"黑天鹅"的双重挑战,快速前行的经济巨轮被强行刹车,股民都很担心A股的变动。尤其在"十四五"期间、内外"双循环"的大背景下,经济报道要契合时代背景与现实因素进行分析,本篇获奖作品就是在这一时期诞生的。

A股的流通性较好,是公司发行的流通股中占最大比重的一类股票。面对突如其来的"黑天鹅事件",股民心中都充满担忧和困惑,迫切想要了解股市最新情况和未来发展,该评论在分析A股的变动时关注到股民的感受,从微观角度和宏观角度对"股票市场未来稳定向好"的观点进行一定的深入解读,防止股民过度担忧,并在结尾给股民一定的鼓励,稳定股民情绪。

三、报道特色分析

该报道荣获2020年中国经济新闻大赛新闻评论一等奖,其写作特点可圈可点。首先,整篇报道结构清晰、论点明确,记者以经济规律、专业视角解读股市变动的现象,从多维角度向读者证明A股市场将长期向好。其次,记者在论证时事理清晰、导向鲜明,符合当下的传播规律。最后,记者专业底蕴深厚,合理分析股市局势,有效缓解股民的焦虑与不安。

(一)结构清晰,直击论点

从结构上看,本篇评论在标题中就直接亮出作者的观点:"黑天鹅"不会改变股市内在运行逻辑。简洁明了,给各位关心A股市场变动的读者吃了一颗定心丸。随后从境内外证券市场发展历史、经济未来趋势两个方面引出接下来的论证。记者选择的采访对象较为丰富,收集的相关素材也十分多元,报道中涉及投资者、监管部门、投资机构等采访对象,列举出上市公司的不断发展和监管部门展开的措施等客观事实,为论点提供强有力的论据。

多方观点与权威性的实时信息使得记者能够结合客观事实,把握信息的重点,细致地针对股市的实际走向展开分析,展示出极具说服力的论点。正文部分,记者先对股民担忧的事件进行解释:疫情以及春节A股休市期间外围市场跌幅较大等因素所致,以此来安慰股民不必过于焦虑。又以"当前疫情对A股行情的影响必然是短期的""此次疫情不会改变A股长期向好趋势""资本市场深改正持续优化资本市场生态、提升A股市场投资价值""统一协调的金融监管机制为金融市场保驾护航"等分论点来证明自己的总论点,每个段落之间层层递进,用经济规律、专业视角解读股市变动现象,从多维角度向读者证明A股市场有基础、有能力实现稳定运行、长期向好。

(二)论证有力,理性引导

经济新闻记者通常具备专业性较强的经济类知识,才能通过社会发展中的经济变动敏锐捕捉到关键的新闻事件。在经济评论报道中,记者可以洞察当前存在的经济问题,并进行科学性、专业性、前瞻性、合理性的论证。

近年来我国经济实现快速增长,而在2020年遇到的突发变动使读者对于经济信息的需求不断加大,经济评论报道在新闻传播中占据越来越重要的地位。这对经济记者素养有着更高的要求,经济记者不仅要具备新闻类实践能力,更要掌握政治、经济、社会方面的知识,才能在采访与写作中呈现出更有深度的内容。在《"黑天鹅"不会改变股市内在运行逻辑》中,记者针对经济时事提出鲜明的观点,并且客观、专业地进行论证,增强报道乃至媒体的舆论引导能力。

经济新闻评论应该具有服务性,能够满足受众对经济新闻评论的最基本需求,为受众提供指导。[①] 整篇评论的信息量极大,给读者提供充分的参考和指导建议。记者以当下疫情社会背景和证券发展历史为基础,以A股自身和金融市场监管层面的变化为依据,对疫情"黑天鹅"时期的A股动荡及其产生的影响展开理性分析,引导读者放宽心,以长远的眼光看待本次波动,客观对待春节A股休市期间外围市场跌幅较大所引起的亏空,论证事理清晰、导向鲜明。

(三)论据多元,专业性强

经济评论是对已发生经济事件进行解析,需要作者有深厚的专业功底,在评论中不局限于现象本身,更要串联"过去"与"未来",预测经济形势走向。在《"黑天鹅"不会改变股市内在运行逻辑》中,记者首先基于读者的需求,从股民的视角出发,介绍"黑天鹅"来临后股市的波动情况和股民的焦虑,再展开介绍对监管部门、股票机构等进行采访后获取的专业信息。记者展现出自身的专业素养,利用权威性的论据辅助不仅可以使得经济报道更受读者信服,也能加强媒体自身的公信力。

《"黑天鹅"不会改变股市内在运行逻辑》的记者将股市的当前波动情况与经济知识相结合,能够及时捕捉到"黑天鹅"到来后A股市场变动给股民们带来的实际影响和情

---

① 吴玉兰.经济新闻报道[M].武汉:武汉大学出版社,2009.

绪波动,通过专业分析缓解股民的焦虑。此外,记者也有着较高的政治修养,经济的时势变化非常快,而记者能够迅速了解和掌握国家以及我党的最新经济政策,将其以通俗易懂的方式融入报道,便于读者理解。

本篇获奖作品结构清晰,段落之间的逻辑层层递进,突出此类"黑天鹅"事件不会改变股市内在运行逻辑的观点,并在结尾再次呼吁股民坚定信心、理性、客观分析疫情影响。作者在分析此现象时并未局限于单一视角,而是将纵向角度、横向角度相结合,既介绍时间层面的经济周期变化,又概括出资本市场和监管层面的积极对策,纵横交织地将此次风险终将平稳度过的结论呈现在读者面前。

该篇评论符合当下的传播规律,所论述的案例均与A股股民的利益直接相关。在话语的使用上既展现出自身的专业性,又选取平民视角贴合读者的需求,以真实、专业的论证证明自己的观点,便于读者理解A股不断向好的未来发展趋势。

四、报道价值与启示

《"黑天鹅"不会改变股市内在运行逻辑》在采访和写作上都十分出彩,具有极高的借鉴价值。同时,报道展现出的社会价值也十分值得学习。

(一)经济评论要肩负社会责任,提升引导力

中央宣传部副部长、一级巡视员段玉萍表示,目前,在这个新的发展时期,经济新闻媒体面临着许多的机遇与挑战。新的发展模式为经济类媒体的交流开辟出一个全新的发展领域,使其在内容上更加丰富多彩,为其发展创造了良好的机遇,而市场经济的发展则需要加强对公众的舆论导向。经济类媒体应为"十四五"规划服务、落实新发展理念,要提高自身的生存和发展水平,必须从四个层面着手:一是善于利用媒体的优势,为高质量发展提供有力的支持;二是加速媒体融合向纵深、智能化转型;三是要建立自信,充分利用自身的优势,发扬自身的优点,进行持续的创新;四是坚持正确的舆论立场,切实承担起舆论引导的社会责任。所以,在经济类报道中,既要有权威,又要有实际的价值。① 媒体是传播经济信息的重要渠道,必须准确地掌握新闻舆论的力量,从而引导大众对当前的经济发展状况有一个准确的认识,对经济发展产生正面的推动效应。②

基于当时的特殊背景,本篇评论肩负重任,牢牢贯彻新发展理念,谨遵"十四五"规划的要求,用严谨、专业的话语安抚受股市波动影响的股民们,引导A股市场的舆论走向稳定。在事理论证中立足于读者的生活需求,坚持从受众的切身利益出发,使读者能够准确地认识到当前的经济状况和动态,凸显出报道的解读能力,承担起经济评论的社会责任,提高引导力。

(二)经济评论要坚守专业性,扩大影响力

经济新闻和经济报道对日常生活有着重要的指导意义,经济新闻评论在写作时更要重视内容的专业性,提升报道的有用性。选择贴近当下社会背景和最新变动、有意义和价值的题材,深入剖析事件的脉络,增强内容的可读性。同时,经济报道也要注重亲

---

① 宋园园.2020中国经济传媒大会举办[J].消费指南,2020(12):80.
② 周尚梅.经济报道的舆情隐患及引导策略[J].青年记者,2021(4):67-68.

民化表达,使得文章内容和形式更加贴近社会情况、贴近群众需求,进而提高读者的阅读感受,巩固自身的影响力和传播效果。

增强经济新闻报道的专业性需要经济媒体加强自身修养,提升内功,熟悉政策方针,理解经济趋势,结合实际,敢于担当,在日常生活中不断学习积累,在紧要关头做好新闻报道。① 除此之外,要真正走进基层,获取新鲜的新闻材料,才能令报道更贴近群众的真实生活和切身利益。在知识经济时代,由于信息化的高速发展,全球的经济正趋于一体化。经济新闻报道正以前所未有的速度向外传播。经济环境与动态、经济政策的制定与调控都离不开新闻工作者的监督,因而提高经济评论的时效性就变得尤为必要。② 在资本市场出现波动的第一时间发布有理有据的评论分析,必将展现媒体的专业素养,不断增强自身的传播力和影响力。

(三)经济评论要重视写作策略,增强公信力

经济类新闻报道在采访与写作中应注重策略,抓取独特的经济视角,保障报道的创新性、真实性和客观性,而优秀的报道作品也能够更好地增强媒体的公信力。③ 把握独特的写作视角是经济新闻报道的关键之一,因为不同的视角有着不同的方式来呈现新闻的全貌,采用独特且准确的新闻角度进行报道,可以对同一个新闻事件展开多维度的思考。如在《"黑天鹅"不会改变股市内在运行逻辑》中,记者能够从股民的视角出发,切实地站在读者角度为其着想,再以此为出发点去采访监管部门、股票机构等,获取专业信息,将写作角度进行多维拓展,并以权威的观点来缓解股民的焦虑。提高报道的整体质量,增强读者对内容的关注。在获取到多方视角后,记者应注重新闻素材的含金量,每个受众对于同一个新闻报道和新闻事件会产生各自不同的看法,在对新闻内容理解方面也存在个性化解读。因此记者应从全局出发,首先要确立正确的政治立场,把握正确的舆论方向,在报道过程中提炼出有意义、有价值的新闻内容,增强受众对媒体的信任度。

此外,新闻媒体是党和政府的喉舌,特别是经济新闻记者更应该把诚信和真实放在第一位。如今,我们正处于"人人都有麦克风"的互联网时代。真实的与虚假的网络信息混杂在一起,极易对受众产生误导。这就需要经济新闻工作者发挥舆论引导的作用,占据主导地位,以科学、严谨、正确的新闻报道引导受众建立正确的价值观念。《"黑天鹅"不会改变股市内在运行逻辑》利用客观事实和权威人士发言内容作为依据,不仅能有效提高报道的说服力,也能增强媒体的公信力。

---

① 张小杰.大局观、执行力、专业化和社会化——从第32届中国经济新闻奖特别奖获奖作品看经济报道的四个方面[J].青年记者,2021(10):67-68.
② 朱胜伟.评论如何做到"观点制胜"——以经济新闻报道作为分析入口[J].传媒评论,2016(10):82-84.
③ 于晓光.经济新闻采访与写作解析[J].新闻研究导刊,2018,9(10):200-201.

第十章 《证券日报》

> 作为证券行业的重要信息窗口,《证券日报》拥有全球视野与专业视角,依托报纸、客户端、微博、微信、抖音等全媒体终端,全面报道国内外经济大事,及时传递资本市场最新信息并做出独到解读。
>
> 《证券日报》还充分发挥智库、论坛、咨询等专业化平台的传媒优势,推动政府、企业、金融机构、媒体等交流合作,每年均组织年度论坛和细分论坛,其主办的"新时代资本论坛"成为业内公认的重要的品牌论坛。

第一节 《证券日报》定位与发展

《证券日报》创立于2000年10月,每周一至周六出版,是新闻出版总署批准,由经济日报报业集团主办、公开发行的证券专业报纸,也是中国证监会、银监会、保监会指定披露信息的报刊,在北京、上海、深圳等地设有30多个记者站和办事处。这些扎根基层、遍布全国的站点与当地金融机构、上市公司等形成了紧密的联系网。

一、《证券日报》的定位:创新、责任与服务

《证券日报》以创新、责任、服务作为定位,这也是《证券日报》的立报之本。自2000年《证券日报》创刊以来,一直秉持"投资者关心什么,我们就回答什么;投资者急于了解什么,我们就快速解答什么"的追求目标,积极承担行业责任,不断创新资讯报道,不断拓展服务范围。

《证券日报》不断创新报道内容与报道方式。除了证券等财经类新闻速递、资本市场热点聚焦与上市公司信息披露三类日常版面外,《证券日报》还结合社会热点,适时推出"提高上市公司质量进行时""庆祝中国共产党成立100周年"等特别报道。此外,该报还发表了一系列关于资本市场的重要报道与评论,在股市低迷时期给予舆论引导,在上市公司遭遇发展瓶颈时给予专业建议等。

作为行业标杆的负责任的证券大报,《证券日报》积极承担行业责任,作为中国保监会指定披露保险信息报纸,《证券日报》及时全面报道保险业最新动态,是保险公司树立品牌形象和开拓特定市场的重要渠道;作为中国银监会指定披露银行信息报纸,《证券日报》及时全面报道银行业最新动态,是银行业树立品牌形象和开拓特定市场的重要渠

道和重要手段;《证券日报》还是北京产权交易所、成都联合产权交易所等几十个产权交易所指定信息披露报纸。

在创新报道内容与承担行业责任的同时,《证券日报》还不断延伸其服务范围,提升服务质量。在资讯推荐方面,针对投资者想要了解上市公司信息的迫切心理,设置了"公司新闻"版面,日常推送公司新闻;针对投资者投资素养不高的问题,推出了"深交所投教专栏"等投资教育类栏目,帮助投资者了解资本市场,做到理性投资。在服务平台建设方面,《证券日报》在官方客户端开设匿名投诉窗口,帮助投资者揭露不良企业,协调企业与投资者关系。

二、《证券日报》的发展历程

《证券日报》经历了从单一的纸媒到全媒体平台的发展历史,如今已形成报、网、微、端、视全媒体平台,形式更丰富,内容更多元,服务更完善。

(一)《证券日报》纸媒端的发展

20世纪90年代初,商品经济大潮风起云涌。1990年,上海证券交易所和深圳证券交易所先后成立,资本市场及交易平台初步成立。新生的资本市场离不开相关基础配套设施,而以提供证券专业资讯为主的财经类报纸成为资本市场信息传递的重要一环。1991年,由新华社主办的《上海证券报》率先出版,打响了创立证券类报纸的"第一枪"。《中国证券报》与《证券时报》也于1992年和1993年纷纷加入,形成了"三大证券报"的格局。

在中国资本市场成立10年后,刚经历牛熊转换的中国资本市场进入新一轮改革。更加开放的资本市场再次出发,由经济日报社主管、主办的《证券日报》应时而生。该报创办于2000年10月,以创新、责任、服务为立报之本,全面报道国内和全球资本市场动态,及时传递党中央、国务院和各部委重大政策信息,讲述上市公司、金融机构等市场主体的故事,剖析资本市场最新动向,依靠专家团队答疑解惑。该报与同为中国证监会、中国保监会和中国银监会指定的相关行业信息披露媒体《中国证券报》《上海证券报》《证券时报》并称"四大证券报"。

《证券日报》自诞生起,就与中国资本市场共成长。30余年的时光下,中国资本市场发生了翻天覆地的变化。《证券日报》也经历多次改革,朝着内容更丰富、服务更多元、形式更多样的证券大报迈进。2013年,《证券日报》被国家新闻出版广电总局推荐为"百强报刊"。[①]

报纸内容渐趋丰富。从报道数量来看,《证券日报》的新闻量明显增多,其"信息披露"版面的改革尤为明显——版面数量从早期一版激增至现在的上百版。从报道范围来看,《证券日报》的报道范围由早期的"以证券信息为主"到"证券信息与其他财经信息并重",其"热点聚焦"版面尤其注重财经领域的新鲜事、热门事。从栏目设置上看,《证券日报》栏目更加多元化。在日常栏目上,该报拥有"新闻演播室""聚光灯下"等热点聚焦类栏目,开设了"马上就评""短评"等证券热点评析类栏目,创办了"董事长面对面""直击股东大会"等公司新闻展示栏目,还打造了"深交所投教专栏"等投资教育类栏目。

---

① http://www.nrta.gov.cn/art/2018/3/2/art_113_34973.html.

除了常设类栏目,《证券日报》还会在年中与年末推出总结类专栏,如"金融机构半年报系列""金融机构年报透视系列""国企改革年中盘点"等栏目,对金融机构、上市公司等主体进行盘点与总结。针对行业热点,《证券日报》还会推出热点资讯与解析专栏。如《解读区块链产业政策系列报道》(2021年6月)针对当时热议的"区块链"话题,探讨区块链技术的政策红利与应用至产业发展的相关问题。

服务更加多元。投资者教育是资本市场中的基础性工作。针对这一问题,证券日报开设了"深交所投教专栏"等固定栏目,帮助投资者走进债券市场,认识债券投资风险。此外,《证券日报》充分发挥拥有智库、论坛、咨询等专业化平台的媒体优势,积极推动政府、企业、金融机构、媒体等的交流合作。其中,由《证券日报》主办的"新时代资本论坛"每年均组织年度论坛和细分论坛,就资本市场发展中的重大问题展开讨论,提出政策建议。

形式更加多样。从2000年《证券日报》创刊至2021年,《证券日报》的经营触角已由纸媒领域延伸至互联网领域。其网络化的第一个尝试是电子报。2007年9月17日上线的《证券日报》电子报,全文摘录报纸内容,将《证券日报》的传播力与影响力扩大至互联网领域。随着移动终端的普及与实时传输速率的提升,《证券日报》在移动互联网时代下开始积极部署移动终端建设。2010年12月,《证券日报》手机报正式上线,摘录当天重要的报纸信息,方便读者随时随地进行阅读。电子报和手机报成为《证券日报》紧跟互联网浪潮转型的重要一步,此后,《证券日报》的形式愈发多样,互联网经营版图愈来愈大。在第四届新时代资本论坛上,证券日报社社长陈剑夫指出,《证券日报》的版图从曾经的一张报纸,正发展为目前的报、网、微、端、视全媒体平台。① 目前,《证券日报》已搭建起了以《证券日报》报纸为根,以证券日报网、证券日报客户端、"证券日报之声"微博、"证券日报之声"微信公众号、"证券日报"抖音、"证券日报"视频号为枝的全媒体平台。微信、微博、微视频等"枝"为报纸的"根"输送传播力、影响力等营养,报纸的"根"又反过来成为哺育微信、微博、微视频等"枝"的引导力和公信力的养料。

(二)《证券日报》新媒体端的发展

随着新媒体时代的到来,在读者与广告商双重流失的困境下,《证券日报》开启了"互联网+"的转型之路,其媒体版图由纸媒逐渐延伸至新媒体领域。目前,《证券日报》已形成了"报、网、微、端、视"一体的全媒体平台,其新媒体版图端触及微博、微信、网站、客户端、抖音等多个领域(见图10-1)。

1. 微博

随着新媒体时代到来,传统媒体纷纷借助新媒体之势,加入新媒体阵营。2009年诞生的新浪微博以资讯的快捷性、社交的便捷性吸引了众多网络用户,也成为各大主流媒体网络化转型的重要平台。

2012年1月,《证券日报》官方微博"证券日报之声"上线。"证券日报之声"微博并非直接搬运《证券日报》报纸内容,而是结合微博"短、平、快"的特点,以简短的信息、平实的语言、及时的报道传递财经新闻。"证券日报之声"微博以传递动态新闻为主,辅以

---

① http://www.zqrb.cn/Special/Pages/NECF2020/2020-12-11/A1607653449976.html.

图 10-1 《证券日报》全媒体矩阵示意图

深度头条文章。截至 2021 年 6 月 22 日,该微博粉丝量已突破 145 万,每日阅读量突破 10 万。

在 Web2.0 时代,用户的主动性大大提升。垂直、细分的用户定位成为媒体生存的关键。除了"证券日报之声"这一微博主体账号,证券日报社先后开设了针对资本市场中不同投资者的垂直账号,还设置了社内知名记者的微博账号,构建出了《证券日报》微博矩阵(见图 10-2)。

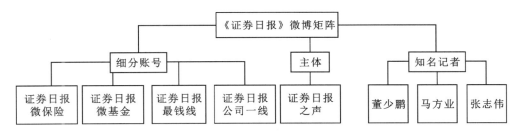

图 10-2 《证券日报》微博矩阵示意图

一方面,《证券日报》将证券信息内容细分化,针对不同投资人群推出了更加垂直化的微博账号。其中包括针对股民关切提供股市信息的"证券日报最钱线"、及时发布基金信息的"证券日报微基金"、指导保险选择的"证券日报微保险"和提供公司一线信息的"证券日报公司一线"。

另一方面,《证券日报》设立了"董少鹏""马方业""张志伟"等微博账号,充分发挥知名记者的意见领袖作用,对证券市场热点事件进行评述,加强与网民互动,逐步扩大《证券日报》的影响力。其中,"董少鹏"微博粉丝数突破 3 万,"马方业"粉丝数突破 4 万。

2.微信公众平台

依托"微信"这一社交软件,2012 年问世的微信公众平台自诞生起就积聚起了巨大流量。与讲究"短、平、快"的微博不同,微信公众平台更注重深度报道,这与纸媒的特性不谋而合,微信公众号也成为纸媒网络化转型的重要选择。

2013年7月5日,《证券日报》在其首个微信公众号"证券日报之声"上发布了首条新闻《地方自行发债扩至六省市 江苏山东纳入试点》,拉开了建设报社微信公众号账号体系的序幕。该公众号以日更的形式,将《证券日报》的重要新闻整理后发布至微信公众号上。随后,以报道证券市场活动信息为定位的"证券日报"微信公众号创立,并于2014年8月29日发布了第一篇文章。截至2021年7月20日,证券日报社开设了超14个账号,微信公众平台的账号森林体系日益完善。最早创立的微信公众号"证券日报之声"原创数量已突破7055篇。

在证券日报社开设的14个微信公众号中,"证券日报之声"为主体部分,将当日《证券日报》与证券日报网中的重要财经新闻整理成微信文章推送。围绕着该主体公众号,证券日报社落实垂直细分的战略,针对不同用户开设了小众化的垂直公众号。例如,展现《证券日报》内部党建工作的"证券日报微党建"、及时传递股市信息的"证券日报股市最钱线"、聚焦上市公司运营情况的"证券日报公司一线""公司零距离"、聚焦金融机构报道的"金融1号院"等(见图10-3)。

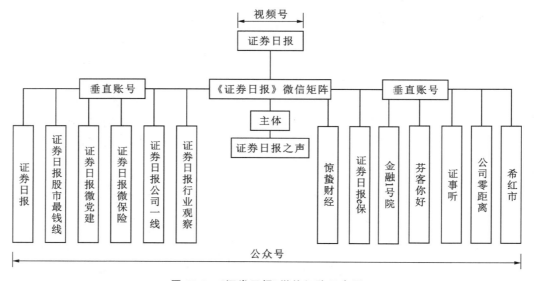

图10-3 《证券日报》微信矩阵示意图

2020年1月22日,腾讯公司正式宣布"微信视频号"开设内测。同年8月,证券日报社开设了第一个微信视频号——证券日报。视频号的创立进一步完善了证券日报社微信矩阵的布局,是继建立抖音账号之后,将经营范围由图文进一步向短视频领域延伸的表现。该视频号目前已设立"今日午评""今日收评"等股市走势评析栏目、"红色金融小百科"等投资者教育栏目,以直观的画面和精练、准确的语言及时传递行业信息,提供优质服务。

3.证券日报网站

2017年12月,证券日报网站正式上线。经数年发展,目前该网站已搭建起财经、公司、金融、股服、股票、科创版、投服、视频、专题、博客、信披等固定栏目,拥有地产频道、汽车频道、食品频道、基金频道等8个专业频道。网站每日根据垂直栏目的不同定位,滚动性投送相关新闻。

此外，证券日报网站首页还链接了官方App、微博与微信公众号，进一步加强社内全媒体矩阵联动。用户可通过链接自行下载官方客户端，关注其移动端账号。

4. 证券日报客户端

证券日报客户端主打资讯与服务。其资讯内容源于《证券日报》与证券日报网每日重要信息，为读者提供权威、重磅、独家的财经资讯。其资讯栏目不仅设置了新闻、热点、音视频等常规栏目，还开设了一系列特别报道栏目。其服务栏目主要分为"市场"与"投服"板块。在市场板块，证券日报客户端为股民展现每日优股排行，讲解股市行情变化。在投服板块，该客户端一方面为投资者提供相关教育类文章，帮助投资者获悉股市动态，认识投资风险；另一方面专辟"投诉与维权"板块，为用户提供匿名举报的机会。

5. 证券日报抖音号

新媒体环境下，媒体的用户正面临着由"读文时代"、"读图时代"到"视频时代"的转变。一方面，4G网络的普及、5G资费的降低为短视频流畅运行提供了重要物质条件；另一方面，短视频简洁、精细的特质符合当下用户碎片化、场景化的观看习惯。在这一背景下，字节跳动公司抓住"新蓝海"，在2016年推出了定位于年轻群体、以社交为目的的"抖音"App。经过几年的沉淀，抖音一跃成为短视频领域中的一匹"黑马"。

传统媒体的"网络化转身"已不仅限于诞生自"读图时代"的微博、微信公众号等账号，顺应时代浪潮，打造专属的短视频账号成为各大证券媒体转型的必然之举。作为短视频市场中的头部App，积聚起巨大流量的"抖音"也成为传统媒体"造船出海"的绝佳载体。

2019年6月14日，证券日报社抖音号"证券日报"发布了第一条短视频《♯新中国第一只股票 ♯第一个交易柜台 ♯第一代散户》。利用老照片、采访视频、现场原音、纯音乐等多媒体形式，简洁、生动地向观众叙述了新中国第一只股票、第一个交易柜台和第一代散户的故事。2020年初，新冠肺炎疫情暴发，"证券日报"抖音号对其不断跟踪报道。利用视频化带来的现场感，"证券日报"抖音号走进国务院新闻发布会现场，及时、分段发布新冠肺炎疫情的相关信息，向观众传递一手信息。战胜新冠肺炎疫情不仅是前线医务工作者的任务，也是大后方与新冠肺炎疫情相关的所有民众的责任。"证券日报"抖音号还特设了"2020上市公司抗'疫'在行动"视频专栏，用直观的音视频，讲述了蓝帆医疗、华夏航空等几十家上市公司在后方筹集善款、调运物资的行动，体现了资本市场中企业的社会担当。

《证券日报》已完成官方抖音号的认证，截至2021年6月22日，共发布了1362条作品，积聚起18.3万粉丝，获82.2万个赞。

第二节 《证券日报》运营与盈利模式

《证券日报》坚持差异化竞争与精准化服务原则，以"总部总控、区域互补联动"的经营战略为导向，形成了独特的运营与盈利模式。该报在全国各地设有驻地联络机构，在北京、上海、广东、深圳、广西等30多个地区设有记者站，负责信息收集、市场调研、业务拓展等，按照总部部署并结合当地实际情况，为客户提供专业化服务。目前，《证券日报》已形成完善的现代管理制度，进入发展的快车道。

《证券日报》以广告发行、品牌活动为主要营收，在创新报道内容、提升内容品质的同时，推出了优质的服务内容，形成了独具特色的运营与盈利模式。

一、《证券日报》的广告发行

在传统媒体时代，广告发行是报纸收入的主要来源。《证券日报》的广告收入也是其盈利的主要渠道之一。依托专业化的新闻报道优势，《证券日报》一经问世，便迅速吸引了资本市场的目光，积聚了投资者、上市公司等大批读者。《证券日报》专辟广告版面，面向读者推荐优质投资产品，同时还介绍了在资本市场表现优异的上市公司，推出公司新闻。

具体而言，《证券日报》的广告收入主要包含广告版面费与信息披露版面费两大块，其广告价目如图 10-4 所示。一方面，依据版面规格、版面位置与不同颜色划分广告费用；另一方面，设置了信息披露版面，上市公司刊登法定信息披露公告按原价目表的 50％收费。

证券日报 广告刊例价

SECURITIES DAILY MEDIA KIT

单位：元（人民币）

2018年1月1日起执行

规格	尺寸(cm) 高×宽	A1版 高×宽	A2、A3版	A4版		B1、B4、C1、C4、D1、D4版			B2、B3、C2、C3、D2、D3版		其它版	
		彩色	黑白	套红	彩色	黑白	套红	彩色	黑白	套红	黑白	套红
整版	48×34	无	180000	200000	300000	170000	190000	280000	160000	180000	120000	150000
半版	24×34	480000 (20cmx34cm)	90000	100000	150000	85000	95000	140000	80000	90000	60000	75000
1/3版	16×34	360000 (13cmx34cm)	60000	67000	100000	56000	65000	95000	54000	60000	40000	50000
1/4版	12×34	240000 (10cmx34cm)	45000	50000	75000	42500	47500	70000	40000	45000	30000	37500
双通栏	20×34	400000 (16cmx34cm)	75000	83000	125000	70000	78000	75000	65000	72000	50000	62500
通栏	10×34	200000 (8cmx34cm)	36000	40000	60000	34000	38000	56000	32000	36000	24000	30000
1/6版	8×34	180000 (6.5cmx34cm)	30000	33000	50000	28000	32500	48000	27000	30000	20000	25000
1/8版	12×17	120000 (10cmx17cm)	23000	25000	37500	21500	24000	35000	20000	22500	15000	18750
1/10版	10×17	100000 (8cmx17cm)	18000	20000	30000	17000	19000	28000	16000	18000	12000	15000
1/12版	8×17	90000 (6.5cmx17cm)	15000	16500	25000	14000	16000	24000	13500	15000	10000	12500
1/16版	12×8.5	60000 (5cmx17cm)	12000	12500	19000	11000	12000	17500	10000	11500	7500	9300
1/24版	8×8.5	45000 (6.5cmx8.5cm)	7500	8300	12500	7000	8000	12000	6500	7500	5000	6200
大顶通	3×34	150000	100000	无	无	50000	60000	无	30000	40000	无	无
小顶通	3×26.5	120000	70000	无	无	35000	45000	无	20000	25000	无	无
报眼	11.5×6.5	80000	无									
报花	3.5×4.5	7500	3500								无	无
跨页整版	48×74.5	无	黑白 250000 套红 300000 彩色 400000									
备注	头版尺寸按头版报价后标出尺寸为准。											

1. 在本报刊登公告、广告须按《证券法》、《广告法》及国家有关规定办理，出具相关文件及证明。刊户对广告内容负法律责任。
2. 刊登广告内容须真实、合法，不得以任何形式欺骗用户和消费者，如有不妥，本报有权进行删改。
3. 客户自备广告设计稿件应符合本报刊登的要求，电子版文件需提供300dpi的jpg或tif图。图文应清楚明确，否则后果自担。
4. 订位期限：出版日前3个工作日；截稿日期：出版日期前第2个工作日。
5. 广告收费一律实行预收款制度，先收费，后刊登。广告认刊后要求停登，本报一律收取20%退稿费。
6. 加急刊登广告需加收全额广告费的 10%。刊登特殊规格的异形广告时，须提前与广告部协商。
7 广告刊登时间及版位，由本报统筹安排。指定版位加收30%，特急稿件（当日交稿次日见报者）加收50%，广告稿件如因原稿不清发生差错，由刊户负责；如因本报原因出现差错，本报负责对出错部分免费更正一次，已刊出的广告仍按标准收费。
8. 上市公司刊登法定信息披露公告按本价目表50%收费。
9. 广告监督、投诉电话：（010）82031716　82031718

图 10-4　《证券日报》广告价目表示意图

二、《证券日报》的品牌活动

随着新媒体的异军突起，纸媒的大量广告商外流，报业面临前所未有的盈利危机。改变经营方式、拓展盈利模式成为纸媒在转型和融合发展中的必经之路。《证券日报》

采取产业化的经营模式,借助自身所创立的财经媒体品牌力量,积极布局产业链,将中心产业聚焦于综合信息服务与大型活动会展等产业,为政府、企业与专家学者提供交流平台。

目前,《证券日报》已成功举办了"新时代资本论坛""科创领军者峰会"等品牌论坛活动,发起的科创领军者联盟也取得良好成效。

(一)新时代资本论坛

证券日报社主办的"新时代资本论坛"是业内重要的年度品牌论坛。论坛团结业界精英,聚焦新时代资本市场强国方略,就金融和资本市场改革开放重点议题深入研讨,不断完善中国资本市场治理体系,展现资本市场建设最新成果。

2018年至2020年,《证券日报》分别以"中国新时代 价值新坐标""经济改革与股市振兴""务实与创新:资本市场再启航""双循环"下的资本市场创新与发展"为主题,连续举办了四届"新时代资本论坛",在业内形成良好的品牌效应。论坛还设置了金骏马奖,根据上市公司营收状况、盈利能力、分红成绩等基础数据,为具有影响力的上市公司总裁、上市公司与金融机构等颁发奖章。

(二)科创领军者联盟

科技创新是企业发展的重要动力,在中国科创板上市十周年之际,《证券日报》为给予公司更优质的服务体验,帮扶公司成长与发展,打造了"科创领军者联盟"。2019年底,该联盟正式成立,第一批会员达43家公司。至2020年12月11日第四届新时代资本论坛召开,该联盟成员已达111家,涵盖生物医药、信息技术等多个尖端领域。

(三)科创领军者峰会

《证券日报》社策划举办的"科创领军者峰会"诞生于资本市场"三十而立"、科创板迎来"一周岁生日"之际。这一峰会面向"科创领军者联盟"会员,展现企业发展的机遇,分析企业遇见的难题,展望企业发展的前景,帮助会员企业快速成长。

2020年至2021年,《证券日报》已成功举办了两届"科创领军者峰会",分别以"探索与担当"和"传承与创新"为主题,形成良好品牌效应。此外,科创领军者峰会颁发"科创金骏马"奖项以奖励在资本市场中表现优异的上市公司。奖项主要包含"卓越公司""成长先锋"等。

第三节 《证券日报》的知名栏目

自2000年《证券日报》创办以来,该报已走过了20余个年头。从最初的一张报纸发展为如今的数张报纸,《证券日报》的版面数量愈来愈多,栏目设置愈来愈丰富,涌现出愈来愈多在资本市场中闪闪发光的知名记者。

《证券日报》一周六刊,每周日休刊,每日发刊版面不固定,固定有头版、今日基本面、热点聚焦、金融机构、公司新闻、信息披露等版面。此外,还在不断更新改版中形成了专题、综合、特别报道等知名版面。报纸设有"新闻演播室""独具慧眼""聚光灯下""直击股东大会""董事长面对面"等常设栏目，并依据资本市场实时动向，及时开设新闻专栏，其中，"提高上市公司质量进行时""区块链大咖面对面""价值发现在路上"等专栏受资本市场广泛称誉。

一、常设栏目

2021年的《证券日报》主要有五个著名常设栏目，分别为"新闻演播室""独具慧眼""聚光灯下""直击股东大会""董事长面对面"。

（一）新闻演播室

2016年1月11日起开始更新的"新闻会客厅"栏目是"新闻演播室"的前身。该栏目以2至5篇组合报道的形式，围绕近期热点话题，从多维度为读者呈现焦点新闻事件全貌。该栏目在"今日基本面"版面固定出版，每周出版6期。

2017年12月12日，"新闻会客厅"栏目正式改革，由专家访谈类栏目转变为解释性报道栏目，栏目名称也变更为"新闻演播室"。变更后的"新闻演播室"栏目出版周期、版面布局、主持人引语等大体沿用"新闻会客厅"栏目。

随着新媒体时代的不断深入，《证券日报》的访谈方式愈发多样。在访谈嘉宾展示一栏，"新闻会客厅"时期的访谈主要依托于电话采访，而改革后的"新闻演播室"栏目采用了电话采访、现场采访、网络采访等多种访问方式，访问形式愈发多样。此外，栏目名称的变革也有利于避免重名问题带来的栏目传播力、影响力受限。2003年5月1日起，中央电视台新闻频道开办了新闻话题及人物访谈专题电视节目"新闻会客厅"，该节目以央视名嘴白岩松、新闻联播主播李小萌等为主持人，已经积聚了广泛影响力。《证券日报》将"新闻会客厅"更名为"新闻演播室"有利于避免原创栏目"撞名"，提升原创栏目的传播力。

1. 栏目设置现状

2017年12月12日，《证券日报》"新闻演播室"栏目正式上线。上线第一天，该栏目发布了《多因素制约国企降杠杆进程 专家建议确定合理降杠杆目标》《资管新规强调打破刚性兑付 银行理财业务或将收缩》《地方"承诺函"式举债禁而不止 五地违规举债逾64亿元》《投资者：国企降杠杆可纠正资源配置扭曲》四篇新闻，专访苏宁金融研究院宏观经济研究中心主任黄志龙，围绕国企降杠杆、防范地方违规举债、金融服务实体经济等方面进行前瞻性解读。

"新闻演播室"栏目具有相对固定的版面与出版周期。2021年4月10日至7月10日，该栏目均在"今日基本面A2"版面出版。该栏目每期由一位证券日报社内非固定的主持人主持，针对近日资本市场热议话题展开讨论，每日出版一期，每周出版6期，每期含2至5篇新闻稿件。

栏目诞生之初，标识采用摄像机、胶卷与矩形元素（见图10-5）。2017年12月14日，"新闻演播室"标识展开了第一次改革，更改后的标识沿用了摄像机元素，删减了胶卷、矩形元素（见图10-6），增设了穿西装的人、椭圆形元素。胶卷的弃用体现了新媒体时代发展下，新闻演播室改革后的数字化。增设的"穿西装的人"隐喻主持人或邀请的专家学者，突出了"人"的色彩，强调了该栏目的对话感。同时，椭圆形元素呼应版面的其他栏目框线,整体上更加和谐。底色由深色变为浅色后,栏目名称与展示主题更为明显。

图10-5 《证券日报》"新闻演播室"标识改革前

图10-6 《证券日报》"新闻演播室"标识改革后

2. 栏目定位

"新闻演播室"栏目聚焦资本市场最新动态,多方位呈现热点财经事件,为广大投资者深度解析资本市场热点事件背后的奥义。

在读者定位方面,"新闻演播室"栏目最广泛的受众为普通投资者,兼具关注资本市场的行业人士等。每期栏目选择也为普通大众关注的一些投资类话题与经济发展类话题,如"聚焦地方债"(2018年8月21日)、"稳房租"(2018年8月24日)、"聚焦8月份国民经济成绩单"(2020年9月16日)、"聚焦提高上市公司质量"(2020年9月25日)。栏目语言通俗易懂,较少使用艰深的行业语言。

以上述读者定位为导向,其栏目内容设置也围绕着投资者热议的话题展开。每期话题由2至5篇新闻组合而成,涵盖政府部门、专家学者、媒体声音、普通大众等多个视角。为凸显丰富视角,《证券日报》还创立了"我在现场""今日嘉宾"等子栏目,从普通大众与专家学者角度解析热点财经事件。

3. 栏目特色

"新闻演播室"栏目新闻为热点财经事件的解释性报道,每期话题分析由2至5篇新闻组合而成。其栏目特色主要有以下四个。

1) 多篇新闻组稿的解释性报道

有学者指出:"解释性报道的主要文体功能是信息功能和劝说功能。与纯新闻报道相比,解释性报道围绕事件分析、问题解释,注重逻辑关系。"[1]"新闻演播室"栏目聚焦财经热点,分析资本行业最新动态,解读相关财经政策,剖析热点背后的隐含问题并指明热点事件发展前景。

多篇新闻组合而成的解释性报道,描绘了热点事件的不同侧面,有利于读者深入了解热点事件。2021年4月23日,"新闻演播室"栏目聚焦"财政直达资金"热点话题,刊发了4篇新闻报道,解释了财政直达资金的最新动向,剖析了该资金的未来前景。其中,《推动财政直达资金抵达"最前线" 官方强调把更多财力下沉》指出了财政直达资金的政策支持与专家观点;《2.6万亿元财政直达资金下达 多地跑出惠企利民"加速度"》讲述了内蒙古自治区乌兰察布市、陕西省等全国多地财政直达资金的下沉情况;新闻评论《财政资金直达机制值得点赞》阐明了财政直达资金下达后,资金投向更加精准、资金使用效率大幅提升等重要意义;《确保财政直达资金用在刀刃上 全链条构建监管"防护网"》则展望了财政直达资金下达前景,提出了构建监管"防护网"的建设性措施。该解释性报道有利于读者知悉财政直达资金在全国范围内下达的最新情况,明晰该事件的政策支持、重要意义与未来前景,有利于读者深度了解该热点事件。

---

[1] 端木义万. 解释性报道的文体功能及语篇结构特点[J]. 解放军外国语学院学报,2002(2):21-24.

2）多方视角的综合性报道

"新闻演播室"栏目是汇集了政策导向、媒体立场、专家视点、大众视角等多方视角的综合性报道栏目。该栏目通过展现多方视角，全面呈现了热点话题。

该栏目下设"我在现场""今日嘉宾""短评"等子栏目，分别从普通大众、专家学者与媒体视角切入报道。在2018年北京房价大涨背景下，"新闻演播室"栏目在2021年4月23日聚焦"稳房租"问题，发表了系列报道。"我在现场"子栏目刊登《租户热议北京稳房租举措：太给力了！》一文，展现了北京多处租户期望稳定房租费用的民生意愿；《北京7天6招稳房租 专家称持续上涨条件不具备》立足诸葛找房数据研究中心首席分析师陈雷、贝壳研究院院长杨现领等专家观点，预测房租不会持续上涨；《证券日报》评论文章《房住不炒 房租更不能炒》表明了"房租上涨需一定合理范围，不能炒房租"的媒体立场。

该栏目通过展现专家、民众、媒体等多方观点，既有利于从多角度展现热点事件全貌、从多侧面反映民生声音，又有利于通过综合相似观点，指导投资者正确进行投资选择。

3）彰显专业的深度性报道

"新闻演播室"栏目数据精确、来源广泛、采访翔实，对每期话题从不同侧面深度剖析，彰显了作为"四大证券报"之一的《证券日报》的专业性。

2018年，随着广西、辽宁、河北等地相继出台改善营商环境的政策措施，"促进民间投资"的话题成为资本市场的关注焦点。《证券日报》"新闻演播室"栏目聚焦"民间投资"，在2018年1月11日发布了三篇系列报道：《多省份密集出台政策促进民间投资增长》《2018年民间投资有望发力三大领域》《专家建议出台一揽子方案激活民间投资》。三篇报道采访了国新未来科学研究院副院长徐光瑞、易居研究院智库中心研究总监严跃进、苏宁金融研究院宏观经济研究中心主任黄志龙、中国不良资产行业联盟首席经济学家盘和林与中国国际经济交流中心经济研究部副研究员刘向东等5名行业领域专家学者，采访来源广泛，采访内容翔实，彰显了该系列报道的专业性。

该栏目还展现了《证券日报》记者的专业性。访谈实录《专家建议出台一揽子方案激活民间投资》（2018年1月11日）记录了证券日报社记者孟轲与刘向东副研究员的完整对话。孟轲聚焦"激发民间投资活力问题"，连发四问：

"激活民间投资活力的必要性有哪些？"
"各项政策措施对促进民间投资作用如何？"
"目前民间投资有哪些瓶颈尚待突破？"
"2018年民间投资如何更好地释放活力？"

四个问题从民间投资的重要作用、政策落实情况、民间投资的当下困境与解决措施着手，提问简洁清晰却层层深入，体现了该栏目记者的专业素养。

此外，该栏目还援引权威信源，以精确数据增添了报道的专业性。在2018年1月11日发布的3篇系列报道中，《证券日报》引用了国家统计局公布的数据，还引用了徐光瑞、严跃进等专家学者提供的权威数据，新闻报道客观、准确，专业性强。

(二) 独具慧眼

"独具慧眼"栏目名称具有丰富意蕴。其中，"独"字意指观点独特，"慧"字意指眼光敏锐,见解高超。开栏语指出:"做好这个栏目的文章,需要用我们的'慧眼'来观察财经热点事件的点点滴滴,将别人看不到的东西或者自己的感悟诉诸笔端。"

1. 栏目设置现状

2013 年 6 月 14 日,《证券日报》开设了"独具慧眼"栏目。该栏目为《证券日报》原创评论栏目,依托社内丰富的评论员储备,该栏目稿件充足,得以每周出版 5 期。正文字体采用楷体,传达出轻松、活泼之态。

随着栏目制作逐渐成熟,成立之初"一只眼睛"的慧眼标志(见图 10-7)已不能传达出该栏目表达的内涵,"独具慧眼"栏目启动了"栏目标识"的第一次改革。2018 年 4 月 16 日,该栏目迎来了新标志(见图 10-8)。新标志由定位坐标、K 线图、栏目名称等元素组成,组合起来的标识既是一个精准定位股市风云的坐标,又象征着一只洞悉资本市场的眼睛,丰富了栏目的意蕴。

图 10-7 《证券日报》"独具慧眼"标识改革前　　图 10-8 《证券日报》"独具慧眼"标识改革后

栏目创立初期固定在周一至周五每日出版一期,每周出版 5 期,刊登在"今日基本面 A2"版右上角。2019 年 5 月至今,"独具慧眼"栏目改为不定期出版,同样在"今日基本面 A2"版发行。

2. 栏目定位

在读者定位方面,"独具慧眼"栏目面向关心财经事件的广大普通民众。选择的栏目话题充分考虑大众心理,挑选资本市场中的热点问题、典型问题。其行文也较少使用生僻字与专业用语。此外,该栏目善用开门见山的写作方法,直陈观点,针对热点财经事件进行犀利点评,有利于读者迅速理解文章的中心含义。

在内容定位方面,"独具慧眼"栏目为原创评论专栏,以评析资本市场最新动向、解析普通民众关注焦点为主要内容,力求观点独到、见解深刻。该栏目面向广大普通民众,内容呈现不严肃刻板,追求行文亦庄亦谐、不拘一格。

3. 栏目特色

"独具慧眼"栏目最大的特色是"轻松之余见真章"。活泼的字体与通俗的语言彰显着"独具慧眼"栏目与其他评论栏目的区别。正文摒弃端正的宋体字,选取了活泼的楷体字,不仅为该栏目增添了一抹特殊色彩,还与轻松活泼的栏目定位相得益彰。此外,面向广大普通大众的"独具慧眼"注重语言的通俗性,幽默诙谐的行文也为该栏目增添了活泼的色彩。例如,《精准调控重在人、地、房联动》(2021 年 6 月 18 日)开篇使用了"囊中涩"与"节节扬"形成鲜明对比,诙谐地讽刺了目前房价暴涨时代下的一大困境——微薄薪水与高昂房价的矛盾,笔触犀利,直击痛点。寥寥 16 字的开篇,出语不凡,以轻松姿态引出记者即将探讨的话题——楼市价格调控。结尾使用的"稳稳的幸福"引用陈奕迅《稳稳的幸福》歌词"我要稳稳的幸福",引用脍炙人口的歌词,能增强文章的通俗性,有利于拉近文章与读者的距离。

(三)聚光灯下

"聚光灯下"栏目为《证券日报》的深度报道栏目,聚焦热点财经事件,深度解析事件背后的现实意义、问题指向与未来动向。2020年6月30日,该栏目发布了第一篇文章《嗨皮网络毛利率逐年缩水 在短视频巨头夹缝中求生》,在"热点聚焦A3版"右上角出版。此后,该栏目基本固定在该版面左上角出版,每期配发与主题相关的原创漫画图片。

栏目标识由投影仪、落地灯与栏目名组成。相比改版前的栏目标识(见图10-9),改版后的标志将"灯"字替换成两倍大的落地灯,灯光洒在栏目名上,底部浮现黑色的影子(见图10-10)。改版后的栏目名强调了黑色影子,该行为既是模拟现实环境,增添真实性,又隐喻在《证券日报》的聚焦报道下,事件背后的一切问题都会被揭示出来。此外,新标识更突出了"灯"的元素,隐喻该栏目是调查报道的指路明灯。

图10-9 《证券日报》"聚光灯下"标识改革前　　图10-10 《证券日报》"聚光灯下"标识改革后

(四)直击股东大会

对于投资者来说,投资选择与上市公司的最新动向息息相关。然而,代表上市公司发展方向的股东大会一直以来是公司内部的"后台行为",投资者对上市公司实力评估产生了盲区。

《证券日报》精准定位于想要了解上市公司最新动向的投资者,推出了"直击股东大会"栏目。总体来看,该栏目在"公司新闻B2"版面左上角或"热点聚焦A3"版面不定期出版,每期报道均配发股东大会现场图片或原创单幅漫画。

其内容设置包含各企业的资讯动态与深度解析。通过展现股东大会的重要资讯,减少了投资者的信息盲区,便于合理评估企业实力。然而,该栏目的内容呈现并非各个股东大会的会议实录,而是结合股东大会现场信息,深度解读会议背后透露的信号,解析各企业未来进一步的动向。如《股东大会限量供应1万套酒品礼盒 贵州茅台透出啥信号?》(2021年6月2日),既捕捉到贵州茅台年度股东大会售酒限量供应的信息,又通过采访专家学者推测出贵州茅台企业"完善产品销售结构,确保企业的可持续成长"的进一步战略安排。

(五)董事长面对面

《证券日报》面向上市公司与投资者推出了"董事长面对面"人物专访栏目,每期邀请一名优秀企业的董事长分享公司经营情况与创业心得。

专访的人物均为上市公司的董事长。一方面,董事长是一家企业的最高领导者与管理者,其言论往往预示着一家企业在资本市场的未来动向。另一方面,上市公司董事长的言论也与股市行情、投资者投资选择息息相关。选择专访上市公司董事长既有利于为展现企业实力提供重要窗口,又有利于投资者直接了解企业经营状况。

面对企业与投资者的双重读者定位,"董事长面对面"栏目内容设置分为两个部分:一是及时传递企业资讯,宣传优秀企业良好成绩,树立优质企业良好形象;二是聚焦业绩背后的经营发展战略、长期发展趋势及潜在投资价值等专业问题,以期为投资者合理投资提供参考。

目前，该栏目在公司新闻 B2 版面不定期出版，每期邀请一位上市公司的董事长面对面交流，并配发一张现场采访图片或董事长单人照片。目前，该栏目已采访了华阳集团董事长翟红、征和工业董事长金玉谟、保力新董事长高保清、凯龙高科董事长臧志成、安恒信息董事长范渊等众多上市公司的董事长。

二、特设栏目

《证券日报》根据资本市场动向适时推出特别栏目，"提高上市公司质量进行时""区块链大咖面对面""价值发现在路上""金融机构半年报""深交投教专栏"等特别栏目广受称誉。

（一）提高上市公司质量进行时

中共中央政治局 2019 年 7 月 30 日召开会议，分析研究当前经济形势，部署下半年经济工作。会后发布的新闻稿提到，科创板要坚守定位，落实好以信息披露为核心的注册制，提高上市公司质量。[①] 提高上市公司质量离不开监管者、投资者等多方市场主体共同助力。作为资本市场的"瞭望者"，《证券日报》开设的"提高上市公司质量进行时"专栏采访了多元市场主体，从多维视角为上市公司成长建言献策。

1. 栏目设置现状

2019 年 8 月 8 日，证券日报社副总编辑彭春来在《证券日报》发表了《大力提升上市公司质量是新时代资本市场的必然选择》一文，正式宣告了"提高上市公司质量进行时"栏目诞生。

总体而言，"提高上市公司质量进行时"栏目的出版周期较为固定。该栏目基本固定在周二出版一期，每月出版 4 期至 5 期。2020 年 8 月 4 日，该栏目进行了改革，出版周期由 7 日转变为 14 日出版一期，同为每周二出版，每月出版 2 期至 3 期。除特别栏目外，《证券日报》还设置了"提高上市公司质量专刊"，每月发行 1 刊。截至 2021 年 6 月 22 日，该栏目已刊发 66 期报道，在头版刊登共计 6 次。

2. 栏目定位

"提高上市公司质量进行时"栏目为原创栏目，由证券日报社副总编辑袁华等人策划，社内资深记者侯捷宁、张歆、杜雨萌、吴晓璐等参与编写。该栏目旨在传递政策信息、明晰行业权责，帮助上市公司做优做强。其读者来源广泛，遍及投资者、上市公司、政府部门等各方主体。

在读者定位上，"提高上市公司质量进行时"栏目读者来源广泛。上市公司是中国企业的排头兵，是资本市场的基石，上接监管部门下接投资者等各方市场主体。因此，该栏目读者不仅为投资者与潜在投资者，还包括与资本市场密切相关的上市公司、非上市公司、专家学者等。面向来源广泛的读者群体，该栏目既具有专业性又兼顾通俗性。一方面，该栏目通过采访资本市场专家学者，引用监管部门相关条例，保持了栏目的专业水平。另一方面，该栏目较少使用艰深语言，对上市公司动态与相关政策规定做了通俗化解读，兼顾了读者参差的文化水平。

---

① https://www.thepaper.cn/newsDetail_forward_4043400.

在内容定位上,"提高上市公司质量进行时"栏目以展现优秀上市公司最新动态、解读资本市场最新动向、提供专家学者专业建议为主要内容。该栏目通过采访监管部门、上市公司、专家、投资者等市场各方主体,深度挖掘政策导向、行业动态,阐释上市公司发展前景,帮助上市公司做大做强。上市公司与其他非上市公司阅读该专栏,能找到公司发展"镜鉴",明晰改革之路;投资者与潜在投资者阅读该专栏,能迅速了解资本市场最新动向,有利于做出正确的投资判断。

3. 知名报道

在2020年11月举行的第32届中国经济新闻奖颁奖仪式上,《提高上市公司质量进行时》系列报道斩获新闻报道类一等奖。① 该栏目旗下的三篇系列报道——《670家公司上半年投入研发费用485亿元 45家科创板公司整体研发强度达12.81%》(2020年8月18日)、《实施金额逾133亿元 首季240家上市公司借回购表达"业绩自信"》(2020年4月7日)、《上市公司提质步入"深水区" 机构投资者肩负重要"股东责任"》(2020年10月27日),主题重大,写作精妙,取得了良好的传播效果。

这三篇报道推出的时间为中国资本市场即将成立30周年之际。作为资本市场中流砥柱的上市公司与各市场主体的命运息息相关,该系列报道推出之际就受到了资本市场广泛关注。

报道选择了与中国资本市场联系紧密的"上市公司",以小见大洞悉资本市场变化。《670家公司上半年投入研发费用485亿元 45家科创板公司整体研发强度达12.81%》聚焦于提升上市公司研发经费;《实施金额逾133亿元 首季240家上市公司借回购表达"业绩自信"》聚焦于规范上市公司A股回购行为;《上市公司提质步入"深水区" 机构投资者肩负重要"股东责任"》聚焦于增强机构投资者的"股东责任"。每期主题并非泛泛而谈如何提升上市公司质量,而是聚焦于提升质量的一个方面,建议与措施具有针对性。

三篇报道最大的亮点为采访来源的多元与专业。采访对象包含:粤开证券首席市场分析师殷越、宝新金融首席经济学家郑磊、国海证券研究所宏观研究负责人樊磊、承珞资本合伙人徐泯穗等业界知名专家。借助权威信源,分析目前上市公司研发费用增长意义,解析未来上市公司研发费用情况,增强《证券日报》报道的可信度与专业性。

此外,报道善于"用数据说话",增强了财经新闻报道的专业性。文章引用了大量的行业机构数据,如同花顺iFinD数据、平安证券研报、东方财富Choice数据等,数据来源权威,彰显报道的专业色彩。

(二)区块链大咖面对面

近年来,区块链技术逐渐成为资本市场的新宠。作为专业化的主流财经媒体,《证券日报》密切关注区块链技术,推出了一系列区块链新闻报道。

区块链行业知名媒体金色财经网站数据显示,截至2020年1月初,自2018年3月份起,金色财经收录《证券日报》90篇区块链相关文章,总浏览量达760万。据不完全统计,《证券日报》在区块链领域传播影响力,超过《人民日报》、新华社、《经济日报》、《中

---

① http://www.acep.org.cn/gzgg/202011/16/t20201116_2623603.shtml.

国证券报》《证券时报》、人民网、新华网、新浪等主流媒体,位居全国主流传统媒体首位。①

在取得成功的系列区块链报道中,证券日报社推出的"区块链大咖面对面"专访栏目,曾获《证券日报》2019年度十佳好作品二等奖。该栏目通过呈现记者与区块链大咖的对话实录,直观地展现出区块链的真实生态。

1. 栏目设置现状

"习近平总书记在中共中央政治局第十八次集体学习时强调,要把区块链作为核心技术自主创新的重要突破口,明确主攻方向,加大投入力度,着力攻克一批关键核心技术,加快推动区块链技术和产业创新发展。"②面对全球科技竞争新高地——区块链技术,《证券日报》在2019年11月6日推出了"区块链大咖面对面"专访栏目,通过采访实录的方式展现身在区块链产业一线的各位大咖对区块链的看法,为区块链如何与实体经济深度融合支招。

总体来说,该栏目在金融机构B1版面固定出版,短短2个月的时间内,该栏目采访了近30名专家学者,涵盖了区块链产业一线的政府人士、企业家、学术专家等,从各个角度为读者解析区块链的真实生态。该栏目稿件还获得了人民网、中国经济网等多家主流媒体的转载,传播面广,影响范围大。

2. 栏目定位

在读者定位方面,作为证券日报社原创访谈类栏目,"区块链大咖面对面"栏目面向关心区块链技术发展的上市公司、投资者等各方市场主体,形成了较有特色的区块链新闻报道风格。

在内容定位方面,该栏目的内容形式以访谈实录呈现,对区块链大咖的言论不做任何增补删改,有利于读者更直观、更清晰地领悟区块链大咖的言论内涵。报道重点为鼓励发展区块链技术及行业应用,提示虚拟币及衍生品风险。

(三)价值发现在路上

价值投资是一种证券投资方式,要求投资者以合适的价格去持有合适的公司股票从而达到某种确定的盈利目的。"价值投资理论也被称为稳固基础理论。该理论认为:股票价格围绕'内在价值'的稳固基点上下波动,而内在价值可以用一定方法测定;股票价格长期来看有向'内在价值'回归的趋势;当股票价格低于(高于)内在价值即股票被低估(高估)时,就出现了投资机会。"③

《证券日报》秉持"让投资者赚钱"的市场报道理念,精心推出了"价值发现在路上"深度调研栏目,为投资者的投资行为提供参考。

1. 栏目设置现状

《证券日报》发表的《低调同仁堂一线调查:上市22年市值增逾38倍背后》(2018年5月17日)宣告了"价值发现在路上"栏目正式创立。该栏目通过实地、电话等众多

---

① https://mp.weixin.qq.com/s/-vKvtPK3YCllENs3BxHw4g.
② http://www.xinhuanet.com/politics/leaders/2019-10/25/c_1125153665.htm.
③ 贺显南.中国股市价值投资研究[J].中南财经政法大学学报,2004(5):117-122.

形式的深度调研、访问高管,与研发等部门员工交谈,同时借助业界专家资源,深度探析公司发展的后续潜力,严格选择投资标的。

"价值发现在路上"栏目具有相对稳定的出版版面与出版周期,固定在 A3 市场观察出版,每月出版一期。目前,该栏目已出版 30 余期,深度调查采访了同仁堂、梅泰诺、欧普照明等众多上市公司。

2. 栏目定位

"价值发现在路上"栏目秉持"让投资者赚钱"的市场报道理念,面向广大投资者,以发掘稳健成长、可持续发展能力相对较强的个股为主要内容。此外,《证券日报》还会对调研个股保持持续追踪,剔除风险性较高的个股。

《证券日报》用严格的标准挑选可供投资者参考的投资标的。"价值发现在路上"栏目开栏语(2018 年 5 月 17 日)指出:"我们考虑了近年来公司净利连续增长率或复合增长率、净资产收益率、现金流情况、未来增长预期,以及 MSCI、沪股通、深股通、社保基金、养老金择股取向等多个维度,力求携手相关研究机构,通过专业的综合研判,寻找那些业绩增长确定性相对较高的投资标的。"

3. 栏目知名报道

2019 年 12 月 7 日上午,在浙江省绍兴市开幕的 2019 中国经济传媒大会上,第 31 届中国经济新闻奖正式揭晓,其中《证券日报》"价值发现在路上系列报道"获得深度报道类二等奖。

作为该栏目报道的开篇之作,《低调同仁堂一线调查:上市 22 年市值增逾 38 倍背后》(2018 年 5 月 17 日)一文通过实地走访同仁堂,收集资本市场各方主体对同仁堂的价值评估,为读者提供了解同仁堂业绩现状、责任担当、未来发展等的全方位视角,也为上市公司发展提供了良好的参考借鉴。

(四)金融机构半年报

作为"四大证券报"之一的《证券日报》,不同于其他财经大报,其报道范围以证券新闻为主,辅以相关经济新闻。此外,《证券日报》还肩负起提供金融市场最新动向,帮助投资者做出投资决策的重要任务。在 2021 年上半年即将收官之际,《证券日报》将报道重点转移到"聚焦金融市场上半年运行态势,为下半年金融市场运行把脉"上来。

2021 年 6 月 25 日,《证券日报》特别推出了细分行业"金融机构半年报"栏目,总结分析上半年投资动向,预测分析下半年投资走向,为机构与投资者提供富有价值的信息。目前,该栏目在 2021 年已推出了 7 篇系列报道,涵盖投资者最关心的券商资管、私募基金、公募基金、银行发债、期市、险资等领域。

资本市场动向不仅牵动着众多投资者的神经,也关系着数亿投保人的"钱袋子"。《证券日报》的金融机构半年报总结栏目通过盘点上半年细分行业经营情况,用精确的数据向投资者呈现了上半年市场行情,有助于投资者决策;通过专家学者对下半年市场动向的预测,为投资者指点了迷津。

(五)深交投教专栏

我国公募基金行业经过从无到有、从小到大,已逐步成为普惠金融的重要载体。日益丰富的公募基金也愈发成为民众投资理财的重要选择。《证券日报》为其重要读者——投资者,尤其是投资新人,特别开辟了"深交投教专栏"。特设的"深交投教专栏"的内容转载自深交所投教中心权威发布的"基金入门300问"系列文章,帮助投资者擦亮双眼,练好基金投资的基本功。

2020年4月15日,深交所投教中心发布第一篇投教精选文章《认识投资好朋友:基金投资》,4月16日,《证券日报》报纸予以全文转载。该栏目每周四出版,截至2021年7月,该栏目已出版近60篇投教文章。

栏目内容以问答为主,针对投资新人清晰直观地解答了基金投资的相关问题。2020年9月30日起,"深交投教专栏"标识改为"一大一小的对话云",该标识进一步凸显了问答方式的对话感。

"服务"是《证券日报》的重要立身之本,为其主要读者——投资人士提供行业动态、解读股市详情是该报的重要工作。自2020年4月"深交投教专栏"开辟以来,借助深交投教中心的权威信息,该栏目不仅帮助投资新人了解了基金产品的分类与特点,树立起正确的风险意识与投资理念,还帮助普通投资者理解了"深交所创业板改革""基础设施公募REITs业务"等相关规则。

第四节 《证券日报》经典报道案例点评

一、报道概述

《证券日报》"提高上市公司质量进行时"系列报道荣获第三十二届中国经济新闻奖一等奖。这一系列报道自2019年8月8日在《证券日报》前三版发行,截至2021年6月22日,已出版66期。这一系列报道主要围绕上市公司与资本市场的关系展开分析,深挖提升上市公司质量的政策背景,运用专业且通俗的数据语言、多元且翔实的采访内容,生动呈现了一系列精致的系列报道,为上市公司未来发展提出建设性意见。

报纸头版刊登的新闻即当日最重要、最新鲜的新闻内容。本文挑选了头版刊发的6篇报道进行分析:《大力提升上市公司质量是新时代资本市场的必然选择》(2019年8月8日)、《多路数据发出信号 资本市场稳健运行"底气足"》(2019年8月15日)、《创业板十周年"吃螃蟹者"彰显示范效应 首批挂牌28家公司营收年复合增长24.43%》(2019年10月29日)、《年内297家公司回购金额超251亿元 责令回购办法已"在路上"》(2020年8月4日)、《上市公司提质步入"深水区" 机构投资者肩负重要"股东责任"》(2020年10月27日)、《多方合力提高上市公司质量 部委和地方政府系列举措逐步见效》(2021年5月8日)。

二、报道背景分析

该系列报道具有重要政策背景。2019年5月初,中国证监会主席易会满在中国上市公司协会2019年年会暨第二届理事会第七次会议上表示,资本市场是实体经济的"晴雨表",主要是通过上市公司质量来体现其功能。7月30日举行的中共中央政治局

大力提升上市公司质量是新时代资本市场的必然选择

多路数据发出信号 资本市场稳健运行"底气足"

会议更是首次提出了"提高上市公司质量"的要求,短短8个字透露出中央高层对资本市场的工作要求,提高上市公司质量也成为未来证券市场监管的重中之重和首要目标。8月8日,《证券日报》正式推出了"提高上市公司质量进行时"系列报道,正是对中央政策的直接回应。

该系列报道具有重要时代背景。2019年是中国资本市场成立29周年,在资本市场即将迈向"而立之年"之际,中国资本市场对外开放进一步深化,未来将会更多地通过吸引国际资本投资来平衡国际收支,国际资本进入中国的投资规模将越来越大,投资领域也将越来越宽。提高上市公司质量,有助于提升中国资本市场的对外开放度、创新能力、全球影响力和对国际资本的吸引力;有助于提升上市公司的国际竞争力;有助于更多符合条件的外国投资者对境内上市公司进行战略投资。

创业板十周年"吃螃蟹者"彰显示范效应首批挂牌28家公司营收年复合增长24.43

该系列报道具有重要行业背景。中国证监会副主席阎庆民在中国上市公司协会2020年年会上指出,上市公司是实体经济的"国之重器",基本涵盖了国民经济90个行业大类的"龙头企业"。① 万丈高楼平地起,上市公司之于国民经济的重要意义如同地基之于高楼的重要价值,若轻视上市公司的质量水平,就如同在沙漠中建高楼,资本市场表面越繁荣,内里坍塌的风险就越大。《中国证券期货统计年鉴2020》统计了深交所与上交所上市公司数量,指出中国上市公司数目已由1991年的13家激增至2019年的3777家。② 然而,在中国资本市场繁荣的表象下,还面临着许多问题,如公司治理不够规范、信息披露质量较低、公司运营质量有待提高等。上述问题与中国经济高质量发展、资本市场健康稳定发展不相适应,亟待改善和解决。

三、报道特色分析

年内297家公司回购金额超251亿元责令回购办法已"在路上"

在中国资本市场即将进入"而立之年"之际,《证券日报》推出献礼之作——"提高上市公司质量进行时"系列报道。该报道聚焦"提升上市公司质量"的重大主题,从展现上市公司经营状况、战略动向等现实情况入手,通过实地调研、专家访谈等方式为上市公司发展提供建设性意见。

(一)主题以小见大

从中国证券市场起步时的深市"老五家"、沪市"老八家",至《中国证券期货统计年鉴2020》披露的"2019年末沪深两市共有上市公司3777家",上市公司的成长史也是中国资本市场的成长史。作为实体经济的"国之重器",上市公司的经营与发展已经越来越成为推动国民经济发展的"中坚力量"。面对"中国资本市场成立30周年"的重大主题,证券日报社并未一味地从统摄性宏观报道框架着手,而是敏锐地捕捉到上市公司与资本市场的共生关系,从"上市公司"这一小切口出发,以小见大展现了中国资本市场成立30周年的重要变化。

上市公司提质步入"深水区"机构投资者肩负重要"股东责任"

虽然《证券日报》已将"中国资本市场成立30周年"分解成切口相对较小的"提升上市公司质量进行时"系列报道,但该报道仍是一个相对宏观的话题。采用鸿篇巨制报道该主题既损害文章的可读性,也不适应当下碎片化的阅读生态。《证券日报》反其道而

---

① https://baijiahao.baidu.com/s?id=16692507176204227336wfr=spider&for=pc.
② 中国证券监督管理委员会.中国证券期货统计年鉴2020[M].北京:中国统计出版社,2020.

行之,通过系列报道的方式,将宏观的主题微型化,每期仅从提升其质量的一个方面着手,文章短小精悍且针对性强。该系列报道中,每一篇文章均围绕着一个微型化的主题,文章行文更聚焦、主旨更鲜明。围绕着如何为上市公司增值,每篇报道仅聚焦于上市公司存在的一个问题并提出可行措施。如,《上市公司提质步入"深水区" 机构投资者肩负重要"股东责任"》(2020年10月27日)聚焦于引导中长期资金入市的突破口,并层层深入分析,提出了部分可行措施。

(二)采访对象多元且专业

"提高上市公司质量进行时"系列报道采访来源广,采访对象具有多元化与专业化两个重要特征。

多元化的采访主体有利于展现新闻事件的不同侧面,为提升上市公司质量贡献众智众谋。该系列报道采访来源多元,从采访监管部门到上市公司,从采访专家学者到普通投资者,涵盖了资本市场的众多主体。

面对来源广泛的采访对象,报道巧妙借助各采访对象在垂直领域的内行化言论,提升了报道的专业色彩。如,《创业板十周年"吃螃蟹者"彰显示范效应 首批挂牌28家公司营收年复合增长24.43%》(2019年10月29日)引用了中国证监会、爱尔眼科企业相关负责人等言论,从监管部门、上市公司角度展开报道。在阐释"新兴产业代表性企业在资本市场示范效应明显"时,引用了爱尔眼科董秘吴士君与网宿科技高级副总裁周丽萍讲述的企业创业故事;在介绍创业板全面改革时,报道又引用了中国证监会副主席李超的观点,阐释了目前创业板改革的相关政策,通过借助不同领域的权威人士发言,进一步提升了新闻报道的专业性与可信度。

此外,报道极其重视采访行业专家,为提升上市公司质量建言献策。经统计,选定的6份样本中,其中3份出现了专家学者的建设性言论,占总体的50%。在分析机构投资者的担当问题上,采访了东北证券首席策略分析师邓利军、华兴证券首席经济学家庞溟与申万宏源证券分析师沈盼,为上市公司提出加强机构投资者的信用建设、探索对机构投资者的长周期考核机制等建议;在分析2020年内297家公司回购金额超251亿元现象上,采访了中山证券首席经济学家李湛与中国国际科促会理事布娜新,为上市公司提出加快制定欺诈发行责令回购办法的建议;在分析提高上市公司质量发展问题时,采访了中山证券首席经济学家李湛与南开大学金融发展研究院院长田利辉,为上市公司提出了打造差异化样本、各部委打好组合拳等措施。

(三)解读注重专业与通俗相结合

该系列报道善用数据来阐释新闻事实,解读注重专业与通俗相结合。

"数据是经济新闻不可缺少的材料,是构成新闻事实的重要组成部分。经济新闻如果离开了数据,就没有说服力和可信性。如何处理好经济新闻写作中的数据问题,决不可掉以轻心。"[①]"提高上市公司质量进行时"系列报道在说明上市公司现状与提出未来发展动向时运用了大量的数据材料,以"数据说话"避免了记者的主观表述,既提升了新闻报道的准确性与客观性,又彰显了财经报道的专业性。

多方合力提高上市公司质量部委和地方政府系列举措逐步见效

---

① 王志东.经济新闻中数据的运用[J].新闻前哨,2005(7):36.

此外，广泛的数据来源也为该系列报道增添了专业色彩。该系列报道的数据来源大体分为四类：一是行业机构的数据，如引用的东方财富Choice数据、同花顺iFinD数据、兴业证券提供的数据、Wind数据等；二是政府披露的数据，如引用的国家统计局数据、人社部发布的数据等；三是采访得到的数据，如上市公司提供的数据、专家学者提供的数据；四是社内记者调查梳理的数据。《证券日报》运用的数据均为资本市场内权威人士与机构提供的数据，可信度高。且运用的多方数据丰富了文章表述，彰显了新闻报道的平衡法则，体现了作为财经大报的《证券日报》的专业度。

经济新闻与社会新闻不同，由于涉及经济学的专业术语，需要我们系统学习后才能理解与掌握。"记者应当为普通读者解析那些包含在经济专业知识中难懂的密码，应当把经济动态、经济事件、经济改革措施等内容中对普通读者而言难以理解的专业术语、难以知晓的经济背景、难以深入的专业思考、难以预测的未来趋势等，进行详尽的分析、解说、阐释。"①数据表述是一把"双刃剑"，运用得不好，会使财经新闻过度专业，变得晦涩、艰深。运用得好，则会如虎添翼，既保留了财经新闻的专业性，又提升了通俗性，便于普通大众理解。

"提高上市公司质量进行时"栏目既为行业内的各上市公司服务，又为资本市场内的投资者提供投资参考。鉴于该栏目的读者定位，其语言既保持了专业性，以专业数据讲述财经新闻，又提升了通俗性，挑选关键数据、整合关键数据，便于普通大众理解。

标题挑选关键数据，吸引受众阅读兴趣，降低阅读难度。据统计，该系列的6篇文章中，2份样本的标题均出现了关键数据，占总体的三分之一。在标题中使用数据能起到吸睛与点睛的作用。数字式标题能增强与纯文字标题的差异性，将数据以阿拉伯数字形式呈现，给人眼前一亮之感。此外，标题中的数据为重要数据，有助于凸显重点，帮助读者迅速理解新闻核心事实，降低阅读难度。

行文巧用关键数据，整合数据便于受众理解。引用长篇大论的新闻数据，有损新闻的可读性，使读者望而生畏。因此，用好数据并非照搬信源堆砌数据，而是挑选重要数据，进行梳理与整合，必要时需要对数据进行挖掘，服务于行文。"提高上市公司质量进行时"系列报道通过记者梳理关键数据，将无序的数据梳理成具有逻辑表述的语言，读者的阅读难度大大降低。

除了增强新闻数据的通俗性，该系列报道还利用多种表现方法增强报道的生动色彩。一是巧用案例增强新闻的故事化色彩。《创业板十周年"吃螃蟹者"彰显示范效应 首批挂牌28家公司营收年复合增长24.43%》（2019年10月29日）借用爱尔眼科选择上创业板"折腾"的上市故事，传达了创业板支持新经济企业做大做强的观点。二是利用多种修辞手法，增强新闻报道的生动性，如以"鲤鱼跃龙门"比喻创业者赶上了创业板的绝佳机遇，以"28家公司创业板的命运"的拟人化手法表现了这28家公司即将经历重大转折点。三是对专业名词做补充解释，如面对"研发强度"这一术语，《证券日报》紧跟"研发费用占营业收入比例"的解释，帮助普通大众理解其含义。

---

① 方琦.经济新闻实务[M].成都：西南财经大学出版社，2009.

四、报道启示

(一)以公共利益传递经济信息

经济新闻报道不应是仅供部分人士阅读的高端新闻,而应成为老百姓爱看爱读的民间新闻,经济新闻与其他新闻同样需以公共利益为先。

上市公司的质量与水平和公共利益息息相关。上市公司的经营发展不仅牵动着股市行情,影响着投资者的投资选择,还与普通大众的生活水平密切关联。上市公司提供的产品与服务日益渗透至中国民众生活的方方面面,不断提升上市公司质量,增强其价值创造和价值管理能力,有利于公司在日益激烈的市场竞争中脱颖而出,为民众提供更多价廉质优的产品与服务。对上市公司运营状况、改革状况进行深入报道,体现了经济新闻密切关注公共利益。如,"提高上市公司质量进行时"系列报道为读者展现了部分上市公司的运营情况、优质上市公司的盈利经验,预测了行业与企业的发展前途,为老百姓提供了有价值的投资服务。

(二)以专业态度与责任意识监督资本市场

社会经济发展不是直线式的上升过程,而是一个不断提出问题并解决问题的波浪式前进过程。如果经济新闻仅停留在对良好经济状况"报喜不报忧"的歌颂式赞扬上,则国民经济中存在的许多经济问题,难以从根源上得到解决。

经济新闻以专业笔触剖析经济社会顽疾,能起到监督资本市场的重要作用。"提高上市公司质量进行时"系列报道用具体化数据、专业性分析直指中国资本市场繁荣表象下公司治理不规范、信息披露质量低等问题,为中国资本市场健康稳定发展敲响警钟。揭露问题不是阻碍社会经济发展,而是为了更好地促进社会经济发展。因此,经济新闻报道的目的也并非抨击、打倒某一行业或企业,在揭露的同时,需要提供行之有效的解决措施,用建设性的建构方式报道新闻。"提高上市公司质量进行时"系列报道在指出上市公司问题后还进行了具体分析,并预测公司未来发展走向,给公司发展提供行之有效的建议。

第十一章 《证券时报》

> 作为我国"四大证券报"之一,《证券时报》已经成为我国资本及证券市场内极具权威和影响力的媒体之一,并伴随着社会及市场的发展而不断更新,积极承担社会责任,助推证券市场健康发展。

第一节 《证券时报》定位与发展

《证券时报》是人民日报社主管主办的全国性财经证券类日报,也是中国证监会指定的信息披露媒体。至今已走过了约30年的历程,逐渐成为海内外证券投资者、市场决策者的"必读报刊"。

一、《证券时报》功能及定位

《证券时报》是中国证监会指定披露上市公司信息、中国保监会指定披露保险信息、中国银监会指定披露信托公司信息的报刊,因而该报以报道证券市场为主,兼顾经济金融信息。《证券时报》立足于中国资本市场,为中国资本市场的发展和规范起到了积极的推动作用,树立了良好的媒介形象和品牌影响力,逐渐成为中国资本市场的重要组成部分。自创刊以来,《证券时报》本着"敬业、求实、团结、高效"的社训精神,坚持正确的舆论导向,积极宣传党和国家有关政策法规;客观、准确、及时传递证券市场信息,将自身定位为"信息服务者、舆论引导者及新时代的媒介及市场资源整合平台"。

(一)信息服务

资本市场中"信息即财富",财经人士对于资本市场及财经信息的需求远高于普通受众,《证券时报》作为国内较早公开披露资本市场信息的媒体之一,坚持做好资本市场信息服务工作。

1. 信息收集者

资本市场中的信息错综复杂,其中包括作为市场主体的上市公司的微观信息,包括作为市场中介部门的证券机构、行业协会等提供的行业报告、行业趋势分析等中观信息,还包括作为市场监管者的政府机构提供的政策法规类宏观信息。"经历产业转型与产业结构变化的同时,也面临着大数据带来的信息困惑。为满足不同产业不同阶层的财经信息需求,开拓专业化信息服务已是大势所趋。"①在整个资本市场中,财经媒体虽然可以挖掘报道大量独家信息,其本身却并不生产信息,主要开展信息收集工作。

《证券时报》创立之初依托深圳证券交易所,因此在内容报道上有所倾向,刊登内容多倾向深圳地区及深圳证券交易所上市企业信息,且以股市报道为主要内容。中国股市创立之初,相关信息需求激增,《证券时报》《上海证券报》《中国证券报》形成了当时中国股市报道的"三大巨头",一改以往股市报道"官方传声筒"的倾向,立足于证券交易所,做好信息披露工作。"《证券时报》当时不仅立足于报道股票市场行情,成为上市公司信息披露载体,同时加入对上市公司投资价值分析以供投资者参考,其中包括证券市场基础知识普及、宏观经济形势分析等。"②

2. 信息加工者

随着我国资本市场的不断扩张,市场参与者的信息需求与日俱增。大数据的普及以及媒介技术、媒介渠道的迅速发展给国内上市企业、有关机构、投资者、决策者以多元化的信息获取方式,被暴露在海量信息中的资本市场参与者更需要精准、专业、有效的财经信息。

《证券时报》的信息加工工作并非简单的聚合重组,而是对其进行深层次的解读,从海量的信息中梳理出有价值的信息,从众多相似甚至相反的信息中寻找事件背后的线索。做好资本市场及市场参与者的信息服务者,不仅需要做好信息中转站,更需要将信息获取途径、背景资料、分析方法、分析过程一并传达给受众,同时在事实的基础上加以解读与分析,实现一定的信息聚焦功能,而不仅仅是"搬运结果"。

3. 信息传播者

即使在信息技术高度发达的今天,资本市场仍然存在一定的信息不对称现象。大众传播环境中,媒体是连接信源与信宿的载体与桥梁,在资本市场中,财经媒体更是传播财经资讯的重要工具,通过信息传播活动平衡资本市场中信息需求与供给矛盾。

《证券时报》发展至今,不再局限于股市信息传达,更加入各行业信息、企业信息、基金等板块信息。同时以快讯、深度、评论、专栏、数据等多样化的形式对信息进行加工处理,以实现最优传播效果。

(二) 舆论引导

《证券时报》作为中国资本市场上最早披露指定信息的财经类专业媒体,是中国证监会法定信息披露三大媒体之一,理所应当承担起引导舆论的责任。

1. 谣言澄清者

资本市场中信息需求量大,容易滋生小道消息和虚假信息,这些虚假消息往往利用投资者的追切心理得以大量传播,影响投资者理性判断,甚至对上市公司正常经营、资本市场健康运作造成危害。资本市场对信息的准确度要求极高,一个小小的错误信息甚至可能引发市场动荡,危害极大。

《证券时报》作为官方指定信息披露渠道,具备专业的新闻采编机制和采编团队,通

---

① 张谦. 数据驱动背景下财经传媒价值链重构[J]. 新闻大学,2017(4):117-123,151-152.
② 夏斌. 发挥专业媒体独有作用[N]. 证券时报,2013-11-27(T08).

过自身报道澄清市场谣言和小道消息,保障资本市场健康运作。《证券时报》发布《内地投资者跃跃欲试 港股"估值洼地"说法待商榷》(2021年1月21日)一文,针对2021年初,内地投资者坚信港股进入"估值洼地"进而纷纷买入的热潮展开深入报道,对所谓港股"估值洼地"是否属实进行了多角度、全方位的分析,提出"所谓估值洼地的说法值得商榷,港股估值低是长期存在的,并不是这一两年的市场现象"。通过深入报道,解析市场热潮,为投资者提供正确的信息引导。

2. 舆论监督者

资本市场中的信息传达与新闻报道,不仅满足了受众的信息需求,更直接影响着上市公司及其他市场参与者的投资活动及行为决策,甚至对整个市场的健康运行也起着至关重要的作用。因此,财经媒体时常通过信息解读、财经评论、深度报道等形式对资本市场展开舆论监督及引导活动。一方面,财经媒体通过自身的新闻活动展开舆论监督,履行其媒体职责;另一方面,财经媒体也通过有效的舆论引导体现和强化自身影响力。

《证券时报》通过深度报道、专栏、评论等形式对所获取的信息及数据进行深度挖掘,进而展开舆论监督工作。如2020年初,受疫情影响,社会公众对线上理财产品关注增加,新发爆款基金一只接一只,数百亿元甚至近千亿元的认购资金蜂拥而至。《证券时报》发布报道《基金业绩、渠道竞争和饥饿营销的共振》(2020年1月21日)对爆款基金发行背后的饥饿营销、绩优基金经理光环、银行渠道等多重营销策略进行分析,引导广大投资者理性投资。

(三)资源整合

随着资本市场和媒介环境的迭代与发展,《证券时报》在约30年的发展中不断整合媒介和市场资源,充分发挥其地域优势和平台优势,为资本市场参与者及投资者提供全方位的服务。

1. 媒介资源整合

约30年来,《证券时报》立足深圳,面向全国,开辟了《证券时报》《中国基金报》《国际金融报》《期货日报》《新财富》等纸质媒体,同时开通了券商中国、e公司、数据宝、创业资本汇等近60个数字媒体平台,进一步打通纸质媒体与数字媒体,不断强化自身传播影响力。搭建起一个集报纸、网站、客户端、社交平台、电台等于一体的现代传媒服务平台,通过不同形式、不同平台的媒介资源,及时传递资本市场信息。《证券时报》纸媒是其发展最为成熟的媒体,持续发挥其专业、客观、深度的媒介特性。数字媒体端则依托《证券时报》纸媒平台的300多名记者,全天24小时不间断发布各类经济新闻及证券资讯,其中证券时报网全网每天发稿4000余条,被各大门户网站广泛转载。此外,《证券时报》微信、微博及客户端等平台则以新闻快讯见长,弥补《证券时报》纸媒时效性不足的弱点,随时随地为投资者提供最新资讯。

2. 市场资源整合

随着我国市场经济和媒介经营形式的变更,《证券时报》逐渐形成了自己的业务平台,不再局限于媒介平台的整合,而是凭借多年发展积累的业务渠道进一步整合市场资源。《证券时报》以报道中国资本市场财经证券新闻为主,以全媒体信息采集、加工、发布、销售为业务中心,同时扩展了财经公关、投资顾问、资讯、舆情监测等经营业务。主要包括上市公司、基金公司等法定信息披露,举办业内论坛、评选活动等各项会议类业务;此外还向金融市场投资者及其他活动者提供专业的资讯汇总、财经公关等增值业务。

《证券时报》作为我国证监会指定的信息披露平台,在约三十年的发展中形成了自己的资源圈并加以充分利用,开拓市场资源,将资本市场研究者、证券机构、政府机构等资源加以整合。除了信息服务外,还开辟了咨询、监测、论坛等一系列业务,力求为我国资本市场参与者及投资者提供更为全方位、多角度的服务模式,致力于成为一家为资本市场提供全价值链服务产品的多层次信息服务平台。

二、《证券时报》创立与发展

《证券时报》创刊于1993年,经历了约30年的变革与发展,其伴随着中国资本市场不断成长,并以此为契机不断完善自身。

(一)1993—2002年:推动证券市场组织与开发

《证券时报》创刊于中国股市"允许看,但要坚决试"的艰难岁月。1990年上海证券交易所与深圳证券交易所先后成立,中国证券市场翻开了崭新的一页。当时的资本市场尚属一个新兴的市场,不仅群众不了解,而且相关部门也缺乏组织和监管经验。因此急需搭建一个媒体平台,向社会各界普及资本市场基本知识、核心规则、法律法规和各项政策及制度。此外还需通过这个平台来报道证券市场的整体发展形势,准确分析证券市场的风险和未来发展情况,增加大众对证券市场的正确了解。与此同时,证券市场、证券交易所也需要一个能够与广大投资者相互交流的平台与渠道。

1993年11月,为了更好推动证券市场组织与开发,振兴深圳证券市场,加强投资者与证券市场、证券交易所间的交流,深圳证券交易所和《人民日报》创办了《证券时报》,当时的《证券时报》由深圳证券交易所与《人民日报》共同持股,并各占50%的股权。

1996年,深圳证券交易市场崛起,当时仍隶属于深圳证券交易所的《证券时报》开始了大胆的尝试。《证券时报》创立的亲历者及见证者胡继之回忆起当年的创刊经历时说道:"第一,《证券时报》聚集了一群有理想的办报人,他们能够看到未来资本市场的前景,因此他们不惧困难和挑战。第二,办报的过程很艰难,当时的条件和环境都很艰苦。真正的转折点是在1996年,那年深交所着力于振兴深圳证券市场,《证券时报》在其中发挥了独特的作用。"[1]当时《证券时报》组织的"深圳市场走向新阶段"栏目引导社会各界积极参与,该栏目广泛采集社会各阶层意见并以此为由头在《证券时报》上刊发多篇文章探讨有关深圳市场发展前景和发展道路问题。通过汇聚不同社会阶层的观点,在一定程度上助推了深圳证券市场的组织与完善,进一步打响了《证券时报》的"招牌",让更多的资本市场决策者、参与者了解到《证券时报》的信息价值与意义。

1997年5月15日,经国务院新闻办批准,《证券时报》正式加入国际互联网,成为中国第一个建立自己独立网站的财经类报刊。

---

[1] 游芸芸.以独特方式推动深圳证券市场崛起[N].证券时报,2013-11-27(T08).

《证券时报》创刊初期也是报刊的探索时期,新兴的证券市场充满未知与不确定因素,需要办刊者对资本市场有充分的了解与深刻的研究。这一阶段内,《证券时报》充分立足资本市场,从市场层面帮助投资者了解相关信息以做出决策行为。同时开辟大量专栏刊登市场研究人士对股票市场的理解,以期通过专业人士分的分析,为受众提供有效的信息服务。

(二)2003—2014年:准确客观的信息服务

2003年,为了维护媒体报道的客观性,避免相关利益冲突,交易所不允许办报纸,根据中央有关精神和法律规定,深圳证券交易所的股权全部转给《人民日报》,一方面可以避免利益纠葛,另一方面也能借助《人民日报》的权威性和专业性赋予《证券时报》新的生命力。

由《人民日报》接管后,《证券时报》继续发挥其地处深圳特区并毗邻港澳的优势,积极改革,勇于探索,扎根中国资本市场,以报道好、服务好中国资本市场、中国企业和广大投资者为办刊宗旨,积极整合各项资源,深度挖掘资本市场报道资源和经营资源,坚持以准确、客观的资本市场信息服务为办报诉求。"尊重经济学家和专家意见,客观、如实地报道相关研究成果及观点,做好投资者教育和服务工作,传播证券市场多元化声音,发挥专业媒体作用。"①

2008年,证券时报社全资组建了证券时报网,并将其作为《证券时报》唯一指定的官方信息发布网站,通过证券时报网进一步扩展信息服务。网站全面整合各种证券新闻、财经资讯,其中包括新闻、快讯、滚动、评论、深度等基本体裁的财经资讯,同时涵盖了股市、新股、研报、公司、汽车、机构、创投、科创板等多领域的最新资讯,共计30多个频道。其中股票、公司、基金等特色频道依托《证券时报》的专业性与权威性,在国内同类网站中访问量持续领先。

2013年时值《证券时报》创刊20年,《证券时报》创刊特别版发表了《报业转型还要靠这一代人》一文,资深媒体研究者魏武挥在报道中提到:"从某种意义上来说,市场上不缺内容生产者,尽管面临种种挑战,但内容生产者总是前赴后继,就像总会有赌客不断地加入赌局。这些赌客当中,当然会产生输赢,但能赚钱的始终是少数,而且这少数人也很难拥有持续盈利能力;只有形成信息接触平台或渠道之后,才有可能建立清晰的、可持续经营的商业模式。"②

在此阶段内,《证券时报》持续发挥媒体专业性与权威性优势,坚持打造准确、客观的信息服务体系,在财经媒体不断兴起的潮流中树立自身不可替代性,积极探索新的发展模式。

(三)2015年至今:新时代的媒体融合与变革

虽然《证券时报》早在1999年就创办了全景网络、《新财富》杂志和电视财经专栏节

---

① 夏斌.发挥专业媒体独有作用[N].证券时报,2013-11-27(T08).
② 彭潇潇.报业转型还要靠这一代人[N].证券时报,2013-11-27(T20).

目,属于较早展开跨媒体平台运作的媒体之一,①但直到 2015 年才正式启动全媒体战略。相较于其他财经类媒体而言,虽然《证券时报》的媒体融合战略起步较晚,但由于一开始就明确了市场导向,所以其全媒体平台建设进展迅速。

经过六年的探索,《证券时报》新媒体矩阵的协同效应已经显现,"无论从数字媒体稿件占比、用户数量增长、传播力和影响力、独立子品牌运营,还是采编队伍转型、全媒体一体化机制等方面,《证券时报》都发生了巨大转变,可以说《证券时报》已经成功转型为数字媒体。"②正是由于全媒体战略的实施,《证券时报》在移动互联网时代仍然能够"稳居一线",其影响力甚至远超纸媒时代。

自全媒体战略实施以来,《证券时报》的发展便按下了快进键,证券时报社社长、总编辑何伟总结道,"我们办的不是报纸,而是媒体。我们讨论的媒体融合不仅是传播介质融合,更是传播体制和机制的融合,是心灵和文化的融合。"③《证券时报》自开展媒介融合进程后,"通过对社内组织结构、采编流程、考核方式、采编手段等不断调整和改进,构建了适应新媒体发展的一体化机制。据统计,2015 年《证券时报》7 个微信公众号的粉丝数量就积累了 69 万。到 2018 年 10 月,7 个微信公众号总粉丝数已达 393 万"④。近年来《证券时报》的媒体影响力及内容传播力的重心逐渐从原来的传统纸媒转向数字媒体。

《证券时报》目前已经形成了"报、网、端、微"全媒体矩阵。近年来,《证券时报》依托《人民日报》数字媒体的成功经验顺利转型,以用户需求为中心,以市场变动为基础,逐步打造《证券时报》自身品牌影响力和核心竞争力。

第二节 《证券时报》的运营策略与盈利模式

从财经媒体变动的现状来看,《证券时报》在约 30 年的发展中,面临过新媒体的冲击,面临过纸质媒体受众的流失,面对挑战不断调整发展方向,更新运营策略,不断扩展盈利模式,以求在复杂多变的财经媒体市场站稳脚跟。

一、《证券时报》的运营策略

随着媒介生态环境的更迭与换代,媒介融合成为传统媒体跟上时代步伐、保障自身发展的必由之路,2015 年《证券时报》全媒体战略正式启动,其运营模式也发生了较大的变化。

(一)以市场需求为重心,打造独立子品牌

全媒体战略不仅是单纯将各个不同的媒体渠道加以整合,在大多数传统媒体的融

---

① 张志勇.全媒体战略中资源融合的路径——证券时报跨媒体平台运作的尝试[J].新闻战线,2012(3):19-21.
② 何伟.证券时报探索媒体融合发展的经验与思考[J].新闻战线,2018(23):41-43.
③ 何伟.证券时报探索媒体融合发展的经验与思考[J].新闻战线,2018(23):41-43.
④ 何伟.证券时报探索媒体融合发展的经验与思考[J].新闻战线,2018(23):41-43.

媒体建设中,新媒体大都依赖于纸媒生产的内容,原创作品少,独立性差,因此其不可替代性较低,且容易让读者陷入倦怠。《证券时报》在全媒体平台建设过程中,以市场需求为发展重心,坚持打造独立子品牌,给予子平台充分的自主权,强调子平台内容输出的原创性与针对性,进而打造其品牌效应。

经过近年来的精心布局与不断发展,《证券时报》已成功建设券商中国、证券时报网、中国基金报、e公司、新财富、数据宝等多个媒体平台,形成了覆盖面广、针对性强的平台矩阵。

其中"券商中国"广泛覆盖宏观经济、微观经济、金融机构、A股市场、投资理财等多个财经领域,凭借其专业、及时的市场解读及分析,成为广大监管部门、金融机构、上市公司、投资者和媒体同行共同关注的原创类财经媒体平台。

此外,"e公司"也是《证券时报》旗下的优秀子品牌,相较于"券商中国"而言其关注面更加细化,专注于上市公司的行业变动,提供7×24小时的上市公司标准化快讯。"e公司"还打造了自己的App,微信公众号等多个平台。其中"e公司"App致力于打造国内上市公司资讯第一平台,日均发稿300多条,覆盖用户60余万。① 凭借《证券时报》多年积累的上市公司资源,该平台逐渐形成了公司快讯、机会解读、情报挖掘等板块,打造了上市公司直播等一系列完善的服务体系,以满足不同受众的财经信息需求。

(二)以受众需求为导向,调整采编方式

新媒体时代的到来重构了媒介环境,进一步影响着受众的内容阅读方式,《证券时报》及其全媒体平台也在不断调整自身采编方式以适应受众新需求。

《证券时报》全媒体战略实施以来,各个媒体平台协同联动,不仅在传播方式、传播内容等方面有直观的变化,其采访重心也有了一定调整。"从过去的以报纸、夜班加工为重心转向以数字媒体5+2、白+黑发稿为重心。发稿优先顺序调整为网站、新闻客户端、微博、微信和报纸,报纸从原先的核心内容平台及首发平台变为四大平台之一。"②

调整好采编重心后,《证券时报》全媒体平台为了保障重心顺利转移,采取了一系列措施,如打通原本分开运行的纸媒和新媒体采编部门,两个采编中心共同负责报纸、网站、公众号及App的内容运营;统一稿件审阅及产出渠道;将新媒体与纸质媒体采编人员及新闻作品的考核方式统一化管理,等等。

大部分全媒体平台的发展过程都会经历一个"以纸媒为核心"的建设初期,各个新媒体平台完全围绕纸媒生产内容进行运作,导致其新媒体平台内容具有较大的局限性。《证券时报》的采编重心调整到数字媒体上后,记者不再局限于纸媒的有限版面和严肃性要求,有了更大的采编空间和创新空间,能够创作出更多优质、新颖的财经新闻,保障了全媒体矩阵中各个平台内容的差异性、及时性,也让纸媒和新媒体都能散发新的活力。

二、《证券时报》的盈利模式

媒体生态环境更迭,媒体纷纷寻求转向之路的背后是市场的更新与变动,我国媒体

---

① 何伟.证券时报探索媒体融合发展的经验与思考[J].新闻战线,2018(23):41-43.
② 何伟.证券时报探索媒体融合发展的经验与思考[J].新闻战线,2018(23):41-43.

的双重属性决定了媒体必须不断扩展自身盈利模式，以适应现代社会及受众需求，从而充分保障自身可持续发展。

(一)广告收入

传统媒体时代，广告收入一直是报纸、电视及广播等媒体的主要收入来源。《证券时报》纸媒的广告收入也是其盈利的主要渠道之一。《证券时报》纸媒端广告收入根据版面、色彩等区别分别定价。和其他纸媒广告收入有区别的是，《证券时报》每期有大量的版面对上市公司法定信息进行披露，而对这些上市公司刊登常年法定信息披露公告按普通广告的50%收取广告费用。

新媒体时代下，数字媒体也可对其开屏广告、栏目类广告及各类软文等收取广告费用。《证券时报》全媒体矩阵拥有多个客户端、网站、社交平台账号等，不同平台对发布在其中的图文、视频等不同形式的广告收取一定广告费用。

(二)行业报告等信息服务收入

现代社会中，"信息即财富"。随着信息时代的来临，受众生活在海量且无序的信息环境中，他们只能通过大量复杂的信息收集、筛选及整理工作才能获取真正需要的信息，而这不仅会耗费大量的时间和精力，且往往会因为信息获取的渠道阻塞而无法直接获取信息，这也是现代社会中"知识付费"现象产生的主要原因。

"知识付费"普及的当下，受众愿意花费一定的金钱以快速获取所需信息，尤其是在财经领域。一方面金融市场、上市公司等信息获取具有一定难度，受众凭借个人能力很难了解其具体信息；另一方面财经领域包含的行业、企业及各类机构较为庞杂，个人难以对这些海量的信息加以收集，因此需要专业的机构和人员对其进行收集、筛选和整理。《证券时报》全媒体平台依托于《证券时报》成立近三十年的资源和信息渠道，对各个行业的财经信息进行收集和整理，受众根据需要购买所需研究报告，实现信息的"精准贩卖"。

(三)信息咨询、理财课程等增值服务收入

信息咨询、理财课程等增值服务的收入与行业报告收入有相通之处，它们都是利用媒体自身的信息优势，对媒体通过自身信息渠道及专业财经分析人员的信息处理以满足受众的信息需求。不同的是信息咨询服务相较于行业报告类信息服务而言具有更强的针对性和更细致的信息分析功能。

财经领域中，广大金融机构、上市公司及投资者为了根据市场动态及时调整自身运营及投资方向，需要对专业人士进行咨询以解决投资困惑。《证券时报》全媒体平台中，大部分数字媒体平台均提供信息服务。以"券商中国"微信公众号为例，其在"投资资讯"一栏开设有"投资学院"项目，其中《如是理财课》主要向受众提供投资策略、思考方法等内容，价位是一年499元，一个月99元。

(四)论坛及评选活动收入

财经媒体还有一项收入来源就是举办各项论坛及评选活动。《证券时报》充分利用媒体自身的影响力、公信力，通过策划各种财经领域专题论坛及各类评选活动，帮助参会及评选企业机构等塑造自身、提升企业形象，同时也能借助活动本身进一步强化媒体影响力。

这种活动本身的盈利模式与广告收入有相通之处，但载体和形式都发生了较大的变化。"首先要让自己运营的活动有价值，有第三方愿意进行合作，得让自己经营的活动做成品牌。"①《证券时报》在2018—2022年连续主办"中国创业投资高峰论坛"，分别以"创新大变局，资本新挑战""潮起大湾区，科创新机遇""注册制乘风破浪，迎改革扬帆启航""洞见产业新趋势，拥抱资本新价值"等论坛主题展开广泛讨论，形成了一定的品牌效应。2021年，由证券时报社主办的"开局十四五把握新阶段"第十二届中国上市公司投资者关系论坛暨第二届最受上市公司尊敬的投行论坛在深圳举行，此次论坛还揭晓了第二届最受上市公司尊敬的投行评选活动获奖名单。《证券时报》通过策划举办各类财经论坛和评选活动，帮助相关企业、机构提升自身形象的同时，也在不断强化媒体影响力，并通过活动本身获取一定收入，提高媒体营销收入。

第三节 《证券时报》知名版面及栏目

《证券时报》作为专业型财经媒体，高度关注资本市场动态及发展，与《经济日报》等综合性财经报刊相比报道范围更窄，报道内容针对性更强。《证券时报》每周日休刊，一周六刊。每日发刊版面不固定，固定的有公司、基金、行业、数据、机构等一系列知名版面以及"时报观察"等知名栏目。

一、公司

公司是资本市场的重要组成部分，公司新闻历来是财经媒体报道的重要主题之一。具体而言，公司新闻多属于微观层面的经济报道，侧重报道某个公司的基本运作情况和实时动态，"公司新闻主要包括上市公司业绩情况、上市公司信息披露、上市公司股价波动等内容"②。《证券时报》地处深圳，具有强大的地域优势，大部分中小板、创业板都在深圳证券交易所上市，因此《证券时报》与中小板、创业板的上市信息披露合作率较高，在公司动态、业绩情况及股价波动等方面具有"近水楼台先得月"的优势。

《证券时报》公司新闻单独成版，每个版面一般包括3~5条公司新闻，主要是对上市公司及其他企业有关信息及动态的报道。

（一）动态跟踪

公司新闻的主要目的是传递公司信息、讲述公司动态，因此《证券时报》的公司新闻多属于"动态跟踪"，通过对某一公司近段时间主要活动、战略布局、商业变革等方面的跟踪报道，展现公司发展情况的同时，将公司动态与市场环境、经济政策相结合，以小见大反映市场变动。

---

① 何辉.浅析财经媒体盈利模式创新[J].新闻前哨,2019(9):27-28.
② 吴玉兰.经济新闻报道[M].武汉:武汉大学出版社,2009.

如《百世集团董事长兼 CEO 周韶宁：布局东南亚开辟第二战场》（2020 年 7 月 3 日 A005 版公司，记者李小平）：

> 7 月 2 日，百世集团对外宣布，马来西亚、柬埔寨和新加坡正式起网运营。这是继 2019 年布局泰国和越南后，百世集团在东南亚地区再次新增三个国家的本土化网络。至此，百世在东南亚地区已完成五个主要国家的本土化网络布局。
>
> ……
>
> 今年前五个月，东盟成为中国第一大贸易伙伴，中国在电子商务、快递物流方面又领先东南亚 5 至 8 年时间，抓住这些有利条件，百世在泰国和越南积累起了成功的运营经验，并将这些经验进一步复制到了马来西亚、新加坡和柬埔寨，加速促成其本土化快递网络，进而在东南亚市场建立领先优势。

这篇通讯紧扣百世集团将物流业务范围扩展至泰国、马来西亚、柬埔寨和新加坡等东南亚国家，并借助国内成熟的物流系统和电子商务服务体系迅速在东南亚市场建立领先优势。通讯强调了百世集团积极落实国家邮政局"快递出海"工程的政策敏锐性和市场开拓能力，通过对公司的跟踪报道，充分展现出百世集团推动中国快递走向国际化的意识及行动。

（二）股价波动

股价波动是公司经营成效的风向标，在一定程度上代表着公司价值，是公司新闻的重要内容。一般而言，对上市公司股价有利的新闻被称为"利好消息"，不利于上市公司的新闻称为"利空消息"。《证券时报》中公司栏目关注股价变动，贯彻客观、专业的准则，以事实为基础，基于公司股价波动追踪其经营情况及未来发展空间。

《中微公司：百亿级别估值对标国际一流半导体设备企业》（2019 年 7 月 22 日 A13 版，记者王一鸣）介绍了中微公司计划借助资本市场取得高速发展的过程。2019 年 7 月 22 日，科创板鸣锣开市，半导体市场中的后起之秀中微公司的定价及未来表现是当时股市的热议话题，本篇通讯以中微股价为切入点，分析中微近年来技术的突破和产品量产所带来的发展潜力，以股价波动反映公司发展情况及未来前景，并进一步提出未来需主要关注业绩能否保持高增长势头从而对公司估值形成有力支撑。

二、基金

随着社会公众生活水平不断提升，可支配收入比重增加，因而投资理财需求不断增长，股票及证券投资基金走入寻常百姓家，与之对应，人们对财经新闻的关注度、相关知识的需求度也在直线上升。基金作为一种投资理财方式，其风险水平低于股票，投资收益率高于银行储蓄，受到广大投资者的喜爱，基金报道也成为财经媒体的重要领域。《证券时报》设立"基金"专版，刊载基金市场动态，揭示投资风险等。

（一）解读市场新规

基金市场新政策的颁布及实施对基金市场、基金公司、投资者而言都是重要考量因素，政策的变动直接影响着基金市场走向、基金管理者持仓分配及投资者投资决策,因而在新规颁布之时就需要媒体对其进行详细解读,以满足市场参与者的信息需求。

《交易新规实施倒计时 3 月来场内分级规模缩水 40 亿份》(2017 年 3 月 15 日 A10 版,记者刘宇辉)以 5 月 1 日分级基金交易新规即将生效,届时不满足相应要求的投资者将无法买入子份额和拆分基础份额,分级基金市场将迎来大变局这一事件为切入点,报道了距离新规实施一个半月之际,分级基金规模缩水之势,以及正在申请转型的国金 300 分级基金本周规模出现大增背后的资金介入意图。本篇报道属于典型的政策解读类基金报道,报道分别解析了大部分基金规模缩水及个别基金大涨这两种现象,以新规颁布后、实施前的基金市场变动趋势为指引,揭示新规颁布后分级基金市场的进一步变动。

(二)分析市场动态

基金市场行情变动直接影响投资者经济收益和投资决策,基金大跌或者大涨都直接牵动投资者的心,因此对市场动态的准确描述和深度分析也是基金报道的重要内容。《证券时报》"基金"版面在分析市场动态时通常采用基金经理人直接讲述的形式,通过与基金经理人的直接对话解答投资者最关心的问题。如《重仓两大核心板块 这些基金逆势创历史新高》(2022 年 4 月 18 日 A06 版,记者裴利瑞)、《兴全基金张亚辉:可转债宜以三年为期做配置》(2018 年 7 月 5 日 A10 版,记者项晶)等报道。

《建信基金吴尚伟:以绝对收益为目标 挖掘两大领域投资机会》(2020 年 3 月 7 日 A07 版,记者任子青),以建信基金权益投资部联席投资官吴尚伟的观点组织全文。受到新冠肺炎疫情影响,大部分基金出现持续下跌态势,在此背景下,大量投资者对持有基金怀有"减持"还是"抄底"的矛盾心理。本篇报道以基金经理观点直接对话解答投资者困惑,帮助投资者积极面对基金下跌的阶段性波动。

除了以基金经理对话揭示市场行情外,《证券时报》也有大量动态报道,其中既包括宏观市场动态,也有微观层面的部分基金行情解读。宏观层面如《权益市场赚钱效应弱 基金发行刮起稳健风》(2022 年 4 月 14 日 A07 版,记者裴利瑞),从 2022 年开年以来,市场调整使得不少权益基金遭遇大幅回撤,投资者风险偏好下降这一背景出发,总结了近期基金发行市场"倒春寒"现象,基金公司的产品布局方向发生明显转向,均衡稳健型产品正逐渐占据主流。微观层面如《"七年大考"大浪淘沙 24 家个人系公募竞逐 2.0 时代》(2022 年 4 月 11 日 A07 版,记者裴利瑞、陈书玉)整理了当下市场中越来越多的资深人士和社会资本加入公募创业大潮这一现象,报道了在诸多领域不占优势的个人系公募与发展更加成熟的机构系公募同场竞技的局面。

(三)揭示基金风险

基金虽然相较于股票而言投资风险更低,但其作为一种投资方式仍然具有一定的风险性。投资者在进行理财活动时需要尽可能地规避风险,因而基金报道天生具备揭示基金风险、帮助投资者正确预判行情的职责。《证券时报》通过基金经理、基金研究院以及记者自身对于市场风险的判断和整理展开报道,从多个角度客观分析形成投资风险的原因,进而提出可供参考的投资建议。

如《股票基金分散化投资应对个股爆雷风险》(2019 年 6 月 4 日 A07 版,记者李树超)基于多只股票退市或进入退市整理期这一背景,强调基金市场仍需分散投资以规避风险。报道中对不少基金公司针对尾部股票退市现象增多等风险开展公募股票型基金持股分散化投资这一现象展开多方采访,既揭示了当下基金市场风险,同时也对基金"集中研究和分散投资"各自利弊进行了详细的分析,起到一定的引导作用。

三、数据

相较于民生新闻及其他一般性新闻报道而言,财经新闻的一个显著性特征就是其常常包含大量数据,证券新闻、公司新闻等都离不开数据的梳理与解读。"不同于政治宣传技巧,也不同于大众化社会新闻的哗众取宠,财经报道从选题策划开始,需要将社会财经现实与相关行业和行情紧密联系起来。"①《证券时报》以证券新闻为主,包含大量公司新闻、行业动态,对公司经营情况、行业动态、股票及基金市场变动等新闻事件的分析往往需要借助大量数据加以实现。《证券时报》的"数据"版面通常以"数据+故事""数据+解读"的形式展开新闻报道。

(一)数据+故事

从本质而言,财经新闻即是对数据的呈现、分析与解读。正如霍金所说:"一本书多一个公式,就会少一半读者。"在财经新闻中虽不致如此,但数据的使用仍需审慎。财经新闻本就具有专业性强、抽象度高的特点,过多的数据只会使得报道更加枯燥乏味,因此财经新闻中的数据必须具有典型性,并尽可能加以故事化解读。"从数据中发现新闻故事,以数据阐述新闻故事,并根据数据深入研读和理解新闻故事,是财经新闻记者必备的技能。"②将枯燥的数据和财经故事相结合,提升报道可读性,同时赋予财经故事以更直观贴切的表现形式。

如《解码苹果产业链动态》(2019年11月9日 A07版):

> 公众对苹果产生"浓厚兴趣"还源于另一个重要因素,那就是2017年年底,苹果上了期货。金融市场带来的关注,好像为这个产业打上了"镁光灯"。一位烟台当地的果商回忆道,2014年山东地区也因异常天气经历了一次苹果大减产,"当时价格也涨得厉害,但是谁关注呢?顶多就是看见苹果贵了去买梨,没人抱怨吃不起苹果,也没人关心我们是赚还是赔。还有一个最大的不同,2018年我们就知道明年苹果要涨价了,但在没有苹果期货的2014年,少有人有这个预判。"
> ……

报道聚焦苹果产业链动态,自2017年苹果上了期货之后备受金融市场关注。苹果是除瓜类外我国产量最大的水果品种,也是民众最为熟悉和市场认知度最高的水果。因此不仅金融市场和果农关注苹果产业链,普通公众同样关注,但若是单纯讲苹果产业链如何完善,行业如何分级,罗列一堆数据,受众只会觉得乏味。因此本篇报道开头以故事化的讲述切入,从果商收购苹果、冷藏公司储蓄苹果、果农贩卖苹果一系列故事出

---

① 张谦.数据驱动背景下财经传媒价值链重构[J].新闻大学,2017(4):117-123,151-152.
② 杭敏,John Liu.财经新闻报道中数据的功用——以彭博新闻社财经报道为例[J].新闻记者,2015(2):56-59.

发,用产业链中的各环节参与人员直接讲述他们在苹果产业链中的活动,吸引读者注意。通过果农讲述苹果价格波动的故事引入后文对苹果价格"保险＋期货"及行业分级的讲述,整篇报道运用大量数据解读苹果在成为期货前后价格机制的变动、产业链的完善,有故事的切入,也有数据的直观对比,报道浅显生动,同时清楚地阐释了苹果产业链各个环节的前后对比,传播效果极好。

(二)数据＋解读

数据是财经记者发现新闻点的主要来源之一,除此之外,数据也为财经新闻提供了新的理解方式及解读视角,因此"数据＋解读"是财经新闻中数据使用最常采取的方式。其中包括,第一,以数据对比解读行情变动,如《业绩增长超预期 24 股年内股价翻倍》(2019 年 11 月 15 日 A09 版,记者陈见南),通过解读"机构对贵州茅台今年的一致业绩预期,分别较 26 周前、13 周前及 4 周前提升了 1.12％、0.17％和 0.033％,同时较 1 周前没有下降"等内容,显示相关企业的经营形势,具有较高的说服力。第二,以数据作为背景资料解读行业整体发展。如《钢企一季度业绩遇冷 静待房产基建复苏机会》(2019 年 4 月 27 日 A03 版,记者康殷)开头:"截至 4 月 26 日,申万钢铁行业 32 家上市公司中,已有 19 家披露 2019 年一季报。其中一季度业绩同比保持正增长的只有 4 家公司,净利润同比下滑的公司则有 15 家,占比达 79％。其中,八一钢铁今年一季度亏损 1.94 亿元,公司称钢材销售价格与去年同期相比大幅下降,同时成本上升,致使利润大幅下滑。"以一连串数据作为背景资料解读钢铁行业利润下滑趋势。

如《国内单身群体日益庞大单身经济催生万亿需求》(2020 年 11 月 9 日 A06 版,记者梁谦刚):

> 单身人群由于抚养压力较小,在憾失部分家庭生活乐趣的同时,更注重追求相对更高的生活品质。研究表明,单身群体在教育文化和娱乐方面花费比非单身群体多;在其余消费方面,都比其少,催生了诸如陌陌 App、宠物消费、婚恋网站等单身经济的崛起,大量的单身人口形成了万亿级的单身经济,成为重要经济增长点。
>
> 尼尔森《中国单身经济报告》显示,97％的单身消费者会选择网购,62％的单身人士更倾向于点外卖。研究发现,最受单身用户喜爱的产品类型有本地生活服务类、生鲜零售配送类、婚恋类、社交类、在线旅游服务类。在 A 股市场中,有哪些公司布局了单身经济领域呢?
>
> ……

报道以《单身群体消费趋势研究报告》中的一组单身人口数据为新闻源头,进而列出了我国民政部数据中的单身人口比英国、德国、法国的总人口之和还要多。一系列数据表明我国职场单身人口比例居高不下,但报道并未止步于总结我国单身人口多这一现象,而是基于此现象对国内"单身经济"进行了进一步分析,如"宠物消费、婚恋网站"等。整篇报道来源于数据,但不止于数据,而是在数据揭示的社会现象中剖析经济趋势,具有一定的前瞻性。

四、时报观察

"时报观察"是《证券时报》头版的重要栏目,以消息和评论稿件为主,主要刊登对当下时事热点、国内国际投资环境、经济政策等内容的分析与解读,对帮助上市公司、广大投资者及时了解市场动态有着重要作用。

(一)热点讨论

"时报观察"栏目在一定程度上是《证券时报》编辑对见刊新闻事件的"二次筛选",挑选出当日刊发新闻中重要的,对市场波动有一定影响的,或受众感兴趣的内容进行解读和强调,以"媒介议程"帮助受众快速获取市场热点信息,了解市场动态,进而规避投资风险。

如《生猪规模养殖未成气候 平复猪周期任重道远》(2021年7月17日A01版,记者赵黎昀):

> "有过一头猪仔'躺赚'近两千元的好日子,如今猪圈里养成三四百斤的大猪却要赔上千元出售,这种落差让很多散户无法直面。但高价惜售,低价抢抛,又恰恰是散户会跟风做出的选择。"
>
> "肉贵伤民,肉贱伤农。眼看猪周期波动幅度越来越大,不少行业人士将平抑周期的希望,寄托在提高行业规模效应上。"

报道介绍了我国一般性生猪周期市场,同时梳理了自2011年至今我国生猪市场的异常周期性波动。通过对生猪市场的周期梳理和行业集中度的预测,对生猪市场周期性波动做出预判,帮助投资者正确认识生猪市场发展前景,规避投资风险。

(二)信息披露

信息的传达与披露是证券新闻的重要内容,也是广大投资者最为关心的内容。"时报观察栏目"的重要功能之一就是传递信息,通过准确及时的信息披露,保障受众知情权,平衡资本市场内信息供需矛盾,稳定资本市场健康发展。

如"时报观察"栏目刊登的消息《风险处置已成第一要务 信托业不良率下降可期》(2020年7月1日A01版,记者杨卓卿):

> 根据银保监会发布的2020年一季度商业银行主要监管指标情况表,一季度末商业银行不良贷款余额为2.61万亿元,较上年末增加1986亿元,不良贷款率为1.91%,比年初上升0.05个百分点。
>
> 信托业的特殊情况在于,2018年以来资产持续处于收缩状态。2020年,信托行业响应监管号召,继续压降资产规模。截至一季度末,68家信托公司受托资产规模为21.33万亿元,环比下降1.28%。
>
> 其次,信托行业不良率上升与数次严格的风险排查相关。2019年以来,信托行业进行了三次风险排查,尤以第三次风险排查标准最高、力度最大。这无疑加速了风险资产的暴露与揭示,还原出高度真实的行业运营状态。

2020年信托行业出现不少风险事件,安信信托、四川信托接连遭遇大额兑付危机,一度令外界对信托行业的真实风险状况充满疑虑与担忧。"时报观察"梳理了2018—2020年中国信托行业资产规模、资产风险率、风险资产规模等多个数值,同时分析了信托行业不良率上升的主要原因。在报道末尾提及中国国内有关监管部门的行为,指出这些监管措施已初显成效。整篇报道既梳理了问题,同时也对解决方案进行了阐释,稳定市场情绪,同时也影响着监管部门继续加大监管力度,保障信托行业健康发展。

(三)政策解读

资本市场建设与国家政策息息相关,上市公司需要时刻关注政策变动以调整发展重心。随着市场经济的不断发展,越来越多的社会公众参与到资本市场中,他们需要了解国家经济动态及有关政策,因此政策解读不仅是财经新闻的题中应有之义,同时也直观反映出该媒体的政策敏锐度和政策分析能力。《证券时报》"时报观察"栏目刊登了大量政策解读类稿件,通过消息、评论等方式跟进国家政策,同时将宏观政策与市场环境、投资对象等相结合,进而指导投资行为及经营活动。

如"时报观察"中的评论《政策红包让氢能发展步伐更稳健》(2022年3月25日A01版,记者韩忠楠),主要对2022年颁布的《氢能产业发展中长期规划(2021—2035年)》(以下简称《规划》)进行解读:

事实上,对于稳步推进行业发展,国家已通过对燃料电池汽车示范进行了实践,即以应用示范先行,再根据情况进行规模推广。可以预见的是,通过示范模式实现氢能的应用,不仅适用于交通行业,未来还可能会辐射至储能、发电、工业等领域。

其次,从《规划》覆盖的范围来看,聚焦全产业链的各个环节,包括氢能制、储、输、加、用等,涵盖了核心技术突破、基础设施建设、安全风险防控、人才队伍扩充等各个层面,从政策制度到产业标准一应俱全。

如此全面、丰富的《规划》,既为氢能产业的发展统一了路径、指明了方向,也为当前产业面临的诸多现实困境扫清了障碍。

最后,从战略定位的角度来看,《规划》明确了氢能在我国能源体系中的重要地位,确立了氢能是用能终端实现绿色低碳转型的重要载体,更把氢能产业作为战略性新兴产业和未来产业重点发展方向,坚定了相关产业聚焦氢能、发展氢能的决心。

报道主要从规划的阶段性目标任务、覆盖范围、战略定位等方面分析了《规划》对整个氢能产业的影响,虽不涉及补贴及奖励,却让氢能产业实实在在地吃下了"定心丸"。按照《规划》指明的路径和方向,氢能产业可以走得更稳健、更轻松。报道解读了《规划》对氢能产业提速发展的催化作用,成为加速推动传统能源的转型、提升可再生能源应用比例的重要依据。

五、壮丽70年行业排头兵

"壮丽70年行业排头兵"是《证券时报》2019年开设的专栏,总结改革开放以来金融与其他行业的先进企业如何借助改革开放这股东风做大做强成长为"行业排头兵"的故事,该专栏中的系列报道获得2019年"中国资本市场新闻报道优秀作品二等奖"。

(一)展现实体经济高质量发展成效

"壮丽70年行业排头兵"一共推出5版,分别报道了招商银行、阿里、万科、三一重工、上汽集团在改革开放 70 年中的转型发展进程(见表 11-1)。

表 11-1 "壮丽 70 年行业排头兵"专栏(2019 年 8 月 19 日—10 月 28 日)

刊发日期	版面	记者	报道
2019 年 8 月 19 日	A00 版头版	刘筱攸	《招商银行:不惮自我否定的"零售之王"》
	A04 版壮丽 70 年行业排头兵	刘筱攸	《招行 32 年启示录:两次转型奠定零售之王地位》
	A04 版壮丽 70 年行业排头兵	刘筱攸	《招行零售业务到底强在哪?》
2019 年 9 月 6 日	A04 版壮丽 70 年行业排头兵	李小平	《阿里 20 年:让天下没有难做的生意 "新六脉神剑"待出鞘》
	A04 版壮丽 70 年行业排头兵	方岩	《"风清扬"不必守在思过崖》
2019 年 10 月 11 日	A01 版头版	于德江	《万科向城乡建设与生活服务商进发》
	A04 版壮丽 70 年行业排头兵	于德江	《万科的智慧与温情》
	A04 版壮丽 70 年行业排头兵	于德江	《万科:感激资本市场成就时代企业》
2019 年 10 月 21 日	A04 版壮丽 70 年行业排头兵	邢云	《三一重工:中国企业转型升级样本》
	A04 版壮丽 70 年行业排头兵	邢云	《跨跃低谷 王者归来》
	A01 版头版	邢云	《三一重工:构建新产业生态的"大国重器"》
2019 年 10 月 28 日	A04 版壮丽 70 年行业排头兵	刘宝兴	《上汽集团:加快"新四化"进程 储备粮草 布局未来》
	A04 版壮丽 70 年行业排头兵	刘宝兴	《中国汽车业如何在海外市场突围?》
	A01 版头版	刘宝兴	《上汽集团:从凤凰牌轿车到"中国汽车名片"》

新闻舆论工作对资本市场长期健康发展具有重要作用,财经媒体及财经报道在资本市场改革发展及舆论导向上扮演着重要角色。改革开放 70 年是中国经济及资本行业发展的重要里程碑,也是新闻业的重大命题,《证券时报》充分围绕媒体定位,以资本市场中银行业、实体制造业、房产业及互联网行业中典型企业的发展故事为切入点,展示中国资本市场的发展与成熟。

实体经济是资本市场的重要组成部分,"壮丽70年行业排头兵"专栏共刊发5版,其中3版都是对实体经济的报道。如《三一重工:中国企业转型升级样本》(2019年10月21日A04版,记者邢云),从历史成长脉络到新时代的新发展理念为报道核心,展现了三一重工从作坊式工厂起家,到迁往工程机械之都,再到随"一带一路"出海脚印遍布全球的历程。同时报道着重强调了三一重工依托"提倡转型、换跑道、高质量、高效益、高水平"的发展理念,积极拥抱互联网、物联网,推进智能制造,从传统粗放型工业生产模式到"互联网+工业"的新型生产模式,借助信息技术进行产业革新与升级,建立先进的制造和管理系统。

三一重工作为我国实体经济体转型的典型企业,报道对该传统粗放型实体经济在新时代下的高质量转型过程展开了深入的解读:"在重回行业巅峰疾驰加速的今天,三一重工此时的增长与工程机械狂热时代的大跃进已有了本质上的区别。"新时代下的实体经济需要新的内生动力,《证券时报》充分认识到实体经济转型的必要性和紧迫性,以讲好典型企业转型故事为契机,以期推动实体经济高质量发展。

(二)回顾资本市场发展与成效

改革开放70年是中国经济飞速发展的70年,在此期间中国资本市场不断发展成熟,"壮丽70年行业排头兵"在报道典型企业发展的故事中穿插进中国资本市场的发展历程。

如《万科:感激资本市场成就时代企业》(2019年10月11日A04版,记者于德江),讲述了万科自进入房地产市场30年来,受益于时代的发展、改革的红利、城镇化进程的加速以及自身稳健的经营,逐步成为行业排头兵的历程:

> 1986年,深圳推行国营企业股份化试点。之后,王石力排众议,推进公司改制事宜。1988年11月,在经历诸多波折之后,万科的股份化改造方案终于被批准。1988年12月6日,万科召开了第一次发起股东会议,通过《公司章程》等决议。同年12月27日,万科在《深圳特区报》刊登招股通函。这一次公开发售股票,万科募集了社会资金2800万元,主要投向了工业生产、进出口贸易和房地产开发,公司资产及经营规模迅速扩大。
>
> 1990年12月,深交所成立。1991年1月29日,万科的股票正式在深交所挂牌交易。上市以来,万科涨幅不俗,论赚钱效应在A股排名前列。万科还坚持每年分红,是A股上市公司中持续现金分红年限最长的,累积金额达到573.6亿元,远超累积股权融资额(261亿元)。
>
> "万科从资本市场拿了260多亿元,但现金分红了570多亿元,好像是万科做的贡献更大。"郁亮对证券时报记者表示,"但回过头来看,如果没有过去多年拿的260多亿元,会有万科的今天吗?不会。"

万科诞生于处于改革开放前沿的深圳,与特区共同成长,万科的发展与资本市场的成熟息息相关,报道借梳理万科的成长回顾了中国资本市场的发展。该组系列报道能够获得2019年中国资本市场新闻报道优秀作品的重要原因也在于其在讲好典型故事的同时,积极报道资本市场改革开放和稳步推进取得的成果,进而提升资本市场新闻宣传的公信力、传播力、引导力和影响力。

第四节 《证券时报》经典报道案例点评

一、报道概述

《新能源车引燃秋天里的一把火 产业链瓶颈待突破》是 2020 年 10 月 15 日刊发于《证券时报》A05 版的一篇对新能源汽车这一新兴产业的深度报道,《证券时报》为此篇报道开设专版"实探新能源车市",并在头版导读区添加该报道,可见其新闻价值。相较于传统汽车产业,新能源汽车产业链涉及环节更多,产业链结构更为复杂,其中包括上游的电池原料供应商、中游的部件组合商以及下游的整车及充电桩供应商等环节。同时,近年来国家大力扶植新能源产业,新能源汽车产业也在扶植范围之内,因此其产业发展往往和国家宏观政策密切相关,具有很强的政策性和引导性。整篇报道通过实地走访、多方求证及数据整合,对新能源汽车产业链进行了深度调查与分析,旨在探寻新能源汽车产业链存在的主要问题和未来发展方向。

新能源车引燃秋天里的一把火 产业链瓶颈待突破

二、报道背景分析

2015 年,我国出台《关于加快电动汽车充电基础设施建设的指导意见》,提出到 2020 年,我国基本建成适度超前、车桩相随、智能高效的充电基础设施体系,满足超过 500 万辆电动汽车的充电需求。公开数据显示,2020 年上半年中国新能源汽车出口 3.69 万辆,同比增长 140.7%;出口额 11.02 亿美元,同比增长 271.6%。纯电动汽车出口 2.15 万辆,增幅为 136%;出口额 3.63 亿美元,同比激增 1122.9%。[①] 2020 年秋,国务院通过的《新能源汽车产业发展规划(2021—2035 年)》对新能源车发展意义重大,新能源汽车市场发展前景向好。

受新冠肺炎疫情影响,汽车市场在 2020 年初受到一定影响,下半年内新能源汽车市场逐渐复苏,多家新能源头部车企销量持续增长。除了新能源市场的复苏,于社会公众而言,伴随着国家政策的支持与宣传,新能源汽车成为公众购买汽车的主要"备选者"之一。消费者对新能源汽车的热情持续高涨,但作为汽车市场的"后来者",新能源汽车的产业链是否发展完善,各环节组织及建设是否合理,行业生态是否健康,这一系列问题都是影响新能源汽车在汽车市场站稳脚跟的重要因素。

三、报道特点分析

《证券时报》记者在采写《新能源车引燃秋天里的一把火 产业链瓶颈待突破》时,充分立足媒体定位,将资本市场、产业发展与公众利益需求紧密结合,极大地提升了新闻价值。

---

① https://36kr.com/p/951064196672903.

(一)采访范围遍布产业链全局

如表 11-1 所示,《证券时报》记者在了解到我国新能源汽车市场回暖后,为更好地分析新能源汽车产业链,实地走访了深圳、郑州、合肥三地的新能源车市。从新能源汽车产业链的上游、中游和下游三个角度展开采访调查。记者采访了生产电池原料的上游市场人员、行业人士、中游供应商以及下游销售市场,总结了"电池上游材料中,市场人员、行业人士对锂盐价格的持续性走高趋势均呈确定态度。但与上游原材料供应商一致看好的积极态度不同,不少厂商选择谋定而动,更有部分厂商在压力下选择了转型。"

表 11-1 报道采访对象统计表

采访对象类别	采访对象
产业上游	氟磷酸锂行业龙头多氟多的相关负责人 多氟多电池销售总监
产业中游	BMS 系统业务的业内人士 BMS 供应商 中鼎股份公司负责人 华东地区软件技术与新能源汽车产业融合的软件企业负责人
产业下游	深圳市龙岗区的比亚迪 4S 店销售人员 郑州市花园路的蔚来新能源汽车展厅销售人员 合肥市蜀山区名车广场威马汽车店内销售人员 合肥市包河区安徽世源 4S 店销售人员
消费者	深圳市福田区的特斯拉展厅消费者 合肥市政务区华润万象城"蔚来空间"消费者
其他	卓创分析师韩敏华 独立汽车分析师张翔 乘联会相关人士 安徽一位新能源汽车资深从业人士

除了对产业链中不同环节参与者展开采访外,记者也采访了乘联会相关人士、独立汽车分析师,从行业内人员及行业外人员两个层面分析新能源汽车产业链的发展局限及前景,用大量直接引语反映产业链中不同环节参与者的顾虑和态度,整合专业人士意见总结产业发展方向,多方面采访让整个报道更有深度,也对产业发展更具启示意义。

相较于财经新闻的专业术语而言,运用采访中的直接引语通俗易懂、生动有趣,能有效拉近报道与读者之间的距离。例如:"从 8 月开始,我们的量产开始爬坡了。""同样都是二十多万的车,特斯拉的牌子肯定是比其他电动车'响亮'。"以直白的语言表现新能源汽车产业的复苏,将复杂的产业新闻通俗化。

(二)以小见大透视产业发展方向

就产业新闻而言,受到涉及领域和范围的限制,加之特定产业专业性强、受众面窄,社会影响力往往无法得到充分发挥,因此记者在撰写这篇新能源产业链的深度报道时,紧密联系产业内部情况,同时结合公众关心热点组织报道结构,以上游、中游、终端三个部分串联报道,即使对汽车产业所知甚少的受众也能清晰了解新能源汽车产业链各环节。在报道组织方面,通过采访新能源汽车产业的各个环节,让普通受众也能理解产业的组织架构,以更为直观的层级展现新能源汽车向好的种种因素及其拐点所在,极大地提高了报道可读性。

另一方面,《证券时报》将自身定位于资本市场的报道者与解析者,对产业的关注离不开产业对资本市场的影响。报道对新能源汽车市场中的供需变化等情况加以详细说明,同时对产业链中部分企业的市场布局及核心业务均加以解读,尤其是关注了大量产业下游及中游的销售商及典型企业,通过消费者需求变化、供应商销售经验更能折射本产业未来发展方向,以小见大透视整个产业的发展方向,展现产业行情波动,同时顺畅引导报道逻辑。

四、报道启示

报道《新能源车引燃秋天里的一把火 产业链瓶颈待突破》在政策导向性、采访对象选择、报道组织架构上,对专业性财经媒体做好产业深度报道均具有重要启示意义。

(一)从产业发展角度对产业政策加以解读

有影响力的产业报道通常具有很强的思想性,其背后是对国家政策的积极导向,解读政策发布后相关产业的发展趋势与规律。报道充分抓住国家《关于加快电动汽车充电基础设施建设的指导意见》出台后新能源汽车产业形势向好这一契机,充分准备做好行业背景调研及政策导向需求调查,随后实地走访新能源汽车产业的上、中、下游,从生产商、销售商及消费者多个角度展开深入采访。报道在采访和组织的过程中有一条明显的主线,即产业发展。针对《关于加快电动汽车充电基础设施建设的指导意见》中提到的新能源汽车发展的种种政策一一加以照应,从产业发展的视角对政策进行解读,一则摆脱枯燥的"政策翻译",二则提升了报道的新闻价值,对产业发展方向调整提供指导性意见。

(二)对产业发展中的关键问题提出建设性意见

建设性是财经新闻的重要特征之一,财经新闻通过对特定企业、特定行业的分析,总结问题,以客观中立的立场提出建设性意见。财经媒体的重要职能除了做好财经信息的筛选与传播外,也需要做好财经领域的监督工作,建构一个群众发现问题、提出问题,媒体紧盯问题、曝光问题并提出解决意见的良性机制。

《新能源车引燃秋天里的一把火 产业链瓶颈待突破》这篇报道对新能源汽车产业链存在的"三电技术不够成熟、电池回收机制不够完善、二手车残值率不高,行业整体竞争水平低状态,个别区域地方保护主义严重"等现象进行了解读,揭示了我国新能源汽车产业链的关键性问题。更为可贵的是,报道通过实地走访与多方采访,总结了我国新能源汽车产业链发展瓶颈的解决之道,包括提高行业良性竞争水平,与周边相关产业形成良性循环等,使得报道有破有立、发人深省。由此可见,建设性是财经媒体提高影响力、打造媒体品牌的重要工具,这也要求财经媒体在展开调查及报道的过程中强化问题意识,通过广泛求证、多方调查分析问题根源并提出建设性意见。

(三)从产业链视角看产业发展

"产业链是一个包含价值链、企业链、供需链和空间链四个维度的概念。作为一种客观规律,它像一只'无形之手'调控着产业链的形成。"[1]产业新闻与普通财经新闻最大的区别在于其背后涉及的是整个产业链,而非某单一个体,如果仅针对产业的某一环节发展现状梳理新闻要素,并就产业链局部展开描述,只会成为"就事论事"式的产业新闻,不具有全局性,不能反映产业发展的内在规律,往往也会丧失其客观性。一个发展成熟的产业背后必定有完整的产业链,其中的每一个环节都可以直接影响产业发展,因而财经媒体在做好产业报道前势必要有全局意识,从整个产业链的上、中、下游逐个击破,探寻产业发展的突破口。此外,通过对整个产业链的采访,能够让受众更为清晰全面地了解产业发展,而非管窥蠡测,进一步提升新闻价值。

---

[1] 郭津.用产业链理念延伸新闻价值[J].新闻爱好者,2012(3):15-16.

第十二章　界面新闻

> 界面新闻是由上海报业集团出品的原创财经新媒体,于 2014 年 9 月创立。其口号为"只服务于独立思考的人群",主打精英路线。界面新闻创建后仅用一年时间,市值就达 9 亿元,成为全球估值最高的新闻平台。在工信部发布的《2017 年中国网络媒体公信力调查报告》中,界面新闻杀入国内的新闻客户端排名榜并取得了优异成绩,在社会责任感方面排第四,用户信任度方面排第五,影响力方面排第八,是仅有的一个在三方面均上榜的媒体公司。[①] 2019 胡润中国最具影响力财经媒体榜中,界面新闻被列为 TOP30。时至今日,界面新闻已经发展成为上海报业集团的特色品牌,赢得了受众的广泛认可。

第一节　界面新闻创办背景、定位与发展

界面新闻作为上海报业集团媒介融合下锐意变革而生的产品,其操盘团队实力雄厚,成员来自《第一财经周刊》《华尔街日报》《财富》《21 世纪经济报道》《南方周末》等优秀老牌媒体,同时以上海报业集团的雄厚背景作为支撑,界面新闻可谓含着"金汤匙"出生,从一诞生就交织着社会变革和技术革新两股力量,在成立之初就被寄予厚望。

一、界面新闻的创办背景

界面新闻的产生有外部媒介环境和内部媒体集团转型等多个方面的原因。

(一)媒介融合政策的推动

2014 年 8 月,中央全面深化改革小组第四次会议通过了《关于推动传统媒体和新兴媒体融合的指导意见》,文件指出:要着力打造一批形态多样、手段先进、具有竞争力的新型主流媒体,建成几家拥有强大实力、传播力、公信力、影响力的新型媒体集团,形成立体多样、融合发展的现代传播体系。[②] 通过国家战略的推动,移动互联网成为媒介

[①] http://www.sohu.com/a/224374623_250147.
[②] 关于推动传统媒体和新兴媒体融合发展的指导意见[J].今传媒,2015,23(8):52.

融合的"主战场",2014 年被称为"媒介融合元年"。在这样的媒介融合大背景下,推进深度融合、完善媒介形态成为传媒集团的转型方向,我国财经媒体的媒介融合也进入深度融通阶段。

(二)新闻客户端的热潮

新闻客户端体现着信息深度聚合以及海量信息深入挖掘的最新发展趋势,表现出新闻碎片化、集纳式、专业化的显著特征。在媒介融合背景下,移动新闻客户端凭借实时的信息推送、丰富的资讯资源和便捷的社交互动,成为网民获取新闻资讯的重要工具。

随着移动网络发展,手机成为网民上网的最主要设备,各种手机新闻 App 也推陈出新并不断完善。新闻 App 吸引和积累了大批用户,成为媒体重点发力的市场,也为财经媒体的转型提供了良好的媒介背景。①

凭借对技术变革的敏锐嗅觉,互联网公司曾主导了中国新闻客户端的发展。2010 年前后,网易、腾讯、新浪等各大门户网站纷纷推出各自的客户端产品,并不断改进升级;2012 年,由互联网创业公司——北京字节跳动科技有限公司推出的"今日头条",主打基于用户的社交网络数据,通过算法实现精准推送;2013 年,一点网聚科技有限公司同样以算法为基础、以"兴趣引擎"作为核心技术推出"一点资讯";Zaker、Flipboard 客户端等则走新闻聚合路线。由于这几类客户端占据了绝大部分市场份额,专业传媒机构相比之下显得后知后觉,只能做技术革新的"跟随者"。虽然也有传媒机构推出了新闻客户端,但大多只局限于把报刊或者网站的内容迁移到移动端,功能比较简单。

2014 年,在政策、资本的助推以及自身转型的巨大压力之下,专业新闻机构先后加入新闻客户端战场。首先是《人民日报》、新华社等中央级媒体相继推出客户端,其后上海报业集团等地方报业集团先后上线主打时政的澎湃新闻、主打财经的界面新闻。

(三)顺应了上海报业集团的转型

在互联网新媒体迅猛发展的背景下,在夹缝中求生存的传统媒体纷纷向新媒体转型寻找出路,以期通过媒体融合实现报业的数字化发展,在危机中寻找突破的机会。但是一直以来传统媒体的数字化转型并未遵循互联网的发展理念和规律,由于缺乏真正的转化思维,转型仅停留在表面的数字化。如何从技术更新、内容生产、运营管理机制、盈利模式等做出重大革新,又保留传统媒体的内容生产优势和公信力、核心竞争力,才是上海报业集团等传统媒体在新媒体建设工作上的创新思路。

作为中国第一大报业集团的上海报业集团,是 2013 年 10 月 28 日由原上海解放日报报业集团和文汇新民联合报业集团整合重组而成。集团成立以来积极探索转型,在 2014 年的工作大会上,社长裘新提出集团面对新媒体既要讲转型也应该讲融合,集团的新媒体战略可概括为平台化战略,发展格局是:首先优化已有平台,推动解放、文汇、新民等第一批自办网站的升级;其次借力大平台,深化与百度、腾讯等平台的合作;最后

---

① 钱玉婷. 界面新闻的发展模式研究[D].上海:上海师范大学,2018.

从内容生产的核心竞争力出发,自建新平台,推出上海观察、澎湃新闻以及界面新闻三款新媒体产品。①

(四)满足财经媒体发展的需求

移动化时代,互联网对当前国内较为落后的传统媒体行业产生重大行业冲击,必将使行业有一个根本性的大变革,带来一种极具行业颠覆性的效应。2011年之后,传统媒体行业已从传统的报纸、杂志逐渐走到手机电视,渐次开始进入决定其广告收入增速水平和整个行业利润水平高低的最后一个拐点。在移动互联网背景下起步的财经媒体,伴生着许多鲜明特色,如移动化、资本化、社交化、个性化、垂直化、服务化、产品化、平台化、自媒体化等②。

为顺应新媒体的发展,我国财经媒体凭借强大的经济信息源和专业化的内容生产不断成长为受众获取财经资讯的主要渠道。在瞬息万变的市场经济中,财经媒体成为经济学知识匮乏的普通大众了解市场经济的主要信息源。

在移动互联网时代,财经网站、财经自媒体的生产成本要远低于传统财经媒体,就收入来源和广告份额来说,又要远高于传统纸媒。财经自媒体依靠互联网技术不断开发自身内容生产、发布的平台,彻底突破了传统财经媒体单一的生产传播信息方式。为更好地占领传统媒体市场,传统财经媒体需要紧跟时代的步伐,不断进行媒体的转型与深度融合,并与财经自媒体一起共同打造一个以"内容为王、渠道制胜、新闻可视化、数据支撑、用户本位、内容多元化、媒体品牌化"为特征的财经媒体生态圈。③

随着中国经济的持续快速增长,对于中国新崛起的中产阶层来说,无论是投资、创业,还是企业日常经营管理以及个人生活,财经知识和财经信息都越来越重要。但是财经新闻的特点对采写提出了较高的要求:财经新闻的专业性特点,要求传播者具备持续不断的专业积累,靠个人单打独斗难以持续为用户提供优质内容;财经新闻的权威性有独特的需求,用户需要获得最权威的信息和最权威的解读;财经新闻的时效性强,要给受众提供迅捷、可信赖的信息,社交媒体和自媒体目前难以长期保持信息的权威性④,因此2014年上海报业集团界面新闻应运而生。

二、界面新闻的定位

界面新闻作为上海报业集团媒介融合下的新生事物,作为上海报业集团优化已有平台、借力大平台和自建新平台这三大转型战略中的第三个战略,从内容生产的核心竞争力出发,自建新平台而推出的包括上海观察、澎湃新闻在内的三款新媒体产品之一,差异化地定位为新一代财经商业新闻新媒体产品,以"只服务于独立思考的人群"为口号,创造性运用"媒体+政府+资本"的资本运作模式,由上海报业集团、联手小米科技、360、海通证券、国泰君安、联想弘毅、卓尔传媒等11家互联网、金融、传媒资本共同推出。⑤ 由此可见,界面新闻在筹备之初就有明确的定位。

---

① 钱玉婷. 界面新闻的发展模式研究[D]. 上海:上海师范大学,2018.
② 秦朔. 新时期中国财经媒体回顾与启示[N]. 第一财经日报,2015-08-27(A15).
③ 孙梦. 改革开放40年中国财经媒体的成长路径研究(1978—2018)[D]. 郑州:郑州大学,2019.
④ 张衍阁. 原创新媒体商业模式的探索与思考——以界面新闻为例[J]. 新闻战线,2018(7):84-88.
⑤ http://career.sumg.com.cn/sumg/index.aspx.

(一)受众定位

"受众定位是媒介实现市场占位的基础,不仅因为受众是媒介的消费者,还因为媒介'双重出售'的特点使媒介的受众定位与媒介的广告效益联系在一起。"[1]也就是说,媒介想要占有受众市场,取得良好的广告效益,首先就要制定明确的受众定位。

从受众定位来看,界面新闻在确定产品的核心用户时主要考虑三个方面:用户的区域定位、年龄定位、受教育程度。界面新闻将用户定位为生活在一、二线城市内,本科及以上学历,25~45岁的中青年用户。界面新闻的受众群体是受过良好教育、具有一定经济基础的中产阶层[2],由于努力和原创是他们工作和生活的体验,也代表了他们的奋斗历程和成功烙印,因此他们尊重努力和原创,需要如界面新闻这样的原创新闻产品来开阔眼界和知识面。[3] 界面新闻CEO何力曾明确地表示,从长远来看,界面新闻要"成为服务于特定的中高档人群,比如公司人、城市白领的一个小入口。这些用户群体大多从事脑力劳动,他们受到的良好、系统教育可以提高其认知范畴,帮助他们拥有独立思考的能力。"这类用户正符合界面新闻的口号——"只服务于独立思考的人群"。

在界面新闻的第十五封《致用户》信中,界面新闻对其自身的受众定位和定位原因也进行了清晰的描述和解释:"我们定义我们的用户是中国的中高端人群、专业人士。我们认为,大部分的互联网公司,均以泛众、注重价格的网络人群为主,而中高端人群的需求被忽略或轻视了。"[4]随着中国中产阶层的日益勃兴,中高端人群不仅人群基数在不断增加,而且越来越有趋同的文化、价值观和消费习惯,他们是中国较有消费实力、较有品位和较有文化的群体。

(二)内容定位

拥有十年互联网运营经验的专家提出:"通过内容去打动用户,以内容为主的产品会更具黏性,媒体产品就是一个非常典型的内容产品。"[5]新媒体时代,要构建自己的内容框架,既要体现新媒体特性,又要区别于市场既有的新媒体;既要建构内容的严肃性和权威性,又要符合新媒体时代的传播语境和传播语态,适应社交媒体和自媒体时代的用户偏好。界面新闻除了对受众进行准确的定位之外,还对产品的内容进行定位。

界面新闻与其他门户类网站的新闻报道模式的不同之处在于,依托上海报业集团的国资背景,在2016年7月获得《互联网新闻信息服务许可证》,拥有官方许可的新闻采访权和报道权。与此同时,界面新闻组建了一支强有力的原创及财经新闻报道团队,总编辑何力和总裁华威都是曾创办《经济观察报》和《第一财经周刊》的业界精英,其他团队骨干来自《华尔街日报》《纽约时报》《南方周末》《财富》《时尚先生》以及财新传媒等,构建了250人以上的优秀内容采编团队,有70%的人员投入在商业新闻,[6]为其创新发展提供了核心人才支撑,可集中力量将采编内容的优势扩大。

---

[1] 蔡雯.新闻资源开发设计[M].北京:中国人民大学出版社,2007.
[2] 杨佳俊."界面"经济新闻选题研究[D].长沙:湖南师范大学,2018.
[3] 徐天雨."界面"内容运营策略研究[D].保定:河北大学,2018.
[4] https://www.jiemian.com/article/594367.html.
[5] 金璞,张仲荣.互联网运营之道[M].北京:北京电子工业出版社,2016.
[6] 钱玉婷.界面新闻的发展模式研究[D].上海:上海师范大学,2018.

"界面"之名来源于"商业世界,别开生面"。作为上海报业集团转型新媒体的"试水"之作,界面新闻在内容定位上首先主打商业财经资讯,注重原创与深度,作为传统媒体推出的新闻客户端,在凸显专业的新闻内容生产优势的同时,作为新媒体也从受众的需求出发,让受众能尽可能地在碎片化的时间里最快地获取有用信息。其次将"内容为王"的理念延续到新媒体发展上,其采编成本肯定大大高于其他类型的新闻App,但这也正是其卖点所在。①

界面新闻借鉴媒体将"众包"商业模式应用在新闻业上的经验,通过设立自媒体联盟和UGC的方式,有效整合微信平台中散落的优质商业内容,②打造了一个具有社群化特征的自媒体联盟,汇聚互联网原创优质内容。既为自媒体提供了品牌推广的有效渠道,又为自身拓展了内容导流范围,强化了平台效应,真正实现了双赢。界面新闻一改过去传统媒体时代单一的编辑部选题策划模式,创造性地打造了"原创＋自媒体联盟＋用户"的全新内容生产模式,通过多元化的生产途径来满足用户对于财经新闻的多样和大量需求。

界面新闻内容生产上主要呈现出以下三个特点:"热点＋碎片"的可读性报道、"精细＋丰富"的内容呈现、"个性＋优质"的内容服务。③

1."热点＋碎片"的可读性报道

界面新闻推出全新的采编模式,为了确保信息传播的即时性,全面拓展政经新闻的覆盖范围,增加了专门致力于短新闻的快讯组,以及关注其他媒体新闻的新闻组。此外界面新闻善于采用图片报道的方式进行热点追踪,以强化新闻可读性。由于界面新闻的图片大多是与视觉中国合作,形成了高清图片＋简短文字的报道模式,有效增强了新闻可读性,满足了受众个性阅读需求。④

2."精细＋丰富"的内容呈现

界面新闻客户端的界面设计整体简洁,但分类精细,内容丰富,给人一种多而不乱的视觉感。

界面新闻在发展过程中以商业财经资讯为核心,同时提供其他品类内容资讯的产品。总体来说有以下两个特点。

首先是新闻内容的丰富性。如图12-1、图12-2所示,包括"天下""中国""宏观""商业""科技""金融""时尚""文化""娱乐""体育""旅行""生活""游戏""汽车""工业""营销""军事"等三十多个栏目。界面新闻尽管主打财经商业新闻,但并未放弃对如文化生活等其他领域的关注和报道;除以中篇稿件为主体外,还设有时事快讯短稿,以及深度长稿和专题报道。

其次是表现形式丰富。除了传统的图文报道之外,界面新闻还有大量的视频新闻、音频新闻、直播新闻、数据新闻等,充分满足了全媒体时代受众的多元化阅读需求。

---

① 陈馨博.做商业新闻里的"内容之王"——界面新闻跟踪报告[J].青年记者,2015(14):14-15.
② 徐天雨."界面"内容运营策略研究[D].保定:河北大学,2018.
③ 任洪涛.界面新闻内容建设的五大特色[J].传媒,2019(21):63-65.
④ 任洪涛.界面新闻内容建设的五大特色[J].传媒,2019(21):63-65.

图 12-1　界面新闻官网首页

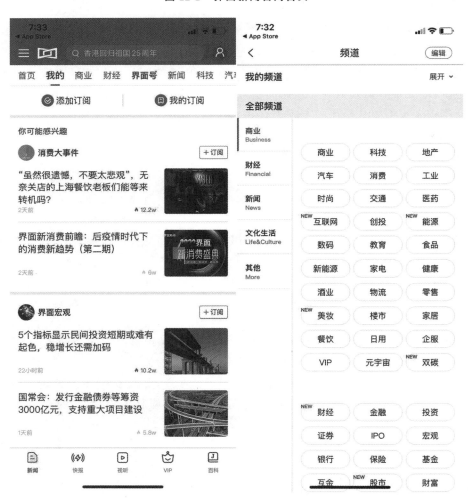

图 12-2　界面新闻 App 首页

3."个性+优质"的内容服务

全媒体时代出现的聚合类新闻 App,既带给受众便捷的信息服务,也带给受众信息轰炸的困扰。为了满足受众需求和顺应信息技术的成熟与发展,为受众提供优质、个性的内容服务,有效强化受众黏性成为各大新闻 App 竞争的关键所在。

界面新闻通过算法的创新优化,推出了类似于"淘宝足迹"的功能,结合受众浏览历史和习惯,自动聚合"我的"个性内容专区,并重点提醒受众可能感兴趣的其他主题新闻,而一旦完成订阅,平台会固定推送相关领域的新闻内容。当然,除了这种精准推送外,界面新闻还增设了许多个性化增值业务,如"好问""商城""急聘""前辈"等,充分满足了受众个性化需求,成为拓展忠实受众群的有效手段。以"面点商城"为例,用户每日通过登录、分享、评论等活动就能够获取相应积分,而这些积分可兑换界面新闻平台上的优惠活动。①

界面新闻注重与受众的多维互动,不仅设立了专门的互动区域,而且几乎在所有栏目下都融入了互动元素。首页右上方设有专门的如投稿、召集令、好问等板块的互动栏目,许多栏目下都设有专门"投票"环节,不仅可以获得受众反馈意见,还能提高受众黏性。为便于与受众交流互动,界面上线伊始,记者就在平台公开个人微信号或邮箱,"正午"栏目还设有独具特色的信息反馈渠道,如"交友信""每周信箱"等板块,赢得了受众广泛好评,有效提高了平台的吸引力和核心竞争力。

(三)功能定位

从功能定位来看,界面新闻的主要功能是为受众提供新闻、投资、购物、招聘和社交等全方位的服务。此外,何力表示:"界面新闻会做所谓的开放平台,吸引更垂直内容的提供者加盟,为用户提供更丰富的内容。"可见,界面新闻不仅仅满足于做内容提供商,还要做平台服务商。上海报业集团党委书记、社长裘新也明确表示:"界面新闻的愿景是建成基于互联网的商业与金融信息服务商,为国家金融信息建设事业提供服务。"②由此可见,界面新闻的功能定位不仅仅局限于为个人、机构和组织提供经济新闻信息服务,而且要为政府、为整个国家的经济建设和经济发展提供经济信息服务。③

功能定位的宏观、深远,决定了界面新闻虽然是上海报业集团推出的财经新闻媒体,但在创立之初就秉承"立足上海,辐射全国,放眼国际"的发展战略,始终关注全国和全球范围内的热门经济事件。在新闻报道的选题上,界面新闻不仅仅报道一般性的社会经济事件,同时注重对具有深远影响的经济事件的报道;不仅仅停留在对经济事件的信息传递层面,同时注重对经济事件的内容进行深度挖掘和分析,为个人、市场和国家经济决策提供意见。④

三、界面新闻的发展历程

2014 年,界面开通官方微信公众号,并推送了以招聘为内容的首条信息。2014 年

---

① 任洪涛.界面新闻内容建设的五大特色[J].传媒,2019(21):63-65.
② http://shanghai.xinmin.cn/xmwx/2014/10/08/25580201.html.
③ 杨佳俊."界面"经济新闻选题研究[D].长沙:湖南师范大学,2018.
④ 杨佳俊."界面"经济新闻选题研究[D].长沙:湖南师范大学,2018.

9月,澎湃新闻推出两个月之后,界面新闻推出,成为上海报业集团媒介融合发展又一标志性项目的财经新闻产品。同年12月,界面新闻App正式上线。

界面新闻持有国家网络新闻原创牌照,拥有新闻采访权和发布权,是有传统媒体血液的新闻媒体正规军。作为新媒体环境下诞生的新一代财经新闻产品,为了适应传播技术的发展趋势和满足不同用户人群的媒介使用习惯,界面新闻打造了丰富的互联网传播平台,拥有包括网站、App客户端、微信公众号、微博、Wap端等在内的多种、全规格互联网产品矩阵。

网站和App客户端为界面新闻的主推平台,其产品的个性色彩也体现得更加鲜明:视觉风格设计大胆、新颖,以蓝、绿、黑为主色,橙、黄为辅助色,颜色鲜艳明亮,以图片作为整个版面的视觉重心;内容栏目设置多样,包括新闻、摩尔金融、尤物、前辈、圆桌、开放平台为主的六大业务板块。

微信公众号和微博作为网站和App客户端的延伸,其内容多为网站和App客户端内容的转载。由于微信和微博平台的限制,在这两个平台上界面新闻所表现出来的产品的个性特色较网站和App客户端弱,但在内容表达上具有更加鲜明的网络社交的传播特征。

查阅其他公开的相关资料,翻阅界面新闻20封《致用户》(包括2017年1月6日发布的一篇未编号的)信,梳理出界面新闻从2014年9月宣布公测以来至2019年9月的重要事迹(见表12-1)。①

表12-1 界面新闻发展历程中的重要事迹

2014年9月	界面新闻上线公测
2014年11月	界面新闻iOS版App推出;电子商城"尤物"同步上线
2014年12月	界面新闻推出第一个独立业务"摩尔金融";JMedia召集令推出
2015年1月	界面新闻安卓版推出;JMedia规则正式对外公布
2015年2月	界面新闻"天下"频道正式独立,成为独立内容品牌
2015年4月	界面新闻长篇栏目"正午"独立上线,成为独立内容
2015年6月	针对年轻人的"乐趣"频道正式更名为"歪楼"
2015年8月	界面新闻积分系统"面点"及"面点 商城"正式上线
2015年9月	界面新闻获蓝色光标A轮融资
2015年10月	界面新闻决定全面开放平台,寻找战略合作伙伴
2016年3月	界面新闻上线"前辈"板块,提供专业人士一对一咨询服务
2016年7月	界面新闻获昆山信托B轮融资;拓展各项业务,进军原创视频领域
2016年10月	推出全新原创视频品牌"箭厂"
2016年10月	界面新闻音频节目上线
2016年12月	界面新闻数据新闻频道上线

---

① http://www.jiemian.com/.

续表

2017 年 3 月	界面新闻正式上线直播频道
2017 年 6 月	界面新闻正式上线楼市频道
2017 年年底	界面新闻通过换股的方式,完成了与蓝鲸·财联社的整体合并
2017 年年底	界面新闻客户端被中央网信办评为"App 影响力十佳"
2018 年 2 月	界面新闻宣布目标直指中国彭博
2018 年 7 月	界面开设地方频道,界面新闻广东频道上线
2018 年 8 月	界面新闻陕西频道上线
2018 年 12 月	界面新闻天津频道上线
2019 年 3 月	界面新闻四川频道上线
2019 年 6 月	界面新闻重庆频道上线
2019 年 8 月	歪楼改名为歪研社
2019 年 9 月	界面新闻海南频道上线

在梳理界面新闻发展历程中的重要事迹的基础上,可以看出界面新闻发展可以分为四个阶段,即 A 轮融资筹备期(2014 年 9 月至 2015 年 9 月)、B 轮融资筹备期(2015 年 9 月至 2016 年 7 月)、与蓝鲸·财联社换股合并期(2016 年 7 月至 2017 年底)、打造"中国彭博"期(2018 年 2 月至今)。

(一)A 轮融资筹备期

界面新闻的 A 轮融资筹备期是 2014 年 9 月至 2015 年 9 月。2014 年 9 月 21 日,界面新闻网站进行了公测,在界面新闻的第二封《致用户》信中,他们公开说道:公测的结果就像集体玩了一次"冰桶"游戏——一桶凉水从头浇到底,这实在令他们感到羞愧和不安。聊天室 BUG、权限设置漏洞、用户互动很差等问题比比皆是。2014 年 10 月,界面新闻争分夺秒地进行了过渡改版。11 月,界面新闻网站结束原生增长的测试工作,正式上线。界面新闻在发展初期注重内容生产和发展新闻业务。

1. 重内容生产

界面新闻注重原创内容的生产,虽然最初的团队只有四五十人,界面新闻官网在上线之后就启动大学生就业直通车计划。在界面新闻的第四封《致用户》信(2014 年 11 月)中,公开表示主要编辑团队负责人共同前往全国 20 家知名院校进行校招宣传工作,希望能够招募未来的明星记者。

2015 年起,界面新闻每日新闻报道的篇数在飞速上涨。界面新闻第八封《致用户》信(2015 年 2 月 27 号)对自身的产出规模做出说明:"界面网站上线 5 个月了,从最初的 50 多人到现在的 210 人,团队规模上升得很快;每天更新的新闻数量也同步上升,从最初的 20 多篇到目前的每日近 200 篇。"[①]界面新闻第十五封《致用户》信公布了原创新闻数量又一步递增:"仅仅一年多的时间,原创新闻日刊登量超过 400 篇,已成为国内

---

① https://www.jiemian.com/article/238030.html.

蹿升速度飞快、受商业用户欢迎的新闻类应用。"①

随着每日原创报道不断增加,界面新闻继续扩大报道规模,提升原创内容生产能力,汇聚互联网最好的内容给用户。2015年1月,界面新闻成立中国最大的自媒体联盟并成功召开战略发布会,JMedia(界面联盟)致力于汇聚和传播互联网上优质的新闻和内容,更好地配置内容分发渠道,同时挖掘联盟的原生内容创造力,为用户和广告主创造价值。JMedia中包括企业号、自媒体、媒体号(见图12-3),成立之初就拥有超过2000家自媒体成员。"截至目前,自媒体联盟JMedia已经有近3000家自媒体入驻,覆盖20个垂直的行业领域,用户数量达到2亿人次。"②

图12-3　JMedia部分成员(来源:界面新闻官网)

2.发展新闻业务

2015年,界面新闻进入高速发展通道,栏目设置和运营方式几乎每个月都有精细的调整和更新。2015年2月,针对全球新闻报道的"天下"频道正式成立;4月,原创、长篇、非虚构写作平台"正午"独立上线;7月,针对年轻人的"乐趣"频道正式更名为"歪楼";8月,界面新闻积分系统"面点"及"面点商城"正式上线,用户可以通过参与评论或提供新闻线索获取"面点"积分,然后在"面点商城"兑换礼品。③

2015年9月,蓝色光标全资子公司蓝色光标(上海)投资管理有限公司以自有资金3500万元增资界面(上海)网络科技有限公司。增资完成后,蓝标投资将取得界面新闻3.89%的股权。④这是界面新闻完成的A轮融资,蓝色光标成为界面新闻继小米科技、360、海通证券、国泰君安、联想弘毅、卓尔传媒之后的第七大股东。

2015年9月,界面新闻成立一周年,界面新闻第十五封《致用户》信公布了第一阶段新闻业务成果:"我们从一开始的5个频道起步,到目前已经能够提供超过20个领域的报道,其中一半以上聚焦在科技、地产、汽车、金融等泛商业领域。"⑤从界面新闻在《致用户》信中公开的数据可以看出,其在完成A轮融资之前一直致力于扩张新闻资讯栏目。

---

① https://www.jiemian.com/article/594367.html.
② https://www.jiemian.com/about/index.html.
③ 杨佳俊."界面"经济新闻选题研究[D].长沙:湖南师范大学,2018.
④ http://vip.stock.finance.sina.com.cn/corp/view/vCB_AllBulletinDetail.php?stockid=300058&id=1900398.
⑤ https://www.jiemian.com/article/594367.html.

(二)B 轮融资筹备期

获得 A 轮融资后,界面新闻市值不断上升。经过前期积累,界面新闻在新闻领域树立了独特的品牌形象和不错的口碑,积累了一定的用户,界面新闻决定全面开放平台。2015 年 9 月至 2016 年 7 月,界面新闻从 A 轮融资到 B 轮融资,开始走平台化发展路线。

1. 更新/开发新平台

界面新闻立足于树立"优质的新闻内容平台"的形象,通过优质内容吸引中国最大数量的中高端用户,为这一群体提供投资、购物、招聘及社交等自有互联网服务,界面新闻通过自身更新或开发新的平台,成为围绕高端人群的基于互联网的个人成长和生活方式的综合性平台。

2015 年 11 月,"尤物"业务板块开始改版升级,开发原创设计师平台,邀请独立设计师、垂直电商、品牌商等伙伴入驻。

2016 年 3 月,专注于一对一线上专家咨询的平台"前辈"上线。该平台致力于开发一个全新的高素质用户社交平台,主要推出只针对知名公司的招聘信息业务和一对一线上专家咨询业务。"这将是中国用户审核最严格的社区,我们的口号大概是'只要鸡汤,把心灵两字给我去掉'——我们希望这个社交能够真正帮助高素质用户提升自我价值以及解决实际遇到的困难。"①

2. 邀请战略伙伴入驻

界面新闻除了自身升级、开发新平台以外,还积极寻找战略伙伴,邀请众多合作伙伴入驻,以丰富盈利模式。这一阶段,界面新闻致力于寻找更集中在垂直领域内提供优质服务的公司,如地产、汽车、游戏、生活服务、科技产品等领域。界面新闻 App 在首页尽量体现合作伙伴的醒目位置,并且所有的页面都将直接跳转到合作伙伴。图 12-4 为界面新闻 4.0 版本。

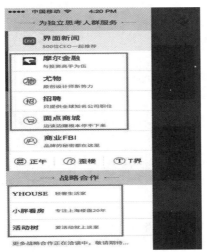

图 12-4　为界面新闻 App 4.0 版本
(来源:界面官网)

---

① https://www.jiemian.com/article/389805.html。

图12-5　界面新闻App 5.0版本
（来源：界面官网）

界面新闻App 5.0版（见图12-5）中，战略合作的入口变得更加显著，首页下就可以直接看到合作伙伴的图标。2016年7月，中石油旗下昆仑信托领投和一家跟投，联合对界面新闻完成了总额超过3亿元人民币的B轮融资，界面新闻再次得到资本市场的认可。①

（三）与蓝鲸·财联社换股合并期

2017年底，界面新闻通过换股方式与蓝鲸·财联社整体合并。这意味着，中国财经信息领域的独角兽公司或由此诞生。

界面新闻获得B轮融资之后借助资本的支持大力发展各项业务，全力进入原创视音频领域。例如，2016年底推出的数据新闻（见图12-6），正式以独立频道在App上线，主打原创的图解式数据新闻，在时效性和可读性上表现亮眼。

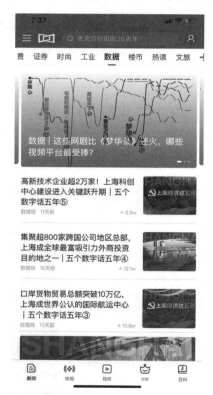

图12-6　界面新闻App数据新闻栏目展示图②

---

① http://tech.163.com/16/0703/09/BR1S209L00097U7R.html.
② 钱玉婷. 界面新闻的发展模式研究[D]. 上海：上海师范大学，2018.

2016年10月推出全新原创视频品牌"箭厂",并于2016年11月在App的视听板块(见图12-7)上线。"箭厂"区别于市场流行的生活方式和娱乐类视频,将产品定位于高水准的原创纪录片短视频,作品多以人物特写类视频为主。

图12-7 界面新闻App视听界面展示图

虽然界面新闻并未着力于新闻的音频化,但界面新闻推出的原创新闻音频产品——界面新闻音频FM(见图12-8)电台上线,以邀请声音名家来播报新闻的方式推广音频新闻,此外,上线的音频产品包括"历史解码"的文化知识电台以及"蕾声"情感生活电台等。

为了顺应新闻App流行的直播趋势,2017年3月27日在App的视听板块上线视频直播栏目(见图12-9),运用了界面新闻自主开发直播平台技术。

这一时期无论是开发原创视频产品、音频产品还是开发直播平台等其他业务,界面新闻都充分满足了用户多元化需求,不仅扩展了业务,也提升了传播影响力。

图 12-8　界面新闻音频 FM 展示图

图 12-9　界面新闻的直播界面图

(四)打造"中国彭博"期

2018年2月28日,上海报业集团宣布界面新闻与蓝鲸·财联社正式完成合并,新集团命名为"界面·财联社"。自此,界面新闻成为由上海报业集团主管主办,持有 A 级新闻牌照的主流财经新闻集团和财经通讯社。上海报业集团党委书记、社长裘新表示,要将"界面·财联社"打造成为中国移动财经客户端领先品牌,集"媒体＋资讯＋数据＋服务＋交易"五位于一体,做"中国彭博"。①

界面新闻通过跨区域合作战略,增设地方频道,在新闻资讯上拓展业务。从 2018 年 7 月开始至 2019 年 9 月,界面新闻广东频道、界面新闻陕西频道、界面新闻天津频道、界面新闻四川频道、界面新闻重庆频道、界面新闻山东频道、界面新闻海南频道相继上线,界面新闻汇聚各省级频道的优质内容,形成各城市新闻资讯朋友圈。在创业栏目,通过公开数据,用户可以查询各行业各地区公司的融资阶段以及重大的融资事件。

由于界面新闻、蓝鲸·财联社两大品牌采取的路径都是依靠内容扩大业界影响力,再通过提供信息服务产品来将其影响力变现,均已在各自领域中占有一定的市场,两大品牌整合后,界面新闻的用户人群变得更广,市值也得到相应的提高。

---

① https://tech.qq.com/a/20180228/021399.htm?utm_source=debugrun&utm_medium=referral.

第二节　界面新闻的盈利模式

新媒体的盈利模式主要有三大类：一类是初级收益，即以内容为基础的盈利模式，主要包括有偿下载服务，如高铁管家和起点小说网；知识付费，如知乎、分答和喜马拉雅App；会员制度，视频网站和音乐网站的发展相对已经比较成熟。第二类即是依托流量为基础的盈利模式，主要有广告、平台收益，如今日头条、百家号平台收益和依托网络流量实现线下收益，如网络大V出书实现线下收益。第三类即是平台合作资源共享，如电视台综艺在网络平台播放实现合作以及资源共享。图12-10为界面新闻的盈利模式导图。

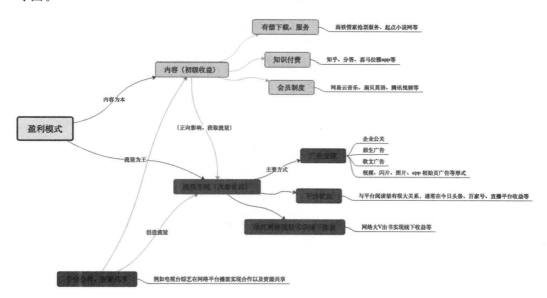

图12-10　界面新闻的盈利模式导图

界面新闻已跻身中国极具影响力媒体行列，在盈利模式上坚持平台化思维，打造以优质原创内容生产为核心、以吸引高素质特定用户为基础的新型互联网内容服务平台，积累和沉淀大数据，开展个性化广告和展示广告，生产原生广告，拓展会议、版权输出等收入，形成了独具特色的界面新闻盈利模式。[1]

一、广告

"作为媒体行业核心的盈利模式，广告在传统媒体"两微一端"的发展格局中依旧占据主要位置。"[2]与传统广告投放不同，"两微一端"的广告推送呈现出传播主体多样化、传播时效即时便捷、传播方式具有互动交流性、传播内容呈现碎片化、传播对象精准化

---

[1]　张衍阁.原创新媒体商业模式的探索与思考——以界面新闻为例[J].新闻战线，2018(7):84-88.
[2]　刘晓立."两微一端"盈利模式的品牌溢价促进策略分析——以"央视新闻"界面新闻等为例[J].新闻论坛，2016(3):11-14.

的特点。① 界面新闻的广告主要有闪屏广告、视频广告、滚动图片广告和原生广告等形式。目前,原生广告成为界面新闻的重要经济来源。

(一)展示广告

界面新闻 App 在开屏处播放闪屏广告或投放视频广告,其中视频广告在用户处于 Wi-Fi 环境下已提前下载,用户也可以选择关闭广告跳过该页,不会因消耗用户大量流量而失去部分市场。

界面新闻还在首页的新闻浏览区头条位置设置滚动图片广告,或是在信息流和新闻报道中插入符合定位的汽车、房地产等图片广告(见图 12-11)。

图 12-11 界面新闻 App 广告展示

---

① 窦光华.自媒体时代环境下微博广告实施策略探析[J].新闻大学,2015(3):130-133,109.

(二)原生广告

美国互动广告署对原生广告的定义为:这是一种付费广告,它与页面的内容和设计融合并且与平台的操作方式保持一致,以至于用户认为它就是平台自身内容的一部分。也就是说,原生广告的本质是内容营销,其实质是针对某一特定平台的受众,量身定做有创意的优质内容。它通过内容呈现品牌信息、诉求、情感,形成用户共鸣。[①]

界面新闻"商业"专栏报道下有"界面视频"子栏目,不乏介绍知名公司的品牌故事和最新的营销方式,以报道的形式将公司故事包装成为报道,作为原生广告进行推广。比如现在 App 页面上还呈现的三年前惠普的广告:"新常态,惠普创系列打印机陪你一往直前。"点击量 20.2 万。两年前的"编程猫创始人兼 CEO 李天驰:后疫情时代,要更快速、高效占领市场。"就是介绍企业的文化与品牌故事(见图 12-12)。

图 12-12　界面新闻 App 原生广告

---

① 张衍阁.原创新媒体商业模式的探索与思考——以界面新闻为例[J].新闻战线,2018(7):84-88.

前期界面新闻 App 在广告投放上,闪屏广告、视频广告、滚动图片广告以及原生广告层出不穷,如此密集的广告渗透,一定程度上影响了阅读观感,降低了用户的体验度;同时也让读者对媒体的客观专业性产生怀疑,不仅很难将用户引流成电商平台客户或广告客户,还会因为过度商业化对报道独立性和公信力造成影响,导致客户流失。

界面新闻希望通过原创内容,搭建一个中国最大的优质财经内容平台,建立庞大的内容数据库。因此,界面新闻在大数据运用方面以个性化订阅入口"我的"作为特色,通过该入口,用户可以用个性化的标签订制自己感兴趣的内容。界面新闻通过对用户的阅读偏好进行数据分析,然后推荐其可能感兴趣的内容和广告。

二、电商

界面新闻以打造中国最大的原创设计师电商平台为目标,旗下推出原创设计师电商平台"尤物",从成本角度和平台思维出发,"尤物"采用淘宝模式,即吸引原创设计师来"尤物"平台开设店铺,自己发货,"尤物"仅提供展示、支付和推荐服务,并从设计师销售收入中分成。

界面新闻把"尤物"整合进一个新的生活方式类 App"菲卡"(见图 12-13)。作为界面新闻正在酝酿推出的新产品,"菲卡"定位于高端生活方式指南,其内容涵盖时尚、家居、旅行、餐饮等多个消费领域,"尤物"就作为其中的电商板块。①

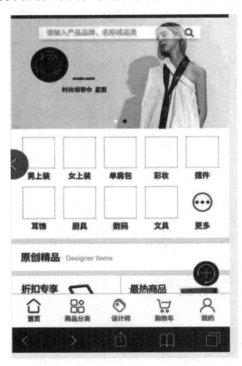

图 12-13 菲卡 App 截图

"尤物"商城现阶段知名度不高,属于半闲置状态,用户的使用率也较低,界面新闻的电商运营还存在很大的改进空间。

---

① 张衍阁.原创新媒体商业模式的探索与思考——以界面新闻为例[J].新闻战线,2018(7):84-88.

2015年8月20日,界面新闻正式上线积分系统"面点"及"面点商城"。当受众浏览 App 时,点进首页的"我的"频道,即可进入面点商城的入口,然后获得"面点"的规则,用户可以通过注册、读新闻、写评论以及分享新闻的方式来赚取"面点"。① 从面点积分规则可以看出,积分商城最主要的目的是增加新用户,获得用户流量,扩大社交影响力和进行广告创收。

三、平台合作

互联网时代,传统媒体面对海量信息以及用户对信息的自主权提高等现状,新闻 App 不能仅靠优质内容的传播来吸引用户,再通过流量变现获得盈利,进行平台化运作是界面新闻之类的传统媒体新闻 App 的发展路径。界面新闻平台化运作的盈利模式包括两种:其一是渠道提成,即出租部分平台让合作方投放内容;其二是战略合作,即上线"战略合作"平台,合作方自主经营。

界面新闻还把前期优质的内容和精细化运营吸引到的优质用户化作平台资源,寻找渠道对接其消费需求,实现盈利。界面新闻在订阅栏目(见图 12-14)、转载新闻底部允许合作方放置网址链接或二维码等,方便合作方引导用户流量,将优质用户资源共享,对接业务进行消费,实现利润分成。

图 12-14 界面 App 订阅栏目截图

界面新闻成立一周年之际全面开放平台,上线"战略合作"板块。该盈利模式是界面新闻提供固定的特别平台,供各方合作商加盟,合作方"铺位"的运营靠自己,界面新闻并不干预,只从中收取一定的"租金",从而获取利润。早期的战略合作板块,界面新闻赢得了像"YHOUSE""活动树""懒投资"等 10 家垂直领域优质创业公司加盟。对于战略合作方来说,通过获得界面新闻 App 的直接入口,可以分享千万优质的中产阶层用户流量,界面新闻客户也将获得合作方的全方位广告和市场资源支持,从而提升品牌价值,实现盈利。②

---

① http://www.jiemian.com/about/index.html.
② 钱玉婷. 界面新闻的发展模式研究[D]. 上海:上海师范大学,2018.

在平台合作方面,渠道提成和战略合作这两种盈利模式引起的用户关注度都不高。仅有22%的用户有点开或关注过界面新闻转载的新闻底部放置的其他平台的链接或二维码。①

四、开发付费知识技能分享平台

2016年,界面新闻也紧随国内互联网产业大发展中的内容创新大风口,在知识变现、付费问答等新领域做出了有益尝试。与新闻内容的付费相比,界面新闻目前更愿意尝试的是对于某些细分条线的专业内容的付费尝试。

(一)"摩尔金融"

2015年6月,界面新闻内容变现的探索产品——专业投资咨询平台"摩尔金融"(见图12-15)正式上线。"摩尔金融"平台致力于为用户提供综合服务,定位精准,满足投资者在信息业务方面的需求,被视为中国最强专业投资资讯平台。② 从一开始上线就推出付费阅读,主张投研和服务内容的产品化,确保产品质量上的专业水平。编辑团队为了在后续报道或发布消息时便于对文章内容价值和市场价格之间进行比较判定,设置比较常规的编辑工作流程以避免恶意抄袭。2015年9月,平台内已经累积有接近80万注册用户,付费订阅用户仅仅占比10%,其中约80%的注册用户仍然选择反复注册来购买产品。

图12-15 摩尔金融网页截图

摩尔金融采用付费墙模式,摩尔金融吸引投资达人来摩尔金融开设专栏,标价出售投资建议,C端用户通过对该投资达人的跟踪以及免费章节阅读来判断是否购买。

---

① 钱玉婷.界面新闻的发展模式研究[D].上海:上海师范大学,2018.
② 陈雨桐.媒介融合背景下新闻客户端创新模式的竞争力探究——以界面新闻为例[J].新媒体研究,2018,4(9):58-59.

因为定位精准,而且直接服务于用户投资,为用户创造价值,摩尔金融推出时的日均成交额非常可观。界面新闻在 2018 年推出服务于资本市场的即时财经信息收费业务。

摩尔金融现已单独引进投资人,界面新闻为控股股东。

(二)"前辈"

2016 年 3 月,界面新闻继摩尔金融之后在非新闻领域进行大胆探索,推出一款一对一问答平台——"前辈",这也是界面新闻在知识经济领域的更深入尝试。

"前辈"是一个快速连接用户问题和问题答案、连接专业用户专家和专业人士交流的网络沟通信息平台。用户通过与前辈约定服务时间、方式和咨询价格,以一对一的方式获得个性化定制解决方案,并可主动结识前辈。前辈利用自身碎片时间来帮助和服务用户,实现知识盈余时代专业技能成果的分享增值与服务变现。

"前辈"建立的初衷,是为了扭转在线问答社区提问者无法及时获得服务与帮助、回答者的专业性良莠不齐的现状,将线上完成的问答导入线下,在保证回答者专业性的基础上,打破提问者与回答者的隔膜,直接通过电话进行一对一的实时沟通,更具解决问题的针对性。"前辈"在移动客户端开设了心理情感、生活技能、互联网创投、职场发展、教育、法律、投资理财、健康医疗、旅行户外、行业、媒体传播、娱乐八卦等栏目(见图 12-16),用户下载前辈 App,注册便可使用,只要在搜索栏中嵌入提问的"关键词",就可以查找提问的专家。

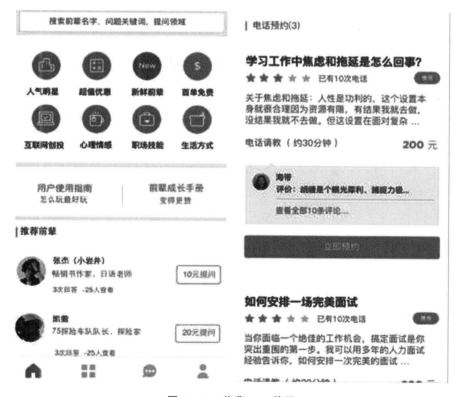

图 12-16 前辈 App 截图

由于知识经济市场的理性回归,知识技能分享平台也逐渐淡出受众视野,"前辈"发展趋势也趋于平缓。

五、争取版权收入

2014 年上线之初,界面新闻对平台类应用采取了内容免费授权的方式。2017 年,界面新闻开始向平台收费。为此,其和今日头条、新浪、UC、一点资讯、凤凰网等新闻平台进行了谈判,和市场上超过一半以上的大型新闻平台签订了付费版权使用协议。版权收入占到界面新闻年度总收入的 7% 左右。①

此外,由于评选、会议和论坛的收入相当于 IP 输出的收入,成为媒体收入的一种高级形式。2019 年,界面新闻主办"界面新消费"论坛,并运作筹划了主品牌活动和一系列子品牌活动。

和财新传媒一样,界面也推出了 VIP 付费阅读,目前开通年度会员是 698 元,季度会员是 298 元。会员专享权益包括:全年 1000＋篇决策内参、20＋篇深度报告、80＋篇特色专栏,同时还可阅读大势侦察、投资挖掘、商业发现、知识充电、深度报道、特色专栏,还可以享有线上互动、线下沙龙、图书卡券、随疾风等会员福利。

第三节 界面新闻的栏目划分与知名栏目

界面新闻运用互联网新媒体技术,打造了一种媒体产品创新与信息传播平台的矩阵。2014 年 9 月,界面新闻网站上线,标志着新媒体产品正式推出;2014 年 12 月,界面 App 在苹果应用商店正式上线,开通微信公众号。经过近十年的发展,界面新闻集合了 App 客户端、网站、微博及微信公众号等新媒体产品矩阵,除此之外,还可以在今日头条、百度、腾讯、招商银行、小米、新浪、一点资讯、搜狐、凤凰等合作渠道获取其原创优质内容。

一、界面新闻的栏目划分

界面新闻以商业、财经新闻为核心,布局四大内容板块(见图 12-17),超 40 个内容频道。

商业板块:界面新闻部分骨干来自中国商业报道的拓荒者《第一财经周刊》。界面新闻的商业报道在科技、地产、汽车、消费、工业、创业等领域持续关注商业前沿信息,报道国内外知名公司及品牌,扩大知名公司的影响力。

财经板块:从金融、投资、证券、宏观、股市、财富、IPO 等领域入手,深入资本市场,从宏观、二级市场、公司等各个层面,准确、快速、高质量报道中国资本市场动态。该板块影响力大、专业性强、信息获取难度大。

新闻板块:专注中国时政、社会及国际重大新闻报道,包括天下、中国、地方、评论、数据、职场、国是、体育、文娱、影像、大湾区、商学院等。评论专栏下设界面时评和商业

---

① 张衍阁.原创新媒体商业模式的探索与思考——以界面新闻为例[J].新闻战线,2018(7):84-88.

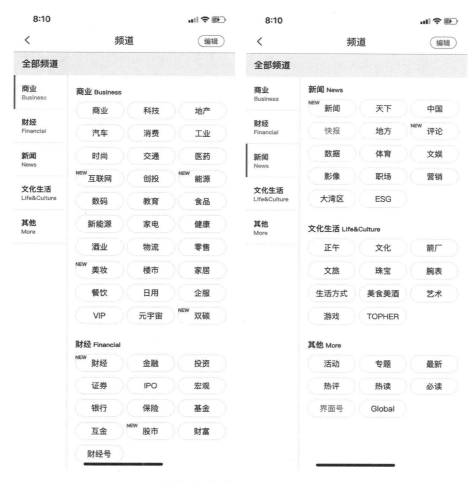

图 12-17　界面新闻的栏目划分（2022 年 6 月 30 日）

时评两个专栏，数据报道提供多层次的新闻内容。如《从"数量、价格"到"安全、质量"，上海物资保供现在怎么样了？》（2022 年 4 月 28 日，记者张媛、顾乐晓），以时间为轴线，从供应、价格、配送、安全质量四个维度对上海的物质保供进行梳理。

文化生活板块：关注流行文化，推荐品质生活，讨论文艺、书籍、历史、思想，寻找被主流媒体忽视的角落，用独特的社会视角和思想深度记录这个时代。界面新闻网站的文化生活板块主要包括文艺圈、历史控、思想界和一周新书推荐。界面新闻 App 和微信公众号主打非虚构写作品牌"正午故事"以及主流的文化、体育、娱乐等内容板块。

界面新闻 App 的页面布局主要分为主页面、下方页面两个板块。打开界面新闻的主页面可以看到上端主要涵盖的一些栏目：首页、我的、商业、财经、界面号、新闻、科技、汽车、地产、金融、消费、证券、时尚、工业、数据、楼市、热读。点击不同栏目，将展示出与之对应的新闻内容推送。下方页面包括新闻、快报、视听、VIP、百科等几个栏目。新闻仍是首页；其中快报点击上方包括今日热点、公司头条、股市前沿、监管通报、财经速览、时事追踪等栏目；视听包括界面 Vnews、箭厂视频、面谈视频等热门栏目；百科则主要包括股市信息、行业风险预警等信息发布。

在主页面"我的"栏目中可以检索到包括"界面特写""界面深度""逝者""界面时

评""严肃对话""界面商评""财报那些事"等33个原创子栏目,并且这些原创子栏目中有12个子栏目拥有1万人以上的订阅量。

除专业扎实的原创商业财经报道,界面新闻还通过自媒体平台、短视频、直播等形式孵化出众多有影响力的内容品牌。

界面号:原自媒体平台JMedia升级而成的新媒体品牌,通过财经号、城市号、媒体号三大垂直栏目,汇聚和传播互联网优质财经新闻内容,打造高质量的内容开放平台。

正午:致力于打造原创的非虚构写作平台,用故事凝视时代。

箭厂:新锐纪录片短视频品牌,具备国际水准制作能力,半年斩获3个国际纪录片奖,引发强烈社会反响。

界面Vnews:从新闻视角出发,集各频道资深记者,发布最新"界面现场报道"及策划型短视频报道,创造网络热点话题。呈现形式丰富多样,包括话题新闻、Vlog、动画、抖音、直播、品牌创意合作等。视角年轻有趣,视觉风格高质精良。

面谈:财经人物访谈节目。聚焦创投领域,百余位商界领袖、投资人、创业者在节目中分享商业理念、行业观察及价值观,记录这个时代的商业人物。

2018年,界面新闻与蓝鲸·财联社合并为界面·财联社,成为中国新型的财经新闻与金融数据服务商,通过原创财经资讯和创新金融科技工具,为商务人群、投资机构和上市公司提供新闻、数据、交易等服务。除界面新闻外,界面·财联社旗下还拥有财联社、蓝鲸财经、科创板日报三大移动App产品。

财联社:快速、准确、权威、专业的财经通讯社。全面追踪全球30000多家包括通讯社、政府网站、正规新闻机构和垂直媒体在内的信源,7×24小时不间断提供电报快讯。全球逾500名记者、编辑团队,渗透各个领域,具备强大的独家信息获取和重磅独家新闻、深度追踪报道的内容生产能力。

蓝鲸财经:财经记者信息平台,专注财经新闻报道,致力于"影响有影响力的人"。主要业务包括蓝鲸财经新媒体、蓝鲸财经记者信息平台、蓝鲸浑水新媒体服务平台。

科创板日报:国内首个专注科创板的报道平台。平台深度聚焦科创板,集合精干力量,配置专职采编人员,7×24小时全方位报道最新监管政策、挂牌企业以及投资机构、市场交易行情的实时动态,并对拟上板公司进行深度挖掘、第一时间追踪上市进程 。

二、界面新闻的知名栏目

结合界面新闻App出品的33个原创栏目订阅量,选择"新闻"专栏下面的"界面特写"子栏目和"文化生活"栏目旗下的"正午"子栏目这两个原创子栏目进行具体分析。

(一)界面特写

"界面特写"简介为:界面特写栏目不定期推出特写报道,带你近距离观察事件或人物。

"界面特写"作为订阅量极高的原创栏目,拥有691条内容和14.8万的订阅量,以图文形式为主,不定期推送新闻报道,发布频率在1~4天,有时也一天发布几篇新闻。此专栏分为"特写""人物""深度"三个专题报道以及一些其他热点话题的报道。"特写"专题主要是针对具体新闻事件的某一个方面来进行报道,而"人物"则是聚焦具体人物的特写新闻。截至2019年10月27日,近一月来共发布19篇新闻报道,平均阅读量在

36.3万以上。其中2019年10月8日发布的《NBA在华利益大盘点：积三十年乃成最大海外市场，而今将被驱逐出局》创造了101.5万的阅读量和284条热评。

(二)正午

界面新闻深度报道部在界面上线之初就推出"长篇"栏目，每周两篇。2015年4月20日将其更名为"正午故事"，并成立独立品牌"正午"，首任主编谢丁，定位是"用故事凝视时代"。主编谢丁介绍正午故事名字的缘由时说："这个名字来源于一部老牌西部片《正午》，这部电影的寓意是少数人战胜多数人。而正午借此寓意来传达文本背后的深义。"界面新闻官网中介绍道："NoonStory致力于故事的发现和实现。我们希望集合最优秀的写作者，提供新鲜、真实、具有时代烙印的故事。"正午强调不追热点，避开新闻和头条，希望寻找新鲜、具有时代感的故事，内容包括报道、随笔、访谈、个人史、视觉等。该栏目用非虚构的写作方式呈现历史和现实。

虽然相关数据显示此栏目订阅量并不在前列（2022年5月18日查阅订阅量为5.1万），但此栏目具有别具一格的特点。栏目在每天午间时段（12:00—13:00）推出，每周提供五个故事，分别是特写、访谈、视觉、随笔、个人史。"访谈"系列，偏重思想和观念的传播。"视觉"试图在影像本身和文字语言之间、影像文学与摄影美术创作之间，建立一种张力。"随笔"系列希望可以添加更多的文学性，以另一种更多自由的影像叙述方式进行写作。其中的"个人史"，挖掘出那些已经逐渐被后世给埋没了却还值得后人纪念的历史回忆。现在除一篇原创的长篇非虚构写作报道外，另有正午书架、正午视觉、正午访谈等栏目。截至2019年10月27日，共有1175条内容和4.5万订阅量。

"正午"栏目用有深度的故事形式展现原创新闻内容，是界面新闻原创新闻内容的重要阵地，与网易"人间"相比，"正午"的内容显得更为随性和多元，除了非虚构写作报道外，同时利用图片、视频等展现形式，开创信箱、随笔、访谈等方式，搭配文字完成深度报道。除了投稿、约稿之外，也有一定量的随笔出自"正午"的编辑、记者之手。2017年的爆款文《我是范雨素》便出自"正午"的约稿。此外，栏目还出版了纸质书《到海底去》《此地不宜久留》《我穿墙而去》《我的黎明骊歌》，书中内容全部精选自"正午"栏目，分别设立特写篇、个人史、访谈篇、随笔篇和视觉篇，延续了"正午"栏目的文章风格。

该栏目用非虚构的写作方式呈现历史和现实，具有鲜明的特色。非虚构写作的理念滥觞于20世纪五六十年代的美国，广义上指相对于"虚构"而言的，一切以现实因素为基础的写作行为。特稿是在保证真实性的基础上，以故事形式来呈现新闻体裁，非虚构写作的表现形式是特稿。1979年首届普利策特稿奖得主约翰·富兰克林在《为故事而写作》中指出："特稿是一种非虚构的短故事形式。"这也是非虚构写作首次获得学界认可。我国特稿的出现多被认为是源于《南方周末》的尝试，李海鹏的《举重冠军之死》一文被认为是中国式特稿的开端。2012年前后开始，"非虚构写作"一词逐渐取代特稿，成为新闻业界常使用的词语，虽然此时新闻领域的"非虚构写作"仍未脱离特稿的框架，但相对于《南方周末》此前推崇的中国式特稿逐渐有了新的特征。

(三) 界面号①

界面号(见图 12-18)是界面新闻全面升级其 JMedia 品牌后诞生的新媒体平台。界面号致力于汇聚和传播互联网上最优质的原创内容，更好地配置内容分发渠道，同时挖掘界面号的原生内容创造力，为用户和广告主创造价值。在 JMedia 原有 3000 多个入驻自媒体成员基础上，界面号将进一步拓展和整合资源优势，第一阶段重磅推出财经号、城市号、媒体号三大平台。界面号内容全面覆盖界面新闻 App、网站、移动端和双微矩阵等，同时将与其他传播渠道展开积极合作。第二阶段，界面号还将积极探索政务号等其他内容和服务类型。

图 12-18　部分界面号截图

财经号由界面新闻 JMedia 联盟升级而来，集结财经、商业领域优质原创微信公众号，分享、解读最新财经热点和商业新闻。JMedia 目前日均发稿 200 篇左右，覆盖 2 亿用户。媒体号集合顶尖媒体机构合作伙伴，第一时间呈现全网最权威、最新鲜的深度原创报道精品。

城市号聚焦区域与城市经济，追踪全域发展脉动，助力资源链接，服务城市和地方经济发展。界面新闻诚邀合作伙伴加入城市号运营，挖掘城市内容价值。

媒体号集合顶尖媒体机构合作伙伴，第一时间呈现全网最权威、最新鲜的深度原创报道精品。界面媒体号主要面向具备互联网新闻采编和传播资质的机构媒体开放。

界面新闻官网上有详细的界面号申请协议，包括入驻要求、内容审核及发布标准、成员权益和平台运营规则。

(四) 箭厂

"箭厂"是界面新闻推出的专注短视频纪录片品牌建设、全新原创视频品牌。"箭厂"得名于《界面》视频团队初创时聚集开会的地方——北京东城箭厂胡同的一个小酒吧。地理上，追溯历史，箭厂源于清乾隆时期的箭亭，当时是国子监学生练箭习武的地方。"箭厂"含义切合界面视频定位——短小精悍，有的放矢。

箭厂以"在你的世界挖掘未知"为口号，主要为人物特写类视频，是一个兼具新闻、社会、艺术价值的原创纪录片栏目。视频以展示未经发现或被忽视的个体和群体为观察视角，力求呈现他们截然不同的精神状态和生活方式；还尝试从更多的维度，重新观察和理解受众视线范围内似乎已经被"盖棺论定"的角色和形象。

上线半年内，箭厂斩获三个国际级别纪录片奖。2016 年 9 月，由箭厂总制片人钟伟

---

① https://www.jiemian.com/about/jmediarule.html.

杰担任制片人、郭容非担任导演的广告短片,在美国旧金山成功拿下"奥斯卡学生单元最佳纪录短片银奖"。2017 年 1 月,箭厂短视频《盲人足球队》入选美国 Fusion Doc Challenge 的"历险旅程"主题最佳影片。

第四节　界面新闻经典报道案例点评

一、案例概述

《快递垃圾困境求解》(2017 年 8 月 30 日)刊发于界面新闻深度栏目。报道浏览量达 159.5 万,于当年获得第 30 届中国经济新闻奖三等奖。报道首先通过数据展示了中国快递业的发展现状和快递垃圾的问题症结:"作为全世界最大的塑料消费国,中国现有的垃圾分类和回收体系未臻完善,海量被拆封后的快递包裹被丢弃到垃圾桶后,得不到有效回收利用。"然后从源头、成本、作为、难点、意识五个板块,层层递进地揭示了快递垃圾的产生源头与危害及破解的思考。"从'源头'来看,中国快递业的包装主要集中在快递运单、编织袋、塑料袋、封套、包装箱、胶带以及内部缓冲物 7 大类。"但由于成本的考虑,全生物降解快递袋采用生物基原料生产而成,在可堆肥的情况下,180 天即可降解成水或二氧化碳,对环境不造成任何污染,但是成本比普通快递袋高两到三倍。大公司在回收体系的建立上有更强的主动性,但在发起行动号召和执行上仍然存在断层。进而分析"纸箱回收"因为难度大而成为一个伪命题。最后提出解困之道:"整个快递垃圾制造链条上,仍有许多问题有待厘清。只有当商业模式真正跑通,创业公司不抱怨、包材公司不亏本、大公司有作为、政策法律法规有底气后,整个回收机制才能有序地运转起来。"

快递垃圾困境求解

二、案例报道背景分析

近年来,中国快递行业发展迅猛,快递业务量和业务收入持续增长。随着电商包裹在我国快递配送中所占比例越来越大,如何发展绿色快递和绿色电商已成为政策层面关注的焦点。2014 年中国快递服务企业业务量累计突破百亿件,达到 139.6 亿件。2015 年累计快递量突破 200 亿件,全国快递服务企业业务量累计完成 220.8 亿件。2017 年突破 400 亿件。2018 上半年,全国快递行业保持稳定运行,快递业务量比肩 2015 年水平,全国快递服务企业业务量累计完成 220.8 亿件。[①]

随着电商行业的迅速发展,中国已经成为快递行业第一大国,而伴随着快递业的迅速发展,快递业尤其是快递保障环节带来的废弃物污染等问题日益凸显。国家邮政局发布的报告显示,2015 年我国快递业务量累计完成近 207 亿件,编织袋 31 亿条,塑料袋 82.68 亿个,封套 31.05 亿个,包装箱 99.22 亿个,内部填充物 29.77 亿个,胶带 169.85 亿米(可以绕地球赤道 425 圈)。

---

① https://www.askci.com/news/chanye/20180919/1827311132438.shtml。

快速回收也成为一大难题。一方面,由于环保可降解的包装材料价格比较高,部分快递企业仍然采用传统的不可降解的塑料袋和胶带,不仅不可回收,还会带来更大的环境污染。另一方面,快递包装循环使用周期短,回收工作量大,利润薄,成本高,往往回收成本大于新购置材料的成本,回收利用率低。据有关方面估计,我国目前快递包装废弃物总体回收率不足10%,其中纸箱回收率不到20%,填充物和胶带回收率接近"零"。胶带、塑料袋和填充物等难以降解的物料绝大部分都被直接丢弃。①

2017年国务院法制办公布的《快递暂行条例(征求意见稿)》主要着眼于规范快递业管理及保障快递安全,尚未就快递包装废弃物做出明确规定,仅规定了国家鼓励经营快递业务的企业和寄件人使用可降解、可重复利用的环保包装材料。由此可见,快递包装污染是一个事关国家经济发展全局、百姓生活和环境保护的重大课题。

三、案例报道特点分析

(一)深度追踪利益链,巧用截面研究法分析问题

深度报道需要为内容建立一条"护城河",意味着在调查中要重视事实链和逻辑链。首先,它要有一个个环环相扣的事实,而在事实链的背后,还要呈现出逻辑链,才能够让一篇报道最终被核实。最后,独立调查是时间、人力和资金堆起的"奢侈品"。

报道中,记者巧妙运用社会研究方法中的截面研究法进行逻辑串联,即通过对所研究的对象在社会某一个固定时间点位置上产生的某个总体行为或某些现象行为的样本来进行关于这个问题截面的研究。如果把"快递垃圾处理困境"看作一个新闻事实,那么截面研究方法可以帮助研究者寻找与这个因变量关联的诸多自变量。快递垃圾困境是一个看似简单实则复杂的社会问题,涉及的群体较多、利益链条较长,面对海量的数据和咨询,记者需要独立、准确、理性地找出快递变动关键点,细分问题。

该报道提炼出源头、成本、作为、难点、意识五个关键词,逻辑清晰、层次分明。难能可贵的是,每个环节都并非泛泛而谈,而是找准问题变化关键点之后,按图索骥,沿着上下游深度追踪快递垃圾产生的链条。

在这篇报道中,第一类新闻信息围绕快递垃圾产生的源头及处理困境,剖析了快递垃圾回收的难点,以及因商业模式、市场体系而产生高额成本的原因。第二类新闻信息聚焦问题的解决方法,从回收体系的建立、环保材料的使用、绿色行动的号召、法律法规的健全等方面出发,并将相关行业新兴的创业公司和电商巨头的案例进行列举和比较,多角度地挖掘,将两类信息合在一起,一个比较全面、深入、客观的报道就基本成立了。

(二)多维度采集素材,构建从微观到宏观的框架体系

深度报道,深在有敢于直面各类复杂敏感问题的勇气,深在不畏任何障碍深入进行采访报道的新闻职业精神,深在透过社会现象看本质的思考。因此,深度报道要从富有强烈社会矛盾张力感的新闻事实出发,通过层层剥笋,不断探寻问题的症结和产生的原因,提供富有说服力的新观点。

---

① https://www.sohu.com/a/193647603_276342.

报道中，记者将宏观主题与中观分析、微观视角相结合，以多样化视点增强舆论引导力和传播效果。该报道并没有将快递垃圾困境简单归结为快递公司的"不作为"，而是从中观层面加以拓展，梳理了快递垃圾制造链条，使得快递垃圾困境产生的原因、过程、影响全面展现在读者面前，提升了议题的覆盖面、影响力和社会关联度。

该篇报道中，记者直接采访的信源就有 18 位（见表 12-2），间接采访既有书证又有言证，且保证了证据链和信息链能够相互印证。

表 12-2　报道中采访对象统计

采访对象类别	采访对象
北京印刷学院青岛研究院院长，国家快递业绿色发展产学研协同创新示范基地负责人	朱磊
北京一撕得物流技术有限公司创始人	邢凯
快递材料经销商	王家胜
华东地区一家纸胶带生产企业的总经理	韩韬
广东一家快递材料生产商的市场部负责人	沈萌
一位接近易果生鲜的人士	相关人士
北京魔力象限科技有限公司旗下的闲豆回收	内部人士
"两鲜"董事长	沈斌
天天果园	相关人士
一位生鲜电商从业者	相关人士
1 号店副总裁	刘宏彬
菜鸟网络	相关人士
"绿色行动"负责人	范佳
京东绿色物流包装项目负责人	段艳建
一位生鲜包装从业者	相关人士
闲豆回收的运营总监	张圣敏
德国邮政敦豪集团（DHL）传播执行副总裁	Christof Ehrhart
圆通速递	相关人士

注：以上部分名字在报道时采用化名。

该篇报道还从宏观层面加以思考，从社会、公司、消费者等多维视角出发总结出有建设性的观点和意见：整个快递垃圾制造链条上，仍有许多问题有待厘清。只有当商业模式真正跑通，创业公司不抱怨、包材公司不亏本、大公司有作为、政策法律法规有底气后，整个回收机制才能有序地运转起来。

在构建从微观到宏观的框架体系的过程中，"短期实效"与"长期实效"实现了深度结合，为新闻报道的价值判断带来了更大的难度，但是对受众的指导意义和吸引力更强。

(三)巧用数据,语言文本可读性强

一篇客观、有深度的报道少不了数据的佐证。数字越具体,越能说明问题。《快递垃圾困境求解》有一个突出的特色,就是使用了大量的数据做支撑,数据来源有公司内部人员的透露,也有国内外行业专业人士的分析,里外结合,数据翔实,以清晰的思路罗列了快递垃圾利益链条上的各类情况,由此来全面展现快递垃圾困境背后的种种制约因素。

"如果每个包裹使用的胶带长度是1米,那么2015年中国快递行业使用的胶带长达169亿米,可以绕地球赤道425圈。大部分胶带都是塑料材质的,这也意味着需要上百年才能在大自然中被完全降解。"按每单外卖用1个塑料袋,每个塑料袋0.06平方米计算,每天所用的塑料袋达到惊人的72万平方米,刚好能铺满整个北京故宫。"记者将枯燥的数据做了必要的解释,"绕地球赤道425圈""铺满整个北京故宫"等表述让报道变得直观、生动和形象,让读者更能体味快递垃圾问题的严峻性。

此外,善于用数字对比说明问题。任何时候,没有比较就没有鉴别。在《快递垃圾困境求解》一文中,既有纵向比较又有横向比较,不仅大量运用了同比、环比的数据来印证快递垃圾日益增长问题的严峻性,还将同一数据的国内情况和国外情况做了对比。例如文中提到的采访者的发言:"传统纸箱在中国的回收率不到20%,因为透明胶带的滥用导致纸箱与胶带很难分离,反观欧美国家,纸箱利用率在90%以上,一方面是因为他们垃圾分类做得好,另一方面是因为他们用的是环保可降解胶带。"

(四)降低读者阅读成本,多类型文本全媒传播

深度报道是一种有门槛的报道,要想最大限度地扩大其传播力和影响力,就需要化轻为重、化繁为简,以多样化的内容和形式辅助读者了解议题和报道。

在海量信息充斥人们日常生活的当下,大众会接收来自各方的新闻信息,过多的文字难免让人们感到疲倦,而图解新闻正好解决了这一问题。《快递垃圾困境求解》一文末尾,界面新闻附上了一则相关的图解新闻——《中国人年收快递300亿件,海量快递垃圾诱发"绿色行动"》。相较于长篇累牍的文字,图解新闻的方式不仅能够增强人们对新闻的理解,还有利于顺应读者的快速化阅读习惯与满足读者的深度思考需求。通过形象表达、深度梳理,这篇报道以数据可视化的方式,灵活运用了数字、图形和文字等多种元素,将"快递业正在制造大量垃圾""塑料垃圾污染环境"" '绿色行动'背后的成本困局"直观明了地进行展示,显得更加直观便捷,最大限度降低了读者的阅读成本。

四、报道带来的启示

(一)选题切中时弊,报道视角独特

"快递垃圾困境求解"这一选题具有极强的公共属性,社会关联度较广,社会关注度较高。"求解"一词更是直抵核心问题,告诉读者这篇报道绝非停留于对已知事实的详尽复述,或将相近事实叠加组合,或借专家之口重复人所共知的分析,而是立足于追问"问题在哪里"、追逐"问题"背后的实质,报道视角独特,显示出较强的问题意识和前瞻意识。

(二)从建设性视角入手,凸显问题意识

深度报道,深在胸有大局。这个"大局","大"在避免简单的暴露与渲染,而是努力寻找问题背后的普遍性,寻求破除困难的出路。

《快递垃圾困境求解》是一篇研究型的调查性报道,行文的思路和最后的落脚点都放在了建议和解决办法上。这样的深度报道既立足于全面客观地报道新闻事实,又能以建设性视角选择报道角度,积极引导舆论,且有知识普及和教化的作用,有利于各方形成合力促进快递垃圾问题的解决。

(三)力求信源丰富,视野开阔

该报道中既有大公司的案例也有小型创业公司的尝试,报道案例既包含正面情况也包含负面情况,记者尽量做到平衡、全面、客观报道。例如:"主打上海区域市场的生鲜电商'我厨',由我厨(上海)科技有限公司运营并开发,该公司自建物流,目前也已经实现包装盒100%回收。在接受界面新闻采访时,更多生鲜电商公司或不置可否,或者表示,'我们已经发出过相关号召了',认为执行的责任在消费者。天天果园表示在推行简化包装;爱鲜蜂、食行生鲜表示没有相关信息可以提供,对该话题的参与度不高。"这些描述既能帮助读者从个案中寻求新的启发,又能从大处着眼、小处入手,从相关公司的难点、痛点中找到行业的共性问题。

第十三章 和讯网

> 和讯网创立于1996年,是中国内地最早的专业ICP(中华人民共和国电信与信息服务业务)之一。① 它从中国早期金融证券资讯服务中脱颖而出,始终保持高端财经领域用户排名第一,建立了中国第一个也是目前规模最大的财经资讯垂直网站。

第一节 和讯网的定位与发展

和讯网是联办集团的下属公司,总部位于北京,下设上海、天津、深圳等三个分公司,在福建、河南、四川、山东、湖南、江苏等六个地方开设分站。② 截至目前,和讯网已成为拥有三十余个专业垂直频道入口、每月覆盖一亿中高端用户的"中产阶层投资理财网络家园"。③

一、和讯网的定位

根据艾瑞资讯报告显示,按照所取得的互联网新闻信息划分服务单位,和讯网属于二类资质财经新媒体,拥有新闻信息转载权、时政类电子公告服务播报权和时政类通讯信息播发权。④ 和讯网自成立以来以"亿万投资者的伙伴"为定位,致力于拉近投资者和投资市场之间的距离。

(一)受众定位:精准聚焦中产阶层

和讯网的用户具有鲜明的投资理财背景以及对财经新闻的偏好,年龄多集中在40~49岁。其中,男性网友占到一半以上,为63.65%。⑤ 和讯网的受众群体具有一定的经济基础,大多拥有闲置资产,渴望将自己的资产结构优化,获取更多收益。因此,和

---

① 吴琳琳.全球化背景下的两岸财经网络媒体报道比较研究——以和讯网、钜亨网"次级债危机"报道为例[J].东南传播,2008(4):19-21.
② 齐志聪.和讯网发展战略研究[D].哈尔滨:哈尔滨工业大学,2014.
③ http://corp.hexun.com/default/index.html.
④ https://report.iresearch.cn/report/202101/3719.shtml.
⑤ https://index.baidu.com/v2/main/index.html/.

讯网受众也更多地渴望金融财经类信息。同时，中国互联网络信息中心数据显示，和讯网用户中高收入人群高达72%，是互联网平均水平的4倍。[①] 不仅如此，和讯网受众涵盖多种类型的投资网民，高达96%的和讯网受众为投资理财受众，且用户类型多样化。

(二) 功能定位：多层次金融信息和交易服务平台

和讯网突破原有的证券财经的概念，扩展成为包括保险、房产、教育投资等在内的"大财经"概念，把和讯网打造成为中国第一财经门户作为最终的目标，为投资者提供一个多层次金融信息和交易服务平台。

为实现这个目标，和讯网将网站内容及服务功能从以证券为主、提供简单资讯服务，扩展到更全面的财经范畴及完整的理财服务，为用户提供更周到、全方位的财经资讯及全球金融市场行情，包括股票、基金、期货、股指期货、外汇、债券、保险、银行、黄金、理财、股吧、博客等财经综合信息。

基于窄带、宽带、无线技术平台，和讯网利用多媒体、互动、广播方式，提供资讯、社区、服务三大板块。其中资讯是和讯网最基本的板块，每日提供近千条独具特色的、实时更新的、准确及时的国内外财经资讯，几百位专家学者常年供稿，形成稳定的信息源，为用户提供精准、权威的信息；和讯网的基金频道是全国第一个第三方中立的基金指数体系，全面、及时、准确传递基金数据和基金评价参考，为用户提供基金理财的指导，和讯网也开创了国内首家专业理财频道，并且提出了理财与互联网结合的全新理财观念。[②] 在社区和服务板块中，和讯网意在打造包括互动交流、虚拟投资体验、投资指导、理财咨询等内容的中国第一财经网络社区，内容集交流、休闲、理财、培训于一体，融个性化、交互性、娱乐性为一身，是全面服务于新兴中产阶层的大型财经网络社区。[③] 和讯网各个频道内均向用户推荐专属客服，以客服为节点连接和受众之间的关系，搭载频道内的朋友圈，力图为受众提供全方位的网络生活模式。

(三) 竞争定位：财经门户＋互联网金融平台

和讯网采用多元化的发展战略。在互联网平台上借助原本在财经领域内的权威性，实现向互联网金融平台的转型。2013年11月，改版后的和讯网更新了首页，首页出现和讯网旗下的互联网金融服务项目与产品矩阵。和讯网在坚守财经新闻品牌的同时，通过自身的金融中介服务，实现新闻用户向金融服务客户的转化。[④]

和讯网拥有专业的采编队伍、强大的技术开发与支持团队以及业内最具创新能力的产品与服务设计人才。作为联办集团的下属公司，和讯网不仅能够享受联办集团所提供的强大媒体资源支持，更能够在专业的财经领域得到众多专业人士的鼎力帮助。因此，和讯网在信息与服务供应链上，可以进行专业精英与普通大众的整合。由于和讯网和多家媒体有良好的合作关系，所以财经类平面媒体愿意向和讯网投稿，和讯网为受众提供的资讯得到进一步的丰富。

---

① 侯琦. 金融信息服务商WD移动互联发展策略研究[D]. 昆明：云南财经大学，2015.
② 司林胜. 电子商务案例分析[M]. 2版. 重庆：重庆大学出版社. 2012.
③ 龚民. 电子商务案例教程[M]. 北京：北京大学出版社. 2007.
④ https://www.swydt.com/news/show_3695.html.

和讯网在不断强化原本优势的同时,也积极提升在专业金融信息服务内的优势。和讯网不仅推出了"理财客""放心保""投资学院""网上投洽会""策略海""指标云""北斗星"等互联网金融项目,还借助"数据算法、用户画像"技术,打造中国第一个兼具财经资讯、投资理财工具及金融数据产品的价值互动平台,以共享社区来满足受众获取信息、投资理财等需求,加强用户互动,从而提升受众的忠诚度与依赖度。

二、和讯网的创立与发展

和讯网成立于1996年,凭借着联办集团得天独厚的资源优势和互联网快速发展的契机逐步发展壮大。经过26年的耕耘,逐步确立了在业内的优势地位和品牌影响力。

(一)1996—2004年:确立行业龙头地位

联办集团的前身为中国证券市场研究设计中心,是中国证券市场的发起者。[1] 和讯网作为联办集团的下属公司,拥有丰厚的背景资源优势。和讯网自成立以来就秉持着"推动中国亿万中产阶层发展壮大,助力中小投资者财富增长"的宗旨,拉近了投资者和投资市场的距离。1996年10月,中国金融证券投资网(亦称"和讯时代网""中金网")开通,和讯网正式开始从事因特网业务。1998年3月经中国证监会批准,和讯网成为首批获准在因特网上从事证券财经信息发布和提供专业投资资讯服务的网站。1996年6月,和讯网与中国证券市场研究设计中心(联办)签署协议,正式开始构造"财经媒体组合"。[2]

和讯网内部拥有众多的财经专家、最新研发的数据分析系统,并长期和财经领域内著名的学者、专家保持着友好联系,能够从海量的信息中捕捉重要的内容并将其快捷地整理分析成为更具价值的资讯。发展初期,和讯网的总体发展趋势就远超其他网站。2000年1月,和讯网在中国优秀网站评比中,获金融与证券类专业网站第一名。同年3月,和讯网与世界著名的金融信息服务机构彭博资讯(Bloomberg)合作开通"和讯-Bloonberg"专页,通过彭博资讯覆盖全球的信息服务网络进行对外传播。[3] 也是在这一年的11月,和讯网在首届最受股(网)民喜爱的"中国优秀证券网站"评选活动中,荣获中国优秀证券网站奖。2001年,和讯网在互联网协会成立大会上被选举成为理事代表,在网络金融应用服务领域中仅有和讯网一家企业。

与此同时,和讯网准确抓住了移动端发展的契机与联通签订了191/192新资讯网络合作协议,为联通用户提供财经信息服务和无线增值服务。和讯网与联通的合作进一步打开了用户市场,使更多的受众知晓了和讯网的存在。2003年4月,和讯网开始打造业内领先的移动财经增值服务,随后加入"互联星空",成为中国电信的合作伙伴。

2003年9月,和讯网的业务发展战略转入快速发展阶段。和讯网不仅吸引了谢文等网络资深人士加盟,还和湖南电广传媒"财富中国"签订电视财经节目合作协议,打破了网络财经媒体和传统电视媒体之间的壁垒。2004年,和讯网全面丰富网站内容,对原有的股票、基金等频道进行全面改版,并先后新增了房产、银行、港股、生活、理财、旅

---

[1] http://corp.hexun.com/default/index.html.
[2] 马义山.谢文:互联网十年[J].市场观察,2005(10):52-53.
[3] http://corp.hexun.com/default/index.html.

游频道。同时,和讯网还新建了互联网证券服务平台"和讯财道俱乐部"及投资竞技类游戏"期指大战"和社区互动新产品"和讯博客"。"和讯博客"是国内唯一由大型专业网站提供的免费博客。2004年6月,和讯网流量跃居Alexa中文排名前50名、互联网实验室财经网站CISI榜第一名,成为当之无愧的中国第一大财经网站。[①]

(二)2005—2013年:快速推动财经资讯行业发展

确定行业的优势地位之后,和讯网仍保持着高速发展。不仅继续丰富门户网站的内容,还进一步与行业领域内专家学者保持密切联系、加强合作。2005年1月,和讯网正式获得国内财经平面媒体《财经》《证券市场周刊》《成功营销》等核心杂志媒体的网络版的独家授权。[②] 这无疑进一步丰富了和讯网的资讯内容,有助于其进一步打开市场。

在这一时期,和讯网新增了10个频道(见表13-1)。其中新增的股指期货频道致力于为投资者及相关机构提供有关股指期货一站式网络平台服务。2010年4月14日,在沪深300指数期货即将挂牌前,和讯网对该频道进行全面改版。国内百余家机构领袖对其发表寄语,由此奠定了和讯网在国内第一权威期指门户的地位。

表13-1 和讯网新增频道

年份	新增频道名称	数量
2005	汽车频道(面对中高端用户) 瑞富期货合作频道	2
2006	黄金频道 IT频道 部落首页 和讯交友、音乐、视频频道	4
2007	股指期货频道	1
2008	千股内参频道	1
2010	奢侈品频道 公益频道	2

除此之外,和讯网原有的频道也得到了不断发展和更新。2005年4月,和讯网博客频道推出图片博客和网摘。7月,又推出博揽RSS和赚钱模板,提供在线RSS阅读服务。10月,和讯博客以绝对优势取得首次全球中文博客用户满意度调查第一名。[③] 博客为和讯扩张了收益来源,在和讯壮大的历程中有着极其重要的作用。2005年末,和讯个人门户手机博客功能正式上线,随后和讯网开始在博客投放广告,在博客领域开创了一条盈利的先河,和讯网成立的全球首家博客广告联盟更新了我国博客运营的商业模式,和讯网在这一阶段的发展被按下了加速键。

由于和讯网的突出发展以及和业界领袖友好关系的维持,和讯网的壮大历程一直

---

① 马义山,谢文.互联网十年[J].市场观察,2005(10):52-53.
② 王文科,徐洲赤,王蓉晖,等.传统媒体的新空间[J].浙江传媒学院学报,2006(1):8-9,7.
③ 王建勋.基于WEB 2.0架构的和讯网站建立方案研究[D].天津:河北工业大学,2008.

被业界所关注。财政部原部长项怀诚曾表示:"和讯网在财经系统里面,是简历最早的网站,而且在财经界里有着非常广泛、深刻的影响。二十年来我们国家经济的发展、改革的神话,在和讯网的报道里都有非常清晰的、准确的、全方位的报道。和讯网是国家前进中的非常好的伙伴。"中信银行行长孙德顺也认为:"和讯网奋斗在专业财经媒体战线,为广大投资者打造了集信息披露、社交分享和交易服务于一体的综合服务平台,取得的成绩有目共睹。"①和讯网也没有辜负行业厚望不断取得新成就。表 13-2 为 2005—2013 年和讯网获奖情况。

表 13-2　2005—2013 年和讯网获奖情况②

年份	奖项名称
2005	和讯博客以绝对优势取得首次全球中文博客用户满意度调查第一名 "中国商业网站 100 强"(由《互联网周刊》评选) 互联网协会中国互联网产业调查"web2.0 创新奖"第一名。 70 余万网友参与"2005 年度财经风云榜"大型网络评选活动投票,创同类评比之最
2007	"中国商业网站排行榜"新闻资讯类排名第一,用户体验类第二,综合网站排名第十二
2008	中国互联网金融 & 理财网站受众规模第一名(由 Adworld2009 互动营销世界/DCCI 互联网数据中心评选)
2009	"2008—2009 年度中国最佳成长互联网企业"奖 百度和讯全财经网荣获"2008—2009 年度中国最具潜力互联网企业奖" 2008—2009 年度财经类最佳网络媒体奖(于"2009 第四届艾瑞新营销年会") "中国广告金远奖—最具影响力财经媒体奖"(由《市场观察—广告主》杂志评选) "2009 年度中国最具企业投放价值财经媒体奖"(由清华大学、复旦大学等机构联合评选)
2010	手机和讯网荣获最佳金融网(于工业和信息化部电信研究院信息名址服务管理中心主办"首届中国优秀手机网站") "网民最满意财经网站"(由中科三方互联网研究机构评选) 2010 年度最受推崇中文财经网络平台 和讯网"财经要闻"获"中国互联网站品牌栏目"奖(国务院新闻办公室互联网新闻研究中心、中国互联网协会互联网信息服务工作委员会颁)
2011	最受百姓欢迎财经门户奖

这一时期,和讯网经营的业务也得到了不断扩张。汤森路透集团(全球最大的金融信息数据和分析产品提供商)以现金方式注资和讯网,在公众投资理财产品方面与和讯网展开重点合作,上海证券交易所也指定和讯网作为互联网核心媒体签订战略合作备忘。

---

① http://news.hexun.com/2017-01-19/187805258.html。
② http://corp.hexun.com/default/index.html。

2010年,和讯网推出了财经微博,决心调配公司所有资源把微博做成与新浪和腾讯相媲美的业内标杆。进入2011年,和讯网用户覆盖量快速增加,和讯网在第三方研究机构的排名中始终排名靠前,给和讯网运营财经微博以信心。2011年9、10、11三个月Alexa网站的数据报告显示,和讯网在国内财经类网站/频道月均访问量指数统计排名第一;互联网实验室最新调查指数也显示,和讯网在中文网站财经类排行榜中位列第一。由于和讯微博的推出时间比新浪微博和腾讯晚了数月,在发展之初便处于市场竞争的劣势端,和讯微博只能吸引关注财经行业的用户使用。① 同时,和讯网推出的财经微博由于其所在行业的局限性,用户之间难以与财经类高级用户产生互动和建立圈层关系。注册财经微博的用户多是和讯网的老用户,没有如同管理层预想的那样为和讯网带来大量的新用户,在财经名人,金融专家等指标的数量上远远落后于新浪微博和腾讯微博。② 和讯微博的发展在经历了创建之初的用户高速增长之后趋于平淡。艾瑞咨询的统计数据显示,2013年1月新浪、腾讯、搜狐稳据微博用户覆盖数的前三名,而和讯微博并没有进入前十名。最终,和讯微博无奈于2013年退出了和讯网的公司战略。③

2013年,随着利率市场化改革、银行改革、资本市场改革信号频传,中国经济进入转型的深入发展年,这一年也是金融改革的爆发年。和讯网立志要做金融服务大平台,在原有资讯平台基础上嫁接新系统,从一个财经资讯门户网站转变为一个金融综合服务的大平台。和讯深入打造平台功能的"三驾马车":一是资讯功能,即传统互联网模式;二是专业化的理财服务,提供基金、保险(放心保)、信托、私募、理财产品的购买服务以及用户的财富管理服务,即B2C模式;三是撮合功能,在平台上促成资本市场某些领域供需双方的直接交易,即类P2P模式。后两块业务受益于互联网金融的发展将形成和讯网全新的商业模式,是和讯网之后发展的新的增长点。④

(三)2014年至今:转型金融服务大平台发展

进入2014年后,和讯网正式转型,致力于成为一个金融服务大平台。2013年末,和讯网加快互联网金融布局,发布和运行7个金融项目与产品:"理财客""放心保""投资学院""网上投洽会""策略海""指标云""北斗星"。自此,和讯网同时发展平台内的资讯业务和金融产品服务,金融产品业务成为和讯网发展的重中之重。

这一时期和讯网发展趋于成熟,章知方在2013深圳创新金融论坛上表示,和讯网开始致力于推动互联网金融的投资价值,通过全新的互联网应用场景,实现让用户享受安全、便捷、高效、专业的产品购买交易体验、财富管理服务和推动互联网金融合作伙伴,通过大数据平台的分享和反馈,促进各类金融机构在产品研发、投资决策、风险管理等方面的发展,更好地贴近市场需求和用户利益,形成金融产品与服务供求双方之间的良性循环。和讯网开始更多地向金融行业倾斜。⑤

---

① 吴烨. 投资者情绪与股票走势[D]. 上海:上海交通大学,2013.
② 齐志聪. 和讯网发展战略研究[D]. 哈尔滨:哈尔滨工业大学,2014.
③ 齐志聪. 和讯网发展战略研究[D]. 哈尔滨:哈尔滨工业大学,2014.
④ https://www.cs.com.cn/tzjj/jjdt/201309/t20130923_4151843.html.
⑤ http://news.hexun.com/2013-11-28/160113563.html.

和讯网凭借其专业化的信息渠道，吸引了诸多深度财经用户。2019年9月，和讯网荣获由上海证券交易所评选的"科创板媒体优秀传播奖"。

第二节　和讯网的盈利模式

和讯网的经营范围主要集中于利用 www.hexun.com 网站发布网络广告、从事互联网新闻信息服务业务；制作点播证券期货信息类视听节目；制作、发行动画片、电视综艺、专题片；经营电信业务；从事互联网文化活动；信息咨询；电子计算机软硬件及通信系统的技术开发、技术咨询、技术转让；承接计算机网络工程；电子商务（涉及专项审批的除外）；设计、制作网络广告；销售计算机、软件及辅助设备。① 其中，和讯网与联通、移动、电信三大运营商的合作，使其打开了用户市场，培育了黏度较高的盈利对象。

一、广告营销

广告是大部分网站收入的主要来源，和讯网也不例外，十分重视广告营销收入。和讯网的广告形式包括文字链接、按钮广告、移动 logo 广告、通栏广告、顶通广告、画中画广告、疯狂流媒体、视频广告、图片新闻广告、全屏广告、栏目冠名等。和讯网的广告收入与和讯网的网站流量息息相关，且受股市行情的影响较大。②

和讯网搭载的50多个频道涉及受众生活的各个方面，和讯网的受众主要是中产阶层消费者，拥有较高的购买力，吸引了广告商的合作。和讯网自身对用户的调查显示，和讯网受众对 IT 产品类、手机通讯类、汽车类、旅游类、消费电子类、房地产类产品的消费资讯关注度和接受度较高，对 IT 类和汽车及相关产品类的计划购买率较高，因此这些也是和讯网主要的广告营收。

二、内容合作与互动行销

内容合作和互动行销也是和讯网盈利的一大重要板块，其具体运行模式十分多样。和讯网致力于为受众搭建网上家园，网上家园的构建离不开这一板块的良好经营。

（一）内容合作

内容合作方面包括专题合作、沙龙服务、板块合作、栏目合作（见图13-1）、频道共建（见图13-2）五个方面。和讯网以敏锐的财经视角和广泛的合作范围，不断捕捉新的财经热点话题与信息，并建立立体的整合传播展示平台。其中，和讯网也为客户开辟了对品牌和产品更为丰富新颖的推广空间和机会，由此形成了客户与和讯各类频道板块合作的契机。③

---

① http://www.itrust.org.cn/home/index/itrust_certifi/wm/2723558454.html.
② 齐志聪.和讯网发展战略研究[D].哈尔滨：哈尔滨工业大学，2014.
③ http://corp.hexun.com/market/.

在专题合作方面,由客户提供相关内容,和讯网设计规划页面后,在相关频道首页,如科技、房产等子频道,提供专题链接3天的合作形式;沙龙服务主要通过提前预告和结束总结的方式向客户提供在线沙龙的页面展示;板块合作由客户提供板块内容,和讯网在对应板块发布;栏目合作由和讯网按照客户的要求上线相关的网页栏目进行推广。

图 13-1　和讯网栏目合作展示

图 13-2　和讯网频道共建展示

从和讯网的内容合作方式来看,其合作对象的指向性很强,相关栏目内容也十分专业,由和讯网提供的内容相对较少,多半是为客户提供一个传播平台的合作模式。在内容方面,互动行销其实为这种形式提供了一个补充,也为和讯团队提供了一个展示自己专业能力的机会。

(二)互动行销

互动行销主要是指客户与和讯网进行深层而广泛的互动行销合作,通过互动交流、动态演示、新闻宣传等进行多手段、全方位的立体合作,传播内容涵盖新产品上市、企业形象推广、企业招商、新股发行、基金募集等深度展示宣传,综合提升产品形象与企业品牌的知名度、美誉度,以此来获得收入。①

与内容合作相比,互动行销所提供的服务更加多样,合作方式也更加灵活,周期更长,有许多为客户量身打造的活动策划内容。在其网站的"互动行销"上也展示了相关成功案例,如与宝马MINI合作将体育赛事、宝马MINI品牌与财经结合在一起,举办的"MINI交易伦敦"活动,以及"2013领峰模拟黄金交易大赛""民生银行,幸福到家"等活动(见图13-3)。这些都展现了和讯团队在拓展商业合作方式,与客户达成深入合作方面所进行的努力。

图13-3　和讯网与客户合作的成功案例

三、理财产品与服务

在互联网金融的浪潮下,和讯网在P2P平台建设上有所尝试。旗下的交易平台包括理财客、放心保、投资学院、策略海、和讯钱包等平台,通过收取手续费、服务费盈利。近年来,和讯网对接数十家金融机构和交易平台,初步实现大数据算法推送对用户和金融机构的两端对接,已成为国内最大的深度理财社区。其间,未发生一起违约和刚性兑付事件。② 和讯以其良好的信誉受到用户的信赖,以此获得更长远的经济利益。

在付费理财服务方面,和讯网开发的"涨停先锋"系列软件,是利用华尔街超短线风险量化数理模型与LEVEL-2行情数据相结合打造的超短线智能化决策系统,包括"涨Ⅲ""涨Ⅳ""涨Ⅴ"三款系列软件。用户可以支付9800元到25800元不等的年费获得软件不同功能的使用权限。同时,和讯网联合业内专家开设了针对不同人群的理财课程,在网页端、微信公众号和客户端投放相关广告,通过免费试听,每日5个免费名额等方

---

① http://corp.hexun.com/market/.
② http://corp.hexun.com/default/index.html.

式进行课程推广。例如,在和讯期货 App 中,"期货职业操盘手集训营"一期收费 20000 元。

四、内容付费

在和讯网 App 以及官网上有一个付费专栏,栏目选项设置紧挨着"最新消息",十分醒目,当受众在浏览网页或者使用手机客户端浏览新闻资讯的时候,能够清晰地看到付费新闻。一方面,付费专栏的存在能够方便有效地对付费内容进行整合;另一方面,付费专栏设置的醒目性能够帮助和讯网快速锁定有付费需求的目标客户。

结合付费专栏的内容来看,大多数付费新闻的标题都很有吸引力,而且每一个标题下面都对付费新闻的内容进行总结性概括。对付费新闻有需求的客户会在标题的吸引和内容概要的引导下,直接进行购买。当然,一些潜在的受众群体也有可能在部分新闻标题的刺激下,产生强烈的购买欲望。对于此类用户,和讯网主要通过采取优惠付费策略的方式来培养他们的购买习惯。例如当用户注册登录时(也可以是其他登录方式,如用手机客户端操作直接跳转微信登录),平台获取用户相关信息后,可以免费试读一篇文章。

和讯网的付费新闻的内容质量很高,内容整合力极强,而且阅读时间很快,在文章开头下面的小字部分,还对阅读内容的字数和所需时间进行了提醒。从用户体验的角度来看,免费试读的内容会给用户带来较好的使用感。在完成消费引导后,和讯网的付费价格制定方式再次刺激用户对付费内容进行周订阅、月订阅甚至季度订阅。如果用户完成了对栏目付费内容订阅的购买行为后,同时也就增强了付费用户的黏性。

综合分析和讯网的盈利模式,其盈利方式主要是借助专业平台的影响力,与各大交易所、基金、银行、券商、保险、媒体及其他企业(房地产、车企等)进行深度合作。然而和讯网旗下 App 推出的免费课程点击量惨淡,虽然有付费阅读内容,但是至今没有提供付费会员服务,在开展增值服务、提升用户黏性方面缺乏重视,这可以成为和讯网下一步扩展盈利模式的努力方向。

第三节　和讯网知名栏目

和讯网内部设有股票、基金、期货、保险、理财等行业内领先的金融资讯频道,以及新闻、房产、汽车、科技、创投等财经相关频道。截至目前,和讯网已设 36 个专业垂直频道入口,成为每月覆盖 1 亿中高端用户的"中产阶层投资理财网络家园"。36 个频道(见图 13-4)分别是新闻、时事、视频、评论、股票、美股、港股、VIP、基金、私募、理财、信托、P2P、科技、债券、互金、期货、原油、大宗、期指、保险、银行、黄金、外汇、行情、数据、房产、汽车、博客、农金、名家、消金、区块链、创投、游戏、滚动。此外,和讯网还打造了三大内容品牌,分别是"财经中国声""财经中国思""财经中国会"。其中"财经中国声"推出了一系列互联网精品栏目集合,包括"中国经济学人""财经 A 档案""理财下午茶""中国上市公司访谈录""每周一嗨""锵锵话股市""24 小时全球金融市场"等 20 个大牌著名品牌栏目。后来,这些特色精品栏目逐步被划分到各大频道中。

| 新闻 | 时事 | 股票 | 美股 | 基金 | 私募 | P2P | 科技 | 期货 | 原油 | 保险 | 银行 | 行情 | 数据 | 博客 | 农金 | 区块链 | 创投 |
| 视频 | 评论 | 港股 | VIP | 理财 | 信托 | 债券 | 互金 | 大宗 | 期指 | 黄金 | 外汇 | 房产 | 汽车 | 名家 | 消金 | 游戏 | 滚动 |

图 13-4　和讯网 36 个频道

和讯网财经 App 内，设有"我的频道"，包括付费、期货、股票、黄金、70 周年、房产、7×24、外汇、基金、原创、专栏、科创板、自选资讯、汽车、保险、时事、科技、区块链、名家、互金、P2P、评论、债券、期指、美股、港股等（见图 13-5）。

图 13-5　和讯网财经 App 频道分类

和讯网栏目名称及内容定位见表 13-3。

表 13-3　和讯网栏目名称及内容定位

栏目	内容定位
和讯财经新闻	全方位财经资讯
和讯时事	全方位时政资讯
和讯视频	中国财经视频平台
和讯评论	全球视野下的财经评论
和讯股票	全方位证券服务，投资决策信息平台
和讯美股	洞察全球行情，追踪全球股票动态
和讯港股	值得信赖的专业港股平台
和讯股票内参 VIP	股票内参热点，每日要闻推荐，社区精华推荐
和讯基金	中国专业基金门户
和讯私募基金	领跑中国私募舞台
和讯理财	中国功能全面的综合理财网站

续表

栏目	内容定位
和讯信托	了解中国信托行业由此开始
和讯 P2P	网贷门户
和讯科技	报道科技中国,分享全球智慧
和讯债券	中国专业债券门户
和讯互联网金融	关注行业变革新方向
和讯期货	中国即时、深度的期货门户
和讯原油	中国权威、专业的原油期货门户
和讯大宗商品	提供期货现货市场行情, 内容覆盖农副、金属、能源、化工等资讯
和讯期指	和讯股指期货
和讯保险	不止专业更为保险,中国保险门户
和讯银行	功能强大的银行理财门户
和讯黄金	国内专业黄金资讯门户
和讯外汇	全方位外汇服务,专业投资者青睐的外汇网站
和讯行情中心	国内全面的即时行情数据服务中心
和讯数据	专业金融数据门户
和讯房产	具有财经特色的房地产资讯专业频道
和讯汽车	财经领域汽车门户
和讯博客	社区频道
和讯农金	给农业插上金融的翅膀
和讯名家	不一样的视角
和讯消费金融	中国消费金融门户
和讯区块链	区块链就在你身边
和讯创投	发掘企业价值,创造资本神话
和讯游戏	精彩不止一点
和讯即时新闻	滚动新闻

一、股票

股票频道是和讯的一大特色频道,致力于为股民提供全方位的服务。涵盖的内容包括港股、美股、新股、科创板、新三板和每日股市要闻。在此频道内搭建了不少特色精品栏目(见图 13-6),主要分栏如下。

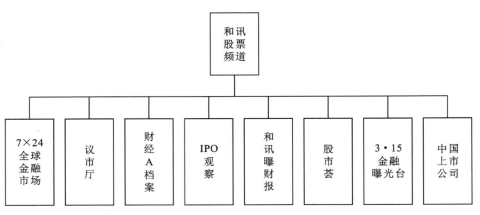

图 13-6　股票频道特色栏目汇总

（一）财经 A 档案

"财经 A 档案"在股票频道中具有较高的知名度，主要介绍波及各类股票的行业资讯。其栏目设计很有新意，采用档案的样式逐级呈现各类报道资讯，标题后还附上发表的时间，精确到分钟。整个样式看上去仿佛真的是档案的合集。和其他栏目不同的是，"财经 A 档案"的传播形态和渠道多元，不仅在网站上更新报道，也在和讯的公众号上刊登。公众号上的文章多采用图文对话的样式，更加具有趣味性。

"财经 A 档案"自成立起就保持着高速的更新速度，发表过不少新鲜资讯。同时链接《21 世纪经济报道》的文章推荐用户一起阅读。在"财经 A 档案"发表的众多报道里，具有较大影响力的报道有 2015 年报道两会和苹果手表的两篇报道，其阅读量均超其他文章的阅读量。在这两篇报道中，财经 A 档案的制作团队都采用了词云图的样式交代报道的重点。例如《2015 投资最干货总结——换个角度看两会》（2015 年 3 月 11 日）这篇报道首先就采用了词云图的方式罗列两会的高频词，随后在文章中再结合高频词引出值得投资的新兴股票。《Apple watch 拨动了哪些上市公司的心弦》（2015 年 3 月 12 日），也用词云图的样式展现和苹果手表有关的公司。这样的设计使得文章的内容得以清晰地显现，缓解大量文字堆砌带来的枯燥感。

"财经 A 档案"对一些重要的特殊选题保持着长期关注，并予以详细的跟踪报道，对报道对象的挖掘也十分深入。例如关于维业股份的《维业股份拟收购两公司股权"疑点"多：两标的关联销售金额居高不下，标的之一溢价达 11 倍还多次被行政处罚》（2020 年 12 月 21 日），报道标题并不符合标准的新闻标题的要求，更像一篇档案的文件名。这篇报道首先交代了写作的背景：

12 月 20 日，深交所向维业股份（300621，股吧）发放重组问询函，对公司拟以支付现金的方式购买华发股份（600325，股吧）持有的华发景龙 50% 股权，购买华薇投资持有的建泰建设 40% 股权表示关注。深交所要求公司披露明前述公司不纳入本次交易的原因及合理性，以及对前述同业资产的后续安排；核实华发集团及其下属的其余资产是否从事与标的公司相同或近似业务，是否存在潜在的同业竞争关系，后续是否存在资产注入计划、业务承继安排或出售安排等。

随后再详细介绍此事件的来龙去脉并深入交代维业股份递交的《重大资产购买暨关联交易报告书(草案)》的内容,指出报告书中值得注意之处,比如报告书显示评估采用了资产基础法和收益法两种方法,并以收益法评估结果作为最终评估结论,这样的评估方法与要求不符。同时递交报告期内建泰建设被多次行政处罚,历次行政处罚的原因、具体违规情况及是否构成重大违法违规。问询函中一共对此次重组事宜进行了20多个方面问题的关注。由此维业股份虽然拟收购两家新公司,但其真实的运作状况仍然存有问题需要进行整改。

这样的行文结构安排可以帮助用户只浏览标题,用最少的时间把握最新的股票资讯,同时避免过短的正文内容不具备预测性这一缺陷。受众购买股票的决策行为还需要参考细致的报道内容。和讯网在标题上展示重点,正文部分详细分析,为受众提供了不少重磅性的信息,可以得到对该报道对象的较为全面的把握,避免在投资上走弯路。除此之外,和讯网重点培养客户端的发展,财经A档案每篇报道的背后都会附上客户端的二维码,引导受众下载客户端阅读更加详细的资讯。

(二) 7×24 全球金融市场

如栏目标题一般,该栏目致力于实时播报全球金融市场的变化,更新频率高,几乎每间隔1~2分钟就会发送新的市场资讯,有时1分钟内甚至会更新3~4条新内容。由于其对时效性的追求,"7×24全球金融市场"栏目中的报道多以简讯的形式出现,篇幅较短,一般每篇不超过300字。

除了对金融市场情况的播报外,该栏目偶尔也会引用其他媒体的新闻穿插其中,并标明资讯的来源:

> 中国气象局:预计未来一周,四川盆地、黄淮及陕西南部等地仍多降雨天气,累计雨量较常年同期明显偏多,局地偏多2倍以上;江南、华南部分地区仍有3~5天高温。(《人民日报》)

除此之外,"7×24全球金融市场"栏目考虑到股民对浅显化股票市场信息的需求。该栏目制作了部分股票的数据图,股民根据图可以准确把握行情变化,从而精准选股。不仅如此,用户还可以在此栏目中选择"只看重要"把握重要资讯中的重要信息,从而节约自己决策的时间成本。

二、新闻

新闻频道也是和讯网的一大特色频道,和讯网借此在发展初期确定了在财经领域内的权威地位。新闻频道内主要划分为头条、观点、投资、金融、产经五大板块,每个板块内又设置不同的栏目,涵盖的内容丰富。头条板块中的栏目有今日头条、和讯独家、财经要闻、时事、产业、公司、国际七个栏目。观点板块中分为评论、消费金融两个栏目。投资板块中设有股票、基金、外汇、黄金、期货、债券六个栏目。金融板块中有互联网金融、银行、保险三个栏目。产经板块中有汽车、房产、科技三个栏目。其特色栏目的划分较之于股票频道没有那么明晰。

(一) 财经要闻

和讯网的"财经要闻"栏目(见图13-7)曾荣获中国国务院新闻办公室互联网新闻

研究中心、中国互联网协会互联网信息服务工作委员会颁发的"2010年度中国互联网站品牌栏目"奖,是和讯网发展历程中不容忽视的重要栏目,该栏目属于头条板块。"财经要闻"栏目内设两大分栏,分别是"宏观经济"子栏目和"国内经济"子栏目。

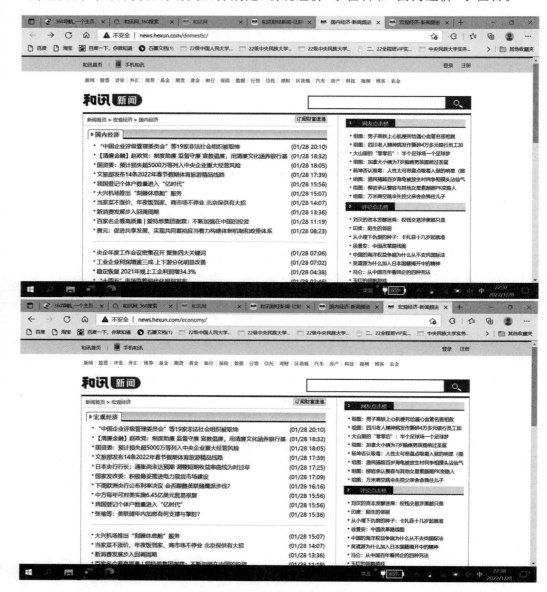

图 13-7 "财经要闻"栏目构成

两大子栏目之间的区分并没有那么的明显,出现在"宏观经济"栏目中的有些消息也会出现在"国内经济"栏目。两栏目之间最大的区别是"宏观经济"栏目更多地报道与政策相关的国内外新闻,而"国内经济"会为国内地方新闻提供传播的平台。

除此之外,两大栏目的新闻都按照时间顺序排列,最近的新闻会被放置在页面上端,时间越久远的新闻越在页面下端。每隔十条新闻便会再设一个板块进行区分,页面共展示30条新闻。"财经要闻"栏目的两大子栏目日更新频率都极高,更新的新闻多来自其他媒体的报道。对于其转载的新闻,编辑会交代信息头并在消息末端附上"文章内容属作者个人观点,不代表和讯网立场。投资者据此操作,风险请自担"的说明。

"财经要闻"栏目经营的成功性离不开和讯网和各个媒体之间关系的经营。"财经要闻"栏目为其他媒体增添了新的传播平台,也为自身丰富了传播内容,使其赢得了更多的受众。

(二)中国经济学人

中国经济学人是由和讯特稿部出品的栏目,涉及的内容是新闻频道,其负责人参与过和讯 2016 年白皮书的撰写,成员都是具有丰富采访经验的记者。这些记者不仅有高超的采访技巧,而且具有高度的新闻敏感性,可以准确地把握时代脉搏。如栏目命名一样,它关注中国经济领域内的大事,具有宏观的视角。该栏目旨在探寻中国经济发展方向,给决策者提供较有价值的观点。

中国经济学人一共出品 74 期专题,2016 年 12 月 21 日停播,多针对当时经济领域内的热点邀请行业内专家参与采访。其版面由左右两大板块构成。左栏展现被采访人物照片,右栏配发标题与专题简介。其页面设计十分简洁,各期专题一目了然,有利于用户根据人物图片和标题快速搜索。它的每期专题均为系列采访,采用视频的方式予以说明。一般每个专题配发三条视频。报道多采用一对一专访的形式,节目元素简洁,仅由主持人和嘉宾构成。这个栏目的成立是和讯网在新闻领域内的创新,不管是产品形式和内容都别具一格,丰富了用户获取新闻资讯的方式。

虽采用视频的方式传播,但经济学人出品的专题由于内容的丰富性经常被其他网站转载。其中被各大网站转载最多的专题是《丁一凡:外储缩水无需担忧 美元升值并非利空》(2016 年 12 月 6 日)这篇报道。丁一凡时任国务院发展研究中心世界发展研究所副所长。针对当时国际原油持续下跌引发受众恐慌的情况,丁一凡接受了和讯网的独家专访。在接受采访时丁一凡回复了受众最关心的问题,承认虽然石油作为基础性原料,其价格下降不利于整体经济,但是也可以在一定程度上加强国内的通货紧缩,有利于本国的长期发展。丁一凡同时介绍了美国经济形势好的成因是来自新能源行业的支持,解释在形势大好的情况下隐藏着危机,即美国的新能源行业有可能会面临寒冬、无人投资的窘境,难以取得长期稳定的发展。这则专访视频还被其他网站整理出了消息报道,其涵盖的重磅性内容为和讯网吸引了大量用户的关注,促进了和讯网的进一步发展。

除了采访过丁一凡以外,"经济学人"栏目还邀请过其他专家解读经济领域内的信息,回应了当时百姓们关心的重要问题,具有专业性。

(三)领袖对话

"领袖对话"是和讯网于 2008 年 7 月推出的新闻频道内的特色栏目。该栏目的定位较高,是和讯高端访谈节目,针对改革开放三十年来中国经济形势大好、企业家取得不少杰出成就而推出。该栏目以"与精英分享商业智慧,与智者沟通人生体会"为口号,力图带领读者走近商战赢家和人生智者,倾听他们的企业治理经验,分享他们的商业智慧,探索企业家们的成长历程,共同喟叹人生的五味杂陈。"领袖对话"是一档人物访谈节目,是一次企业风采的展示会,也是一次精彩的商业思想家的讲演会。该栏目的使命在于记录商业力量崛起时代和中国及世界经济领袖不断闪现的经营智慧。

截至目前,"领袖对话"栏目一共发行了 66 期。栏目构成简单,左栏是本栏目的开栏语,交代栏目目的。右栏是历期嘉宾的照片,并在照片下附有嘉宾的名字等基本信息。每期节目都采用图文和视频的方式呈现,并在和讯网首页及所有子频道推出,还将在和讯网的全国合作媒体重点呈现,以达到最佳传播效果。[①] 该栏目曾经邀请到美国 MG 集团总裁梅琳、方正科技董事长方中华和中矿联合基金董事长郑智等重磅嘉宾,此栏目具有极其广泛的影响。

"领袖对话"制作的每一期节目都对到访嘉宾进行了深入采访,对嘉宾把握十分全面。不仅关注嘉宾所取得的成就,还关注嘉宾从儿时起的成长历程,节目具有真情实感。在这样的努力下,"领袖对话"栏目组还曾发表过相关书籍,即《商谋:顶级 CEO 解密商战制胜法则》。这本书是"领袖对话"栏目组针对当时美国次贷危机波及中国、国内股市低迷经济发展困难、我国实行改革开放政策后取得了不少成就而出品的。和讯网的创始人章知方撰写了这本书的序言,重申了"领袖对话"栏目组成立的目的。全书共有二十四章,对促进中国经济发展的杰出领袖们予以了详细的报道。

和其他人物报道书籍不一样的是,《商谋:顶级 CEO 解密商战制胜法则》并未过于采取栏目制作中深入挖掘人物故事再撰写人物通讯的方式,而是采用对话的方式来展现人物风采。每章会交代选择此行业的理由和嘉宾背景,再交代与嘉宾的详细对话。该书选择沃尔玛中国区总裁陈耀昌先生作为首章。这样处理的原因在于,沃尔玛最初成立的时候仅是"杂货铺",是大部分人日常司空见惯的,而最终其却能以零售业的身份取得长期雄踞世界 500 强之首的成就。这样的成长故事无疑能够给很多想创业的年轻人以鼓励——无论是什么行业,只要能做到极致,也一样能够成为行业翘楚,从而促进国家的发展。同时,沃尔玛与中国不少行业联系极其紧密,它以"理念、慈善、环保、就业、出口创汇、促进合作伙伴提高和本地经济繁荣"等社会责任,对中国经济发展做出了杰出的贡献。沃尔玛自从进入中国后已在中国开设过百家商场,为中国人提供了更多的就业机会。此外,沃尔玛还积极在中国开展社区服务和慈善公益活动,致力于中国的环境保护和可持续发展,在中国取得了不少具有代表性的奖项。这样的企业值得被放在首章。

在这本书中可以明显感受到其立意鲜明,倡导向上的风气。比如,"领袖对话"栏目组还曾邀请过新希望集团的董事长刘永好前来参加采访。可以明显感受到中国农民因为我国是农业大国而产生的自豪感以及国有企业为国为民的责任感。刘永好和他的兄长辞去公职,到农村创业,由养殖场转移到饲料生产并取得成功,曾被美国《福布斯》杂志评选为中国内地首富。这章内容着重讲述刘永好选择去农村创业的原因——为了帮助广大的中国农民实现增收。相较于盈利,他更注重自己为国家做出的贡献。

对话 1　虽然在商言商,但最为承担社会责任而骄傲

和讯网:刘先生是改革开放 30 年的人物,中国 10 大民营企业家、中国

---

① http://tv.hexun.com/leaderstalk/.

10大金融风云人物、中国10大扶贫状元，CCTV经济人物、光彩人物甚至是三农人物，请问您最看重的荣誉是哪一个？

刘永好：头衔太多也不好，压力太大。我们是商人，商人在商言商，把自己的企业办好是最重要的，要办好自己的企业要使自己的企业有竞争力，要对员工，要对社会，对市场，对政府有交代，这几条做好就比较好了。不过，我感觉我作为全国10大扶贫状元之一感到非常骄傲，因为我们企业有发展，对社会有贡献，在扶贫工作上比较有贡献。虽然在这次四川地震灾害过程中，我们房子也塌了。我们的企业也有很多的损失，但我们的员工在抗震救灾过程中表现得非常优异，我为这些员工感到非常骄傲。①

这样的报道无疑显示出中国行业领袖的高度责任感，可以为其他创业者提供良好的表率。同时，选择这个行业进行报道有利于我国经济的长远稳健发展，在以往的认知中行业有高低贵贱之分，但《商谋：顶级 CEO 解密商战制胜法则》倡导的是各行各业一律平等。正如刘永好所说，房地产的确比养猪赚钱，但养猪做到极致，一样能实现自身的价值，也可以为国家创造更多的财富。同时，被邀请的嘉宾并不仅仅注重自身行业的发展，还对新兴行业保持赞赏的态度，鼓励正在成长中的新产品，并认为新兴行业带来了竞争压力，也带来了学习经验的机会。

对话5　马云和电子商务的出现是好事

和讯网：您知道马云这个人物吗？

陈耀昌：（点头）

和讯网：有一些人猜测马云会成为您的对手之一。因为他最近在给淘宝的一个任务，是10年之内要打败沃尔玛，成为零售行业的老大，您觉得马云的这个目标可能会成为现实吗？还是这会是一个不可能完成的任务？

陈耀昌：如果我们不断地给予顾客不同的选择，这是好的，马先生的公司和他的出发点是给予顾客很多的选择，对我们来说是一件好事情。

和讯网：电子商务的发展，会不会对传统的超市产生冲击呢？

陈耀昌：我认为产生竞争是好的，在很多其他市场上，这种新竞争可以带给我们顾客更多的选择，也可以让我们有很多的学习机会，所以，这样的事情是正面的，对顾客好就行了。②

除此之外，《商谋：顶级 CEO 解密商战制胜法则》这本书还特别注重对年轻人的正向引导。在书的结语中，"领袖对话"栏目组表示，三百六十行、行行出状元，书籍中虽展示的有企业家们的成就，但更致力于在书中更多地呈现出企业家们的思考和对行业责任的承担。同时采用名言"天下事有难易乎？为之，则难者亦易矣；不为，则易者亦难矣"和一则寓言结尾，号召年轻人注重行动，只要肯在自己从事的行业下功夫并坚持，就能克服险阻，实现自己追求的目标。《商谋：顶级 CEO 解密商战制胜法则》这本书重视年轻人对中国未来经济发展能造就的可能性。

---

① 和讯网《领袖对话》栏目组.商谋：顶级 CEO 解密商战制胜法则[M].北京：现代出版社,2009.
② 和讯网《领袖对话》栏目组.商谋：顶级 CEO 解密商战制胜法则[M].北京：现代出版社,2009.

(四)保险

"保险"栏目属于和讯网新闻频道内金融板块的内容,内设八个子栏目,分别是行业、公司、险资、评论、专栏、专题、滚动、保险数据。其原本设置的"大家谈"子栏目因为和讯网业务调整被关闭。用户存储在论坛内的资料只能通过和讯网投诉邮箱追回保存。

"保险"栏目的特色内容有"保险数据"、"保险课堂"和"放心保"。"保险数据"栏目包括地区数据和公司数据两部分。地区数据中展示了全国各地区的保费情况;公司数据中展示了寿险、财险和养老金。"放心保"则是和讯网大力运营的互联网金融产品,和讯借此增加自己的收入来源。而"保险课堂"栏目内设"保险理财""保险案例""保险规划""投保理赔技巧""产品点评"五个分栏。"保险课堂"更新的报道致力于站在专业的视角向受众进行科普,提升受众的保险意识。其中"保险案例"和"保险规划"分栏多以具体人物的故事展开,拉近了内容和受众之间的距离,增加了报道的可信度。"保险课堂"栏目报道的标题采用自问自答的形式,既引发了受众获知欲,又彰显了报道叙述的重点,如《买了保险却不懂理赔?白熊保帮你轻松搞定!》(2020年4月26日)。相较于其他子栏目,"保险课堂"栏目原创性内容更多。

另外七个栏目多转载其他媒体的报道,转载的内容也按照时间顺序排列,优先展示最新发生的报道。"专题"栏目特邀保险领域内的专业人士对其报道进行集中性展示,如中国人保寿险公司总裁李温良、北京大学中国保险与社会保障研究中心研究员王国军等。"保险"栏目对权威人士的邀请增加了其专业性,更符合栏目本身"不止专业,更为保险"的定位,有利于和讯互联网金融产品的推进。和讯网新闻频道内"保险"栏目的运营促进了和讯网由门户网站向互联网金融平台的转型,和讯网对自身积累的庞大的受众群进行了积极合理的运用。

(五)"产业观察"系列

"产业观察"系列是和讯网2018年新推出的栏目,目前已被改版停更,不再以栏目的形式出现。

"产业观察"系列基于中国当时的消费状况,通过对消费型企业(包括家电、白酒等占社会消费品比例较重的行业标杆企业)的深入调查、比较分析,客观全面地展现了企业在所属行业中的现状和不足,反映了当时中国的消费趋势,间接刻画中国经济历程缩影。① 该系列荣获第三十届中国经济新闻大赛的深度报道奖类别的二等奖。

该栏目共推出27期作品,涵盖行业内容较广(见表13-4),报道对象均是家喻户晓的企业。作为一家历史悠久的垂直财经媒体,和讯网秉承其一贯的专业水准,真实客观地为受众描绘、分析了当时中国的宏观经济、中观行业和微观企业。在打造该栏目的历程中,和讯网与时俱进地学习新鲜事物,利用多种新媒体手段直观生动地展现报道对象。

---

① http://www.nbd.com.cn/articles/2018-12-10/1280537.html.

表 13-4 "产业观察"系列作品涵盖范围

类别	标题	数量
医学行业	《6家中药老字号悉数调降制药业务 云南白药变身成日化企业》 《困在南边的片仔癀》 《广誉远定坤丹水蜜丸中标惨案》 《华大基因发声明澄清:数据全在国家基因库 不存在任何数据出境》 《华大基因回应14万孕妇基因组外流事件:原始数据在国内 不涉及外流》	5
旅游行业	《步步为营如中国国旅,腹背受敌如携程》	1
家电行业	《钢铁侠格力、掉队的海尔和虚胖的奥克斯》 《家电上半场:美的、格力、海尔三巨头的规模和净利之争》 《家电下半场:美的、格力、海尔三巨头开启战略变革时代》 《你的城市出现罕见高温持久战了吗?我们聊聊空调降温》 《新飞电器被拍卖遭万人围观 专家称罪魁祸首是被外资收购》 《家电进口关税降幅逾60% 专家称中高端品牌或承压》 《苏泊尔的前世今生:被外资控股后风光无限 四大领域发展不平衡压力山大》 《美的集团欲闯高端家电市场 押注机器人新战略待考》	8
手机行业	《冲过头的小米和圆不了资本故事的雷军》 《苹果内忧外患:硬件增长乏力急欲转型 iPhone解锁盒数据遭泄露》	2
电商行业	《双11十周年:从猫狗大战到群雄争霸 今年还有哪些新玩法》 《消费升级还是降级?2018双十一给出了新答案》 《拼多多深陷"假货门"被市场监管总局责令调查 上市5日破发》	3
汽车行业	《汽车业的新考验:销量与库存双压之下》	1
美容行业	《本土化妆品龙头争斗:研发实力成软肋 未来得爆款者得天下》	1
投资行业	《疫苗造假后10个跌停板、股市风险升级 长生2万股民何去何从》 《互联网资深玩家们的保险局》 《海信电器业绩接连尴尬股价跌停 被夏普、小米围堵再押世界杯》 《全通教育"股王"神话破灭 实控人陈炽昌再次掐点减持》 《信雅达陷多事之秋:股价跌去9成业绩暴亏2亿 董监高密集减持》	5
酒业	《啤酒业绩复苏背后一众公司靠补贴生活 3—5年格局或生变》	1

对企业的报道上,和讯网从微观入手,注重对公司发展历程的梳理。它对报道对象的长期关注使得其能够掌握更多的一手资料。"产业观察"系列报道的对象多从当时涨势较好的企业股票中挑选,进而分析企业的发展状况。

《苏泊尔的前世今生：被外资控股后风光无限 四大领域发展不平衡压力山大》（2018年5月14日）这篇消息便是和讯网在股票市场中挑选的对象。当时苏泊尔处于营收、净利、股价均增长的状态，在资本市场中可以说是风光无限。为了更好地为股民提供信息，和讯网对苏泊尔的发展历程进行了梳理。"前世今生"用来划分苏泊尔被收购前后的经营变化，对苏泊尔发展史介绍得更加全面。

导语之后，这篇消息以大篇幅的背景介绍说明了苏泊尔这家企业"先天缺陷"不是纯粹的国货、后天发展上定位不够明确的问题，虽然研发了多样化的产品但在市场上的竞争力不够。按照时间顺序安排文章内容既能加深读者对报道对象的了解，又能为受众传达最重要的信息，即：苏泊尔虽如今发展态势良好，但若未实现自身的根本转型也难以取得长期发展，选择该股不一定是最优的资产配置方案。而这一信息，也正是受众最想要获取的。

这篇消息，作者站在专业的视角上进行客观叙述。消息中描写苏泊尔的经营现状均有确切的成本数据和毛利润数据，增加了语言的精确度，更有利于受众进行下一步的行为决策。

这样的表达方式不仅出现在这篇消息中，"产业观察"系列报道均具有相应的特色。背景为报道增加立体度，数据为报道增加可信度，细节化的表达满足受众的获知欲。"产业观察"系列报道不愧是和讯网经营得较好的内容。

和讯网作为财经领域内的权威媒体，其"产业观察"系列报道能为财经类新闻写作提供一定的借鉴，从而更有利于财经类报道的发展。

首先，在选题上需契合受众心理。"产业观察"系列报道是针对购买股票、关注股票资讯的受众推出的，因此"产业观察"系列报道选择的公司都是当时在股票市场上表现较好的公司，受众迫切地想要了解其相关信息。和讯网挑选的报道对象，例如苏泊尔、云南白药等企业可以说是国人心目中的骄傲，尤其是"国货"的企业身份更是拉近了受众和企业品牌之间的距离感。和讯网在选题上做到了对受众心理状态的精确分析。

其次，对调查报道的对象需做到深入细致的研究。在"产业观察"系列报道中，和讯网均做到了对选题的长期追踪关注，不仅对相关企业起到监督作用，更能为受众提供更多的决策依据。对企业背景的详细介绍从侧面揭示了企业的实力。在追踪和关注调查对象时，除了能对企业、行业的数据进行研究之外，还可以关注其发展史以及和同行之间的差距，增加报道的深度、广度，使得报道更加具有可信性。

三、脱水研报

"脱水研报"是和讯网新成立的特色栏目，是目前和讯网重点打造的对象。在和讯网的客户端和新闻频道的首页都有展示此栏目的入口。"脱水研报"所有的专业内容均由投资顾问邵玉丽提供。该栏目包含4个子栏目："脱水日报""脱水强势股""实时脱水研报""脱水调研"。"脱水研报"是全市场首创研报付费产品，采用会员制的方式向用户提供内容。其制作方每天通过对三十多家券商、数十家公募、私募、游资及个人投资者产生的海量研报进行精加工，细选正在发生改变的行业与公司，并把相关的逻辑用深入浅出的方式呈现出来，帮助投资者节省时间并且解决投资者资讯闭塞的痛点，这是和讯网在新闻领域和创收领域里面进行的创新之举。

在"脱水研报"的子栏目中,"脱水日报"是其王牌栏目,兼顾短期热点解读及中长线投资,市场影响力极大。该栏目从众多研报中挑出最重要的内容,以短讯的方式让用户全面掌握,周日到周四晚间更新一篇。"脱水强势股"适合短线投资者,主要挖掘研报、公告中的超预期、拐点和事件催化,追踪最热门的焦点,也是周日到周四晚间更新一篇。"实时脱水研报"在每个交易日更新 4~6 条,旨在让读者像看快讯一样看研报。其栏目致力于在盘前直击当天最有确定性的赚钱机会,在盘中跟评和再挖掘突发事件,在盘后深度梳理行业、题材、重大政策和解读事件。每天精选后以"重磅""独家"等标签再分类。"脱水调研"记录中长线产业链一线和重磅产线进展,同样周日到周四晚间更新一篇。

"脱水研报"的内容采用付费制,不同子栏目的收费标准不一。不仅向受众传递投资市场最新的变动信息,还向用户开展课程。运营初期,其内容难以让用户得到系统化、框架化的知识。之后在调研用户需求的基础上予以了更新,推出了更加多元的内容,并研发了线上专题路演。本部分将选取"脱水投研"栏目中较具影响力的报道予以详细分析。

在《脱水研报二季度策略复盘:抓住油脂和黑色的大机会》(2021 年 6 月 28 日)这篇报道中,"脱水研报"分析了前一个季度的策略主逻辑和策略的主驱动逻辑。文字简洁,多采用数据展现,让读者一目了然抓住重要内容。

  主驱动逻辑:
  (1)全球主要经济体经济复苏;
  (2)铜供应偏紧,需求恢复,存在缺口;
  (3)碳排放背景下,铜作为绿色关键金属,需求会增加。
  当时价位:沪铜 2106 68540。
  最高(低)价位:78270。
  区间最大涨跌:6060。最大涨(跌)幅 14%。

这样策略复盘的文章大多简洁,不同于其他介绍投资市场的报道,力图通过最简洁的文字让读者把握最关键的信息,从而能在下一次开盘前选择值得关注和投资的股票,这样的处理顺应股票市场的特点。"脱水研报"栏目中的其他报道也具有这样的特点:注重展示最重要的信息,标题就能反映报道的核心。

《核桃乳行业龙头业绩迎拐点》这篇报道讲述核桃乳行业的发展状况。在其结构框架上,采用了分层结构。标题作为报道的重要内容是本文的第一个层次,交代了植物蛋白饮料行业发展的几个重要的数据。内容提要是报道的第二层次,通过植物蛋白行业的毛利率、业绩等方面说明植物蛋白行业的发展仍有广阔的前景。之后在正文的内容中对植物蛋白行业的其他内容进行分析,交代了其具有的季节特征,借此提醒投资者在选择该行业进行投资时也要遵循行业本身的发展规律。"脱水研报"栏目组分层结构的选择使得其报道的脉络更加清晰,重点部分也得到了突出显现。在"脱水研报"栏目中有不少这样类似的报道,如《国内射频测试设备龙头 毛利为 50% ROE 为 30% 看涨 25%》(2021 年 6 月 19 日)、《国内卫星应用龙头 毛利超 50% 高速增长望延续 看涨 50%》(2021 年 6 月 17 日)等报道都具有上述的文章特征。

核桃乳
行业龙头
业绩迎拐点

第四节　和讯网经典报道案例点评

和讯网自1996年成立到现在拥有不少自己的原创产品,同时通过对各行业翘楚的关注和合作积累了丰厚的第一手资料。和讯坚持以股民为先,根据各栏目发展状况和股民需求对各个栏目进行实时更新改造。它曾推出一系列排行榜,比如"财务问题最严重的五家公司",指导股民躲开这几家公司。也曾出版过《港股直通车》《华尔街困境与中国经济》《抄底中国》《动荡》等书籍。

一、报道概述

《350年老字号同仁堂的品牌危机》(2019年3月27日)刊发于"和讯曝财报"栏目。获得第三十一届中国经济新闻奖监督报道类项目中的三等奖。当时报道同仁堂事件的媒体并不在少数,和讯能在一众报道中获得奖项说明其具有高度的可借鉴性。

同仁堂发布财报的时间段正处于其面临"过期蜂蜜门"危机事件之后,是同仁堂在这场危机后首次发布财报。尽管同仁堂自身发布的声明中说做好了股价下跌、利润减少的准备,但和讯网通过对财报深入分析发现同仁堂面临的危机不仅仅是收入的减少,更是遇见了品牌危机,对其后续发展不利。该报道对同仁堂即将面临的危机进行深入的分析,报道具有前瞻性。

和讯网发布的《350年老字号同仁堂的品牌危机》比其他媒体报道的深度更深,相较于利润上的折损,品牌信任危机才是媒体更应该考虑在内的。同仁堂之前的生产逻辑链条是:中药生产成本提升,利润空间被压缩;企业着手扩张,为节省成本将上下游产业承包给其他公司;生产过程存在监管漏洞,为产品质量埋下隐患。对于同仁堂这种老字号而言,坚守品质和创新并举才是其发展的应由之路。

二、报道背景分析

2019年2月12日,北京市纪委市监委发布了对同仁堂蜂蜜问题相关负责人问责的公告。经北京市纪委常委会研究,并报请北京市委常委会研究批准,对北京同仁堂集团及其部分控股企业的10余名领导干部进行了严肃问责。值得关注的是,在北京市纪委市监委官方网站上公布的内容中,明确指出同仁堂"对控股企业存在的生产经营和质量管理问题失察失责,相关企业质量管控制度虚化不落实,造成国有资产严重损失,对'同仁堂'品牌形象产生恶劣影响"①。

2月18日,国家市场监督管理总局办公厅发布文号为"市监质函〔2019〕310号"的一纸通报,让拥有350年历史的中国北京同仁堂(集团)有限责任公司立刻陷入了舆论的漩涡之中。②《市场监管总局办公厅关于撤销中国北京同仁堂(集团)有限责任公司中国质量奖称号的通报》被各大媒体转载,环球网结合通报深入分析了其当年

---

① http://www.bjsupervision.gov.cn/bgt/201902/t20190213_62415.html.
② https://gkml.samr.gov.cn/nsjg/xwxcs/201902/t20190219_290745.html.

总资产、净资产、收入和净利润,"蜂蜜门"事件带给同仁堂最直观的危害便体现在其盈利上。

三、报道特色分析

(一)导语有特色,主体内容丰富

导语部分以《老宅门》影片中让人耳熟能详的"炮制虽繁必不敢省人工,品位虽贵必不敢减物力"开头,交代了同仁堂在国人心目中的正面形象以及同仁堂作为"老字号"经营成功的缘由,这与后文同仁堂蜂蜜造假事件形成鲜明的对比。

正文部分主要由两部分组成。报道首先介绍了财报的主要信息,再围绕这些关键性数据进行详细而深入的解释。第一部分"几乎0增幅的扣非净利润",用一系列数据揭示了造假事件后同仁堂经营的困境。同仁堂新研发的产品未转型成功,而其原本的主打产品"安宫牛黄丸"又面临着被替代的风险,在市场中的认可度不如从前。其主营业务若不进行创新则很难获得更高的收益,在市场上也将难以为继。第二部分"行业龙头的信任危机"讲述了同仁堂面临的比利润难增加更大的危机——品牌的信任危机。同仁堂面临着被北京市医保中心解除医保协议以及被国家市监总局发布通报撤销其"中国质量奖"称号,收回证书和奖杯。同仁堂在消费者心目中的信任度下降。同仁堂急速扩张的过程中忽视了对质量的把控,当管理跟不上扩张的步伐时,危机便会随之产生,以品质打天下的同仁堂最后栽在了品质上。不良事件虽然对同仁堂利润的影响微乎其微,但会给企业带来更深层次的危机,即消费者对品牌信任度的下降。

报道的结尾部分呼应导语,建议同仁堂拿出老字号的气度和傲骨,坚守根本,立住老字号的形象。

(二)注重对数据的深度挖掘和处理

这一特点不仅契合其所属栏目的定位,还使得该作品与其他作品区分开来。和讯网的这篇报道不仅停留在呼吁的层面号召同仁堂注重自身的品牌维护,更回答清楚了该事件对同仁堂品牌危机的具体影响。同仁堂被罚金额、品牌危机后公司的具体收入和净利润等数据一目了然。数据的使用不仅交代清楚了同仁堂如今的发展状况,还对其他老字号的经营起到了震慑作用。传统的中药出路在于对质量的坚持和品牌的维护,没有了品牌,企业的内在价值将严重贬值。快速扩张虽然能占据更多的市场份额,但也容易为企业带来危机。该报道运用详细的数据对危害进行了具体的阐释。

(三)报道带有一定的述评倾向

该报道不仅综述了同仁堂年报揭示的具体内容,更用同仁堂爆发的一系列事件进行说理。巧借同仁堂兴起原因和遇见的危机说明诚信经营的重要性。该消息做到了理至且不拖沓,评论点到为止,说出了受众最为关心的道理。结语采用《老宅门》里面的剧情起到了入木三分的传播效果。作者虽未直接言明,但字里行间都透露着希冀同仁堂拿出破釜沉舟的决心立住在受众心目中的信任。

四、报道启示:用建设意识架构报道

建设意识是中国新闻实践长期遵循的运作理念。经济深度报道以建设意识架构报

道主要体现在:首先,要做到正视社会存在的问题并大胆进行披露;其次,要对问题进行全面解读,帮助受众提高认识;最后,要力求对问题的解决提出建设性的意见。仅仅停留在对问题的批判和揭露上是不够的,暴露问题的终极目的是为了解决问题,对于问题提出建设意见。①

《350年老字号同仁堂的品牌危机》结合同仁堂发布的财报,找到了财报的关键信息,对同仁堂面临的经营危机和信任危机都进行了鞭辟入里的分析。解读同仁堂面临的危机,能够为其他老字号企业提供借鉴。除了披露问题之外,该报道还为同仁堂提供了解困的思路。在同仁堂以往的经营模式中,它一直将门店的发展列在重要的位置,门店数量增加率保持较高的数值。同仁堂在今后的运营过程中应该使管理跟上扩张的步伐,坚守自身的品质,做好质量上的把关。和讯网的这篇报道之所以能成功,不仅在于其深度,更在于其价值。该报道向受众传递的信息全面,满足受众的好知欲;向报道对象提供的建议科学,帮助其走出困境。

因此,在做公司新闻舆论监督类报道时应当具有足够扎实的专业素质,能结合当前运行的具体情况,提供具有前瞻性的建议。深度报道不仅要研究报道对象足够深入,更要行文上具有丰厚的价值,如此才能在一众报道中脱颖而出。在事实的基础上,不仅仅简单地报告事实,更应为读者梳理出关于事实的认识。这一目标的达成离不开对报道对象的长期关注,更需要适当强化主题。如此,才能为读者留下印象。

---

① 程媛.深度报道的批判意识和建设意识[J].新闻窗,2007(1):71-72.

第十四章　中央电视台财经频道

> 中国中央电视台财经频道（频道呼号：CCTV-2。简称"央视财经频道或央视二套"）是中国中央电视台拥有的一条以普通话广播为主的频道，是以财经资讯节目为核心、生活服务节目为辅助的电视频道，于1987年2月1日开播。
>
> 中央电视台财经频道自开播30多年来，其覆盖率和入户率一直在全国名列前茅，仅次于中央一套，是名副其实的中国第二大卫视频道，是中国唯一的国家财经电视频道。其推出的《经济半小时》《经济信息联播》《开心辞典》《对话》《生活》等一大批名牌栏目一度风靡全国，被评价为"最有活力的电视频道""最具成长性的电视频道"。

第一节　中央电视台财经频道的定位与发展历程

中央电视台财经频道（简称"央视财经频道"）坚守"为国家经济建设服务，为大众经济生活服务，为企业发展建设服务"的频道定位，致力于为观众提供最权威的政策解读、最新鲜的市场资讯、最有价值的分析和观点。财经频道以覆盖全球的采编网络，强大的编辑能力，实现了与全球市场同步、与全球经济运行同步，成为受众观察和解读世界财经问题的重要窗口。[①]

一、中央电视台财经频道的定位与功能

央视财经频道自创建以来，始终坚持国家财经电视频道的使命与责任，顺应经济的历史潮流和发展大势，始终坚持"为国家经济建设服务，为大众经济生活服务，为企业发展建设服务"的频道定位，以"财经频道，看见价值"为口号，着力打造"以专业财经信息为核心内容，以生活服务和消费时尚为辅助内容"[②]的权威中央财经媒体。

[①] 本节部分资料转引自：郭振玺.财经风暴眼[M].北京：红旗出版社，2012；郭振玺.央视财经密码——我们这样报道财经[M].北京：中国传媒大学出版社，2014.

[②] https://tv.cctv.com/cctv2/.

1. 为国家经济建设服务

央视财经频道从开播时起,就将国家电视台财经专业频道当作自己最重要的定位,"为国家经济建设服务",成为央视财经频道最重要的任务。一方面,财经政策是经济利益博弈的平衡点,也是各项经济改革的起点,是"为国家经济建设服务"的重要部分,央视财经频道历来以其"权威""专业"的特点对财经政策进行第一发布、第一解读,例如,《第一时间》《经济半小时》《经济信息联播》等栏目都将国家媒体的宣传功能与财经媒体的专业功能结合起来,将政策宣传变为民众需要的财经资讯产品。另一方面,"为国家经济建设服务"的一项基础工程是推动中国市场经济制度的健全和商业文明的建设,为市场经济发展创造良好的环境。央视财经频道在传授财经知识和技能的同时,将传播主流商业价值观当作自己的基本任务,推动市场经济制度的完善,对经济的发展发挥建设性的价值。例如,"3·15晚会"以及央视财经大量的舆论监督报道对各种违反市场规则和破坏市场环境的行为进行曝光和剖析,为打造健康的市场经济环境提供媒体的建设性推动作用,发挥了媒体参与经济治理、社会治理的功能。

2. 为大众经济生活服务

改革开放以来,我国社会主要矛盾由"人民日益增长的物质文化需要与落后的社会生产之间的矛盾"转变为"人民日益增长的美好生活需要与不平衡不充分的发展之间的矛盾"。其中,无论是"物质文化需要"还是"美好生活需要"都与受众的经济生活离不开关系,"为大众经济生活服务"也就成为这一国家级财经媒体的使命与责任。央视财经频道总是瞄准受众的消费需求、投资需求、信息需求等,将专业的报道、特色的栏目和高端的分析与受众的需求结合起来,将专业性与通俗性结合、将宏观经济与微观经济结合、将国家发展与个人需求结合,打造了"价值无处不在"的诸多经济生活服务类节目。例如《回家吃饭》《消费主张》《是真的吗》《职场健康课》《创业英雄汇》《周末特供》等一系列生活服务类节目,利用独特的资源、创造性的形式服务于受众的经济生活,将经济与生活连接,打造受众的经济价值传播链,实现了央视财经频道的价值超越同行。

3. 为企业发展建设服务

中国站在世界经济舞台的中心,以中国为代表的新兴市场经济引擎强劲运转,众多企业成为为全球经济注入新的能量和新的希望的助推器。在这样的背景下,作为"最权威的中国财经频道",为企业发展建设服务也成为央视财经频道的重要时代使命之一。围绕国家出台的政策、全球经济形势,如何为企业解难题、找出路,研究改革难点、寻求突破办法,为企业改革摇旗呐喊、出谋划策,都成为央视财经频道的重要职责。例如,央视财经频道策划的"如何破解中小企业融资困难""聚焦钱流"等主题报道以及"中国政策论坛:详解中小企业融资新政"等媒体活动,将金融改革和企业改革的研究求解集于一身,积极地推动了企业的改革,促发了企业的活力。又如,《企业家》《经营有道》《商道》《商界名家》等栏目对于现代商业典型和当代企业家的报道,对于企业经营理念、企业经营之道、企业文化与价值观等的报道,都给企业发展提供了诸多借鉴和启示。

总之,央视财经频道历来以专业财经信息为核心、以生活服务和消费时尚为辅助,成为"财经政策的窗口、投资理财的指南、经济生活的帮手",成为与中国经济地位相适应的国际一流财经媒体。

二、中央电视台财经频道的发展历程

央视财经频道的前身是 1973 年 5 月 1 日北京电视台（中央电视台前身）开播的第二套节目。1987 年，CCTV-2 正式开始向全国播出。1993 年 1 月 1 日，正式起名为经济·综合频道。2000 年 7 月 3 日，由经济·综合频道改为经济·生活·服务频道。2003 年 10 月 20 日，由经济·生活·服务频道改为经济频道。2009 年，由经济频道更名为财经频道。2014 年，高清信号通过中星 6A 上星播出，开始高、标清同播。2015 年，开始在央视总部大楼正式播出。

央视财经频道的发展史始终贯穿着三条逻辑主线：

与中国经济社会发展历史同行；

与中国媒体的变革发展趋势同行；

与中央电视台做强做大的历史脚步同行。

40 多年来，央视财经频道围绕着三条逻辑主线，经历了试播阶段、开播初期、经济·综合频道时期、过渡阶段、经济·生活·服务频道时期、经济频道时期、财经频道时期等七个主要发展阶段。[①]

（一）试播阶段

1973 年 5 月 1 日，北京电视台（中央电视台前身）第二套节目开播，这是 CCTV-2 的前身。

1984 年 12 月，中央电视台经济部成立。

1985 年 1 月 1 日，由经济部主办的《经济生活》栏目通过 CCTV-1 向全国播出，该节目是央视一个宣传经济的电视栏目。

1986 年 12 月，在青岛召开的"中央电视台第二套节目向全国传送会议"上决定，1987 年 2 月 1 日央视正式通过国际卫星向全国传送经济节目。"青岛会议"后，CCTV-2 在《经济生活》的基础上创办了 40 分钟的《综合经济信息》。

（二）开播初期

1987 年 2 月 1 日，CCTV-2 正式开始向全国播出，《综合经济信息》正式开播。

1989 年 12 月 18 日 21：00，在对《综合经济信息》进行改版的基础上，《经济半小时》在 CCTV-2 开播。

1990 年 4 月 21 日，综艺益智节目《正大综艺》在 CCTV-2 开播。

1991 年 3 月 15 日，首届"3·15"国际消费者权益日晚会举行，此后 3·15 晚会一直延续至今，截至 2022 年共举办 32 届。

1992 年 6 月 18 日，央视认真研究了在继续办好《经济半小时》栏目的前提下，新开办《经济信息联播》的问题。7 月 12 日，全国省市电视台台长会议在北京召开，落实《经

---

① 该部分资料来源于：https：//baike.baidu.com/item/%E4%B8%AD%E5%A4%AE%E7%94%B5%E8%A7%86%E5%8F%B0%E8%B4%A2%E7%BB%8F%E9%A2%91%E9%81%93/9733685？fr=aladdin.

济信息联播》信息源与合作网的问题。8月31日18:30,《经济信息联播》在CCTV-2开播,1996年6月30日第1次停播。

(三)经济·综合频道时期

1993年1月1日,CCTV-2成为以经济为主的综合频道,呼号为"经济·综合频道"。5月1日,电视新闻杂志节目《东方时空》在CCTV-1开播,并在CCTV-2设立重播。

1994年,CCTV-2开始在《经济半小时》推出中国第一个以主持人姓名命名的节目《一丹话题》。4月1日,新闻评论类节目《焦点访谈》在CCTV-1开播,并在CCTV-2设立重播。

1995年4月3日,《新闻30分》在CCTV-1开播,并在CCTV-2设立重播。

1996年3月16日,大型谈话类节目《实话实说》在CCTV-1开播,并在CCTV-2设立重播。4月1日至16日,16集电视系列节目《试点追踪》在CCTV-2《经济半小时》播出。5月17日,新闻评论类节目《新闻调查》在CCTV-1开播,并在CCTV-2设立重播。6月,经济部由央视新闻中心划归央视广告经济信息中心。7月1日,《新闻联播》取消在CCTV-2的重播,移至CCTV-3播出。

(四)过渡阶段

1996年,为加强观众对经济形势的认识和把握,央视经济部连续举办了国内外十件经济大事评选。7月1日,CCTV-2正式调整为以经济节目为特色的频道,开启了央视二套的频道专业化改革。

1997年5月5日,CCTV-2部分节目名称变更。广大观众可以从每天早上到夜间收到完整而系统的经济节目。此次调整,《财经报道》更名为《中国财经报道》,《企业家》更名为《经营有道》,《环球经济》更名为《世界经济报道》。

1998年3月15日,CCTV-2在白天推出6小时特别直播节目《3·15行动》。11月22日,央视借鉴在英国风行的互动节目样式,娱乐益智节目《幸运52》在CCTV-2开播。2008年10月27日停播。

1999年4月17日,央视广经中心在CCTV-2成功直播第85届中国进出口商品交易会(广交会)。7月5日,CCTV-2《中国财经报道》改为每天4次滚动播出(周日3次),全天共播出85分钟(周日70分钟)。同年,《经营有道》改为《商界名家》。8月9日,CCTV-2告别播出运行了12年的半自动模拟播出系统,转入全数字播出系统,实行机械手全自动播出。9月,CCTV-2联手上海电视台,推出1999上海财富全球论坛特别报道。11月,CCTV-2在湖北罗田县三里畈镇直播了"1999·科技下乡"科技大集活动。

(五)经济·生活·服务频道时期

2000年7月3日,CCTV-2由以经济为主的综合频道改为"全新包装定位的专业化频道——经济·生活·服务频道",迈出了频道专业化改革的重要一步。经济·生活·服务频道的特色是经济政策的宣传窗口、经济成就的展示平台和经济生活的联系纽带,推出了《证券时间》《地球报告》(后更名为《地球故事》)《开心辞典》《对话》《证券之夜》

(后更名为《今日证券》)《清风车影》《中国房产报道》《互联时代》等 8 个按需设计的栏目,随后又推出了专业性栏目《艺术品投资》。12 月 28 日,由央视主办的首届 CCTV2000 经济年度人物评选活动在《经济半小时之夜》颁奖庆典活动中落下帷幕。

2001 年 1 月 20 日,《经济半小时》由 30 分钟延长为 35 分钟。同年,CCTV-2 的特别节目在布局上已经形成群落效应。有簇拥元旦、春节形成的特别节目群落,如"CCTV2000 年度经济人物评选活动""2000 年十大经济现象""2001 年股市十大猜想"等。同时还推出了《CCTV2001 中国经济年度报告》《CCTV2001 中国经济年度人物评选》《相聚生活——2001 家电售后服务消费者满意品牌调查活动》三大"经济元旦"节目。

2002 年元旦,CCTV-2 播出了《CCTV2001 中国经济年度报告》。春节期间,《我开心,我幸运——2002 年家庭梦想大挑战》春节特别节目在该频道播出。随后 CCTV-2 推出了益智互动节目《欢乐英雄》。同年,CCTV-2 以《生活》周末版《满汉全席——全国电视烹饪擂台赛》(后更名为《美食美客烹饪大赛》)为基础制作播出了首届全国电视烹饪大赛。7 月 30 日,CCTV-2《经济信息联播》恢复播出,同时《经济半小时》也改版播出。10 月 17—20 日,CCTV-2 主办《AD 盛典——CCTV 国际电视广告大赛》。党的十六大召开期间,CCTV-2 推出《小康中国》《中国实录》两个节目系列。11 月,CCTV-2《今日证券》《证券时间》整合为《中国证券》(后又再次改为《证券时间》)。

2003 年 1 月 11 日,长篇人物专访节目《面对面》在 CCTV-1 开播,并在 CCTV-2 设立重播。9 月,央视经深入调研、反复论证,决定把 CCTV-2 作为频道制改革试点,在经济频道分步骤、有层次地推进频道制。

(六)经济频道时期

2003 年 10 月 20 日,继中央电视台新闻频道(CCTV-13)开播、CCTV-1 由新闻·综合频道改为综合频道后,根据社会各阶层对经济资讯服务的需求急速扩张的情况,结合 CCTV-2 的品牌特色与资源优势,CCTV-2 由经济·生活·服务频道改为经济频道。改版后,在早间推出新闻资讯节目《第一时间》,午间推出《全球资讯榜》。同时推出《非常 6+1》《绝对挑战》等娱乐节目。

2004 年 1 月 16 日,CCTV-2 成功录制"首届中国法官十杰评选"特别节目《人民法官》。1 月 22 日至 28 日,CCTV2 推出了春节特别节目《和你在一起》。4 月,CCTV-2 率先披露"阜阳劣质奶粉案"和"陕西宝马彩票案"。9 月,CCTV-2 再次对运行架构和机制进行了调整,节目工作室被撤销,频道总监直接对栏目制片人进行管理,使经济频道真正成为一个扁平化的频道运行架构。10 月 18—24 日,CCTV-2 联合全国 6 家省级电视台推出《梦想中国》,2005 年、2006 年又继续举办。

2005 年,CCTV-2 为实现全频道各栏目之间信息、嘉宾、选题等的资源共享,初步建立起通过局域网实现各经济栏目及公共平台的选题共享的共享系统。3 月 28 日改版后,推出消费竞技节目《超市大赢家》、故事类节目《财富故事会》、生活服务类脱口秀节目《今晚》和家装类节目《交换空间》。4 月 22—30 日,CCTV-2 展开"品牌中国"大型系列报道活动。5 月,央视领导明确指出:理顺栏目布局,强化节目质量,发挥频道整体合力是经济频道突出经济特色的突破口与工作重点。根据这一指示精神,开始结合央视综合评价指标体系,严格实施栏目末位淘汰制。7月,家庭娱乐节目《全家总动员》正式开播。8月,对"全民节约 共同行动"活动进行宣传报道。10月,CCTV-2在党的十六届五中全会召开之际推出《中国经济大讲堂》。11月,推出"中国骄傲——寻找英雄中的英雄"特别活动,在每年11·9中国消防宣传日播出《中国骄傲》颁奖晚会。12月1日,在《经济信息联播》推出系列报道《品牌中国》。

2006年,CCTV-2建立了频道层面的选题日历制度,提供经济选题计划和规划。在《中国经济年度报告》的基础上,推出《中国经济生活大调查》。该年举办了主持人选拔活动《魅力新搭档》。3月,开始制作播出特别节目《科技走进新农村》。8月7日起,CCTV-2改版,商务案例分析类栏目《商务时间》开播,还推出了大型娱乐栏目《购物街》。8月16日,央视在晚间黄金时段全面启动"绿色广告标识"的审核工作,在晚间黄金时段的广告中,屏幕右上角显示半透明状的"绿色广告标识"。

2008年5月5日,CCTV-2改版,频道以"做有用的节目、有思想的节目"为频道战略,《生活》由18:45延后至19:30播出,同时,《快乐主妇》《购物街》《幸运52》等综艺节目移至周末播出。10月27日,播出高端经济评论节目《今日观察》(《央视财经评论》前身)和访谈节目《咏乐汇》(后停播)。

(七)财经频道时期

2009年8月24日,CCTV-2由经济频道改为财经频道。改版强化频道财经特色,压缩非财经节目的比重,陆续推出《环球财经连线》《交易时间》等栏目。《生活》改版为《消费主张》,《为您服务》改版为《理财在线》(后改为《生财有道》)。频道启用新口号:价值无处不在。9月21日,CCTV-2改版,《证券时间》改版为《市场分析室》。11月24日,CCTV-2实现24小时播出。

2010年1月,CCTV-2推出特别节目《2009我家新变化》,节目展现2009年国家的惠民政策,展示中国经济的变化。8月23日—9月1日,CCTV-2播出10集电视纪录片《公司的力量》。9月22日,播出10集电视纪录片《华尔街》。

2011年2月,CCTV-2播出8集电视纪录片《大市·中国》,每集40分钟。10月1—7日,播出7集系列片《跨国并购》。

2012年3月29日,CCTV-2播出9集大型纪录片《金砖之国》,每集45分钟。5月23日,CCTV-2上海演播室在浦东新区启用。8月24日,CCTV-2节目调整,陆续推出《是真的吗》等栏目。10月19—28日,播出10集纪录片《货币》,每集45分钟。12月31日,联合路透社、CNBC推出跨年直播节目《新年新世界》,该节目是CCTV-2尝试覆盖全球时区的跨年直播节目。

2013年1月1日,CCTV-2播出系列微纪录片《资本的故事》第一季(2015年播出第二季)。1月21—26日,播出6集纪录片《国企备忘录》。11月5—10日,播出6集电视纪录片《大国重器》,每集50分钟。央视加强公益广告审核工作,和央视其他中文频道一样,播出公益广告时屏幕右上角显示彩色色块的"公益广告标识"(于2016年9月12日起取消,尾段出现央视2015版台标+红心)。12月31日,频道实现高、标清同播。

2014年1月1日起,CCTV-2(高清)通过中星6A上星播出,开始高、标清同播。高清版标识和标清版一致,在右侧加挂"高清"两字。(高清)蝶形报时器每30分钟报时1次,报时时"高清"两字撤下。3月,播出8集纪录片《品牌的奥秘》。8月25日,播出

10集电视纪录片《互联网时代》,每集50分钟。11月17日,《市场分析室》复播。12月26日,《创业英雄汇》开播。

2015年1月31日,CCTV-2大数据财经电视新闻杂志《财经周刊》开播。5月1日7:00起,《第一时间》《交易时间》(上午版)《环球财经连线》(午间、晚间版)《经济信息联播》《经济半小时》《央视财经评论》等栏目在央视总部大楼正式播出。9月3日纪念抗战胜利70周年之际,CCTV-2在《经济半小时》播出7集电视纪录片《抗战财经记忆》。

2016年1月4日,CCTV-2《央视财经评论》开始在周一至周四21:50播出。并推出4档《整点财经》,在周一至周五10:00、15:00、16:00、17:00播出;增设《精品财经纪录》,周一至周四23:05播出;同日起,深圳演播室正式启用。3月8—13日,播出6集大型电视纪录片《五年规划》,每集50分钟。9月22日,科创真人秀《极客出发》开机,并于10月9日开播。

2017年1月13日,跨界经商财经访谈类节目《跨界见真章》首播。2月19日,以农民工生活为主题、以真实记录为手法的电视节目《城市梦想》播出。4月6日,频道策划了"为中国实业代言"活动。

2018年1月1日,CCTV-2节目调整,陆续推出《深度财经》《国际财经报道》《中国财经报道》《财经人物周刊》《中国经济大讲堂》等栏目。

2019年10月21日,央视财经频道全新改版亮相。改版后,央视财经频道大幅度增加了财经新闻的容量和分量,财经新闻栏目总时长达到540分钟,比之前增加了74%,形成了贯穿全天的新闻资讯流,对财经新闻进行不间断的报道和解读。

第二节　中央电视台财经频道的经营特点与盈利模式

央视财经频道自开播以来,围绕其内容定位、价值定位、功能定位,逐步打造出专业化、品牌化、国际化、产业化的经营特色,依靠平台的权威性和内容的专业性打造了全链条财经信息服务平台的盈利模式,在历史变局、财经变局中实现了自己的价值和履行了社会的责任。

一、中央电视台财经频道的经营特色

自央视财经频道改版以来,全面推进专业化、品牌化、国际化、产业化建设,显示了中央财经媒体的高水准和影响力。

(一)专业化

专业化是财经媒体区别于其他媒体的最大特点,也是财经电视跨越天堑的重要支点。央视频道测评专家杜昌华说道:"一道天堑,阻隔在财经和电视之间,抽象晦涩的专业财经内容和生动通俗的电视表现特点,似乎互为水火。跨不过这道天堑,不要尝试做电视财经媒体。电视财经媒体能不能极大释放生产力,很大程度上取决于是不是在这个天堑上架设了结实的桥梁。"因此,专业化成为电视财经媒体的独立"人格",可以帮我

们跨越财经和电视的天堑。① 央视财经频道则以专业化突破了这道天堑,成为财经类电视媒体的龙头。

经过多年的理论创新和实践探索,央视财经频道在专业化建设方面取得了显著的成果。在专业能力建设方面,节目选题进一步聚焦,调查式、研究式报道手段日益成熟,形成了大量的研究型报道、舆论监督报道、深度调查报道等类型的作品,专业频道的编排结构也形成,专业队伍也得到了较大提升;在专业运行体系建设方面,建立了包括国家部委资源、国内专业市场分演播室、县域经济咨询平台、国际专业市场分演播室等节目生产一体化运行体系,这都为频道的专业化提供了有力的支撑。② 这些形成了央视财经频道经营的独家密码。

例如,在报道上,央视财经频道大量地实践了研究型报道,在财经和电视之间架设了一座桥梁。研究型报道将专业财经研究的方法和电视表现结合起来,在新闻价值、财经专业内涵和电视特点三者间寻求最大公约数。什么是研究型报道?它是将新闻的价值发现、财经研究的实地调研以及工作调研报告干预现实的企图结合在一起的一种深度报道形式,主要具有以下特点:一是在对经济社会情势的充分分析把握的基础上,选择那些社会关注度高、容易引起上下共鸣的财经话题作为报道选题;二是所选定的题材具有丰富、重要的财经内涵,适合用专业财经研究的方法展开调查研究;三是适合用电视的方式来展现;四是强烈的干预现实生活的企图。③

2011年5月播出的系列节目《聚焦物流顽症》,是央视财经频道研究型报道的代表作。这组集全报道之力集中播出的节目(其后又历时一年的后续关注),切入了当时中国经济生活中的一个难点问题:物流成本略高,既影响了中国经济总体效率的提高,又是当时通货膨胀的一个重要原因。在农产品方面,物流成本上涨更是直接推动了农产品价格的上涨。节目分行业、分主题调查了物流业效率低下的主要原因,提出了解决问题的建议。节目主要依靠频道的研究能力、策划能力在冷僻的地带取得专业的突破。《聚焦物流顽症》是财经频道独立发起的对一个重大经济问题的讨论,引爆了当时一个极有价值的中国财经话题。这是一组以建设性意识统领研究、以议程同构达到研究、以融合媒体渠道强化研究的报道④,其专业化特点正是研究型报道的精髓所在。

央视财经频道以研究型报道见长,例如《春耕调查》(2012年,《经济信息联播》播出)《明天我们如何养老》(2012年,《经济半小时》播出)《空置我心》(2010年,《中国财经报道》播出)《圆珠笔挑战高端制造》(2015年,《对话》播出)《"稳中求进"看经济》(2021年,《经济半小时》播出)《是否应该做更多"无用"科研?》(2022年,《对话》播出)等都是研究型报道中的典型,这些研究型报道的魅力就在于立足常识、用事实说话、用专业分析,聚焦经济生活、研究经济生活,成为财经报道的新锐发现和深度观察。这也是央视财经频道专业化的报道特色之一。

---

① 郭振玺.央视财经密码——我们这样报道财经[M].北京:中国传媒大学出版社,2014.
② 郭振玺.财经风暴眼[M].北京:红旗出版社,2012.
③ 郭振玺.财经风暴眼[M].北京:红旗出版社,2012.
④ 吴玉兰,张楠.研究型报道的传播影响力——以央视财经频道"聚焦物流顽症"为例[J].当代传播,2015(2):97-99.

（二）品牌化

国际广告界泰斗大卫·奥格威曾说过："品牌是生活结构的一部分。"业界人士曾指出，品牌是21世纪竞争的王牌。"要立于不败之地，就要建立一种优势，没有谁可以复制它，抄袭它，这就是品牌。"[①] 品牌是媒体实现价值的重要支撑，品牌价值是媒体价值链上的重要一环。新锐，创新，一直是受众对央视财经频道的评价。央视财经频道在几十年的发展历程中打造了诸多节目品牌、报道品牌、活动品牌。早在2005年，央视财经频道就成立了品牌管理组，专门负责财经频道与其他媒体包括平面媒体和网络媒体的合作，这在电视媒体中是非常超前的。[②] 央视财经频道的品牌建设关乎财经频道未来的生存空间和生存方式，也实现了其在广大受众中的传播力、影响力、引导力、公信力，在实现媒体价值和社会价值方面也发挥了不可小觑的作用。

在众多央视财经频道的品牌活动和节目中，例如"3·15晚会"、中国经济年度人物评选等，都集合了社会资源，贡献了财经智慧，形成了中国财经媒体的品牌典型。

1991年3月15日，中央电视台、中国消费者报社、中华工商时报社与中国消费者协会联合举办了国际消费者权益日"消费者之友专题晚会"，拉开了中央电视台"3·15晚会"的序幕。从首播至今，"3·15晚会"已经有了32年的历史，形成了央视财经频道帮助受众维护权益、解决具体困难的重要活动品牌，形成了较大的社会品牌影响力。"3·15晚会"从最初的注重个案打假，到后来更加注重制度建设，是中国法治建设工程的重要组成部分，也是一项商业文化、商业文明建设工程，它创造了动员社会力量共建市场伦理、共担社会责任的模式：搭建舆论监督报道，用媒体擅长的报道方式服务民众维权需求；搭建司法、行政资源平台，直接干预市场乱象，推动制度改变；搭建品牌活动平台，集中媒体和社会力量共建商业伦理和商业文明。[③] 30多年来，"3·15晚会"成为最具权威性和影响力的公益品牌，带来了财经舆论监督报道前所未有的影响力的提升。原央视财经频道原综合部主任赵赫认为："3·15晚会形成整合传播的链条，提升了公益品牌的影响力。"国家质检总局原局长支树平认为："3·15晚会成为推动高质量发展、维护消费者权益的大平台、大品牌，共同构筑了质量安全的人民防线。"

被称为"中国经济领域的奥斯卡"的中国经济年度人物评选活动是央视财经频道的又一品牌活动。中国年度经济人物奖是由中央电视台《经济半小时》栏目于2001年推出的，旨在从经济界人士中评选出对中国经济影响力较大的十位年度人物。这项活动以人物为线索和载体，梳理每一年度中国经济发展的脉络和走向，具有中国经济晴雨表的作用。每年中国经济年度人物候选人以及获奖者名单的发布，都会吸引国内公众和中外媒体的强烈关注，通过这个名单，可以做到对当年的中国经济"一榜知天下"。财经评论员叶檀指出："中国经济年度人物评选是未来的经济信号，是中国经济发展方向的晴雨表。"这样的品牌活动也在经营着财经智慧，传播着财经价值观。

（三）国际化

"全球视野、全球市场、全球资源、全球智慧"，央视财经频道紧紧跟随中国走向世界

---

① 齐文星,赵肖雄.中央电视台财经频道的品牌策略分析[J].中国电视,2011(7):63-66.
② 郭振玺.财经风暴眼[M].北京:红旗出版社,2012.
③ 郭振玺.财经风暴眼[M].北京:红旗出版社,2012.

的脚步,努力将自己建设成为能够代表中国利益、中国水准的国际一流财经媒体。对外,通过"借船出海"等战略与国际一流财经媒体同场竞争,在国际财经舞台的核心区扩散中国的影响力;对内,通过最具国际视野的财经专业视角审视中国经济的每一步发展变化,守望国家、企业和民众的经济利益。于是,受众看到央视财经频道众多深具国际视野、深具国际财经媒体气质的作品和活动。"直击华尔街风暴""直击欧债""直击G20""人民币的立场"等一系列反应国际财经热点的重头节目,使得央视财经频道成为国人了解国际财经大事方便可靠的途径。①

  财经频道大量使用全球多点连线直播,让观众与全球市场同步。在上海、深圳、香港、东京、新加坡、纽约、伦敦、法兰克福等主要资本市场,都建立起财经频道的标准直播点,采取"现场记者+市场分析师"的固定配置,与全球市场同步,与经济运行同步。财经频道的制作队伍是一支复合型的专业化团队,与原来比较单一的采编播队伍相比,财经频道的制作队伍还将包括财经评论员、市场分析师、理财顾问师、专家型主持人、在线包装技术人员、数据库管理员、数据分析员等专业工种,是"集团军作战"。还将签约聘请国内外专业机构和专业高端人才提供智力支持,使用全球智力资源。这些大脑及其所具有的智慧,是财经频道的核心竞争力所在。

  2008年9月20日,《直击华尔街风暴》节目横空出世,覆盖《经济信息联播》和《经济半小时》两大品牌栏目。此后容量和丰富程度不断升级,最终历时101天,成为中央电视台持续时间最长的一次大规模系列报道。将国际化战略作为频道专业建设最优先考虑的方向,这一点在《直击华尔街风暴》中就已经形成频道领导层坚定的共识,这也体现出从价值观到表达形式的专业财经气质,从资源组织到日常运转的专业财经媒体的运作方法,都是央视财经频道做国际一流财经媒体的勇气和实践,展现了世界一流媒体的气度,中国财经媒体再用财经"世界语"就全球的经济事务对全球发声,这种气度会在塑造主流价值观方面发挥积极作用,也会让中国人在经济活动中更具现代感和全球意识。

(四)产业化

  "遵循财经媒体的运作规律,搭建以中央电视台财经频道为龙头、财经数据库为核心的,包括财经电视频道、财经报纸、财经杂志、财经广播、财经网络、财经数据库、财经研究机构在内的'全链条财经信息服务平台'。"②这是央视财经频道产业化的构想和路径。探索产业化,打造新平台,拓展新的生存空间,这就是"全链条财经信息平台"的真正含义,在2012年6月6日,这一理念终于在现实中实现了实实在在的突破,这一天,央视财经频道产业化敲响了"开市钟",央视财经50指数在深圳证券交易所正式挂牌上市,标志着中国资本市场第一个由国家级媒体发布、在交易所挂牌的指数走向世界。央视财经50指数,简称"央视50",代码399550。

  央视财经50指数的上市,标志着央视财经频道产业化和建设全链条财经信息服务平台拉开了序幕。在新媒体语境下,财经媒体的发展方向是以用户需求为出发点,用不同的产品来满足不同层次的用户需求,这些不同的产品构成了产品链,媒体间的竞争也

---

 ① 郭振玺.财经风暴眼[M].北京:红旗出版社,2012.
 ② 郭振玺.财经风暴眼[M].北京:红旗出版社,2012.

变成了产业链条之间的竞争,央视财经频道也牢牢把握"链条竞争"的机遇,拓展财经信息资源汇聚、交换的新价值,产生了财经信息服务的"平台经济",形成自己的产品链条资源,搭建财经媒体服务平台,形成了以"资源、平台、链条"为主线的产业化价值体系。

二、中央电视台财经频道的盈利模式

中央电视台财经频道以广告收入为主体,同时打造全链条财经信息服务平台,增加平台经济价值。

(一)打造全链条财经信息服务平台

央视财经频道自改版创建时就提出了全链条财经信息服务平台的发展愿景,这一愿景是财经频道专业化、品牌化、国际化和产业化的汇聚点。新媒体带来的变局是财经媒体面临的一场风暴,穿过这个风暴眼,财经频道也瞄准了自己清晰的愿景。2009年7月,在紧张筹备财经频道的过程中,频道建设方案的起草者们在描述了财经频道定位、栏目设置、节目编排、实施步骤、保障措施等方面后,用了整整一章的篇幅,专门阐述了财经频道未来的发展目标,那就是要建设一个"财经媒体集成平台"。后来,这一提法逐步演变为"建设全链条财经信息服务平台",这是一个长远的产业发展目标,其涵盖了财经电视频道、财经报纸、财经杂志、财经广播、财经网络、数据库、财经研究机构在内的多种媒介平台和研究平台。

央视财经频道以此为切入点,通过央视财经50指数的推出和上市,财经信息服务平台的各种方式实现价值。当相关的基金公司和券商完成了这一指数的产品化,将其推向投资人并被投资人接受的时候,央视财经频道除节目以外的第一个专业化投资产品就实现了它的市场价值。[1]

此外,面对新媒体风暴,央视财经频道给予新媒体组特别的呵护。更难得的是,频道秉持开放的态度,鼓励创新。回头看央视财经新媒体组的发展历程,两位制片人张晓丽和罗敏觉得,关键的几步走得很温暖。从最初的两个人到如今的庞大团队,拥有独立客户端、微信、微博、7个合作客户端账号以及4个短视频平台的综合团队。[2] 在互联网时代,对央视财经频道的新媒体拓展也是频道的重要经营策略之一,通过新媒体来拓展财经电视媒体的价值链条,这也是众多传统媒体经营的密码。央视财经频道正是把握了这样的机遇,开辟了新媒体产业化的道路,拓展了媒体的盈利空间和发展空间。

(二)以商业广告为主的广告收入渠道

中央电视台财经频道创办以来,在全国电视财经节目市场中份额稳步构筑,从开播前的56.49%提升到2012年的85.4%(见图14-1),并稳居85%的水平,频道竞争能力凸显。央视财经频道广告招标体现出"丰富广告回报、稳定广告价格、确保传播效果"的理念,把客户的广告效果作为广告产品策划的首要考虑因素,既考虑优质稀缺资源在预售过程中的公开、公正和公平,又给老客户一定的优先续约权,充分考虑客户广告投放效果的延续性。因此,央视财经频道广告收入保持稳定,具有较高的经济效益。

---

[1] 郭振玺.财经风暴眼[M].北京:红旗出版社,2012.
[2] 冷成琳.央视财经新媒体:"创业"7年,走出一条差异化道路[J].中国广播影视,2019(16):32-35.

央视财经频道作为中国财经电视第一平台,其广告收入在中国广告业迅速发展的洪流中突飞猛进,自 2003 年至 2011 年逐年增长,由 6 亿元增长至 24 亿元。与此同时,2009—2012 年,先后三次改版,由原来的中央电视台经济频道脱胎为现在的中央电视台财经频道,节目的调整和频道的内容以及理念变化给频道广告经营带来了新的机遇和挑战。①

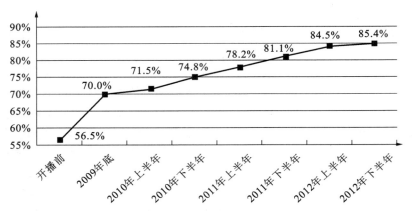

图 14-1　2009—2012 年央视财经频道占全国电视财经节目市场份额走势②

第三节　中央电视台财经频道的知名节目

自开播以来,央视财经频道打造了财经播报类、深度报道类、文化类、访谈类、生活服务互动类等几十个常播节目,同时策划了一些重点大型活动、真人秀、生活服务类、财经纪实类、纪录片等多种季播节目。其中涌现出了《经济信息联播》《经济半小时》《生财有道》《对话》《消费主张》《天下财经》《环球财经连线》等知名节目。③

一、《经济半小时》

《经济半小时》是中央电视台创办最早,影响最大的经济深度报道栏目。20 年来,《经济半小时》始终用经济的眼光关注社会热点,总是选择重大经济事件、业界风云人物作为报道的核心,以严谨的态度、新闻的眼光、经济的视角、权威的评论,深度报道经济事件、透彻分析经济现象、准确把握经济脉搏。节目于 1989 年 12 月 18 日起每周一至周五 20:00 在中央电视台财经频道播出。

该栏目不仅成为经济管理部门最信任和最愿意借助的电视发言平台,也是观众了解经济资讯、获取经济言论的权威渠道。在强化经济特色的同时,《经济半小时》努力提高了节目对观众的吸引力和社会影响力,取得了影响力、收视率、收益的三丰收。

---

① 刘永顺. 央视财经频道广告经营战略研究[D]. 北京:首都经济贸易大学,2012.
② http://1118.cctv.com/chinese/index.shtml.
③ 本节部分节目介绍资料来自央视网及百度百科。

从 20 世纪 80 年代中原商战到 90 年代国企改革试点追踪、中国经济软着陆,从 90 年代中期中国农村小康纪实到 20 世纪末上海"财富"对话和新千年达沃斯论坛,从中国加入世界贸易组织长达 13 年的谈判到中国股市十余年的征程,从 2003 中国实录到 2007 年"中国制造"新版图,包括连续 8 年成功打造"小丫跑两会"和"中国经济年度人物评选"两个知名品牌活动,《经济半小时》一直走在中国市场经济改革守望的最前沿。作为中央电视台唯一的经济时事评论栏目,它的权威性和深度透析力,也给国家宏观经济的决策层提供了生动鲜活的参考价值。

如今,《经济半小时》更是以"观经济风云 知民生冷暖"为口号,关注经济发展的方方面面,关心经济生活的方方面面,大到对宏观经济的关注,小到对微观经济的报道,无不体现了节目所持的关注经济的家国情怀。

二、《经济信息联播》

《经济信息联播》是中央电视台财经频道的一档财经新闻品牌节目。节目于 1992 年 8 月 31 日起每日 18:30 在中央电视台原第二套节目首播,2002 年 7 月 30 日恢复播出,2009 年 8 月 24 日改版后改为每天 20:30 播出。

《经济信息联播》为中央电视台财经频道龙头栏目,是经济领域的"新闻联播",报道每天重要的财经新闻,发布重要的经济政策并予以权威解读,捕捉最敏感的行业变化。节目以"大众、综合、实用、权威、及时"为宗旨,把握经济脉搏,服务经济大众。节目以突发的重大经济事件、宏观经济政策、资本市场动态、产业经济动态、地方经济新闻、重大经济成就及典型经济案例、科技与专利、供求信息、国际经济新闻等为主要报道内容,由财经头条、联播调查、国内新闻、国际新闻、联播快讯等几个板块构成。

三、《生财有道》

《生财有道》是央视财经频道晚间黄金时段播出的一档财经专题日播栏目,播出时间为周一至周五 19:00—19:30,时长 30 分钟。多年来,《生财有道》给观众呈现了一批喜闻乐见的创业生财故事,栏目收视率一直居于财经频道首位。《生财有道》关注创业人物、传播生财之道、助力脱贫攻坚、推进乡村振兴。栏目关注决胜全面建成小康社会进程中,按照创新、协调、绿色、开放、共享的发展理念,在绿色发展、绿色生活方式中的生动鲜活的创业人物,体验他们的创业生活,提炼他们的生财智慧,为经济生活服务,志在做中国经济生活的忠实记录者,传递健康向上、求真务实的正能量。

近年来栏目不断创新,策划推出了《乡村振兴中国行》《咱们家乡有特产(秋收系列)》《咱们家乡有特产(夏收系列)》《冰雪经济系列》《咱们家乡春天美》《中国民宿创客榜样》《精准扶贫·小康中国》《来自扶贫一线的报道(革命老区行)》《生态中国系列(乡村行)》《生态中国系列(沿海行)》《生态中国系列(草原行)》《生态中国系列(古村古镇行)》《夏日经济》等系列专题。这些围绕主题主线的重大报道,既符合时代要求又接地气,《生财有道》的社会影响力和美誉度进一步提升。

四、《对话》

《对话》栏目是中央电视台财经频道于 2000 年 7 月推出的一栏演播室谈话节目。该节目是中央电视台播出时间最长的谈话类节目,通过主持人和嘉宾以及现场观众的充分对话与交流,直逼热点新闻人物的真实思想和经历。节目于每周六 21:30 在中央电视台财经频道播出。

这里有经济热点的幕后故事,还有极富传奇色彩的企业家个人经历,以及形形色色经济现象发生的背景分析;这里的气氛轻松幽默而又单刀直入,处处凸显对话者的智慧,时时展示对话者的风采。对话在人们日常生活的交流中充当着重要的角色,反映到电影中,对话在影片所有的人声中所占的比重是最大的。"对话"又称"对白",是指剧情中人物之间用语言相互交流。人物对话在剧情片中可以起到很大的作用。每次节目由突发事件、热门人物、热门话题或某一经济现象导入,捕捉鲜活经济事件、探讨新潮理念、演绎故事冲突,着重突出思想的交锋与智慧的碰撞。《对话》通过主持人和嘉宾以及现场观众的充分对话与交流,直逼热点新闻人物的真实思想和经历,展现他们的矛盾痛苦和成功喜悦,折射经济社会的最新动向和潮流,同时充分展示对话者的个人魅力及其鲜为人知的另一面。

《对话》栏目针对的目标收视群体为:关注经济改革动态并具有决策能力的社会精英人士。《对话》栏目致力于为新闻人物、企业精英、政府官员、经济专家和投资者提供一个交流和对话的平台。这里出现的人物颇具分量:左右经济走向的权威人士、经历商海沉浮的企业巨头、见证热点事件的当事各方。

五、《消费主张》

《消费主张》是中央电视台财经频道改版后于 2009 年 8 月 24 日全新推出的一档以主流消费人群为收视群体的专题类消费节目。它以当前社会的消费热点为关注目标,通过细致深入的调查,展现消费市场潮流和消费中的问题,以实用有效的消费主张为消费者提供解决之道。

《消费主张》的宗旨是做中国消费市场的引领者和守护者。做引领者就是要通过专题节目的深入采访调查,更好展现消费市场新的现象、问题,做到引领消费潮流、洞悉消费趋势及传递健康消费、科学消费的理念;做守护者,就是要揭示消费误区、警示消费陷阱、守护消费品质。节目展现的是平凡消费者不平凡的经历,是消费生活中最新鲜的行为表达,是健康、安全和公平的消费体会,是最实用、最具前瞻性的消费主张和建议。

《消费主张》作为中央电视台专业的消费类节目,结合连续多年承担 3·15 晚会制作所积累的创作资源优势,在选题来源、专题调查、电视化表达等方面不断创新、不断提高,树立了很好的媒体形象和较大的社会影响力,节目创作团队的执行力得到了频道和台内领导的高度评价。

2010 年,《消费主张》作为一个仅开播五个月的新栏目,被评为中央电视台优秀栏目一等奖,节目创作、收视率、社会影响力等均得到了大力提升。节目以专题加演播室的形态,充分发挥电视化表现的长处,做到调查悬疑化、叙述故事化、服务条理化、主张明确化。全新的形态给观众带来了新的视听感受。

"天天消费,不交学费,一点时间,掌握消费好方法。"《消费主张》是一档关注消费、贴近百姓生活的节目。财经频道的改版将定位范围扩大到所有关心经济的大众,用通俗易懂的形式提供专业的财经服务,因此《消费主张》可以说是极为贴近财经频道的定位。节目以数据调查、深度分析解读市场动向为核心,讲述与老百姓息息相关的消费问题,包括消费内幕、误区、陷阱、新型消费模式等。而体验员可以说是该节目的特色所在,他们对消费者购买的产品进行实际的亲身体验,以便"感同身受"。

六、《天下财经》

《天下财经》是中央电视台财经频道于2019年10月21日改版后推出的一档以国际财经为特色的财经资讯栏目。节目于2019年10月21日起每日12:00在中央电视台财经频道首播。

节目定位为"大众财经、全球资讯",从热点、人物、公司、科技、投资消费和看点几个板块梳理一天中最值得关注的全球财经新闻。

七、《环球财经连线》

《环球财经连线》是由中央电视台财经频道推出的一档综合财经资讯节目,于2009年8月24日起每天11:50在中央电视台财经频道播出,现已停播。

节目给观众提供知识、见解、谈资,增加节目服务性和实用性,并通过挖掘转化,使国际新闻增强亲和力,实现贴近性。《环球财经连线》坚持国际财经定位,给国际新闻中国落点,给中国新闻国际视野,做观众喜欢看、看得懂的国际财经新闻。《环球财经连线》坚持大气的栏目风格,并通过充分使用视频、电话等连线手段,让观众在连线中获得信息,分享观点,真正做到信息到位、知识到位、情感到位、评论到位,给简单的新闻以高度的附加值。

《环球财经连线》除了常规节目外,还制作了"直击希腊债务危机""直击欧洲债务危机""高盛欺诈门追踪""华尔街那些人""直击迪拜债务危机"等特别节目,专访了包括美国原财长亨利·保尔森、美国原财长盖特纳、中国人民银行原副行长朱民、投资大师罗杰斯、原美国驻华大使洪博培、世界贸易组织原总干事拉米、国际货币基金组织原主席卡恩等众多国际政商领袖,使节目国际化特色得到充分彰显,栏目影响力不断扩大。

第四节　中央电视台财经频道经典报道案例点评

《圆珠笔挑战高端制造》在《对话》栏目播出,获得第二十六届中国新闻奖电视访谈类二等奖。

一、报道概述

目前,中国一年要生产将近400亿根笔,但是国内生产圆珠笔的产业现状可以用以下几个简短的中心词概括:缺乏核心技术,产量巨大、价低、利润薄。一个小小的"钢珠"就"绊住"了中国制笔行业,中国的3000多家制笔企业中没有一家掌握高端笔头和高端墨水制作的核心技术。我国每年生产几十亿支圆珠笔,但笔尖珠芯近90%来自进口,墨水80%来自进口或用进口设备制造。这些高端墨水和高端笔头,以及笔头和墨水的

圆珠笔挑战高端制造

关键制造设备都是从瑞士、德国、日本进口的,平均下来,中国制笔企业做一支笔只能赚不到1分钱。①

中央电视台财经频道《对话》栏目关注到这一现象,策划了一期电视访谈节目《圆珠笔挑战高端制造》,访谈从一支小小的圆珠笔切入,带来一场关于经济领域深层变革的深刻对话。访谈嘉宾权威高端,主持人把控引领自然,对话内容思想深刻,以小见大,深入浅出地对中国制造升级进行了把脉与探讨,引发社会共鸣,受到高层关注,具有很强的影响力和传播力。

《对话》播出了《圆珠笔挑战高端制造》节目,以一支小小的圆珠笔挑战中国制造业的三位领军人物董明珠、曲道奎、关锡友,直击中国制造面临的材料、装备、设计问题,以小见大,深入浅出地对中国制造的升级进行了把脉与探讨。节目播出后,在中国制造业中引发了一场关于圆珠笔的大讨论。特别值得一提的是,在节目播出一周之后,李克强总理办公室专门致电财经频道,调取了本期节目的播出光盘报送李克强总理再次观看。在其后的多个场合,李克强总理多次引用《对话》制作的《圆珠笔挑战高端制造》中的案例、观点和数据,对结构调整、制造升级、消化过剩产能等中国经济问题进行指导。

该节目2015年11月22日21:55在央视财经频道播出,节目时长47分23秒,由杜阳、齐文星、陈伟鸿、葛翀等人员主创。该节目获得第二十六届中国新闻奖电视访谈类二等奖。

《对话》是中央电视台财经频道一档晚间品牌周播财经栏目。节目的定位为高端的精英谈话节目,致力于为新闻人物、企业精英、政府官员、经济专家提供一个交流和对话的平台,受邀嘉宾均为世界政要及行业领先、具有强大影响力的标志性人物。

自2000年7月开播以来,做客《对话》节目的国际政要包括美国政要希拉里·克林顿、英国前首相布莱尔、韩国前总统卢武铉、新加坡政要李光耀等。来自世界500强企业的有微软总裁比尔·盖茨、伯克希尔·哈撒韦董事长沃伦·巴菲特、英特尔总裁贝瑞特、GE总裁伊梅尔特等。中国国家各部委主要领导包括全国政协主席俞正声、商务部部长高虎城、工商总局局长张茅、文化部部长蔡武、中国银监会主席刘明康、卫生部部长陈竺等。他们分别就时下热点经济问题做了权威解读,在社会上影响巨大,观众反响强烈,被誉为中国最具影响力的主流谈话节目。2016年2月19日,习近平总书记在中央电视台视察调研时对《对话》主持人陈伟鸿表示:"我经常看你主持的节目。"时任国务院总理李克强也在多个场合引用《对话》制作的《圆珠笔挑战高端制造》中的案例指导中国经济的转型升级。

二、报道背景分析

3000多家制笔企业,20余万从业人口,年产圆珠笔400多亿支,这是"制笔大国"中国的真实写照。然而,在过去很长一段时间,制造圆珠笔的笔尖和笔芯却需要从瑞士、日本等国家进口。②

圆珠笔尖的成功制造体现的是创新精神。圆珠笔虽小,但技术含量不低。要知道,

---

① 以下部分资料来源于:http://www.xinhuanet.com//zgjx/2016-08/30/c_135644434.htm.
② 该部分资料来源于:https://hlj.rednet.cn/c/2017/01/10/4186673.htm.

愈发精密的科技,越考验技术功底和创新能力。长久以来,我国的圆珠笔头90%靠外国进口,国内基本制造不了高品质的笔头,这不是因为我们缺资金,而是缺技术。据业内人士介绍,圆珠笔笔尖的开口口径不到0.1毫米,球珠与笔头、墨水沟槽位必须搭配得天衣无缝,加工误差不能超过0.003毫米。笔头球座的内孔加工精度要在0.002毫米公差范围之内。这种精密的切削加工已经不再是孤立的加工,而成为一项包含内容极其广泛的系统工程。因此,完成笔尖的设计制造是精细活,需要高超的加工技巧,容不得半点偏差和疏漏。

圆珠笔笔尖的生产是中国制造关键技术限制的一个缩影,也是中国制造转型升级中的一个缩影。这一时期,中国制造业正面临转型升级之路,如何突破关键技术,从"制造大国"升级为"制造强国",是经济发展的关键所在,也是中国制造保持长久竞争力的核心所在。这也成为当时受众关注和讨论的热点话题。

在节目播出前11月8日刚结束的国务院常务会议上,再次强调加快企业技术升级改造,提升中国制造设计、工艺装备和能效水平等成为关注热点。央视财经频道关注到该现象之后,在《对话》栏目策划了《圆珠笔挑战高端制造》这一节目,节目播出后引发了受众对于中国制造关键技术的思考,同时也受到相关部门及国家领导的重视。2016年1月,李克强总理的"圆珠笔之问"引发了舆论广泛热议,也让这小小的圆珠笔成为中国制造业抹不去的"伤痛"。

三、报道特色分析

《圆珠笔挑战高端制造》作为一个经济话题的电视访谈节目,选题新颖、对话深刻、影响广泛,不仅是《对话》栏目的一个成功节目,更体现了《对话》栏目的报道特色。

1. 关注经济发展中的热点话题

《对话》对于热点事件的关注,跳出新闻事件的本体,站在更广阔的视角从历史和时代的背景,从经济的角度进行切入,展示出《对话》独特的视角。如谢伏瞻认为,中国制造受到国际上质疑时制作的"中国制造说明书",都以权威嘉宾的声音起到了对热点事件廓清疑惑、正本清源的作用。2015年,《对话》针对雾霾现象、股市波动、货币变局都进行了及时的反应,抓住热点,邀请较有资格与代表性的嘉宾和当事人对其进行分析。这些节目播出后,不仅收获了社会的广泛关注、亮眼的收视、百姓的认可、业内的肯定,也受到了中央高层的肯定。

"中国是世界上最大的圆珠笔生产国,年产量近400亿支,却有90%的笔尖需要进口,或依赖进口设备制造。一根小小的圆珠笔为何难倒中国制造?"这是中国制造业中一个有趣而又深刻的问题。"中国能制造飞机、高铁、卫星、巨轮,为何无法攻克笔尖的难题?打通中国制造的毛细血管是靠自主研发还是靠花钱?"这是中国制造站在十字路口上如何发展的一个核心问题。央视财经频道在关注到这样一个话题后,在中国制造业转型升级的背景下,特别是在2015年11月国务院常务会议召开之后,如何突破中国制造的难题成为经济转型发展的热点话题。围绕这一热点话题,《对话》栏目以"圆珠笔挑战高端制造"这一小切口切入,通过这个微观的切口探讨中国制造关键技术突破的这一宏观难题。节目邀请中国制造业的三位领军者围绕这一热点话题展开访谈,既能引发共鸣,又能引发讨论,是一个比较成功的选题。

2. 聚焦高端经济引领人物

老一代企业家柳传志、张瑞敏，新一代领军人物马化腾、李彦宏，国企掌门人林左鸣、董明珠等，都是《对话》的座上宾。他们的历程与思想以及对于中国经济的理解，通过《对话》平台积极推动了中国经济的发展和升级。2015年，《对话》十五周年特别节目邀请中国顶级的商业领袖柳传志、王健林，以及李东生、曹德旺、刘永好、李稻葵等十多位中国经济界各领域的企业家、年度经济人物获得者，300位各个领域优秀的企业家一把手，共聚一堂。这些顶级的企业家关于中国经济的观点，迅速成为经济界的共识与热门话题，播出后产生了较大的影响力。甚至在节目录制过程中，柳传志、王健林等的积极观点就在社交媒体上得到广泛传播，产生了较大反响。此次"十五周年特别节目"成为中国经济领袖的全明星盛会，规模空前，被评价为"财经界的《对话》奥斯卡"，业界感叹："尽管新媒体、自媒体层出不穷，但只有央视财经频道的《对话》能在企业界拥有如此的号召力。"

《圆珠笔挑战高端制造》以一支小小的圆珠笔挑战中国制造业的三位领军人物——格力集团董事长董明珠、新松机器人自动化股份公司总裁曲道奎、沈阳机床厂董事长关锡友，直击中国制造面临的材料、装备、设计问题，以小见大，深入浅出地对中国制造的升级进行了把脉与探讨。节目播出后，在中国制造业中引发了一场关于圆珠笔的大讨论。

3. 传播经济前沿思想

《对话》一直强调思想的传播和引领作用，全球化的热潮、互联网的勃兴、第三次工业革命与工业4.0的浪潮、大数据的热议，都是在《对话》最先得以传播，"世界是平的""数字化生存""互联网思维""大数据时代"等理念都是从《对话》的舞台出现，成为影响一个时代的思想与理念。2015年，当一本以创新为灵魂的《从0到1》火遍全球的时刻，《对话》第一时间邀请作者美国著名企业家、投资家彼得蒂尔来到《对话》，与中国著名企业家展开了一场关于如何打造中国创新力的对话。一时间，擅长"从1到N"的中国企业如何实现"从0到1"的创新驱动，成为处于创新创业浪潮中的中国企业界的一个引领话题。

创新驱动制造业转型升级，"制造大国"向"制造强国"的转型升级，是这一时期经济发展中的重要前沿话题。《圆珠笔挑战高端制造》对话内容思想深刻，以小见大，深入浅出地对中国制造升级进行了把脉与探讨，对传播政府声音和经济前沿思想都发挥了较大的影响力，引发了社会共鸣。

四、报道启示

《对话》栏目是中央电视台财经频道的主流谈话节目，一直以其高端的气质、思想的引领、权威的嘉宾和较大的影响力受到社会的普遍关注，同时也成为舆论宣传的重要阵地。近年来更是通过对国家改革的推动，对经济引领人物的聚焦，对前沿思想的传播，对热点事件的关注，不断增强其权威性和影响力，取得了优秀的传播效果。

1. 打造具有高端气质的财经访谈品牌节目

《对话》自开播已有二十多年的时间。《对话》一直秉承高端、前沿、开放、建设性的节目定位，"倾听思想原声、分享思考过程"的理念，拥有了稳定的观众群，并在激烈的媒介市场竞争中占据自己独特的难以超越的位置,成为中央电视台最具影响力和核心品牌价值的王牌谈话节目。该节目是中央电视台播出时间最长的谈话类节目,通过主持人和嘉宾以及现场观众的充分对话与交流,直逼热点新闻人物的真实思想和经历。

《对话》是中央电视台财经频道高端品牌谈话节目,上千期节目,数千位重量级嘉宾伴随着中国经济的发展。从"入世"到互联网风暴到金融危机到供给侧改革再到十九大的胜利召开,《对话》记录着中国经济从追赶世界到引领世界到逐渐被世界追赶的全过程。节目在企业家等高端人群中一直备受高度关注,节目话题一度成为商、政界人士探讨交流的热门话题,并走进众多高校 MBA 课堂成为商业教科书。

作为一个财经访谈电视品牌节目,其主要特色体现在嘉宾的高端、制作的高端、话题的高端、访谈的高端,可以说是一档具有高端气质的品牌节目。每期节目由突发事件、热门人物、热门话题或某一经济现象导入,捕捉鲜活经济事件、探讨新潮理念、演绎故事冲突,着重突出思想的交锋与智慧的碰撞。《对话》栏目针对的目标收视群体为:关注经济改革动态并具有决策能力的社会精英人士。因此,财经访谈节目要想取得成功,精准的高端定位是关键,如何实施高端的选题策划、高端的嘉宾邀请、高端的提问技巧、高端的节目制作,这是财经访谈节目发挥权威性和影响力的价值之道。

2.权威的嘉宾发挥思想引领的巨大影响力

《对话》节目的定位是一个高端的精英谈话节目。受邀嘉宾均来自世界政要及行业领先、具有强势话语权的标志性人物。这里出现的人物颇具分量:左右经济走向的权威人士、经历商海沉浮的企业巨头、见证热点事件的当事各方。观众是一群受过良好教育,专业素质较高,具有相当经济实力,关注社会经济和文化发展,并活跃在社会经济文化各领域,拥有一定程度的社会影响力和决策能力的"知识群体"。在业内专家学者以及普通观众中都拥有极高的口碑,享有较大的影响力,有评价说《对话》影响了有影响力的人。《对话》栏目经由《哥伦比亚新闻评论》中文版及其独立的评选委员会测评,荣获"2008 中国标杆品牌"(谈话类栏目)荣誉称号。

细数在《对话》节目中经常汇聚的嘉宾,他们都把能够做客《对话》节目看成是一种影响力的真实体现,不论是经济学家还是诺奖获得者,外企、央企、民企的企业家,国内还是国外的政要,世界 500 强的董事长高管。这些曾来过《对话》的人物都是影响全球经济的重要人物,而《对话》也成为影响全球经济发展的重要力量。

央视《对话》栏目作为一档精英类电视财经谈话节目在中国的电视文化中占据着重要的地位。自开播以来,它始终秉持高端的精英文化理念,致力于影响有影响力的人,为国家经济社会的发展提供冷静的思考和声音,并在国家社会、经济乃至政治领域内引发具有建设性的"公共对话",激发国人参与公共话语的热情。[①] 从节目内容维度来看,《对话》节目长久不衰的原因在于:节目选题紧跟时代发展脉络,追求热点话题、关注国计民生,善于利用意见领袖扩大节目影响力。[②] 因此,财经报道中特别注重报道信源的

---

① 惠荣.央视《对话》栏目的"对话"研究[D].湘潭:湘潭大学,2017.
② 黄蕊.央视《对话》栏目的发展之道[J].媒体时代,2013(9):41-43.

权威性,特别是财经访谈类节目中,访谈嘉宾的权威性直接影响节目的引导力和影响力,决定了节目的质量和效益。在财经访谈类节目中,邀请政要、行业领军者、经济研究专家、标志性的行业权威人士等作为访谈嘉宾,真正发挥他们作为"舆论领袖"的思想引领作用,这是做好财经访谈类节目的关键所在。

第十五章 《吴晓波频道》

> 《吴晓波频道》(以下简称"频道")是我国著名财经人吴晓波创办的同名财经自媒体,内容涵盖微信公众号推文、财经脱口秀视频节目、"每天听见吴晓波"音频栏目等。自2014年5月正式上线以来,频道的粉丝数量已逾百万,频道以独到的视角审视财经话题,以生动易懂的话语方式探讨财经话题,将"财经"这一专业领域的内容传播与自媒体垂直细分的趋势相结合,打造出了既有思想深度又有人文关怀的财经自媒体品牌。
>
> 频道自创立之初便聚焦于财经事件和人物,频道始终围绕泛财经知识打造品牌。

第一节 《吴晓波频道》的定位与发展

《吴晓波频道》自创立之初便聚焦于财经事件和人物,希望在追求"自由精神"和构建"自在氛围"的过程中,以"自己的话"记录与观察这个时代。① 频道的宗旨是致力于"关注财经世界里的每一件事,分享每一个有意义的财经观点"。

一、《吴晓波频道》概述

早在学生时代,吴晓波就酷爱读书。他不仅阅读本专业新闻学的书籍,也加强对经济管理类书籍的学习。同时,吴晓波积极投身实践,他与同学联合创办的学生会"机关报"——《复旦人》曾经在全国高校中引起不小轰动,至今仍在复旦学子手中传承。

1990年6月,吴晓波从复旦大学新闻系毕业后供职于新华社浙江分社,开启了长达13年的商业记者生涯。此后,吴晓波又先后为《杭州日报》《南风窗》撰写专栏,其所撰写的《被夸大的公司使命》《二十年公司——表面的胜利》《企业家为什么不是知识分子》等专栏文章深刻揭示出转型期间中国经济的一系列现状,同时因文字诙谐幽默、观点新颖独特而广受读者好评。2001年,吴晓波向商业领域进发,打造的"蓝狮子"财经图书出版公司着力发掘中国公司史和人文财经,在"拒绝Google型作家"目标的指引下,公司旗下的系列丛书成为中国本土财经阅读的顶级读物,体现了吴晓波在传统媒体

---

① https://mp.weixin.qq.com/s/RAmSWLnaUhM1trd-GC2LrQ.

时代的卓越成就。专栏记者与出版人的经历为吴晓波熟稔运用文字、审视中国经济打下了坚实基础,著书成为吴晓波新的事业。2001 年,吴晓波出版了《大败局》[①],该书被誉为中国第一本以失败案例为蓝本的 MBA 教材。2017 年,吴晓波写作的《激荡三十年》[②]《跌荡一百年》[③]《浩荡两千年》[④]相继发行,这些著作为其企业发展增添了历史厚度。

随着 Web2.0 时代到来,媒介技术的迅速发展和传媒环境的巨大变革使吴晓波意识到传统媒体正在没落,新媒体才是大势所趋,于是他带领 3 个新人毅然投身自媒体行业。2014 年 5 月 8 日,《吴晓波频道》正式上线。

2014 年 8 月 4 日,吴晓波接受《北京日报》采访时透露,他已将老式媒体、各门户网站上的写作全部关闭,专心致力于微信公众号。《吴晓波频道》是吴晓波在微信平台上发布信息的自媒体,主要包括专栏、视频、调查及测试,每周四定期播出与爱奇艺合作录制的视频。《吴晓波频道》自上线以来,订阅用户的数量直线上升,至 2017 年 5 月已达到 280 万人。如今,此公众号的订阅粉丝用户依然保持着月同比增长 10% 的势头。根据 2015 年新榜的统计数据看,《吴晓波频道》位居新榜 500 强中的第 315 位,在财富类微信公众号中排名第 15 位。这是新榜 500 强中唯一的具有个人属性的财富类公众号。据 2017 年微信公众号影响力排行榜周榜(资讯类)统计,《吴晓波频道》累计阅读量超过 8102 万,累计点赞量为 37 万,传播力超过 99.88%。[⑤] 2019 年 2 月,新榜发布的"中国微信 500 强"榜单中,吴晓波频道排名第 225 位。2020 年 10 月 6 日,胡润百富发布了"2020 胡润中国最具影响力财经媒体榜",《吴晓波频道》第二次获评"中国最具影响力财经自媒体 TOP10"。在"人人都有麦克风"的时代,自媒体快速崛起,受众对于信息的需求日趋垂直化,特别是在财经领域,信息与知识具备高度的专业性,能够在财经自媒体榜单名列前茅,表明《吴晓波频道》作为媒体平台,不仅为广大投资者、消费者以及企业界传递财经领域最新状况,也为其经济决策提供参考意见,树立理性思维。

《吴晓波频道》在拓展线上空间的同时也注重线下空间的建设与联结。2016 年,《吴晓波频道》推出付费音频节目"每天听见吴晓波"和"今日直播"栏目,后期又联合更多专家学者讲授课程。在 2018 年建立专属学习平台"吴晓波频道 App"(现更名为"890 新商学"),形成了完整的知识付费模式。发展至今,《吴晓波频道》的内容形式包含文字、图片、音频和视频。内容发布平台包括微信公众平台、爱奇艺、喜马拉雅,同时也在抖音等流量平台进行宣传;在线下,从 2014 年 6 月下旬开始,由社群成员自发组织的《吴晓波频道》线下书友会就开始在各个城市陆续出现。《吴晓波频道》的会员课程上线后,会员又根据自己的需求,在社群里对感兴趣的线下公开课进行预约报名,在线下进行复盘学习。除此之外,《吴晓波频道》还有转型课、创投会、年终秀等线下活动形式,其一边为自媒体做宣传,吸引更多关注,一边扩大会员权益,维系忠实用户。

---

① 吴晓波.大败局[M].杭州:浙江人民出版社,2001.
② 吴晓波.激荡三十年[M].北京:中信出版社,2017.
③ 吴晓波.跌荡一百年[M].北京:中信出版社,2017.
④ 吴晓波.浩荡一百年[M].北京:中信出版社,2017.
⑤ http://www.zhunniao.com/values/360295.html.

二、《吴晓波频道》定位

受众确定的定位可以明确接受群体及市场,如此一来,信息传播过程中,便可最大范围把受众作为中心,受众想获得信息的需求得到满足,创建出明确的"意见领袖"群,给日后的传播作用力等行动奠定基础。

"新中产"是《吴晓波频道》对于受众用户的定位,也是频道持续关注和研究的人群。在详细访谈新中产阶层以及大范围调研的基础上,每一年频道都会发布《新中产白皮书》,目的是在中国步入中产社会的大背景下,通过分析新中产群体的价值观、消费观、投资理念等特征,发掘中国商业当下及未来的潜在机遇。随着频道的不断发展,"认可商业之美、崇尚自我奋斗、乐意奉献共享、拒绝屌丝文化"成为用户的标签以及《吴晓波频道》的核心价值观念。

(一)《吴晓波频道》的受众市场定位

据 STP 战略,在细分市场上,《吴晓波频道》将受众群分为中国中产阶层与非中产阶层;在选择目标市场上,选择中产阶层作为其主要受众;在市场定位上,以最大限度地维护受众利益为中心,满足受众获取信息的需要。

中产阶层是一个很难定义的词汇,通常是指主要以市场机制为基础获取中等程度社会资源的社会地位群体。学界比较认可的说法是:"所谓中产阶层,主要是指脑力劳动者,依赖薪酬及工资来生活,收益较高且工作境况及条件较好,就业实力强,拥有相对较高的家庭消费实力,具有较高的休闲生活品质,他们对劳作、职业对象具有部分支配权,拥有社会公德和较高修养。"[①]2015 年 10 月瑞士信贷银行发布的《全球财富报告 2015》显示,我国中产阶层已达 1.09 亿人。[②]

高盛集团在 2016 年发布的《新一代中国消费者崛起》中指出,中国具有强大购买力的人数与日俱增,特别是占人口总数 11% 的中产阶层主导了非必需消费。年均收入超过 50 万美元的高端消费者,是中国最富有的人群。他们的消费模式将继续引领潮流;而 1.46 亿人的中产阶层,他们年均收入在 1.2 万美元到 50 万美元之间,则主导了非必要花费。对我国中产与非中产阶层家庭各类主要消费进行统计(见表 15-1),各阶层不同的消费结构得以体现。

表 15-1　中国中产阶层与非中产阶层家庭日常各类主要消费项目占比

消费项目	中产阶层家庭	非中产阶层家庭
饮食	62%	72%
服饰	34%	29%
子女教育	31%	24%
购房	28%	13%
文化娱乐	20%	12%

---

① 李强.市场转型与中国中间阶层的代际更替[J].战略与管理,1999(3):35-44.

② https://www.bcg.com/publications/2017/asset-wealth-management-financial-institutions-global-wealth-2017-transforming-client-experience.aspx.

续表

消费项目	中产阶层家庭	非中产阶层家庭
医疗保健	13%	12%
社交应酬	4%	2%
购车	6%	3%
个人继续教育	1%	4%

数据来源:《中国中产阶层调查》①。

从上述数据可以看出,就消费的差异问题来讲,从消费结构可见,尽管中产阶层和非中产阶层家庭在部分方面依然是相同的,可是又体现出极大的差别。由表现上观察,数据上差别不是很明显。不管中产阶层或非中产阶层家庭的消费中,譬如购房、服饰、饮食、子女教育等均占据主要地位,但从中可以发现消费顺序已经发生了改变,并且重要性也不太相同。非中产阶层家庭用于饮食消费的比重高于中产阶层家庭,用于文化娱乐、服饰、购房、购车等方面的花销,中产阶层家庭均大于非中产阶层。由此看来,中产阶层和非中产阶层家庭相比,用于享乐性、发展性上的开销已发生了显著的差异。由此可见,中产阶层家庭在消费结构上已由传统的将衣食作为主要消费品的单一化形态日益向多元化转变。

相关数据也充分证实了这一观点。根据中国家庭金融调查与研究中心的一项调查,中国中产阶层将79.5%的家庭财富都用于房产②,这在很大程度上限制了他们的消费能力。因此,中产阶层消费者会更加关注自己的兴趣和商品品质,而不是盲目追求高消费和非理性消费。

(二)围绕"中产阶层价值观"定位

《吴晓波频道》的受众定位是中产阶层。但近年来,伴随着互联网的发展,中国舆论市场出现了所谓的"屌丝化"现象。"得屌丝者得天下"的逻辑很有影响力,在互联网商业运营中,屌丝群体成为商家争夺的重点。《吴晓波频道》于复杂的议论声里坚持明确的价值观念:认同商业的美好,推崇自我拼搏;愿意奉献同享,批驳屌丝经济。③

相关数据④显示,《吴晓波频道》还有50天开播时,男性占订户比率中的66%,在受众客户量排位中经济比较繁荣的城市均位列前十,譬如上海、北京、杭州、广州、深圳等。"80后""90后"占客户中60%以上的比率,吴晓波以前的阅读者主要是"50后""60后""70后"。《吴晓波频道》正在竭尽全力来迎合年轻人,且将我国中产阶层定为目标客户,包含体制内外的工商业及政界人士。

且《吴晓波频道》本身给客户进行定位亦是如此:偏重于中产阶层,拥有较高的消费水平。群体重要画像为"30岁左右的男士,工作时间要高出4年,已经居于中高层,年收益在30万~50万元之间,结婚育有子女"。⑤

---

① 周晓虹.中国中产阶层调查[M].北京:社会科学文献出版社,2005.
② 周晓虹.中国中产阶层调查[M].北京:社会科学文献出版社,2005.
③ https://www.huxiu.com/article/109370/1.html.
④ https://www.huxiu.com/article/36532/1.html.
⑤ https://zhuanlan.zhihu.com/p/21416336.

并且此类客户的需要重点包含:工作上的需要——进修和职业规划,日常生活中的需要——度假游玩,理财投资的需要,孩子受教育的需要,提高生活质量的实际需要。通过图 15-1 可见具体内容。

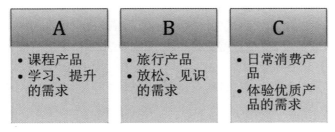

图 15-1　用户需求

2016 年 12 月 27 日,《吴晓波频道》针对目标对象进行调查,进而提出了"新锐中产阶层"这一概念,并总结出新锐中产阶层的突出特点,即高学历、一二线、低年龄,理财观念巨大更新和拥有更多元的价值观。《吴晓波频道》对目标受众进行紧密关注。其内容、社群与产品均与"中产阶层价值观"紧密相连,以此来满足受众的需求,扩大其对目标群体的影响力。

第二节　《吴晓波频道》的盈利模式

商业变现是社群价值发挥最大化的实现途径。《吴晓波频道》通过切入听众需求,打造财经社群,进而推出实物产品、课程产品、旅游产品等,促使粉丝进行消费,从而使《吴晓波频道》的经济效益实现最大化。

一、打造泛财经社群

《吴晓波频道》通过举办公益性的转型大课、书友会及"我的诗篇"等系列活动,打通了线上线下传播渠道,成功打造出国内最大的泛财经社群组织。

(一)书友会

《吴晓波频道》运用公众号来设立"荐书"节目,允诺有条件可以和吴晓波近距离沟通,按时邀约嘉宾开展主题讲座等作为"钓饵"。《吴晓波频道》在中国所有地方大量建立粉丝书友 QQ 群,同时选举本地的"班长""宣传委员""组织委员"等掌管者,让各区域的粉丝在线上和线下建立自己的交际系统。目前,全国城市分布的"吴晓波书友会"已达 81 个。社群组建成立之后,确保粉丝的活跃度和新鲜感尤为主要,因此,《吴晓波频道》运用各种互动形式打通线上与线下的联结。

形式一:每周举办"书友会·福利日"节目,用"好处"黏住客户。《吴晓波频道》推出"书友签到",以积分抽取奖品,并在栏目中放出抽奖链接。此方法不但能提高客户连续参与度,还最大限度确保铁杆粉丝收到福利,不让福利送到"专业抽奖者"手中。

形式二:在线上按时展现各区域书友会组织的活动,增强社群线下运行常态化。因书友会平时运作主要是靠铁粉们自愿组织,为激励粉丝热情,活动能持续活跃,公众号按时利用公布活动现场图片及书友感想等形式展示各区域书友会组织运作的内容,使各个社群彼此间不但可以相互启迪、形成共鸣,还可以产生创意比试的气氛。

形式三:鼓励客户进一步参加公众号内容的革新,供给同享及展现的平台。《吴晓波频道》开展了"同读一本书"的运作即想要在此层面进行尝试。因此,公众号使用微信的交际能力,创建微信群,使客户可实时与同读一本书的书友进行沟通共享;一本书用2周时间读完之后,就在线下举办一次共享会,把线上的书粉"挪到"线下,进而深化社群组织发展。此外,书友会指定"总部—班长—组长—书友"的规则结构,极大地增加了用户的体验感和互动性。

(二)转型大课

2015年4月25—26日,《吴晓波频道》在深圳举办主题为"转型之战:传统公司的新机遇"的千人大课,1500位报名者悉数参加,人均培养费为每人8500元上下。由《吴晓波频道》启动、筹划的这场培养课从头到尾均未脱离线上与线下互动相结合的形式。从全局角度来看,此次千人大课映射出了未来商品的销售思路。

首先,活动方式是依据客户需要设定的。《吴晓波频道》在公众号中,关于公司转型话题的作品均超过10万以上的点击量,折射出客户针对传统公司转型问题的关注,转型大课也因此顺势而生。由此可见,依据客户要求开拓产品势必变成众多自媒体的商业化发展之路。其次,活动的造势、宣传及报名均围绕微信公众号展开,由线上公布活动通知并接纳报名,线上线下接受媒介采访一起造势。最后,活动注重课后线下线上实时沟通。讲课开始后,《吴晓波频道》同步共享了课堂讲述的精华及授课现场的图片。课程照片一经共享,书友会就推陈出新启动众筹听课的新方式,由几十到几百人筹集资金援助一个人到授课现场听讲,听课人员在众筹群中对课程实行现场直播,同时整理好听课记录共享给参加众筹的成员。授课结束后,学员在线下活动和公众号上共享听课感想。

活动的开展自始至终都贯穿着线下线上互动的形式,让客户感觉到此活动含金量高且价值非凡,为《吴晓波频道》的品牌塑造打下稳固的根基。2015年8月底,《吴晓波频道》在上海再次开展转型大课,此次活动粉丝们的报名热情依旧高涨。由此发现,《吴晓波频道》在组建此类活动上已初显品牌效应,并产生了可复制的盈利形式。

(三)"我的诗篇"公益性活动

依据马斯洛的需求层次理论,假如某个自媒体可以和客户形成情感层次的共识,那么该自媒体无法替代的可能性将随之极大提高。在此问题上,《吴晓波频道》亦展开了极有成效的探讨。从2015年开始,吴晓波刊发多篇署名作品,不断提升受众对打工群体的关注。2015年6月,《吴晓波频道》通过众筹的形式集结线下线上具有相同想法的各个群体的力量,展开了"电影包下100场,《我的诗篇》纪录片可以免费欣赏"公益行动。

《我的诗篇》本身便是通过线上众筹的方式得以完成,该纪录片以诗歌作为主题,聚焦工人们的生活劳动状况和思想境界,于第18届上海国际电影节中获得最佳纪录片金爵奖。《吴晓波频道》和吴晓波本人参与启动了这次线上众筹。纪录片这次的公映地段、成本乃至观众都是《吴晓波频道》在线上众筹实现的。包场筹划于公众号上公布刚刚 7 天,就有 54 家公司/组织支援包下电影 80 场,导致电影在首映时出现了一票难求的情形。此次营销不但吸引了大批线下受众,还将具有相同爱好和情怀的受众构建成为人格化的社群。

二、打造社群经济

"咖啡馆改造计划"标志着《吴晓波频道》打造社群经济的开始。经过以社群作为基础发展经济取得利益的系统实验,《吴晓波频道》已完成了依靠社群经济取得发展的完善机制,开创了自媒体赚取利益的新形式。《吴晓波频道》将发展经济作为目标,运用高度聚集的社群,组织了数次有意义的社群经济试验,获得了一定的经济利润。从咖啡馆改建筹划开始,"吴酒"出乎意料地爆卖,进展到众筹编书的预订金数额大于 200%。《吴晓波频道》不断展开对社群经济形式的研究,累积了充分的社群经济发展经验。

(一)"咖啡馆改造计划"

《这些咖啡馆的书架,我们书友会承包了》(2014 年 9 月 10 日)是"咖啡馆改造计划"的首篇推文,文章介绍了改造计划的三个方面:一是召集出版社提供图书;二是召集咖啡馆提供场地,咖啡馆拥有书架与图书的管理权,需要对其进行维护;三是召集书架制作商以供应高品质、高规格的书架。

三方面合约者集结都通过公众号的阅读者在推介的作品中点击参加报名。"咖啡馆改造计划"用书最初来源于《吴晓波频道》团队,后期由各地书友会成员推荐转为开放式。为保证书籍质量,图书必须经过书友会审核。

"咖啡馆改造计划"获得了社群成员的热烈响应,计划开展首日报名咖啡馆就超过 120 家,300 家咖啡馆在 10 天内登记。亚马逊的 Kindle 作为书架赞助商,参加活动同时同意用半价给活动供应 Kindle Paperwhite。《吴晓波频道》团队在三个月内对书架供应商和出版社进行沟通磋商,并对报名咖啡馆进行审核筛选,最终选择了 50 家咖啡馆作为对象进行改造。同时,为确保书架风格与咖啡馆相适应,团队成员也对书架进行了审核。《吴晓波频道》在 2014 年 11 月的推文里展现了"咖啡馆改造计划"的成就,在宣告该计划第一季圆满结束的同时也宣布第二季的筹备计划。掌阅表示将为第二季提供书架赞助。

第一季"咖啡馆改造计划"的成功离不开《吴晓波频道》构建的泛财经社群。在首次社群经济活动中,频道团队在社群中起到了统领全局的作用,各地书友会积极响应,各地的咖啡馆积极报名,以及《吴晓波频道》订阅用户的支持,都是活动成功的关键。"咖啡馆改造计划"重点运用社群组成者对《吴晓波频道》的隶属感和忠诚度,增强受众体会,将线上推文与线下实际活动相结合,从而获得良好的反馈。此次筹划体现出社群的重要性,社群经济的力量得到了证实。

(二)社群售"吴酒"

2015 年,《吴晓波频道》通过销售"吴酒"的方式深层次探索社群经济繁荣的形式,出售"吴酒"已成为该频道最典型的销售成功案例。

《吴晓波酿"吴酒",本次也是真的要醉了》(2015 年 6 月 18 日)公布,"吴酒"品牌郑重上线。推文对"吴酒"品牌做了详细介绍,不仅讲述了"吴酒"的酿造优势,更着力渲染了"吴酒"品牌的文化素养,重点指出酿制杨梅酒的背后是追求高品质生活的态度。无论是原生态小岛的杨梅,千岛湖的纯净水源,还是古法精纯的酿造技艺,都营造出唯美的意境,勾勒出惬意的生活状态,与《吴晓波频道》目标受众中产阶层的价值观相符。文章对"吴酒"品牌的定位与社群组成者的价值观保持一致,受众的消费需求得到了激发。

出售"吴酒"运用了"饥饿经销"策略,199元为"吴酒"的第一批销售价格,仅限售5000件,吴晓波《把生命浪费在美好的事物上》的散文集随酒同时赠送。受众买酒要求在公众号里预订,然后一起发货。"吴酒"预售当天销售量就已大于3700件,只用了33小时便销售一空。

正如吴晓波所述:"我们因与书结缘,所以共饮一杯酒。"①《吴晓波频道》贩卖的不仅是酒,也是社群统一的情怀与价值观,更是社群成员对《吴晓波频道》的认同感以及归属感。《吴晓波频道》正是把握住社群的特点,有的放矢地包装产品,进行恰如其分的宣传,从而顺利开办"美好的店",实现自媒体变现。"吴酒"的供不应求是一次意想不到的收获,象征着《吴晓波频道》社群经济初探的成功。

(三)众筹编书

众筹为因特网境况下很火的集资方式,《吴晓波频道》使用众筹的方式开展一系列活动以实现社群变现,"重译计划"是众筹活动中具有代表性的一个主题。《吴晓波书友会众筹重译〈国富论〉,开出史上最高翻译费!》(2015年11月4日)提出招募专业译者,众筹出版《国富论》的活动。活动分为"我要当译者"与"我要参与众筹"两个板块,呼吁社群成员重译《国富论》并提供资金支持,支持金额分为三档:88元、188元及288元。参与者在《国富论》发表后会获得相应的物质鼓励,比如出版书籍、文化衫、书签等。

推文发布4天就召集了175名专业人员报名翻译《国富论》与1588名参与众筹者,活动共计获得了超过20万元的众筹资金。2016年9月,历时9个月重译的《国富论》终于得以问世,最低售价58元。频道同时发行周边产品,包括帆布袋、学霸卡等。重译版《国富论》的发行反映出社群成员对众筹活动积极支持的态度。2016年12月14日,《吴晓波频道》开展了第二季重译运营,重译书籍包括《道德情操论》《新教伦理与资本主义精神》《社会契约论》,众筹预计额为30万元。没到三天便已有5441人参加,筹得55万元。

《吴晓波频道》"重译计划"选取的书目均为经典著作,符合中产阶层对知识的追求,契合受众市场定位。活动宣传的开展提升了社群成员的活跃程度,增强了成员对活动的参与度,刺激了成员的消费。"重译计划"获得超出预期的效果,众筹编书的成功意味着《吴晓波频道》的社群经济已有雏形。

《吴晓波频道》先后主办了书友会、"我的诗篇"和转型大课及一些公益活动,通过这些活动,打造国内最大的泛财经社群组织,打通线上线下传播渠道。同时,通过"咖啡馆改造计划"把社群的力量激发出来,通过出售5000瓶"吴酒"初步尝试了社群经济,又通

---

① https://mp.weixin.qq.com/s?__biz=MzA3OTM5NTkxNA==&mid=208904509&idx=2&sn=d52705b2e68bc5de21186b9f441174ee&mpshare=1&scene=23&srcid=0313Dm9u4lQw8eApA0SmBSl0%23rd.

过众筹编书进一步发展了社群经济。频道基于兴趣和爱好,建立常态化的社群组织;以用户需求为出发点,建立发展品牌活动,形成可复刻的利润模式;以情感情怀为纽带,通过营销扩大传播的影响力。可见,《吴晓波频道》通过打造财经社群,吸引了大量对财经有浓厚兴趣的人群参加线下活动,使得平台更加垂直、活跃。因此,名人财经类公众号扩大受众和提高传播影响力的重要途径之一,应该是举办线下活动,打造社群,形成社群经济。

三、开展知识付费

知识付费是内容创造者将书籍、理论知识、信息咨询等知识与自身认识积累融合,并对其进行系统化和结构化后梳理转化成标准化的付费产品。① 产品通过付费平台实现向用户的知识传递和内容分享者自身的利润收益。随着移动终端的兴起以及移动支付技术的完善普及,移动设备愈发成为知识生产者与知识消费者之间产生联结的工具。互联网中的信息冗杂繁多,对于有特定信息需求的消费者而言,能够在浩瀚的信息海洋中淘洗出有效且实用的信息实属不易。因此在特定知识领域内,优质的知识分享不仅意味着需求的满足,同时也是高效便捷的信息筛选方式的体现。

早期的知识付费行业中的知识分享主体较少,而知识消费的市场十分广阔,知识分享主体无须开发新颖的知识分享形式以及优质的内容便可收获需求红利。随着主体的不断增加,行业内部的竞争力度愈发激烈,为抓住特定用户群体保障自身利益,愈加专业和垂直细分的知识体系成为发展壮大和形成自身风格的有效路径。作为知识付费赛道上的先行者,《吴晓波频道》始终秉持着"新中产阶层"理念,注重用户的知识需求,开发出一系列的知识付费项目,成为知识付费行业的领跑者。例如以音频为主要呈现形式的《每天听见吴晓波》,通过商业故事、投资理论、商业政策的讲述与探讨,帮助听众提升商业认知,构建商业思维;以会员制为基础收费模式的"890新商学",推出包含"财富计划""我的股票计划""基金计划""房产计划"等在内的商业、理财、职场系列线上课程供用户学习;以增强知识的实操落地性为目的而打造的"90门社群",通过线下训练营中与业界精英的对话、新锐企业的实战访学、参与商业论坛峰会等社群活动,帮助用户在学习商业理论的基础之上实现知识的融会贯通。

四、打造直播带货平台

作为一种新的内容生产方式和社交方式,直播自2016年以来便不断受到各层级用户的追捧。在直播活动中,人与人的联结、人与社会的关联、人与商业的关联等相较以往的传统媒体时代产生一系列变革,其中直播带货则成为新媒介背景下宣传企业、打造品牌形象、实现流量变现的新兴方式。

有学者指出,直播营销可分为"品牌+直播+明星""品牌+直播+发布""品牌+直播+企业日常""品牌+平台+直播""品牌+直播+深互动"等类别。② 此前罗振宇围绕"罗辑思维"而开展的"4·23"读书会直播,便是创新直播内容,不仅将读书分享与直播结合,而且开启视频直播和回放的付费模式,使得直播间的用户群体划分明

---

① https://www.analysys.cn/article/analysis/detail/1001061.
② 苏落.直播营销,我们只是猜中了开头[J].公关世界,2016(15):82-87.

确,"罗辑思维"公众号的粉丝和"罗辑思维"天猫旗舰店也随着5个小时的直播而打通。

能够激发用户兴趣、吸引用户注意力的事情都可以成为"直播+"的一部分,对于《吴晓波频道》而言,专业的商业知识和独到的商业视角是与用户产生强连接的核心要义,这也成为其直播的主要内容。在《吴晓波频道》中,不仅有吴晓波团队以销售投资理财课程和其他收费栏目所开展的定期专场直播,也有频道与商业领域的企业家、管理者等精英合作所打造的直播活动。例如2022年7月21日的直播中,邀请经济学家、创投专家、证券经理等业界人士解读经济半年报挖掘投资机会。此外,《吴晓波频道》积极寻求直播内容的跨领域突破。例如2022年5月23日晚上8点,瑞·达利欧与吴晓波在吴晓波频道视频号直播间,围绕"穿越不确定性风暴"主题开展深入对话,共同探讨"危机应对""人生周期""行业发展""个人精进"等重要议题。

第三节 《吴晓波频道》栏目构成与重点栏目

《吴晓波频道》的栏目主要包括三种内容:第一种是对领军人物的分享,介绍其在经济领域做出了哪些杰出贡献,有哪些优秀的事迹值得学习,让受众了解并学习其精神;第二种是对当下流行的热点经济现象和经济问题进行分析,并给出自己的观点;第三种是围绕目标用户的需求,为其提供理财、消费、生活、就业等方面的指导,现已推出"成为企投家""中德研修院""避免败局"等课程。

一、《吴晓波频道》栏目构成

栏目这个概念一开始是报纸杂志所使用的,指的是将同一类媒体内容放在一起。后来的广播、电视和网络也沿用了这种叫法,将同样特色的内容放在一起,成为一个栏目。微信公众号同样借用了这个形式,按内容划分成各个独具特色的专栏,吸引不同受众。

《吴晓波频道》2018年和2022年重点栏目的内容与主旨,如表15-2和表15-3所示。

表15-2 2018年《吴晓波频道》重点栏目整理

栏目名称	栏目内容	栏目主旨
吴晓波专栏	吴晓波本人撰文	公众号品牌宣传、视频内容文字化
吴晓波视频	每周视频导读	
财经日日评	财经新闻快评	财经资讯送达
趣商业	用漫画说商业	传达商业之美
理财话题	财经小课堂	科普理财知识
M周刊	职场及生活技能	改善白领生活质量
巴九灵看一周	人物、图片、语录、数据等点评	用"80后""90后"的眼光看世界、科普金融知识
巴九灵说金融	金融小课堂	

续表

栏目名称	栏目内容	栏目主旨
咪咕阅读会	推荐书籍	与订阅用户互动、增强用户黏性
书友会	书友会活动分享	
美好的店	美好的产品	
品牌新事	品牌经营、商业知识	从品牌角度讲述商品生产、销售和企业运营等方面的知识

表 15-3　2022 年《吴晓波频道》重点栏目整理

栏目名称	栏目内容	栏目主旨
每天听见吴晓波	商业知识、财富话题	科普财经专业知识、盈利
成为企投家	培养企投家	
中德研修院	提升企业家认知和能力	
避免败局	分析和避免公司危机	
新国货圈子	聚焦国货品牌打造和新国货创业者	与订阅用户互动、增强用户黏性
吴晓波圈子	线上交流	
吴晓波频道书友会	书友会活动分享	
学习中心	商业、财务知识	出售课程、书籍
每周来份小报告	经济宏观趋势、热门行业、职场机会	为会员总结财经、就业的数据与报告

二、重点栏目分析

(一)巴九灵

热门话题类栏目"巴九灵"系列,该系列的主要内容是对财经领域热点现象进行解读。例如《回来吧,贾跃亭》(2017 年 7 月 13 日),文章聚焦热门话题"乐视危机",为受众梳理乐视系的所有业务条线,分析贾跃亭辞职原因,再从受众角度呼吁贾跃亭回归。再如《怎样卖爆一瓶 2 元的纯净水?》(2021 年 2 月 26 日),文章以娃哈哈为分析对象,指出娃哈哈纯净水能够卖爆全国的原因是其全国金字塔式分销体系的搭建和管控。

"财经日日评"为财经评论类栏目,它将发生的财经事件作为内容主背景,详尽分析事件重心。例如《B 股爆出跳水大冷门,张维迎痛批网约车新政》(2016 年 10 月 18 日),文章对"网约车新政""楼市去库存"等热门事件展开解析。再如《30 万以下汽车购置税减半,九成外企维持在华业务》(2022 年 6 月 1 日),对"30 万以下汽车购置税减半""温州首套房首付降至 20%""欧盟对俄石油禁运石油应声大涨"等热点话题进行了分析和点评。此类文章通常紧跟当下的经济热点和社会热点,浏览量十分可观。

紧跟热点,善于制造热门话题是《吴晓波频道》的首要特点。2017 年,《吴晓波频道》关注过"拉斯维加斯赌场枪击案""万科王石退位""海底捞事件"等超过 50 个热门话题,热点覆盖率超过 99.84% 的公众号。[①] 早在频道成立初期,传播内容善于制造热门话题的特点便已开始显现。本书通过对 2014 年 5 月 8 日至 2016 年 5 月 8 日《吴晓波频道》成立最初两年间文章阅读数的分析,结合《新榜:〈吴晓波频道〉传播评估报告》中对公众号大事件的回顾,整理出《吴晓波频道》成立最初两年内具有影响力的 12 个热门话题,如表 15-4 所示。

表 15-4 《吴晓波频道》成立初期热门话题整理

热门话题	时间	阅读数	订阅用户增长数	订阅用户数区间
频道上线	2014 年 5 月 8 日	1 万+	4572	0~50 万 (2014 年 5 月 8 日— 2015 年 1 月 25 日)
书友会成立	2014 年 6 月 14 日	5037	1.7 万	
反对屌丝	2014 年 7 月 29 日	40 万	1.4 万	
咖啡馆改造	2014 年 9 月 9 日	2 万	2 万	
寻找廖厂长	2014 年 9 月 21 日	10 万	1.5 万	
股市系列	2014 年 12 月 10 日	270 万	6.5 万	
日本马桶盖	2015 年 1 月 25 日	270 万	5 万	50 万~100 万 (2015 年 1 月 25 日— 2015 年 9 月 17 日)
转型之战	2015 年 3 月 11 日	15 万	6588	
"吴酒"试验	2015 年 6 月 11 日	5 万	2 万	
我的诗篇获奖	2015 年 6 月 21 日	8 万	4 万	
吴晓波年终秀	2015 年 12 月 15 日	43 万	3 万	100 万~168 万 (2015 年 9 月 17 日— 2016 年 5 月 7 日)
汉诺威工业考察团	2016 年 2 月 25 日	10 万	2.5 万	

数据来源:《新榜:〈吴晓波频道〉传播评估报告》。

以阅读数量居于首位的"日本马桶盖"为例,这折射出吴晓波对"中产阶层大都喜欢去国外买东西"的思考。吴晓波通过思考写出《吴晓波:去日本买只马桶盖》,其根本目的是反思我国制造业缺乏核心技术而引起实体经济走向困境的现象。文章发表后,这个话题引发了全国人民的讨论和思考,当日阅读量就高达 162 万,新订阅用户数增加了 5 万,甚至得到了李克强总理的关注。"日本马桶盖"话题的传播影响力远不仅仅表现在马桶盖产量大涨十倍,更促使国内相关产业提高了认识,不再甘心屈居于产业链下游的位置,这才是其真正的重要影响。《吴晓波频道》通过对该热门话题的制造,不仅完成了传播影响力形成步骤中"媒介传播→个体接收→接受影响"的过程,更将"影响再传播"形成"社会影响力"。《吴晓波频道》的传播内容,无论是设定的栏目,还是发布的文

---

① https://cu2017.newrank.cn/e657ed4c.html.

章,都充分结合外部热点时事和自身线上线下活动,专业性与可读性兼备。通过制造热门话题,使文章阅读量良性增长,订阅用户持续攀升。

(二)思想食堂

《思想食堂》属于深程度观点型栏目,栏目在方式上与财经类深度报道相类似,内容的专业性比较强,撰文者多为财经领域专家与资深人士。例如《秦朔:什么时候中国可以全方位领先于美国?》(2017年3月5日),作品详述中国经济总量和各个经济指标彼此间的关联,正视中国和美国在经济发展程度上的巨大差别,理性提出我国想要全方位领先于美国依旧要付出很长时间的努力。

(三)咪咕悦读汇

《书友会》为软文类节目,此类栏目内容视推荐书籍和书友会活动分享,旨在满足中产阶层对知识的需求,增强与受众的互动,为构建社群与打造知识付费产品奠定基础。

广告定制类栏目《美好的店》,栏目推荐符合中产阶层价值观的各类产品,是《吴晓波频道》内容、社群、产品三位一体运营模式中必不可少的一环。

《吴聊夜话·财富篇》,吴晓波在2022年5月25日—6月2日每晚19点整(周末除外)与7位专家学者探讨了"互联网反垄断""个人自救指南""企业自救指南"等多个话题。这些学者包括中植基金联席董事长周斌、现象级畅销书《变量》作者何帆、首席经济学家管清友、全球科技创新产业专家王煜全等。

(四)学习中心

此栏目由好课推荐和好书解读构成,好课推荐包括"每天听见吴晓波""2021新中产白皮书""东西情报站""投资日日评";好书解读包括《激荡三十年》《历代经济变革得失》《基金投资入门与实战技巧》《穷爸爸,富爸爸》《投资最重要的事》,这些课程和书籍主要为会员提供投资理财、商业现象和企业经营等方面的经验和知识。

在栏目内容的深度上,《吴晓波频道》不仅提供"巴九灵"系列财经类科普栏目,还提供了日常金融信息内容和管理及职场专家的商业知识节目。从栏目主题来看,《吴晓波频道》既推出了"吴晓波视频"等栏目,也打造了"书友会"等栏目,有利于促进微信公众号与订阅用户间的互动。综合来看,《吴晓波频道》的栏目设计覆盖范围较广,内容主要集中于财经行业,包括深程度观察、资讯服务、热门解析等多个层面,让订阅客户能各取所需,财经信息以多样化来满足不同受众的需要。

第四节 《吴晓波频道》经典报道案例点评

一、报道概述

《价格杀到骨头里了》是2021年7月2日发表在《吴晓波频道》公众号上的原创文章。文章以中国司机群体中占主体部分的卡车司机为关注对象,逐步探寻从"人找货"

价格杀到骨头里了

的传统时代到现今由资本驱动而成立"货找人"线上平台的互联网时代背景下,这些出身农村、学历程度普遍较低的群体所面临的资本裹挟以及生存发展问题。

2021年4月10日,河北卡车司机金德强因北斗系统掉线遭罚款2000元而后服毒自尽的事件受到社会广泛关注,在交通运转系统中处于底层的货运司机群体的现况引起人们思考。在过去信息闭塞、交通不便的时代,卡车司机是一份为数不多门槛不高、收入可观且全国各地跑动见世面的职业。对于司机本人而言,每天的生活就是与车为伴,在一望无际的高速公路上驰骋,一项订单完成后,便前往城市的货运"信息部",寻找下一项合适的订单。这一过程往往是和数百个卡车司机在成百上千条货源信息中筛选竞争而来,工作和生活虽劳累单调,但伴随着运输的货品而来的可观收入也与付出相对等。

二、报道背景分析

随着互联网的不断发展,信息更新与传递的速度大幅提升,迅捷成为社会经济生活方方面面追求的目标,各行业也在顺应信息时代的潮流逐步变革,货运行业同样如此。以往卡车司机赖以为继的信息部如今已被互联网取代,司机们不再需要在拥挤的店铺里和密密麻麻布满粉笔字的黑板上寻找合适的订单,而只需在手机的App中敲击几下便可匹配到心仪的货源。互联网带给卡车司机随时随地接单的便利,也帮助其实现跨地域接单扩大业务范围,司机群体的工作和生活看似便利了许多,但在依靠资本而成立的货运平台的运营管理下,暗含着群体收入减少、工作极度内卷的隐忧。

在初创期,货运平台为抢占市场流量高地,为企业货主与卡车司机开放优惠政策,前者和后者均可免费使用货运信息。而随着赛道上竞争对手的逐步退出,货运市场最终形成了以满帮集团为龙头的局面,一家独大意味着规则的改写,平台以追求自身利润最大化为至高目标,卡车司机群体的利益则相应受到挤压,成为资本发展道路上的牺牲品。

这是资本实现存量变增量的必经道路,不仅货运行业如此,其他行业同样如此,由此前大火的公众号文章《外卖骑手,困在系统里》引发社会广泛共鸣便可知晓当下服务行业的工作压力。在如此情形之下,卡车司机何去何从,平台应受到何种限制,货运市场应如何规范,这些都是急需解决的难题。也正是在此背景下,《吴晓波频道》在访谈和翔实数据的基础之上,带领读者和公众由表及里,反思互联网和行业,以及展望未来。

三、报道写作分析

(一)选题策划:发现社会问题,探讨深层成因

过去几十年中,中国的经济发展逐渐步入快车道,国家的经济体量不断扩大,特别是新时代下我国经济发展的特征已由高速增长转向高质量增长阶段。以往"唯GDP"的发展论虽对经济产生直接的刺激作用,但一定程度上是以牺牲环境、安全等为代价。当下及未来的时间里,面向规范、高效的方向发展将是各行各业的趋势。

在由粗犷式发展向精细化发展的转型过程中,包含服务业在内的各个行业都将难免产生一系列的阵痛,其中一些问题潜藏于社会前进的道路上。个体事件的发生往往是一类现象的集中体现,这些个体事件不仅需要关注,更需要对现象的深层次成因予以

发掘。本篇文章以货运平台和资本发展壮大过程中卡车司机群体遭遇的困境为题材,将群体面临的工作与生存压力直接展现在读者眼前,以点带面,引出互联网背景下的资本整体发展所导致的问题,进而引发社会公众对此类问题的集中关注,对未来的政策出台和问题解决起到促进作用。

(二)写作视角:体现人文关怀

人是社会经济活动的主体,社会经济活动实际上就是人的活动。无论是金融领域还是科学、文化等领域,人始终都是相关活动中最为活跃的因素,事件的回顾与问题的提出、成因的发掘与带来的反思和启示等,目的都是促进问题的解决以避免发生重复的错误,进而帮助人们做出正确的经济决策。对于商业领域的媒体而言,人自然应当成为写作过程中首要关注的对象,以人的生存状态和面临的境遇为出发点,经过数据的佐证和缜密的分析,帮助其跳出困境,应是作者的基本立场。

本文的标题"价格杀到骨头里了"的出发点便是卡车司机这一相对弱势的群体,文章通过传统时代与互联网时代城际货运市场以及货运平台初创与成型期的两两比较,将卡车司机两个时代下寻找订单的工作条件变化和收入显著降低的残酷现实展露给读者。文章的写作对象起于卡车司机,却不止于此,由卡车司机群体的声音层层递进至货运平台的运营方式乃至对整个互联网货运行业的反思与审视。卡车司机的遭遇只是互联网资本发展途中所形成的结果之一,问题的本质在于如何规范平台运营,如何通过政策的制定保证市场的有序向好发展。作者以关心卡车司机生存压力,希望帮助其走出困境的人文关怀为出发点,借由宏观视野展开对整个互联网行业科学合理发展的愿望,体现出了《吴晓波频道》作为商业领域自媒体的责任与担当。

(三)写作方式:活用数据,图片说话

与其他领域相比,商业常常与金融、投资理财等问题挂钩,因此专业术语、复杂的商业逻辑在相关的新闻报道和文章中十分常见。即便是对于商业人物的专访,也会由于主人公的商业身份而稍显晦涩,易使读者产生隔阂感。本文篇幅较长,但读者在阅读时并未产生厌烦情绪和生疏之感,究其原因是作者在文字之间插入了大量的可视化数据和图片,将货运行业的交通违规情况、重卡汽车销售情况以及货运 App 的实际操作界面等真实地展现在读者眼前,极大地丰富了文章的可读性。

此外,在运用专业术语阐述商业事实时,作者不仅对术语进行了简明扼要的解释,在后续的表述中,作者也以平实易懂的文字风格吸引读者产生继续阅读的兴趣。例如在介绍满帮集团时,作者先引用了平台的毛利润、毛利率和净利润等数据,而后指出该货运平台是为数不多以盈利的姿态在美国上市的中国企业,货运平台的高收益性在短短的两句话中便得以彰显。

四、案例对于财经自媒体原创推文的启示

(一)以聚焦社会热点为写作的题材

在新闻报道中,选题往往是呈现新闻主题、传播新闻价值的第一步,也是后续新闻采写的前提和基础,在新闻生产流程中占据着举足轻重的地位。公众号运营者作为自

媒体,与官方新闻媒体相似,有着自身的媒体定位,公众号推送的文章中涉及的观点、视角都是自身立场的体现。公众号稳定持续增长的关注数是建立在长期优质文章推送的基础之上。在构成文章的诸多要素中,主题是其中的首要因素,一个好的主题是吸引读者的关键所在。一般而言,引发公众高度关注的社会热点事件是写作题材的理想源泉。及时对事件做出点评、持续对事件予以追踪关注、调查事件发生的来龙去脉以及对事件的思考探讨等,都是打造一个受欢迎的公众号的要点。

对于以泛财经自媒体自居的《吴晓波频道》而言,以专业视角洞见商业领域的热点事件是其核心竞争力。该案例乘"卡车司机困在系统里"事件的热度,启互联网行业规范发展的思考,将审视视角由就事论事提高到整个互联网行业,以宏观视野带给读者全面立体的启迪。

(二)将以人为本作为写作的落脚点

自媒体的崛起使得"后真相"的特征愈发凸显,情绪和感官刺激先事实真相一步落位,新闻报道和公众号文章题材夸张、内容脱离实际脱离公众的情形屡见不鲜,缺乏对弱势群体物质和精神需要的全面深刻探讨,即以人为本的"受众本位"意识缺失。人是社会活动的核心所在,特别是在经济转型期的当下,一些以往没有暴露如今跃然入目的社会问题都与特定的社会群体息息相关,因此尊重人、关怀人、肯定人的价值的人文主义意识是新闻报道和公众号文章写作所应具备的基本要素。

案例不仅通过卡车司机现如今生活、工作的细节展现了该群体所面临的困境,也将卡车司机们组车队、建立卡友地带社区等对抗"平台系统"的做法予以展示,这种互助性质的社群或许可以影响未来的行业生态,或许在改善司机工作环境和生存状态上收效甚微。文章虽并未明确给出帮助卡车司机走出困境的实际建议,但通篇从群体本身、平台管理、行业反思等方面进行的探讨始终都在指向一个目标,即展现群体困境以期解决困境。正如文章末尾作者对于社区负责人耗费精力免费帮助他人的疑问那般,人文关怀本就是一个人所应具备的最基本却最闪耀的品质。

(三)以通俗化的语言贯穿全文

语言是读者接触文章的基本方式,也是作者表达思想的直接手段,确切、简练、通俗的语言是文章引起读者共鸣的有效途径。公众号的推送文章并非学术论文,热点事件能够得到合理的审视,背后的原因能够通过清晰的逻辑得出透彻的解释即可。对于财经自媒体而言,经济数据的运用和抽象的论述逻辑是专业性的体现,但并不是公众号运营的科学方法,观点能够为不同知识层次的人所理解接受才是公众号传播力和影响力的有力证明。因此,语言通俗化是财经自媒体扩大受众覆盖面的有效手段,这里的通俗化不仅指文字的简单易懂,更是指专业术语和论述逻辑的深入浅出。

该案例虽涉及互联网行业,但读者通篇阅读下来并未产生障碍,原因就在于作者运用通俗化的语言将问题一一阐释清楚。例如"已经杀到骨头里了,没什么利润可言""这被视为'摘桃子',背后是平台利用互联网技术对传统信息部模式的'降维打击'"等语句,都是以日常交流的语言风格解释和总结问题,从总体上增添了文章的亲切感和生动感。

主要参考文献

[1]吴玉兰.中国财经类媒体发展研究——以媒介生态学为视角[M].北京:中国社会科学出版社,2010.

[2]吴玉兰,等.财经媒体传播影响力研究[M].北京:社会科学文献出版社,2020.

[3]吴玉兰.经济新闻报道[M].武汉:武汉大学出版社,2009.

[4]吴玉兰,何强.财经知识与财经新闻报道[M].武汉:武汉大学出版社,2022.

[5]王擎.财经媒体信息传播观念更新研究[M].北京:中国传媒大学出版社,2018.

[6]杭敏.国际财经媒体发展研究[M].北京:中国财政经济出版社,2016.

[7]聂莉.财经媒体从业教程[M].武汉:华中师范大学出版社,2014.

[8]李箐.财经媒体写作指南[M].北京:中国友谊出版公司,2020.

[9]周根红.财经新闻报道[M].武汉:武汉大学出版社,2013.

[10]赵智敏.财经新闻报道实务教程[M].2版.北京:中国传媒大学出版社,2018.

[11]李道荣,等.经济新闻报道研究[M].北京:中国社会科学出版社,2013.

[12]贺宛男.财经报道概论[M].2版.上海:复旦大学出版社,2009.

[13]赵曙光,禹建强,张小争.中国著名媒体经典案例剖析[M].北京:新华出版社,2002.

[14]莫林虎.财经新闻概论[M].杭州:浙江大学出版社,2013.

[15]谭云明,祝兴平.财经新闻导论[M].北京:清华大学出版社,2011.

[16]刘笑盈.经济学与经济新闻报道[M].北京:中国传媒大学出版社,2006.

[17]安雅·谢芙琳,埃默·贝赛特.全球化视界:财经传媒报道[M].李良荣,译.上海:复旦大学出版社,2004.

后记
POSTSCRIPT

2020年4月,我参与了中南财经政法大学新闻与文化传播学院组织的《中南财经政法大学经济新闻传播类人才培养方案》修订研讨会。会议总结了学院20余年经济新闻的办学经验和顺应新文科发展的需求,认为全程培养方案的修订与完善应符合新文科建设需求,以应用型、复合型人才培养为主要特色,构建"通识+经济+新闻传播"的课程体系,在着力打造新闻与经济学科交叉的"经济新闻报道"课程基础上,增设"财经媒体研究""财经传播前沿"两门专业特色课程,实现人文素养、新闻传播与经济学科知识的交叉融合,为创新能力的培养提供有机、有效的创新知识融合。作为一名长期从事本科生和硕士研究生"经济新闻"课程教学与研究的教师,我也积极加入到新设课程的建设中。

2021年4月,我所申请的研究生教育创新项目"财经媒体与财经报道案例研究"获得校研究生院"优质教学案例建设项目"立项(项目号:JXAL202106)。于是我带领我的已经毕业的研究生、在读的研究生以及即将读研的本科生,将我多年的教学研究所得进一步完善:选取当前我国影响力比较大的财经媒体作为研究对象,从媒体定位与发展、媒体运营特点与策略、媒体的知名栏目与典型案例等各方面展开研究。

参与本教材写作的有:沈鹏飞(第一章),薛邦熠、井然(第二章),井然(第三章),陶娟梅(第四章),石子桐(第五章),相里明霞(第六章),孙林(第七章),刘雨婷(第八章),曹竞文(第九章),滕华(第十章),陈佩芸(第十一章),陈吉、曾怡然(第十二章),陈蒙(第十三章),何强(第十四章),刘佳宇(第十五章)。杨慧荣、孙昇也参加了相关章节初稿的写作。一年多的时间里,我指导学生一遍遍地修改,在腾讯会议召开了六次修订讨论会,有的学生修改达七稿之多。最后由我对全书进行了统稿、修订,已经毕业进入中南财经政法大学工商管理学院工作的何强参与了大量的编务、部分书稿的校对、统稿工作,已经毕业进入中南财经政法大学法学院工作的曾怡然承担了大量的编写协调工作。

本教材涉及财经媒体和财经新闻报道的相关理论与知识,写作中参阅了大量相关的著作、教材、论文、新闻报道和网络资料,除主要参考文献以外,未能一一列举,在此对各位相关作者表示诚挚的感谢!感谢供职于财经媒体的学生、朋友在教材写作中接受我们的咨询访谈,并提供大量资料和案例!感谢学院领导厚爱,将此书纳入教材出版资助!感谢学院领导和同事们多年来对我的帮助与关心!特别感谢华中科技大学出版社杨玲老师为本教材的出版付出的各种辛苦!

对财经媒体的研究始于我的博士论文《媒介生态学视角下我国财经媒体发展研

究》,得益于我亲爱的导师武汉大学新闻与传播学院罗以澄教授的认真指导,2008年论文顺利通过答辩;2010年,在博士论文基础上完善、修改的《中国财经类媒体发展研究——以媒介生态学为视角》由中国社会科学出版社出版。十几年来围绕财经媒体和财经新闻研究,我先后主持完成了国家社科基金项目、教育部人文社会科学研究项目,也出版了相关专著与教材。教学与研究中取得的每一点成绩,都离不开我亲爱的导师的谆谆教诲和悉心指导,师恩难忘,是我此刻内心最真诚的表达!

财经媒体的产生与发展和政治经济文化生态息息相关。融媒体时代,财经媒体不仅承担着资政建言、理论创新、舆论引导、社会服务、公共外交的社会责任,也是受众投资理财、享受美好生活的引导者。财经新闻与经济发展的良性互动,是"双循环"新发展格局下和融媒体时代对财经媒体的内容生产与表达手段创新提出的新要求,也是财经新闻报道实践中的一项重要课题,这也为财经新闻媒体与财经新闻研究提供了更多想象的空间和发挥的领域,也是敦促我不断进步与努力的动力。

本教材获中南财经政法大学2023年度教材出版资助。

由于自己的知识积累有限和学识的粗浅,书中难免存在不完善之处,恳请阅读此书的各位专家、朋友不吝赐教,并给予批评与指正!

吴玉兰
2023年6月

引用作品的版权声明

为了方便学校教师教授和学生学习优秀案例,促进知识传播,本书选用了一些知名网站、公司企业和个人的原创案例作为配套数字资源。这些选用的作为数字资源的案例部分已经标注出处,部分根据网上或图书资料资源信息重新改写而成。基于对这些内容所有者权利的尊重,特在此声明:本案例资源中涉及的版权、著作权等权益,均属于原作品版权人、著作权人。在此,本书作者衷心感谢所有原始作品的相关版权权益人及所属公司对高等教育事业的大力支持!

与本书配套的二维码资源使用说明

本书部分课程及与纸质教材配套数字资源以二维码链接的形式呈现。利用手机微信扫码成功后提示微信登录,授权后进入注册页面,填写注册信息。按照提示输入手机号码,点击获取手机验证码,稍等片刻收到 4 位数的验证码短信,在提示位置输入验证码成功,再设置密码,选择相应专业,点击"立即注册",注册成功。(若手机已经注册,则在"注册"页面底部选择"已有账号? 立即注册",进入"账号绑定"页面,直接输入手机号和密码登录。)接着提示输入学习码,需刮开教材封面防伪涂层,输入 13 位学习码(正版图书拥有的一次性使用学习码),输入正确后提示绑定成功,即可查看二维码数字资源。手机第一次登录查看资源成功以后,再次使用二维码资源时,只需在微信端扫码即可登录进入查看。